Für Kat Klaybourne

Mit Dank für die Freundschaft und Partnerschaft
in den tapferen neuen Welten,
die wir jeden Tag neu entdecken.

1763

Erstes Kapitel

27. April 1763
An Bord der Koronet
Mäßigungsbucht, Mystria

Kapteyn Owen Radband stand auf dem Steuerdeck der *Koronet* und lächelte erleichtert, als das Schiff um die Landzunge segelte. Es ging noch immer ein steter Wind, doch im Hafenbecken war das Wasser ruhig. Die Sonne strahlte am Firmament, und die wütenden Wolken, aus denen endlose Sturmböen auf das Schiff eingetrommelt hatten, waren verschwunden. Ein leichter Nebel stieg von den tiefblauen Wellen empor.

Sein Magen beruhigte sich, und Wärme breitete sich in seinem Körper aus. Die Überfahrt nach Mystria war eine Strafe gewesen. Nach sieben Wochen Seekrankheit hatte er zwanzig Pfund Gewicht verloren und fühlte sich nun unerträglich schwach. Selbst nach den schlimmsten Feldzügen, Kampfverletzungen und langen, kalten Rückzugsmärschen hatte er sich kein einziges Mal so elend gefühlt.

Der Kapitän des Schiffes, Gideon Segeltuch, drehte sich mit freundlicher Miene zu ihm um, als der Steuermann das Rad ausrichtete und der Erste Maat mit lauter Stimme die Matrosen in die Takelage scheuchte, die Segel einzuholen. »Wenigstens haben wir es noch vor Mai geschafft. Als wir in Norisle aufgebrochen sind, hätte ich es nicht für möglich gehalten.«

»Ich habe die Tage gezählt.«

Gideon schüttelte den Kopf. »Ihr habt die Stunden gezählt, Meister Radband. Oder, Kapteyn Radband, der Korrektheit halber.« Der Seemann musterte ihn von Kopf bis Fuß. »So furchtbar Ihr Euch sicherlich fühlt, macht Ihr in Uniform doch eine gute Figur. Ihrer Majestät Lindwurmreiter, richtig?«

»So ist es, und Ihr schmeichelt mir, Sire.« Owen streckte die Arme zur Seite. »Inzwischen ist sie mir zu groß. Meine Frau ließ sie als Überraschung auf Maß anfertigen. Sie wäre entsetzt.«

»Ihr hättet sie mitbringen sollen. Sie hätte sie ändern können.«

Owen schüttelte den Kopf. »Auch wenn ich recht sicher bin, Kapitän, dass sie die Gesellschaft Eurer Gemahlin und der anderen Damen an Bord genossen hätte, ist sie doch letztlich ein zartes Wesen. Ich weiß nicht, wie ihr die Seereise bekommen wäre, und ich glaube nicht, dass die Kolonien ihr zusagen würden. Dazu hängt sie zu sehr an den Bällen und gesellschaftlichen Anlässen.«

»Ist sie es, der Ihr all die Briefe schriebt?«

»So ist es, und ich wäre Euch zu Dank verpflichtet, würdet Ihr sie mit zurück nach Norisle nehmen, sobald Ihr wieder in See stecht.«

Segeltuch nickte. »Es wird mir ein Vergnügen sein. Das zumindest schulde ich Euch, nachdem Ihr wegen Meister Wattling eingreifen musstet.«

»Ich weiß Eure Diskretion in dieser Angelegenheit zu schätzen.« Aus Gründen der Geheimhaltung war Owen nachts an Bord gegangen und hatte sich weitgehend unter Deck aufgehalten, bis sie die auropäische Küste weit hinter sich gelassen hatten, denn die Tharyngen hatten ihre Spione überall. Nicht einmal das kleine Kontingent Marineinfanteristen, bei denen er untergebracht war, hatte von seinem Rang gewusst, bis er an diesem Morgen seine Uniform ausgepackt hatte.

Kapitän Segeltuch war der einzige andere Mensch an Bord, der darüber informiert war, wie wichtig seine Reise für die Krone war, und er hatte sich gewissenhaft an die Order gehalten, keinerlei Aufmerksamkeit auf ihn zu ziehen, selbst als Owen einen anderen Passagier daran gehindert hatte, dessen Diener zu Tode zu prügeln – in direktem Widerspruch zu seinem Befehl, nicht aufzufallen. Segeltuch hatte Meister Wattling beruhigt und Owen Gelegenheit verschafft, sich zurückzuziehen.

»Welch ein Betrug beleidigt meine Augen?« Ein rundlicher Mann mit rot angelaufenen Zügen stieg aufs Deck herauf und stiefelte geradewegs auf die beiden Offiziere zu. »Diesen Kerl als Soldaten zu verkleiden, wird ihn nicht vor der Bestrafung retten. Ich habe Euch befohlen, ihn auspeitschen zu lassen, Kapitän Segeltuch, und Ihr werdet diesen Befehl befolgen!«

Gideon schob das Kinn vor. »Meister Wattling, darf ich Euch Kapteyn Owen Radband von Ihrer Majestät Lindwurmreitern vorstellen.«

»Ich bin kein Idiot, Kapitän. Das rote Tuch mit den blauen Aufschlägen, die Paspeln, all das – ich kenne die Einheit sehr gut. Ein schamloser Betrug, sage ich Euch, und Ihr werdet damit nicht durchkommen. Nein, Sire!« Der stämmige Mann hämmerte mit dem Gehstock auf die Planken. »Ihr Sträflingspack steckt alle unter einer Decke. Ich hätte es mir denken können!«

»Wollt Ihr damit andeuten, Sire, ich trüge diese Uniform, um Euch zu täuschen?«

»Natürlich tut Ihr das, verflucht, noch deutlicher kann ich es wohl nicht sagen.« Wattling kniff die Schweinsaugen zu Schlitzen zusammen. »Ein Mystrianer im Dienste Ihrer Majestät, mag sein, doch ein Kapteyn? Niemals! Es gibt Standards, Sire, und die erfüllt Ihr ganz gewiss nicht. Offiziere sind Ehrenmänner, und das seid Ihr nicht. Kein Sträfling oder Freigelassener hätte je eine Chance, diesen Status zu erreichen!«

Kapitän Segeltuch stieg Farbe ins wettergegerbte Gesicht, doch er hielt sich zurück.

Owen trat dem wütenden Mann entgegen. »Meister Wattling, wir hatten eine schwere Überfahrt. Ich will Eure schlechte Laune und das ungebührliche Betragen der Erschöpfung zuschreiben.«

»Tut, was Ihr wollt, aber ich bin kein Narr …«

Owen hob die Stimme und fixierte den Mann zusätzlich mit einem strengen Blick seiner grünen Augen. »Sie, Sire, sollten besser zuhören statt zu reden.«

Wattling hob den Stock. »Kein dreckiger Kolonist darf in einem solchen Ton mit mir reden! Peitscht ihn aus, Kapitän! Auf der Stelle!«

Gideon Segeltuch schob sich zwischen die beiden. »Vergesst nicht, Sire, dass Ihr Euch auf einem Schiff voller dreckiger Kolonisten aufhaltet und es ein weiter, weiter Weg bis Port Maßvoll ist, wenn man ihn schwimmend zurücklegen muss.«

Wattling zögerte eine Sekunde, dann wich er etwas zurück und lachte bellend. »Das wagt Ihr nicht. Keiner von Euch. Dazu seid Ihr Mystrianer zu weich, zu feige. Die moralischen Defekte, deretwegen man euch hierher verschifft hat, könnt ihr nicht verleugnen. In einem fruchtbaren Land des Überflusses könnt ihr euch kaum das Überleben sichern, und ihr besitzt weder die Intelligenz noch den Mut echten Geblüts.«

Er hielt den Gehstock in die Höhe wie ein Szepter. »Ich weiß alles über euch, alles, was ich wissen muss. Ich kenne jedes Wort in Lhord Rivendells ›Die fünf Tage der Schlacht von Villerupt‹. War gezwungen, es zu lesen. Habe selbst die Lettern gesetzt und es auf der Presse gedruckt, die hier im Frachtraum dieses Schiffes steht. Ich weiß alles über die Feigheit der Kolonisten im Angesicht der gottlosen Tharyngen.«

»Ihr habt dieses Lügenpamphlet gedruckt?« Noch während er es aussprach, wusste Owen, dass er zu weit gegangen war.

»Lügen?« Wattlings Züge erstarrten vor Zorn, als wären sie in Blei gegossen. Selbst seine Hängebacken zitterten nicht länger. »Ich habe jedes Wort so gesetzt, wie ich es von Seiner Lhordschaft persönlich erhielt. Wollt Ihr behaupten, er habe gelogen?«

Owen schüttelte den Kopf. »Er war nicht einmal dort. Ich hingegen schon. Erstes Bataillon, Kundschafterkompanie. Lhord Rivendell ist nicht näher an Villerupt gekommen als bis L'Averne. Wegen seiner Gicht konnte er nicht marschieren und wegen seiner Hämorrhoiden nicht reiten.« Außerdem hatte Rivendell dem medizinischen Branntwein so großzügig zugesprochen, dass er die ersten drei Tage der Schlacht verschlafen hatte und die beiden letzten von einem schweren Kater geplagt worden war, aber Radband verzichtete darauf, das zu erwähnen.

»Das ist ein Skandal! Ihr wagt es, den Mann zu beleidigen!«

»Ihr beleidigt die Kolonisten.«

Wattling schüttelte den Stock. »Wollt Ihr behaupten, der Feind hätte die Mystrianischen Schärler am dritten Tag der Schlacht nicht zerschlagen?«

Owen hob den Kopf und verschränkte die Hände auf dem Rücken. »Ich will sagen, Sire, dass sie nicht minder hart gefochten haben als irgendwer sonst auf dem Feld. Ich weiß, wovon ich rede. Ich war dort.«

»Dann seid Ihr natürlich mit ihnen davongerannt. Ein Feigling deckt den anderen.«

»Meister Wattling, verfügt Ihr über irgendeine handfeste Erfahrung im Kriegshandwerk?«

Wattling wich seinem Blick aus. »Die Krone hat meine Dienste nicht in Anspruch genommen.«

Und Ihr habt es nie in Betracht gezogen, ein Offizierspatent zu erstehen. »In der Woche vor der Schlacht hat es ununterbrochen geregnet. Die Männer, Norillier und Kolonisten gleichermaßen, froren, waren durchnässt und demoralisiert. Unser halber Schwefel war nass, unsere Musketen angerostet. Viele der Männer waren barfuß, und wir hatten sehr viel besseren Proviant auf diesem Schiff als dort im Feld. Der Regen verwandelte alles in einen Sumpf. Er unterspülte Straßen und Brücken.«

»Soldaten haben sich ihr Tagewerk selbst ausgesucht, Sire.«

»Das haben Sie, Sire, und es stünde Euch wohl an, über den Mut von Männern nachzudenken, die, in Mystria geboren, dem Ruf der Krone folgten und sich in ein Land einschifften, das nicht einer von ihnen je gesehen. Einhundertundachtzig Mann, drei Kompanien. Major Forsts Kompanie war kaum ausgebildet, und trotzdem sollte sie auf Lhord Rivendells Order die linke Flanke sichern, am Rande eines Waldes, den seine Lhordschaft für unpassierbar hielt.«

Owen bebte unter den zu schnell auf ihn einstürzenden Erinnerungen. Brigadeere Richard Ventnor, der spätere Herzog von Todeskamm, hatte Rivendells Truppen gut geführt und war schneidig auf Villerupt vorgestoßen. Die Tharyngen waren zurückgewichen, und an jenem dritten Tag hatte es auf der schmalen Ebene von Artennes ganz den Anschein gehabt, als stünde die Entscheidung unmittelbar bevor.

»Ihr solltet verstehen, Meister Wattling, dass sich die Mystrianer in den Scharmützeln der ersten beiden Tage neben meinen Leuten gut geschlagen hatten. Bei Artennes jedoch kam das

Regiment der Plattengarde auf Holzfällerstraßen durch den vermeintlich unpassierbaren Wald. Auf breiten Holzfällerstraßen. Ihr erinnert Euch sicherlich an die Plattengarde. Zwei Jahre zuvor hatten sie Lhord Rivendell vom Kontinent getrieben.« Owen wartete nicht auf die Antwort seines Gegenübers. »Ein Bataillon leichter Schützen gegen Tharyngias Garde-Elite. Die Mystrianer hielten die Stellung und feuerten drei Salven, bevor der Feind ihre Reihen durchbrach, und selbst dann noch formierten sie sich neu und störten die Garde.«

»Wie dem auch sei, sie haben versagt. Sie haben den Feind nicht aufgehalten. Sie hätten sich teuer verkaufen müssen, bis zum letzten Atemzug. Aber das konnten sie nicht. Es war nicht ihre Natur. Und es ist nicht *Eure* Natur.«

»Sie haben sehr wohl gekämpft. Ihr Anführer verlor den halben Arm, und seine Einheit über die Hälfte ihrer Männer.« Owen ballte die Fäuste. »Und lasst mich hinzufügen, Meister Wattling, dass Lhord Rivendells Sohn John die Bitte ignorierte, uns zu Hilfe zu eilen. Es war seine Untätigkeit, die das Schicksal der linken Flanke besiegelte.«

»Noch eine Lüge aus dem Mund eines Feiglings!«

Owen senkte die Stimme. »Aus Respekt vor Kapitän Segeltuch fordere ich gleich hier und jetzt dafür keine Satisfaktion von Euch, Sire. Und weil mein Oheim Richard, der Herzog vom Todeskamm, Duelle nicht gerne sieht.«

»Euer *Oheim*, Sire?«

»Meine Mutter ist die Gemahlin seines jüngeren Bruders. Dies macht ihn zu meinem Oheim.«

Wattlings Wangen bebten. »Aber, Sire, Euer Name. Radband ist ein mystrianischer Name.«

»Denn mein Vater war Mystrianer, ein Seemann wie der gute Kapitän hier neben uns. Er lernte meine Mutter kennen, ehelichte sie und zeugte mich, bevor Piraten sein Schiff versenkten. Später heiratete sie Francis Ventnor.«

Wattling fiel die Kinnlade herunter. »Ich hatte ja keine Ahnung, Sire.«

»Das konntet Ihr auch nicht, da Kapitän Segeltuch strikte Order hatte, meine Identität geheim zu halten. Ich hatte meine Befehle, wie Ihr verstehen werdet. Von meinem Oheim.«

»Dem Herzog, ja, natürlich.« Wattling, immer noch aschfahl, schmunzelte verschlagen. »Ich hätte es durchschauen müssen. Eure Bildung ist offensichtlich. Keiner dieser Kolonisten hätte mir auf solche Weise Einhalt gebieten können.«

»Ach ja, was das betrifft.« Owen drehte sich zu Kapitän Segeltuch um. »Ihr werdet es verstehen, Sire, wenn ich Meister Wattling hier der Körperverletzung anklage. Ich fände es angebrachter, daraus eine Anklage des versuchten Mordes zu machen, doch ich kann mir seiner Absichten beim Prügeln des Knaben nicht sicher sein.«

Wattling riss die Augen auf. »Das könnt Ihr nicht tun, Sire! Der Bursche ist ein Freigelassener. Er ist mein Lehrling.«

»Ich kann es, Sire, und werde es, es sei denn …«

»Ja?«

»Ihr entlasst ihn aus dem Lehrvertrag und zahlt ihm eine Krone.«

»Das ist eine Unverschämtheit!«

»Kapitän, solltet Ihr hier Anker werfen und über Meister Wattling richten, wie würde das Urteil lauten?«

»Fünfzig Peitschenhiebe.«

»Ihr könnt mich nicht auspeitschen lassen! Ich bin ein *Ehrenmann!*«

Zwei schnelle Schritte trugen Owen bis knapp vor den Mann. »Nein, Sire, das seid Ihr nicht. Ihr seid ein aufgeblasener Narr, der den Fehler begangen hat, die Mystrianer zu beleidigen, die ihn hier umgeben und ihn auch an Land umgeben werden. Und lasst uns nicht viel Worte machen, Sire: Hättet Ihr in Norisle wirklich einen solchen Erfolg gehabt, hättet Ihr Euch und Eure Druckerpresse nicht auf einen so weiten Seeweg eingeschifft. Ihr gesteht den Kolonisten kaum zu, ein geschriebenes Wort entziffern zu können, und doch bringt Ihr eine Druckerpresse mit, um ihren Bedarf an Lesestoff zu stillen. Kommt Ihr hierher, um Euer Glück zu machen, Sire, oder versucht ihr nicht vielmehr, Euer Vermögen vor den Gläubigern daheim zu retten?«

Wattling wich an die Reling zurück. Seine Stimme war so leise, dass sie über dem Lärm der Wellen am Schiffsrumpf kaum zu vernehmen war. »Ich besitze keine Krone, Sire. All diese verdammten Raubdrucke von VILLERUPT. Sie haben mich ruiniert. Wie soll ich Geld verdienen ohne einen Lehrling? Wovon soll ich leben?«

Gideon Segeltuch legte dem Mann die Hand auf die Schulter. »Ihr werdet leben wie jeder andere Mystrianer, Meister Wattling. Ihr werdet hart arbeiten. Im Winter werdet Ihr frieren. Und Ihr werdet hungern. Ihr werdet über manches staunen und euch vor anderem fürchten. Ihr werdet schwitzen und Schmerzen ertragen. Aber ihr werdet überleben und vielleicht Erfolg haben.«

Der Kapitän führte den Mann hinüber zur Treppe hinunter aufs Hauptdeck. »Ihr werdet sicherlich unter Deck gehen wollen, um Eure Siebensachen zu packen.«

Nachdem Wattling fort war, kehrte Segeltuch zu Owen zurück. »Normalerweise halte ich nicht viel vom Auspeitschen, aber in seinem Falle …«

»Wäre Arroganz ein mit der Peitsche bestraftes Vergehen, er hätte längst eine daumendicke Hornhaut.«

»Damit habt Ihr ohne Zweifel Recht, mein Lhord.«

Owen schüttelte den Kopf. »Lasst es, Kapitän. Ich bin kein Edelmann. Mein Stiefvater hat mich nicht einmal adoptiert. Aus Rücksicht auf meiner Mutter Vater hat Lhord Ventnor mir eine einfache Erziehung zukommen lassen. Er hat meinen Eintritt in die Armee begrüßt, doch vermute ich, er tat es in der Hoffnung, ich würde auf dem Kontinent fallen.«

»Und Euer Oheim?«

»Ganz ähnlich. Meine Gattin flehte ihn an, mir diese Möglichkeit nicht vorzuenthalten.«

Gideon nickte langsam. »Der endlose Krieg wird also auch Mystria einholen.«

»Es ist ein weiter Weg von den Absichten eines Ministers bis zum Donnern von Kanonen in der Wildnis.«

»Manchmal frage ich ich, ob die Minister überhaupt wissen, weshalb wir gegen die Tharyngen kämpfen.«

»Um der Ehre halber? Weil sie den König stürzten und jetzt die Laureaten sie regieren? Weil es der vorherigen Generation nicht gelang, sie zu unterwerfen – und es das zur Aufgabe der jetzigen macht?« Owen lehnte sich schwer auf die Reling. Seelische wie körperliche Müdigkeit ließen seine Glieder zittern. »Sie sind böse. Im Feldzug von Villerupt sah ich Dinge, die kein Mensch jemals sehen sollte. Das wollt Ihr Mystria nicht antun.«

Der Seemann schmunzelte. »Dann freue ich mich, dass Ihr hier seid, es zu verhindern.«

Owen lachte. »Ich hoffe, Sire, Euer Vertrauen erweist sich als gerechtfertigt.«

Segeltuch schaute hinaus in Richtung Hafen. Er zog eine kleine Kristallkugel aus der Tasche und hob sie ans rechte Auge. Das Glas glühte mit schwach blauem Licht. Er schmunzelte. »Der Hafenmeister ist auf dem Weg, uns den Weg zu weisen.«

Owen schaute ebenfalls nach Westen, schüttelte aber den Kopf.

Segeltuch hielt ihm den Kristall entgegen. »Ihr dürft Euch gerne überzeugen.«

»Danke, doch nein. Ich habe den Zauber nie gelernt, der notwendig ist, damit scharf zu sehen.« Owen hielt den Daumen empor. »Es heißt, alle Magie, die ich benötige, steckt hier.«

Aus einem kleinen Boot rief jemand Kapitän Segeltuch fort, um mit dem Hafenmeister zu reden.

Owen blickte ihm hinterher. Der Soldat blieb an der Reling stehen. Er vermisste seine Frau. Zwar hätte er erwartet, bei der Aussicht auf festen Boden unter den Füßen Erleichterung zu verspüren, doch jetzt, wo ihn die Seekrankheit nicht mehr in den Klauen hatte, gähnte in seinem Herzen ein Abgrund der Einsamkeit.

Wärst du nur bei mir, Katherine. Augenblicklich wurde ihm bewusst, wie egoistisch dieser Gedanke war, denn sie hätte an Bord wahrhaftig gelitten. Sie hätte die Enge des Schiffes gehasst und sich vermutlich geweigert, einen Bissen des Bordproviants hinunterzuwürgen. Abgesehen von Kapitän Segeltuchs Gattin hätte sie keine der Frauen an Bord als akzeptable Reisegefährten betrachtet. Wäre sie wie all die anderen Frauen auch noch aufgefordert worden, mit anzupacken, hätte sie sich überhaupt nicht mehr zu helfen gewusst.

Er musste lächeln bei dem Gedanken, wie sie ihn in ihre Abenteuer eingeweiht hätte, ganz gleich wie unbedeutend sie waren. Katherine war in der Lage, das Entfernen eines Splitters wie den Sturm auf eine Festung erscheinen zu lassen. Es war eine Eigenschaft, die er an ihr besonders liebte. Ihre Welt war der seinen so völlig fremd, dass er Zuflucht darin finden konnte.

Und es war ihr Wunsch, ihm diese Zuflucht zu ermöglichen, die ihr den Mut und die Kraft dazu verliehen hatte, sich in die

Höhle des Löwen zu wagen und Herzog Todeskamm davon zu überzeugen, Owen auf diese Mission zu schicken. Sie hofften beide, dass er für seine Dienste belohnt wurde und dieses Abenteuer ihm ermöglichte, genug für ein kleines Haus in Launston zu verdienen, in dem sie sich zur Ruhe setzen konnten. *Sie hat mir sogar vorgeschlagen, ein Buch über meine Abenteuer zu schreiben und damit Geld zu verdienen. Und was tue ich? Ich mache mir einen Verleger zum Feind.*

Er warf einen Blick hinüber aufs Hauptdeck, wo Wattling und der Prediger Benedikt Buchecker beieinanderstanden. Buchecker hatte während der Überfahrt einen harmlosen Eindruck auf ihn gemacht. Er hatte jeden Sonntag einen Gottesdienst abgehalten und nicht allzu lange gepredigt. Vielleicht suchte Wattling geistigen Beistand. Wahrscheinlich war er aber nur auf Mitleid aus.

Owen wandte seine Aufmerksamkeit der mystrianischen Küste zu. Uralte Wälder aus hohen Tannen, Birken, Eichen und anderen Baumsorten, die er nicht kannte, erhoben sich in einer dunklen Wand aus lebendem Holz und erstreckten sich über wogende Hügel und weit entfernte Berge. Tief im Innern der Bucht, wo Port Maßvoll lag, ergoss sich der Benjamin ins Hafenbecken. Die Stadt war vom Ufer aus weit ins Land gewachsen, die Hänge hinauf. Sie bestand überwiegend aus Holzhäusern, aber er sah auch einige Steingebäude.

Der Krieg in Auropa hatte vier Jahre gedauert, und er hatte mit überraschender Leichtigkeit Geld und Menschenleben verschlungen. Die norillischen und ryngischen Kolonien lieferten den Reichtum, der beide Volkswirtschaften in Gang hielt und die Kriegsanleihen deckte, die diesen Konflikt finanzierten. Falls es Norisle gelang, den Warenstrom nach Tharyngia zu unterbrechen, würde das die Tharyngen zur Kapitulation zwingen.

Und Norisle stünde dasselbe Schicksal ins Haus, verlören wir die Herrschaft über unsere mystrianischen Besitztümer.

Er verstand die Überlegungen hinter den Argumenten nur zu gut, derentwegen er um die halbe Welt gereist war, damit er die ryngischen Territorien auskundschaftete. Für jemanden, der die Welt als Zahlenkolonnen sah, war es völlig logisch. Männer, Schwefel, Waffen und Uniformen waren leicht zu zählen, und auf Schiffe mit exakt inventarisierter Ladung zu verfrachten. Minister investierten Kriegsmaterial, um dem Feind Material zu verweigern und so den Krieg zu gewinnen. Eine hervorragende Rendite war ihnen sicher.

Nur waren Menschen keine bloßen Zahlen, auch wenn die Verlustlisten sie darauf reduzierten. *Zahlen schreien nicht. Sie rufen nicht nach ihrer Mutter.* Owen schauderte. *Zahlen betteln nicht darum, sterben zu dürfen.*

Kapitän Segeltuch riss ihn aus seinen Gedanken. »Es scheint mir, Kapteyn, dass Männer wie Wattling sich einreden, sie wüssten, was Krieg ist.«

»Eine Dummheit, die sie mit vielen anderen teilen.«

»Kann überhaupt jemand wissen, was eine Schlacht ist, der noch nie in einer gefochten hat? Ich selbst habe nicht allzu viele Kämpfe gesehen – nur den einen oder anderen Piraten abgewehrt –, aber einen Maat festzuhalten, während der Doktorus ihm das Bein absägt, ist etwas, das man nicht vergisst.«

Owen richtete sich auf. »In gewisser Weise hatte Wattling Recht. Wir Soldaten und Matrosen haben unsere Wahl selbst getroffen. Doch wer einen Mann weinend den geköpften Leichnam seiner Frau hat schleppen sehen, der betrachtet eine Stadt wie Port Maßvoll und fragt sich, was der Krieg aus ihr machen würde.«

Segeltuch schaute zur Küste. »Der Weg von Neu-Tharyngia zur Mäßigungsbucht ist lang.«

»Wir wollen hoffen, dass es so bleibt.« Owen lächelte den Mann an. »Und wenn meine Mission Erfolg hat, wird es das.«

Zweites Kapitel

27. April 1763
Mäßigungsbucht, Mystria

Owen Radband ging von Bord der *Koronet*, sobald die Schleppboote sie an den Kai bugsiert hatten. Seine Papiere hatte der Hafenmeister bereits mit an Land genommen, um sie ins Militärhauptquartier Ihrer Majestät zu bringen. Des Prinzen Leibgarde war zu Ehren der Anwesenheit Prinz Vladimirs als Generalgouverneur der Kolonien in Port Maßvoll stationiert. Die Garde hasste diesen Auftrag und war sich sehr wohl der Tatsache bewusst, dass er als Strafe für ihr Versagen auf den Feldzügen gegen die Tharyngen gedacht war.

So froh er war, das Schiff verlassen zu haben, kostete es Owen doch eine gewisse Mühe, sich daran zu gewöhnen, dass der Boden unter seinen Füßen sich nicht mehr bewegte. Er schwankte ein wenig und machte in den Augen zweier Frauen, die sich eilten, aus seiner Nähe zu verschwinden, offensichtlich einen betrunkenen Eindruck. Ihre lange, in tristem Grau gehaltene Kleidung und der Abscheu in ihren Mienen ließ ihn vermuten, dass sie Mitglieder der Tugendlersekte waren, die sowohl die Kolonie hier an der Mäßigungsbucht als auch die größeren Gottesgabenkolonien gegründet hatten. Zwar hatte Port Maßvoll durch den Handel einen Zustrom liberalerer Bewohner erlebt, aber der Tugendlereinfluss zeigte sich noch immer in der für eine Hafenstadt ganz und gar einmaligen Abwesenheit erkennbarer Gaststätten und Freudenhäuser im Hafenbereich.

Selbstverständlich existierte beides auch in Port Maßvoll, allerdings hatten die Tugendler sie nur in der Südstadt zugelassen, am anderen Flussufer des Benjamin, auf einem übelriechenden und mückenverseuchten Stück Sumpfland. Das nötigte ihm Respekt für den Pragmatismus der Sekte ab. Wenn sie die Menschen schon nicht daran hindern konnte, dem Laster zu frönen, sorgte sie zumindest dafür, dass sie vom ersten Moment der Sünde an dafür bestraft wurden.

Auch der Aufbau der Stadt kündete von praktischem Wesen. Die Hügel verhinderten den Bau nach einem Quadratraster ausgelegter Straßen, also hatten sie sich zu einem Rad aus Straßen entschlossen, mit einer Nabe am Hafen, von der sieben Speichen landeinwärts ausfächerten. Bogenförmige Verbindungsstraßen zogen sich zwischen ihnen über die Hänge, und mit zunehmendem Abstand sorgten neue Speichenstraßen dafür, dass die Häuserblocks einigermaßen gleich groß blieben. Sechs Brücken überquerten den Benjamin, eine mehr als die Stadt derzeit benötigte, und drei mehr als bei ihrer Gründung.

Owen erkundigte sich beim Hafenmeister nach dem Quartier der Garde und machte sich auf den Weg zur Standhaftigkeitsstraße. Er ging ein Stück den sanften Hang hinauf, dann bog er nach Süden auf die Großzügigkeit ab. Wenig später erblickte er auf der linken Seite das Hauptquartier, ein einfaches Wohnhaus, gekennzeichnet nur durch ein kleines Schild im schmalen Vorgarten. Ohne das Schild und die beiden Gardisten, die links und rechts des Eingangs Wache standen, hätte er das Haus passiert, ohne die geringste Ahnung zu haben, welchem Zweck es diente.

Die Posten in ihren roten Uniformen mit hellbraunen Aufschlägen und den Bärenfellmützen salutierten weder, noch schienen sie in irgendeiner Weise Notiz von ihm zu nehmen. Er trat ein und meldete sich bei einem Serjeant in einem Raum, den er unter normalen Umständen als Salon bezeichnet hätte. Der Mann bat ihn, Platz zu nehmen, dann entfernte er sich den Flur hinab.

Owen schaute sich etwas unbehaglich um. Die Wände waren halb getäfelt, mit einem halbrunden Schutzabschluss, um Stoßschäden durch die Stühle zu vermeiden, und der Rest der Wand war verputzt. Trotzdem strahlte der Raum etwas Unfertiges aus. Die weiß getünchte Wand war durch den Ruß des Kamins verschmutzt, doch das war nicht ungewöhnlich.

Dann erkannte er, woran es lag. Seine Frau hätte es auf den ersten Blick bemerkt und ihm erheitert zugeflüstert. *Das Zimmer enthält nicht die geringste Dekoration*. Daheim in Norisle wären ein paar besonders geschätzte Gegenstände auf dem Kaminsims aufgereiht worden, ein Porträt der Königin hätte einen Ehrenplatz an der Wand erhalten. Weitere Gemälde oder ein Regalbrett mit Büchern, vielleicht sogar eine Schnitzerei hier und da hätten dem Raum eine persönliche Note verliehen. Eine Fahne möglicherweise oder ein Vorhang, irgendetwas, um dem Raum zumindest etwas Farbe zu verleihen.

Es wirkt furchtbar steril. Er war sich nicht sicher, ob das an Tugendlereinflüssen lag oder Koronel Langford einer jener humorlosen Offiziere war, die Auspeitschungen jeden Samstag und Gottesdienste jeden Sonntag als entscheidend für die Disziplin einer Kampfeinheit betrachteten. *Aber in diesem Fall sollte hier zumindest ein Holzkreuz hängen, als Symbol der Norillischen Kirche*.

Der Serjeant kehrte zurück und eskortierte ihn zu Koronel

Langfords Büro. Nachdem er Owen angekündigt hatte, zog er sich zurück und schloss die Tür hinter sich.

Owen salutierte. Der Mann hinter dem Schreibtisch erwiderte den Gruß halbherzig, ohne aufzublicken. Im Gegensatz zum kahlen Empfangszimmer war dieser Raum mit Regalen zugestellt, deren Bretter sich unter dem Gewicht der auf ihnen stehenden Bücher bogen. Papiere stapelten sich auf dem Schreibtisch, beschwert mit einem Pulverhorn, zwei seltsamen Schädeln und mehreren Steinobjekten, die Owen nicht einordnen konnte.

»Nehmt Platz, Kapteyn.« Langford deutete mit dem Ende der Schreibfeder, bevor er sich weiter den Konten widmete, an denen er arbeitete. Ein Ständer mit seiner gepuderten Perücke stand auf einem Tisch am Fenster. Auf seinem kahlen Kopf perlte der Schweiß, und die Manschetten der Jacke waren schmutzig.

Owen setzte sich. »Sire, hattet Ihr bereits Gelegenheit …«

Langford zischte, schaute kurz auf, dann kritzelte er einen weiteren Eintrag. Schließlich seufzte er und ließ die Feder sinken, bevor er sich zurücklehnte. Die Brillengläser vergrößerten die müden blauen Augen des Offiziers, ebenso wie die Tränensäcke darunter.

»Ich habe Eure Befehle gelesen, Sire. Ihr kommt nicht unerwartet. Die Absichten der Auswärtigen und Heimatsekretariate sind offenkundig.« Langford machte eine Notiz, und ein kurzes, zufriedenes Lächeln trat auf seine Züge. »Eure Anwesenheit hier ist mir nicht genehm, Sire. Wir empfinden kein Verlangen danach, die Kriege auf dem Kontinent auf unsere Lande übergreifen zu sehen.«

»Koronel …«

Mit einem Zucken der Schreibfeder schnitt er Owen das Wort ab. »Nein, Sire, ich bin nicht gewillt, ein Wort deswegen anzuhören. Ihr seid nun einmal hier. Ihr werdet tun, weshalb Ihr gekommen seid, und der Heimat Bericht erstatten. Und damit wird dieses Narrenspiel ein Ende haben.«

Owen runzelte die Stirn. »Ich verstehe den Zorn in Eurer Stimme nicht, Sire.«

»Ich erwarte nicht von Euch, ihn zu verstehen, Kapteyn, und bin sicher, Ihr werdet es nicht.«

»Ich bin der Ansicht, Sire, dass Eure Sicht dieser Angelegenheit mir helfen würde, meine Mission zu einem erfolgreichen Abschluss zu bringen.«

»Einem erfolgreichen Abschluss, Kapteyn? Ihr seid ein ebensolcher Narr wie die, die Euch gesandt haben.« Langford legte die Schreibfeder beiseite und klappte den Metalldeckel des Tintenfässchens zu. »Ich will es in einfache Worte kleiden. Norisle hat für den Sommerfeldzug dieses Jahres auf dem Kontinent vierundvierzigtausend Mann unter Waffen. Dort werden sie in einem Gebiet fechten, das vielleicht ein *Zehntel* der Größe der Kronkolonien besitzt. Einem von Straßen erschlossenen Gebiet, seit Jahrhunderten besiedelt, und so nahe an Norisle gelegen, dass Kinder in der Lage wären, ein Floß zu bauen, mit dem sich die Überfahrt problemlos bewerkstelligen ließe. Ihr im Gegensatz habt sieben Wochen benötigt, hierher zu gelangen – und das war eine bemerkenswert schnelle Reise. Auf dieser Seite des Ozeans verfügen wir über dreitausend reguläre Soldaten und können das Doppelte an Miliz ausheben. Doch selbst täten wir das, wäre uns durch das Fehlen von Straßen oder sonstigem Transport ein Angriff auf Neu-Tharyngia unmöglich. Zudem zwänge uns ein Feldzug, uns mit den Nationen der Zwielichtvölker auseinanderzusetzen, die in der Wildnis existieren. Völlig unmöglich.«

Langford deutete nach Nordosten. »Ihr, Sire, werdet in eine

unerschlossene grüne Hölle aufbrechen, in der Ihr auf infernalische Bestien und Wilde trefft, und bei all dem werdet Ihr nichts erreichen.«

»So lauten meine Befehle, Sire.«

Langford schnaufte. »Ihr seid nicht der Erste, der diese Befehle erhalten hat. Vernünftige Männer sind hier verblieben und haben sich die Berichte von anderen erstellen lassen. Ich rate Euch, es ebenso zu halten, Sire.«

Owen stand auf und genoss es, als Langford zusammenzuckte. Er schaute auf seinen Vorgesetzten hinab. »Ich will annehmen, Sire, dass dieser Vorschlag eine Prüfung war, ob ich meine Befehle auszuführen gedenke, und dass angemessene disziplinarische Maßnahmen die Folge gewesen wäre, hätte ich zugestimmt.«

Langford streckte die Hand nach der Feder aus, entschied sich dann aber dagegen. »Eine Prüfung, ja. Sehr gut, Kapteyn, Ihr habt bestanden. Man kann nicht vorsichtig genug sein.«

Owen nickte. »Ich werde eine Liste des Materials erstellen, das ich benötige. Ich wäre dankbar, würdet Ihr sie um alles erweitern, was nach Eurer Erfahrung meine Mission erleichtern könnte.«

Langford nickte und griff nach dem Federkiel. »Mit Freuden, Sire.«

Ihr sagt Euch, je eher ich von hier verschwinde, desto eher komme ich in der Wildnis ums Leben. »Des weiteren, Koronel, wäre da noch ein Paket, das mir für den Prinzen anvertraut wurde.«

Langford schaute auf. »Ihr wünscht, es ihm persönlich zu übergeben, wie ich vermute.«

»So lauten meine Befehle.«

»Nun gut.« Langford kritzelte eine Notiz auf ein Stück Papier, faltete es und reichte es Owen über den Schreibtisch. »Serjeant

Hilliard wird Euch den Weg zu den Ställen und zum Gut des Prinzen weisen. Euer Gepäck werde ich in Euer Quartier verbringen lassen.«

»Sehr gut, Sire. Ich danke Euch.« Owen nahm Haltung an und salutierte.

Langford stand langsam auf und salutierte ebenfalls. »Ihr seid Euch bewusst, dass Eure Mission vergebens ist? Eure Entschlossenheit wird Euch das Leben kosten.«

Owen lächelte. »Ich habe nicht die Absicht, meine Gemahlin zur Witwe zu machen, Sire, doch ich werde meine Befehle ausführen.«

Der Stallmeister der Garde übergab ihm einen braunen Wallach und erklärte ihm den Weg. Owen ritt die Seligkeit hinunter zur Gerechtigkeitsstraße und durch das Westtor aus der Stadt, den Gottesgabenpfad entlang. Der Weg führte ihn über mehrere Meilen am Ufer des Benjamin entlang, bis der Fluss nach Süden abbog.

Mehr als ein Pfad war es tatsächlich nicht. Er bestand aus wenig mehr als tiefen Wagenspuren, neben denen das Gras gelegentlich von Reitern und Fußgängern plattgetrampelt worden war. Der größte Teil des Verkehrs nutzte den Fluss. Owen kam an mehreren Gütern mit eigener Anlegestelle vorbei, und nur bei ein paar davon gab es eine erkennbare Verbindung zum Pfad. In dieser Gegend war wohl das Boot das bevorzugte Verkehrsmittel.

Obwohl es ihm wichtig war, dem Prinzen die versiegelten Befehle zu überbringen, ritt er nicht so schnell wie möglich. Die Weite des Landes und seine Unberührtheit ließen ihn staunen. Daheim in Norisle gab es zwar weite Felder, doch sie waren von Mauern zerteilt und vollständig kultiviert. Wälder waren über das Land verteilt, aber sie dienten als private Jagdreviere des

Adels, und die Axt des Holzfällers war ihnen keineswegs fremd. Hier erwartete er hinter jedem Hügel ein kleines Dorf – und wurde immer wieder enttäuscht. Da war nichts. Port Maßvoll lag erst eine Meile oder zwei hinter ihm, und schon fühlte er sich wie der letzte noch lebende Mensch.

Würde ich hier sterben, es würde niemand je erfahren. Der Gedanke sandte ihm einen kalten Schauder den Rücken hinab, und für einen Moment sah er seine Frau in Trauerkleidern. Sie würde wunderbar aussehen in den schwarzen Gewändern, die braunen Augen von Tränen nass. Sie würde sie mit zarter Hand abtupfen, das braune Haar nach hinten gebunden, ihre Haut weiß wie Porzellan. Ein Bild der Schönheit in ihrer Trauer.

Owen verspürte keine reale Gefahr, doch er erinnerte sich an Langfords Bemerkung. Mit einem kurzen Griff überprüfte er die Sattelpistole im Holster vor ihm. Es vermittelte ihm ein kurzes Gefühl der Sicherheit, bevor ihm unangenehm bewusst wurde, wie völlig fremd ihm Mystria war.

Langford hatte von höllischen Bestien und feindseligen Eingeborenen gesprochen. Owen hatte in der Heimat eine Ausstellung mit ausgestopften Kreaturen Mystrias besucht und Skizzen der Zwielichtvölker in ihrer ganzen Wildheit gesehen. Ein nicht unbeträchtlicher Teil der frühen Siedler hatte an dieser Küste das Leben gelassen, die Opfer schlechter Ernten und gnadenlos harter Winter.

Seine Sattelpistole würde ihm bei diesen Gefahren herzlich wenig helfen, und gegen viele der Ungeheuer kaum mehr. Wenn er seine Aufgabe allerdings schnell und gut hinter sich brachte, konnte er zurück in Norisle sein, bevor der erste Schnee fiel, sicher zurück in Katherines Armen, um sein neues Leben zu beginnen.

Ein ironischer Gedanke. Die meisten Menschen, die sich ein

neues Leben wünschten, suchten es in den Kolonien. Er hingegen wollte diese nur erkunden und dann heimkehren. Mit ausreichend Geld konnten er und Katherine seiner Familie entfliehen und wahres Glück finden.

Owen ließ den Sonnenschein, die tanzenden Schmetterlinge und die Felder rot und golden leuchtender Wildblumen die düsteren Gedanken verscheuchen. Seine Mission würde weiseren Häuptern als ihm die nötigen Informationen über einen Feldzug im kommenden Jahr verschaffen. Er würde seine Untersuchungen zu Ende führen, seinen Bericht zurück nach Launston bringen, und die Minister im Tower würden Ordern schreiben, die manch einem Ruhm und vielen den Tod brachten.

Und ich werde weitab von hier endlich mit meiner Gattin glücklich sein.

Am Nachmittag passierte Owen einen mit hohen Eichen bewachsenen Berg, und das Landgut des Prinzen breitete sich vor ihm aus. Ein schmalerer Pfad zweigte nach Süden ab und führte zwischen zwei Baumreihen hindurch auf das bewaldete Gelände. Das riesige Backsteinhaus war wie ein Sommerpalast gebaut, komplett mit zwei im rechten Winkel vom Haupthaus abgehenden Seitenflügeln. Weitere Gebäude lagen halbversteckt im Wald auf der Uferseite des Gutes. Erstaunlich wenig Wald war gerodet, und stellenweise schob sich dieser auf einen Teil der Rasenflächen vor.

Abgesehen von einem schmalen Rauchfaden über einem der Schornsteine war das einzige Anzeichen von Leben ein Bauer, der auf einem kleinen Feld an der Eingangstür Erbsenranken befestigte. Owen ritt hinüber und saß ab. Dabei machte er bewusst genügend Lärm, um die Aufmerksamkeit des Mannes zu erregen. Als dieser unbeeindruckt weiterarbeitete, nahm Owen an, dass er alt und taub war, also trat er ins Blickfeld des Gärtners.

Blind wird er ja wohl nicht auch noch sein.

Der Mann arbeitete weiter.

»Verzeiht.« Owen wollte dem Mann die Zügel seines Pferdes reichen, zögerte aber.

Der Gärtner wischte sich die Hände an den Oberschenkeln ab, dann schob er mit dem Daumen den breitkrempigen Hut in den Nacken. Er richtete sich mit einer geschmeidigen Bewegung auf, was deutlich zeigte, dass er weder alt noch sonderlich hinfällig war. Er grinste. »Ihr dürftet Radband sein.«

Owen ließ die Zügel fallen. »Verzeiht mir, Hoheit, ich ...«

»Ich bewundere Eure Beherrschung, Kapteyn. Der letzte Mann, den man mit Eurem Auftrag schickte, war ein Major, der mir die Reitpeitsche überzog.«

Owen blieb der Mund offen stehen.

Prinz Vladimir lachte. Er war ebenso groß wie Owen, aber schlanker von Statur. Seine braunen Augen waren einen Ton heller als das mahagonifarbene Haar, und dünne weiße Strähnen durchzogen seinen Kinnbart. Das Gesicht war hager, fast hohlwangig, die Haut von der Sonne gegerbt. Ein größerer Kontrast zu den Adligen am Hofe seiner Tante ließ sich kaum vorstellen.

Owen schloss den Mund und deutete auf die Erbsenranken. »Ihr habt das als eine Prüfung für mich getan?«

»Ich bitte Euch, Kapteyn. So beschränkt seid Ihr gewiss nicht.«

Owen überlegte kurz. Der Prinz hätte unmöglich die Stunde oder auch nur den Tag seiner Ankunft wissen können. »Aber, Hoheit, dass Ihr mich nicht beachtet habt ...«

»Allerdings, das war eine Prüfung. Es ist mir ein Bedürfnis, etwas über das Wesen von Menschen zu erfahren.« Er nahm die Zügel des Braunen. »Nun kommt. Ihr habt ein Paket für mich, und ich werde meine Augengläser brauchen.«

Der Prinz führte ihn am Ostflügel entlang, bis er das Pferd einem Stalljungen übergab. Nachdem er sich in einem Wassertrog die Hände gewaschen hatte, betraten sie durch eine Seitentür das Haus. Hinter einer weiteren, wuchtigen Tür lag ein riesiger Saal, der den größten Teil des Erdgeschosses in diesem Flügel einnahm.

Owen blieb einen Moment an der Tür stehen, während der Prinz zu einem großen Schreibtisch an der Innenwand ging. Zahllose Regale standen im Saal. Sie bedeckten die Wände und ragten in den Raum.

Die Wandregale enthielten hauptsächlich Bücher, während sich in den freistehenden Gläser befanden, in deren Innerem hauptsächlich tote Organismen in konservierender Flüssigkeit trieben. Frösche und Fische erkannte er ohne Schwierigkeit, doch er sah auch andere Kreaturen. In einem Käfig vor dem Schreibtisch saß ein lebender Rabe. Und auf den obersten Regalbrettern, sowie von der Decke herabhängend, starrte eine Menagerie ausgestopfter Tiere, wie Owen sie nie zuvor gesehen hatte, mit Glasaugen auf ihn herab. Die größten von ihnen hatten eigene Podeste in den Ecken, bis auf einen riesigen, sich aufbäumenden Bären mit gefletschten Zähnen und Krallen, der hinter dem Schreibtisch aufragte.

Vladimir nahm den Hut ab und hängte ihn auf die Schnauze des Bären. »Das Paket, Kapteyn?«

Owen zuckte zusammen, dann zog er die versiegelten Befehle aus der Innentasche der Jacke und überreichte sie.

Der Prinz lächelte, während er die Lederriemen löste. »Schaut Euch um. Ihr könntet feststellen, dass ich Euch hier in meinem kleinen Museum bereits einen Teil Eurer Arbeit abgenommen habe.«

Drittes Kapitel

27. April 1763
Des Prinzen Zuflucht
Mäßigungsbucht, Mystria

Owen näherte sich zögernd einem großen Tisch im Zentrum des Saals. Hier lagen mehrere schwere Bücher aufgeschlagen. In einem waren getrocknete und gepresste Blumen an den Seiten befestigt, begleitet von Anmerkungen in gleichmäßiger, femininer Handschrift. Sie beschrieben jede Blume bis in die Einzelheiten, einschließlich ihres bevorzugten Lebensraumes und Verbreitung, bis hin zu den bekannten und vermuteten Anwendungsmöglichkeiten.

Andere Bücher enthielten schöne Zeichnungen von Vögeln und Tieren. Die Anmerkungen in ihnen hielten weitgehend die Details fest, die auch im Blumenbuch zu finden waren, jedoch in sehr viel energischerer Schrift. Vermutlich stammten sie von der Hand des Prinzen. Die Beschreibungen der Tiere umfassten auch Jagdanekdoten. Neben manchen Einträgen standen Zahlen, die, wie Owen schnell erkannte, sich auf die Exponate in den Regalen bezogen.

Die Seiten der Bücher knisterten, als Owen sie umschlug. Das raue Papier rieb sich an seinen Fingerkuppen. Viele der beschriebenen Kreaturen besaßen große Ähnlichkeit mit der Tierwelt Norisles und unterschieden sich von ihr nur in Größe oder Farbe. Doch er sah auch andere Kreaturen, die … *Derartiges kann unmöglich existieren*.

Er schaute von den Büchern auf zu einem elfenbeinfarbenen Schädel, der einen Stapel Papiere beschwerte. Dieser stammte eindeutig von einer Katze, allerdings war er sehr viel größer als der Kopf jeder Wildkatze, die ihm jemals unter die Augen gekommen war. Die gekrümmten Fänge waren fast eine Spanne lang. Er fuhr mit dem Finger an der Innenseite entlang und hätte sich fast an der gezahnten Kante geschnitten. Diese Zähne dienten dazu, Fleisch und Sehnen zu durchtrennen.

Der Prinz warf einen Blick über die Schulter und gluckste. »Und das ist ein Jungtier. Dort drüben habe ich ein ausgewachsenes Exemplar.« Er deutete in eine hinter einigen Regalen verborgene Saalecke. »Man hat die Nachricht verschlüsselt, so dass ich eine Minute benötigen werde, sie zu entziffern. Geht ruhig hinüber und schaut es Euch an.«

Owen nickte, und der Prinz drehte sich wieder um. Er schob sich um den riesigen Tisch, vorsichtig, um nichts umzustoßen. Auf beiden Seiten streiften seine Schultern die Bücher in den Regalen. Mit einer Rechtsdrehung trat er um eine die Sicht versperrende Ecke und keuchte auf. Seine linke Hand zuckte hoch, um den Angreifer abzuwehren, die Rechte fiel an seine Hüfte – wo er die Pistole hätte tragen sollen.

Statt des Schädels, den zu sehen er erwartet hatte, fand er sich unmittelbar vor einer riesigen ausgestopften Raubkatze. Sie hatte kurzes, sandbraunes Fell, das am Rückgrat entlang scheinbar zufällig mit wenigen dunkleren Flecken gesprenkelt war. In Haarbüschel endende Ohren waren flach an den Kopf angelegt. Das Maul war weit aufgerissen, die Säbelzähne bereit, tief in die Beute zu schlagen. Mit großen Krallen bewehrte Pranken streckten sich ihm entgegen, wollten ihn packen und festhalten. Von der Nasenspitze bis zum kurzen Schwanz musste die Kreatur mindestens acht Fuß lang sein, und an der Schulter fünf hoch.

Der gläserne Blick der dunklen Augen und die in der Bewegung erstarrte Haltung ließen keinen Zweifel daran, dass die

Katze tot war, und doch machte ihre lebensechte Erscheinung sie zum Stoff von Alpträumen. Owen musterte sie eingehend. Er bewunderte ihre Größe und suchte nach einem Anzeichen für die Art ihres Todes. Die Kreatur machte einen bemerkenswert gesunden Eindruck, und er fand keine offensichtlichen Verletzungen.

Der Prinz trat schmunzelnd zwischen den Regalen hervor. »Sehr gut, Kapteyn Radband. Ihr habt nicht geschrien. Das kann ich von Koronel Langford nicht behaupten.«

»Was ist das?« Owen strich mit einer Hand über den Rücken der Katze, um das Fell zu fühlen. »Ich war in zoologischen Gärten, doch niemals …«

Prinz Vladimir trat an die andere Seite der Kreatur und streichelte ihre Flanke. »Sie hat viele Namen, je nachdem, wen Ihr fragt. Manch einer nennt sie Löwe, ein anderer Tiger. Für einen Leoparden besitzt sie zu wenige Flecken. Ich bevorzuge Säbelzahnkatze. Viele Mystrianer nennen sie Geopahr. Ich vermute, es handelt sich um ein Wortspiel, eine Zusammensetzung aus Leopard und Gefahr. Eine durchaus passende Wortschöpfung. Möglicherweise werde ich mich noch entschließen, sie zu übernehmen.«

Owen schüttelte sich. Die Schaustellungen und Bilder in Norisle waren in keiner Weise geeignet gewesen, ihn auf die Wirklichkeit vorzubereiten. Die meisten der Berichte über Fabelwesen, so seine Vermutung, waren darauf angelegt, Kindern und leichtgläubigen Besuchern, die in ihrem Leben niemals einen Fuß in jenes ferne Land setzen würden, Schauder einzujagen.

Der Prinz lachte erneut. »Verzeiht mir, dass ich Euch unvorbereitet hierher schickte. Ich habe diese kleine Ecke meiner Werkstatt speziell zur Prüfung von Besuchern abgetrennt. Betrachtet es als Zeichen meines verqueren Sinnes für Humor.« Er klopfte auf die Regale. »Ich musste sogar das Holz verstärken, da unser durchschnittlicher Landsmann bei dem Anblick in panischer Angst die Flucht ergreift.«

Owen musste ebenfalls lachen, als er sich vorstellte, wie Mr. Wattling auf den Anblick reagiert hätte. »Koronel Langford betrachtete mein Erscheinen in seinem Büro mit ähnlicher Begeisterung, wie er sie wohl einem Geopahr entgegengebracht hätte, so mein Eindruck.«

Der Prinz nickte und winkte Owen, ihn zurück an den Schreibtisch zu begleiten. »Langford war zu keiner Zeit ein sonderlicher Heerführer und verhält sich hier wie ein besserer Quartiermeister. Soweit es mir bekannt ist, schickt er seine Männer auf Arbeitseinsätze, um für ihre Leistungen Geld zu fordern.«

Owen blinzelte erstaunt. »Und Ihr habt ihn dafür nicht gemeldet?«

Vladimir setzte sich. »Es ist ein Spiel zwischen ihm und mir. Er weiß, dass mir bekannt ist, was er tut, daher achtet er darauf, einen Teil der Einsätze für das Allgemeinwohl durchzuführen. Schaut mich nicht so überrascht an, Kapteyn. Mir bietet sich hier wirklich keine Alternative.«

»Hoheit, es gibt Pflichten und Vorschriften.«

»Ich weiß.« Der Prinz nickte leichthin. »Sollte ich Anklage erheben, würde Langford arrestiert und nach Fließstadt in Feenlee verbracht. General Upton würde ihn festhalten und mein Gesuch um ein Verfahren heim nach Norisle senden. Sechs Monde später, nachdem das Parlament die Sache debattiert hat, würde man eine Entschuldigung finden, Langford wieder nach Port Maßvoll zu schicken, und so würde der Kreis sich schließen.«

»Das erscheint ganz und gar nicht …«

»Gerecht? Oder billig? Nun, das ist es auch nicht.« Vladimir stand auf, nahm ein paar Bücher von einem Hocker und brachte ihn Owen. »Bitte, setzt Euch. Norillier, die nach Mystria kommen, begegnen diesem Land auf eine von zwei Weisen. Es gibt jene, die es als ein Land voller Reichtümer sehen. Sie sind hier, um davon zu ernten, was immer sie können, bevor sie in die Heimat zurückkehren. Manche füllen die Schatullen ihrer Familie wieder auf, andere kümmern sich um ihre Karriere. Das Motiv ist nicht von Belang. Sie haben ein persönliches Ziel und sind allein daran interessiert, es zu erreichen. Die anderen jedoch haben die Seele eines Sträflings, selbst wenn sie aus freien Stücken hierherkamen.« Der Prinz beugte sich vor und stützte die Ellbogen auf die Oberschenkel. »Sie sehen in diesem Kontinent ein Land der Möglichkeiten. Hier kann ein Mensch sein, was immer er sein will. Hier kann er frei sein.«

Die Begeisterung, die aus den Worten des Prinzen sprach, ließ Owen grinsen. Sie erschien ihm bizarr. Immerhin stand der Mann, der ihm hier gegenübersaß, an dritter Stelle der Thronfolgerliste Norisles, und dennoch war an seinen Worten nichts gespielt. Bisher mochte der Mann ihn auf die Probe gestellt haben, doch Owen hatte das bestimmte Gefühl, dass er bestanden hatte und Vladimir ihn akzeptierte.

Der Prinz richtete sich auf. »Eure Reaktion auf meinen Geopahr und auf Langford sagt etwas über Euch aus, doch ich benötige mehr.«

Owen nickte. »Wie es Euch beliebt, Hoheit.«

»Wer hasst Euch so sehr, dass Ihr diesen Auftrag erhalten habt?« Der Prinz tippte mit dem Finger auf die aufgeblätterten Befehle. »Der Begleitbrief ist recht kurz. Der Satz hier ›... nach bestem Können und Vermögen‹ sagt mir in aller Regel, dass man keinen sonderlichen Wert auf Eure Rückkehr legt.«

»Es waren keine Feinde, Hoheit, es war meine Familie. Meine

Gemahlin hat meinen Oheim angefleht, mir diese Chance zu geben.« Owen seufzte. »Mein Oheim, der Herzog vom Todeskamm, ließ sich von ihrer Leidenschaft erweichen.«

»Eure Gattin muss erstaunlichen Charme besitzen, wenn ihr das gelungen ist.« Die Augen des Prinzen wurden schmal. »Dennoch, Euch hierher nach Mystria zu schicken ... Ich vermute, Ihr seid nicht sein *Lieblings*neffe.«

»Ganz und gar nicht, Hoheit.« *Sollte ich es nicht lebend in die Heimat schaffen, wäre seine einzige Sorge, so wenig Geld wie möglich für meinen Grabstein auszugeben.*

Der Prinz öffnete eine Schublade und zog eine kristallene Scheibe hervor. Diese hielt er zwischen Daumen und Zeigefinger der rechten Hand, tief ins Gelenk geschoben. Er kniff die Augen zusammen, und das Glas leuchtete auf. Vladimir starrte hinein, während er es vor und zurück über die mit Symbolen bedeckten Seiten schwenkte. Ab und an unterbrach er sein Studium des Textes, um die Scheibe kurz abzulegen und am Rand von Owens Ordern eine Anmerkung zu machen.

Schließlich lehnte er sich zurück. »Ich sehe die Hand Eures Oheims in diesem Dokument. Natürlich nicht im wörtlichen Sinn, aber nicht weit davon entfernt. Andere sind in ähnlicher Mission hierhergekommen, doch Eure Befehle sind bei weitem die vollständigsten und beweisen das beste Verständnis der Situation hier in der Neuen Welt. Die Tharyngen hier zu besiegen, ist der Schlüssel zum Triumph in Auropa. Euer Oheim scheint sich dieser Tatsache sehr bewusst.«

Der Prinz erhob sich und zog eine große eingerollte Karte vom obersten Brett eines der Regale. Er breitete sie auf dem Tisch aus, mit dem Geopahrschädel an einer Ecke und einer scharfen Steinklinge an der anderen. Eines der Blumenbücher hielt die linke Seite der Karte fest, so dass sich die Ecken einwärts bogen.

»Dies ist der gesamte Kontinent – so weit zumindest, wie ich zuverlässigen Informationen trauen kann. Die Tharyngen beanspruchen alles nördlich des Silberflusses und westwärts zu den Vier-Bruder-Seen. Darüber hinaus alles den weiten, langen Misaawa hinab.«

»Misaawa?«

»In der Sprache der Einheimischen – einer ihrer Sprachen zumindest – bedeutet es ›Leben‹.« Sein Finger fuhr eine Bergkette östlich des Flusses ab. »Unsere Kolonialurkunde gewährt uns die Rechte am Land zwischen dem Meer und diesen Bergen. Vor einhundertfünfzig Jahren erachtete man diese Berge als unpassierbar. Zudem erwartete niemand, dass wir uns so schnell ausbreiten würden. Die Sträflinge stellten sich als fruchtbarer und geschäftiger heraus, als man für möglich gehalten hatte. Andererseits muss man arbeiten, um zu überleben, und viele Hände machen die Arbeit leichter. Dies führt zu einem interessanten Lebenskreis.«

Vladimir schürzte die Lippen. »Die Tharyngen hatten weniger Glück. Im Norden ist die Erntezeit kürzer. Sie müssen Nahrung aus Tharyngia einführen. Doch weil sie enger mit den Zwielichtvölkern zusammenarbeiten als wir, schicken sie reichlich Werte zurück auf den Kontinent. Sie finanzieren die Kriegsanstrengungen ihrer Heimat durch den Verkauf von Fellen, Holz, Pottasche und sogar begrenzte Mengen Goldes. Zu ihrem Schutz haben sie Festungen an wichtigen Flusskreuzungen und den Abertausenden kleinen Seen im Westen aufgebaut. Unsere Siedler und Fallensteller haben sie verscheucht.«

Der Prinz klopfte mit dem Finger auf den Misaawa. »Ich halte das Flusstal des Misaawa für ebenso fruchtbar wie die besten Teile unserer Kolonien. Sollten die Tharyngen dort Siedlungen errichten, wie sie es am Fuß des Flusses bereits getan haben, wird ihre Bevölkerung die Größe der unseren bald erreichen oder gar übersteigen. Sobald dies geschieht, sitzen wir in der Falle, und es wird zu einem offenem Krieg kommen, so wie bereits auf dem Kontinent.«

Owen betrachtete die Karte. Die Berge waren in schwarzer Tinte eingezeichnet, die Flüsse blau – bis auf den Misaawa. Dessen Lauf war eine lange, dicke sepiafarbene Spur und erinnerte an eingetrocknetes Blut. In derselben Farbe waren mehrere andere Gegebenheiten eingezeichnet, vor allem im Süden und Westen.

Der Kundschafter runzelte die Stirn. »Ihr habt darauf verzichtet, Straßen einzuzeichnen?«

»Weshalb sollte ich die Tinte verschwenden?« Der Prinz zuckte die Achseln. »Würdet Ihr den Pfad, auf dem Ihr gekommen seid, als Straße bezeichnen?«

»Nein, Hoheit.«

»Damit seid Ihr nicht allein. Koronel Langford sieht nirgendwo eine gute Straße, daher kann er sich nicht vorstellen, wie Soldaten in die Schlacht marschieren könnten. Und als Schlachtfelder finden sich nur winzige Stücke gerodeten Landes. Auch da gibt es nichts, was er als geeignet für eine ordentliche Kriegsführung erkennen mag.«

Owen schüttelte den Kopf. »Ich erinnere mich, wie die Kolonisten im Wald von Artennes gegen die Plattengarde kämpften. Das Fehlen eines offenen Schlachtfeldes hat beide nicht gestört.«

»Gut, sehr gut. Wenn Ihr das versteht, dann seid Ihr vielleicht wirklich der richtige Mann für diese Aufgabe.« Der Prinz strich sich übers Kinn. »Ich werde dafür sorgen, dass Ihr seht, was notwendig ist. Langford wird bereit sein, Euch zwei seiner Kundschafter an die Seite zu stellen. Fähige Männer, doch ich fürchte, leider auch faul. Das wird Euch wenig nutzen.«

»Nein, Hoheit.«

»Ich werde ihm eine Notiz schicken, dass ich Euch meinen Mann zur Begleitung sende. Langford wird natürlich protestieren, doch das bin ich gewohnt.«

Owen nickte. »Euer Mann ist gut, Hoheit?«

Vladimir strahlte. »Der beste. Er war es, der den Geopahr tötete.«

Bevor Owen fragen konnte, führte der Prinz ihn zurück zu der Raubkatze. Er teilte das Fell am Hals des Tieres, wo ein kleines Loch sichtbar wurde. Dann rieb er mit der Hand über das Rückgrat des Geopahren. »Die Kugel schlug hier ein und trat dort aus. Auf einhundert Schritt. Ein Schuss.«

Owen staunte. »Hoheit …«

Der Prinz hob die Hand. »Erstens, Kapteyn Radband, war ich bei ihm und habe die Distanz persönlich abgemessen. Und da Ihr mir sagen wolltet, dass ein tödlicher Schuss auf diese Entfernung mit einer Muskete unmöglich ist, lasst mich Euch erwidern, dass ein *Gewehr* dies kann, und ein Gewehr hat Nathaniel benutzt. Eine schnurgerade fliegende Bleikugel von vierzehn Unzen.«

Owen maß den Winkel zwischen Eintritts- und Austrittsöffnung. *Und das Biest griff ihn dabei an, ganz so wie hier.* »Das war ein erstaunlicher Schuss, Hoheit.«

»Vor zwei Wintern. Eine wirklich raue Zeit. Die Bestie war ein Menschenfresser, kam auf der Suche nach Beute bis hier herunter. Wir jagten sie.« Der Prinz wurde rot. »Ich verfehlte sie, trotz eines exquisiten Gewehrs, dem Geschenk eines Seldschuk-Kalifen an meinen Vater. Nathaniel brachte sie zur Strecke und lud sein Gewehr nach, noch bevor sie das letzte Mal zuckte.«

»Einen so bemerkenswerten Scharfschützen würde ich mit Freuden kennenlernen, Hoheit.«

Prinz Vladimir musterte Owen noch einmal vom Kopf bis zu den Zehen. »Und mich wird interessieren, was er von Euch hält, Kapteyn Radband. Tatsächlich würde ich Eure Expedition nur zu gerne selbst begleiten.«

»Das wäre mir eine Ehre, Hoheit.«

»Zu gütig, doch würde ich Euch nur aufhalten.« Die Miene des Prinzen hellte sich auf. »Von Ehren gesprochen, hätte ich jedoch einen Wunsch, falls Ihr gestattet.«

»Was immer Ihr verlangt, Hoheit.«

»Nun denn, folgt mir.« Der Prinz drehte sich zum Hof. »Ich wüsste gerne Eure Meinung über meinen Drachen.«

Viertes Kapitel

27. April 1763
Des Prinzen Zuflucht
Mäßigungsbucht, Mystria

Owen folgte dem Prinzen aus dem Haus und über eine ausgedehnte Rasenfläche, die sich sanft zum Fluss hinabsenkte. Dort, kurz hinter dem Steg und halb verborgen hinter einem Hain von Bäumen, befand sich ein niedriges Gebäude. Sein Rahmenwerk war aus nur wenig behauenen Baumstämmen gezimmert. Daran waren unter einem Schieferdach ungleiche, rot gestrichene Bretter genagelt. Es ähnelte zu ähnlichen Zwecken errichteten Bauten in Norisle bestenfalls entfernt.

Üblicherweise waren Wurmstände aus Stein gebaut – allerdings kam Owen nun der Gedanke, dass dies möglicherweise an ihrem Alter lag. Die meisten Wurmstände, die er bisher gesehen hatte, waren bereits jahrhundertealt. Da Lindwürmer ungeheuer kräftig waren und gelegentlich bemerkenswert ungeschickt, bedurfte es Steinmauern, die ihren herumschlagenden Leibern standhalten konnten. Dementsprechend hielt Owen Ausschau nach Anzeichen für durch ein sorgloses Peitschen des Schwanzes losgeschlagene Bretter, fand aber nichts dergleichen.

Wie alle ihm bekannten Wurmstände war auch dieser in unmittelbarer Nähe des Wassers errichtet. Mit dem Frühjahrshochwasser konnte man das Wasser durch den Wurmstand leiten, um ihn ordentlich zu säubern. Als zusätzlicher Vorteil beruhigten das Plätschern des Wassers und die vom Fluss kommende kühle Luft die Lindwürmer während der drückenden Sommermonde. Dies war nicht nur angesichts ihrer Größe sehr willkommen, sie konnten während der Häutung auch ausgesprochen bösartig werden.

Irgendetwas fehlt hier. Erst als sie den Schatten des Baus erreichten, erkannte Owen, was es war. *Es stinkt nicht!*

Wurmstände roch man schon auf hundert Schritte gegen den Wind, und er hatte noch niemanden getroffen, der diesen Geruch als angenehm beschrieben hätte. Die wohlwollendste Beschreibung, die Owen je gehört hatte, verglich ihn mit dem Gestank, der nach drei Tagen unter glutheißer Sonne über einem von Leichen übersäten Schlachtfeld hing. Wurmwarte entwickelten sehr schnell einen äußerst unempfindlichen Magen, oder sie suchten sich eine andere Beschäftigung.

»Hoheit, es ist Euch, so hoffe ich, bewusst, dass ich kein Wurmwart bin. Sollte ihm etwas fehlen …«

Der Prinz nickte. »Ihr meint, weil es nicht stinkt? Magwamp hat sich angewöhnt, eine hiesige Beerensorte zu fressen. Er ernährt sich immer noch hauptsächlich von Fisch und Rind, aber zum Nachtisch frisst er die Beeren. Sie dämpfen seine Ausdünstungen erheblich.«

»Magwamp? Ich dachte, der Name Eures Lindwurms sei Gorfinbard?«

»Das war er, und in den offiziellen Listen ist er es immer noch.« Der Prinz zog den Riegel aus einem der beiden weiten Stalltore und öffnete es. »Der Häuptling der Altashie, das ist eines der Zwielichtvölker, hat mich besucht, und ich habe ihm meinen Lindwurm gezeigt. Er nannte ihn Magwamp oder zumindest klang es für meine Ohren so. Magwamp hat darauf reagiert, und der Name schien ihm zu behagen. Ich habe keine Vorstellung von seiner Bedeutung und bin auch nicht erpicht, es herauszufinden, doch wenn es dem Biest gefällt, benutze ich ihn.«

Owen packte das andere Tor und zog es auf, dann folgte er dem Prinzen ins schattige Innere. Sie bewegten sich über einen erhöhten hölzernen Laufsteg voller Flecken aus getrocknetem Lehm. Ein hüfthohes Geländer auf der dem Fluss zugewandten Seite verhinderte, dass man durch eine unbedachte Bewegung in die Lindwurmgrube stürzte. Der Prinz stützte sich auf dieses Geländer und deutete mit einer Kopfbewegung hinunter. »Und hier ist er: Magwamp.«

Voller Bewunderung starrte Owen hinab. Obwohl der Prinz von der Kreatur unter ihnen als einem Drachen gesprochen hatte, war sie genaugenommen ein Lindwurm, da sie keine Flügel besaß und also nicht fliegen konnte. »Er ist ehrfurchtgebietend.«

Als Mitglied des Hauses Ventnor und später Ihrer Majestät Lindwurmreiter hatte er oft die Würmer aus der Nähe studieren können. Doch auch wenn er viel Zeit auf den Gütern seines Großvaters damit verbracht hatte, sich um die Lindwürmer seines Oheims zu kümmern, hatte er niemals Gelegenheit bekommen, allein auf einem von ihnen zu reiten. Da er weder von adliger Herkunft noch mit großen Reichtümern gesegnet war, besaß er nicht die Mittel, ein Patent in einer der tatsächlichen Lindwurmkompanien des Regiments zu erwerben. Trotzdem fühlte er sich in der Gesellschaft der riesigen Kreaturen wohler als mancher ihrer Reiter.

Ohne nachzudenken ließ er sich in die Grube hinunter. Er hielt sich am Rand, wo der Schlamm seicht war, während er sich dem Kopf des Biestes näherte. Der Prinz, der für einen Ausflug in die Grube weit angemessener gekleidet war, folgte ihm. Owen bewegte sich langsam und achtete bei jedem Schritt darauf, nicht auszurutschen – weniger aus Besorgnis um seine Uniform als aus dem Grund, das Tier nicht zu erschrecken.

Zehn Schritt vor Magwamps Kopf ging er in die Hocke, wobei er die Schöße seines Uniformrocks hob, um sie vor dem Schlamm zu schützen. Er lächelte. Er konnte nicht anders. Von allen Lindwürmern, die er bisher gesehen, war dieser der prächtigste.

Der Lindwurm war volle vierzig Fuß lang, wenn nicht sogar etwas länger, und von schwarzen Schuppen bedeckt. Zwar war es im schummrigen Licht des Wurmstands schwierig, sich dessen sicher zu sein, doch die Schuppen glänzten etwas heller als die matte Lindwurmhaut im größten Teil des Regiments. Auch die Hörner auf dem Kopf und die Krallen erschienen ihm größer als bei den Lindwürmern des Regiments. Zudem dekorierten goldene und rote Streifen und Punkte die Schuppen und Hörner. Owen hatte eine solche Zeichnung noch nie bei einem lebenden Lindwurm gesehen.

Magwamp lag mit dem Maul halb in einer Pfütze, aus der ein von Blättern bedeckter Ast irgendeines Busches ragte. Als die

Männer sich näherten, öffnete er ein goldenes Auge. Die große, schmale Pupille verengte sich leicht, und eine durchscheinende Membran hob sich über den goldenen Augapfel. Die Kreatur hob ein wenig den Kopf, und von ihrem Kiefer tropfte dunkles Wasser.

»Vorsicht, Kapteyn.«

Obwohl Owen wusste, was ihn erwartete, regte er sich nicht.

Der Lindwurm ließ seinen keilförmigen Kopf fallen. Eine Woge von Schlamm flog auf, bedeckte Owen von der Taille abwärts und spritzte bis über seinen Kopf.

Er lachte schallend, und der Lindwurm schnaubte. Der Soldat wischte sich den Schlamm aus den Augen und grinste breit. »Mein Oheim besaß einen, der zu ähnlichen Streichen neigte. Während der Häutung jedoch war er eine Gefahr. Wir mussten warten, bis er nahezu alle Schuppen abgestreift hatte, bevor wir uns ihm zu nähern wagten.«

Prinz Vladimir hob eine Augenbraue. »Sagtet Ihr nicht, Ihr wäret kein Wurmwart?«

»Ich bin es nicht, jedoch der Wurmwart der Familie Ventnor war ein braver Mann. Er hatte Frau und Kinder an die Schwarzen Pocken verloren und nahm sich meiner an, wenn ich aus der Schule heimkam. Im Wurmstand war ich außer Sicht und nicht gezwungen, mich mit meinen Vettern auseinanderzusetzen. Niemand störte sich daran.«

»Dann würde ich, falls Ihr gestattet, gerne Euren Rat einholen.« Der Prinz pfiff.

Magwamp regte sich. Das gewaltige Tier pflügte einen Wall aus Schlamm auf, als es den Kopf drehte und die Schnauze zwischen die beiden Männer schob. Sein heißer Atem drang in kurzen Stößen aus den Nüstern, heftig genug, um Owen fast zu Boden zu werfen.

Der Prinz stützte sich mit einer Hand auf Magwamps Schnauze und bewegte sich in Richtung der Augen. »Geht an der anderen Seite entlang. Ihr wisst, wo der Gehörgang ist?«

»Ja, Euer Hoheit.« Owen stand auf und tat wie ihm geheißen. Der Weg ließ ihn bis zu den Knöcheln im Schlamm versinken, als er kurz hinter dem Kiefer der Kreatur anhielt, zwei Fuß unter dem goldenen Auge. Der Gehörgang des Lindwurms lag dicht dahinter und etwas über dem Kieferansatz. Eine Panzerschuppe so groß wie ein Essteller schützte ihn.

»Wenn Ihr so gut wäret, Kapteyn, fasst den Gehörgangdeckel und versucht, ihn zu bewegen. Vorsichtig.«

Sanft schob Owen die Finger unter die Schuppe. Drachen besaßen zwei Hautschichten. Die Schuppen der äußeren ähnelten Fingernägeln und waren in der unteren verankert. Die untere Haut war weich und warm, ganz ähnlich einer Schlange, wenn diese sich gesonnt hat. Magwamps Haut fühlte sich normal an, was Owen beruhigte.

Er bewegte den Deckel, langsam erst, dann kräftiger. Es fühlte sich locker an, wie ein Zahn kurz vor dem Ausfallen. Zum Vergleich versuchte er eine andere Schuppe, doch diese hielt ihm stand. Eine dritte hatte ein wenig Spiel.

»Habt Ihr es bemerkt, Kapteyn?«

Owen bewegte sich zurück, bis er den Prinzen sehen konnte. Vladimir lehnte sich auf Magwamps Schnauze, Ellbogen und Unterarme aufgestützt, als sei der Lindwurm ein Stück Mobiliar. Er widmete den goldenen Augen, die ihn beobachteten, keine erkennbare Aufmerksamkeit. *Oder dem Maul voller rasiermesserscharfer Zähne*.

Owen runzelte die Stirn. »Er war locker, Hoheit. Schuppen fallen von Zeit zu Zeit ab. Ich habe keinen Grünschaum bemerkt. Er wirkt warm. Falls er gut frisst ...«

»Kein Hinweis auf eine Häutung, Kapteyn?«

Owen schüttelte den Kopf. In gewissen Abständen warfen Lindwürmer die Schuppen ab und spannen einen Kokon aus Drachenseide. Ein sehr fester Stoff, der geerntet und zu wunderbar robusten und leichten Gewändern versponnen wurde. Die Gefechtsuniformen aller Lindwurmreiter des Regiments waren daraus gefertigt. Der Kokon kündigte die Häutung an, und es war äußerst wichtig, den Lindwurm rechtzeitig aus dem Kokon zu schneiden, denn noch kein Lindwurm hatte die Verpuppung überlebt.

Aus ihrem Kokon befreit, schliefen sie für Wochen, manche für Monde, und warfen ihre Haut ab. Die Schuppen lösten sich mit Leichtigkeit, die Haut musste abgezogen werden. Beide waren von hohem Wert, und alle Lindwurmreiter besaßen Stiefel und Handschuhe aus Lindwurmleder. Sobald sie ihrer alten Haut vollständig entledigt waren, erwachten die Lindwürmer, und innerhalb des nächsten Mondes wuchsen ihnen neue Schuppen. Soweit sie im Kriegshandwerk ausgebildet waren, kehrten sie zu ihren Pflichten zurück, ohne neu ausgebildet werden zu müssen.

»Ich habe keine Seide bemerkt, und dazu hat er auch noch zu viele Schuppen.«

Vladimir strich sich übers Kinn und verschmierte den Schlamm. »Nun, ich habe mir Magwamp angesehen, und habe meinen Wumwart, Meister Bäcker, es ebenso tun lassen. Es finden sich lockere Schuppen an Magwamps ganzem Leib, und sie sind angeordnet in einem bilateral symmetrischen Muster.«

Owen nickte. »Es kann aber keine Häutung sein, denn er hat nicht gesponnen.«

»Wissen wir denn sicher, dass der Kokon erforderlich ist für die Häutung?« Der Prinz hob die Hände. »Ich erwarte darauf von Euch keine Antwort. Es ist das Thema einer kleineren Debatte, die ich per Korrespondenz mit mehreren Bekannten in Auropa führe. Mein besonderes Interesse erklärt sich so: Vögel mausern sich in einem bilateral symmetrischen Muster, um im Fluge die Stabilität zu behalten. Falls die alten Geschichten der Wahrheit entsprechen und Drachen fliegen konnten, könnte dieses Lockern der Schuppen nicht etwas ankündigen?«

»Das, Hoheit, ist eine Frage, auf die ich keine Antwort habe.«

Prinz Vladimir lachte. »Ein weiser Mann, der zugibt, überfragt zu sein. Natürlich kann es andere Erklärungen geben. Magwamp ist seit Jahrhunderten in den königlichen Stallungen, hat jedoch seit fünfzig Jahren nicht gekämpft. Da er der einzige Lindwurm in Mystria ist, gab es keinen Anlass, ihn einzusetzen.«

»Das könnte der Grund sein, Hoheit. Er wirft vielleicht nur Panzerung ab, die er nicht braucht.« Owen runzelte die Stirn. »Ich muss sagen, er ist der größte Lindwurm, den ich je gesehen habe. Und …« Er fuhr mit dem Finger an roten und goldenen Streifen entlang, die sich die Schnauze hinaufzogen. »Ich habe noch niemals eine derartige Zeichnung gesehen.«

»Ich auch nicht. Der truskische Maler Giarimo porträtierte ihn vor über hundert Jahren, und damals besaß er sie noch nicht.« Der Prinz tätschelte Magwamps Schnauze. »Wenn du nur reden könntest, mein Freund. Du könntest es mir beantworten. Ist es das friedliche Leben, oder hat es einen anderen Grund? Ist es vielleicht die Reaktion auf dieses Land, wie Meister Bäcker glaubt?«

Der Lindwurm hob den Kopf und bewegte ihn über Owen hinweg zurück in die Pfütze. Seine dicke schwarze Zunge streckte sich und zog den Ast in sein Maul, das sich um ihn schloss. Magwamp beäugte die beiden Männer kurz, dann drehte er sich und rollte in die Mitte seiner Senke. Dort wand er sich, rieb den

Rücken in den Schlamm, und seine vier Beine schlugen in Reflexbewegungen nach dem Dach. Sein Maul öffnete sich wieder, die Zunge fiel heraus, und er schloss die Augen.

Der Prinz seufzte. »Wie viel leichter wäre alles, teilte er meine Liebe zur Wissenschaft und Forschung. Verzeiht mir, dass ich Euch mit meinen Fragen belästige.«

Owen hob abwehrend die Hände. »Ich bitte Euch, Hoheit, es ist mir eine Ehre.«

Der Prinz deutete auf den goldenen Ring an Owens linker Hand. »Ihr habt Eure Gattin mitgebracht?«

»Nein, Hoheit.« Owen lächelte und neigte den Kopf. »Doch hätte sie geahnt, dass ich Euch begegnen würde, sie hätte die Reise ertragen.«

»Ich bin gewiss, Eure Gemahlin wäre eine angenehme Gesellschaft.«

»Ihr seid sehr gütig, Hoheit.«

Die Augen des Prinzen funkelten. »Darf ich vermuten, dass sie, hätte ich Interesse an norillischem Hofklatsch, eine ausgezeichnete Quelle gewesen wäre?«

»Ihre einzige Schwäche, Hoheit.« Owen seufzte. »Sie hat mir sehr viel berichtet, bevor ich abreiste, doch schenkte ich dem keine Aufmerksamkeit. Es ist ohne Bedeutung, denn inzwischen ist doch ohnehin alles überholt.«

»Und in Anbetracht der flüchtigen Natur meiner Tante dürften sich die Dinge seit Eurer Abreise wieder geändert haben, vermutlich mehr als nur ein einziges Mal.« Vladimir lachte. »Es gibt Zeiten, da ist das Meer ein willkommener Schutz vor ihrem Wohlwollen.«

Owen lächelte höflich. Er hätte nicht gewusst, wie er sonst hätte reagieren sollen.

Der Prinz winkte ihn zu sich. »Kommt, wir wollen Euch säubern gehen. Das zumindest kann ich für Euch tun. Eli, meines Wurmwarts Sohn, dient mir als Knappe und wird den Schlamm von Eurem Rock entfernen. Die Hose allerdings ist nicht mehr zu retten.«

Owen stieg die kurze Leiter hinauf zum Laufsteg. »Bitte, Hoheit, ich weiß das Angebot zu schätzen, muss jedoch ablehnen. Koronel Langford wird großes Vergnügen aus meinem Anblick ziehen.«

»Ihr dürft ihm nicht sagen, dass Magwamp dafür verantwortlich war. Der Mann hat seit Beginn den Drang, den Lindwurm zu sehen. Ich weiß, es ist kleinlich von mir, doch ihm dies zu verweigern, ist eine der wenigen Möglichkeiten, die ich habe, ihn zu ärgern. Ich vermute, es stellt keinen von uns in ein gutes Licht, doch was Laster betrifft, kann man es kaum unter die größeren zählen.«

»Ich werde ihm berichten, ich sei während einer Rast am Flussufer ausgerutscht.«

Der Prinz schloss mit fröhlichem Gesicht die Tore des Wurmstands. »Ein Mann von wachem Verstand. Ihr könntet Eure Mission sogar erfolgreich gestalten.«

»Danke, Hoheit.«

»Ihr werdet feststellen, Kapteyn Radband, dass meine Einschätzung Euch das Leben schwieriger macht, als Ihr es ahnt.«

»Hoheit?«

Der Prinz glich sich Owens Schritt an, als sie zurück zum Eingangstor des Gutes gingen. »Lasst mich Euch fragen … nein, nein, lasst es mich Euch sagen. Ihr seid ein gescheiter Mann. Kein Grund, es abzustreiten oder zu verbergen. Ihr habt ein Ziel. Ihr seid aus bestimmtem Grund hierhergekommen, einem Grund, der über Eure Order hinausgeht. Ihr seid zu gescheit, dies als ein großes Abenteuer zu betrachten – auch wenn Euch bewusst ist, dass dies das größte Abenteuer Eures Lebens wird. Da gibt es noch mehr.«

Owen schauderte. Das Bild seiner geliebten Katherine trat vor sein inneres Auge. »Ja, Hoheit.« Fast hätte er weitergesprochen. Fast hätte er dem Prinzen gesagt, worin dieser Grund bestand, doch als er einen Blick zur Seite warf, bemerkte er ein stählernes Glänzen in Vladimirs Augen und erkannte, dass sein Grund, wie immer er aussah, ohne Bedeutung war.

»Hört auf meine Worte, Kapteyn Radband. Eure Mission und ihr erfolgreicher Abschluss werden der erste Schritt sein, die Zukunft dieser Welt zu entscheiden.« Die Augen des Prinzen wurden schmal. »Es wird viele geben, die Euer Scheitern zum Ziel haben, doch für das Wohl der Welt müsst Ihr erfolgreich sein.«

Fünftes Kapitel

27. April 1763
Gottesgabenpfad
Mäßigungsbucht, Mystria

Auf dem Ritt zurück nach Port Maßvoll machte Owen am Ufer des Benjamin halt, um den Wurmschlamm abzuwaschen. Das meiste war auf seiner Uniformjacke und der Weste gelandet, und er schrubbte sie, so gut es ging. Dann spülte er den Lehm von den Stiefeln. Er spritzte sich Wasser über die Hosen, und nachdem er Hemd und Stiefel ausgezogen hatte, watete er in den Fluss, um sich zu waschen.

Manch anderer hätte angewidert reagiert, Owen jedoch strahlte. Fast hätte er jauchzen mögen vor Begeisterung. Er bremste sich allerdings, denn er wollte die unberührte Wildnis nicht durch seinen Gefühlsausbruch stören.

All die Erzählungen über Mystria, die er gehört und gelesen hatte, hatten ihn nicht auf die schiere Schönheit des Landes vorbereiten können. An nur einem einzigen Tag hatte er bereits so viel gesehen. *Wer weiß, was mich an Erstaunlichkeiten noch erwartet?*

Ein lautes Geräusch im Gebüsch zu seiner Linken ließ ihn herumfahren. Hastig schwamm er zurück ans Ufer und griff nach der Reiterpistole. Als er die Waffe hob, lag sein Daumen auf dem Feuerstein. Er drehte sich in die Richtung des Geräuschs und stützte die Waffe mit der Linken ab. Vor seinem inneren Auge tummelten sich Bilder pirschender Geopahren.

Blödsinn. Den würde ich erst hören, wenn es schon zu spät ist.

Dort. Dreißig Schritt entfernt tauchte ein gewaltiges Biest aus dem Gebüsch auf und bewegte sich auf eine kleine, in den Fluss ragende Sandbank. Bis auf die gelbe Schnauze war es von brauner Farbe, und sein Kopf trug ein gewaltiges Geweih. Der kurze Schwanz und die langen, braunen Ohren zuckten. Am Flussufer angekommen, schaute es sich erst um, bevor es von dem dort wachsenden Gras fraß.

Owen senkte die Pistole und atmete langsam aus. Nun erst bemerkte er, dass er die Luft angehalten hatte. Auf diese Entfernung hätte er das Tier nicht getroffen, zudem war es von einer solchen Größe, dass seine Kugel es nicht hätte töten können. *Selbst ein Geopahr würde sich einen Angriff zwei Mal überlegen.*

Das Ungetüm warf einen kurzen Blick in seine Richtung, dann schritt es gemächlich in den Fluss und schwamm durch den tiefen Strom ans entgegengesetzte Ufer. Dort eingetroffen, wanderte es, gelegentlich äsend, in den Wald, ohne ihn weiter zu beachten.

Owen schauderte es, weniger aus nachlassender Furcht denn aus reiner Freude über den so ungewohnten Anblick. Zugegeben, der Koloss hatte Ähnlichkeit mit einem Hirsch, wie ihn sein Vater und der Oheim auf dem Familiengut jagten, doch das Wild dort war ihm immer wie eine andere Art Rind erschienen. Es gehörte zum Vieh des Gutes, statt frei wie ein Monarch durch die Lande zu streifen.

Dieses Tier hat etwas Königliches und kennt offenbar keine Furcht.

Fast wäre er zum Gut des Prinzen zurückgekehrt, um ihn nach diesem Geschöpf zu fragen, doch er wusste, falls er sich das zur Gewohnheit machte, würde er am Abend nicht in Port Maßvoll sein. Also hob er seine nassen Sachen auf, wrang sie aus, so gut es eben ging, und schlenderte zu seinem Ross zurück. Er legte die rote Jacke hinten über den Sattel und drapierte die Schöße um den Pferdeschweif. Dann zog er die feuchte Weste wieder an.

Auf dem Ritt zurück zur Stadt betrachtete Owen die Landschaft mit anderen Augen. Die Worte des Prinzen hallten in seinen Gedanken wider, und er wollte seine Arbeit unverzüglich beginnen. Falls der Krieg in Auropa auf Mystria übergreifen sollte, würde es erforderlich werden, Heere irgendwie zusammenzuziehen und zur Schlacht zu formieren.

Innerhalb der ersten Meile wurden Owen mehrere Dinge bewusst. Er hatte nicht ohne Zweifel über die Treffsicherheit gestaunt, die den Geopahr zur Strecke gebracht hatte. Mit einem Gewehr ein Ziel auf hundert Schritt zu treffen, war eine bemerkenswerte Leistung. Selbst wenn er zugestand, dass es im Winter gewesen war, fragte er sich, wie es dem Jäger gelungen war, sein Ziel auf eine solche Distanz auch nur zu *sehen*.

Die Wälder, durch die er ritt – und bis auf kleine Rodungen

um die vereinzelten Bauernhöfe und die gelegentliche Wiese sah er nichts als Wald –, gestatteten ihm eine Sicht von kaum dreißig Schritt. Das Ungetüm, das er am Fluss gesehen hatte, hätte neben ihm durch diesen Wald laufen können, ohne dass er es zu Gesicht bekam. Vermutlich hätte er es gehört, doch eine klare Schusslinie? *Unmöglich*.

Der Pfad schlängelte sich über das Land und hatte seinen Ursprung zweifelsohne in einem Jagdweg, den zahlreiche Füße verbreitert hatten. Gelegentlich trat Wasser aus der Erde oder lief einen Hang herab und hätte den Weg unpassierbar gemacht, hätte man nicht Bäume gefällt, um ihn zu verstärken. An diesen Stellen lagen acht Fuß lange Pfähle auf dem Boden und lieferten ein Minimum an Festigkeit im stinkenden schwarzen Morast. Sein Pferd zog es vor, an diesen improvisierten Brücken vorbeizutraben, und er bemerkte die Spuren von Wagenrädern auf dem Holz.

Diese Art der Sicherung war allerdings nur an den wirklich nassesten Stellen erfolgt, auch wenn der Rest des Pfades kaum trocken zu nennen war. Fußgänger und Pferde mochten in der Lage sein, kleinere Hügel hinauf- und hinabzulaufen, doch ein Ochsengespann, das eine Kanone oder einen Nachschubwagen zog, hätte hier keine Chance gehabt. Der einzige Vorteil der Kämpfe in den Tiefen Landen war das Netz bestens unterhaltener Straßen gewesen, auf dem sich die Truppen hatten problemlos bewegen lassen. Hier würde der Versuch, Fußtruppen zu verlegen, zu einem Alptraum werden.

Ungebetene Erinnerungen an den letzten Feldzug auf dem Kontinent drängten sich ihm auf. Zwei Tage Regen hatte Straßen von deutlich besserem Zustand als diesen Pfad in Schlamm verwandelt. Die Mystrianer hatten die Unbill besser ertragen als die übrigen Truppen. Jetzt kam Owen der Gedanke, dass es möglicherweise ihre einzige Chance gewesen war, sich den anderen Einheiten überlegen zu fühlen, indem sie schwiegen, während ihre norillischen Kameraden stöhnten und fluchten. Die Mystrianer hatten auch keine Schwierigkeiten gemacht, wenn es notwendig wurde, die Gewehre beiseitezulegen und mit Äxten und Schaufeln den Weg freizuräumen oder die Wege zu befestigen.

In dieser Gegend allerdings hätte es zumindest ein Bataillon Arbeiter benötigt, Wege zu roden und Brücken zu bauen. Das jedoch hätte zwar das Fortkommen erleichtert, jede Art von Überraschung aber unmöglich gemacht. Es war wichtig, eine günstige Position zu erreichen, bevor man den Gegner zum Kampf stellte, und falls der wusste, aus welcher Richtung man anrückte, standen die Chancen hervorragend, dass er sich diese Position sicherte, lange bevor man selbst auch nur in ihrer Nähe eintraf.

Aber ich mache ja den zweiten Schritt vor dem ersten. Zunächst einmal musste Owen sich fragen, ob es irgendwo in Mystria überhaupt so etwas wie ein geeignetes Schlachtfeld gab. Die größten Bauernhöfe, an denen er vorbeigekommen war, hatten bestenfalls ein Dutzend Morgen Boden gerodet, die meisten nicht mehr als zwei. Das mochte einem Bataillon zum Kampf genügen, doch entschieden Bataillone keine Schlacht.

Zudem, abgesehen von den einzelnen Rodungen war der Boden ganz und gar nicht eben. An manchen Stellen hatten die Bauern ihn terrassiert, doch meistens grasten Rinder und Schafe auf den Hängen. Darüber hinaus war der Boden voller Steine, wie Owen deutlich an denen sehen konnte, die die Eigentümer der Felder gesammelt und zu flachen Begrenzungsmauern aufgestapelt hatten.

Nein, dieses Land war zur Kriegsführung ausgesprochen ungeeignet. *Aber ich werde einen Weg finden, alle Hindernisse zu umgehen.*

Wieder durchlief ihn ein Schauder. Zu gerne hätte er ihn auf das feuchte Hemd und den anbrechenden Abend geschoben, doch in Wahrheit schlug eine Welle tiefer Einsamkeit über ihm zusammen. Seine Gattin, seine geliebte Katherine, pflegte regelmäßig zu bemerken, dass er immer einen Weg fand, alle Hindernisse zu umgehen. Sie hatte eine ehrfürchtige Art, die Worte zu betonen, die ihm in Verbindung mit ihrem Lächeln das Gefühl gab, ein auf die Erde herabgestiegener Gott zu sein.

Er schüttelte schmunzelnd den Kopf. *Ich hoffe sehr, du hast Recht damit, mein Liebling. Für unser beider Zukunft.*

Das Gefühl der Einsamkeit wurde zu Vorsicht, als die Welt in Dunkelheit versank. Er zog die Reiterpistole und wog sie in der Hand. Der Schaft war aus schwerem, dunklem Holz. Messingbeschläge hielten den stählernen Lauf, und auch das Steinschloss war aus Messing. Die Waffe gehörte zur Standardausrüstung jedes Kavalleristen. Owens Daumen legte sich wie von selbst auf den blauen Feuerstein am Ende des Laufs.

Unter seinesgleichen galt er als guter Schütze. Trotzdem würde die Pistole ihm gegen die Gefahren Mystrias wenig nutzen. Es würde ihm keine Schwierigkeiten bereiten, die Waffe auf einen Feind zu richten, den Zauber zu wirken, der den Schwefel entzündete, und damit den Schuss auszulösen, der die Kugel aus dem Lauf ins Ziel schleuderte. Doch den Hirschkoloss oder einen Geopahr würde ein solcher Treffer nicht beeindrucken.

Seine Mission ragte gewaltig und möglicherweise unbezwingbar vor ihm auf wie die mystrianische Tierwelt. Sollte er versagen, gab es nicht wenige, die von ihm erwarteten, dass er sich mit einer solchen Pistole eine Kugel in den Kopf jagte, um auf die traditionelle Weise seine Ehre wiederherzustellen. Um nicht den Namen der Familie durch sein Versagen in den Schmutz zu ziehen.

Sie würden von mir erwarten, dass ich mich wie ein Ehrenmann verhalte, dachte Owen bei sich und musste lachen. *Nur um danach zu behaupten, dass ich niemals einer war.* Falls sein Oheim eine Gelegenheit dazu sah, würde er es für die Öffentlichkeit sogar so hindrehen, dass ein ryngischer Attentäter ihn ermordet hatte, um seinem Tod etwas Heldenhaftes zu verleihen und den Ruhm der Familie noch zu steigern, der er lebend nicht die geringste Beachtung wert war.

Was auch immer ich tue, der Herzog wird einen Weg finden, es für seine Zwecke zu nutzen.

Diesmal lachte Owen lauthals, und der Klang verlor sich im Wald. Da sein Oheim alles zu seinem Vorteil drehen konnte, musste Owen den Auftrag so erfolgreich abschließen, dass auch für ihn und Katherine eine Belohnung heraussprang. Dann erst konnte er dem Einfluss seines Oheims entkommen und wahres Glück finden.

Er schob die Pistole zurück ins Holster und schaute von der Hügelkuppe hinab auf Port Maßvoll. Irgendwie breitete sich das Gefühl in ihm aus, dass diese neue Welt, die seinem Oheim so fern und so fremd war, ihm vielleicht die Chance bieten mochte, die ihm sein ganzes bisheriges Leben verwehrt geblieben war. Katherine war sich dessen sicher. Er entschied, an ihren Traum zu glauben, und der Gedanke ließ ihn den ganzen Ritt hinunter in die Stadt lächeln.

Als er das Hauptquartier der Garde erreichte, war es Nacht. Überrascht glitt er aus dem Sattel. Das Gebäude war verriegelt und verlassen. Nicht einmal ein Posten hielt noch Wacht.

Ein junger Bursche trat aus den Schatten. »Seid Ihr Käp'n Radband?«

Owen nickte. »Und Ihr seid?«

»Ich soll Euch in Euer Quartier bringen. Koronel Langford hat Eure Sachen vom Schiff bringen lassen.« Der Bursche zuckte die Achseln und schlenderte los, die Großzügigkeitsstraße entlang.

Owen lief ihm nach und packte ihn am Arm. »Moment. Wo ist Koronel Langford?«

»Ist mir nicht bekannt. Zuhause, schätz' ich.«

»Und die Posten?«

Der junge Mann drehte sich um: glattrasiert und blond, groß gewachsen, ein wenig schlaksig. Er grinste Owen schräg an. »Hier läuft's ein bisschen anders als auf der andern Seite vom Teich.«

»Will heißen?«

»Sind wohl runter zur ›Königins Krone‹, um sich einen zu genehmigen.« Er drehte um und ging weiter. »Ihr solltet mitkommen. Mutter wird Essen für Euch haben.«

Owen rannte zurück, packte sein Pferd bei den Zügeln, saß jedoch nicht auf. Er spürte, dass der junge Bursche genau das von ihm erwartete. Und die erste Regel im Kampf war, niemals zu tun, was der Gegner erwartete. Er holte ihn nach einem kurzen Sprint ein.

»Man hat mich in Eurem Haus einquartiert?«

»Wär' es *mein* Haus, hätte man das nicht.« Der junge Mann wurde etwas langsamer, so dass Owen aufschließen konnte. »Es ist das Haus meines Vaters.«

»Und Euer Vater ist?«

»Mein Vater ist der ehrlichste Mann dieser ganzen Kolonie und einer der klügsten. Ihr werdet ihn nicht wie einen Dienstboten behandeln. Und Ihr werdet auch meine Mutter nicht anpöbeln, werdet die Kleinen nicht schlagen, und solltet Ihr auch nur einen Blick auf meine Schwester riskieren …«

»Sire! Ich bin glücklich verheiratet.«

»Das schien den anderen nicht allzu viel auszumachen.«

»Nun gut. Sollte ich Eure Schwester anschauen, dann was? Ihr überlasst mich einem Geopahr?«

»Nein. Ich mag Geopahren.« Die knappe Antwort hatte einen harten Klang, aber um die Mundwinkel des Burschen spielte ein Lächeln.

»Ich entnehme dem, was ich höre, Sire, dass ich nicht der erste Offizier der Königin bin, der als Gast in Eurem Heim logiert.«

»Mein Vater hält es für seine Pflicht, Offiziere zu beherbergen.«

»Und der letzte dieser Gäste war ein arroganter und unflätiger Edelmann?«

»Der letzte, der vor ihm, und die beiden davor ebenso.«

Owen gluckste.

»Und da Euch das so amüsiert …«

»Nein, Sire, ich nehme Eure Warnung ernst.« Owen zwang sich zu einem breiten Lächeln. »Diese Offiziere haben ihr Patent gekauft. Ich habe mir das meine auf dem Schlachtfeld verdient. Und ich habe Mystrianer kämpfen gesehen. Ich war beeindruckt.«

»Tatsächlich?« Die Augen des Mannes wurden schmal, aber er nickte.

»Ich heiße Owen.« Er reichte dem Mystrianer die Hand.

Der zögerte, tat dann jedoch sein Bestes, sie mit einem überraschend kräftigen Druck zu zerquetschen. »Caleb. Caleb Frost.«

»Freut mich, Eure Bekanntschaft zu machen, Meister Caleb.« Owen gab den Druck zurück und löste dann den Handschlag. Er ließ sein Gegenüber sehen, wie er die Hand danach mehrmals öffnete und schloss. »Falls es nicht zu viel der Mühe ist …«

Caleb zog eine Augenbraue in die Höhe.

»Auf dem Rückweg vom Prinzen bin ich einem Tier begegnet, acht Fuß hoch in der Schulter, dunkelbraunes Fell. Lange Beine, ein gewaltiges Geweih.«

»Schaufeln oder eher Stangen?«

»Schaufeln, mit dornenförmigen Ausläufern.«

»Wird ein Elch gewesen sein.«

»Wird einer gewesen sein? Gibt es mehr als ein Tier, auf das diese Beschreibung zutrifft?«

Caleb lachte. »Man fragt sich, was sich die Krone dabei denkt.«

»Verzeihung?«

»Wie kommt es, dass man Euch hierher schickt zu kundschaften, und Ihr so gar nichts über Mystria wisst?« Caleb schlug sich auf den Oberschenkel. »Aber Ihr werdet wahrscheinlich eh nur auf Eurem Allerwertesten sitzen und andere für Euch schuften lassen. So wie die anderen.«

»Ist einer der anderen sofort nach seiner Ankunft hinaus zum Prinzen geritten?«

Caleb legte die Stirn in Falten. »Kann mich nicht erinnern, dass sie die Stadt allzu häufig verlassen hätten.«

»Dann bin ich vielleicht nicht so wie sie.«

»Wir werden sehen.«

Nun runzelte Owen die Stirn. »Und wie kommt es, dass Ihr den Grund meiner Anwesenheit in Mystria kennt?«

»Ist ja nicht so, als wär der Krieg gegen die Ryngen 'n Geheimnis. Und jetzt, wo sie im Westen Festungen bauen, haben wir erwartet, dass etwas geschieht. Vor allem aber hat Serjeant Hilliard meinem Vater von Euch erzählt, als er Eure Sachen brachte. Außerdem erzählen Fass und Ast herum, dass Langford sie angeheuert hat, Euch flussaufwärts zu begleiten. Leichtes Geld, wenn man es wie die beiden schon eine Weile macht.«

»Ich bin nicht sicher, ob ich verstehe, was Ihr meint, Sire.«

»Nun, Kapteyn Radband, das funktioniert so.« Caleb setzte ein breites Grinsen auf. »Koronel Langford bezahlt Fass und Ast dafür, einem norillischen Gecken die Gegend zu zeigen. Die beiden bringen ihn in ein paar der übelsten Ecken, die sie finden können. Der Offizier kommt zurück, und die Burschen ziehen los auf die Jagd, zum Fallenstellen und Handeltreiben. Sie reden mit dem Zwielichtvolk, lassen sich erzählen, was die Ryngen so treiben, und das landet dann in seinem Bericht. Sie liefern auch Karten und sonstiges Zeug, was aber ziemlich wertlos ist. Und die Hälfte der Zwielichtvölker treibt auch Handel mit den Ryngen, da darf man nicht erwarten, dass sie einem immer die ganze Wahrheit sagen. Wenn Ihr versteht, was ich meine.«

»Aber der Koronel steht in der Pflicht.«

»Ja klar, vor allem sich selbst gegenüber. Der Handel, den Fass und Ast treiben, läuft auf seine Rechnung. Er schickt die Felle als beschlagnahmte Kontrabande weiter. Ein Freund von ihm in Norisle verhökert sie dann. So ist die Ware nämlich zollfrei. Wie man so hört, warten tausend Pfund auf seine Rückkehr in die Hauptstadt.«

Und Langford erwartet, dass ich mich genauso verhalte wie meine Vorgänger.

»Ich danke Euch für die Information, Caleb.«

Der Mystrianer nickte. »Ihr werdet Euch also auch ein Stück vom Kuchen abschneiden. Keine Sorge, solange Ihr meine Regeln befolgt, wird es eine leichte Zeit.«

»Nein, Sire. Ich bin nicht hierhergekommen, um es mir gutgehen zu lassen.«

Caleb warf ihm einen schrägen Blick zu. »Das sagt Ihr jetzt, Kapteyn Radband, aber der Weg hinaus zum Gut des Prinzen, das ist so ziemlich das zivilisierteste Stück Mystria, das es gibt. Es würde mich schwer überraschen, wenn es auch nur ein Dutzend Norillier schon einmal dahin verschlagen hat, wohin Ihr wollt.«

»Aber es sind doch sicherlich schon Männer …«

»Klar doch, Mystrianer. Vielleicht hundert.« Caleb strahlte ihn an. »Ein kleiner Gedanke zur Nacht, Kapteyn Radband. Norillier vielleicht ein Dutzend. Und zurückgekommen sind erheblich weniger.«

Sechstes Kapitel

27. April 1763
Haus der Frosts, Port Maßvoll
Mäßigungsbucht, Mystria

Dass Caleb ihm Angst einjagen wollte, war offensichtlich, auch wenn seine Worte keineswegs diese Wirkung hatten. Falls es stimmte, was er sagte, war die Wildnis tatsächlich unerforscht. Insbesondere waren die Karten der Reitergarde daheim in Norisle wertlos. Sie enthielten offensichtlich keinerlei in irgendeiner Weise relevante Details. Jede mit ihrer Hilfe vorbereitete Strategie war zum Scheitern verurteilt.

Was meine Mission umso wichtiger macht.

Owen hob den Kopf, um Caleb eine Frage zu stellen, doch sofort fiel ihm zweierlei auf. Zum Ersten hatte sich an seinem Begleiter eine bemerkenswerte Verwandlung vollzogen. Caleb hatte sich aufgerichtet und bewegte sich rigider, nicht annähernd mehr so schlaksig und locker wie zum Zeitpunkt ihrer

Begegnung. Auch hatte er sein Hemd in die Hose gestopft und die Jacke zugeknöpft. Er war sich mit den Fingern durchs Haar gefahren. Alles in allem wirkte er plötzlich wie ein Ehrenmann.

Zum Zweiten hatten sie ein Haus auf der Kuppe des Hügels erreicht, auf dem sich die Großzügigkeits- und die Tugendstraße trafen. Das Gebäude war aus Granitstein erbaut und die Ecken mit hellerem Stein abgesetzt. Es war von quadratischem Grundriss und drei Stockwerke hoch, mit einem Laufsteg um das Dach und einem Balkon über der Eingangstür. Das Dach war mit Schieferplatten gedeckt und besaß zwei Schornsteine. Die Hausfront blickte über die Bucht. Das ganze Haus war von einer Granitmauer umschlossen, und mehrere Büsche sowie zwei Bäume spendeten im vorderen Teil des Grundstücks reichlichen Schatten.

Caleb öffnete das große, aus zwei Flügeln bestehende Eisentor und winkte Owen herein. Ein Dienstbote kam um das Haus und die Auffahrt heraufgelaufen, um das Pferd anzunehmen. Er führte es hinter das Haus, wo sich vermutlich ein Stall und ein Schuppen befanden.

Owen zögerte. »Ein prachtvolles Haus.«

»Mein Großvater baute es.« Caleb ging die Eingangsstufen hinauf und öffnete die Tür. »Kommt.«

Erst als er das Ende der Treppe erreichte und die im Foyer vor der breiten Freitreppe in den ersten Stock versammelten Personen erblickte, wurde Owen sich bewusst, dass seine Uniformjacke mitsamt dem Pferd im Stall verschwunden war. Er zögerte auf der Schwelle, doch Caleb packte ihn und zerrte ihn weiter.

»Mutter, Vater, darf ich Euch Kapteyn Owen Radband von Ihrer Majestät Lindwurmreitern vorstellen? Kapteyn Radband, dies ist mein Vater, Doktorus Archibald Frost.«

Owen reichte Dr. Frost die Hand. »Es ist zu gütig von Euch,

mich aufzunehmen, Sire. Verzeiht den Zustand meiner Uniform …«

Archibald, ein kleiner Mann von birnenförmiger Gestalt und mit glänzend roten Wangen, die gegen sein breites Lächeln keine Chance hatten, umfasste Owens Rechte mit beiden Händen und schüttelte sie begeistert. »Kein Grund, Euch zu entschuldigen, Sire. Es ist uns eine Ehre. Darf ich Euch meine Gattin Hettie vorstellen.«

Madame Frost erwies sich als das Gegenteil Ihres Gemahls, groß und schlank, ja, geradezu aristokratisch. Sie lächelte warmherzig, wenn auch nicht annähernd so überschwänglich wie ihr Gatte. »Es ist uns eine Freude, Euch begrüßen zu können, Kapteyn Radband.«

»Ihr seid zu gütig, Gnädigste.«

Doktorus Frost drehte sich um und stellte ein halbes Dutzend Kinder im Alter von dreizehn bis drei vor. Ihre Namen vergaß Owen wieder, kaum dass er sie gehört hatte. Caleb würde ihn ohne Zweifel zurechtweisen, wenn er gezwungen war nachzufragen. Er entschuldigte seine Unaufmerksamkeit in Gedanken damit, dass er noch immer unter dem Eindruck der Verwandlung des jungen Burschen stand, denn der Caleb, der ihn seiner Familie vorstellte, war ganz und gar nicht der, der ihn hierher geführt hatte.

Andererseits hätte er die Namen so oder so vergessen, denn am Abschluss der Vorstellungen erschien *sie* auf der Treppe.

Doktorus Frost wedelte ungeduldig mit dem Arm. »Da bist du ja, Bethany. Komm herunter und begrüße unseren Gast.«

Bethany Frost vereinte in sich das Beste beider Elternteile. Sie war schlank und groß, mit langem, goldbraunem Haar, das sie zu einem Zopf geflochten hatte. Sie schwebte die Stufen herab. Sie besaß das Lächeln ihres Vaters und die leuchtend blauen Augen ihrer Mutter, doch ihr Blick war warm. Ihr Lächeln wurde breiter, als sie ihn zu Gesicht bekam, dann färbten sich ihre Wangen, als sie eine Stufe verpasste und fast den Rest der Treppe herabgestürzt wäre. Sie konnte sich am Geländer abfangen und lachte fröhlich.

Owen traute seinen Sinnen nicht. Eine norillische Frau wäre einzig und allein zu spät auf der Treppe erschienen, um einen Auftritt zu inszenieren. Dementsprechend wäre ein Stolpern ihr wie ein Grund zum Selbstmord erschienen und von allen anderen als Zeichen minderer Herkunft gedeutet worden. Bethany jedoch schien dem Fehltritt nicht mehr Bedeutung beizumessen, als er tatsächlich besaß.

Sie erreichte den Fuß der Treppe. »Es freut mich, Kapteyn Radband. Verzeiht meine Verspätung. Ich habe mich vergewissert, dass Euer Zimmer fertig ist.«

»Ich dachte, er schläft im Stall.«

Doktorus Frost kicherte. »Ja, Caleb, dessen bin ich sicher.«

»Vater.«

»Ihr müsst wissen, Kapteyn Radband, Calebs Ansichten über die Regierung Ihrer Majestät und wie sie uns behandelt, sind äh, etwas extrem. Er besucht die Akademia von Port Maßvoll. Dort studiert er für das Priesteramt, doch ich fürchte, er entwickelt sich zu einem Freidenker.«

»Er war freundlich zu mir, Sire. Ein Ehrenmann.«

Owen gestattete seinem Gastgeber, ihn den Korridor hinauf- und nach rechts zu führen.

Ein langer Zeichentisch war für eine Person gedeckt, an einem Platz in der Nähe des Feuers. Dr. Frost nahm rechts von Owen am Kopf der Tafel Platz. Caleb setzte sich ihm gegenüber. Owens Gastgeber öffnete eine Kristallkaraffe und schenkte allen dreien Rotwein ein.

Dann hob er sein Glas. »Auf das Wohl der Königin.«

»Auf ihr Wohl.« Owen trank. »Köstlich. Besser, als ich ihn in Tharyngia gekostet habe.«

»Das will ich hoffen. Mein Vater erstand ihn vor dreißig Jahren, und er ist seitdem in unserem Keller gereift.« Frost stellte das Glas ab. »Und Ihr habt mich nicht getäuscht mit Euren freundlichen Worten. Dazu ist mir mein Sohn zu gut vertraut. Er scheint zu vergessen, dass auch Abneigung keine Entschuldigung ist, sein Benehmen zu vergessen.«

Caleb senkte den Blick. »Verzeiht, falls ich Euch beleidigt habe, Kapteyn.«

»Das ist keineswegs erforderlich. Ich fand unser Gespräch höchst aufschlussreich.« Owen drehte sich zu Dr. Frost um. »Und ich, Sire, möchte mich in aller Form bei Euch für das Verhalten der Offiziere entschuldigen, die Ihr vor mir aufgenommen habt. Sollte nur ein Bruchteil dessen der Wahrheit entsprechen, was Euer Sohn mir berichtete, bitte ich Euch, mir die Namen dieser Schurken mitzuteilen. Es wird mir ein Vergnügen sein, ihnen bei der ersten Gelegenheit eine handfeste Lektion zu erteilen.«

»Ihr seid zu freundlich, Kapteyn. Ich bezweifle, dass das notwendig sein wird.«

Hettie kam mit einer Suppenschale herein, gefolgt von Bethany mit einem kleinen Korb, in dem Brotscheiben lagen. Caleb wollte sich eine nehmen, aber sie gab ihm einen Klaps auf die Hand. Seine Mutter warf ihm einen tadelnden Blick zu, der ihn veranlasste, sich mürrisch wieder zu setzen.

»Verzeiht die karge Kost, Kapteyn. Mein Gatte und ich hatten auf ein förmlicheres Mahl am Tag des Herrn gehofft, nach dem Gottesdienst.«

»Da gibt es nichts zu vergeben, Gnädigste. Ich verbrachte die letzten sieben Wochen auf einem Schiff. Meine Mahlzeiten bestanden viel zu lange aus dünner Brühe und hartem Schiffszwieback.« Owen lächelte und sog den Duft des dicken braunen Eintopfes ein. »Es duftet ganz wunderbar.«

Hettie und Bethany setzten sich zu ihnen an den Tisch, zu beiden Seiten Calebs, Bethany neben ihrem Vater. »Bitte, Kapteyn, greift zu.«

Owen löffelte ein Stück Möhre, eine Erbse und ein kleines Stück Rindfleisch auf und kostete. Wohlig schloss er die Augen und genoss den Duft, der ihm in die Nase stieg. Fleisch und Gemüse waren zart genug, dass er nicht hätte zu kauen brauchen, aber er kaute trotzdem, um den Genuss zu verlängern. Er wusch die Suppe mit einem Schluck Wein hinunter, dann nickte er.

»Das ist das beste Essen, das ich seit über einem Jahr genießen darf.«

Caleb hob eine Augenbraue. »Ich hätte erwartet, die Lindwurmreiter erhalten nur das Beste.«

»So ist es auch, sofern sie einen Lindwurm haben.« Owen brach eine der Brotscheiben und tunkte sie in die Suppe. »Das Regiment besteht aus fünf Bataillonen, einer Lindwurmreiterei, einer Schweren Reiterei, zwei Leichten Reitereien und einer Leichten Infanterie. Wir sind die Schärler. Die ersten auf dem Feld und die letzten, die es verlassen. Die letzten in der Messe und die ersten, die aufstehen. Es heißt, unser Bataillon besteht nur für den Fall, dass die Lindwürmer hungrig werden – und sie bevorzugen mageres Fleisch.«

Hettie Frost nahm Salz und Pfeffer von einem Seitentisch und stellte beides vor Owen ab. »Darf ich fragen, Kapteyn, wart Ihr am Wald von Artennes?«

»Ja, Gnädigste, das war ich. Den Mystrianischen Schärlern gebührt mein voller Respekt.«

Hettie Frosts Lächeln wurde breiter, doch das auf Bethanys Zügen verblasste langsam. »Erinnert Ihr Euch an Major Robert Forst, Kapteyn?«

Owen lehnte sich zurück. »Sehr gut sogar, Gnädigste.«

»Er ist mein Bruder.«

»Wie geht es ihm?«

Caleb knurrte. »Er hat Schwierigkeiten, Leuten die Hand zu geben, seit er den halben Arm verloren hat.«

Owen stützte den Rest des Brotes an der Schale. »Ich erkundige mich deshalb, Meister Frost, weil ich es war, der ihn aus dem Wald zerrte, während er seinen Männern noch Befehle zurief. Ich band ihm den Arm ab, damit er nicht verblutete, und besorgte ihm einen Schnaps, als die Schlächter entschieden, seinen Arm abzuhacken.«

Bethany beugte sich vor. »Kennt Ihr auch Ira Hügel? Er war bei den Schärlern.«

»Ich kann mich nicht an den Namen entsinnen, mein Fräulein.«

»Groß, mit schwarzem Haar und grünen Augen, dunkler als die Euren.«

Owen suchte in seiner Erinnerung. »Ich kann nichts versprechen, Fräulein, doch ich erinnere mich an einen Mann, auf den diese Beschreibung passt. Hatte immer einen Witz auf den Lippen?«

Ihre Miene hellte sich auf. »Ja, ja, das war er.«

»Ich erinnere mich, neben ihm gegraben zu haben, als wir versuchten, eine blockierte Straße frei zu machen. Er sagte, er könnte seine Schaufel gegen einen Eimer tauschen und damit mehr schöpfen, als er graben konnte. Ich wusste jedoch nicht, wie er hieß. Ist er ein Freund von Euch?«

»Er war es.« Ihre Miene verdüsterte sich wieder.

Caleb stierte ihn an. »Er ist dort im Wald geblieben, Kapteyn.«

»Das tut mir sehr leid.«

Bethany nickte. »Es ist schwer, nichts zu wissen, und die Leute, sie sagen …«

Dr. Frost nahm Bethanys Hände. »Es ist das Buch über Rivendell, Kapteyn. Bevor er in den Krieg zog, hat Ira um Bethanys Hand angehalten und, nun, die meisten Leute halten die Schärler für Feiglinge.«

Owen beugte sich zu Bethany hinüber. »Schaut mich an, Fräulein. Die Schärler haben auf jenem Feldzug mehr geleistet als die meisten anderen. Ich war eingeteilt als ihr Verbindungsoffizier, da mancher mich für ebenso entbehrlich hielt wie sie. Die Schärler kämpften gut und hart. Lasst Euch von niemandem etwas anderes einreden. Was Lhord Rivendell geschrieben hat, ist ein Märchen von der ersten bis zur letzten Zeile. Er schrieb es nur, um sich und seinen Sohn tapfer erscheinen zu lassen. Vergesst nicht, dass die Tharyngen die Schärler so sehr fürchteten, um ihre Besten gegen sie zu senden. Es war ihre einzige Möglichkeit durchzubrechen, und selbst so war es ein harter Kampf. Hätten wir zwei Schärler-Bataillone besessen, wäre der Krieg vorbei.«

Bethanys Lippen waren fest verschlossen, und Tränen glitzerten in ihren Augen. Sie nickte, dann setzte sie einen Kuss auf ihres Vaters Wange. Sie verließ das Zimmer ohne ein weiteres Wort. Ihre Mutter folgte ihr.

Dr. Frost klopfte Owen auf den Arm. »Esst, Sire, bevor es kalt wird. Ich weiß Eure Worte zu schätzen. Ihr sollt etwas über uns Mystrianer wissen, etwas, das nicht einmal mein Sohn versteht. Norisle hat uns als unerwünscht verstoßen. Manche von uns waren Verbrecher, ja. Anderen erschien die Kirche zu streng, den Tugendlern war sie zu lasch. Und manche von uns erachtete man einfach als dumm oder faul und verschiffte uns gleich mit, damit wir in den Kolonien verenden. Manchen erging es so, doch dieses Land hat uns, die wir es überlebten, neu erstarken lassen. Es gab uns Kraft. Es gab uns Gelegenheiten. Und nun sind wir wie ein großer Hundewelpe, voller Energie, und begierig, unserem Herren zu gefallen. Wir leisten unser Bestes, doch wenn wir Schläge erhalten, behagt uns das gar nicht.«

Owen nickte. »Ich verstehe, Sire, weit besser, als Ihr ahnt.«

Caleb schenkte sich nach. »Es ist mehr als das, Vater. Ebenjene Philosophen und großen Denker, über deren Lehren du an der Akademia dozierst, sagen, dass uns die Menschenrechte nicht von Königen und Königinnen gewährt werden. Sie sind unser von Geburt an. Sie lehren, dass wir dem Adel seine Macht gewähren im Austausch gegen Führung und Beistand. Erhalten wir diese nicht, so haben die Edelleute den Kontrakt gebrochen, auf dem ihre Macht beruht.«

Dr. Frost drehte das Weinglas langsam in der Hand. »Bei dir klingt das so einfach, Caleb.«

»Weil es so einfach ist, Vater.« Er klopfte mit dem Finger auf den Tisch. »Die Menschen versuchen, die Dinge zu beschönigen, doch es bleibt ein simpler Diebstahl. Sie stehlen ihre Macht von uns.«

»Nein, Caleb, so einfach ist es nicht. Wir sind in die Tradition Norisles geboren. Unsere Gesetze, die Gebräuche, nach denen diese Kolonien regiert werden, beruhen auf dem Recht Norisles. Die Kolonien selbst beruhen auf Königlichen Privilegien. Die Königin ernennt unsere Gouverneure. Ihr Neffe ist unser Generalgouverneur. Norisle hat uns sehr viel gegeben, und auch wenn wir glauben, mehr zu benötigen, können wir deshalb nicht alle bisherigen Schulden einfach für null und nichtig erklären, allein weil uns die derzeitige Lage nicht behagt. Das zu tun hieße, unsere Wurzeln zu kappen. Wir würden vergessen, wer wir sind.«

»Vielleicht, Vater, ist es an der Zeit, uns nicht länger mühsam zu erinnern, sondern zu entscheiden, wer wir sind.«

Dr. Frost lachte. »Bravo, Caleb. Die Pamphlete, die in camera zirkulieren, so gekonnt nachzuplappern, ist wahrlich eine Kunst. Kapteyn, was denkt Ihr über die Menschenrechte und den Adel?«

Owen, der soeben mit einem Stück Brot die Suppenschale auswischte, schaute auf. »Um der Wahrheit die Ehre zu geben, Sire, die Armee legt keinen Wert auf philosophische Debatten, und sie lässt uns auch wenig Zeit dafür. Die Armee ist ein Ort, an dem wir die Tradition anerkennen und ehren, daher stimme ich Euch in diesem Punkte zu. Jedoch muss ich eines zugeben, um Euer Beispiel von zuvor aufzugreifen: Wäre ich der Welpe, dann käme irgendwann der Punkt, an dem es mir verlockend erscheinen würde, nach der Hand meines Herren zu schnappen.«

»Ha!« Caleb grinste und schenkte Owen nach. »Siehst du, Vater!«

»Nun, nun, Meister Frost, ich habe nicht gesagt, dass ich Eurer Meinung bin. Menschen sind keine Hundewelpen. Wir können vorausdenken und die Konsequenzen unseres Handelns erkennen. Ein Welpe ist sich nicht bewusst, dass auf den Biss gewiss Prügel folgen. Ein Mensch sollte es besser wissen und sich bewusst sein, ob er diese Prügel wirklich provozieren will.«

Calebs Blick wurde schärfer. »Andererseits, Kapteyn, kann er sich noch als Mann bezeichnen, wenn er einfach das Wort eines anderen akzeptiert, er sei minderwertig, ohne es jemals einer Prüfung zu unterziehen? Wie mein Vater sagte, wurden wir Mystrianer an diese Küste verschlagen, weil man uns für entbehrlich erachtete. Ganz Norisle wäre erfreut gewesen, wären wir hier gestorben. Das hätte bestätigt, was man über uns dachte. Doch tatsächlich haben wir überlebt. Mein Großvater traf als Dienstbote eines Müllers hier ein. Durch harte Arbeit erwarb er sich die Freiheit und machte sein Glück als Händler. In dreißig Jahren erwarb er genug zum Bau dieses Hauses, zu einer Stiftung für die Akademia und einer Flotte von Schiffen, die in alle Gegenden des Globus segelten. Und doch gibt es keinen Fischverkäufer in Highgate oder Schreiber in der Hauptstadt, der sich nicht für etwas Besseres hält als wir.«

Owen rieb sich das Kinn. Er hatte auf der Schule und in der Armee dieselbe Behandlung erfahren, doch an beiden Orten führte Widerstand nur zu sofortiger und harter Bestrafung. Machte es ihn zu einem geringeren Mann, dass er seinen Drang, sich zu verteidigen, unterdrückt hatte? Hinderte es seine Schüsse daran, ihr Ziel zu treffen?

Dr. Frost hob das Glas. »Ich behaupte, meine Herren, dass wir am heutigen Abend diese Diskussion, die sich in Wahrheit um den ewigen Kampf der Nachkommen dreht, die Anerkennung der Eltern zu erreichen, nicht zu einem zufriedenstellenden Ergebnis bringen können. Wir wollen sie deshalb ad acta legen und uns angenehmeren Themen zuwenden. Immerhin«, und zum ersten Mal wurde Dr. Frosts Lächeln unsicher, »steht, falls der Grund für Eure Anwesenheit hier, Kapteyn Radband, der Wahrheit entspricht, uns das Eintreffen der unangenehmsten aller menschlichen Erfindungen bevor. Und ich vermute, dieser Neuankömmling wird kein Bedürfnis verspüren, uns wieder zu verlassen.«

Siebtes Kapitel

28. April 1763
Haus der Frosts, Port Maßvoll
Mäßigungsbucht, Mystria

Owen schreckte auf und streckte die Hand nach seiner Gattin aus. Das Bett war leer, doch der Traum war noch präsent genug, dass er nach der Wärme ihres Körpers tastete, wo sie hätte liegen sollen. Die Sonne stand bereits am Himmel und zeigte ihm, dass es schon auf Mittag ging. Seit Monden hatte er nicht mehr so lange geschlafen.

Er versuchte sich aufzusetzen, doch die weiche Matratze widersetzte sich seinen Bemühungen. Er kapitulierte und ließ sich zurücksinken. Das Federkissen legte sich um seinen Kopf und dämpfte das Zwitschern der Vögel vor dem Fenster. Lächelnd versuchte er, die verblassenden Traumbilder festzuhalten.

Katherine war zu ihm nach Mystria gekommen. Sie hatten gemeinsam einen Ball auf dem Landgut des Prinzen besucht. Die Mitte seines Laboratoriums war freigeräumt gewesen, der Bär und der Geopahr hatten am Tanzvergnügen teilgenommen. Ebenso der Elch. Alle Tiere hatten sich sehr manierlich betragen und sich zur Musik einer Regimentskapelle vergnügt. Der Prinz hatte mit Katherine getanzt, und sie hatte so strahlend gelächelt, wie sie nur konnte. Und danach war sie zu ihm gekommen, hatte ihn umarmt, und sie hatten sich in diesem Bett geliebt.

Owen wäre geneigt gewesen, den Traum als Hirngespinst abzutun, hätte Katherine nicht felsenfest an die Bedeutung von Traumbildern geglaubt. So zwang er sich, zu erinnern, was er konnte, um es ihr in seinem nächsten Brief mitteilen zu können. Sollte sie ihn deuten, wie sie mochte.

Aber noch nicht sofort. Er schloss nur für einen Moment die Augen, und bis zu einem leisen Klopfen an der Tür, bevor sie sich öffnete, erinnerte er sich an nichts mehr.

Ein älterer Lakai betrat das Zimmer mit seiner Jacke, der Weste und den Hosen, allesamt frisch gewaschen. Owen schob sich am Kopfbrett des Bettes hoch, als der Mann seine Sachen an den Kleiderschrank hängte. Ohne ein Wort zu sagen, verschwand er wieder auf dem Flur und kehrte mit den frisch gewichsten Stiefeln zurück.

Owen lächelte ihn an. »Danke.«

»Wir dienen gerne.« Der alte Mann erwiderte die Freundlichkeit dankbar. »Doktorus Frost bittet um das Vergnügen, Kapteyn.«

»Bitte dankt ihm von mir. Ich werde ihn alsbald aufsuchen.«

Der Lakai nickte und zog sich zurück, die Türe hinter sich schließend.

Owen stand auf und reckte sich, dann wusch er Gesicht und Hände in der Schüssel auf dem Beistelltisch. Er trocknete sich mit dem bereitliegenden Handtuch ab und zog sich an. Die Truhe, die er aus Norisle mitgebracht hatte, war ausgepackt, seine Kleidung in Kommode und Schrank verstaut. Anstelle der Stiefel entschied er sich jedoch für Strümpfe und flache Schuhe mit silberner Schnalle.

Er stieg die Treppe hinab und verließ das Haus durch die Küche, um das Klosett zu benutzen. Obwohl es eng und muffig war, war ihm dies lieber, als den blanken Hintern über den Abort des Schiffes hängen zu müssen. Der Geruch der salzigen Meeresluft war zwar angenehmer, das hochspritzende eisige Meereswasser allerdings ganz und gar nicht.

Als er ins Freie trat, sah er Bethany an einer Pumpe einen Eimer füllen. »Einen guten Morgen, Fräulein. Darf ich helfen?« Ohne auf eine Antwort zu warten, übernahm er das Pumpen des Schwengels.

Sie schenkte ihm ein freundliches Lächeln. »Ihr seid sehr liebenswürdig, Sire, weit mehr, als ich es verdiene.«

Er runzelte fragend die Stirn, während er die quietschende Pumpe bediente. »Ich kann Euch nicht ganz folgen, Fräulein.«

Bethany wischte sich die nassen Hände an der Schürze ab. »Ich bitte Euch, vergebt mir mein Benehmen gestern Abend, Kapteyn Radband. Obwohl es bereits drei Jahre her ist, empfinde ich noch immer den Drang, von Ira zu hören. Als ich erfuhr, dass Ihr mit ihm dort wart, hat es vieles in mir geweckt, was ich gehofft hatte, schon seit langem zur Ruhe gebettet zu haben.«

Owen unterbrach das Pumpen. »Bitte, Fräulein, ich bin es, der Grund hat, um Vergebung zu bitten. Es war nicht meine Absicht, Euch Leid zuzufügen.«

»Das habt Ihr nicht.« Ihr Lächeln verschwand. »Ihr wart ehrlich und wahrheitsgetreu. Und freundlich.«

Die Andeutung, dass mancher Mann vorgetäuscht hatte, Ira gekannt zu haben – vermutlich, um ihr näherzukommen –, überraschte ihn nicht. Ebenso wenig, dass viele die Lügen über die Mystrianer glaubten, die Lhord Rivendells Buch verbreitet hatte. Er hatte in der Armee weit ehrloseres Verhalten erlebt, von Edelleuten ebenso wie von Gemeinen. *Ehrlich gesagt, vor allem von Edelleuten.* »Ich glaube, Fräulein, Ihr werdet feststellen, dass nur wenige Männer das Bedürfnis haben, für ihre Wünsche und Taten die Verantwortung zu übernehmen. Lügen, Taktlosigkeit und gedankenlose Grausamkeit sind weit einfacher, als sich der Wahrheit wie ein Mann zu stellen.«

Bethany lachte, wich seinem Blick jedoch aus. »Ihr klingt wie mein Bruder.«

»Was er, vermute ich, bestreiten würde.«

Sie hob den Kopf, und ihre Miene war wieder so fröhlich wie zuvor. »Da habt Ihr Recht, Kapteyn, doch nehmt es ihm nicht krumm. Er hat seine Gefühle noch nicht im Griff, und spricht aus, was er denkt.«

»Das ist nur selten von Übel, außer beim Militär.«

»Es ist immer von Übel, wenn es mit Calebs Lautstärke geschieht.« Sie legte ihm die Hand auf den Arm. »Doch ich halte Euch von Eurem Frühstück ab. Wir haben etwas für Euch aufgehoben.«

»Geht voraus. Ich bringe das Wasser.«

Er folgte ihr in die Küche und stellte den Eimer auf einen Tresen. Sie brachte ihn zum Esszimmer, wo ihr Vater ihn erwartete. Owen setzte sich, und sie holte ihm aus der Küche etwas Speck und Zwieback mit Butter und Honig. Dann verschwand sie ein zweites Mal und kehrte mit einer Teekanne und zwei Tassen zurück, in die sie ihm und ihrem Vater einschenkte.

Dr. Frost drehte die dampfende Tasse in der Hand. »Ihr steht früh auf, Kapteyn.«

Owen blinzelte, kaute hastig und schluckte schnell. »Sire, es ist bereits später Vormittag. Ich hätte längst aufstehen sollen.«

»Die meisten unserer Gäste schlafen sehr viel länger und wollen ihr Essen ans Bett.« Frost reichte ihm eine versiegelte Botschaft. »Doch es ist ganz gut so, denn Koronel Langford war noch früher hier. Er möchte Euch zum Mittag sehen.«

Owen spielte mit dem Brief. »Muss ich ihn lesen?«

Der ältere Mann zuckte die Achseln. »Ihr werdet feststellen, dass meine Gemahlin zwar nichts übrighat für Tratsch – behauptet sie –, unter den Domestiken jedoch ein schnelles und höchst effizientes Spionagenetz existiert. Eure Expedition wird Anfang der Woche aufbrechen, angeführt von Rufus Ast. Der Koronel wird Euch mitteilen, wie lange Ihr fortbleiben werdet, und Euch über einige der bevorstehenden Unbilden informieren.«

Owen brach einen Zwieback in zwei Hälften und bestrich ihn mit Butter. »Und auch wenn ein Ehrenmann wie Ihr sicherlich nichts darüber weiß, nehme ich an, dass man bereits Wetten darauf abgeschlossen hat, wie lange es dauern wird, bevor ich nach Port Maßvoll zurückkehre und die Expedition ohne meine Anwesenheit ihren Weg ziehen lasse?«

Frosts Augen blitzten. »Ihr habt eine zu hohe Meinung von mir, Sire. Mein Vater hat ein Handelsimperium darauf aufgebaut zu wissen, welche Risiken es sich einzugehen lohnt. Ich selbst habe mich für die Naturphilosophie entschieden, doch auch ich bin Risiken nicht abgeneigt. Solchen sportlicher Natur. Euer Ansehen ist weit besser als das Eurer Vorgänger. Nur wenige von ihnen brachten es auf eine Woche. Man traut Euch zu, zehn Tage durchzuhalten, oder bis Ihr die Großen Fälle erreicht. Auch erwartet man, dass Ihr nicht beim ersten Anblick der Zwielichtvölker die Flucht ergreift. Wohl aber, dass der erste Geopahr Euch schreiend das Weite suchen lässt.«

Owen lachte. »Nachdem ich den in der Sammlung des Prinzen gesehen habe, ist das die Wette, die Ihr eingehen solltet.«

»Bitte, Kapteyn, ich glaube, Ihr unterschätzt Euch. Zumindest hoffe ich das. Ich habe Geld auf Euren Erfolg gesetzt.«

»Verratet Ihr mir, Sire, wie ihr gewettet habt?«

Frost dachte kurz nach, dann schüttelte er den Kopf. »Ich glaube nicht. Ihr seid ein Mann, der viel ertragen würde, um mein Vertrauen in Euch zu rechtfertigen. Es besteht keine Notwendigkeit für Euch, mehr zu wissen, und mein Glück beruht ganz auf der Genauigkeit meiner Einschätzung.«

Owen meldete sich in voller Uniform im Hauptquartier und wurde stehenden Fußes zu Koronel Langford gebracht. Wie vorhergesagt, ließ sich dieser über die Schwierigkeiten aus, die Owen erwarteten, und deutete kaum verhohlen an, dass er jemanden von Owens Fähigkeiten in Port Maßvoll gut gebrauchen konnte. »Lasst es mich offen aussprechen, Kapteyn. Ihr und Euer Können wärt besser hier aufgehoben, anstatt sich in den Wäldern zu verirren und umzukommen.«

»Damit habt Ihr sicherlich Recht, Koronel.« Owen griff in seine Jacke und zog ein gefaltetes Blatt Papier heraus. »Doch ich habe meine Befehle. Nun denn, Sire, wenn Ihr so gütig wärt, dies hier zu lesen. Ich glaube, die Liste enthält alles, was ich für den Abschluss meiner Mission benötige.«

Langford nahm das Papier, öffnete es und las. Seine Augen verengten sich während der Lektüre mehrmals, dann nickte er. »Ihr habt auf diese Requisition erhebliche Zeit verwendet, Kapteyn.«

»So ist es, Sire. Die Überfahrt gestattete es. Ich hatte einige der früheren Berichte und zusätzlich eine tharyngische Studie gelesen, die ich in einem Geschäft in Launston fand. De Veraces Forschungsbericht von 1641.«

Langford schaute auf. »Es gibt eine Übersetzung?«

»Nein, Sire. Ich beherrsche Tharyngisch und Kessisch. Mein Großvater hatte wenig Geduld mit Dummköpfen.« Er streckte die Hand aus. »Wenn Ihr die Liste abzeichnen wollt, Sire, kann ich damit zum Quartiermeister und mir das Material aushändigen lassen.«

Langford tauchte eine Schreibfeder in die Tinte und kritzelte hastig seinen Namen auf das Blatt. »Ich beglückwünsche Euch zu Eurer Voraussicht, Sire.«

»Danke, Sire.« Owen nahm das Papier wieder entgegen, stand auf und salutierte. »Gott segne die Königin, Sire.«

Langford erwiderte den Gruß, ohne sich von seinem Platz zu erheben. »Und er sei Euch und Eurer Seele gnädig.«

Lieftenant Palmerston, der Quartiermeister, ein in Ehren ergrauter Veteran mit nur einem Auge, einer Handvoll Zähnen und zwei fehlenden Fingern an der linken Hand, studierte Owens Liste. Dann brach er in schallendes Gelächter aus. »Schwefel, Feuersteine und Kugeln für zweihundertfünfzig Schuss Eurer Muskete und hundert der Pistole? Zwieback und Dörrfleisch für drei Monde? Kleidung, Decken, Tauschwaren, Gold? Sire, verzeiht, aber das kann nicht Euer Ernst sein.«

»Das ist es ohne jeglichen Zweifel, Sire.« Owens Augen wurden schmal wie Schlitze. »Warum scheint Ihr zu glauben, dass ich diese Dinge nicht benötigen werde?«

Der Lieftenant riss sich zusammen, und sein Lachen brach abrupt ab. »Nun, Sire, es ist nur so, dass der Koronel bereits eine Requisition von Rufus Ast für Eure Expedition abgezeichnet hat. Die Männer sind gerade dabei, das meiste davon zusammenzustellen. Ich habe es alles ordentlich überprüft und fertig. Da habt Ihr mehr als genug für Eure Bedürfnisse, Sire.«

Owen rieb sich das Kinn. Der Lieftenant befehligte ein allem Anschein nach bestens ausgestattetes Lager. Genaugenommen waren das Einzige, was durch Abwesenheit glänzte, die Arbeiter.

»Könnte ich einen Blick auf diese Requisition werfen?«

Palmerston öffnete eine Schublade an seinem Schreibtisch und holte ein dreiseitiges Dokument hervor. »Alles ordentlich abgezeichnet.«

Das stimmte. Koronel Langford hatte die letzte Seite unterschrieben und die beiden vorhergehenden mit seinem Zeichen versehen. Und falls Owen sich nicht irrte, hatte er das Dokument sogar selbst geschrieben. Während Owen las, stieg eine zunehmende Wut in ihm auf, und er hatte Mühe, sich diese nicht anmerken zu lassen.

»Darf ich fragen, Lieftenant, was es mit diesem Posten auf sich hat, für das als Proviant vorgesehene Fleisch. Um genau zu sein, mit dieser Dienstleistungsgebühr.«

»Ach, das ist so üblich, Sire.« Der Mann kratzte sich mit einem vernarbten Finger unter der Augenklappe. »Wisst Ihr, die Rinder werden aus unserer Herde zu Meister Fass' Schlachthaus gebracht und dort getötet und zerteilt. Dann wird das Fleisch dort gedörrt und gepökelt, Sire. Das ist die Dienstleistung.«

»Aber, Lieftenant, das braucht Zeit, und das Dörrfleisch wird nicht fertig sein, wenn wir aufbrechen.«

»Nein, Sire, Ihr werdet Fleisch aus unseren Vorräten mitnehmen, und die werden dann damit aufgefüllt.« Der Lieftenant nickte beruhigend. »So ist das hier üblich, Sire.«

Owen schüttelte den Kopf. »Aber der Fleischer wird sicherlich seine übliche Kommission zurückbehalten, nicht wahr? Und verzeiht die Frage, aber hat das Regiment nicht eigene Fleischer? Sollten die nicht diese Arbeit erledigen?«

»Nun das würden sie, Sire, nur haben sie anderes zu erledigen.«

»Tatsächlich.« Owen deutete auf einen anderen Punkt der Liste. »Hier fordern sie Schwefel und Kugeln für fünftausend Schuss an.«

»Jawohl, Sire.«

»Aber gleichzeitig fordern sie fünf*hundert* Feuersteine an. So viel Pulver und Kugeln erfordern nur fünfzig Feuersteine.«

»Nun, Sire, in der Wildnis ...«

Owen packte den Quartiermeister beim Kragen und zerrte ihn über den Schreibtisch. »Ich habe auf dem Kontinent gekämpft, Sire, in Feldschlachten, aus denen Ihre Einheit *geflohen* ist. Ich habe mit einem Feuerstein einhundertfünfzig, sogar zweihundert Schuss abgefeuert, bevor er ersetzt werden musste. Diese zusätzlichen Feuersteine lassen sich verkaufen, und ich vermute, hier draußen bringen sie einen hübschen Preis. Erstklassige Handelsware, das wird Euch nicht neu sein. Ihr kassiert dabei mit, habe ich Recht?«

»Jetzt hört mal, Sire …«

»Nein, Lieftenant, Ihr hört jetzt *mir* zu. Im Gegensatz zu anderen, die hier ein großes Abenteuer suchten, bin ich gekommen, um meine Arbeit zu tun. Die anderen mögen zufrieden gewesen sein, hier in der Stadt zu bleiben, während die Meister Fass und Ast im Landesinnern für sie tätig waren, aber das gilt nicht für mich. Der Krieg wird auch vor Mystria nicht haltmachen. Meine Aufgabe ist es, diesen Krieg vorzubereiten. Falls Ihr mir dabei nicht helft, macht Ihr Euch der Arbeit für den Feind schuldig. Das bezeichnet man als Hochverrat, Sire, und ich werde Euch dessen anklagen. Ist das deutlich genug?«

Der Lieftenant nickte. »Ja, Sire.«

Owen stieß ihn zurück auf seinen Stuhl. »Langford ist ein Schwarzhändler. Das weiß ich längst. Er schickt Handelswaren als Militärfracht zurück nach Norisle, um den Zoll zu umgehen. Darf ich im Hinblick der Anforderungen für das Dörrfleisch annehmen, dass die Familie Fass ihm die ›Dienstleistungsgebühr‹ zurückerstattet? Und dass Ihr nie wirklich die Anzahl von Fässern Dörrfleisch erhaltet, die der Menge der requirierten Rinder entspräche?«

»Stimmt, Sire. Und einer der Fassens ist ein Lohgerber, Sir. Der bekommt die Häute. Die Knochen werden zermahlen und als Dünger auf die Felder gestreut.«

Der Kapteyn nickte. »Und einer der Gründe, warum unsere Fleischer nicht zur Verfügung stehen, um unsere Rinder zu schlachten, ist der, dass Langford sie irgendwo als Tagelöhner vermietet hat?«

Palmerstons Miene wurde düster. »Sie arbeiten für Fass, im Schlachthaus.«

Es war wirklich einfach, die Soldaten als Arbeitskräfte zu vermieten. Selbst wenn die Truppen darüber Meldung machten – und die meisten würden gar nicht auf den Gedanken kommen, weil sie nur Befehle ausführten und es nicht besser wussten –, wem sollten sie es melden? Falls die Offiziere nicht selbst an diesem Betrug beteiligt waren, würden sie den einfachen Soldaten kaum glauben. Viele der Offiziere waren überzeugt davon, dass die zusätzliche Arbeit dem Abschaum in den Reihen guttat. Und noch mehr würden es als unter ihrer Würde als Ehrenmann betrachten, sich mit etwas Derartigem abzugeben. Selbst wenn es also zu einem Kriegsgerichtsverfahren käme, hätte Langford höchstens einen Tadel zu erwarten.

»Wie schafft Ihr es, den Verlust an Schwefel und Feuersteinen zu verbergen?« Aus sehr guten Gründen war es Mystria verboten, selbst Schwefel oder Feuersteine herzustellen. Beides wurde von der Regierung Ihrer Majestät strengstens kontrolliert. Es konnte unmöglich unbemerkt bleiben, wenn jedes Jahr Hunderte gestohlene Einheiten auf dem Schwarzmarkt landeten.

Palmerston wand sich. »Also, Sire, ich bin es nicht, der die Berichte an die Reitergarde schreibt. Aber so wie ich es verstehe, erfindet der Koronel kleinere Einsätze gegen räuberische Zwielichtvölker. Er meldet den erfolgreichen Rückschlag ihrer Angriffe, Sire, mit entsprechendem Verbrauch von Schwefel und Feuersteinen. Scheint, Sire, dass niemand in Launston etwas auszusetzen hat, solange er gewinnt. Er lobt sogar Leute wie

Euch in seinen Berichten, Sire, und da sagt manch einer, so etwas kommt halt vor. Wenn der Koronel Euch mag, Sire, könntet Ihr sogar einen Orden bekommen.«

Owens Magen zog sich zusammen. »Sagt mir eines, falls Ihr es wisst. Die anderen Expeditionen, diejenigen mit den Meistern Fass und Ast. Wie weit sind die gekommen?«

Der Lieftenant seufzte. »Ich weiß es nicht sicher, Sire, aber das kann ich Euch sagen. Im Frühjahr nach einer dieser Expeditionen bekommt Rufus Asts Frau ein Kind. Sie macht nicht viel her, und selbst wenn, würde die Angst vor Rufus die meisten Männer von ihr fernhalten. Aber er hat sie noch nie dafür verprügelt, einen anderen in ihr Bett gelassen zu haben, und die Kinder sind alle kleine Ausgaben ihres Vaters. Ich würde sagen, Sire, das meiste von dem, was in den Berichten steht, ist erfunden. Wahrscheinlich lag er hier im Südviertel die ganze Zeit im eigenen Bett.«

Achtes Kapitel

28. April 1763
Port Maßvoll
Mäßigungsbucht, Mystria

Das Eintreffen eines um Atem ringenden Läufers verhinderte ein weiteres Verhör Palmerstons. Der Soldat zog seine Mütze gerade, als er Haltung annahm und zackig salutierte. »Bitte um Verzeihung, Kapteyn Radband. Grüße vom Koronel, Sire.«

Owen richtete sich gerade auf und erwiderte den Gruß. »Was gibt es, Soldat?«

»Der Koronel bittet um Ihr sofortiges Erscheinen im Regierungshaus, Sire.« Der Mann schluckte mühsam. »Der Prinz ist in der Stadt, Sire, und hat um Ihrer beider Anwesenheit gebeten.«

»In Ordnung, Soldat. Bitte teilt dem Koronel mit, dass ich auf dem Weg bin.«

»Falls der Kapteyn gestattet, Sire: Der Koronel hat mir befohlen, Euch unverzüglich mitzubringen.«

»Nun gut, Soldat. Wartet vor der Tür.«

Der Soldat machte kehrt und ging. Owen widmete sich wieder Palmerston. »Ihr werdet einen Bericht über alle ungesetzlichen Aktivitäten Langfords schreiben, von denen Ihr Kenntnis habt. Und zwar in zweifacher Ausfertigung. Einen Bericht werdet Ihr Caleb Frost anvertrauen, der andere ist für mich.«

Palmerstons Augen wurden groß. »Der Koronel bringt mich um, Sire.«

»Das Verfassen dieses Berichtes, Lieftenant, ist Eure einzige Möglichkeit, das zu verhindern. Sollte Euch tatsächlich etwas zustoßen, werde ich ihn öffentlich machen.« Owen tippte mit dem Finger auf seine Anforderung. »Ihr werdet meine Ausrüstung sofort zusammenstellen und die andere Liste auf fünfzig Feuersteine zusammenstreichen, verstanden? Ich komme wieder und zähle nach.«

»Jawohl, Sire.« Der Mann seufzte. »Ich wollte niemandem schaden, wirklich nicht.«

Owen schloss die Augen. »Das weiß ich, Lieftenant.« Mit dem Ende des Krieges gegen Tharyngia, wann immer das sein würde, würde man das Heer sicherlich verkleinern. Männer wie Palmerston konnten damit rechnen, mit einem Bruchteil ihres Soldes in Pension geschickt zu werden. Aller Wahrscheinlichkeit nach beherrschte er kein anderes Handwerk und keinerlei Aussichten außer auf das, was er bis dahin zurücklegen konnte. Es war nur vernünftig von ihm, dass er versuchte, der Armut zu entgehen.

»Ihr habt die Finger und das Auge auf dem Kontinent verloren?«

»Ein ryngischer Hinterhalt. Musketenkugel, die meinen Lauf getroffen hat. Hat zwei Finger mitgenommen. Ein Splitter vom Schaft ist mir ins Auge geschlagen.«

»Ich bin hier, um so etwas für die Zukunft zu verhindern. Ohne vernünftige Infomationen werden die Tharyngen uns aus dem Hinterhalt überwältigen, genau wie Euch. Und nach allem, was Ihr mir erzählt habt, ist ein über hundert Jahre alter Bericht vertrauenswürdiger als der, den die Reitergarde letztes Jahr erhielt. Das ist ein gewaltiges Problem.«

Der Lieftenant nickte. »Jawohl, Sire. Ich werde tun, was Ihr mir gesagt habt, Sire.«

»Gut.« Owen stieß einen Seufzer aus. »Ihre Majestät wird es Euch danken.«

»Wenn es Euch nichts ausmacht, Sire, würde ich es vorziehen, wenn sie nicht einmal von meiner Existenz erfährt.«

Ein Mann mit Verstand. Owen salutierte, dann ging er hinaus zu dem wartenden Läufer. Die beiden Männer machten sich auf den Weg.

Sie betraten den Ortskern von Süden her, im Schatten der St.-Martins-Kathedrale. Wie das Haus der Frosts war auch sie aus Granit gebaut, mit Strebebögen und einem grauen Ziegeldach. Der Kirchturm ragte fünfzig Fuß hoch auf, und das Kreuz auf seiner Spitze hatte eine Höhe von weiteren zwanzig. Die Kathedrale war nach dem Vorbild von St. Paul in Launston gebaut, allerdings ohne die prächtigen Statuen in den Wandnischen der Fassade. Die kleiner geratenen Bronzetore mussten aus Norisle eingeführt worden sein. Niemand hier hätte sie herstellen können.

Westlich des Kirchenbaus lag das Regierungshaus. Wie die Kathedrale war es eine kleinere Version des norillischen Gegenstücks. Bei seiner Errichtung hatte man außer für das Fundament keinen Stein verschwendet. Der Rest war aus einheimischem Holz konstruiert. Das drei Stockwerke hohe Gebäude war in die Breite statt in die Tiefe gebaut. Es nahm die komplette Westseite des Platzes in Beschlag und besaß drei separate Eingänge: je einen für beide Flügel und einen breiteren Haupteingang, auf den Owens Begleiter nun zuhielt.

Koronel Langford wartete ungeduldig im Foyer, einem relativ engen Raum mit knirschenden Dielen und hohen Fenstern. Er schickte den Soldaten mit einem Knurren davon, dann zog er Owen in eine dunkle Ecke.

»Was habt Ihr dem Prinzen gestern erzählt?«

Owen hielt sich gerade und musterte sein Gegenüber von oben herab. »Ich habe nicht den Eindruck, Sire, dass der Prinz Wert darauf legte, den Inhalt unseres Gespräches mit Euch zu teilen, zumal es sich nur geringfügig um Euch drehte.«

»Das ist ein Befehl, Kapteyn.«

»Wir sprachen über meinen Auftrag.« Owen breitete die Hände aus. »Danach lud der Prinz mich ein, einen Blick auf seinen Lindwurm zu werfen, was ich tat. Anschließend kehrte ich nach Port Maßvoll zurück.«

»Ihr habt nicht über mich geredet?«

»Abgesehen von der Bemerkung, dass ich mich nach meiner Ankunft bei Euch gemeldet hatte, nein, Sire.«

Langford schürzte die Lippen. »Gut. Die Sache ist die: Gelegentlich setzt der Prinz sich in den Kopf, dass seine Position als

Generalgouverneur der Kolonien Ihrer Majestät von ihm mehr verlangt, als seine entsetzlichen tharyngenartigen Forschungen zu betreiben. Und das ist eine dieser Gelegenheiten. Er will über Eure Expedition reden.«

Owen nickte.

»Eure Anwesenheit ist erforderlich. Ihr werdet alle Fragen, die der Prinz Euch möglicherweise stellt, *nur* beantworten, soweit ich Euch die Erlaubnis dazu erteile. Habt Ihr verstanden?«

»Meine Pflicht Ihrer Majestät gegenüber …«

Langfords Miene verdüsterte sich. Er stieß mit dem ausgestreckten Zeigefinger in Owens Richtung. »Eure Pflicht, Sire, ist abhängig von meiner Unterstützung. Ihr werdet den ganzen Sommer über hier sein, vielleicht noch länger. Ihr werdet meine Hilfe benötigen. Wenn Ihr wisst, was gut für Euch ist, werdet Ihr tun, was ich Euch sage. Ihr seid weit, *sehr* weit von Norisle entfernt, Kapteyn. Hier kann so manches geschehen.«

»Soll ich das als Drohung betrachten, Koronel?«

»Ich werde Eure Intelligenz nicht beleidigen, Kapteyn. Euer Erfolg oder Misserfolg ist ganz und gar von meiner Laune abhängig. Es wäre unklug von Euch, es sich mit mir zu verderben.«

Owen nahm Haltung an und salutierte. »Sehr wohl, Sire.«

»Sehr schön.« Langford durchquerte das Foyer. Ein uniformierter Lakai mit gepuderter Perücke verbeugte sich und öffnete die Türen zum Versammlungssaal im Herzen des Regierungshauses. Der zentral gelegene Saal erstreckte sich bis zur Rückwand des Gebäudes und war ebenso breit wie tief. Hölzerne Pfeiler teilten ihn in drei Sektionen. Tische und Stühle waren an die Wände gerückt worden, aber auf dem Boden war zu erkennen, wo sie normalerweise für die Parlamentssitzungen standen. Owen vermutete, dass hier die regionale Gesetzgebung tagte, wenn der Prinz nicht anwesend war.

Jetzt stand ein Thron in der Mitte der Stirnwand, und als sie sich näherten, erkannte Owen den darauf sitzenden Mann kaum wieder. Der Prinz hatte eine ausladende Amtsperücke angelegt, deren Locken vorn wie hinten bis über die Schultern fielen. Seine blaue Jacke und die goldene Hose glänzten hell, ein deutliches Zeichen von Drachenseide. Die Aufschläge der Jacke waren aus leuchtend rotem Lindwurmleder, die Schnallen der dazu passenden Schuhe aus Lindwurmschuppen geschnitzt.

Koronel Langford blieb vier Schritte vor dem Thron stehen und verneigte sich. Owen, der einen Schritt hinter ihm ging, folgte seinem Beispiel. Danach zog er sich nach rechts zurück und ließ Langford allein.

Die drei Männer waren keineswegs allein im Saal. Nicht nur waren andere vor ihnen zu einer Audienz erschienen, es folgten ihnen auch noch weitere. Sie nahmen Aufstellung, als zöge sich ein unsichtbarer Läufer durch die Mitte des Saales, auf den sie nicht zu treten wagten. Die meisten erinnerten ihn an Dr. Frost: gut gekleidet in modischen Sachen aus grober Wolle und Leinen. Die Farbe der Stoffe reichte von Schwarz bis Braun, da Indigo und Tönungsmittel für andere, hellere Farben nur als Importware verfügbar waren. Hier und da sorgte allerdings ein Taschentuch oder eine Weste für einen farbigen Akzent.

Am Ende des Saales, unmittelbar an der Doppeltür, standen ein paar Männer, denen man ihr Unbehagen deutlich ansah. Sie trugen Wildlederkleidung mit Fransen an den Ärmeln und den Säumen der Hosenbeine. Teilweise waren die Sachen mit Perlenstickerei verziert, allerdings meistens nur fleckweise an Ober- und Unterschenkeln sowie an den Manschetten. Die Männer waren von grobem, ungepflegtem Äußeren, und die Art, wie sie das Gewicht von einem Bein auf das andere verlagerten, ließ erkennen, wie unangenehm ihnen die Situation war.

Prinz Vladimir hob die Hand, und der Saaldiener schloss die Türen. »Koronel Langford, es ist schön von Euch, dass Ihr unserer Einladung so zügig gefolgt seid. Wir hoffen, wir haben Euch von keiner wichtigen Aufgabe abgezogen?«

Langford lächelte ölig. »Der Dienst für Ihre Majestät kennt keine Unterbrechung, Hoheit, doch was immer ich für Euch leisten kann, hat in jedem Fall Vorrang.«

»Und Ihr, Kapteyn Radband, meine Bitte hat Euch keine Unannehmlichkeiten bereitet?«

»Keineswegs, Hoheit.« Der unbeteiligte, herablassende Tonfall des Prinzen, so grundverschieden zu seiner Stimme am Tag zuvor, ließ Owen schaudern.

»Koronel, uns ist zu Ohren gekommen, dass Ihr Rufus Ast beauftragt habt, Kapteyn Radband zu führen.«

»Das habe ich, Sire. Seine Kenntnis des Geländes ist unübertroffen.«

»Tatsächlich?« Prinz Vlad runzelte die Stirn. »Wir hätten gedacht, dass Nathaniel Wald weitgereister ist, insbesondere innerhalb des Gebietes, das Kapteyn Radbands Order ihm zu erforschen aufträgt.«

Langford beugte den Kopf. »Selbstverständlich, Hoheit. Ich hätte sagen sollen, Meister Asts Kenntnis ist unübertroffen unter den verfügbaren Führern.«

Der Prinz klatschte in die Hände. »Nun, denn, Koronel, wir haben ausgezeichnete Neuigkeiten für Euch. Meister Wald steht für diese Aufgabe zur Verfügung. Er wird in Kürze eintreffen, daher werdet Ihr Eurem … aber was sehen wir, er ist bereits anwesend. Meister Ast, Ihr und Eure Männer werden nicht mehr benötigt. Ihr dürft gehen.«

Die Rohlinge am anderen Ende des Saales wirkten völlig überrascht, aber Langfords laute Stimme schnitt durch das dumpfe Rumoren der Konversation. »Hoheit, Ihr könnt sie nicht entlassen.«

»Haben wir Euch recht verstanden, Koronel? Sagtet Ihr, wir können sie nicht entlassen?«

»Ganz recht, Hoheit. Es besteht ein Kontrakt für ihre Dienste. Es wäre eine übergroße Härte für sie, sollte er gekündigt werden.«

Prinz Vlad hob den Kopf. »Tatsächlich? Diese Männer erscheinen mir gesund und kräftig. Wäre es nicht eine bessere Verwendung ihrer Zeit, auszuziehen und Fallen zu stellen? Wir können ihnen kaum mehr bezahlen, als sie durch das Erbeuten und Verkaufen von Fellen verdienen können, richtig?«

»Es ist eine komplizierte Angelegenheit, Hoheit.« Langfords Miene versteinerte. »Eine Armee-Angelegenheit. Weit außerhalb dessen, worüber Ihr euch Gedanken zu machen braucht.«

»Ihr werdet feststellen, Koronel, dass Euer gesamtes Budget über das Schatzamt ausbezahlt wird, welches eine zivile Behörde ist und daher durchaus von Belang für uns. Es ist eine Tatsache, dass Meister Wald – ein Führer, den Ihr selbst hier als dem Eurer Wahl überlegen anerkannt habt – für zwei Goldkronen verfügbar ist. Wir halten das für eine beträchtliche Einsparung im Vergleich zu Eurem Vorschlag.«

Langford stammelte eine Antwort, doch der Prinz hob die Hand. »Wir sind noch nicht fertig. Uns sind Gerüchte über Eure privaten finanziellen Beziehungen mit den Familien Fass und Ast zu Ohren gekommen, Koronel, ebenso wie über andere Unregelmäßigkeiten.«

Langford lief rot an. »Besitzt Ihr Beweise für diese ungeheuerlichen Anschuldigungen, Hoheit? Würdet Ihr Gerüchten den Vorzug vor dem Wort eines Ehrenmannes geben, der sie abstreitet?«

»Nein, Koronel, doch wir sind verpflichtet, einen Bericht zu erstellen und an die zuständigen Stellen weiterzuleiten.«

»Aber er wäre ohne Grundlage.«

Owen trat einen Schritt vor. »Ich bitte um Eurer Hoheit Verzeihung: Ich bin bereit, *mein* Wort als Ehrenmann darauf zu geben, dass die finanziellen Geschäfte des Koronels so krumm sind wie eine alte Wurmstandtür. Solltet Ihr es wünschen, werde ich einen Bericht darüber erstellen, was ich in dem einen Tag meiner Anwesenheit hier bereits darüber herausgefunden habe, der an Bord der *Koronet* den Weg zurück nach Norisle finden kann.«

»Wir wissen Euer Angebot zu schätzen, Kapteyn, doch es ist möglicherweise ein wenig verfrüht.« Vladimir fixierte Koronel Langford. »Zusätzlich zu seiner Tätigkeit als Führer Kapteyn Radbands werden wir Meister Wald bitten, seine Untersuchungen über Flora und Fauna dieses Landes fortzusetzen. In Erwartung der daraus resultierenden neuen Proben und Informationen werden wir den größten Teil unserer Zeit auf unserem Landgut verbringen. Wir erwarten, dort gänzlich beschäftigt zu sein, so dass die Erstellung eines solchen Berichtes durchaus entfallen könnte. Daher werden wir uns gezwungen sehen, Euer Wort zu akzeptieren, dass Ihr keinerlei finanzielle Beziehungen zu diesen Männern unterhaltet. Ist das verstanden?«

»Ja, Euer Hoheit.«

»Sehr schön. Ihr dürft Euch entfernen.«

Langford verbeugte sich, dann warf er Owen einen giftigen Blick zu.

»Ihr, Kapteyn Radband, werdet hierbleiben. Wir bestehen darauf, dass Ihr uns heute Abend beim Diner Gesellschaft leistet.«

»Ihr seid zu gütig, Hoheit.«

»Keineswegs.« Der Prinz nickte ernst. »In dem Paket, das Ihr uns überbracht habt, waren Artikel, die ein Gespräch erforderlich machen, und je eher dies geschieht, desto besser.«

Langford und die anderen verließen den Versammlungssaal. Sobald sich die Türen hinter ihnen geschlossen hatten, zog sich Vladimir die Perücke vom Kopf, schleuderte sie hinter sich und kratzte sich mit beiden Händen den Kopf. Er unternahm keinen Versuch, das zerzauste Haar wieder in Ordnung zu bringen, sondern drehte sich um und grinste Owen an.

»Eure Unterstützung war ebenso freundlich wie unerwartet. Auch ohne sie hätte sich am Ergebnis nichts geändert. Allerdings ist es Euch so gelungen, Euch einen Feind zu machen.«

Owen nickte. »So oder so wäre es dazu gekommen. Von den fünf Schillingen einer Krone enden zwei ohne jeden Zweifel in Langfords Tasche oder der seiner Kumpane. Das ist für sich genommen bereits ein Skandal, aber täten Langfords Leute zumindest das, wofür sie überbezahlt werden, hätte es noch einen gewissen Wert. In Wahrheit …«

»Ich weiß, und auch bei der Reitergarde ist das manchem bewusst.« Der Prinz winkte Owen und machte sich auf den Weg zu einer Tür in der Südwand, die sich in eine kleine Wohnung öffnete. »Ich habe Freunden dort Mitteilungen über die Unzuverlässigkeit der jüngeren Berichte zukommen lassen. Jedoch schenkte niemand mir Glauben, bis ein Spion mitten in Feris, im ryngischen Ministerium Kolonialer Belange, zwei Außenposten an Orten entdeckte, die in unseren Berichten als frei von tharyngischem Einfluss gemeldet waren. Das führte zwar nicht dazu, dass man meinen Mitteilungen mehr Glauben schenkte, aber meine Freunde baten mich, es einzurichten, dass Nathaniel die betreffenden Gebiete bereisen und die Wahrheit feststellen konnte.«

Owen sträubten sich die Nasenflügel. »Hat irgendjemand daran geglaubt, dass ich meine Pflicht erfülle?«

»Ehrlich gesagt, Kapteyn, nein. Trotz der Position Eurer Familie kann man Euch kaum als Mann von Ansehen oder Beziehungen bezeichnen. Ihr seid halb kolonialer Abstammung und wart Verbindungsoffizier einer entehrten Kolonialeinheit. Muss ich ein noch deutlicheres Bild malen, warum so manche vorsichtige Seele die Sorge um akkurate Informationen umtrieb?«

»Nein, Hoheit. Ich verstehe.«

»Gut.« Der Prinz grinste. »Aber Ihr und ich werden jetzt einmal Details besprechen, und ich werde meinem Freund eine Order aufsetzen. Danach werden wir speisen, und Ihr werdet Euch heimwärts zur wohlverdienten Ruhe begeben. Eure anstrengende Reise beginnt schon bald.«

Wie der Prinz es vorhergesagt hatte, wurde es ein angenehmer Abend mit Fasanenbraten und einheimischem Gemüse, verbunden mit wertvollen Lektionen über das Überleben in der Wildnis. Der Prinz verpackte sie alle in Anekdoten, was sie gleichzeitig leichter erinnerbar und weniger beleidigend machte. Am Ende des Abends war sich Owen bewusst, dass er noch viel zu lernen hatte, trotzdem hatte er ein ausgezeichnetes Fundament für weitere Erfahrungen geschaffen.

Er verließ den Prinzen mit einem Lächeln auf den Lippen und einem warmen Gefühl im Magen.

Beides verschwand abrupt, als an der ersten dunklen Ecke der Schaft einer Muskete auf seinen Schädel krachte.

Neuntes Kapitel

28. April 1763
Port Maßvoll
Mäßigungsbucht, Mystria

Owen kam auf dem Boden zu sich, den Mund voller Staub, nur eine knappe Sekunde, bevor ein Stiefeltritt ihn in Magenhöhe traf und durch die Luft schleuderte. Die Reste des prinzlichen Diners bahnten sich den Weg ins Freie und ersetzten den trockenen Staub mit der beißenden Nässe von Erbrochenem. Er landete auf der Seite und zog die Beine an, um seinen Magen zu schützen.

»Hältst dich für schlau, was?« Die von einer tiefen Männerstimme gestellte Frage löste bei den Begleitern des Fragenstellers Gelächter aus. »Hältst dich für was Besseres, wie?«

Owen hustete und spuckte aus. Sein Magen schmerzte, und die Umgebung verschwamm vor seinen Augen. Er konnte Umrisse ausmachen – mindestens ein halbes Dutzend, aber es konnten durchaus auch mehr sein. Der ihm am nächsten stehende Kerl, derjenige, der mit ihm geredet hatte, füllte den größten Teil seines Gesichtsfeldes aus, und das lag nicht nur an seiner Nähe, sondern auch an seiner Größe.

»Guckt ihn euch an, Jungs, liegt da wie 'n kleines Kind. Ein kleiner norillischer Hund, der auf den Tod wartet.«

Wieder klang Gelächter auf, bis eine andere Stimme sich einmischte.

»Na, Rufus Ast, scheint mir nicht, dass du hier deine Zeit vernünftig verbringst.«

»Halt dich da raus, Wald.« Der Hüne deutete mit dem Finger

auf Owen. »Du kennst seine Sorte doch selber. Ein Rotrock. Hält sich für besser als drei von uns.«

Vom Eingang der Gasse erklang leises Lachen. »Warst noch nie gut, wenn es ums Rechnen ging, Rufus, aber selbst du kannst sehen, dass hier 'n Funken mehr als drei von euch sind.«

»Willst du die Chancen ausgleichen?«

»Wenn ich mitmache, ist es nicht ausgeglichen. Liefe wohl darauf hinaus, dass ich dir nochmal eins überbrate.«

Owen schüttelte den Kopf, um klarer zu werden, dann zog er Hände und Knie unter den Körper. »Drei zu eins? Ich hab schon Schlimmeres überstanden.«

Wald am Eingang der Gasse war wenig mehr als eine große, schlanke Silhouette mit einem Gewehr in den verschränkten Armen. »Scheint, als hätte der Hieb auf den Kopf Euch das Hirn vernebelt, Kapteyn Radband.«

»Der hat doch gar kein Hirn«, spottete einer der anderen.

Owen kam auf die Beine und schwankte nach links. Er gestattete einem der Männer, ihn aufzufangen und wieder aufzurichten. Owen drehte sich, versenkte die Faust im Bauch des Mannes und rammte ihm danach das Knie ans Kinn. Sein Gegner brach zusammen. Owen wirbelte herum, presste den Rücken an die Hauswand und schlug den rechten Ellbogen ins Gesicht des Kerls auf der anderen Seite. Der Kopf des Kolonisten knallte gegen die Wand, und er fiel nach vorn, über seinen stöhnenden Kumpanen.

In der dunklen Gasse war keine Gelegenheit für Kunststücke, aber das störte Owen nicht. Er war schon früher immer mal wieder von Schlägerbanden überrumpelt worden. Schon sehr früh hatte er dabei eine Grundregel gelernt, die er seither streng befolgte: Richte so viel Schaden wie möglich an, ganz egal wie und solange du kannst.

Der Mann links von ihm zögerte, aber der rechts stürmte auf ihn los. Er senkte den Kopf und versuchte, Owen umzurennen. Der Offizier versetzte ihm einen harten Fausthieb an die linke Schläfe, worauf sein Gegner in die Knie ging. Dann versetzte er ihm einen Tritt gegen die Brust. Der Schläger flog nach hinten und gegen Rufus' Beine.

Ohne abzuwarten, bis der Kerl links von ihm sich wieder bewegte, griff Owen an und versetzte ihm einen schweren Haken. Zahnsplitter flogen durch die Nacht. Owen packte ihn an der Jacke und schleuderte ihn auf den zu Boden gestolperten Rufus Astwerk.

Der nächste Bursche hob die Fäuste und schob die Füße auseinander. Er war etwas kleiner als Owen, mit einem selbstsicheren Funkeln in den Augen. Wie ein Stier schoss er vorwärts, täuschte eine Linke gegen Owens Kopf an. Als der die Hände zur Deckung hochriss, trieb er ihm die Rechte in die Magengrube.

Schmerz explodierte in Owens Leib, aber davon ließ er sich nicht aufhalten. Er schlug den Kopf vor und rammte die Stirn ins Gesicht seines Gegners. Knochen krachten, Blut spritzte. Der Mann wankte zurück, die Hände an der gebrochene Nase. Owen trat zu und traf ihn hart zwischen die Beine. Der Tritt riss den Kerl in die Luft, und als er wieder aufkam, blieb er gekrümmt im Staub liegen.

Rufus brüllte, und Owen wirbelte herum. Der Hüne hat sich befreit und stand wieder auf. Er war einen Kopf größer als Owen und breit genug, um die Gasse völlig zu blockieren. Er ballte kürbisgroße Fäuste.

»Hättest besser in Norisle bleiben sollen.«

Owen schluckte schwer und nahm sich zusammen. Er hatte eine einzige Chance. Ein schneller Tritt in die Kniekehle, der

Rufus stoppte und ihm selber Zeit genug verschaffte, etwas zu finden, das er dem Riesen über den Schädel ziehen konnte.

Plötzlich ruckte Rufus' Kopf vor, begleitet vom Knall eines als Keule benutzten Musketenschafts. Der Riese stolperte und drehte sich halb um. »Was soll 'n das, Wald?«

»Du bist das Pulver fürs Nachladen nicht wert.« Wald schlug noch einmal zu und erwischte ihn an der Stirn.

Rufus Ast brach zusammen.

Wald senkte die Waffe. »Der letzte von ihnen ist weggerannt. Wenn er zurückkommt, wird er seine Kumpane mitbringen. Würde sagen, wir ziehen uns zurück.«

»Einverstanden.« Owen richtete sich auf und betastete seinen Kopf in Höhe des rechten Ohrs. Seine Finger griffen ins Nasse. Er stieg über Rufus und folgte dem Mystrianer aus der Gasse. »Ihr hättet Euch nicht einzumischen brauchen.«

»Ihr wärt wohl mit Rufus fertiggeworden, aber er hätte Euch vorher gehörig zusammengeschlagen. Der Prinz hat mich angeheuert, Euch zu führen. Dazu müsst Ihr Euch noch bewegen können.«

Owen hielt an einer öffentlichen Pumpe an und hielt den Kopf unter das nach ein paar kräftigen Zügen herausströmende Wasser. Der Kälteschock ließ ihn etwas klarer werden, aber das ermöglichte es ihm auch, die Schmerzen bewusst wahrzunehmen, die seinen Leib durchzuckten. Wieder wurde ihm übel, aber er unterdrückte den plötzlichen Brechreiz.

Nathaniel Wald kam um ihn herum und betrachtete sein Ohr. »Übler Schnitt. Muss Euch wer das halbe Ohr wieder annähen. Gut, dass Madame Frost sich mit Nadel und Faden auskennt.«

Owen richtete sich auf und strich sich das klatschnasse Haar aus dem Gesicht. »Sie werden sich noch einmal überlegen, ob es so klug war, mir ihre Gastfreundschaft anzubieten.«

»Wird sie nicht überraschen.« Nathaniel zuckte die Schultern. »Schätze, Caleb hat sie schon vorbereitet, nachdem er mir Bescheid gegeben hat.«

Owen drehte sich um. »Er war nicht …«

»Er hat es nicht so mit den Astens.«

Die beiden Männer wanderten durch die düsteren Straßen bergauf, in Richtung des Hauses Frost. »Mir scheint, zwischen Euch und Rufus besteht auch keine Freundschaft.«

»Kann man so sagen.«

»Ihr habt erwähnt, dass Ihr ihn schon einmal angeschossen habt?«

Nathaniel nickte. »Hatte es nötig. Wollte ihm eigentlich eine Kugel in den Kopf jagen, aber der steckte so tief in seinem Arsch, dass ich bloß sein Sitzfleisch getroffen habe.«

Owen konnte nicht sagen, ob Nathaniel das als Scherz meinte oder nicht. Aber er hatte das Gefühl, dass Wald ihn taxierte, und dass er genau das auch schon bei der Schlägerei in der Gasse getan hatte. »Dann sagt mir, Meister Wald, hättet Ihr sie auch aufgehalten, wenn es nicht Teil Eures Auftrags gewesen wäre?«

Nathaniel Wald blieb mitten auf der Straße stehen und rieb sich das kantige Kinn. »Schätze schon. Rufus den Spaß zu verderben, macht höllischen Spaß.«

»Habt Ihr keine Angst vor Vergeltung?«

»Nein.« Nathaniel setzte sich wieder in Bewegung. »Schätze, ihm macht 's viel weniger Spaß, Zielscheibe zu sein, als mir, auf ihn zu schießen.«

Owen presste sein Taschentuch an die blutende Schläfe. »Habt Ihr keine Angst, dass er zuerst auf Euch schießt?«

»Wenn der nah genug für so 'nen Schuss kommt, hab ich's nicht besser verdient.«

Sie erreichten das Haus der Frosts. Owen öffnete das Tor und wartete auf Wald.

Der schüttelte den Kopf. »Wird schon für genug Unruhe sorgen, wenn sie Euch sehen. Ruht Euch einen Tag aus, dann treffen wir uns am Vorratslager.«

Owen nickte. »Ich habe schon Ausrüstung bestellt.«

»Hab ich gehört. Wir werden 's dann korrigieren.« Nathaniel salutierte kurz und lässig, dann verschwand er in den Schatten.

Die Haustür öffnete sich. Caleb hielt eine Laterne hoch, und Bethany kam mit gerafften Röcken aus dem Haus gelaufen. Obwohl das Licht nur einen Teil ihres Gesichtes sichtbar machte, sorgten ihre weit aufgerissenen Augen und der sich entsetzt öffnende Mund dafür, dass sein Kopf noch schlimmer schmerzte.

»Caleb, schnell, hilf mir.« Bethany duckte sich unter Owens linken Arm und fasste ihn um die Taille. »Er blutet.«

»Das sehe ich.« Caleb stützte ihn an der anderen Seite, und zu dritt betraten ohne größere Umstände das Haus. Ohne ein weiteres Wort zu wechseln, brachten sie Owen in die Küche und setzten ihn auf einen Stuhl.

Die Hausherrin fixierte ihn mit einem eisernen Blick. »Ich habe schon Schlimmeres gesehen. Bethany, nimm seine Jacke. Bürste sie aus und kümmere dich um die Flecken. Caleb …«

Ihr Sohn hob beide Hände. »Ich weiß schon, ein Schluck Rum.«

»Aber keinen für dich. Du bist schuld, dass er so zugerichtet ist.«

Owen zog die Jacke aus. »Madame Frost, Caleb hätte nichts tun können …«

»Kapteyn Radband, ich wüsste es zu schätzen, würdet Ihr nicht behaupten, Port Maßvoll oder meinen Sohn besser zu kennen als ich. Als wir erfuhren, dass Ihr mit dem Prinzen diniert, sandten wir Caleb, auf Euch zu warten und Euch nach Hause zu begleiten. Das hat er nicht getan.«

»Er hat Nathaniel Wald verständigt ...«

»Mir ist durchaus bewusst, was er getan.« Hettie Frost nahm ein sauberes Tuch und tauchte es in heißes Wasser. Sie zog seine Hand mit dem Taschentuch von der Wunde fort und säuberte sie. »Ich weiß, wie viel der Prinz von Meister Wald hält, doch macht ihn das noch nicht zu einem Heiligen.«

Sie legte das Tuch beiseite und nahm eine Nadel. Geschickt fädelte sie einen Faden ein, dann hielt sie die Spitze in eine Kerzenflamme.

Owen runzelte die Stirn. »Was tut Ihr da?«

»Was notwendig ist.«

Caleb kehrte zurück und reichte Owen eine kleine Tasse mit Rum. »Tugendlerischer Aberglaube. Ihr habt Euch heute Nacht lästerlich betragen, deshalb stecken Teufel in der Wunde. Die heiße Nadel erinnert sie an die Feuer der Hölle und verscheucht sie.«

Hettie Frost zog ein ärgerliches Gesicht. »Mehr als einmal hab ich dich mit dieser Nadel genäht, Caleb Frost, und du hast kaum eine Narbe zurückbehalten. Mockier dich nicht über Gottes Werk.«

»Ja, Mutter.« Er zog sich zurück und tat so, als würde er die Tasse mit einem Zug leeren. »Das hilft, das Vernähen auszuhalten.«

Owen kippte den Rum. Er brannte sich einen Weg die Speiseröhre hinab und explodierte schmerzhaft in seinem Magen. Für einen Moment fürchtete er, sich erneut übergeben zu müssen, aber die Wärme des Alkohols beruhigte seine Eingeweide.

Hettie Frost nahm ihm die Tasse aus der Hand und schüttete

die verbliebenen Tropfen auf die Wunde. »Eine Tasse für Euer Innenleben, ein Tropfen für das Äußere.«

»Das brennt.«

»Gut. Lasst es Euch eine Lehre sein.«

Es war ein seltsames Erlebnis, genäht zu werden. Nicht, dass es das erste Mal gewesen wäre, aber noch nie hatte er eine solche Behandlung am Ohr benötigt. Zusätzlich zu dem Drücken und Ziehen, wenn Hettie Frost den Faden festzog, hörte er das Schnalzen der Haut und das Schrammen der Nadel. Die Hausherrin arbeitete gewissenhaft und vernähte die kleine Wunde mit mehr Stichen, als er vom Feldscher für einen Schwerthieb am Oberschenkel bekommen hatte. Schließlich biss sie das Ende des Fadens ab und kippte noch einen Tropfen Rum auf ihr Werk. Aus sauberem Tuch formte sie ein Polster, auf das sie eine grüne, leicht nach Minze duftende Salbe rieb, und legte es auf die Wunde. Sie befestigte es mit einem Verband, den sie zwei Mal um Owens Kopf wickelte und über dem unverletzten Ohr verknotete.

»Ich sollte meinen, Kapteyn, damit ist es getan.«

»Ich danke Euch, Madame Frost.«

»Bedankt Euch, indem Ihr Euch von weiterem Ärger fernhaltet.« Sie drehte sich zu ihrer Tochter um, die damit beschäftigt war, einen Riss im Jackenärmel zu nähen. »Du wirst ihm eine Auflage für das Kopfkissen bringen, damit er nicht das Bettzeug vollblutet.«

»Ja, Mutter.«

Hettie Frosts Miene entspannte sich. »Benötigt Ihr noch etwas, Kapteyn?«

»Nein. Obwohl, ich glaube, vielleicht mein Schreibzeug.«

Sofort wurde Caleb von seinem Hocker losgeschickt, es zu holen. Er kehrte kurz darauf mit einem ledernen Kasten zurück. »Ich stelle es auf den Esstisch.«

»Danke.« Owen ging hinüber ins Esszimmer. Caleb hatte das Etui an Owens Platz gestellt und eine Kerze angezündet. Jetzt stand er an der Anrichte und schenkte sich ein Glas Wein ein.

Owen lehnte das stumme Angebot eines Glases Wein mit einem Wink ab und öffnete den Kasten. Er holte Papier und Tinte heraus, dann spitzte er mit dem kleinen Messer eine Feder an. *Aber wem schreibe ich zuerst?*

Er sah keinen Sinn darin, einen Bericht über den Zwischenfall zu schreiben. Langford hätte nur gelacht, und vielleicht sogar seine eigene Version des Zwischenfalls nach Launston gemeldet, um Owen zu diskreditieren. Einen eigenen Bericht zu verfassen und direkt an die Reitergarde zu schicken, konnte ihm nicht helfen. Man würde es nur als weitere Bestätigung für die Feigheit der Mystrianer betrachten und ihn für einen Dummkopf halten, weil er sich hatte überrumpeln lassen. Die bloße Existenz des Berichtes würde man später gegen ihn verwenden – und höchstwahrscheinlich würde sein eigener Oheim es tun.

Und ein Brief an Katherine brachte ganz eigene Probleme. Sie würde den Brief gewissenhaft lesen, aber jeden Hieb überdeutlich spüren. Sie würde stolz auf seinen Sieg sein und sich ehrlich darüber freuen, und zugleich würde seine Verletzung ihr Angst um ihn machen, und das war das Letzte, was er wollte.

Bethany kam mit einer zweiten Kerze, seiner Jacke und Nähzeug ins Zimmer. Sie lächelte. »Bitte teilt Eurer Gattin mit, dass Eure Jacke wiederhergestellt ist.«

Owen blinzelte. »Verzeihung?«

»Ihr schreibt ihr und lasst sie wissen, dass es Euch trotz allem gut geht, nicht wahr?« Sie setzte sich und beugte sich über die Jacke. »Caleb hat mir berichtet, dass Ihr verheiratet seid. Ihr müsst sie vermissen.«

»Das tue ich, Fräulein, sehr sogar.« Owen legte Federkiel und

Messer beiseite. »Doch ich bin mir nicht sicher, ob sie wirklich erfahren möchte, was geschehen ist. Zumindest *das* nicht.«

Bethany schaute auf und neigte überrascht den Kopf. »Als Ira fort war, wollte ich alles wissen, jede Einzelheit. Er hat geschrieben – jemandem diktiert, meine ich –, und mein Onkel schrieb ebenfalls. Wir bekamen die Briefe natürlich gebündelt. Manche erst lange nachdem …«

»Ich kann mir vorstellen, wie schmerzhaft es war.«

Sie schüttelte den Kopf. »Nicht so schmerzhaft wie die Ungewissheit. Männer glauben, uns Sorgen zu ersparen, wenn sie uns etwas verschweigen, doch wir wissen es. Wir spüren, dass etwas ungesagt bleibt, und das bereitet uns noch schlimmere Sorgen. Wir wissen, dass ihr uns etwas verschweigt, das uns Sorgen machen würde, und wir stellen uns die fürchterlichsten Dinge vor.«

»Leider kann meine Gattin kein Blut sehen.« Er lächelte gequält. »Sie hätte niemals tun können, was Eure Mutter getan hat.«

»Ich weiß.«

»Was?« Owen legte die Stirn in Falten. »Ihr nehmt Euch einiges heraus, Fräulein Frost.«

»Ich hatte keine Herabsetzung im Sinn, Kapteyn.« Sie hob seine Jacke. »Mir fiel nur ein wenig kunstvolles Muster der Reparaturen hier auf. Eure Gattin kann nicht mit Nadel und Faden umgehen.«

»Nun, ich fürchte, Ihr seht dort vor allem mein Werk.«

»Ich bin sicher, Eure Gemahlin legt Wert auf Eure Erscheinung, daher werde ich ein paar Fäden lösen und neu vernähen.« Bethany schmunzelte und nahm eine kleine Schere. »Bitte schreibt doch weiter. Ich liebe das Geräusch der Feder auf Papier. Es ist überaus beruhigend, und einer der Gründe, warum ich das Schreiben liebe.«

»Was schreibt Ihr?«

Bethany schaute auf. »Dummes Zeug, Kapteyn. Gedichtfetzen. Nichts, was jemals das Tageslicht sehen wird.«

»Ihr solltet Euch nicht für das schämen, was Ihr schreibt, Fräulein Frost. Ich bin sicher, Ihr besitzt Talent.« Owen seufzte. »Ich fürchte, ich kann noch besser nähen als mich schriftlich ausdrücken, doch werde ich daran arbeiten. Nur ist ein Brief wohl nicht das Richtige. Ich werde ein Tagebuch verfassen. Das wird zu meiner Reise passen. Ich werde heute damit beginnen. Und morgen werde ich ein paar Journalbücher erstehen müssen, um sie mitzunehmen.«

»Es wird mir eine Freude sein, einen Händler für Euch ausfindig zu machen, Kapteyn Radband.« Sie lachte. »Unter einer Bedingung.«

»Und diese wäre?«

»Bei Eurer Rückkehr darf ich es lesen.«

Zehntes Kapitel

29. April 1763
Haus der Frosts, Port Maßvoll
Mäßigungsbucht, Mystria

Als Owen erwachte, fühlte er sich, als wäre er von einer Reiterhorde niedergetrampelt und dann wohl eine Meile mitgeschleift worden. Sein Kopf pochte, und sein Magen brannte vor Schmerzen. Der Duft frischen Brotes, der in sein Zimmer wehte, war keine Hilfe. Er ließ ihm das Wasser im Munde zusammenlaufen, was sein Magen mit Protestkrämpfen quittierte.

Und das Aufstehen war eine Orgie der Schmerzen.

Er musste über sich selbst lachen. Dann warf er die Decke zurück und stand mühsam auf. Tatsache war, dass er schon einmal von einem Pferd niedergetrampelt worden war, und auch schon von anderen mitgeschleift. Das war wirklich übel gewesen. Er rieb sich den großen Bluterguss am Bauch und zog dann Hose, Strümpfe, Schuhe und sein zweitbestes Hemd an.

Mit der Fingerkuppe fuhr er eine kleine senkrechte Naht an der rechten Seite nach. Eine entsprechende Narbe zierte seine Haut unter ihr, allerdings nicht annähernd so kunstvoll genäht. Er spürte den Stich der Lanze immer noch, den Druck, als sie von einer Rippe abgelenkt wurde, und sah den triumphierenden Ausdruck auf dem Gesicht des Lanzers vor sich, bevor sein Schuss ihm den Unterkiefer zertrümmerte.

Er schüttelte sich. Vor dem runden Spiegel neben der Wasserschüssel löste er den Verband um seinen Kopf. Der Verband selbst war sauber, doch das Tuch auf der Wunde zeigte Blutflecken. Er feuchtete es mit etwas Wasser an, um es zu lösen, dann zog er es vorsichtig ab.

Eine leichte Rötung und Schwellung, noch ein wenig warm unter seinen tastenden Fingern, aber die Verletzung sah ansonsten recht gut aus. Madame Frost hatte hervorragende Arbeit geleistet, und die Wunde war bereits verkrustet. Noch vielleicht eine Woche, und er konnte den Faden ziehen. Wenn er das braune Haar ein wenig länger trug, würde niemand die Narbe bemerken.

Owen wusch sich mit dem Wasser in der Schüssel, dann rasierte er sich vor dem Spiegel. Er genoss das Ritual der Rasur, und durch sein kantiges Gesicht fiel es ihm leicht. Die tägliche

Routine beruhigte ihn. Es war ein gutes Gefühl, sich das Gesicht einzuseifen und den kalten Stahl des Rasiermessers über den Hals zu bewegen. Das leise Kratzen des Metalls auf seiner Haut bestätigte ihm, dass er noch lebte, selbst wenn die Schmerzen ihn wünschen ließen, er wäre tot.

Er machte sich auf den Weg nach unten und fand Doktorus Frost im Esszimmer, wo er eine Zeitung las. In großen Lettern prangte WATTLINGS WOCHENKURIER als Kopf über dem Blatt. »Guten Morgen, Meister Doktorus.«

»Und Euch ebenso, Kapteyn. Ich hörte, Ihr hattet einen ereignisreichen Abend.«

Owen nickte. »Dessen Folgen Eure Gemahlin und Tochter ihr Bestes taten zu beheben.«

»Eure Jacke hängt in der Küche neben der Tür.« Dr. Frost faltete das großformatige Nachrichtenblatt. »Eine neue Zeitung.«

»Meister Wattling kam mit demselben Schiff wie ich. Es zeigt bemerkenswerte Energie, sie so schnell hergestellt zu haben.«

»Es sind nur alte Nachrichten aus Norisle.« Frost schmunzelte. »Keine Zeile über Eure Begegnung letzte Nacht, und kein Bericht über die Debatte in der Akademia.«

»Eine Debatte, Sire?«

»Aber bitte, setzt Euch. Martha, der gute Kapteyn möchte sein Frühstück einnehmen. Ich habe schwachen Tee mit Honig und etwas Ingwer für Euch aufbrühen lassen. Das ist gut für den Magen. Und etwas Brot ohne Butter.« Frost schob mit dem Fuß Owens Stuhl zurück. »Es wird Euch interessieren, dass zwei Versionen über Eure Begegnung der letzten Nacht im Umlauf sind.«

Owen nahm Platz. »Tatsächlich.«

»In einer habt Ihr und Nathaniel Wald die Astwerks beleidigt, und sie haben bei einer Prügelei den Kürzeren zogen.

Nichts, worauf sie stolz sein könnten. Sie sind schon früher mit Wald aneinandergeraten, mit ähnlichem Ergebnis.«

Ein Lakai brachte Tee und Brot. Owen nippte vorsichtig daran, und allmählich kam sein Innenleben zur Ruhe. »Und die andere Version?«

»Eine Gruppe Zwielichtner sind in die Stadt eingedrungen und haben Euch angegriffen, doch Nathaniel Wald verjagte sie.«

Owen runzelte die Stirn. »Weshalb sollte irgendjemand so etwas glauben?«

»Ihr seid ein Rotrock. Die Zwielichtner waren Ungarakii und standen in den Diensten der Tharyngen. Der Bericht dient den Zwecken derer, die das Zwielichtvolk hassen. Werden sie als Gefolgsleute der Laureaten in Feris dargestellt und die Berichte erreichen Launston, wird man weitere Soldaten schicken, um die Eingeborenen zu vertreiben.«

Owen tauchte eine Ecke des Brotes in den Tee und biss ab. »Welchen Sinn hätte das? Ich bin von hier zum Gut des Prinzen geritten. Nicht alles Land hier ist urbar gemacht.«

Dr. Frost beugte sich vor und stützte die Ellbogen auf den Tisch. »Das, Kapteyn, ist eine umstrittene Ansicht. Die Zwielichtvölker sind Nomaden, und was wir als offenes Land sehen, benötigen sie als Jagdgründe, wenn es ihnen nicht gar heilig ist. Sie bestellen das Land nicht so wie wir. Da sie keine Viehzucht betreiben oder mehr als primitiven Ackerbau, benötigen sie weit größere Flächen als wir. Versucht jemand, auszuziehen, ein Stück Land zu roden und einen Hof zu gründen, sehen die Zwielichtvölker dies als Angriff. Nicht in der Nähe der Stadt, wohlgemerkt, doch draußen in der Wildnis schon.«

»Langford könnte Truppen ausschicken, um Überfälle zu bestrafen.«

»Das könnte er wohl, doch die meisten betroffenen Siedler sitzen unerlaubt auf Land, das die Krone beansprucht. Dennoch, Spekulanten verlangen nach den Ländereien, und der Druck, die Zwielichtvölker zu vernichten, wird ohne Zweifel noch zunehmen.« Frost lehnte sich wieder zurück. »Diese Diskussion war Teil der Debatte vergangene Nacht. Der größere Teil beschäftigte sich mit der Frage, ob Mystria eine bessere Zukunft unter der Krone oder als eigene Nation hätte.«

Owens Augen wurden schmal. »Diese Diskussion ließe sich als Verrat auslegen, Dr. Frost.«

Der ältere Mann lächelte. »Die Diskussion allein sicher nicht, Sire, wohl aber ein Aufruf zur Unabhängigkeit – und niemand rief dazu auf. Wir haben jedoch debattiert, ob die Krone in ihrem Verhalten uns gegenüber nachlässig ist. Wohlgemerkt sprechen wir von freundlicher Nachlässigkeit, doch die Hinweise darauf sind schwer abzustreiten.«

»Ich bin nicht sicher, ob ich Euch folgen kann, Sire.«

»Lasst mich ein Beispiel nennen. Den Kolonien des Südens ist es verboten, Baumwolle an andere Käufer als norillische Händler zu veräußern. Diese zahlen einen von der Krone festgesetzten Preis, einen Preis, der erheblich unter dem liegt, was die Tharyngen bieten.«

»Die Tharyngen sind unser Feind, Meister Doktorus. Ihr könnt nicht ernsthaft dafür plädieren, Geschäfte mit dem Feind zu machen.«

»Keineswegs, doch es ist wohlbekannt, dass norillische Händler unsere Rohbaumwolle mit großem Gewinn an Agenten der Alandalusier verkaufen, und diese verkaufen es ihrerseits an die Tharyngen.« Frost hob einen Finger. »Und, was von größerer Bedeutung ist, die in Norisle verbleibende Baumwolle wird dort gesponnen und gewoben, dann hierher zurückverschifft und uns mit beträchtlichem Profit als Tuch verkauft. Wir verfügen hier über viele Flussläufe. Wir könnten die Baumwollspinnereien hier aufbauen und unser eigenes Tuch herstellen, noch billiger als in Norisle. Wir könnten es billiger nach Norisle verschiffen, doch die Krone verbietet uns den Aufbau einer Industrie.«

»Ich will Euch gerne eingestehen, Sire, dass dies auf den ersten Blick widersinnig erscheint, jedoch …«

Frost kicherte und klopfte mit der flachen Hand auf die Zeitung. »Es ergibt absolut einen Sinn, Kapteyn, wenn Ihr wisst, dass genau diejenigen Männer, die in den verschiedenen Gewerben ihr Vermögen gemacht haben, auch das Ohr der Königin besitzen. Sie sind es, die im Lhordhaus sitzen und ihre Leute ins Parlament wählen lassen. Sie erklären Ihrer Majestät, es wäre der Untergang der norillischen Wirtschaft, uns eine eigene Industrie zu gestatten. Und sie erinnern sie ständig daran, dass wir die Kinder von Sträflingen und Aufrührern sind, von Auslöslingen und Freigelassenen, denen nicht zu trauen ist.«

Owen hob eine Augenbraue. »Ihr argumentiert gegen Eure eigenen Interessen, Sire. Ihr deutet an, dass Ihr keineswegs von minderem Wert seid. Entspricht dies der Wahrheit und Ihr erhaltet eine Industrie, werdet Ihr in Euren Unternehmungen erfolgreich sein und Norisle ruinieren. Die Krone ist entweder nicht unterrichtet oder äußerst weise.«

»Ich ziehe ›nicht informiert‹ vor, Kapteyn.« Frost hob die Zeitung. »Da es möglich ist, eine Druckerpresse hierher zu verbringen und innerhalb zweier Tage aufzustellen, haltet Ihr es nicht für möglich, dass eines Tages auch eine Spinnerei nachgebaut werden kann? Könnte nicht jemand, von einem Konkurrenten in den Ruin getrieben, hierher ausreisen und eine aufbauen? Könnte nicht ein Rynge uns das nötige Wissen lehren, mit dem Ziel, Norisle zu ruinieren?«

Owen nickte. »All das könnte geschehen. Und das alles wäre ungesetzlich.«

»Und erhieltet Ihr den Befehl, würdet Ihr diese Spinnereien zerstören?«

»Das wäre meine Pflicht.«

»Doch könntet Ihr sie *alle* zerstören, Kapteyn?«

Owen schüttelte den Kopf. »Sie blieben dennoch ungesetzlich.«

»Wohl wahr, doch auch unvermeidlich.« Frost neigte den Kopf. »Veränderung ist unvermeidlich, Kapteyn. Der Fortschritt lässt sich nicht aufhalten, nur nutzen. Und wird er nicht genutzt, ist er nicht zu bändigen.«

Der Soldat zitterte. »Ihr habt mir reichlich Stoff zum Nachdenken gegeben, Sire. Ich hätte Euch vielleicht einen besseren Gegenpart geboten, wäre mein Hirn nicht durchgeschüttelt worden.«

»Ihr habt Euch gut geschlagen, Kapteyn. Das ist das Schöne an der Naturphilosophie. Die ganze Welt ist mein Vermögen. Es steht mir frei, zu denken und zu fantasieren. Meine Leidenschaft ist es, den Geist der Jugend zu erleuchten.« Er lehnte sich wieder vor. »Ich möchte Euch jedoch um einen Gefallen bitten.«

»Wenn es mir möglich ist, Sire.«

»Ihr werdet in Gefilde aufbrechen, die erst sehr wenige betreten haben. Falls es Eure Aufgabe nicht beeinträchtigt, wäre ich über Kopien Eurer Karten erfreut. Es geht mir um die Flussläufe, wisst Ihr. Wir drängen uns auf einem schmalen Streifen Landes entlang der Küste. Wollen wir jemals gedeihen, müssen wir ins Landesinnere aufbrechen, und die Flüsse sind die Routen, denen wir folgen werden.«

Owen zögerte. Die Informationen, die er sammeln sollte, waren für die Krone bestimmt. Die Frage, wer sie erhielt, war damit eigentlich Sache seiner Vorgesetzten. Doch Nathaniel Wald konnte sie den Frosts ebenso leicht übergeben – und es bestand nicht der geringste Zweifel, dass Koronel Langford sie ohne Bedenken verkaufen würde. Damit war es unvermeidlich, dass Frost in ihren Besitz gelangte. *Unaufhaltsam wie die Veränderung.*

»Es wäre mir eine Ehre, Sire.«

»Sehr schön, ich danke Euch.« Frost faltete die Hände und schaute auf, als Bethany aus der Küche kam und einen hellblauen Mantel um ihre Schultern legte. »Willst du den Kapteyn durch die Stadt führen?«

»Wenn du ihn nicht länger foltern willst?« Eine weiße Haube bändigte ihr hellbraunes Haar bis auf eine Locke in ihrer Stirn.

»Fürs Erste nicht.« Frost schob den Stuhl zurück und erhob sich. »War mir ein Vergnügen, Kapteyn.«

Owen stand ebenfalls auf und schüttelte ihm die Hand. »Mir ebenso, Sire.«

»Passt gut auf meine Tochter auf.« Frost erwiderte den Händedruck freundschaftlich. »Wir sehen uns heute Abend. Gute Jagd.«

Auf dem Weg durch Port Maßvoll betrachtete Owen die Menschen mit anderen Augen. Sein roter Rock und selbst sein zweitbestes Hemd waren dicht gewoben – von besserer Qualität als die Kleidung aller anderen hier mit Ausnahme der Reichen. Die meisten Männer auf der Straße trugen mehrfach geflickte Hosen, die häufig trotzdem noch Löcher hatten. Mehr als die Hälfte hatte keine Schuhe oder Strümpfe, und nur wenige eine richtige Jacke.

Vor dem Gespräch mit Dr. Frost wäre er geneigt gewesen, diese schlampige Kleidung als äußeres Zeichen ihres Charakters zu werten. Wer sich in Norisle so kleidete, war arm in Geist und Mitteln, war Suff und Faulheit verfallen. Er hätte sie für unfähig erachtet, sich zu bessern, ohne die Charakterstärke, die ein anständiges Leben möglich machte. Selbst diejenigen, die zu Soldaten wurden, wo man sie zu Besserem ausbildete, verfielen in den alten Trott, sobald man ihnen zu viel Freizeit gestattete.

»Habt Ihr gehört, Kapteyn?«

Owen blinzelte. »Verzeiht, Fräulein Frost. Meine Gedanken waren auf Reisen.«

Bethany lachte hell. »Das bin ich von meinem Vater gewohnt. Ich hätte damit rechnen müssen, nachdem er heute Morgen mit Euch sprach.«

»Er hat etwas Forderndes an sich.«

»Das ist richtig.« Sie deutete mit offener Hand in Richtung einer kleinen Gasse, die von der Standhaftigkeit abzweigte. »Ihr könntet die Journale, nach denen Ihr sucht, hier in der Schreibergasse finden, oder Ihr könntet näher am Hafen Logbücher erstehen.«

»Lasst es uns hier versuchen.«

»Gut. Was war es, womit mein Vater Euch zum Nachdenken brachte?«

»Etwas ohne Bezug zu diesem Ausflug.«

Sie runzelte die Stirn. »Mein lieber Kapteyn Radband, behandelt mich nicht wie eine dumme kleine Göre. Ich bin meines Vaters Tochter und sehr wohl fähig, mich an einem Gespräch zu beteiligen.«

»Ich wollte Euch keineswegs beleidigen, Fräulein. Wir unterhielten uns über das Fehlen eines hiesigen Textilgewerbes.« Owen deutete mit einer schnellen Kopfbewegung zurück auf die Straße. »Deshalb fiel mir die Kleidung der Menschen auf.«

»Der Winter wird für manche besonders kalt.« Sie blieb vor der Türe von ›Brand & Cie., Buchhändler‹ stehen. »Versuchen wir es hier zuerst.«

Owen öffnete die Türe eines kleinen, mit Regalen vollgestellten Ladens. Über der Tür bimmelte ein Glöckchen. Ein kleiner Mann mit Brille kam aus dem hinteren Teil des Geschäfts nach vorne, zwei große Bücher im Arm. »Guten Tag, Fräulein Frost. Womit kann ich dienen?«

Bethany schob sich vor Owen. »Es ist so, Meister Brand. Kapteyn Radband benötigt zwei Journalbände, mindestens dreihundert Seiten der Band, von Eurem besten Papier. Ledereinbände und Ölzeug, um sie einzuschlagen. Des Weiteren wird er einen Tintenstab benötigen und ein halbes Dutzend Federkiele, so Ihr sie habt.«

Der Mann legte die Bücher mit einem Lächeln auf einem kleinen Klappschreibtisch in der Ecke ab. »Ich kann die Bände anfertigen und Euch heute Abend liefern lassen, Fräulein Frost.«

Owen nickte. »Das geht in Ordnung.«

»Was die Federkiele betrifft, nun, da habe ich hier etwas, das Euch besser liegen könnte, Kapteyn.« Brand holte ein schmales Holzkästchen aus dem Schreibtisch und zog den Deckel auf.

Auf einem roten Samtbett lagen zwei gedrechselte Holzzylinder und drei silberne Keile. Der Buchhändler nahm einen der Keile heraus und reichte ihn Owen. Das Metall war unglaublich dünn getrieben und gekrümmt. Es lief zu einer Spitze zu und war auf der halben Länge gespalten.

»Ein Silberschmied am Ort stellt sie her. Es sind Schreibfedern. Sie werden in diese Halter gesteckt. Halten länger als ein Federkiel und müssen nicht angespitzt werden.«

»Sie sind unglaublich fein gearbeitet.« Owen hob die Feder, so dass Bethany sie ebenfalls sehen konnte, und drehte sie langsam zwischen den Fingern. »Wisst Ihr, wie er das schafft?«

Brand zuckte die Schultern. »Da ich keinen Fluch trage, weiß ich es nicht genau, doch er benutzt einen Feuerstein dafür. Er trägt ihn am Ende eines Daumens, in einen Handschuh eingelassen, damit er das Metall bearbeiten kann, während er es treibt.«

Deshalb ist die Feder aus Silber. Eisen und Stahl behinderten das Wirken von Zaubern. Nur die stärksten Nutzer konnten Magie auf sie anwenden. Es gab viele Geschichten über Helden, die in der Lage waren, ein Schwert zu verzaubern, aber tatsächlich hatte Owen das noch nie gesehen.

Der Buchhändler zog den Kopf ein. »Sollte keine Beleidigung sein, Sire.«

»Ich habe es nicht so aufgefasst.« Owen nickte ernst. »Wir Soldaten tragen es mit Stolz. Auch wenn uns die Hölle erwartet, unsere Aufgabe ist es, den Feind vor uns dorthin zu schicken.«

»Und wir sind Euch ehrlich dankbar dafür, Kapteyn.« Brand lächelte. »Nehmt Ihr sie?«

»Allerdings.« Owen reichte ihm die Schreibfeder zurück. »Bitte macht mir die Rechung.«

»Mit Freuden, Sire. Soll ich die Federn zusammen mit den Journalen schicken?«

»Bitte.«

Der Mann kritzelte ein paar Zahlen auf einen Fetzen Papier. »Das macht eine Krone, drei und acht.«

Owen griff in die Tasche, um seine Geldbörse zu ziehen, aber Bethany hielt ihn mit einer Hand auf. »Das ist empörend. Wir gehen, Kapteyn Radband.«

»Was?«

Bethany drehte sich zu dem Buchhändler um. »Meister Brand, meine Familie macht seit Jahren Geschäfte mit Euch und hat Euch immer wärmstens empfohlen. Das alles dürfte nicht mehr als eine Krone und zehn kosten, oder vier Schillinge elf.«

»Aber, Fräulein …«

»Meister Brand, Ihr berechnet Kapteyn Radband mehr, nur weil er einen roten Rock trägt, und das, nachdem Ihr ihn gerade erst dafür gelobt habt, dass er unser Vaterland verteidigt.«

Der Kaufmann wurde rot, dann warf er noch einen Blick auf das Papier. »Ja, natürlich, Fräulein. Ich habe mich verrechnet. Eine Krone und vier. Ich verkaufe die Federn in Kommission, Ihr versteht. Ich kann keinen Rabatt auf sie geben.«

Owen reichte dem Mann eine Goldkrone und vier Kupferpfennige. »Ich bedanke mich, Sire.«

»Es war mir ein Vergnügen, Sire.« Brand beugte den Kopf. »Und Euch ebenfalls einen guten Tag, Fräulein Frost.«

»Meister Brand.« Bethany ging voraus aus dem Laden und sofort weiter die Schreibergasse hinab.

Owen holte sie mit zwei weiten Schritten ein. »Der Preis, den er verlangt hat, war annehmbar. In Launston hätte ich ebenso viel bezahlt.«

»Wir sind aber nicht in Launston.« Sie drehte sich um und deutete zurück zum Laden. »Seine Eltern waren Köhler. Seine Kinder gehen die Wohnhäuser, Läden und Gaststätten ab und säubern die Lampen für den Ruß, mit dem er seine Tinte macht.«

»Geschäftstüchtig.«

»Das ist es, und er verrechnet sich niemals. Er hat die besten Preise, deshalb sind wir seine Kunden.« Sie schüttelte den Kopf. »Aber er übervorteilt Leute wie Euch.«

Owen grinste. »Wir Soldaten sind es gewohnt, dass Kaufleute uns ausnutzen.«

»Das macht es nicht besser.« Bethany schüttelte den Kopf. »Er war bereit, Euch einen überhöhten Preis abzuverlangen, weil Ihr ein Fremder seid. Ihr, ein Offizier der Königin, ein Fremder. Wenn genug andere so denken, werden die Männer Norisles eines Tages wirklich Fremde hier sein. Und dann, Kapteyn, wird eine Rechnung fällig, die in Blut bezahlt werden muss.«

Elftes Kapitel

29. April 1763
Port Maßvoll
Mäßigungsbucht, Mystria

Nachdem er seine Geschäfte erfolgreich abgeschlossen hatte, begleitete Owen Radband Bethany Frost bei deren Besorgungen. Er hegte den starken Verdacht, dass ein Teil von ihnen allein dem Zweck diente, mehr Zeit mit ihm zu verbringen. Vermutlich hoffte sie, er könnte sich an mehr von Ira Hügel erinnern, doch wie auch immer, er genoss die Zeit in ihrer Begleitung.

Ihr Lachen wärmte sein Herz, und besonders gut gefiel ihm, wie sie den Buchhändler zurechtgewiesen hatte.

So etwas hätte Katherine niemals getan. Sie hätte bezahlt und den Mann dann mit der Hilfe anderer Ehefrauen zur Strafe für sein rüdes Benehmen völlig ruiniert. Dies zeigte deutlich den Unterschied zwischen den beiden Frauen, doch es war zugleich auch ein Zeichen für die unterschiedliche Gesellschaft an den beiden Küsten des Meeres. Die Mystrianer neigten zu mehr Direktheit, und obwohl Owen diese Art fremd war, fand er zunehmend Gefallen daran.

Jetzt gerade hielt Owen einen Korb für Bethany, während sie Büschel von Rettichen und Frühkarotten aussuchte. »Falls Ihr die Frage gestattet, Fräulein Frost, erführe ich gerne etwas über die vorherrschende Haltung gegenüber den Verfluchten in den Kolonien.«

Die Frage erheiterte sie. »Ihr solltet Meister Brands Haltung nicht zu wichtig nehmen, Kapteyn. Die Leute sind hier sind recht aufgeschlossen. Ihr dürft nicht vergessen, dass die große Mehrheit der Kolonisten aus den verfluchten Klassen stammte. Der Fluch war in den ersten Jahren eine große Erleichterung für das Leben hier.«

Das ergab absolut Sinn. Die Fähigkeit, Magie zu wirken, war weitgehend gutartig geblieben, da sie den direkten körperlichen Kontakt erforderte und Eisen ebenso wie Stahl dagegen immun waren. Dadurch konnte jeder Krieger mit einer Eisenwaffe einen Zauberer relativ gefahrlos töten. Der Einsatz von Magie blieb weitgehend im Verborgenen, und wer unter dem Verdacht stand, durch sie Macht zu erlangen, wurde ausgeschlossen oder gar zu Tode gebracht.

Erst die Ankunft von Schwefel aus dem Orient und die Zauber, die eine Herstellung von Feuersteinen möglich und praktikabel machten, hatten der Magie zu neuer Bedeutung verholfen. Der Adel hatte sich durch wohlüberlegte Eheschließungen den Fluch wieder angeeignet – auch wenn das Gerücht verbreitet war, dass er nur offenbar gemacht hatte, was für Generationen vor der Welt verborgen worden war –, und die fluchbehafteten unteren Klassen wurden für ihre Fähigkeit zur Kriegsführung höher wertgeschätzt als jemals zuvor.

Und trotzdem findet sich jeder, der zu begabt scheint, schnell auf einer besonders gefahrvollen Mission wieder.

Bethany legte zwei Bündel Rettiche in den Korb. »Der Fluch hat uns nicht nur geholfen, indem die Jagd uns vor dem Hungertod rettete. Die Zwielichtvölker respektieren die Magie. Bei unserer Ankunft wussten sie nichts von Schwefel und Feuersteinen – oder von Eisen, was das angeht –, doch sie haben schnell gelernt und manches von ihrem Wissen über Mystria dafür mit uns geteilt. Hätten wir weder Schusswaffen noch Magie besessen, hätten sie uns wohl ausgelöscht.«

Er runzelte die Stirn, während sie zu einem anderen Marktstand wechselten. »Euer Vater erwähnte, dass so manch einer die Zwielichtvölker hasst.«

»Hasst und fürchtet.« Bethany nickte. »Man will ihr Land, nicht um es zu bestellen, sondern um es zu besitzen und an andere aus Norisle oder anderen Gegenden zu verkaufen. Schlichte Habgier ist das. Es heißt, bei den Zwielichtvölkern gibt es nur ein Wort für Habgier und für Wahnsinn, und mir scheint, sie liegen damit nahe an der Wahrheit.«

»Doch sind die Zwielichtvölker eine Gefahr?«

Sie lachte und legte ihm die Hand auf den Arm. »Ich fürchte, Kapteyn Radband, Euer Wissen von den Zwielichtvölkern stammt aus Büchern desselben Kalibers wie Lhord Rivendells Werk. In dieser Gegend existieren zwei große Zusammenschlüsse der Zwielichtvölker, die Konföderation und die Sieben Stämme. Die Sieben Stämme leben von uns aus gen Norden und Westen, und sie stehen unter starkem Einfuss der Ryngen. Die Konföderation macht eher Geschäfte mit uns. Und doch haben die einzelnen Stämme in beiden Gruppen ihre eigenen Neigungen und Allianzen, die sich nach Laune ändern. Hier in Port Maßvoll fühlte ich mich nie bedroht, doch es gab Momente auf Reisen, in denen ich mich nicht völlig sicher fühlte.«

Bethany antwortete ihm so nüchtern, dass Owen keine Schwierigkeiten hatte, sie sich im Sattel vorzustellen, eine Pistole in jeder Hand, wie sie Angreifer jeglicher Couleur in die Flucht schlug.

Er warf einen Blick auf ihre Hände, erhaschte jedoch nur einen flüchtigen Eindruck ihrer Daumen.

Sie bemerkte den Blick und streckte die Hände aus, die Daumen ausgestreckt. Ihre Stimme erstarb zu einem Flüstern. »Ja, Kapteyn, meine Familie trägt den Fluch in sich. Ich selbst habe schon geschossen, wenn auch nicht in jüngster Zeit, wie Ihr seht.«

Er nickte.

Sie fasste mit schnellem Griff seine Rechte und strich mit der Fingerkuppe über seinen rauen Daumennagel. Jede Kerbe darin stand für eine Schlacht, und die Glätte in der Nähe der Nagelhaut verriet die lange Überfahrt nach Mystria. Das Blut unter dem Nagel aus jenen Kämpfen war längst verblasst, doch die stark zerfurchte Oberfläche des Nagels zeugte von den harten Gefechten.

»Die Spuren sind echt. Ich habe mir keinesfalls mit der Feile Ruhm verschafft.«

»So etwas gibt es hier nicht, Kapteyn.« Sie gab seine Hand frei. »Die Tugendler bewundern Mut und hassen Prahlerei, besonders dann, wenn sie grundlos ist. Lhord Rivendells Buch wurde vor allem seines Tonfalls wegen abgelehnt, nicht wegen dem, was er über Mystrianer schrieb. Zumindest in Port Maßvoll.«

»Das Buch hat kaum einen empfehlenswerten Aspekt.«

»Die wenigsten hier finden eine Verwendung dafür.«

Owen zuckte die Achseln. »Man kann damit verhindern, dass der Wind eine Tür zuschlägt.«

Bethany kicherte, dann kaufte sie ein kleines Büschel Rosmarin und legte es in den Korb. »Sagt mir, Kapteyn, was seid Ihr? Eine Sechs oder eine Acht? Caleb ist eine Sechs, behauptet er auch, eine Sieben zu sein.«

»Tatsächlich bin ich eine Dreizehn.«

Sie blinzelte überrascht. »Ira war eine Zehn und der Beste, den wir hatten.«

Owen schmunzelte. »Es hat nichts mit meinem norillischen Blut zu tun, Fräulein Frost. Die Verwandten meiner Mutter prahlen damit, Sechsen zu sein, doch lügen sie dabei, und zwar ganz erheblich. Selbst mein Stiefvater und die Ventnors kommen im besten Falle auf eine Acht. Aber es ist ohnehin ein sinnloser Wert.«

»Wie könnt Ihr das sagen? Ihr könnt dreizehn Mal laden und feuern, bevor der Einsatz der Magie Euch ermüdet. Das ist ein gewaltiger Vorteil.«

»Er wäre es, Fräulein, nur ist es ein seltener Glücksfall, wenn ein Soldat in der Schlacht die Gelegenheit erhält, mehr als drei Schüsse abzugeben, bevor der Feind mit Lanze, Axt und Bajonett heran ist.«

Bethany holte einen kleineren Korb aus dem in seiner Hand und füllte ihn mit einem Dutzend Eiern. »Das war nicht der Eindruck, den ich beim Lesen von Lhord Rivendells Buch erhielt.«

Owen gluckste. »Lhord Rivendell war nicht ein einziges Mal auf dem Schlachtfeld, und alle, die er später befragte, sein eigener Sohn eingeschlossen, feilten sich die Fingernägel und hofften, in seiner Darstellung erwähnt zu werden.«

»Dann habt Ihr es gelesen.«

»Meine Frau bestand darauf.« Owen schüttelte sich. »Meine Gemahlin konnte das Buch nicht lesen, flehte mich aber an, es zu tun. Sie hoffte, ich käme darin vor, und sei es nur eine winzige Erwähnung. Natürlich enthielt es nichts dergleichen, auch wenn ihr gefiel, wie Rivendell meinen Oheim bejubelte wie den leibhaftigen Avatar eines antiken und grausamen Kriegsgotts.«

»Eine weitere von Rivendells Lügen?«

Er verzog das Gesicht. »Nein. Wenn es um den Krieg geht, lässt sich das Talent meines Oheims nicht bestreiten. Die Passagen über ihn waren vermutlich das einzig Wahre im gesamten Buch.«

Bethany lächelte und legte ein weiteres Ei in ihr Körbchen. »Ist sie nett, Eure Gemahlin?«

»Ja, das ist sie. Ihr Name ist Katherine. Wir heirateten im Frühjahr vor Villerupt. Sie lebt auf dem Gut meines Großvaters.«

»Und sie wollte Euch nicht nach Mystria begleiten?«

»Sie hat kein allzu forsches Gemüt, Fräulein.«

»Ich wollte Ira in die Tiefen Lande begleiten, doch da wir nicht verheiratet waren, hätte es sich nicht geziemt. Ein Teil der anderen Ehefrauen ist mitgereist. Mein Onkel traf seine Gattin dort. Sie wurde in der Schlacht zur Witwe und half bei seiner Pflege. Ich finde das romantisch, doch erwähnt es bitte nicht vor meiner Mutter.«

»Sorgt Euch nicht, ich werde Eure Warnung beherzigen.« Owen folgte Bethany und fragte sich, ob er sie wohl bemerkt hätte, wäre sie mit den Kolonialtruppen nach Auropa gekommen. Vermutlich nicht, obwohl die Art, wie sie über den Markt ging, eine Anmut verriet, die im Feldlager garantiert aufgefallen wäre.

»Ist Katherine auf den Kontinent gereist?«

»Ja, doch niemals in ein Feldlager.« Owen schmunzelte. »Sie ist recht zart und liebt Tänze und schöne Kleider. Sie mag keine Morgenspaziergänge wegen des Taus und verabscheut schlammige Wege. Manchmal, wenn sie doch damit in Berührung kommt, wird ihr schwach, und nach einem Tagesmarsch durch die Wildnis in einem Wolkenbruch ein Zelt aufschlagen zu müssen, wäre ihr Tod.«

»Klingt nach einem der Feenlee-Mädchen, mit denen mein Oheim Caleb verbandeln möchte.« Bethany senkte das Körbchen mit den Eiern in den großen Korb, dann hakte sie sich bei ihm unter. »Zeit, nach Hause zu gehen.«

Owen sah nach oben und las die Zeit von der Uhr am Regierungshaus. »Das ist es allerdings. Ich werde Euch heimgeleiten. Später dann bin ich an der Regimentslagerhalle mit Nathaniel Wald verabredet.«

Ein Schauder durchlief Bethany.

»Warum diese Reaktion?«

»Ich mag den Mann nicht, Kapteyn Radband. Ich weiß, der Prinz hält viel auf ihn, und er ist der beste Waldläufer der Kolonie … mag sein, sogar sämtlicher Kolonien, doch das entschuldigt nicht sein Benehmen.«

»Auf welches Benehmen bezieht Ihr Euch?«

»Ich tratsche nicht, Sire.«

Owen tätschelte ihre Hand. »Es war niemals meine Absicht, etwas Derartiges anzudeuten, Fräulein Frost, und ich entschuldige mich für einen solchen Eindruck. Ich muss nur wissen, ob sein Verhalten meine Mission gefährdet.«

»Das glaube ich kaum, aber sicher weiß ich es nicht. Außerhalb von Port Maßvoll sollte er sich besser im Griff haben.« Bethany verzog das Gesicht. »Ich weiß, das ist Euch keine Hilfe.

Und fragt meinen Bruder nicht nach ihm. Caleb vergöttert ihn geradezu. Aber bitte seht Euch vor.«

»Das werde ich. Ich verspreche es.« Owen setzte bewusst ein breites Lächeln auf. »Ich bin sicher, meine Mission wird ebenso friedlich verlaufen wie unser Spaziergang über diesen Markt, wenn auch nicht entfernt in derart angenehmer Begleitung.«

Der missmutige Ausdruck auf Lieftenant Palmerstons Gesicht erfüllte Owen mit Genugtuung. Allerdings hätte er sich gewünscht, die Ursache zu sein. Stattdessen wandte Palmerston sich an ihn um Beistand, während ein amüsierter Nathaniel Wald sich das Ganze anschaute.

Palmerston hob die Hände. »Kapteyn Radband, ich habe getan, was Ihr mir aufgetragen habt. Ich habe Eure Ausrüstung komplett zusammengestellt und hatte alles fertig und verpackt.« Er deutete auf einen Stapel neben der Tür. »Aber dann ist dieser Herr gekommen und hat alles ruiniert.«

Owen warf einen Blick hinüber zu Wald, der neben einem sehr viel kleineren Vorratsstapel stand. »Ich dachte, Sire, wir hätten uns für halb drei Uhr verabredet. Habe ich mich in der Zeit geirrt?«

Nathaniel schüttelte den Kopf. »Hab Euch mit dem Frost-Mädchen einkaufen gesehen. Dachte mir, ich komm mal hier runter und schau mich um.«

Owen betrachtete die beiden Stapel. Der größere enthielt nahezu alles, was auf Owens Liste gestanden hatte, einschließlich Bündeln von Tuch, Glasperlen und anderen Handelsgütern, etwas Eisenwerk, sowie ein Kasten mit einem Sextanten, mehrere Bücher, zwei Fässer mit Pökelfleisch, zwei Kisten Zwieback, Decken, Sättel und Zaumzeug und Futter für die Pferde.

Der andere Stapel wirkte im Vergleich winzig. Wald hatte eine einzelne Muskete beiseitegelegt, eine Pistole, Kugeln und Schwefel, einen Beutel mit Nahrung, einen zweiten mit fertiggerollten Patronen für die Waffen, ein Messer, ein kleines Beil, zwei Feldflaschen, eine einzelne Decke und einen Rucksack, in den die zusätzliche Munition und seine Tagebücher, ein kleines Fernrohr und Socken zum Wechseln passten.

»Lieftenant Palmerston, würdet Ihr uns einen Moment entschuldigen?«

Der Quartiermeister stand hastig auf und ging. Er zog die Tür hinter sich zu, aber nicht ins Schloss.

Das besorgte Owen für ihn. »Meister Wald, ich weiß Eure Beziehung zum Prinzen zu schätzen. Mir wurde versichert, dass Ihr der beste Waldläufer in den Kolonien seid. Aber, Sire, ich habe eine Auftrag zu erfüllen.«

Wald lehnte sich an die Wand. »Ihr sollt doch auskundschaften, wo die Ryngen sind, und Meldung machen. Und Euch unterwegs mit den Zwielichtvölkern anfreunden und sie überreden, für die Königin zu kämpfen, wenn der Krieg uns erreicht.«

Owen zögerte. »Hat Euch das der Prinz gesagt?«

»Brauchte er nicht.« Wald schüttelte langsam den Kopf. »Das versucht ihr Norillier schon, seit mein Pa ein kleiner Junge war. Und jetzt glaubt ihr, mit den Decken und dem Tuch könnt Ihr Euch guten Willen erkaufen, hab ich Recht?«

»Wollt Ihr sagen, das kann ich nicht, Sire?«

»Nun, habt Ihr je von Major Hopkins gehört?«

»Ich fürchte nicht.«

»Keine große Überraschung. Vor dreißig Jahren kam Major Hopkins hier entlang und brachte mit Blutpocken verseuchte Decken für die Zwielichtvölker mit. Dachte, die Altashie würden sich drin einwickeln und sterben. Hat aber nicht funktioniert.«

»Davon wusste ich nichts.«

»Das tun die wenigsten. Wollt Ihr wissen, warum der Plan nicht funktionierte?«

»Bitte.«

Walds Augen wurden schmal. »Die Altashie sind keine Idioten. Die Männer, die ihnen die Decken brachten, hatten allesamt Pockennarben. Die Altashie haben schnell kapiert, was los war. Sie haben ihnen mächtige Medizinmagie besorgt. Wenn Ihr dieses Zeug mitschleppt, werden sie denken, Ihr wollt sie umbringen.«

Owen schüttelte den Kopf. »Dann bleiben sie hier. Aber die Zwielichtvölker handeln weiter Tuch ein, richtig?«

»Manche tun es. An Lagern, in denen es schon sechs Monde oder länger gelegen hat, und wo es auch Weiße kaufen und dann tragen.«

»Das Pferdefutter?«

»Werden kein Futter für Pferde brauchen, die wir nicht haben.«

»Verstehe.« Owen blickte zwischen den beiden Stapeln hin und her. Jetzt hieß es, eine Entscheidung zu treffen. Er konnte von Wald verlangen, dass er jede Entscheidung, etwas zurückzulassen, rechtfertigte, oder er konnte nach den Gründen für die Dinge fragen, die in dem kleineren Stapel vorhanden waren. Letzteres versprach produktiver zu sein, auch wenn es ihn juckte, die erstere Möglichkeit zu wählen. Immerhin war dies *seine* Expedition.

Oder nicht?

»Wie viele Kugeln für jede Waffe?«

»Zweieinhalb hundert für Eure lange Flinte, hundert für die Pistole und sieben Feuersteine zusammen.«

In dem Lichtkegel, der auf den kleineren Stapel fiel, tanzte der Staub. »Das sind doppelt so viele Feuersteine wie nötig.«

Wald schüttelte den Kopf. »Habt Ihr jemals wirklich hundert Schuss durch einen Feuerstein gejagt?«

Owen runzelte die Stirn. »Mehr sogar, doch waren diese unter privater Kommission erworben. Trotzdem, diese Armeesteine sind für hundert Schuss freigegeben.«

»Hier draußen wissen wir, dass der Mann, der die Feuersteine macht, über'm Teich im Parlament einen Bruder hat, der ihm Aufträge schickt. Hat sicher gutes Geld dafür bekommen, aber der Bruder ist weit weg. Wenn von denen einer nach zehn oder fünfzehn, oder von mir aus nach fünfzig Schuss zerbricht, werdet Ihr kaum lange genug leben, um Euch bei ihm zu beschweren.«

»Da habt Ihr wohl Recht.«

»Da draußen gibt es keine Feuerwachen, bei denen wir Ersatz kaufen können. Besser, man nimmt eine Prise Pulver mehr und hält den Stein sauber. Mit der Faustregel landet die Kugel da, wo sie hin soll.«

»Da Ihr die Lebensmittel zurückgewiesen habt, muss ich wohl davon ausgehen, dass wir uns von dem ernähren sollen, was wir finden?«

»Ihr ahnt nicht, was dort draußen auf uns wartet, Kapteyn.« Wald lächelte, und sein Blick wurde träumerisch. »Ihr werdet mir dankbar sein, dass Ihr keinen wurmstichigen Zwieback und saures Fleisch kauen müsst. Was wir nicht jagen oder sammeln können, tauschen wir ein. Wir besorgen Euch auch bessere Kleidung.«

»Wohl kaum, Sire.« Owen reckte sich. »Ich bin ein Offizier im Heer Ihrer Majestät. Ich werde meine Uniform tragen, und ich werde es mit Stolz tun.«

»Eure Sachen werden nicht halten.«

»Es ist wahrlich ohne Bedeutung, Meister Wald«, antwortete Owen mit fester Stimme. »Diese Mission wird uns in feindliches Gebiet führen. Sollte ich in Zivil reisen, könnte man mich als Spion gefangen nehmen, aburteilen und hinrichten. Ich bin kein Spion, also werde ich mich auch nicht wie einer verhalten.«

Walds breites Grinsen hatte den Eindruck erweckt, er wolle jeden Moment losprusten. Doch er wurde schnell wieder ernst. »Wenn Ihr darauf besteht.«

»Allerdings, Sire.«

»Die Sache ist erledigt. Ich respektiere Eure Überzeugung, Sire.« Der Waldläufer schüttelte den Kopf. »Ich weiß zwar nicht, ob ich sie verstehe, aber ich schätze, das is' ein Aspekt der Zivilisation, den ich nicht begreifen brauche. Wollt Ihr sonst noch was zusätzlich mitnehmen?«

»Ich habe noch ein paar persönliche Effekten. Journale, oder vielleicht sollte ich eher Tagebücher sagen? Ach ja, und Federn nicht zu vergessen.« Owen überlegte, dann schüttelte er den Kopf. »Falls Euch nicht noch etwas einfällt, bin ich sicher, dafür habe ich Platz in meinem Tornister.«

Wald nickte. »Kein Problem.«

»Und, Meister Wald ...«

»Ja, Kapteyn Radband?«

»Das hier ist *meine* Expedition, oder?«

»Völlig, Sire.« Wald deutete ein lockeres Salutieren an. »Ich komme nur mit, damit Ihr den Weg bis ans Ende findet.«

Zwölftes Kapitel

1. Mai 1763
Haus der Frosts, Port Maßvoll
Mäßigungsbucht, Mystria

Vor dem großen Sonntagsessen, das Madame Frost wenige Tage zuvor angekündigt hatte, genoss Owen den Luxus mehrerer Stunden freier Zeit. Am Morgen hatte er die Familie zur Messe begleitet. Bischof Othniel Binsen hatte eine feurige Rede über die Pflicht zum Gehorsam der Krone gegenüber gehalten. Nach dem Gottesdienst hatten die Frosts den Bischof, seine Familie und seinen Kaplan, Ehrwürden Benedikt Buchecker, eingeladen, ebenfalls zum Essen zu kommen.

Owen zog sich mit den frisch erworbenen Journalbänden zurück und überlegte, wie er sie organisieren wollte. Ein Band würde ihm als Arbeitsbuch für Notizen, Zeichnungen und Beschreibungen dienen, soweit sich die Gelegenheit ergab. Der zweite würde das eigentliche Tagebuch enthalten. Um zu garantieren, dass es korrekte Informationen von Wert enthielt, würde er das Arbeitsbuch als Quelle heranziehen, während er es schrieb.

Ein guter Plan, der sich jedoch schnell als hinfällig erwies, als er sich setzte, um das Schreiben mit den Metallfedern zu üben. Seine Beobachtungen über Mystria im Arbeitsbuch wurden umfangreicher als geplant. Er ertappte sich dabei, dass er die Menschen und ihre Gebräuche wertete. Ein Kommentar dieser Art verlangte jedoch einen Kontext, und das ließ seine Einträge weit über die anfängliche Absicht anschwellen.

Einen Teil seiner Motivation bezog er aus Lhord Rivendells

Buch. Die Vorstellung, Rivendells Werk könnte als die definitive Beschreibung Villerupts gelten, widerte ihn an. Er wollte seine Eindrücke in Mystria sorgfältig festhalten, um den Lesern von den Menschen dort und ihrem wahren Wesen zu berichten.

Allerdings brachte das Probleme mit sich. Der Überfall zum Beispiel zeichnete kein schönes Bild vom Verhalten der Mystrianer. Owen entschied sich, die Dinge so unverblümt wie möglich niederzuschreiben. Er konnte nur hoffen, dass seine Schilderung der Frosts und selbst Nathaniel Walds den möglichen negativen Eindruck ausglich, den die Taten von Gestalten wie Rufus Astwerk verursachten.

Owen hatte bereits mehrere Seiten sauber und gleichmäßig vollgeschrieben, als eines der jüngeren Familienmitglieder an seine Tür klopfte. Owen zog die einfache Jacke über, die er bei seinem Kirchgang getragen hatte, und ging hinunter ins Erdgeschoss. Der Esstisch war auf einem Rasenstück im Hof aufgebaut.

Der korpulente Bischof Binsen musterte ihn kurz mit einem Ausdruck des Widerwillens, bevor ein breites Lächeln seine Züge bis ins Groteske verzog. Er riss die Arme auseinander und watschelte auf Owen zu. »Was für eine Freude, Euch wiederzusehen, Kapteyn Radband! Darf ich Euch meine Gemahlin Livinia und meine Nichte Lilith vorstellen.«

Livinia Binsen tat der Vergleich mit ihrem Gatten und Madame Frost nicht gut. Sie war zierlich von Gestalt und so farblos, dass sie nachgerade grau wirkte. Zwar versuchte sie sich an einem Lächeln, doch die Anstrengung schien sie zu erschöpfen. Wäre nicht ihr stechender Blick gewesen, dem nichts entging, hätte Owen sie für extrem schüchtern gehalten.

Owen verbeugte sich und küsste ihre ausgestreckte Hand,

bevor er dem anderen weiblichen Mitglied der Familie Binsen ein Lächeln schenkte. Lilith war das völlige Gegenteil ihrer Tante. Die junge, groß gewachsene Frau mit dem feuerroten Haar besaß ein strahlendes Lächeln und war sich dessen Wirkung sehr bewusst. Obwohl ihr Kleid vom selben einfachen Schnitt und aus demselben Stoff war wie das ihrer Tante, verhinderten die leuchtend blauen Augen und die Sommersprossen auf ihren Wangen, dass sie darin trist wirkte.

Lilith knickste, als Owen ihre Hand ergriff. »Was für eine Ehre, Kapteyn Radband.«

Owen gab auch ihr einen Handkuss, dann richtete er sich wieder auf. »Was für ein Vergnügen, Fräulein Binsen.«

Schließlich streckte er dem vierten Gast bei diesem Essen die Hand entgegen. »Schön, Euch wiederzusehen, Ehrwürden Buchecker.«

Buchecker, der wie das männliche Pendant Livinias wirkte, nickte nur kurz. »Ich sehe, an Land geht es Euch besser als auf See.«

»Deshalb diene ich in der Armee Ihrer Majestät und nicht in der Königlichen Marine.« Owen schüttelte dem Mann fest die Hand und widerstand der Versuchung, sie zu quetschen. An Bord der *Koronet* hatte Buchecker sich nicht unfreundlich gezeigt. Mehr als einmal hatte er Owen an den Latrinen dabei Gesellschaft geleistet, sich ins Meer zu übergeben.

Madame Frost rief zum Essen. Der Bischof nahm zu Dr. Frosts Rechten Platz, dort, wo Caleb gesessen hätte, wäre er anwesend gewesen. Owen saß zu seiner Linken, Lilith neben sich und Bethany gegenüber. Buchecker saß zu deren Rechten. Die Kinder nahmen zwischen den beiden jungen Damen und dem Ende der Tafel, an dem die beiden Ehefrauen saßen, Platz.

Das Mahl bestand aus drei Gängen. Es begann mit einer

Fischsuppe mit Mais und Kartoffeln in Milchbrühe. Zusätzlich enthielt die Suppe auch Zwiebeln und Pfeffer, und Letzteres in einem Ausmaß, wie es Owen noch nie erlebt hatte. Der erste Löffel schnürte ihm die Kehle zu, doch nach etwas Wein löste sich die Verkrampfung wieder.

Der Bischof bemerkte sein Problem. »Ihr werdet feststellen, Kapteyn, dass Gewürze hier weniger kostspielig sind als in Norisle, daher neigen wir dazu, dieses Glück durch ihren übertriebenen Einsatz zu demonstrieren.«

Dr. Frost schnaufte. »Und zum Ausgleich trinken wir sehr teuren Wein, um sie hinunterzuspülen.«

»Gelobt sei der Herr, dass Ihr ihn euch leisten könnt, ja, Archibald.«

»Ganz recht, Othniel. Auf Euer Wohl, Kapteyn.«

Eine dampfende Rinderhaxe stellte den zweiten Gang dar. Dr. Frost schnitt die Portionen ab und hielt dabei eine kurze Vorlesung über die Vorzüge roten Fleisches. Der Bischof erhielt den Löwenanteil, doch war die Scheibe, die auf Owens Teller landete, nur unwesentlich kleiner. Danach wurden die Portionen zunehmend geringer, mit Ausnahme der beiden letzten, die an Hettie und Livinia gingen.

Grüne Bohnen und Kürbis wurden in Schüsseln den Tisch entlang weitergereicht. Da er Letzteren noch nie gegessen hatte, achtete Owen darauf, wie viel die anderen nahmen. Er war mit Butter und noch mehr Pfeffer angerichtet, so dass er es für klüger hielt, sich zurückzuhalten. Der erste Bissen jedoch schmeckte ihm so vorzüglich, dass er die Schüssel nicht aus den Augen ließ, für den Fall, dass ein Rest darin blieb.

Während der Mahlzeit wurde locker geplaudert. Owen hatte einmal gehört, dass ein Ehrenmann bei Tisch ›weder ein Langweiler ist noch neben einem sitzt‹. Dr. Frosts Beiträge deckten einen weiten Bereich an Themen ab, während Lilith kokett und schmeichelnd war. Owen bemühte sich nach Kräften, beiden gerecht zu werden, und gab ein paar Anekdoten über seine Zeit bei den Kämpfen auf dem Kontinent zum Besten. Die meiste Zeit allerdings schwieg er.

Wobei das nicht allein der Höflichkeit halber geschah. Bethany lächelte zwar beiden Männern zu, zwischen denen sie saß, wirkte aber mitnichten so lebhaft wie sonst üblich. Danach, was Owen davon aufschnappte, bestanden Buchecker Versuche, Konversation zu machen, daraus, Passagen aus den besten Predigten zu wiederholen, die er in seinem Leben gehört hatte. Ihm dabei zuhören zu müssen, hätte selbst die Geduld eines Steins auf eine harte Probe gestellt.

Bischof Binsen sprach nicht allzu viel mit Bethany, abgesehen von ein paar gemurmelten Bemerkungen während Owens Erzählungen. Er bekam nicht mit, was der ältere Mann sagte, aber Bethanys Reaktion war steif. Die Farbe wich aus ihrem Gesicht, und eine ganze Weile kaute sie ihr Essen ohne rechte Begeisterung. Sie erholte sich zwar genügend, um über Owens Anekdoten zu lachen, doch Binsen hatte sie sichtlich verstört.

Ein Pudding mit Beeren und Rosinen beendete die Mahlzeit, sehr zur Freude der Kinder. Sie erhielten ihre Portionen zuerst, dann entschuldigten sich die Frauen und brachten die Kinder ins Haus. Buchecker rutschte mit einem Seufzer auf Bethanys Platz, den Owen lieber nicht gehört hätte.

Dr. Frost goss jedem der Männer ein kleines Kristallglas Sherry ein, dann hob er das seine. »Auf das Wohl der Königin.«

Owen goss den Sherry in sich hinein. Er brannte im Hals, aber es war ein nicht unangenehmes Brennen. Zumindest für Owen. Buchecker schien deutlich mehr Schwierigkeiten damit zu haben, sehr zur stillen Belustigung der beiden älteren Herren.

Der Bischof schenkte nach, dann stellte er die Flasche mitten auf den Tisch. »Kapteyn Radband, ich möchte Euch eine Frage stellen.«

»Bitte sehr, Sire.«

»Erfüllt Euch kein Stolz für Eure Einheit?« Er stellte die Frage in einem zu neun Zehnteln unschuldigen Tonfall. »Ich hoffe, Ihr nehmt mir die Feststellung nicht übel, doch weder hier noch in der Kirche trugt Ihr Uniform.«

»Ich bin äußerst stolz auf meine Einheit.« Owen hielt dem düsteren Blick des Kirchenmannes stand. »Ich fürchtete, der leuchtende Mantel und die goldenen Litzen könnten am Tag des Herrn manchen protzig und arrogant erscheinen. Ich hatte kein Bedürfnis, die Andacht zu stören.«

»Ich wünschte, Ihr hättet es getan.« Binsen hob sein Glas und drehte es langsam in der Hand. Das Sonnenlicht brach sich in den Kristallfacetten zu winzigen Regenbogen. »Ich hätte Euch gebeten, nach vorn zu kommen, damit meine Herde einen stolzen Offizier in Ihrer Majestät Streitkräften hätte sehen können. Zu viele hier haben Grund, schlecht über unsere Regierung zu denken. Koronel Langford und andere geben ein fürchterliches Beispiel ab.«

Archibald Frost schmunzelte. »Ich finde, Othniel, du neigst zu unnötiger Härte bei deinem Urteil über die Menschen von Port Maßvoll.«

»Ich wünschte, ich könnte dir zustimmen, Archibald, doch ist es eine Tatsache, dass unser Volk vom rechten Weg abgekommen ist. Die Menschen haben vergessen, dass wir alle Gottes Kinder sind und ER dem Universum eine gerechte Ordnung gegeben hat. Wir sind hier, um SEINEN Zwecken zu dienen, und SEINE Zwecke sind deutlich. Unsere Königin ist SEINE erwählte Stellvertreterin auf Erden. Wir glauben, weil ER uns die Gaben dieses Kontinents geschenkt hat, wären wir den Menschen von Norisle irgendwie überlegen. Eine lächerliche Vorstellung, meint Ihr nicht auch, Kapteyn?«

»Ich bin kein Geistlicher, Sire. Ich bete vor allem darum, besser und schneller zu schießen als der Feind.«

Buchecker lehnte sich vor und hob das Glas. »Und es ist gut, dass Gott Eure Gebete erhört, denn Ihr seid SEIN Werkzeug im Kampf gegen die Gottlosen.«

Der Bischof und Dr. Frost warfen sich einen Blick zu, als sie Buchecker hörten. Frost konnte ein gönnerhaftes Glucksen nicht unterdrücken. »Nicht alle Tharyngen sind gottlos, Meister Buchecker.«

»Ihre Revolution hat den von Gott gesalbten König gestürzt und die Herrschaft der Laureaten eingeführt. Sie weigern sich, Gott als HERRN anzuerkennen.«

Binsen stellte sein Glas ab. »Meister Buchecker, ich habe Euch bereits früher ermahnt, in Eurem Denken und Reden mehr auf Präzision zu achten. Das ist unabdingbar für Eure Laufbahn. Doktorus Frost hat Recht. Die Laureaten lassen den Glauben zu. Viele von ihnen sind gläubig, und die meisten agnostisch. Ein paar jedoch bestreiten die Existenz Gottes. So entspricht es ihrem Wesen. Sie stellen die Wissenschaft an oberste Stelle und stellen fest, dass die Wissenschaft weder beweisen kann, dass Gott existiert, noch dass er nicht existiert.«

»Und dafür werden sie in der Hölle schmoren.«

»Das werden sie allerdings, doch macht sie das nicht gottlos, nur fehlgeleitet.« Der Bischof lächelte Owen zu. »Was würdet Ihr tun, Sire, hättet Ihr jemanden wie Meister Buchecker unter Eurem Befehl?«

»Dafür haben wir Serjeanten.«

Buchecker lehnte sich zurück. »Ich bin sicher, keiner davon

ist gottlos, oder, Kapteyn? Der Krieg ist nicht geeignet, solchen Unsinn zu fördern.«

Obwohl Owen es besser wusste, schnappte er nach dem Köder, den Buchecker so achtlos ausgelegt hatte. »Um ehrlich zu sein, Meister Buchecker, ist der Krieg das Letzte, was einen Glauben an Gott fördern könnte. Wenn man gesehen hat, wie eine Musketenkugel einem Mann den Kopf zertrümmert, ihm einen Teil des Schädels abreißt, oder wie er dasitzt und Kinderreime rezitiert oder nach seiner Mutter schreit, dann fragt man sich, was für ein Gott den Krieg zulässt. Ich verstehe und *glaube* sehr wohl, dass diese Männer im Himmel den Lohn für ihr Leiden erhalten, doch ich kann der Frage nicht ausweichen, ob selbst eine Ewigkeit der Freude gerechte Vergütung dafür ist, seine Gedärme vor sich auf dem Schoss liegen zu haben oder zuschauen zu müssen, wie einem der Feldscher den Arm absägt.«

Buchecker wurde bleich. »Ich meinte nur …«

»Ich weiß, was Ihr meintet, Sire, und ich weiß, wie falsch es ist. Vielleicht, Meister Buchecker, werdet Ihr Euch, falls sich die Gelegenheit jemals ergibt, entscheiden, an einer Militärexpedition teilzunehmen. Ihr würdet sehr viel über die Menschen, den Krieg und Euch selbst lernen.«

»Ganz recht.« Der Bischof nickte ernst. »Wisst Ihr, Kapteyn, bevor die Mystrianischen Schärler sich nach Auropa einschifften, habe ich sie gesegnet. Ich habe eine gute Predigt gehalten, doch ich wünschte, ich hätte Eure Worte damals schon gehört. Ich hätte sie begleitet. Vielleicht hätte ich ihnen das Rückgrat stärken können, wäre ich dort gewesen, oder zumindest ihr Leiden lindern.«

Bis zu dieser letzten Bemerkung war Owen bereit gewesen, auch den Bischof anzugehen. Doch nun hörte er ehrliche Anteilnahme in seiner Stimme, und so bezähmte er seine Wut.

»Ich glaube, Sire, beide Seiten hätten von dieser Erfahrung profitiert. Anders als Ihr es vielleicht gelesen habt, haben die Mystrianischen Schärler Euch allen Ehre gemacht.«

Der Bischof hob das Glas. »Auf Euer Wohl und Seelenheil.«

Owen trank und wünschte sich das eine deutlich mehr als das andere.

Danach wendete sich das Gespräch von philosophischen mehr lokalen Themen zu, und Owen entschuldigte sich. Der Bischof versprach ihm eine Einladung zum Essen nach seiner Rückkehr. Owen nahm die Einladung im Voraus an und verließ den Hof. Er hatte ernsthaft vor, auf sein Zimmer zurückzukehren, doch als er das dunkle Speisezimmer durchquerte, bemerkte er Bethany, die allein im Vorgarten saß.

Sie schaute auf, als er sich näherte. »Guten Abend, Kapteyn. Möchtet Ihr mir Gesellschaft leisten?«

»Danke.« Er betrachtete seine Hände. »Ich mag mich irren, Fräulein, doch hat Bischof Binsen Euch während des Essens verletzt?«

Bethany stieß einen Seufzer aus. »Er hat schon früher das Wort nach Rivendell verkündet. Während Ihr vom Krieg erzähltet, dankte er Gott, dass Norisle tapfere Männer wie Euch zu seiner Verteidigung hat. Ihr müsst wissen, die meisten Schärler hielten keine großen Stücke auf die Kirche, und nicht alle waren nüchtern, als er ihre Mission segnete.«

»Gehörte Euer Ira auch zu ihnen?«

Sie schüttelte den Kopf. »Ira besuchte jeden Sonntag die Messe. An der Akademia studierte er für das Priesteramt. Der Bischof hatte angeboten, die Schärler zu begleiten, doch mein Oheim ließ darüber abstimmen. Die Soldaten lehnten es ab und erklärten, Ira sei der einzige Geistliche, den sie bräuchten.«

Nun wurde Owen manches klarer. »Vielen Dank. Und Buchecker, hat er Euch belästigt?«

»Er ist harmlos. Wie ein kleiner Hundewelpe.« Beverly lächelte. »Er ist verzaubert von Lilith, doch wird er sie niemals gewinnen. Bessere Männer als er haben es bereits vergebens versucht.«

»Bessere Männer als Nathaniel Wald?«

»Wald? Ha!« Bethany schüttelte den Kopf. »Der Bischof würde Wald als Hexer verbrennen lassen, käme er auch nur in ihre Nähe. Und Nathaniel würde freudig in die Flammen springen.«

»Ich hatte nicht den Eindruck, dass sie Euch verhasst ist.«

»Ich bin sehr geschickt darin, meine Gefühle zu verbergen, Kapteyn Radband.« Sie legte ihm beide Hände auf den Arm. »Auf Eurer Reise werdet Ihr viele wunderbare und gefährliche Dinge sehen, aber Ihr werdet zu keiner Zeit in größerer Gefahr schweben als heute Abend.«

»Ich verstehe nicht.«

»Ihr wurdet auf Eure Eignung als Liliths Gemahl geprüft.«

Owen hob die linke Hand und klopfte mit dem Daumennagel auf den Ring. »Ich bin bereits verheiratet.«

»Mystria ist die Heimat sehr ehrgeiziger Menschen, Kapteyn.« Ihr Blick wurde düster. »Sie sind überzeugt, dass das Ziel die Mittel heiligt, und es gibt nichts, wovor sie zurückschrecken.«

»Ihr deutet Furchtbares an, Fräulein Frost.«

»Weit mehr noch, als Ihr ahnt, Kapteyn.« Sie drückte seinen Arm. »Ich bitte Euch, seid vorsichtig auf Eurem Weg und erst recht bei Eurer Rückkehr.«

Dreizehntes Kapitel

2. Mai 1763
Haus der Frosts, Port Maßvoll
Mäßigungsbucht, Mystria

Owen stand schon vor Sonnenaufgang auf und machte sich bei Kerzenschein reisefertig. Er zog seine Uniform an, vom Dreispitz mit der blauen Kokarde bis hinab zu den Stiefeln mit polierten Sporen. Er packte seine Reservekleidung, die er Wald gegenüber erwähnt hatte, in den Tornister, rollte seine Decke zusammen und schnürte sie obenauf. Dann legte er den Tornister um, anschließend die Munitionstaschen. Die Pistole schob er in das Holster an seiner rechten Hüfte und schulterte die Muskete, deren Bajonett an der linken Hüfte von einem Gurt hing.

Sein Morgenritual hatte in der Hauptsache darin bestanden, seine Waffen zu säubern. Die Muskete ragte drei Zoll über seinen Kopf hinaus, wenn er sie mit dem Schaft auf den Boden stellte. Mit dem Bajonett kamen noch einmal anderthalb Fuß hinzu. Der stählerne Lauf allein war zweiundvierzig Zoll lang. Er endete in einer gebogenen Messingmanschette aus zwei Teilen. Der mittlere Teil ließ sich abschrauben und gab dann eine enge Öffnung im Fuß des Laufs und eine Höhlung im größeren Messingteil frei. In diese Höhlung wurde der Feuerstein gelegt und mit dem aufgeschraubten Mittelteil festgeklemmt. Eine Öffnung im Haltekragen gestattete dem Feuerstein, leicht ins Freie zu ragen, so dass er den Daumen darauf legen und den Schwefel auf magische Weise entzünden konnte.

Die Flinte, die er vom Quartiermeister erhalten hatte, hatte schon bessere Tage gesehen. Er hatte sie gesäubert und den Lauf ausgewaschen, geputzt und innen wie außen eingefettet; auch den Schaft hatte er geputzt und geölt. Anschließend hatte er alle Schrauben nachgezogen, die er finden konnte, und die fehlenden ersetzt. Und er hatte sich vergewissert, dass der Ladestock auf der Reise sicher an Ort und Stelle blieb, denn ohne ihn konnte er die Waffe nicht laden und sie höchstens als Keule verwenden.

Die Frosts waren, mit Ausnahme Calebs, früh genug aufgestanden, um ihn zu verabschieden. Madame Frost überreichte ihm einen Laib Brot und etwas Käse, in ein Tuch eingeschlagen. Bethany hatte einen Umschlag mit zwei Federkielen für ihn, für den Fall, dass die Metallfedern brachen oder er sie verlor. Er bedankte sich bei beiden Damen und fühlte, wie es ihm dabei ein wenig den Hals zuzog.

Die Reaktion überraschte ihn, und er benötigte einen Moment, den Grund zu erkennen. Obwohl sie ihn nicht kannten, hatten sie ihn aufgenommen, ihm zu Essen gegeben, seine Kleidung genäht, seine Wunden versorgt und sich um sein Wohlergehen gesorgt. All das hatten sie aus Pflichtgefühl der Krone gegenüber geleistet. *Und weil sie einfach nette Menschen sind.*

Letztendlich hatten sie ihn besser behandelt, als es seine Familie jemals getan hatte, und als sie ihm eine sichere Reise wünschten, wusste er, dass sie es ernst meinten.

Dr. Frost begleitete ihn bis zum Tor. »Ich habe Eure bedauernswert kurze Gesellschaft genossen, Kapteyn Radband, und ich freue mich bereits auf Eure Rückkehr.«

»Ihr und Eure Familie wart wunderbare Gastgeber. Ich hoffe nur, ich stellte keine Belastung dar.«

»Unsinn, Sire, es war uns ein Vergnügen.« Frost zog ein schmales Büchlein aus der Jackentasche. »Ich weiß, Ihr wollt

Euch für die Reise nicht unnötig belasten, doch glaube ich, Ihr werdet dies interessant finden.«

Der winzige Band war in schwarzem Leder eingebunden und trug in goldenen Lettern den Titel ›DIE BERUFUNG EINES KONTINENTS‹. Dr. Frost lächelte zurückhaltend. »Es wurde von Samuel Hast verfasst und war die Inspiration für unsere Debatte, ob Mystria als eigene Nation eine bessere Zukunft hätte. Manche Eurer Landsleute würden es als ein verräterisches Werk betrachten, doch ich hoffe, Ihr werdet diesen Eindruck nicht teilen. Meister Hast liebt dieses Land von Herzen, und er träumt davon, was einmal aus ihm werden könnte. Das solltet Ihr verstehen, und ebenso, dass viele Menschen diesen Traum mit ihm teilen.«

»Ich danke Euch, Meister Doktorus.« Owen ließ das Büchlein in seine Jackentasche gleiten. »Ich erwarte, vor September zurück zu sein. Dann werde ich euch erneut aufsuchen.«

»Wir bestehen darauf, dass Ihr nach Eurer Rückkehr bei uns Quartier nehmt, Kapteyn. Ich glaube auch, dass Major Forst um diese Zeit nach Norden aufbrechen sollte, daher werde ich arrangieren, dass Ihr Eure Bekanntschaft auffrischen könnt.«

»Das ist sehr freundlich von Euch.« Owen salutierte kurz. »Bis dahin.«

Er machte sich schnellen Schritts auf den Weg die Großzügigkeitsstraße hinab, um Wald bei Sonnenaufgang am Westtor zu treffen. Hier in den Außenbezirken der Stadt, wo die Wohlhabenden ihre prächtigen Häuser errichtet hatten, regte sich so früh auf den breiten Straßen nichts. Vom Hafen drangen die Geräusche der erwachenden Stadt herauf und hallten durch die Gassen.

Der Morgen war frisch, doch die Sonne würde die Kälte der Nacht schnell vertreiben. Noch jedoch erleichterte die Kühle das Marschieren, und unwillkürlich trat ein Lächeln auf Owens Züge. Sein kurzer Ausflug aus der Stadt hatte bereits eine Andeutung gegeben, wie viel es zu entdecken galt, und er hatte dicke Journale zur Hand, um alles niederzuschreiben, was er fand.

»Bei dem Tempo werdet Ihr Euch die Beine abwandern, Kapteyn.«

Owen wirbelte herum und brachte die Muskete in Anschlag. »Wald!«

»Habt Ihr gedacht, ich wär' Rufus?«

»Ich habe Euch nicht erwartet … Ich dachte, wir treffen uns am Westtor.«

Wald löste sich aus den Schatten. »Da seid Ihr nicht der Einzige. Es hat die Runde gemacht.«

»Ich habe niemandem etwas gesagt.«

»Hab ich auch nicht angenommen.« Wald gähnte und deutete mit dem Daumen nach links. »Wir gehen rüber zur Gerechtigkeit und raus durch die Schweinekoben.«

Owen schulterte die Muskete wieder. »Befürchtet Ihr, Rufus beobachtet uns?«

»Ich befürchte nichts. Bin nur vorsichtig. Ein unbedachtes Wort hier, ein gekauftes da, könnte sein, dass wir Ärger bekommen, den wir nicht brauchen.«

Owen folgte ihm. »Wollt Ihr andeuten, dass die Tharyngen unsere Kolonien ausspionieren?«

»Glaubt Ihr, Sie tun es nicht?«

»Nein, Meister Wald. Ich würde es sicher vermuten. Was ich eigentlich wissen wollte, um es präziser auszudrücken: Habt Ihr Kenntnis von tharyngischen Spionen an der Mäßigungsbucht?«

»Schätze nicht.« Wald schaute Owen über die Schulter an. »Wüsste auch nicht, dass es mich interessiert. Ryngische und norillische Querelen sind mir egal.«

»Wie kann das sein?« Owens Augen wurden schmal. »Was die Ryngen mit uns vorhaben, sollte jedermann beunruhigen.«

»Schätze, da haben wir unterschiedliche Ansichten, Kapteyn.« Wald ging zwischen zwei Scheunen hindurch und um ein Schweinegehege herum. »Aber wir werden reichlich Zeit haben, das zu Tode zu quasseln.«

»Ich will doch meinen, dies ist ein Punkt, der schneller geklärt werden sollte.«

»Erst mal haben wir Dringenderes zu klären, Kapteyn.«

Owens Führer wurde schneller, überquerte die Straße und lief quer über eine grüne Wiese auf den dunklen Waldrand zu. Seine fransenbesetzte Lederkleidung machte ihn unübersehbar, doch bewegte er sich so schnell, dass er kaum mehr als ein Geist schien. Er erreichte die Bäume wenige Schritte vor Owen und war verschwunden.

Owen sprang zwischen die Bäume, dann ließ er sich in die Hocke fallen und schaute durchs Gebüsch zurück zur Stadt. In ein paar Fenstern brannten Laternen, und dunkler Rauch stieg aus den Schornsteinen, doch gab es keinen Hinweis, dass ihnen jemand folgte. Das betrachtete Owen als gutes Zeichen, und er ärgerte sich über das leise Gefühl der Angst in seiner Magengrube.

Rechts von ihm knackte ein Zweig. Owen warf sich herum und versuchte, die Muskete hochzureißen, doch der Lauf schlug gegen einen kleinen Baum, hart genug, ihn aus dem Gleichgewicht zu werfen. Er landete überrascht auf seinem Hintern.

Vom Boden schaute er hoch zu der dunkelhäutigen Gestalt, die zwei Fuß hinter ihm gestanden hatte und eindeutig nicht für das Geräusch verantwortlich gewesen war, das ihn alarmiert hatte. Der Mann trug einen Lendenschurz und Beinlinge. Bis auf ein Perlenarmband, von dem zwei Federn hingen, war er von der Hüfte aufwärts nackt. Das lange, dunkle Haar hatte er zu einem langen, mit Lederriemen umwickelten Zopf geflochten. Seine gelben Augen waren schmal und erinnerten an die einer Katze.

Der dunkle Mann grinste. Weiße Zahnreihen leuchteten in dem dunklen Gesicht.

Nathaniel hockte sich neben Owen. »Kapteyn Owen Radband, das ist mein Bruder Kamiskwa. Er ist ein Altashie.«

Owen zog die Füße unter sich und klopfte sich das Laub von der Jacke. »Er gehört zu den Zwielichtvölkern.«

»Gut gesehen.« Nathaniel stand auf und zupfte ein Blatt von Owens Uniform. »Wenn's hell wird, werdet Ihr mehr Grün als Grau in seiner Haut erkennen.«

»Redet er nicht?«

»Nur, wenn er etwas zu sagen hat.« Wald lachte. »Kommt noch früh genug, Kapteyn. Kamiskwa hält nicht mit seiner Meinung hinterm Berg.«

Owen reichte dem Altashie die Hand. »Erfreut, Euch kennenzulernen.«

Wald schüttelte den Kopf. »Die Zwielichtvölker benehmen sich nicht wie wir. Sie sind vorsichtig.«

»Wegen Major Hopkins.«

»Nicht nur deswegen, Kapteyn.« Wald hob die Muskete auf und reichte sie Owen. »Magie wirkt mit Kontakt. Sie sind ein bisschen besser darin als wir. Wenn man jemanden nicht kennt, lässt man sich nicht von ihm berühren. Gibt ihm die Gelegenheit, einen zu verletzen, wenn man es doch tut.«

Owen nickte. »Natürlich. Ich entschuldige mich.«

Kamiskwa kicherte und machte eine Bemerkung. Wald lachte ebenfalls, dann hob er die Hand. »Ist nichts Schlimmes. Er hat nur gesagt, alle, die glauben, Ihr wärt spätestens nach einer Woche zurück in Port Maßvoll, irren sich.«

Owen lächelte. »Vielen Dank, Kamiskwa.«

»Verkneift euch den Dank.« Wald klopfte dem Altashie auf die Schulter. »Er gibt Euch zehn Tage.«

Sie machten sich schnellen Schritts zu dritt auf den Weg und kamen trotz der frühmorgendlichen Dunkelheit gut voran. Kamiskwa ging voraus und war kaum mehr als ein Schatten. Er führte sie auf Wildwechsel, die Anhöhen eher umgingen, als darüber zu führen. Häufig bewegten sie sich in den für Tierpfade typischen Schleifen, und trotzdem kamen sie schneller voran, als es möglich gewesen wäre, hätten sie sich einen geradlinigen Weg freizuschlagen versucht.

Wald übernahm die Nachhut und hielt häufiger an, um nach Verfolgern Ausschau zu halten. Dann trottete er wieder heran, das Gewehr in der perlenbestickten Rehlederhülle und ein breites Grinsen auf dem Gesicht. Owens fragende Blicke beantwortete er mit einem Kopfschütteln und forderte ihn mit einem Nicken auf, weiterzugehen.

Sie legten ordentliche Geschwindigkeit vor, und obwohl er doppelt so viel Ausrüstung trug als die anderen, kam Owen gut mit. Wald hatte sein Gewehr, den Munitionsbeutel, ein Messer und ein Beil. Kamiskwa trug eine Muskete, allerdings zu einem Karabiner verkürzt, wie es bei der Kavallerie üblich war. Außerdem hatte er ein Messer und trug über die Schulter geschlungen eine mit Perlmutt eingelegte Holzkeule mit einer dreieckigen Klinge auf der Rückseite des Kopfes.

Als die Sonne aufging, knöpfte Owen die wollene Uniformjacke auf, nicht jedoch die Weste, die er darunter trug. Außerdem wechselte er die Muskete in die freie Hand. Die schmerzenden Schultern vom Gewicht der elf Pfund schweren Waffe und die Blasen, wo das Stiefelleder an seinen Fersen scheuerte, erinnerten ihn an den Marsch durch die Tiefen Lande.

Der Gedanke rief ihm seinen Auftrag zurück ins Gedächtnis. Seine Begleiter und er kamen gut voran, doch kein noch so gut geführtes Heer hätte ihnen durch diese Wälder folgen können. Von einer Einheit Soldaten, selbst seinen Schärlern, zu verlangen, dass sie auf einem derart gewundenen Pfad durch den Wald zogen, war ein angekündigtes Debakel. Viel zu viele von ihnen würden sich verirren, und die übrigen wären weit über den Weg verteilt und leichte Beute für einen Hinterhalt. Das dichte Unterholz in den mystrianischen Wäldern konnte den Feind verbergen, bis er praktisch auf Griffweite heran war.

Kamiskwas Vorsicht wirkte plötzlich sehr verständlich.

Wald holte Owen ein, als sie einen sandigen Bachlauf erreichten. »Bekommt Ihr nicht langsam Lust, was in den Magen zu kriegen, Kapteyn Radband?«

Owen nickte und ließ den Tornister von der Schulter gleiten. »Mir ist aufgefallen, dass weder Ihr noch Kamiskwa Essen bei Euch tragt. Ich teile gern.«

»Wir auch.«

Kamiskwa durchquerte den Bach und kletterte schnell eine alte Tanne hinauf. Er verschwand im Wipfel, kletterte bis auf halbe Höhe – zumindest schloss Owen das aus den sich bewegenden Ästen –, dann ließ er zwei perlenbestickte Ledertaschen und zwei lose zusammengerollte Decken, deren Enden mit Lederriemen gesichert waren, auf den Boden herab.

Während der Altashie das Gepäck holte, schleuderte Wald einige auf der Sandbank angehäufte Steine beiseite und hob an der so frei geräumten Stelle eine Grube aus. Dann griff er hinab in das Loch und zog vorsichtig drei in Maisblätter gewickelte Päckchen an die Oberfläche. Owen stieg der Geruch von Lachs in die Nase, und sein Magen machte sich mit einem hörbaren Knurren bemerkbar.

Er runzelte die Stirn. »Ihr wart letzte Nacht schon hier, habt Eure Taschen dort im Baum verstaut und die Restglut des Feuers dazu benutzt, die Fische zu kochen, während Ihr mich geholt habt.«

Kamiskwa grunzte, was Owen als Bestätigung ansah.

»Ziemlich genau getroffen, Kapteyn.«

Owen setzte sich und löste seine Beutel. »Ihr habt keine Spuren Eurer Anwesenheit zurückgelassen, also seid Ihr vorsichtig. Das bedeutet, Ihr geht davon aus, überall und jederzeit in Gefahr sein zu können.«

Kamiskwa lächelte und nahm sich einen Fisch. »Nahaste.«

Owen zog eine Augenbraue in die Höhe, während er das Brot in drei Portionen teilte. »Das bedeutet?«

Wald nahm das Brot an. »Er gibt Euch drei Wochen.«

»Wie das?«

»Ihr könnt gut beobachten und macht Euch Gedanken.« Wald streckte sich aus und lutschte an den verbrannten Fingern. »Hier draußen wird eine Menge verstaut. Da drüben unter dem Felsvorsprung haben wir Feuerholz abgelegt. Als Ersatz für das, was wir gestern Nacht gebraucht haben. Wenn wir noch anderes Zeug gehabt hätten, das wir nicht brauchen, hätten wir es auch da abgelegt. So was werdet Ihr öfter sehen. Wenn kein Zeichen auf dem Lager ist, könnt Ihr Euch nehmen, so viel Ihr mögt, aber Ihr solltet es um mindestens genauso viel auch wieder auffüllen. Ein markiertes Lager fasst man nicht an.«

Vorsichtig zupfte Owen eines der Fischpakete auf. Dampf quoll auf und stieg ihm in die Nase. Er zog das Fleisch von den Gräten und probierte. Der samtweiche Fisch zerging im Mund. »Schmeckt gut.«

»Kamiskwa hat sie aus dem Wasser gekitzelt.« Wald nagte am Brot. »Das ist noch so'n Punkt. Hier draußen reist man so leicht es geht. Außerdem, wo Geopahren und Bären unterwegs sind, sollte man nichts bei sich tragen, das wie Futter aussieht.«

Owen blickte sich um. Sonnenlicht fiel durch die Baumwipfel. Der Bach plätscherte, und eine leichte Brise ließ das Laub rascheln. In den Bäumen zwitscherten Vögel, und ein Krähenschwarm krächzte. Jenseits ihrer kleinen Lichtung konnte er nichts erkennen, und es fiel ihm nicht schwer, sich einen Geopahren vorzustellen, der sie aus dem Dunkel beobachtete.

»Wir werden keine Proviantprobleme bekommen?«

»Für eine Armee reicht es nicht, Kapteyn, aber wir sind keine Armee.« Wald deutete nach Nordwesten. »Wir haben ein gutes Stück Weg vor uns. Kamiskwa und ich jagen hier ständig und stellen unsere Fallen auf. Solange Ihr keine Ansprüche stellt, habt Ihr zu essen. Und selbst wenn, werdet Ihr nicht verhungern.«

Owen griff sich die Muskete. »Ich kann Euch bei der Jagd helfen.«

Der Altashie lachte.

Wald schüttelte den Kopf. »Kaum.«

»Ich versichere Euch, ich treffe, worauf ich ziele.«

»Glaub ich Euch gern, aber Ihr seid verteufelt laut zu Fuß.«

»Es war dunkel.«

»Schon wahr, aber Ihr dürft nicht lauter als ein Flüstern sein. Und dann die Jacke. Damit könntet Ihr genauso gut in Flammen stehen.«

Owens Miene verdüsterte sich. »Das haben wir bereits debattiert. Ich bin ein Offizier im Heer Ihrer Majestät. Ich befinde mich auf einer Mission, und ich werde nicht riskieren, als Spion erschossen zu werden.«

»Nun, ich hab weniger Sorgen, dass *Ihr* als Spion erschossen werdet.« Wald grinste. »Wenn ein Rynge Euren Rotrock sieht und feuert, erwischt die Kugel vermutlich eher mich oder Kamiskwa.«

Owen lachte. »Ja, Zielsicherheit war noch nie eine tharyngische Stärke.«

»Gut, dass Ihr so ein toller Schütze seid.« Wald deutete auf die Muskete. »Ihr solltet das Ding laden und auch geladen behalten. Durch Euer unermüdliches Üben schafft Ihr vermutlich vier Schuss in der Minute?«

»Ich habe schon fünf geschafft.«

»Hier draußen kann es schnell nötig werden. Wahrscheinlich, weil schon ein anderer auf Euch schießt.«

Owen nickte. »Ich werde daran denken.« Er stand auf, zog eine Patrone aus der Tasche und lud die Waffe. »Der Prinz sagte, Euer Gewehr sei etwas Besonderes.«

Nathaniel lächelte stolz und zog die fransenbesetzte Hülle ab. »Ist eines von etwa zwei Dutzend Gewehren, die Koronel Apostat Hügel oben in Sommerland gebaut hat. Ist ein Hinterlader. Brauch keine Kugel in den Lauf zu stopfen, bloß um sie vorn wieder rauszufeuern. Benutzt eine Kaliber .71-Kugel – selbes Gewicht wie bei Eurer Muskete, nur ein bisschen gequetscht. Mehr ein Ei als 'ne Kugel. Zielsicher auf hundert Schritt und tödlich dabei.«

»Der Prinz hat erwähnt, Ihr hättet einen Geopahren erlegt. Er zeigte mir das präparierte Tier. Das war eine grandiose Leistung auf solche Entfernung.«

»Mehr ein Glückstreffer als eine Leistung.« Er deutete mit einer schnellen Kopfbewegung zu Kamiskwa. »Wäre wahrscheinlicher gewesen, dass ich ihn nur wütend gemacht hätte damit. Kamiskwa war da, um ihn zu erlegen, wenn er zu nahe rangekommen wäre.«

»Und falls er ihn verfehlt hätte?«

»Hätte ich den nächsten Schuss im Lauf gehabt. Und wenn der danebengegangen wäre, hätte ich verdient gehabt, gefressen zu werden.«

»Ich freue mich darauf, Eure Treffsicherheit mit eigenen Augen zu sehen. Vielleicht könnt Ihr uns etwas zum Mittag schießen.«

»Schätze, das könnt' ich, Kapteyn Radband, aber heute ist das nicht nötig.«

»Habt Ihr voraus schon Essen verstaut?«

»Sozusagen.« Der Waldläufer griente. »Heut' Mittag essen wir mit dem Prinzen.«

Vierzehntes Kapitel

2. Mai 1763
Mäßigungsbucht, Mystria

Nachdem sie alle Spuren ihres Frühstückshalts verwischt hatten, setzte die Gruppe den Weg in gemächlicherem Tempo fort. Owen hatte immer noch das Gefühl, beobachtet zu werden, erkannte aber auch, dass seine Begleiter ihm die Gelegenheit boten, von ihnen zu lernen. Sie hatten ihn offen gewarnt, die Waffe nicht ungeladen zu lassen, und nun boten sie ihm eine praktische Demonstration, wie man sich im Wald verhielt.

Owen beobachtete Kamiskwa und bemühte sich, von ihm zu lernen. Der Altashie bewegte sich mit Bedacht. Er zog es vor, Geäst durch Ducken oder Ausweichen zu umgehen, statt es beiseitezudrücken oder abzuhacken. Hangaufwärts trat er bevorzugt auf Luftwurzeln oder halb im Boden steckende Steinbrocken und tat kleinere Schritte, bei denen er weniger Gefahr lief, auszurutschen oder Geröll zu lockern. Er bewegte sich schnell, aber ohne Eile, ein Unterschied, der sich in einer Flüssigkeit der Bewegung ausdrückte, die ihm etwas Geisterhaftes verlieh.

Wald hatte Recht. Mit Tagesanbruch hatten Kamiskwas Haut und Haare eine grünliche Tönung angenommen. Er blieb jedoch weiterhin dunkelhäutig, wie Tannennadeln. Einzelne Strähnen seiner Haare waren heller, mehr wie Pflanzenschößlinge. Ob das ein Zeichen von Jugend oder Alter war, wusste Owen nicht zu sagen, denn der Mann wies keine Falten auf, und falls er Narben hatte, hoben die sich nicht vom Rest der Haut ab.

Was er allerdings besaß, waren Tätowierungen. Es handelte sich um einfache Strichzeichnungen, in der Mehrzahl geometrische Muster sowie ein paar Tiere. Alle waren in Schwarz gehalten. Dadurch zeichneten sie sich wirklich nur im direkten Sonnenlicht ab. Einen Sinn erkannte Owen nicht in ihnen.

Sie gingen noch eine Stunde weiter, wobei sie gelegentlich anhielten, um an Bachläufen Feldflaschen und Wasserschläuche zu füllen oder auch nur zu lauschen. Auch wenn Owen jeden ausgelacht hätte, der etwas Derartiges behauptet hätte, klang Mystria anders als Norisle. Das Vogelgezwitscher und das Surren der Insekten war zum größten Teil verlockend ähnlich dem, was er von daheim kannte, doch da war eben auch ein Teil, der sich davon gewaltig unterschied, und das wirkte ausgesprochen verstörend.

Der Schrei eines Falken hallte, und ein Schwarm Spatzen um einen Brombeerbusch flog auf. Owen suchte den Himmel nach dem Greifvogel ab, und als er ihn nicht im Flug entdeckte, erwartete er, ihn auf einem hohen Ast zu finden, wo er stolz der Welt seine Existenz verkündete. Der einzige Vogel, den er entdeckte, war jedoch braun gefiedert, von der doppelten Größe eines Sperlings und ähnlich unauffällig gemustert. Er landete unter dem Beerenstrauch und zupfte die Früchte von den unteren Zweigen.

Wald deutete auf ihn. »Das ist ein Lügenfalke. Der Altashie-Name für ihn bedeutet ›Kleiner Vogel mit großer Stimme‹. Man nennt ihn auch Rüpelvogel. Manche Leute nennt man genauso.«

Owen schüttelte den Kopf. »Wie anders ist dieses Land?«

Wald zuckte die Achseln. »Keine Ahnung. War noch nie in Norisle. Hier ist es, wie es ist. Was findet Ihr denn anders?«

Der Soldat nahm den Hut ab und wischte sich mit dem Ärmel den Schweiß von der Stirn. »Wir sind seit Sonnenaufgang unterwegs und haben in dieser ganzen Zeit keine Spur von Menschen gesehen.«

»Das ist ein großes Land, Kapteyn. Zwei, drei Mal so groß wie Norisle. Vielleicht mehr. Und nur halb so viele Menschen. Die meisten an der Küste.«

Owen nickte. »Und an den Flüssen entlang.«

»Sehr gut, Kapteyn.« Owen grinste. »Gibt nicht viele Leute, wohin wir unterwegs sind. Ist mir ganz recht so.«

Kamiskwa knurrte zustimmend.

Die drei setzten ihren Weg fort, und es dauerte nicht lange, bis Owen ein schweres, rhythmisches Schlagen hörte. *Äxte*. Kamiskwa wurde langsamer und bog um ein ebenes Stück Land, auf dem drei Männer damit beschäftigt waren, Bäume zu fällen. Zwei legten die Bäume um und hieben die Äste ab, der dritte zog die Stämme mit einen Mauleselgespann durch einen Wald von

Stümpfen zu einem riesigen Holzstapel. Ein paar der Stämme hatten die Männer schon gespalten und daraus ein quadratisches Fundament errichtet, auf dem sie ihr Zelt aufgeschlagen hatten.

Owen musterte das Gelände der Rodung. Am entfernten Ende des Zelts lief ein kleiner Bach vorbei und versprach Frischwasserzugang. Das Zelt stand am Fuß eines Hügels im Nordosten. Bis Ende Sommer wären viele Baumstümpfe ausgegraben, und schon nächsten Mond würden sie genug Raum für ein kleines Feld haben, das sie vor dem Winter abernten konnten.

Owen wollte hinübergehen, doch Wald hielt ihn zurück. »Landbesetzer. Bei denen sind wir nicht willkommen.«

»Haben sie keine Angst, dass der Landbesitzer sie vertreibt?«

»Kommt drauf an, oder?« Wald zog sich vom Rand der Lichtung zurück. »Die Konföderation beansprucht das Land hier. Ihre Majestät glaubt, Ihre Urkunden ändern das. Der Name auf der Urkunde könnte irgendjemandem in Norisle gehören, oder unten in Feenlee oder den Elfenbeinbergen. Der könnte in Port Maßvoll vor Gericht ziehen, aber viele Richter gibt es nicht, die ihm Recht geben würden.«

Owen deutete hinüber zur Rodung. »Aber diese Männer wissen, dass sie Unrecht tun.«

»Schätze, sie sehen das anders.« Wald breitete die Arme aus. »Als die ersten Freigelassenen hierherkamen, war alles frei und offen. Man suchte sich eine Stelle, baute was an, und wenn das Land nichts mehr hergab, zog man weiter. Dann hat das Parlament entschieden, dass keiner über die Berge darf. Kein Problem, bleibt ja immer noch reichlich Land. Aber dann haben die Minister und ihre Freunde das ganze Land von der Krone aufgekauft. Und jetzt habt Ihr einen Mann, der hart gearbeitet hat, um sich was aufzubauen, und er kann sich das Land, auf dem er gebaut hat, nicht leisten, weil irgendein Spekulant, der sein ganzes Leben keinen Finger krumm gemacht hat, den Hals nicht voll bekommt.«

»Ich würde Euch zustimmen, Meister Wald, dass dies durchaus nicht gerecht erscheint, doch ist Diebstahl die falsche Antwort.«

»Das ist doch kein Diebstahl. Mehr ein Ausborgen.« Wald lachte. »Schon mal was von der Goldenen Regel gehört, Kapteyn?«

»Selbstverständlich. Behandelt andere so, wie Ihr selbst behandelt zu werden wünscht.«

»In Norisle vielleicht. Hier ist die Regel: ›Wer das Gold hat, macht die Regeln‹.«

Owen lief ein Schauder den Rücken hinab. Ihrer Majestät Streitkräfte gestatteten Reichen, sich ein Offizierspatent zu kaufen. Ein Adliger wie Lhord Rivendells Sohn John mit einem Hang zum Abenteuer, aber ohne die geringste Ahnung vom Kriegshandwerk, konnte sich den Befehl über ein Bataillon oder Regiment erkaufen. Mehr als einmal schon hatten derart privilegierte Kommandeure sich geweigert, Befehle eines vorgesetzten, aber bürgerlichen Offiziers zu befolgen, oder hatten in einem unsinnigen Versuch, Ruhm zu ernten, eigene Befehle erlassen. Ihre Aktionen konnten eine Schlachtreihe verunsichern, dem Feind eine Öffnung bieten und einen sicheren Sieg in panische Flucht verwandeln. Hätte Rivendell bei Artennes die erhaltenen Befehle befolgt, hätten die Mystrianischen Schärler wohl weniger schwere Verluste erlitten.

Walds Version der Goldenen Regel galt auch im zivilen Leben Norisles. Die Verfehlungen eines Adligen ließen sich mit Gold aus der Welt schaffen, während die eines Armen gnadenlos bestraft wurden. Jemand wie Lhord Rivendell, dessen Macht und Einfluss hinter seinem Buch standen, versteckte seine moralische Unzulänglichkeit hinter wohltätigen Geschenken und sorgsam überlegter Bestechung.

»Steckt das hinter Eurer Feindseligkeit den Norilliern gegenüber?«

Wald und Kamiskwa brachen in Gelächter aus.

»Ich sehe nicht, was daran lustig ist.«

Wald wischte sich eine Träne aus dem Augenwinkel. »Ich hab keinen Hass auf Norillier. Jedenfalls nicht speziell. Ich hasse jeden, der dieses Land zerstören will.«

»Ich bin im Auftrag der Krone hier, um zu verhindern, dass die Tharyngen es zerstören.«

Wald lüpfte eine Braue. »Haltet Ihr das wirklich für die Wahrheit, Kapteyn?«

»Ich habe meine Order.«

»Und was wird, wenn Ihr Erfolg habt? Dann gibt es nächstes Jahr oder das Jahr danach Krieg. Völlig gleich, wer ihn gewinnt. Es werden Leute herkommen, um Profit zu machen. Die Spekulanten werden reicher. Diejenigen, die Wert auf ihre Freiheit legen, werden weiter nach Westen ziehen, bis sie jemand aufhält. Und das ist dann vermutlich wieder eine von Euren Missionen für die Krone.«

Aus Walds Stimme sprach leidenschaftlicher Abscheu, aber Owen nahm es nicht persönlich. Seine Meinung hatte er sich gebildet, lange bevor er Owen begegnet war. Vermutlich verkündete er sie jedem, den er traf, und bildete sich sein Urteil über sein Gegenüber basierend auf dessen Reaktion.

Owen senkte die Stimme. »Es könnte sein, dass es genauso kommen wird, wie Ihr sagt, Meister Wald. Ich weiß es nicht. Aber ich werde tun, was ich kann, um die Bedrohung der Kolonien durch die Ryngen zu beenden. Ich hoffe, damit einen Krieg zu verhindern. Doch ich muss Euch fragen, Sire, wenn Euch alle Menschen gleich verhasst sind, warum Ihr den Auftrag des Prinzen annahmt, mein Führer bei dieser Mission zu sein?«

Wald wirkte amüsiert, und Owen hatte den Eindruck, eine Prüfung bestanden zu haben. »Der Prinz versucht, das Land hier zu verstehen. Es heißt manchmal, seine Methoden hätten was Ryngisches. Kann sein. Ich mag das Leuchten in seinen Augen, wenn er was Neues entdeckt. Wenn ich für ihn arbeite, lassen die meisten Leute mich in Ruhe. Macht mir das Leben leichter.«

Sie erreichten das Gut des Prinzen kurz vor Mittag. Sie waren dem Fluss gefolgt und gezwungen gewesen, den Pfad zu überqueren, dem Owen bei seinem ersten Besuch genommen hatte. Das taten sie tief im Wald. Als Owen sich nach dem Weg umdrehte und ihn schnell aus der Sicht verlor, wurde ihm erneut bewusst, wie grundlegend anders Kämpfe in Mystria ablaufen würden. *Jeder, der etwas anderes glaubt, wird es bereuen.*

Sie fanden den Prinzen am Flussufer, wo er mit nacktem Oberkörper sein schlammverschmiertes Hemd wusch. Er trug eine grob gewebte Hose und einen breitkrempigen weichen Hut mit Wurmschlamm, wo man ein Band erwartet hätte. Freudig schüttelte er Wald die Hand und erwiderte Owens Salut, dann begrüßte er Kamiskwa.

Keiner der beiden Männer sagte ein Wort. Sie verschränkten die Hände hinter dem Rücken und verneigten sich voreinander. Sie behielten die Verbeugung mehrere Pulsschläge bei, bevor sie sich wieder aufrichteten und lächelten. Das Ritual verwunderte Owen einen Moment, bis ihm klarwurde, dass für die Zwielichtvölker eine offene Hand eine tödlichere Bedrohung sein konnte als ein gezücktes Messer. Offensichtlich war das Verbergen der

Hände für sie ein Versprechen guten Benehmens und ein Zeichen der Friedfertigkeit.

Wieder durchfuhr ihn ein Schauder. Ihm wurde schlagartig klar, welchen Eindruck die Norillier anfangs auf die Zwielichtvölker gehabt haben mussten. Die ersten Kolonisten trugen seltsame Kleider, sprachen ein unbekanntes Idiom und hatten Eisen, Stahl und Feuerwaffen. Und sie lächelten, während sie die Hand ausstreckten. *Die ersten Siedler müssen ihnen wie wahnsinnige Schlächter erschienen sein, wie lachende Mörder.*

Aus der anderen Perspektive war die Verweigerung des Handschlags eine Bestätigung für Feindseligkeit und Hinterlist. Den Zwielichtvölker durfte man offensichtlich nicht trauen – was erklärte, warum man Fantasiegeschichten über Angriffe und Gräueltaten so bereitwillig glaubte. Und seit bekannt geworden war, dass die Zwielichtvölker Magie wirken konnten, stellten sie eine noch größere Gefahr dar.

Gegen seinen Willen musste Owen schmunzeln. *Das sind Einsichten, die ich auf jeden Fall festhalten muss.*

Der Prinz wrang sein Hemd aus und warf es sich über die Schulter. »Ich habe die Dienerschaft angewiesen, das Diner auf dem Rasen zu servieren. Es ist solch ein schöner Tag. Und ich habe auf Tische und Stühle verzichtet. Ihr werdet dort draußen wochenlang auf derlei Annehmlichkeiten verzichten. Dies ist meine einzige Chance, Euer Abenteuer zu teilen.«

Die vier Männer zogen sich den Rasen hinauf an eine Stelle zurück, die eine wunderbare Aussicht auf den Fluss, die Berge am anderen Ufer und den Wurmstand bot. Die Dienstboten hatten mehrere Decken ausgebreitet und darauf Körbe mit Brot, Käse und gebratenen Hühnchenteilen abgestellt. Neben Zinnbechern und einer Flasche Wein wartete ein Stapel mit runden Holzbrettern.

Der Prinz ließ sich ohne große Umstände fallen. »Kapteyn, ich bestehe darauf, dass Ihr Jacke und Stiefel ablegt. Ebenso Eure Weste. Ihr sollt es bequem haben, während wir speisen.«

»Wie Ihr befehlt, Hoheit.« Owen ließ den Tornister auf den Boden sinken, dann zog er die Uniformjacke aus und faltete sie. Die Weste stellte er darauf, dann zog er die Stiefel aus. An den Fersen waren seine Strümpfe rot von Blut.

Der Prinz schüttelte den Kopf. »Blasen. Das darf nicht sein. Ich werde Euch eine Salbe aus Bärenfett und Kräutern einpacken. Sie wird die Schmerzen lindern und die Haut härten.«

»Ihr seid zu gütig, Hoheit.« Owen seufzte. »Normalerweise bereitet mir das Marschieren keine Probleme, doch habe ich auf der Überfahrt die Schwielen verloren.«

»Da seid Ihr nicht der Erste.« Der Prinz verteilte die Holzbretter, dann goss er drei Becher Wein ein. Kamiskwa nahm sich den vierten Becher und füllte ihn mit Wasser aus seiner Feldflasche.

»Dürfen die Altashie keinen Alkohol trinken?«

Kamiskwa lächelte. »Ich habe nur keine Lust darauf.«

Owen blieb der Mund offen. »Ihr sprecht unsere Sprache?«

Der Eingeborene nickte.

»Aber Ihr habt kein Wort gesagt …«

»Ihr zwei habt mehr als genug geredet.« Sein Lächeln wurde breiter.

Er und Wald brachen in lautes Gelächter aus, als Owen rot anlief.

Der Prinz tätschelte tröstend seinen Arm. »Zumindest dauerte es bei Euch nur einen Morgen. Als ich mit ihnen auf Geopahrenjagd zog, waren wir bereits vier Tage unterwegs, bevor ich erfuhr, dass Prinz Kamiskwa unserer Sprache mächtig ist.«

»*Prinz* Kamiskwa?«

»Ihr habt ihn aber wirklich im Dunkeln tappen lassen.«

Wald riss sich zusammen und räusperte sich. »Hat ihm nicht geschadet, Hoheit. Wir wollten nur mal sehen, aus welchem Holz er ist.«

»Wirklich, Nathaniel.« Der Prinz lüpfte eine Augenbraue. »Ich hätte gemeint, das wisst Ihr seit der Nacht, in der Ihr die Fassdaubes niederstrecktet.«

»Nun, das stimmt wohl, Hoheit.«

»Zuzüglich der Tatsache, dass Caleb Frost trotz bester Intentionen als einzige Kritik an Kapteyn Radband vorzubringen weiß, dass er noch viel zu lernen hat über Mystria.«

»Ja, Hoheit.«

Vladimir hob die Hand. »Es ist mir ernst. Nathaniel, Ihr müsst verstehen, dass dieser Mann von anderer Art ist als diejenigen, die man vor ihm hierher gesandt hat. Er ist ein ernsthafter Soldat. Sein Bericht wird erheblich mit darüber entscheiden, wie die künftige Politik den Tharyngen gegenüber aussehen wird. Mystrias Zukunft hängt vom Erfolg oder Fehlschlag seiner Mission ab.«

Walds Miene wurde ernst. »Ich verstehe, Hoheit. Kapteyn, ich entschuldige mich für alles, was Euch beleidigt haben könnte.«

»Ihr habt keinen Anlass, Euch zu entschuldigen.« Owen schaute den Prinzen an. »Da ist noch etwas anderes, nicht wahr, Hoheit?«

Der Prinz seufzte. »Könnte gut sein. Ein schnelles Postboot erreichte Port Maßvoll am Tage nach dem Zwischenfall mit Koronel Langford. Ein Bote überbrachte mir eine verschlüsselte Nachricht. Ist Euch der Name Guy du Malphias ein Begriff?«

Owens Eingeweide zogen sich zusammen. »Das ist er allerdings, Hoheit.«

Nathaniel runzelte die Stirn. »Wer ist denn das jetzt?«

»Er führte im Wald von Artennes die Plattengarde an.« Owen schüttelte den Kopf. »Er ist des Satans Gegenpart auf Erden.«

»Schlimmer.« Prinz Vladimirs Augen wurden schmal. »Vor zwei Monden gelang es einer kleinen ryngischen Flotille, während eines Sturms die Blockade der Kanalflotte zu umgehen. Wir haben erfahren, dass sie auf dem Weg nach Mystria war, und du Malphias war an Bord. Er befindet sich seit mindestens zwei Wochen in Neu-Tharyngia, und was immer Ihr dort draußen vorfinden werdet, er wird seine Hand dabei im Spiel haben.«

Fünfzehntes Kapitel

2. Mai 1763
Des Prinzen Zuflucht
Mäßigungsbucht, Mystria

Mit einem Schlag war Owen aller Appetit vergangen. Er hatte du Malphias erst einmal gesehen, und selbst das war bei strömendem Regen und durch ein Fernrohr gewesen. Genaugenommen war es nur ein Schattenriss gewesen, hoch auf einem Bergkamm, im Sattel seines Rosses. Im Profil waren seine Adlernase und der spitz zulaufende Kinnbart deutlich zu erkennen gewesen. Dann hatte er sich zu Owen umgedreht, diesen bemerkt und – wie Owen schien – geradewegs durch ihn hindurchgeblickt.

Plötzlich wirkte die leichte Brise so kalt, als käme sie geradewegs vom Nordpol; selbst Nathaniel bemerkte es. Er legte ein halb abgenagtes Hühnerbein auf sein Brett und wischte sich mit dem Handrücken über den Mund. »Der Teufel ist er?«

Prinz Vladimir nickte. »Er ist wirklich ein brillanter Mann. Ein Polymath – er hat zahlreiche Interessen und ist in allen gleichermaßen begabt. Er war der jüngste Laureat aller Zeiten. Ich habe eine Reihe seiner Schriften gelesen, sie sind Teil meiner Bibliothek. Als junger Mann bot er Anlass zu großen Hoffnungen, doch der Krieg hat ihn verändert.«

Owen schwenkte das Weinglas und starrte in die wirbelnde Flüssigkeit. »Wir nahmen ein paar Ortschaften ein, die seine Garde verlassen hatte. Sie hatten sie gründlich ausgeplündert, waren sogar in die Grüfte eingedrungen und hatten die Gräber geöffnet. Man sieht ja viele Leichen im Krieg, aber doch nicht so. Die Menschen waren geradezu zerfetzt, in Stücke gehackt. Viele Schädel waren unauffindbar.«

Kamiskwas düsterer Kommentar benötigte keine Übersetzung.

Der Prinz versuchte sich an einem halbherzigen Lächeln. »Ich fürchte, es kommt noch schlimmer. Seine Reise hierher lässt auf einen Wandel in der politischen Konstellation Tharyngias schließen. Du Malphias gehört zu der unerbittlichen Partei der Löwen. Die Schafe haben ihren Einfluss eingebüßt. Du Malphias wird versuchen, ihren Besitz zu konsolidieren, bevor wir etwas dagegen unternehmen können.«

»Enthielt die Nachricht etwas über die Antwort der Königin? Sind Truppen auf dem Weg?«

»Nein, Kapteyn. Ich vermute, Klugheit und Bedacht haben sich durchgesetzt. Es waren nur wenige Schiffe, und man erwartet keine ernsthafte Gefahr in dieser Saison. Die Reitergarde erwartet, dass du Malphias eine Reihe von Festungen errichten wird, um von dort aus Angriffe in die Wege leiten zu können.

Immerhin war er der Architekt der Befestigungen in Villerupt. Es wird schwer werden, sie zu knacken. Man glaubt, im kommenden Jahr, ausreichend verstärkt, wird er in die Offensive gehen wollen, und so werden wir in diesem Jahr Tharyngia erneut angreifen und entweder bezwingen, so dass seine Bemühungen sinnlos werden, oder die tharyngischen Möglichkeiten so beanspruchen, dass er die für einen Angriff benötigten Truppen niemals erhält.«

Nathaniel stützte sich zurück auf die Arme. »Klingt mir doch sehr nach Wunschdenken. Kein echter Trost.«

»Ich stimme Euch zu.« Der Prinz trank einen Schluck. »Das macht Eure Mission noch wichtiger, als sie es ohnehin bereits war. Wir müssen erfahren, wo du Malphias ist, über welche Mittel er verfügt, und wie seine wahrscheinlichste Angriffsroute aussehen wird. Ich will nichts beschönigen, Sires. Sollte er alle regulären Truppen und Milizen in Neu-Tharyngia zusammenziehen und sie mit Kriegern der Sieben Nationen verstärken, besäße er eine Streitmacht, groß genug, die Verteidigung einer jeden unserer Kolonien zu überwältigen.«

Der Prinz erhob sich auf die Knie und zog die Decke, auf der er gesessen hatte, herum. Er zupfte und faltete sie, bis er eine entfernt ähnlich wirkende Karte des nördlichen Mystria hergestellt hatte. Dann brach er das Brot in Stücke, mit denen er strategische Punkte kennzeichnete, anschließend riss er Grashalme aus und markierte mit ihnen die Flussläufe.

»Die Ryngen beanspruchen alles westlich der Berge, auch die Vier Bruderseen, das Zweiflüsseland und den Misaawa. Hier oben im Norden speist der Schwarze See den Silberfluss, und sie beanspruchen den Schwarzen See als Teil der Silberfluss-Wasserscheide. Im Süden jedoch speist der See auch den Kühlungsfluss, der unser ist. Er fließt gen Süden nach Hutmacherburg und in den Tillie. Bisher hat keine Seite die Ansprüche der anderen anerkannt, und Lac Verleau ist noch neutral, doch die Gouverneure von Königinnenland und Lindental haben Besitzurkunden für Land am Südufer des Sees ausgestellt. Unsere Siedler sind dorthin unterwegs, was zu Spannungen mit ryngischen Siedlern und Fallenstellern führt.«

Owen nickte. »Brächte du Malphias Soldaten den Kühlungsfluss hinab, trüge ihn das ins Herz von Lindental. Er würde Hutmacherburg einnehmen und von dort ostwärts den Tillie hinab ziehen, um Margaretenstadt zu bedrohen. Damit würde er Königinnenland, Sommerland und Lindental abschneiden.«

Kamiskwa deutete auf das Brotstück, das Hutmacherburg darstellte. »Viele Flüsse vereinen sich im Tillie, bevor er das Große Wasser erreicht. Er könnte auch vom Amboss-See im Westen herabkommen, um zu plündern und in einem Rückzugsgefecht die Miliz weit von ihrer Heimat fortzulocken. Falls er seine Dalkashii-Verbündeten loslässt …«

Vladimir schob die Brille die Nase hinauf. »Ein guter Einwand. Ich danke Euch, Prinz Kamiskwa. Ihr seht, Kapteyn, warum Eure Mission so überaus bedeutsam ist. Wir wissen von diesen Flüssen, und wir vermuten, du Malphias wird sie nutzen, um Truppen zu bewegen, doch wissen wir nicht, wie viele dieser Flüsse schiffbar sind. Ein Stoßtrupp von zweihundert Mann kann sich recht schnell bewegen, doch für eine Armee von viertausend mitsamt Kanonen sieht die Lage völlig anders aus.«

Owen fuhr sich mit beiden Händen durchs Gesicht. »Ihr seid Euch wohl bewusst, dass dieser Auftrag unmöglich ist? Um alle diese Flüsse zu erkunden, braucht man Jahre, wenn nicht ein Jahrzehnt. Welchen Weg sollen wir nehmen? Der Schwarze See erscheint die leichteste Route, doch wäre auch der Grüne Fluss vom Lac Verleau aus und weiter in den Oberlauf des Tillie und dessen Nebenströme möglich ... Wo sollen wir beginnen?«

Nathaniel zog die Knie an die Brust. »Ich will ja nichts sagen, aber zäumt Ihr das Pferd hier nicht vom Steiß auf?«

Owen runzelte die Stirn. »Wie meint Ihr das?«

»Ihr ratet und nennt es überlegen. Vergesst, wohin er will. Schaut lieber, von wo er kommt.« Nathaniel deutete auf die Karte. »Er ist vor zwei Wochen den Silbernen hoch. Er wird in Kebeton haltmachen, um Leute und Vorräte aufzunehmen, wenn er Festungen bauen will. Das braucht mindestens 'ne Woche. Die Ryngen werden ihn reden hören wollen über dies und das. Sie werden ihn gehörig feiern. Er wird Kundschafter brauchen. Fallensteller und Händler rekrutieren. Wenn wir rausfinden, wer nicht mehr da ist, wo er von Rechts wegen sein sollte, finden wir auch diesen du Malphias.«

Owen grinste Prinz Vladimir an. »Plötzlich erschließt sich mir, was Ihr an diesem Mann findet.«

»Allerdings. Lasst Euch nicht von seinem grobschlächtigen Auftreten blenden, Kapteyn. Er ist klüger, als er sich anmerken lässt.«

Nathaniel lachte schallend, und sein langes Haar tanzte, als er den Kopf in den Nacken warf. »Ist wie Fallenstellen. Erst muss man den Biberdamm finden, dann stellt man die Falle in der Nähe auf.«

»Wir werden uns jedoch in Acht nehmen müssen. Dieser Biber hat äußerst scharfe Zähne.« Owen nahm einen Schluck Wein, um den bitteren Geschmack in seinem Mund loszuwerden, und verschluckte sich fast. »Dies ist wohl so wichtig, dass Ihr Berichte erhalten wollt, Hoheit, nicht wahr?«

»Ja, und sie sollten verschlüsselt sein.« Der Prinz legte die Stirn in Falten. »Ihr besitzt keine Kryptolinse?«

»Nein, Hoheit.«

»Ist Euch bekannt, wie man eine Nachricht an Hand eines Buches chiffriert?«

»Ich fürchte nicht, Hoheit.«

»Es ist recht einfach und unmöglich zu knacken, sofern der Feind das Buch nicht findet, das als Schlüssel dient.« Vladimir deutete zum Haus. »Ich werde Euch ein Buch mit auf den Weg geben, das ich in doppelter Ausfertigung besitze. Wann immer Ihr mir eine Nachricht senden wollt, werdet Ihr sie aufschreiben und dann in diesem Buch jedes Wort des Textes aufsuchen. Sodann ersetzt ihr das Wort durch die betreffende Seitenzahl, Absatzzahl und Wortzahl. Lautet das Wort etwa Bernstein, und Ihr findet es auf Seite vierzig, im dritten Absatz als viertes Wort, so schreibt Ihr 40-3-4. Des Weiteren werdet Ihr Eure Nachrichten datieren und das Datum von sechsunddreißig abziehen und die Differenz auf jeden Wert addieren. Schreibt Ihr also am Dreißigsten, ersetzt Ihr das Wort durch 46-9-10. Verstanden?«

»Jawohl, Hoheit.«

»Verzichtet auf Artikel wie ›ein‹ oder ›der‹. Sie verschwenden nur Zeit. Und zieht von allen Zahlen ein Fünftel ab. Fängt jemand die Nachricht ab und es gelingt ihm, sie zu übersetzen, soll er glauben, man hätte uns erfolgreich getäuscht. Bitte schickt mir Eure Botschaften über die Frosts.«

»Gerne, Hoheit.« Mit einer verschmitzten Miene holte Owen das Buch Hasts aus der Jackentasche. »Doktorus Frost gab mir dies als Lektüre mit. Können wir es dafür benutzen?«

Der Prinz lachte. »Eine köstliche Idee. Niemand wird jemals erwarten, ein norillischer Agent würde einen verräterischen Text für solche Zwecke verwenden. Großartig.«

Nathaniel grinste. »Und was macht ein Prinz des Reiches mit so einem Buch?«

»Er lernt es auswendig, und jetzt erst recht mit Hast, oder besser Eile. Der Text ist faszinierend.« Er erwiderte das Lächeln. »Ihr solltet lesen lernen. Es würde Euch gefallen.«

»Ich lese Wahr-Zeichen. Menschengekritzel ist niemals wahr.«

»Aber gelegentlich faszinierend. Vielleicht ist Kapteyn Radband so freundlich und liest Euch auf Eurer Reise etwas aus dem Buch vor.«

Owen und Nathaniel tauschten einen stummen Blick. *Dazu wird es wohl kaum kommen.*

»Kapteyn, ich habe eine kurze Liste von Dingen aufgestellt, nach denen Ihr Ausschau halten solltet. Bitte bringt mir Proben mit, falls möglich, Beschreibungen, wenn nicht. Ich verstehe, dass dies nicht das Hauptanliegen Eurer Reise ist, doch wenn Ihr mir diesen Gefallen erweist …«

»Ganz wie Ihr wünscht, Hoheit.«

»Danke.« Er stand auf. »Wie werdet Ihr von hier aus weiterreisen?«

Nathaniel kaute einen großen Bissen Hühnerbrust und schluckte ihn schnell hinunter. »Wir ziehen den alten Ben hinauf, so weit es geht, und dann weiter nach Norden. Die Altashie werden in Sankt Fortunas sein. Mal sehen, was sie gehört haben. Dann weiter nach Hutmacherburg. Von da nach Norden oder Westen. Wahrscheinlich Norden. Etwa zwei Wochen von hier, wenn das Wetter mitspielt.«

»Sehr schön.« Vladimir breitete die Arme aus. »Bitte, meine Freunde, esst, während ich die Liste hole. Ich wünschte, Ihr könntet noch bleiben, doch ich fürchte, Eure Mission ist von einer Dringlichkeit, die niemand leugnen kann.«

Kamiskwa und Nathaniel machten sich über das Fleisch und den Käse her. Owen zwang sich zu essen, weil er wusste, dass er die Kraft noch brauchen würde. Seine beiden Begleiter lebten gut von dem, was das Land ihnen bot, aber beide hätten sich ohne Angst vor Entdeckung hinter einer Vogelscheuche verstecken können. Nicht jede Jagd endete mit einer Beute und auch nicht jeder Fischzug, und vermutlich würden zwischen ihren Mahlzeiten gelegentlich mehrere Tage vergehen.

Er war froh, dass sie auf Konversation verzichteten, während sie aßen. Er hatte den Auftrag in dem irrtümlichen Glauben angenommen, eine einfache Erkundung zu übernehmen. Sicherlich keine leichte Aufgabe, aber auch keine von besonderer Komplexität. Er hatte erwartet, genügend Zeit für eine gründliche Arbeit zur Verfügung zu haben, die keine Kritik herausforderte.

Die Nachricht über du Malphias änderte das. Zwar hatte Nathaniel recht, dass sie du Malphias erst einmal finden mussten, bevor sie sich darauf konzentrieren konnten, auf welchem Weg er die Kolonien angreifen könnte, aber dennoch machte dies einen Strich durch seine ursprüngliche Mission. Und er war lange genug beim Militär, um zu wissen, was das auf lange Sicht bedeutete. Selbst falls seine Arbeit sich als entscheidend erwies, um du Malphias zu besiegen und die Tharyngen aus Mystria zu vertreiben, würde man in Launston das Ergebnis seiner Mission mit seinen Befehlen abgleichen. Mit dem Ergebnis, dass er als Versager dastand.

Diese Erkenntnis überraschte Owen auf eine unerwartete Weise. Die Krone hatte eine lange Tradition, wagemutige Forscher zu belohnen, die mit Informationen zurückkehrten, welche den Besitz und Wohlstand der Krone mehrten. In seinem Innersten hatte Owen geglaubt, vielleicht einen Pass entdecken zu können, der seinen Namen tragen würde, oder einen fischreichen See oder Flusslauf, der noch tiefer ins Innere des Kontinents führte. Die Königin hätte ihm dafür vielleicht einen Adelstitel verliehen, und mit Glück hätte er sein Wissen über Mystria dazu benutzen können, Geld zu machen und sich einen Status von der gleichen oder sogar noch höheren Qualität wie die Ventnors zu sichern. Das wäre der größte Sieg über seine Familie gewesen.

Und es hätte Katherine noch stolzer auf mich gemacht.

Doch nun war ihm dieser Weg zu Ruhm und Reichtum verschlossen, verbarrikadiert durch einen bösartigen tharyngischen Laureaten, der die Barriere mit der Plattengarde bewachte. Der einzige Ruhm, den er jetzt noch erwerben konnte, war posthum, und diese Vorstellung behagte ihm ganz und gar nicht.

Und trotzdem kam ihm zu keiner Zeit der Gedanke, seine Mission abzubrechen. Er hatte eine Pflicht der Krone gegenüber, die wichtiger war als seine persönlichen Wünsche und Ziele. Außerdem würden die Informationen, die er sammelte, das Leben von Soldaten retten. Vermutlich würde es seinem Onkel Gelegenheit verschaffen, in Ruhm zu baden, aber Nathaniels Auslegung der Goldenen Regel stellte sicher, dass es dazu kommen würde, ganz gleich, was Owen tat.

Kamiskwa machte eine Bemerkung auf Altashie, und Nathaniel lachte.

Owen warf dem Waldläufer einen fragenden Blick zu. »Was?«

»Kamiskwa hat Euch Aodaga genannt. Bedeutet ›Gewitterkopf‹. Ihr brütet, und er hält Euch für gefährlich, wenn Ihr das tut.«

»Ich vermute, damit könnte er Recht haben.« Owen steckte sich ein letztes Stück Käse in den Mund und leerte sein Weinglas. »Du Malphias wüsste ich lieber zurück in Tharyngia.«

»Wenn ich freie Schussbahn habe, schicke ich ihn gerne in die Hölle. Das liegt ziemlich nahe an Tharyngia, oder?«

Owen lachte. »Ich denke schon.«

Der Prinz kehrte zurück und reichte Owen die Liste und eine kleine Dose mit Salbe für seine Fersen. Kamiskwa reichte er einen kleinen, in Leder gefassten Kasten. »Euer Vater hat eine Bemerkung über meine Brille gemacht, und ich habe ihm eine besorgt. Ich vermute, sie wird ihm gefallen.«

»Ihr seid sehr großzügig, Prinz Vladimir.« Der Althashie steckte das Geschenk in seine Tasche. »Er wird Euch einen Besuch abstatten, wenn die Blätter braun werden. Und damit wird er den Weg leichter finden.«

»Ich freue mich auf seinen Besuch.« Der Prinz machte sich auf den Weg zum Wurmstand und zum Fluss. »Vor zwei Nächten hatten wir einen kleinen Sturm. Ein Ast ist abgebrochen, und ich fürchte, er hat Euer großes Kanu beschädigt.«

Kamiskwa begleitete ihn. Nathaniel packte Owen an der Schulter. »Eine Sache solltet Ihr über die Shedashie wissen – über die Zwielichtvölker.«

»Ja?«

»Ein ungeheuer großzügiges Volk. Wenn man bei ihnen sagt, dass einem etwas gefällt, es sozusagen bewundert, dann bekommt man es geschenkt. Es abzulehnen, ist eine schwere Beleidigung.« Nathaniel deutete mit einer Kopfbewegung hinüber zu Prinz Vladimir. »Als Kamiskwas Vater zuletzt hier war, hat er die Brille des Prinzen ernsthaft bewundert.«

»Ihr bindet mir auch keinen Bären auf?«

Nathaniel schüttelte den Kopf. »Ich werde auch weiter meine Witze machen, aber nicht über Sachen, die mit Blutvergießen enden könnten.«

»Diese Mission ist sehr wichtig. Jetzt mehr denn je.«

»Macht Euch keine Sorgen meinetwegen.« Er grinste. »Hab Euch schon gesagt, ich hasse alle Menschen gleich, aber für den

Ryngen kann ich noch was extra aufbringen. Wir finden ihn und töten ihn, und dann hat keiner einen Grund, mein Land zu ruinieren.«

Sechzehntes Kapitel

2. Mai 1763
Des Prinzen Zuflucht
Mäßigungsbucht, Mystria

An der Flussseite des Wurmstands zogen der Prinz und Kamiskwa ein Birkenrindenkanu aus dem Gebüsch. Es war etwa fünfzehn Fuß lang und lief an beiden Enden spitz zu. An der linken Seite klaffte ein Loch, groß genug, dass ein Kind hätte die Hand hindurchstecken können. Die beiden Männer drehten es und stellten es auf die unbeschädigte Seite.

Kamiskwa studierte das Loch eine Weile, dann ging er zu drei Birken hinüber, die am Flussufer standen. Er fand ein Stück Rinde, das sich teilweise vom Stamm gelöst hatte, und schnitt mit einem Messer, dessen Klinge glasartig wirkte, ein Stück ab, gerade groß genug, um das Loch damit zu flicken. Er hockte sich ans Ufer, legte es ins Wasser und beschwerte es mit einem Stein.

Im Innern des Wurmstands schnaufte und schnaubte Magwamp. In der Dunkelheit hinter dem durch einen Querbalken verriegelten Tor leuchtete ein goldenes Auge.

Nathaniel brachte den Prinz und Owen zwischen sich und die Öffnung.

Owen musste schmunzeln. »Ihr habt doch keine Angst vor dem Lindwurm, oder doch?«

Nathaniel verzog leicht das Gesicht und erwiderte trocken: »Halte es für keine schlechte Idee, Abstand von was zu halten, das groß wie ein Haus ist und mich mit einem Biss runterschlucken könnte.«

Kamiskwa trat wieder zu ihnen. »Bei den Shedashie gibt es Geschichten über diese Kreaturen – sehr viel größere, mit Flügeln. Es sind keine schönen Geschichten.«

»Im Kampf sind Lindwürmer wild, aber Magwamp ist friedlich.« Owen gab sich gelassen und legte es darauf an, Nathaniel mit seiner Unbekümmertheit ein wenig zu ärgern. »Im Kriegseinsatz wäre er allerdings ziemlich schlimm.«

»Genau der Punkt, Kapteyn.« Nathaniel schüttelte den Kopf. »Schätze, wir bekommen unsere ganze Ausrüstung in dieses Kanu und brauchen kein zweites zu schleppen.«

Kamiskwa grunzte, dann kehrte er ans Ufer zurück und holte den nassen Rindenstreifen. Er kniete sich neben das Kanu und legte den Flicken auf die Hülle. Die rosige innere Rinde glänzte durch das Loch. Dann legte er die rechte Hand über das Loch und drückte von außen mit der linken dagegen. Langsam rieb er die Hände vor und zurück, in einer kreisenden, ovalen Bewegung, deren Geschwindigkeit allmählich zunahm.

Und er sang mit leiser Stimme in seiner eigenen Sprache.

Owen wollte fragen, was er da tat, aber Nathaniel hob warnend den Finger. Owen bemerkte einen leichten Duft, den Duft von gespaltenem grünem Holz. Kaum wahrnehmbar veränderte er sich zum erdigen Aroma eines Waldes nach einem kräftigen Regen.

Nach rund einer Minute verstummte Kamiskwa und stand auf. *Das Loch ist weg!* Owen trat näher. Er fand keine Spur des

Loches, keinen Saum, nicht einmal eine Verfärbung. Und selbst von außen gab es kein Anzeichen, dass das Kanu jemals repariert worden war.

Er schauderte. Gerüchteweise hatte er von Schneidern und Näherinnen in den Diensten des Hochadels gehört, die Kleidung ohne Nähte herstellen, doch bei jeder Gelegenheit, ihre Arbeit zu begutachten, hatte er jedes Mal Spuren von Nadel und Faden gefunden. Einer der Matrosen auf der *Koronet* hatte Segelflicken mit Magie verstärkt, doch trotzdem hatte er sie grundsätzlich vernäht. So gut er auch gearbeitet hatte, es war nie ein Problem gewesen, die Flicken zu erkennen.

Aber was Kamiskwa hier getan hatte, war schlichtweg unmöglich. Dazu hätte er mächtiger als jeder Magier in Norisle sein müssen – ein Spitzenmagier seiner Heimat wäre nach einer derartigen Aufgabe erschöpft gewesen, doch der Altashie zeigte nicht das geringste Anzeichen von Müdigkeit.

Der Prinz hingegen strahlte. »Ich muss jedes Mal wieder staunen, wenn ich das sehe.«

Nathaniel grinste. »Das scheint hier eine gefährliche Gegend für unsere Kanus zu sein.«

Vladimir spießte ihn mit einem bösen Blick auf. »Meister Wald, sollte ich eine Vorführung wünschen, so würde ich sie auf eine Weise vorbereiten, die mir ermöglichte, genauestens zu messen, was geschieht, um später selbst den Versuch zu unternehmen. Ich bin sicher, Prinz Kamiskwa wäre bereit, mir diesen Gefallen zu erweisen, würde ich ihn darum bitten.«

Kamiskwa nickte, schmunzelte aber ebenfalls.

Vladimir hob den Zeigefinger. »Dabei fällt mir etwas ein.« Er drehte sich um und verschwand im Wurmstand.

Wald legte seine Taschen im vorderen Teil des Kanus ab. »Gute Boote, das. Robust und nicht so zerbrechlich, wie man meinen könnte. Trotzdem muss man sich vorsehen. Wäre nicht gut, den Fuß oder das Paddel durch die Seite zu stoßen.«

Kamiskwa ging zurück ans Ufer, dorthin, wo das Kanu verstaut gewesen war, und kehrte mit drei blattförmigen Paddeln zurück. Eines reichte er Wald, Owen aber erhielt keines.

Er runzelte die Stirn. »Ich bin vielleicht nicht in der Marine, doch kann ich paddeln.«

»Das ist nur ein Ersatz für alle Fälle. Das Kanu braucht lediglich zwei. Wenn Ihr mitpaddelt, ist es schwerer zu steuern.« Wald deutete auf die Mitte des Bootes. »Ihr seid selbsttätige Fracht, Kapteyn.«

»Hier ist noch etwas Fracht, für Euren Vater, Kamiskwa.« Der Prinz kehrte mit einem Sackleinenbeutel zurück, aus dem er eine von Magwamps Schuppen zog. »Es sind insgesamt vier. Ich hoffe, er findet dafür eine Verwendung.«

Owen streckte die Hand aus, und der Prinz gab ihm die Schuppe. »Habt Ihr sie bemalen und lackieren lassen?«

»Nein. Ich habe einfach vier aus einem Stapel gezogen.«

Der Soldat fuhr mit dem Finger einen roten Streifen nach. »Lindwurmreiter bemalen und lackieren Schuppen wie diese. Doch selbst dann sind sie niemals so schön oder glänzend.«

Vladimir nahm ihm die Schuppe wieder ab und steckte sie in den Beutel. »Während Eurer Abwesenheit werde ich etwas experimentieren. Ich werde ein paar in die Sonne legen und schauen, ob sich eine Wirkung zeigt. Ein weiteres Mysterium, das es zu erforschen gilt. Ich werde die Ergebnisse bei Eurer Rückkehr gerne mit Euch teilen.«

Kamiskwa verbeugte sich, dann nahm er das Geschenk entgegen. »Erneut erweist sich der Prinz als guter Freund der Altashie.«

»Ich erwidere nur, was die Altashie mir Gutes erwiesen haben.«

Der Zwielichtner verstaute die Lindwurmschuppen bei der übrigen Ausrüstung, bevor er und Nathaniel das Kanu aufhoben und zum Fluss trugen. Sie ließen es ins Wasser gleiten und zogen es dann parallel zum Ufer.

Nathaniel musterte Owen von oben bis unten. »Ihr solltet Stiefel und Strümpfe ausziehen. Eure Füße werden nass werden, und so trocknen sie schneller. Wird auch beim Heilen helfen.«

Das klang vernünftig, und Owen befolgte den Rat des Waldläufers. Das kühle Wasser und der weiche Uferschlamm tat seinen Füßen gut. Im Innern des Kanus verhinderte ein kleines Deck aus einzeln platzierten Zedernplanken, dass er mit dem Fuß durch den Boden brach.

Er arrangierte seinen Tornister so, dass er die Rückseite als Schreibunterlage nutzen konnte, und schob die Muskete in Griffweite rechts daneben.

Prinz Vladimir hielt das Heck des Kanus fest, während die beiden anderen Männer einstiegen, dann stieß er es hinaus in die Strömung. Er winkte ihnen vom Ufer nach. »Viel Glück!«

Sie nahmen Kurs stromaufwärts. Der Benjamin wies keine sonderlich starke Strömung auf, doch Nathaniel und Kamiskwa paddelten trotzdem kräftig, um gut voranzukommen. Schon nach kurzer Zeit glänzte die Haut der beiden Männer vor Schweiß, aber sie beschwerten sich nicht.

»Schätze, Kapteyn, Ihr habt inzwischen gemerkt, dass die Flüsse unsere Straßen sind. Man kommt aufwärts gut voran, abwärts noch besser. Ein Kanu voller Felle macht einen Mann unten in Port Maßvoll reich.«

»Das sehe ich.« Owen studierte das Ufer. Zum größten Teil war es bewaldet, mit gelegentlichen Marschlandbereichen voller Rohrkolben, hoher Gräser und leuchtender Blumen. »Kennt Ihr die Geschwindigkeit der Strömung?«

Nathaniel schüttelte den Kopf. Er hatte sein Rehlederhemd ausgezogen und paddelte mit bloßem Oberkörper. Unter der sonnengebräunten Haut arbeiteten die Muskeln in geschmeidiger Bewegung.

Ein paar Narben zeichneten sich ab. Owen erkannte die wulstigen Spuren einer Peitsche, zwei Messerstiche und eine Schusswunde, stellte jedoch keine Fragen. Falls Nathaniel Wert darauf legte, sie zu erklären, würde er das von sich aus tun, und falls nicht, gingen sie ihn nichts an.

»Sie fließt, wie sie will.«

»Ich muss es wissen, um Truppenbewegungen berechnen zu können.«

»Meilen per Stunde, meint Ihr?«

»Ja, in der Art.«

»Das wird Euch hier nicht viel nutzen, Kapteyn.« Wald grinste ihn über die Schulter an. »Kommt letztlich nicht drauf an, wie schnell der Fluss ist, mehr, wie schnell man auf ihm vorwärtskommt.«

Owen zog die Stirn in Falten. »Und das soll heißen?«

»Nun ja, sagen wir mal, der Fluss hat fünf Meilen die Stunde. Wenn ein Mann von Morgen bis Abend unterwegs ist, kommt er ziemlich weit.«

»Sechzig Meilen. Mit diesem Wissen kann ich abschätzen, wie schnell du Malphias Truppen in Stellung bringen könnte, um Port Maßvoll zu bedrohen.«

»Aber wenn seine Leute alle in Kanus steigen und schnell paddeln, kommen sie weiter, und Eure Rechnung ist falsch.«

»Gut, schon, doch ...«

Nathaniel hob das Paddel aus dem Wasser und drehte sich

halb zu Owen um. »Die Altashie kümmern sich nicht um Meilen. Für sie ist alles ›Pfad‹. Ein mächtig feines System.«

Owen zog ein Gesicht. »Lasst es mich klar aussprechen. Ich benötige Entfernungen, um eine Karte zeichnen zu können.«

Kamiskwa räusperte sich. »Kapteyn Radband, wie lange braucht ein Mann, um eine Eurer Meilen zu gehen?«

Owen schaute sich zu dem Altashie um. »Auf ebener Straße bei guter Geschwindigkeit schafft er drei in einer Stunde.«

»Und im Regen, ohne Straße, schwer beladen durch den Wald?«

Owen lachte, als er sich an mehr als einen Marsch dieser Art in den Tiefen Landen erinnerte. »Eine am Tag.«

»Entfernungen sind ohne Bedeutung. Wichtig ist die Geschwindigkeit, mit der man sich bewegt.« Kamiskwa setzte eine gönnerhafte Miene auf. »Wir kennen viele Pfade. Eure ebene Straße wäre ein simpler Pfad, auch haben wir keine ebenen Straßen. Ein Jagdpfad wäre langsamer. Ein Garrahai – ein Kriegspfad – viel schneller. Dann gibt es trockene und nasse Pfade, leichte und schwere Pfade. Wir haben ein Wort für jeden davon.«

Owen wollte einwenden, dass dieses System äußerst unpraktisch war, doch dann besann er sich. Für ein Volk, das mit den Jahreszeiten wanderte, in einem Land ohne feste Straßen, funktionierte es. Und auch wenn es ihm persönlich unpraktisch erschien, passte es zu diesem Land. Er machte sich mit dem Gedanken vertraut, für seine Karten Entfernungen im Nachhinein ausrechnen zu müssen. Ohne Vermessungsgehilfen würden seine Angaben auf jeden Fall ungenau ausfallen. Sein Sextant gestattete ihm, den Breitengrad festzustellen, doch ohne zwei Zeitmesser war es unmöglich, den Längengrad zu ermitteln.

Er runzelte die Stirn. »Wie messt ihr eine Flussreise, wenn Ihr nur Pfade kennt?«

»Dieser Fluss ist eine zwei-drei: ein zweimal so schneller Pfad stromaufwärts gefahren, dreimal so schnell stromabwärts.« Kamiskwa tauchte das Paddel wieder ein. »Das System funktioniert seit Urzeiten.«

Owen nickte. »Und die Karten derer, die vor mir kamen? Was ist mit den Entfernungen, die sie darin einzeichneten?«

Nathaniel zuckte die Achseln. »Schätze, die meisten sind wohl erfunden. Bin außerhalb von Gottesgaben nie einem der Astwerks begegnet. Einzige Entfernung, die sie wirklich kennen, ist die zwischen Kneipe und Brennerei.«

Der Altashie kicherte. »Sie messen in Torkelpfaden.«

Owen schwieg und lauschte dem Geräusch der Paddel im Wasser. Eine Libelle sauste herüber, flog eine Weile neben ihnen her und setzte sich dann auf eine der Querplanken. Ihre bunten Flügel glitzerten im Sonnenlicht. Die mahagonibraune Körperfarbe des Insekts erinnerte ihn einen Augenblick an Katherines Augen, dann drängte sich abrupt Bethany Frost in seine Gedanken. Das Insekt hätte sie sicherlich fasziniert.

Katherine müsste ich davor retten.

Die Libelle flog wieder auf und sauste im Zickzackflug ans Ufer. Owen folgte ihr mit Blicken, dann schaute er auf und keuchte. »Mein Gott, was ist das?« Er griff nach der Muskete.

Nathaniel drehte sich um und bedeutete ihm mit einer Handbewegung, die Waffe liegen zu lassen. Er senkte die Stimme. »Das ist 'n Tanner. Auf die Entfernung würde Eure Kugel nichts bringen.«

Owen starrte wie gebannt. Die Kreatur schien ein Elch, doch einer von gewaltigen Ausmaßen. Seine Schulterhöhe war größer als Owens Körpergröße, und er war sich sicher, er hätte sich auf den Schaufeln ausstrecken können und es wäre noch reichlich Platz über seinem Kopf und unter seinen Füßen geblieben.

Das Tier graste friedlich und hob wiederkäuend den Kopf, um zu ihnen herüberzuschauen.

»Ein Tanner?« Das braune Fell mit der weißen Blässe gab keinen Hinweis, worauf sich dieser Name beziehen mochte. »Warum nennt ihr es so?«

»Einer der ersten Forscher, die hier durchkamen, Blackston hieß er wohl, hat ihn ›Titanelch‹ getauft. Umständlich, der Name.«

»Und aus Ti-tan wurde Tanner. Verstehe.« Owen warf Nathaniel einen schrägen Blick zu. »Und ich könnte ihn sehr wohl treffen von hier.«

»Sicher.« Wald machte eine Kopfbewegung zu dem Elch hinüber. »Aber treffen ist nicht dasselbe wie erlegen. Für 'nen Tanner braucht es mehr als eine Kugel. Verletzt würde er noch ein gehöriges Stück laufen. Wir wären den ganzen Tag beschäftigt, ihn zu finden. Und wenn er uns fände, dann würden wir die Füße in die Hand nehmen.« Der Waldläufer seufzte. »Wenn wir auf der Jagd wären oder so, dann wär ein Biest wie das die Munition wert. Von dem Fleisch könnte ein ganzes Dorf eine Woche lang futtern. Und das Fell würde sogar Ehrwürden Binsen passen. Wäre in Port Maßvoll schon ein Pfund oder drei wert.«

Owen suchte in seiner Jackentasche. »Vielleicht steht er auf des Prinzen Liste.«

Die beiden anderen lachten. »Werdet eine Menge auf der Liste finden. Die Hälfte davon gibt es nicht.«

»Aber der Prinz ...«

»Ist ein kluger Mann, so viel ist sicher, aber ein Teil von der Klugheit kommt aus Büchern, die die Zeit nicht wert sind, sie aufzuklappen.«

Kamiskwa räusperte sich. »Mein Volk hat den frühen Forschern Geschichten erzählt, für die sie mit verschiedenen hübschen Klunkern bezahlt haben. Je fantastischer die Geschichte, desto mehr haben sie gezahlt.«

Owen nickte. »Woher weiß ich, was wahr ist und was erfunden?«

»Weiß nur, was ich sehe, und glaube nur, was ich anfassen kann.«

»In mir regt sich der Eindruck, Meister Wald, dass dies eine sehr lange Reise wird.«

Die beiden Einheimischen gluckten und paddelten weiter. Owen beobachtete den Elch, bis er hinter einer Flussbiegung verschwand. Die schiere Größe der Kreatur beeindruckte ihn noch immer. Nirgends in Norisle oder auf dem auropäischen Festland existierte ein ähnliches Geschöpf von derart riesenhaftem Wuchs. Ihre Erhabenheit zauberte ein Lächeln auf seine Züge. Doch da war noch etwas anderes. Der Tanner, und möglicherweise auch die Art, wie die Zwielichtvölker Entfernungen maßen, erschienen ihm so primitiv.

Wobei für Owen primitiv durchaus nicht dasselbe wie rückständig war, wie es für viele andere der Fall gewesen wäre. Mystria erschien ihm wie ein Land im Tiefschlaf, voller Jugend noch und Vitalität. Norisle und Tharyngia waren über lange Zeit gründlich bearbeitet worden. Er hätte in keinem von beiden Ländern auch nur einen Bruchteil der bereits zurückgelegten Distanz reisen können, ohne auf Menschen zu stoßen oder zumindest auf Hinweise, dass in der Nähe Menschen lebten.

Die ersten Siedler und Forscher hatten die Eingeborenen Zwielichtvölker getauft, weil sie dazu neigten, sich in den Schatten zu halten. Man bekam sie außer in der Dämmerung kaum zu Gesicht, und selbst dann nur als Schatten. Sie waren ein Teil dieses Landes, und ihr Widerwille, sich zu zeigen, war als Furcht vor den weißen Männern und ihrer Magie ausgelegt worden.

Owen vermutete ganz andere Gründe. Die Shedashie waren wirklich ein Teil dieses Landes. Sie lebten mit ihm und ernteten seine Gaben, statt es zu brechen und unter ihren Willen zu zwingen. Sie hatten beobachtet, wie sich die Siedler verhielten, und wollten nichts mit ihnen zu tun haben. Vermutlich hatten sie die Neuankömmlinge für bösartig gehalten, oder zumindest für verrückt.

Und für sie ist Habgier gleichbedeutend mit Wahnsinn.

An jenem ersten Nachmittag, umgeben nur von den Klängen des Windes, des Wassers, der Vögel, Insekten und springenden Fische, erkannte Owen, wie fern Norisle war. Nicht nur in Meilen oder Pfaden, sondern im ganzen Wesen dieses Landes. Mystria war kein Land, das leicht in die Knie zu zwingen war, obwohl der Krieg dazu wohl fähig wäre.

Und es war sein Auftrag, das Fundament für diesen Krieg zu legen. Er würde seine Pflicht gegenüber der Krone erfüllen, letztlich hatte er keine Wahl. Vermutlich war der Krieg nicht aufzuhalten, erst recht mit du Malphias irgendwo voraus. Doch falls es irgendeine Möglichkeit gab, die Dinge im Rahmen zu halten, einen Weg, Mystria zu retten, wollte er auch danach suchen.

Hätte er es nicht getan, hätte sein Versagen ihn bis ans Sterbebett verfolgt.

Siebzehntes Kapitel

6. Mai 1763
Große Fälle
Gottesgaben, Mystria

Sie blieben noch vier Tage auf dem Fluss, während sich das Land um sie herum allmählich den Bergen im Westen entgegenhob. In den höheren Lagen erreichten sie mehrmals Stromschnellen, die sie auf dem Landweg umgehen mussten. Sie steuerten das Kanu ans Ufer, luden aus und trugen es um das Weißwasser herum, bevor sie ihre Ausrüstung wieder einluden und weiter flussaufwärts paddelten.

Die Reise war nicht besonders mühsam. Sie machten sich im Morgengrauen auf den Weg, legten in der Mittagshitze ein paar Stunden Rast ein und setzten den Weg dann bis zur Abenddämmerung fort. Kamiskwa zeigte sich begabt darin, Fische mit der Hand zu fangen – was Nathaniel ›kitzeln‹ nannte –, und am zweiten Tag schoss Nathaniel einen Truthahn. Sie rösteten ihn, räucherten den Rest in einer improvisierten Räucherkammer und dachten gar nicht an eine weitere Jagd, bis sie den Vogel vollständig aufgegessen hatten.

Kamiskwa wusch und rupfte den Truthahn und fand für fast alles eine Verwendung. Die Federn wanderten in den Beutel mit den Lindwurmschuppen. Die Innereien warf er als Fischfutter in den Fluss, und die Knochen ließ er über Nacht liegen, damit die Insekten sie von allen Fleischresten säuberten. Am nächsten Tag sammelte er sie ein. Owen vermutete, dass sein Volk sie zu Knochenmehl zermahlen und als Dünger einsetzen würde.

Er hatte Kamiskwa bei der Arbeit beobachtet. Der Altashie benutzte das kleinere seiner beiden Messer. Beide hatten einen Hirschhorngriff und eine schwarze, glasartige Steinklinge. Obwohl es nur drei Zoll lang war, hatte das Waidmesser eine dreieckige Klinge mit zwei äußerst scharfen Schneiden. Die Stelle, an der Stein und Hirschhorn aufeinandertrafen, war mit Lederriemen umwickelt, so dass er nicht erkennen konnte, wie sie verbunden waren, aber er tippte auf Magie.

Er hockte sich neben den Altashie. »Woraus ist Euer Messer gemacht?«

Kamiskwa schmunzelte, ohne von der Arbeit aufzuschauen. »Euer Prinz nennt es Obsidian. In meiner Sprache heißt es Tschadanak. Das bedeutet ›schneidender Schatten‹. Es wird von weit entfernt eingeführt und ist sehr wertvoll.«

»Es ist derselbe Stein wie die Klinge an Eurer Kriegskeule?«

Der Altashie nickte. »Mein Rang gibt mir das Recht darauf.«

»Richtig, ich entsinne mich. Ihr seid ein Prinz.« In diesem Moment erschien es Owen äußerst merkwürdig, dass ein Adliger ihn, einen einfachen Offizier, und Nathaniel, einen Bürgerlichen, bediente. *Ist dieses Land so seltsam, dass die natürliche Ordnung ganz und gar über den Haufen geworfen ist?*

Nathaniel, der damit beschäftigt war, Flusssteine zu einer winzigen Räucherkammer aufzuschichten, lachte laut. »Macht Euch keinen Kopf, Kapteyn Radband. Ein Prinz bei den Shedashie ist nicht dasselbe wie ein Prinz in Norisle.«

»Und worin unterscheidet es sich?«

»Nun, die Zwielichtvölker legen großen Wert auf Magie. Je stärker man darin ist, desto besser gefällt es ihnen. Sie wollen, dass starke Männer Kinder mit ihren starken Frauen machen. Bei ihnen gehört das Kind zur Familie der Mutter, aber man teilt miteinander. Wenn ein Krieger einer von Kamiskwas Schwestern ein Kind machen würde, würde erwartet, dass er den Gefallen erwidert.«

Kamiskwa nickte. »Das erhält den Frieden zwischen den Stämmen.«

»Kamiskwa ist kein Prinz, weil sein Vater ein großer Anführer und Häuptling ist, sondern weil er bewiesen hat, dass er starke Zauber wirken kann. Alle zwei, drei Jahre gibt es einen Wettbewerb. Die Sieger sind Prinzen. Dann handeln die Matriarchen mit anderen Famiien und Stämmen ihre Dienste aus.«

Owen schüttelte verwirrt den Kopf. Er war nicht sicher, ob er richtig gehört hatte. »Das bedeutet, die Stammesältesten suchen eine Gattin für ihn aus?«

»Keine Gattin.« Wald zückte sein Beil und hieb ein paar Äste von einem Ahornbaum, als Dach für die Räucherkammer. »Hurerei laut Ehrwürden Binsen.«

Owen schaute von Wald zu Kamiskwa. »Nimmt er mich wieder auf den Arm?«

»Er übertreibt.« Der in der Dämmerung kaum noch zu erkennende Altashie hob den Kopf. »Wir kennen ein Heiratsversprechen, um sicherzustellen, dass ein Paar nur miteinander Kinder zeugt, oder mit anderen nur mit Erlaubnis des Partners. Würde ich heiraten, würde meine Gattin ein Mitglied meines Haushalts. Den Samen zu teilen, hält ein Gleichgewicht der Macht zwischen allen Stämmen aufrecht und bindet uns aneinander. Niemand will gegen seines Vaters Volk in den Krieg ziehen.«

»Verstehe.«

Nathaniel kicherte. »In einer Woche oder so, würde ich schätzen.«

Owen verließ seine Begleiter, um Feuerholz zu sammeln, und später, nachdem sie gegessen hatten, zog er sein Tagebuch hervor und schrieb auf, was er an diesem Tag erfahren hatte. Allein für die Informationen über die Heiratsgebräuche der Altashie und das Messer benötigte er eine ganze Seite. Er fertigte eine Skizze des Messers an und steckte eine der kleineren Truthahnfedern zwischen die Seiten. Zwar war er kein allzu talentierter Zeichner, doch die Skizzen hatten durchaus eine gewisse Ähnlichkeit mit dem, was sie darstellten.

Während er all das niederschrieb, erkannte er, dass er erheblich mehr Einzelheiten ausführte, als er ursprünglich erwartet hatte, besonders bezüglich mancher seiner Reaktionen. Er erwähnte seine Überraschung über die Heiratsbräuche bei den Altashie, und seine große Freude über den Schuss, mit dem Wald den Truthahn erlegt hatte. Nichts davon war für seine Mission von Wert, aber es bereitete ihm Vergnügen, es aufzuschreiben.

Er ging auch davon aus, dass es Bethany gefallen würde. Sie war eine sehr schöne und kluge Frau, und ganz eindeutig ein Gewächs ihres Geburtslandes. Er konnte sich leicht vorstellen, wie sie an dieser Reise teilnahm und unterwegs ihren Mann stand. Ohne Zweifel hätte sie nach Kräften mitgearbeitet und einiges geleistet.

Katherine andererseits wäre völlig verloren gewesen. *Sie würde die Wildnis hassen.* Sie hätte kaum Interesse an den Tieren und Pflanzen Mystrias gehabt und wäre völlig nutzlos gewesen, was irgendeine der bei einer Rast anfallenden Aufgaben betraf. Selbst Feuerholz zu sammeln, hätte ihr derart zugesetzt, dass sie sich danach sehr lange hätte ausruhen müssen. *Und wir hätten drei weitere Kanus für ihre Garderobe benötigt.*

Die Erkenntnis, dass er seine Beobachtungen für Bethany aufschrieb, missfiel ihm keineswegs. Bei den Einzelheiten, die er in den offiziellen Bericht übertrug, würde er auf klinische Präzision achten, doch in seinen privaten Aufzeichnungen wollte er all seine Gefühle und Gedanken festhalten. Er war sicher, dass Bethany sie zu würdigen wusste und im Gegensatz zu seiner Frau lesen konnte, ohne sich aufzuregen.

Jemanden zu haben, dem er sich anvertrauen konnte, selbst auf diesem indirekten Wege, machte die Reise sehr viel leichter. Nathaniel und Kamiskwa teilten offensichtlich eine lange Vorgeschichte, ebenso wie eine gewisse Abneigung gegen Norisle. Er würde nie ganz zu ihnen passen. Das machte ihm jedoch nicht allzu viel aus, denn er war es seit langem gewohnt, ein Außenseiter zu sein. Jemanden zu haben, dem er Dinge erklären konnte, war ein Ausweg aus seiner Isolation.

Nachdem sie am folgenden Morgen den Lagerplatz aufgeräumt hatten, stiegen sie wieder in das Kanu und fuhren weiter. Owen sah einen zweiten Elch, und später konnte er beobachten, wie ein Schwarzbär einen Baum aufriss, um an ein Bienennest im Innern und den Honig darin zu kommen. Keines der Tiere schenkte ihnen irgendwelche Beachtung, und dieser Mangel an Interesse sorgte dafür, dass auch Owen keine Angst empfand.

Die meiste Zeit verbrachten sie schweigend, weniger aus Mangel an Gesprächsstoff denn aus Ehrfurcht vor dem Land und seiner Majestät. Morgens malte die aufgehende Sonne die Wolken rot und blau, und wenn sie sich abends senkte, flutete sie den Himmel mit Gold und dunklem Rot. Einmal stieß ein Adler herab und holte einen Lachs aus dem Fluss. Er schrie seinen Sieg heraus und verschwand zu seinem Horst hoch in einem Baumwipfel.

Owen schwieg aus Angst, den Zauber zu brechen, der ihm erlaubte, all das zu sehen. Wald und Kamiskwa teilten gelegentlich einen stummen Blick und grinsten breit, so zum Beispiel, als sie den Adler sahen. Sie verfügten über eine beträchtliche Erfahrung in der Wildnis, und trotzdem konnte das Land auch sie noch überraschen.

Das freute Owen, und gleichzeitig machte es ihm Angst. Um Erfolg zu haben, musste er seinen Vorgesetzten eine Vorstellung von Mystria übermitteln. Doch ihre ganze Haltung, die auf Geburt, Wohlstand und Rang basierte, war eine wirksame Barriere gegen das Verstehen. Sie befanden sich bereits auf dem Gipfel der Gesellschaft, und damit auf dem Gipfel ihrer Welt. Es war ausgeschlossen, dass etwas Größeres oder Großartigeres existierte als das, was sie bereits kannten. Jede Andeutung, es könnte so sein, wäre eine Aufforderung gewesen, an ihrem Weltbild zu zweifeln. Es wäre einfacher gewesen, sie zu überzeugen, dass Lindwürmer fliegen konnten, als ihnen die wahre Natur Mystrias zu vermitteln.

Am vierten Tag erreichten sie die Großen Fälle. Das Land erhob sich abrupt über dreihundert Fuß, und der Fluss strömte durch eine enge Schlucht über einem gewaltigen Wasserfall. Sie luden kurz vor Mittag die Ausrüstung aus und ruhten sich vor dem Marsch durch den Wald zum Oberlauf des Flusses aus.

»Sind so ziemlich am Ende der Strecke, die wir fahren können. Hier ruhen wir uns aus, und morgen geht's zu Fuß weiter.«

»Sehr gut, Sire.« Owen setzte sich auf einen Fels neben dem großen blauen Becken, in das die Fluten stürzten. Ein leichter Nebel stieg von der Oberfläche auf, und ein heller Regenbogen leuchtete in der Luft. Er zog das Tagebuch aus dem Tornister und fertigte eine schnelle Skizze der Fälle an.

»Ihr werdet langsam besser, Kapteyn.«

Er schaute hoch. »Vielen Dank, Meister Wald.«

»Euer Gekritzel sagt mir nichts, aber die Fälle habt Ihr gut getroffen.« Er hielt das eingepackte Gewehr in beiden Armbeugen über den Schultern und deutete mit dem Schaft nach oben. »Vor zwei Jahren waren Kamiskwa und ich Anfang Frühling hier. Da oben hatte sich Eis verkeilt, und man konnte alles trocken sehen. Hinter dem Wasser ist eine Höhle. Sah aus, als hätte ein Geopahr oder zwei da seinen Bau gehabt über die Jahre.«

Owen warf einen Blick zu seiner Muskete, die er an einen Baum gelehnt hatte. »Alleine würde ich nicht überleben, oder?«

»Nee. Aber das hier ist eher Bärenland. Finden beide keinen rechten Geschmack an Menschen. Ein Axtvogel wohl. Der würde blitzschnell zuschlagen.«

Owen blätterte ans Ende des Buches und faltete Prinz Vladimirs Liste auf. »Ah ja. Axtvogel steht auf der Liste. Ist das nur eine Legende?«

Wald schüttelte den Kopf. »Die gibt es, aber weiter südlich und auf der anderen Seite der Berge. In einem milden Winter, wenn der Schnee auf den Pässen früh abtaut, kommen ein paar hier rüber. Gab's schon länger nicht mehr. Der Prinz wird weiter warten müssen.«

Der Soldat fuhr mit dem Finger die Liste hinab. »Riesenfaultier? Mammut? Wollnashorn?«

»Im Süden. Feenlee und Elfenbeinberge. Vielleicht Neuland und Felling. Elfenbeinberge haben ihren Namen von den Mammuts. Könnte sein, dass wir eines von den Wollnashörnern sehen, die er will, aber ohne einen Blattschuss von einer Kanone werden wir ihm keines mitbringen können.«

Kamiskwa machte eine Bemerkung in seiner Muttersprache.

»Stimmt, wir bräuchten auch ein viel größeres Kanu und einen größeren Fluss.« Nathaniel ging zu ihm hinüber, schwang sein Gewehr auf den Rücken und hob das Boot gemeinsam mit Kamiskwa auf. Sie machten sich über einen ausgetretenen Weg durch den Wald auf.

Owen sammelte seine Sachen ein, einschließlich der Paddel, und folgte ihnen. Wie Wald das Gewehr, so hängte er sich die Muskete auf den Rücken. Da es so eine Weile brauchte, sie wieder in Anschlag zu bringen, zog er die Pistole aus dem Tornister und behielt sie in der Rechten. Er legte den Daumen nicht auf den Feuerstein, hielt aber die Augen offen.

Sie suchten sich einen Weg zwischen den Bäumen hindurch und über moosbewachsene Bodenwellen. Fünfhundert Fuß vom Fluss, in der Nähe eines großen aufrechten Felsens, drehten sie das Kanu in einer sandigen Senke auf den Kopf. Wald winkte Owen, ihm die Paddel zu geben, und steckte sie unter das Boot.

»Lassen wir es einfach hier?«

»Niemand wird es anrühren.« Nathaniel nickte. »Mystrianer sehen, dass es den Shedashie gehört, und werden nicht einmal auf die Idee kommen, es sich auszuleihen. Die Shedashie wissen, das es Kamiskwa gehört, und rühren es aus ähnlichen Gründen nicht an.«

Owen betrachtete das Kanu genauer. »Woran erkennen sie das? Es trägt keinerlei Markierung.«

»Für Euch oder mich nicht, aber magisch …« Wald zuckte die Achseln. »Wie ich schon sagte, die Shedashie können besser zaubern als wir. Kamiskwa hat das Kanu gebaut, und jeder weiß, wem es gehört.«

Sie sammelten ihre Ausrüstung ein und machten sich auf den Weg am Rand der Wasserfälle entlang. Der Pfad wand sich in sanften Kurven den Hang hinauf. Ab und zu gab es ein ebenes Stück, auf dem sie ausruhen konnten. Nach etwa einer Stunde erreichten sie das andere Ende der Schlucht und schlugen in einer relativ unberührten Lichtung ihr Lager auf.

Owen musterte den Fluss oberhalb der Fälle. Er war breit und seicht, und voller Felsen und Baumstämme, die Frühlingsfluten aus dem Gebirge mitgerissen hatten. Für Handelszwecke oder einen Truppentransport war er ungeeignet. »Falls du Malphias den Benjamin benutzen will, müsste er unten beginnen.«

»Er hätte nicht wenige Zuschauer.« Nathaniel deutete über den Fluss nach Süden. »Die andere Seite da ist Lanatashie-Gebiet. Sie gehören zur Konföderation, auch wenn Kamiskwa und ich nicht viel mit ihnen zu tun haben. Diese Seite ist Altashie. Wenn er käme, wüsstet Ihr es.«

Owen schaute hinüber zu Kamiskwa. »Würde Euer Volk ihn aufhalten?«

Der Altashie blickte auf. »Kriege zwischen Weißen interessieren uns nicht sonderlich. Ihr kämpft um Dinge. Ihr wollt Land beherrschen. Wir wollen im Einklang mit ihm leben. Krieg ist eine zu ernste Angelegenheit, um ihn über Dummheiten zu führen.«

»Aber Ihr würdet uns wissen lassen, dass er kommt.«

Kamiskwa grinste. »Und zuschauen, wie Ihr kämpft.«

Owen nickte. »Nichts könnte Euch veranlassen …«

»Die Altashie sind keine Söldner wie die Stämme der Sieben Nationen. Ungarakii kämpfen schon, wenn man ihnen an einem heißen Tag warme Spucke verspricht. Schätze, viel mehr kriegen sie auch nicht von den Tharyngen.«

»Glaubt Ihr, wir werden Feinden begegnen?«

Kamiskwa lachte. »Kein Ungarakii wagt es, Altashie-Gebiet zu betreten. Sie träumen vielleicht davon, doch sind es keine Träume, bei denen man ruhig schlafen kann.«

Der norillische Soldat lächelte. »Gut.«

»Heißt aber nicht, dass wir keine Wache halten.« Nathaniel zog das Gewehr aus der Hülle. »Manchmal schlafwandeln die Ungarakii, und es bedarf ’ner Ladung Blei, sie zu wecken.«

Achtzehntes Kapitel

7. Mai 1763
Gottesgaben, Mystria

An ihrem ersten Tag an Land bewegten sie sich so schnell, wie es im Wald machbar war. Sie folgten wo möglich sich windenden Wildwechseln, durchquerten Schluchten auf kürzestem Weg, planschten durch Bäche und marschierten geradewegs über Hügel, wo es den Weg deutlich abkürzte. Kamiskwa ging voraus und schenkte ihnen nichts, auch wenn der Weg, den er wählte, nicht allzu anstrengend war. Owen spürte bei dem Zwielichtner das Verlangen, zu seiner Familie zurückzukehren – ein Gefühl, das ihm völlig fremd war, und um das er ihn beneidete.

Schon nach vier Stunden hatten sie den ersten Ausfall zu beklagen. Obwohl Owen seine Stiefel von einem Quartiermeister der Reitergarde erhalten hatte, platzten die Nähte, und die linke Sohle löste sich an der Kuppe vom Oberleder. Und dort, wo die Stiefel hielten, scheuerten sie seine Füße auf, bis die Schmerzen in seinen Fersen locker mit dem Brennen in Schultern und Oberschenkeln mithalten konnten.

Owen suchte in seinem Tornister nach Kordel, um den Stiefel notdürftig zu flicken, aber Kamiskwa kniete sich hin und zog ihm die Stiefel aus. »Reibt Eure Füße ein und zieht zusätzliche Strümpfe über.«

Owen folgte der Aufforderung des Altashie-Prinzen. Die Salbe brannte zu Beginn, besonders an der Ferse, aber dann breitete sich eine kühle Taubheit in seinen Füßen aus. »Die Salbe hilft, doch ich wünschte, ich könnte meine Füße in einen Bach tauchen.«

Kamiskwa nahm seine Stiefel und bearbeitete sie mit dem kleineren Messer. Erst schnitt er den Fußteil ab, dann teilte er den Schaft entlang der Nähte. Er stach Löcher in den oberen Rand und zog Lederriemen aus seiner Tasche. Die Riemen zog er durch die Löcher und band die Lederstücke an Owens Füße. Das überstehende Leder klappte er um die Zehen und über die Ferse, so dass sie ebenfalls einen gewissen Schutz hatten.

Für diese improvisierten Mokassins hatte er nur einen Teil eines Stiefels benötigt, Kamiskwa bestand aber darauf, dass Owen die andere Hälfte mitnahm. »Sie werden nicht allzu lange halten.«

»Ich danke Euch.« Owen stand auf und bewegte die Füße. Die Mokassins fühlten sich gut an, doch es behagte ihm nicht, die Uniform auch nur teilweise abzulegen. Er erinnerte sich, welch einen jämmerlichen Eindruck das Heer beim Rückzug von Villerupt geboten hatte, und hasste es. Er wollte den Tharyngen zeigen, dass Norillier ihren Stolz noch nicht verloren hatten.

Wenigstens bin ich nicht barfuß.

Kamiskwa stand auf, steckte das Messer ein und setzte seinen Weg fort. Die Teile des Weges, auf denen sie Wildwechseln folgten, verliefen relativ leicht. Doch wo sie sich durchs Gebüsch schlugen, hatte Owen mit vielen Problemen zu kämpfen. Das Unterholz zerrte an seiner Kleidung, Zweige peitschten ihm ins Gesicht, und immer wieder drohte er die Muskete zu verlieren. Sein Hut flog ihm einige Male vom Kopf.

Kamiskwa schien ein besonderes Gefallen daran zu haben, durch Beerensträucher zu brechen, was für ihn und Nathaniel, die Lederbeinlinge trugen, kein Problem darstellte, aber die Dornen zerfetzten Owens Hose und Strümpfe. Selbst die Gelegenheit, ab und an ein paar Beeren zu pflücken, konnte das nicht wettmachen.

Wenn sie durch Bäche liefen, gab es derartige Schwierigkeiten nicht, dafür hatte er andere Probleme. Die Lederriemen dehnten sich, wenn sie nass wurden, daher musste Owen stehen bleiben und sie festzurren. Und während das kalte Wasser seinen Füßen zunächst wohltat, verlor er später allmählich das Gefühl in ihnen. Von der Hüfte abwärts fror er, und unter seiner Jacke lief ihm der Schweiß herab.

Trotz der Schmerzen und Probleme fiel Owen eine Sache auf, die er als bemerkenswert einstufte. Wann immer sie über eine Hügelkuppe kamen und sein Blick über das Land schweifte, stellte er fest, dass Kamiskwa sie ohne die geringste Abweichung in dieselbe Richtung führte: nach Nordnordwest.

»Es ist, als hätte Kamiskwa einen inneren Kompass«, stellte er bei einem Halt fest und reichte Nathaniel seine Feldflasche.

Der Mystrianer trank. »Sein Richtungssinn ist wirklich so gut, und er lebt schon sein ganzes Leben in diesem Gebiet, aber es gibt auch Zeichen, auf die er achtet. Er sieht sie mit Magie.«

»Das ist unmöglich. Magie benötigt die Berührung.«

»Könnte sein, dass das stimmt. Könnte auch sein, dass die Shedashie ein bisschen besser darin sind als wir.« Nathaniel deutete auf einen großen Felsen an der rechten Seite ihres Weges. »Sie trainieren Leute, einen Weg zu finden. Bringen ihnen Magie bei, mit der sie Steine und Bäume markieren. Er sieht oder fühlt das.«

»Aber wie?«

»Nun ja, ich hab mir so meine Gedanken deswegen gemacht.« Nathaniel strich mit der Hand durch die Luft. »Ihr fühlt die Luft auf Eurer Hand, wenn Ihr das tut?«

Owen nickte. »Natürlich.«

»Schätze, die Luft trägt ihm die Magie zu.«

»Und wieder: Das ist unmöglich.«

»Ach ja?« Nathaniel grinste. »Ihr berührt den Schwefel nicht, wenn Ihr Eure Muskete abfeuert, aber er brennt trotzdem ab.«

»Aber nur, weil die Feuersteine speziell dafür hergestellt sind, die Magie zu übertragen.« Owen sah Nathaniels Grinsen breiter werden und verstummte. Er konnte die Logik im Beispiel des Waldläufers nicht abstreiten, doch falls er Recht hatte, stellte das plötzlich eine ganze Reihe von Annahmen, auf denen seine Sicht der Welt beruhte, infrage. Und unter den momentanen Umständen war das mehr, als er bereit war zu bedenken.

»Es muss daran liegen, dass er besonders magiebegabt ist.«

Wieder lachte Nathaniel. »Und es könnte sein, dass Ihr nichts von Magie wisst, die Euch zeigen könnte, wie begabt Ihr selbst seid.«

»Was?«

»Nun, Kapteyn, ich hab mir das so überlegt: Wenn die Zwielichtvölker mächtiger sind als wir, dann zeigt uns das, wie mächtig wir sein *könnten*. Und ein mächtiger Magier, der könnte auf die Idee kommen, sich aufzuspielen.«

»Da gebe ich Euch Recht.« Owen duckte sich unter einem Ast hindurch und folgte Kamiskwa hangabwärts. »Aber worauf wollt Ihr damit hinaus?«

»Darauf, dass die Magie kontrolliert werden muss.« Wald kürzte zwischen zwei Pinien ab. »Nehmt Feuersteine. Ihr könnt sie nur von Feuerwachen kaufen. Wenn Ihr zu viele zu schnell verbraucht, verkaufen sie Euch keine mehr. Und wenn Ihr dabei erwischt werdet, dass Ihr etwas anderes benutzt, kann es Euch die Daumen kosten, je nach Richter.«

»Man muss sich schon eine Menge zuschulden kommen lassen, damit man zu einem Achtfinger wird.«

»Kann vielleicht so sein, doch wozu die Begrenzung? Und warum müsst Ihr die Magie von einem Magiedozenten lernen?«

»Man will nicht, dass sich jemand selbst verletzt. Es ist wichtig, seine Grenzen zu kennen.« Owen hielt einen Daumen hoch. »Magie kann ihren Benutzer verletzen, selbst wenn sie korrekt eingesetzt wird.«

»Glaub echt nicht, dass die Regierung sich Sorgen macht, die Leute könnten sich selbst verletzen.« Nathaniel schnaubte. »Denke eher, es ist ihr schnurz, ob Freigelassene und Dienstboten auf der Überfahrt krepieren, solange nur nicht zu viele sterben.«

»Man hört Geschichten, dass Leute beim Einsatz von Magie ums Leben kommen.«

»Aber habt Ihr es je gesehen?«

»Nein«, knurrte Owen. »Ihr scheint ein gewisses Vergnügen daran zu empfinden, mich zu ärgern.«

»Gar nicht, Kapteyn.« Nathaniel nickte ihm mit ernster Miene zu. »Ihr seid ein kluger Mann. Das sind Fragen, die ein kluger Mann sich durch den Kopf gehen lassen sollte.«

Am späten Nachmittag überquerten sie einen breiten Bach. Kamiskwa ging noch eine halbe Stunde weiter, dann bedeutete er ihnen zu bremsen. Nathaniel holte das Gewehr aus der Hülle, Owen zog die Pistole. Beide duckten sich und folgten dem Krieger ins Gebüsch.

Sie erreichten eine kleine Bodensenke, die mit einem Teppich aus dem Laub mehrerer Herbste ausgelegt war. Darin lag die Leiche eines Mannes. Seine Knie waren an die Brust gezogen, die Arme hatte er aber nicht um die Beine geschlungen. Daran, dass er tot war, bestand kein Zweifel. Unter seiner Haut wimmelten Maden, und Tiere hatten ihm Ohren und Lippen abgefressen. Auch seine Waden waren angenagt. Vögel hatten ihm Haare ausgerissen.

Owen ging in die Hocke. »Er scheint erschossen worden zu sein.«

Nathaniel stieß die Leiche mit einem Stock an. »Kleider fallen praktisch auseinander. Einschussloch in der Weste, aber nicht drunter im Hemd.«

Owen deutete auf den Kopf des Mannes. »Ich meinte seinen Schädel.«

Die beiden anderen grunzten. Der Schädel hatte ein deutlich sichtbares Loch. Es war nicht ganz kreisrund. Die Kugel war schräg und in der Nähe der Schläfe eingeschlagen. Sie war auf derselben Seite am Hinterkopf wieder ausgetreten und hatte dabei ein größeres Stück Knochen weggesprengt.

»Wer sollte hier draußen jemanden ermorden? Und weshalb?« Owen nahm einen Stock und hakte ihn in einen unter der Leiche liegenden Beutel. »Und weshalb hätten seine Mörder dies hier zurückgelassen, nachdem sie ihn getötet hatten?«

»Schätze, wir haben ein größeres Problem als das.«

»Inwiefern, Meister Wald?«

Nathaniel richtete sich auf. »Wenn er umgefallen ist, wo er erschossen wurde, gibt es hier nirgends einen Punkt, der hoch genug wäre für den Einschusswinkel. Und wenn er woanders erschossen wurde, wozu haben sie ihn hier raufgeschleppt?«

Kamiskwa stand auf und verschränkte die Arme. »Ein weiteres Problem.«

Owen schaute hoch. »Nämlich?«

»Die Wunde, die ihn tötete. Schaut sie Euch genau an.«

Das tat Owen. Er beugte sich hinunter und hielt gegen den Verwesungsgestank die Luft an. »Heilige Mutter Gottes!«

Die Schädelknochen. Sie waren teilweise wieder verheilt.

Neunzehntes Kapitel

9. Mai 1763
Gottesgaben, Mystria

Owen stieß den Schädel vorsichtig mit dem Stock an. Das dreieckige Knochenfragment in der Nähe der Austrittswunde bewegte sich nicht. Obwohl die Bruchlinien im Knochen unübersehbar waren, war es wieder festgewachsen.

»Das ist einfach nicht möglich. Woher wusstet Ihr das, Kamiskwa?«

Der Altashie schüttelte den Kopf. »Es sind Spuren von Magie an ihm. Etwas Böses.«

Mit einer geschickten Drehung des Steckens zog Owen den Beutel unter der Leiche hervor. Dabei kam deren rechte Hand in Sicht, und er bemerkte einen Bronzering. »Meister Wald, könnt Ihr mir den Ring bringen?«

»Bin kein Grabräuber.«

»Das bin ich ebenfalls nicht, doch würde ich dieses Rätsel sehr gerne lösen.« Owen löste die Riemen des Beutels und öffnete ihn. Er zog ein Buch ganz ähnlich dem hervor, das er selbst im Gepäck hatte, sowie ein halbes Dutzend Bleistifte. »Sie sind rund. Keine norillische Ware. Wie werden sie hier hergestellt?«

Keiner seiner Begleiter wusste darauf eine Antwort. »Hab, glaube ich, schon mal runde in Neu-Tharyngia gesehen, aber ich behaupte nicht, dass es die nur da gibt.«

»Ich finde kein Messer, sie zu schärfen. Dieser hier ist angenagt.« Er öffnete das Tagebuch. Schriftzeichen und Zeichnungen füllten die Seiten. Der Text wirkte tharyngisch, ergab aber wenig Sinn. Zudem wurde er im Verlauf der Einträge immer schwerer lesbar. Die Buchstaben wurden zunehmend größer, und die Zeilen neigten sich der Unterkante der Seiten zu. Gelegentlich zogen sie sich von der linken über die Mitte auf die rechte Buchseite.

»Für mich ergibt das keinen Sinn, aber mir fällt etwas Erstaunliches auf. An keiner Stelle finde ich ein Datum. Andererseits sehe ich all diese schattierten Kreise. Ich vermute, sie stellen den Mond dar. Er wusste nicht, welcher Tag es war, daher zeichnete er jede Nacht die Mondphase ein.« Owen schloss das Buch. »Es ist jedoch eindeutig ryngisch. Schickt du Malphias seine eigenen Kundschafter aus?«

Nathaniel streckte die Hand aus und brach den Finger ab, um danach den Ring abzuziehen und etwas von der ledrigen Haut wegzuschnippen. »Maden sagen, er ist zwei Tage tot. Haut und Knochen: würde sagen, er ist schon sechs Monate tot. Das ist 'ne Weile, bevor Euer Mann hier ankam.«

Owen nahm den Ring und hob ihn ins Licht. Es war ein einfacher, in Bronze gegossener Siegelring. Auf der planen Front war ein ›P‹ eingraviert, darunter ›1/3‹. »Erste Kompanie, drittes Bataillon, Phosphor-Regiment. Diese Einheit wurde bei Villerupt vernichtet. Falls er dort war, ist er seit drei Jahren tot. Das ist unmöglich. Er muss früher bei ihr gedient haben und dann zu einem Neuanfang nach Mystria gekommen sein, wo er gestorben ist.«

Nathaniel nickte. »Ist eine ordentliche Erklärung.«

Owen stand auf und steckte Journal, Bleistifte und Ring in seine Tasche. »Der Prinz wird sein Tagebuch als interessantes Forschungsobjekt betrachten.«

Kamiskwa stimmte mit einem Nicken zu, und sie setzten ihren Weg fort. Sie liefen bis nach Sonnenuntergang und schlugen dann ein kaltes Lager auf. Die Nacht teilten sie in drei Schichten. Kamiskwa erklärte sich bereit, die letzte davon zu übernehmen und sie zu wecken, sobald es Zeit zum Aufbruch war. Nathaniel Wald hielt als erster Wache, so dass für Owen die tiefe Nacht blieb.

Ohne Feuer hatte er zu wenig Licht, um zu schreiben oder zu lesen. Trotzdem fischte er das Tagebuch des Toten aus seinem Gepäck und verglich die letzte Mondzeichnung mit der aktuellen Phase des Gestirns. Passend zu den Maden deutete auch die Zeichnung darauf hin, dass der letzte Eintrag drei, vielleicht vier Tage zuvor erfolgt war. Abgesehen von der Kopfwunde hatten sie keine deutlichen Verletzungen gesehen, so dass es ein Rätsel blieb, warum genau der Unbekannte ausgerechnet dort gestorben war. Und wie er trotz dieser Kopfwunde dorthin gelangte, war sogar noch mysteriöser.

Owen war weniger an den Todesumständen des Mannes interessiert als an dem Ort. Der Mann war bis dicht an den Punkt gelangt, an dem der Benjamin schiffbar wurde. Falls er für Guy du Malphias auf Kundschaft gewesen war, hatten sie damit möglicherweise durch puren Zufall die wahrscheinlichste Angriffsroute entdeckt. Ein enormer Glücksfall.

Der Soldat korrigierte sich. Du Malphias würde die Informationen in dem Tagebuch benötigen, das Owen an sich genommen hatte, um wirklich über den Benjamin anzugreifen. Es empfahl sich anzunehmen, dass der Rynge eine ganze Reihe von Kundschaftern ausgesandt hatte und zumindest ein Teil von ihnen mit Reisetagebüchern, die andere Möglichkeiten des Eindringens in die norillischen Kolonien beschrieben, den Weg zurück zu ihm finden würden. Das Buch in Owens Hand konnte möglicherweise zu du Malphias' Festung führen, allerdings würde er ohne Zweifel Verteidigungsmaßnahmen für den Fall vorbereitet haben, dass einer seiner Kundschafter sein Journal verlor oder selbst in Gefangenschaft geriet.

Die Informationen in diesem Tagebuch sind äußerst wertvoll. Owen entschied, eine Notiz über den Fund zu schreiben und Kamiskwas Vater zu bitten, sie so schnell wie möglich Prinz Vladimir zu überbringen.

Er schmunzelte. »Immer vorausgesetzt natürlich, ich überlebe und komme dazu, die Notiz zu verfassen.«

Am nächsten Morgen setzten sie ihren Weg fort, allerdings langsamer als zuvor. Owen hielt Ausschau nach Gefahren, konnte sich aber trotzdem nicht der schieren Schönheit der Wälder entziehen. Das grüne Blätterdach leuchtete im Sonnenlicht. Immer wieder brach ein Lichtkegel hindurch, doch die grünen Schatten lösten die Ränder des Lichts auf und verliehen dem Land einen warmen Glanz. Er folgte den Wildwechseln, die Kamiskwa auswählte, doch bei jedem Blick durch die Bäume lockten zahllose andere Wege.

An einem Bach hielten sie an, und Owen starrte zu einem schattigen Trampelpfad einen nahen Hang hoch hinüber. Die Blätter bewegten sich so schwach im Wind, um die Schatten wandern zu lassen. Er glaubte, etwas zu sehen, und schob sich langsam näher. Es sah aus wie ein unter einem Baum hockendes Kind. Dann verschwand es. Etwas weiter tauchte ein junges Mädchen auf, dessen Gestalt ihn an seine Frau erinnerte, aber ihre Haut hatte die Farbe einer Shedashie. Und dann winkte ihm noch ein Stück weiter seine Mutter.

Eine Hand landete auf seiner Schulter, und er zuckte heftig zusammen. Er wirbelte herum. Nathaniel stand neben ihm. Kamiskwa stand sprungbereit am Bach, hundert Schritt entfernt. *Das kann nicht sein. Wie kann ich mich so weit entfernt haben?*

Er schaute zu Nathaniel hinüber und bemerkte, dass der Mann sich ein Auge zuhielt. »Was macht Ihr?«

»Seid Ihr Rechts- oder Linkshänder?«

»Rechts.«

»Schließt das linke Auge und schaut nochmal hin.«

Owen drehte sich wieder um und tat es, obwohl er nicht den geringsten Sinn darin erkennen konnte. Augenblicklich verwandelte sich der so einladend erscheinende Pfad. Noch immer tanzten grüne Lichter darüber, doch nun herrschten harte, schwarze Schatten vor. Die Gestalt, die er für seine Mutter angesehen hatte, verwandelte sich in eine krumme, kantige Figur, ein Alptraum aus verwachsenem Holz. Und dann zerstob sie wie von einem Windstoß zerblasen, einer Bö, die er weder fühlte noch sah, und die nichts anderes bewegte.

»Was …?«

»Pikwasahk. Der sich windende Weg.« Nathaniel legte ihm den Arm um die Schulter und steuerte ihn zurück zum Wasser. »Die Zwielichtvölker glauben, dass der Wald lebt. Es gibt Teile von ihm, die sind uralt. Und Wege in ihm, die sind genauso alt. Auf denen leben Dinge. Und sie haben Hunger.«

»Stimmt das?«

»Weiß ich nicht.« Wald zuckte die Schultern. »Hab den Ruf auch selbst schon gespürt. Gab Zeiten, da wollte ich in den Wald gehen, einfach nur gehen. Scheint so friedlich, dass man drin eintauchen möchte.«

»Und was ist diese Sache mit dem Schließen eines Auges?«

»Eure stärkere Hand ist die praktische Hand, sagen die Shedashie. Und das Auge auf der Seite das praktische Auge. Das andere ist das Seelenauge.«

»Und wenn man es verschließt, sieht man die Illusionen nicht mehr?«

»Scheint zu funktionieren.«

Sie kehrten zu Kamiskwa zurück, aber Owen hatte Mühe, das Gefühl von Frieden abzuschütteln. So viele seiner Bestandteile erkannte er wieder. Das Lächeln seiner Mutter. Katherine, die sich im Nachglanz der Leidenschaft an ihn klammerte. Bethanys Lächeln, selbst die rüde Kameradschaft der Soldaten im Feld. Allesamt Momente, in denen die Welt einfach verblasste, in denen er allein war und doch nicht allein, in der Gewissheit, dass alles gut war mit der Welt.

Seine Begleiter ließen ihm etwas Zeit, sich zu sammeln. Kamiskwa behielt ihn im Blick, als sie weitergingen, und einmal, als er einen Schritt neben den Pfad setzte, fasste er ihn an der Schulter.

»Warum geschieht das?«

Der Altashie schaute sich trotzig um. »Sie wollen Eure Kraft. Ihr besitzt starke Magie. Ihr habt weit entfernt gekämpft und Männer getötet, die sie nie geschmeckt haben. Ihr seid ein süßer Happen für sie. Ein frischer Geschmack. Sie hungern.«

»Warum haben Sie es nicht auf Euch abgesehen?«

Er lachte. »Das haben sie, aber mich bekommen sie nicht. Mich nicht, meine Kinder nicht, noch deren Kinder.«

»Das verstehe ich nicht.«

»Als mein Vater jung war, verirrte sich seine Schwester auf dem sich windenden Weg. Alle hatten Angst. Der Herbst war angebrochen und versprach einen frühen Winter. Die Alten wollten Beute machen, bevor der Winter kam, bevor sie sich zurückzogen.«

»Zum Winterschlaf?«

Kamiskwa schüttelte den Kopf. »Um sich zu verstecken. Es gibt auch Dinge, die sie als Beute betrachten. Mein Vater hatte keine Angst. Er betrat den sich windenden Weg. Sie schickten viele Krieger, um ihn aufzuhalten, doch er besiegte sie alle. Er holte seine Schwester zurück. Und er nahm ihnen das Versprechen ab, für vier Generationen keine Jagd auf uns zu machen.«

Owens Augen wurden schmal. Er war nicht sicher, ob das, was er gerade gehört hatte, die Wahrheit war oder ein Märchen von der Sorte, wie sie Kundschafter und andere Offiziere auch schon gehört hatten, die vor ihm auf dieser Mission gewesen waren. Andererseits spürte er immer noch das Verlangen. Er fragte sich, ob die Sirenen in den alten hellenischen Sagen alte Geister hungrig nach Menschen gewesen waren.

»Aus Auropa sind solcherart Dinge längst verschwunden.«

»Wirklich?« Kamiskwa lächelte. »Oder haben sie sich nur eine andere Umgebung gesucht? Kann man sich in Euren Städten, Euren Wäldern nicht verirren?«

Owen lief ein Schauder den Rücken hinab. »Es gibt immer wieder Geschichten von verschwundenen Kindern. In den Tiefen Landen sind Männer verschwunden. Wir dachten, sie wären desertiert, aber vielleicht …«

Er schaute sich noch einmal um. »Dieses Land ist noch gefährlicher, als ich mir vorstellen kann, nicht wahr?«

Nathaniel lachte. »Schätze, wenn das so ist, dann haben sie den falschen Mann auf Kundschaft geschickt.«

Owen hob eine Augenbraue und fixierte den Waldläufer.

Der Mystrianer hob die Hand. »Hab nicht gesagt, dass es wirklich so ist, Kapteyn Radband. War nur 'ne Vermutung. Tatsächlich hat Ihr in 'ner Handvoll Tagen mehr gesehen als die meisten von all Euren Landsleuten zusammen. Und ihr bettelt nicht, zurück nach Port Maßvoll zu dürfen, also schätze ich, Ihr seid schon der richtige Mann.«

Obwohl er nicht gänzlich zufrieden war, ließ Owen sich von Nathaniels Worten milde stimmen. Es half nichts, sich über eine hingeworfene Bemerkung aufzuregen, erst recht nicht, wenn sie auf der Wahrheit basierte. Owen hatte in der Schule und beim Militär eine Menge Zeit damit verbracht, gegen Vorurteile anzukämpfen, nur weil er zur Hälfte Mystrianer war. Er war daran gewöhnt. Hier in Mystria aus anderen Gründen unterschätzt zu werden, das überraschte ihn jedoch.

Während er über Nathaniels Bemerkung nachdachte – und seinen Hut auflas, nachdem ihn mal wieder ein Ast vom Kopf gerissen hatte – erkannte er den Unterschied zwischen beiden Positionen. Die Norillier schauten für etwas auf ihn herab, wofür er nichts konnte: die Umstände seiner Geburt. Die Mystrianer beurteilten ihn für etwas, das er ändern konnte: seinen Mangel an Erfahrung. Nathaniel und Kamiskwa halfen ihm sogar, Erfahrung zu sammeln, und beschützten ihn vor Gefahren, die er nicht verstehen konnte. Sie betrachteten ihn vielleicht mit Misstrauen, doch zugleich waren sie bereit, ihm eine Chance zu geben.

Er holte Nathaniel ein, als sie ein schmales Wiesenstück am Eingang eines bewaldeten Tales erreichten. »Ich weiß die Hilfe zu schätzen, die Ihr mir habt zuteilwerden lassen. Ich möchte, dass Ihr das wisst.«

»Nett von Euch.« Der Mann nickte mit ernster Miene. »Schätze, ich hab Euch nach anderen Norilliern beurteilt, und das war nicht so gerecht. Tut mir leid, Kapteyn.«

»Ihr habt keinen Grund, Euch zu entschuldigen, Sire.«

Vor ihnen im hüfthohen Gras wurde Kamiskwa langsamer. Nathaniel legte Owen eine Hand auf die Brust.

»Was?«

»Falls uns hier in der Gegend ein Geopahr begegnet, ist das hier die Sorte Gegend, die sie mögen.« Nathaniel deutete über die Wiese auf einen Baum am Waldrand, der am Stamm seines

Nachbarn lehnte. »War ganz ähnlich, als wir dem Geopahr beim Prinzen begegnet sind. Saß oben auf einem Stamm wie dem da …«

Wald stieß einen lauten Pfiff aus, und Kamiskwa warf sich nach vorne. Ohne weitere Warnung riss der Mystrianer das Gewehr hoch; sein Daumen legte sich auf den Feuerstein, und eine Flamme schoss aus der Mündung. Donner krachte, Qualm stieg auf und nahm Owen die Sicht.

Aber nicht, bevor er in der Ferne eine Rauchwolke sah, einen Schuss hörte und das Pfeifen einer Kugel, die durch das hohe Gras schnitt, bevor sie ihn von den Beinen riss.

Zwanzigstes Kapitel

9. Mai 1763
Gottesgaben, Mystria

Owens Muskete flog ins Gras. Er wirbelte in die entgegengesetzte Richtung und landete auf der linken Hüfte. Schmerz durchzuckte ihn. Er blickte nach unten. Dort hatte ihn die Kugel getroffen, aber er sah weder ein Loch noch allzu viel Blut. Von Rechts wegen hätte es aus der Wunde spritzen und er hätte die grausamen Schmerzen eines zertrümmerten Beckens spüren müssen.

Gellendes Kriegsgeschrei und ein weiterer Schuss nahmen ihm die Gelegenheit, seine Verletzungen näher zu untersuchen. Ein Zwielichtner, mit bis auf ein in weiß auf seine Stirn gezeichnetes Auge schwarz bemaltem Gesicht, tauchte zu seinen Füßen auf. Der Krieger hob eine Kriegskeule und kreischte.

Owen rollte nach links, als die Keule auf den Boden krachte, wo er gerade noch gelegen hatte. Als der Krieger herumwirbelte und die Keule zum nächsten Schlag hob, zog Owen in einer flüssigen Bewegung die Pistole hinter dem Rücken vor. Sein Daumen legte sich auf den Feuerstein. Die Augen des Kriegers weiteten sich.

Owen wirkte den Zauber.

Ohne lange Stunden Drill und die Erfahrung des Schlachtgetümmels hätte er den Spruch niemals abrufen können. Aber er hatte schon vor langer Zeit gelernt, Schmerz und Panik auszublenden. Praktisch ohne nachzudenken rief er sich die Formel ins Bewusstsein und pumpte sie durch den rechten Daumen. Die Energie brannte sich in den Feuerstein und entzündete den Schwefel.

Das Gesicht des Zwielichtkrieger zerplatzte. Die Kaliber-.50-Kugel schlug unmittelbar über der Nasenwurzel ein und zertrümmerte den Knochen. Die Kopfhaut dehnte sich und hielt die Splitter fest, dann brach die Kugel sich durch den Hinterkopf den Weg ins Freie. Blut und Hirnmasse spritzten, als der Treffer den Mann von den Beinen riss und ins hohe Gras schleuderte.

Owen blieb keine Zeit nachzuladen. Er hob die Kriegskeule des Toten vom Boden und stand auf. Seine Hüfte hielt der Belastung stand, aber irgendetwas stimmte nicht. Sie war steif, das spielte aber in diesem Moment keine Rolle. Schon stürzte sich der nächste Krieger mit einem Rückhandhieb seiner Kriegskeule auf ihn. Owen parierte den Schlag, dann kippte er seine Keule nach vorn und stieß zu. Die Klinge schnitt die Brust seines Gegners auf.

Der Shedashie wich einen Schritt zurück und tastete nach der Wunde, doch Owen setzte nach. Ein weiterer Hieb zertrümmerte die Hand an der Keule. Als sie ins Gras fiel, traf Owen den Krieger in den Bauch. Der Mann kippte nach vorn, und Owen schlug ihm die Kriegskeule auf den Schädel. Der Angreifer fiel zu Boden und rührte sich nicht mehr.

Owen humpelte weiter. Kamiskwa parierte einen senkrechten Keulenhieb mit seinem Gewehr, dann riss er den Schaft herum, so dass der Hieb das Gesicht seines Angreifers traf. Zähne flogen durch die Luft. Wald, das Gewehr in der Linken, peitschte die Rechte vorwärts. Ein blutverschmiertes Beil wirbelte über die Wiese und erwischte einen anderen Krieger in der Seite, der versucht hatte, sich an Kamiskwa anzuschleichen. Der Altashie-Prinz wirbelte herum und schwang den Gewehrkolben aus der Drehung gegen den Angreifer, der zu Boden ging.

Ein weiterer Schuss knallte aus derselben Richtung wie der erste. Owen warf sich in Deckung und fand sich zusammen mit Wald hinter einer Leiche. Dem Rascheln nach zu schließen, war auch Kamiskwa in Deckung gegangen.

»Der Schuss kam von dem umgestürzten Baumstamm.«

»Hab's gesehen. Werd ihn mir holen, sobald ich nachgeladen habe.«

»Nicht, er wird Euch sehen.«

Der Mystrianer lachte. »Würde er, wenn ich zum Laden aufstehen müsste.«

Nathaniel packte einen Hebel, der vorher glatt in einer Kerbe des Schafts gelegen hatte. Er zwang ihn abwärts, und die komplette Feuersteinhalterung am Ende des Laufs glitt nach hinten. Ein Zylinder klappte an einem Kardangelenk hoch. Nathaniel stopfte eine Pulverpatrone aus Papier hinein und legte eine Kugel in die Öffnung, dann drückte er den Zylinder wieder nach unten. Mit dem Hebel brachte er die Halterung wieder nach vorne und schloss die Kammer.

Owen lächelte. »Sehr flinke Arbeit.«

»Danke. Kamiskwa, hast du nachgeladen?«

»Ich werde fertig sein, wenn du ihn verfehlst, ja.«

Nathaniel lachte. »Schätze, ich kann es mir nicht leisten, danebenzutreffen.«

»Ich lenke ihn ab.« Owen erhob sich und schlug sich mit beiden Armen einen Weg durch das hohe Gras frei. Er bewegte sich schräg zum Baum des Heckenschützen, um ihm das Zielen zu erschweren, und kam immer wieder hoch und duckte sich wieder, während er auf den Schuss wartete. Sein roter Rock hob sich deutlich von den Gräsern ab.

Der versteckte Schütze tat ihm den Gefallen. Die Kugel pfiff ein paar Fuß vor Owens Kopf vorbei. Dann schoss Nathaniel. Trotz des noch in seinen Ohren hallenden Gewehrschusses war der gellende Aufschrei aus Richtung der Baumlinie nicht zu überhören.

Er lief zurück an die Stelle, an der er seine Pistole fallen gelassen hatte, und lud hastig nach: schüttete Pulver aus einer Papierpatrone in den Lauf und stopfte Papier und Kugel hinterher. Anschließend schob er den Ladestock zurück an seinen Platz unter dem Lauf. »Meine Pistole ist bereit.«

»Ich bin es auch. Kamiskwa?«

»Ich habe auf Euch gewartet.«

Owen erreichte Nathaniel wieder. »Wie gehen wir vor?«

Wald deutete auf eine der Leichen. »Das sind Ungarakii. Gehören zu den Sieben Nationen. Sind in der Regel in Rudeln von sechs Mann oder so unterwegs. Die meisten haben wir erwischt. Das aufgemalte Auge heißt, sie sind auf Kundschaft. Schätze, für die Tharyngen.«

Owen schaute hinüber zu dem umgestürzten Baum. »Dann befinden sich vermutlich ein oder zwei Ryngen dort drüben.«

»Wird wohl so sein.« Nathaniel zeigte mit dem Daumen. »Was ist mit Eurer Hüfte?«

Zum ersten Mal nahm Owen sich die Zeit, sie näher zu betrachten. Holzsplitter spickten Hüfte und Oberschenkel. Er zog einen heraus und warf ihn beiseite. »Die Kugel muss den Schaft der Muskete getroffen haben. Ganz schöne Entfernung für einen Musketenschuss. Deshalb hat sie nur das Holz zertrümmert und mich ungeworfen.«

»Wird steif, oder?«

»Ich werde wohl eine Weile humpeln.« Owen machte eine Pause. »Ich höre nichts. Er ist entweder tot oder geflohen.«

Langsamen Schritts, was mehr mit Vorsicht zu tun hatte als mit Rücksicht auf Owens Behinderung, näherten sie sich dem gekippten Baum.

Kamiskwa hielt sich weit nach rechts und verschwand zwischen den Bäumen, um in den Rücken des Gegners zu gelangen. Owen und Nathaniel rückten geradliniger vor, wobei sie sich gegenseitig Deckung gaben. Sie brauchten fast eine Stunde, bis sie ihr Ziel erreicht hatten.

Owen starrte auf die Leiche hinter dem Baum. »Guter Schuss.« Die Kugel hatte sich auf halber Höhe zwischen Brustbein und Nabel durch die Lederkluft des Mannes gebohrt.

Nathaniel hockte sich hin und drehte den Kopf des Toten hin und her. Der Mann hatte sich schon eine Weile nicht mehr rasiert, und seine Ohren machten einen seltsamen Eindruck. Ebenso wie seine Nase.

Owen runzelte die Stirn. »Was ist mit seinem Gesicht geschehen?«

»Wenn ich das wüsste. Verstehe auch nicht, was der Handschuh an seiner Linken soll.« Der Mystrianer stand auf und winkte Kamiskwa zu sich. »Kommt er dir bekannt vor?«

Der Altashie nickte. »Pierre Ilsavont.«

Owen lehnte sich mit dem Rücken an den schrägen Stamm. »Ihr kennt ihn?«

»Er betrügt beim Kartenspiel. Der Schuss, der Euch getroffen hat, war der beste, den er jemals abgegeben hat.« Wald hob die Muskete des Mannes auf. »Hübsche Flinte. Neu. Muss er geklaut haben. Gekauft hat er die bestimmt nicht.«

»Lasst mich einmal sehen.« Owen fing die Muskete und drehte sie, um einen Blick auf die Endplatte zu werfen. »Arondel et fils, Feris, 1762. Letztes Jahr gefertigt. Vielleicht hatte Euer Mann Glück.«

»Da muss er aber gehörig viel Glück gehabt haben.«

»Wie das?«

»Der Winter '61 war echt hart hier in der Gegend.« Nathaniel deutete mit einer Kopfbewegung auf die Leiche. »Das ist der Grund für sein Gesicht. Erfrierungen. Wisst Ihr, Pierre hier hat sich besoffen. Ist raus in einen Eissturm gelatscht. Hat ihn umgebracht. Frühjahr '62 haben Kamiskwa und ich auf dem Friedhof in Hutmacherburg auf sein Grab gepisst.«

»Seid Ihr sicher, das war er?«

Wald zuckte die Achseln. »Ich war nicht dabei, wie sie ihn eingepflanzt haben. Und er hatte 'ne Menge Schulden, als er gestorben ist. Könnte sein, er hat nur so getan und sich versteckt.«

Kamiskwa spuckte auf den Leichnam. »Wendigo.« Er ging los und sammelte totes Holz für einen kleinen Scheiterhaufen.

»Was hat er gesagt?«

»Wendigo. Bei den Shedashie gibt es eine Legende. Ein Kannibale, der sich unter sie mischt, sie umbringt und frisst. Das reine Böse kommt wie ein Geist und übernimmt sie. Soll im

Winter passieren, wenn das Essen knapp ist. Er glaubt, Pierre war tot, und der Wendigo-Geist hat ihn zurückgeholt.«

Owen zog skeptisch eine Augenbraue hoch. »Glaubt Ihr das?«

»Weiß nicht, was ich bei Pierre hier glauben soll. Aber wie auch immer, im selben Winter sind Kamiskwa und ich rauf zu Handelsposten Dreiundzwanzig oben in Königinnenland. War nicht groß, Palisadenzaun, Haupttor offen, Lager offen, Schnee reingeweht. Fünf Mann drinnen, alle tot. Steifgefroren, halb aufgefressen.« Nathaniel senkte den Blick und runzelte die Stirn. »Die meisten Leute glauben, es war ein Bär. Ein Fallensteller da oben hat im Frühjahr einen Bären erlegt. Hat gesagt, der hatte einen Ring im Bauch. Den meisten hat das als Beweis gereicht. Bloß, da waren keine Bärenfährten oder Kratzspuren bei Dreiundzwanzig. Und die Bären waren da auch noch nicht wach. Und bei keinem von den fünf waren die Hände abgefressen.«

Er stieß die Leiche mit dem Fuß an. »Will nicht behaupten, dass das Pierre hier war. War es wohl nicht. Keine Ahnung, was es war. Glaub aber gerne, dass es das Böse gibt in dieser Welt, und dass das Böse einen Mann verrückt machen kann. Wenn die Shedashie das Wendigo nennen wollen, ist's mir recht.«

Einerseits wollte Owen den Wendigo als abergläubischen Unsinn abtun, doch er hatte auf dem Kontinent Dinge gesehen, die mehr als einen Menschen in den Wahnsinn getrieben hatten. Er erinnerte sich, wie er einen Offizier aus dem Weinkeller eines Chateaus hatte holen müssen. Der Mann hatte sich im Dunkeln in eine Ecke geduckt und nur dagesessen und leise geweint. Er war nicht betrunken gewesen, er hatte nur Geister gesehen. Das war eine Art von Wahnsinn, und auch die andere hatte Owen gesehen, den Durst nach Blut, der sich niemals stillen ließ.

Der Wendigo ist eine ebenso gute Erklärung wie jede andere.

»Was tun wir jetzt?«

»Schnappt Euch sein Bein.« Nathaniel legte das Gewehr auf den Boden und fasste ein Bein des Toten. »Wir ziehen ihn rüber zu dem Holzstapel, dann zünden wir ihn an und brennen den Wendigo aus ihm raus.«

Da sie bis zum Abend weit fort sein wollten, hatten sie keine Zeit, die Leiche ganz zu verbrennen. Kamiskwa erklärte, nur der Kopf müsse verbrannt werden. Nathaniel zog ein Steinmesser und enthauptete Ilsavont – etwas gekonnter, als Owen lieb war.

Die Ungarakii-Leichen ließen sie liegen, wo sie waren, nahmen ihnen aber alle Waffen ab. Außerdem schnitten sie ihnen die geknoteten Armbänder ab, die alle Krieger trugen. Owen fand, dass jedes Armband in einem anderen Stil gehalten war, verwoben aus verschiedenfarbigen Fäden und, so wie es aussah, auch aus Haar.

Kamiskwa fuhr mit dem Finger an einer Abfolge von Knoten entlang. »Das Muster zeigt Familie, Sippe und Gesellschaft an. Die Farben stehen für Ereignisse. Blau für Geburten, Rot für Kämpfe. Schwarz für Zeremonien. Das Haar stammt von Gegnern, die er getötet hat.«

Nathaniel nahm ihm eines aus der Hand und maß es an seinem Daumen. »Zwei Zoll, vielleicht drei. Das ist eine Krone wert.«

»Kopfgeld?«

»Ganz recht, Kapteyn Radband. Wenn wir nach Hutmacherburg kommen, bescheren die sechs, die wir hier gesammelt haben, eine Weile ein gutes Leben.«

»Ich war mir nicht bewusst, dass die Regierung Ihrer Majestät ...«

»Tut sie nicht.« Nathaniel warf das Armband zu Kamiskwa rüber. »Die Grenzsiedlungen wollen schon lange ein paar von Euch Rotröcken zum Schutz. Aber sie haben keine Stadturkunden, deshalb kriegen sie keine Garnison. Aber Kopfgeldjäger kommen trotzdem und machen Jagd auf alles Mögliche, auch auf Ungarakii.«

Während sie die toten Ungarakii untersuchten, fanden sie auch die Überreste von Owens Muskete. Eine Kugel hatte den Schaft zertrümmert. Owen entfernte die Feuersteinhalterung und den Lauf, dann warf er die traurigen Überreste des Schafts weg. Als Ersatz nahm er sich die Muskete des Toten. Sie hatte dasselbe Kaliber wie seine Waffe, was ihm die Mühe ersparte, die Kugeln neu zu gießen. Was allerdings noch wichtiger war: Sie hatte einen kürzeren Lauf, was sie zwei Pfund leichter und anderthalb Fuß kürzer machte.

Andererseits hatte der Lauf die falsche Form für Owens Bajonett. Und durch die geringere Länge hatte die Muskete auch eine kürzere Reichweite. Im Wald sollte das jedoch keinen sonderlichen Nachteil darstellen, da jedes Ziel, das er hier im Blick hatte, nahe genug für einen tödlichen Schuss war.

Von rechts wegen hätte Ilsavont nicht erwarten dürfen, irgendeinen von uns zu treffen. Owen schaute sich zu Nathaniel um, als sie weitergingen. »Ihr sagtet, er sei kein guter Schütze gewesen. Warum hat er aus dieser Entfernung geschossen?«

»Hab ich mich auch schon gefragt. Schätze, er hat Euren roten Rock gesehen und ist in Panik geraten. War immer ein bisschen schreckhaft.«

»Nichtsdestoweniger werde ich auf dieser Expedition meine Uniform tragen.« Owen kratzte sich am Nacken. »Sein Handeln bestätigt, dass er in tharyngischen Diensten stand.«

Nathaniel schüttelte den Kopf. »Kann gut sein, aber zwischen den Altashie und den Ungarakii ist böses Blut. Könnte sein, dass seine Jungs uns zuerst gesehen und uns hier aufgelauert haben.«

Kamiskwa drehte sich um und schnaufte verächtlich. »Die Ungarakii kauern sich vor lauter Angst vor den Altashie möglichst klein zusammen. Sie hätten es nicht gewagt, Jagd auf uns zu machen. Sie verfolgten den Toten, den wir gefunden haben.«

»Tatsache?« Nathaniel kratzte sich am Kinn. »Sie waren in die Richtung unterwegs.«

Owen runzelte die Stirn. Ilsavont war Rynge. Die Ungarakii waren Verbündete der Ryngen und kannten das Gebiet. Das Tagebuch des Toten war in Ryngisch geschrieben, und er war selbst ein Kundschafter gewesen. Es ergab Sinn, dass jemand nach ihm suchte.

»Falls sie nach dem Leichnam suchten, wie haben sie das angestellt? Keiner von Euch sah irgendeine Spur des Toten, oder doch?« Owen sah Nathaniel an. »Ihr habt selbst betont, dass dies ein riesiges Land ist. Wie konnten sie erwarten, in diesem gewaltigen Gebiet einen Mann zu finden?«

Nathaniel zuckte die Schultern. »Wünschte, darauf wüsste ich eine Antwort.«

Kamiskwa streckte die Hand aus. »Den Ring des Toten, bitte.«

Owen kramte ihn aus einem seiner Beutel. »Glaubt Ihr, es ist Magie im Spiel?«

Der Altashie hielt den Ring in beiden Händen. Seine Augen schlossen sich. Einen Moment bewegte er keinen Muskel, dann flogen seine Lider auf. »Starke Eindrücke. Die Ungarakii-Schwächlinge konnten ihnen nicht folgen.«

»Kann mich nicht entsinnen, dass Pierre so mächtig gewesen wäre.«

»Kamiskwa, könnt Ihr auf diesem Ring einen anderen Eindruck verfolgen?«

Der Altashie schloss erneut die Augen, dann schnaufte er. »Ja.«

»Wohin?« Owen lächelte. »Ich bin sicher, er führt uns zu du Malphias.«

»Er ist schwach und verblasst.« Kamiskwa schüttelte den Kopf. »Und er würde uns zurück zu Pierre führen.«

»Verflucht.«

Kamiskwa knurrte. »Wir sollten weiter. Was ich nicht entdecken kann, findet mein Vater vielleicht.«

Owen rieb sich die Hüfte. »Ich bin mir nicht sicher, wie weit ich es schaffe.«

Kamiskwa schmunzelte. »Ganz gleich, wie weit es ist, wir sollten uns sputen. Wir sind im Besitz des Ringes, und auch wenn der Wendigo keinen Kopf mehr hat, wollen wir doch nicht, dass uns sein Körper verfolgt.«

Einundzwanzigstes Kapitel

9. Mai 1763
Gottesgaben, Mystria

Die Vorstellung, von einem kopflosen Körper durch die Wälder verfolgt zu werden, sorgte für eine gewisse Eile. Sie marschierten bis in die Nacht hinein, so lange, bis sie den nächsten Wasserlauf überquert hatten. Ihr Lager schlugen sie ein Stück oberhalb mehrerer Stromschnellen auf, und Kamiskwa bestand darauf, den Ring über Nacht ins Wasser zu legen.

Nathaniel stimmte ihm zu. »Tätige Weisheit. Der Ring wird magische Strudel im Wasser erzeugen. Denen folgt der Wendigo flussabwärts und verpasst uns meilenweit.«

»Funktioniert das wirklich?«

Kamiskwa zuckte die Schultern. »In den alten Geschichten erweist sich eine ähnliche Taktik als durchaus wirksam. Und jetzt wird es Zeit, sich um Eure Hüfte zu kümmern.«

Owen humpelte zum Ufer. Sein roter Uniformrock mochte ihn zur Zielscheibe gemacht haben, aber zugleich hatte er den Aufprall des Musketenschafts abgepolstert und einige der Splitter abgefangen. Er zog ihn aus, dann schob er die Hose nach unten.

Für eine Kampfverletzung war es so schlimm nicht. Ein Splitter war etwa einen Zoll tief eingedrungen. Der Rest hatte nur Fleischwunden gerissen. Als er den langen Splitter herauszog, floss langsam Blut aus einem Loch von der Größe seines Daumens.

Nathaniel tauchte auf und reichte ihm einige Farnblätter. »Kauen.«

Owen zupfte die Blätter vom Stängel und stopfte sie sich in den Mund. Der anfänglich süße Geschmack wurde sehr schnell bitter. Stängelstücke knirschten unter den Zähnen und gaben zusätzlichen sauren Saft frei. Unbeabsichtigt schluckte er etwas davon, und seine Kehle loderte. Er konnte sich nicht entsinnen, jemals etwas Widerlicheres geschmeckt zu haben.

Kamiskwa legte einen Packen Moos auf den Boden und hielt ihm die zu einer Schale geformten Hände entgegen.

Nathaniel schlug ihm auf den Rücken. »Spuckt's aus.«

Der schaumige grüne Brei erinnerte an frisch zerquetschte

Heuschrecken. Kamiskwa stopfte ihn in die Wunde und verschmierte ihn auf der Hüfte. Dann deckte er das Ganze mit frischem Moos ab. Mit einem Streifen, den er von Owens Decke abgeschnitten hatte, verband er das Bein.

Nathaniel reichte Owen einen kräftigen Ahornstock als Gehhilfe. »Das nenn' ich einen guten Tag, wenn man eine Handvoll Ungarakii erledigt und mit einem Kratzer davonkommt. In Sankt Fortunas kann es wer ordentlich nähen.«

»Entschuldigt, dass ich uns aufhalte.«

»Zu einer Entschuldigung besteht kein Anlass.« Kamiskwa breitete die Arme aus. »Wir befinden uns im Altashie-Gebiet und haben Feinde erschlagen. Wir sind Helden. Welchen Pfad wir auch nehmen, es ist ein Heldenpfad, und niemand wird sich über die Geschwindigkeit beschweren.«

Trotz des freundlichen Angebots, ihn schlafen zu lassen, bestand Owen darauf, wie die beiden anderen Wache zu halten. Der Mogiqua-Verband betäubte den Schmerz, richtete aber gegen die Steifheit wenig aus. Owen versuchte sich einzureden, dass es nur an der Verletzung lag, wusste es aber besser. Die Tiefen Lande hatte er im Feldzug problemlos durchquert, Mystria aber stellte ihn vor ganz neue Herausforderungen. Er konnte es kaum erwarten, dass sein Körper sich daran gewöhnte.

Ob er an den Wendigo glauben sollte oder nicht, wusste er nicht so recht, aber während der Nachtwache lauschte er bewusst auf Geräusche vom Wasser her. Als der Morgen graute, suchte er das Ufer nach Fußspuren ab. Er tat es so leise wie möglich, auch wenn die Hüftverletzung es nicht gerade leicht machte. Falls einer seiner Begleiter es bemerkte, sagte er zumindest nichts.

Von nun an wählte Kamiskwa eine Route, die von einem Wildwechsel auf den nächsten führte und die Anstrengungen auf ein Mindestmaß reduzierte. Jedes Mal, wenn Owen protestierte, dass sie durchaus schneller und geradliniger marschieren konnten, konterte der Altashie damit, dass dieser Weg ihnen gestattete, die Route der Ungarakii zurückzuverfolgen. Er machte sich große Mühe, ihn auf verschiedene Spuren hinzuweisen, und im Laufe der nächsten vier Tage lernte Owen allerhand über das Spurenlesen.

Gegen Ende des vierten Tages, nachdem sie sich durch die Ausläufer eines Sumpfgebiets geschleppt hatten, erklommen die drei Männer einen letzten bewaldeten Berg. Sie hielten auf der Bergkuppe an, um Owen Gelegenheit zu geben, den Lehm von seinen Jackenschößen zu kratzen. Zumindest nahm er an, dass sie deswegen anhielten. Dann bemerkte er den Geruch von Holzfeuer im Gestank des schwarzen Sumpfmorasts.

Kamiskwa lächelte. »Willkommen in Sankt Fortunas.«

»Ich dachte, die Altashie sind Nomaden.«

»Das sind wir. Dies ist das Sommer-Sankt-Fortunas.«

Owens Augen wurden schmal. »Und der Name? Ist Euer Stamm Teil der Norillischen Kirche?«

Der Eingeborene schüttelte den Kopf. »Ein paar sind es, doch kommen nicht viele Missionare so weit heraus. Mein Vater mag halt den Namen. Er spricht Eure Sprache ein wenig und hat erfahren, dass Fortunas der Glückliche bedeutet. Es gefällt ihm, dass Ihr einen Glücksgott habt.«

Owen hielt den Namen für beinahe ketzerisch, aber dann stellte er sich Bischof Binses Empörung vor, sollte er die Wahrheit erfahren. Das ließ ihn schmunzeln.

Nathaniel klopfte ihm auf die Schulter. »Denkt immer daran, Kapteyn: Ihr seid hier nicht in Launston.«

Owen nickte, strich dann aber seine Jacke glatt. »Ich werde mich verhalten, wie es sich für einen Offizier Ihrer Majestät geziemt.«

Die drei Männer wanderten durch den Wald hinab in das Dorf der Altashie. Es lag in einer breiten Schlucht, um deren nördliches Ende ein Bach floss. Ein langes Haus mit gewölbtem Dach beherrschte die Mitte der Siedlung. Das Geäst junger Bäume, die sein Gebälk formten, war miteinander verwoben. Dabei war erkennbar Magie zum Einsatz gekommen, denn die Bäume gingen ineinander über. Zwischen ihnen formte Birkenrinde den größten Teil von Dach und Wänden, mit Ausnahme von Lederplanen an Aus- und Eingang.

Rund um das Langhaus erhoben sich kleinere Bauten, alle mit Kuppeldach, von unterschiedlicher Größe und Pracht. Die wie das Langhaus aus Kiefern und Birken geformten Häuser waren je nach künstlerischem Talent ihrer Besitzer verziert und trugen Malereien, deren Motive von spielenden Kindern bis zu einer Nashornjagd reichten. Owen fragte sich, ob diese Bilder als Illustrationen für Erzählungen dienten oder möglicherweise wie eine Art Heraldik den Besitzer identifizierten.

Als sie das Lager erreichten, wurden die Bewohner auf sie aufmerksam. Kleine Kinder liefen auf sie zu und plapperten auf Kamiskwa ein. Ein paar fassten Wald bei der Hand und versuchten ihn zum einen oder anderen Haus zu ziehen. Er widersetzte sich ihren Bemühungen, und was er sagte, ließ sie kreischen oder lachen, manchmal auch beides.

Ein kleines Mädchen mit leuchtend grünem Haar, in ein Rehlederkleid mit besonders hübscher Perlenstickerei gehüllt, starrte Owen schüchtern an. Er blieb stehen und sank auf ein Knie, um sie anzulächeln. Sie erwiderte das Lächeln, dann wurden ihren Augen groß, und sie lief schreiend davon. Es klang für seine Ohren nicht wie Entsetzen, aber auch nicht wie die Art freudiger Aufschrei, den die meisten Kinder nicht unterdrücken konnten.

Er richtete sich auf. »Was habe ich getan, Meister Wald?«

»Es sind Eure Augen. Sie hat diesen Grünton noch nie gesehen. Sie ist weggerannt und hat Euch ›Moosauge‹ genannt. Nichts wirklich Schlimmes.«

Owen runzelte die Stirn. »Aber auch nichts Gutes.«

»Könnte schlimmer sein.«

Eine Hand warf die Türklappe des Langhauses auf, und ein älterer Altashie von kräftiger Statur erschien. Er richtete sich auf. Sein grünes Haar war von so strahlend weißen Strähnen durchsetzt, dass es zu leuchten schien. Er lächelte Kamiskwa an und breitete die Arme aus. Der Krieger rannte auf ihn zu, und sie umarmten sich.

Nachdem sie sich wieder gelöst hatten, umarmte der Greis Nathaniel. Sie redeten kurz miteinander, und beide lachten. Owen bemerkte, dass das linke Auge des alten Mannes milchig weiß war, sah aber weder in der Augenhöhle noch in deren Nähe eine Narbe. Die beiden Männer schienen einander gut zu kennen, und Owen spürte, dass dahinter mehr steckte als nur Nathaniels Freundschaft mit Kamiskwa.

Endlich drehte Wald sich um und winkte Owen. »Großer Häuptling Msitazi, dies ist Kapteyn Owen Radband von Ihrer Majestät Lindwurmreitern.«

Owen nahm Haltung an und salutierte. Er war sich bewusst, dass er einen erschreckenden Anblick bieten musste, mit zerfetzten Hosen und Strümpfen, schlammverschmiert und aus Dutzenden Kratzwunden blutend. Kletten, Blattreste und abgebrochene Dornranken hingen von seiner Jacke. Sein Hut war noch im besten Zustand, aber auch dessen schwarzer Filz war von weißen Salzflecken bedeckt.

Der alte Altashie reckte sich und erwiderte den militärischen Gruß. »Es ist lange her, dass die Königin jemanden zu mir geschickt hat.«

Sofort wollte Owen erklären, dass er kein offizieller Gesandter war, sah aber keine Möglichkeit, wie er das hätte tun können, ohne sein Gegenüber bloßzustellen. Also räusperte er sich. »Ihre Majestät legt großen Wert auf die Freundschaft des Großen Häuptlings Msitazi der Altashie.«

Msitazi lachte und sagte etwas, das Kamiskwa und Nathaniel schmunzeln ließ.

Owen öffnete die Hände. »Habe ich …?«

Der Häuptling schüttelte den Kopf. »Ich weiß durchaus, Kapteyn, dass ich Eurer Königin völlig unbekannt bin. Aber Ihr seid höflich. Das gefällt mir.«

Nathaniel deutete mit dem Daumen auf Owen. »Euch wird auch gefallen, dass Kapteyn Radband hier zwei, drei Tage von hier zwei Ungarakii getötet hat. Es wären noch mehr geworden, aber Kamiskwa und ich wollten auch unseren Spaß und haben uns auch jeder ein paar geholt.«

Msitazi musterte Owen von oben bis unten. »Noch nie zuvor hat Eure Königin mir einen Krieger geschickt. Kommt ins Haus.«

Kamiskwa und Nathaniel ließen ihre Ausrüstung fallen und stapelten sie vor dem Langhaus auf. Kamiskwa bellte zwei Knaben einen Befehl zu. Augenblicklich ließen diese sich neben den Sachen nieder und scheuchten alle anderen weg.

Kamiskwa grinste. »Wachen gegen neugierige Hände. Und, Kapteyn, würdet Ihr bitte Eure Jacke, Hose, Strümpfe und Schuhe ausziehen?«

Nathaniel zog sich bereits aus, und auch Kamiskwa zog sich gerade die Beinlinge hinunter. Sie warfen alles auf einen Haufen, auf dem auch ihre Mokassins landeten. Ein Altashie-Mädchen kam mit einem Korb, um alles einzusammeln.

Owen zögerte.

Wald schlug ihm auf den Rücken. »Keine Scheu, Kapteyn, Ihr habt nichts, was sie nicht schon mal gesehen hätte.«

Das Mädchen kicherte.

Owen wurde rot, dann drehte er sich um, zog die verdreckten Sachen aus und legte sie mit einem dankenden Nicken in den Korb der jungen Zwielichtnerin.

Anschließend folgte er den anderen ins Langhaus. Msitazi saß auf einer Decke, Kamiskwa zu seiner Rechten und Nathaniel Wald zur Linken. Owen setzte sich ihm gegenüber. Im schummrigen Innenraum des Hauses verschwanden die Gesichter der beiden Eingeborenen bis auf Augen und Zähne fast zur Gänze.

»Wo habt Ihr die Ungarakii getroffen?«

»Sie waren auf der langen Wiese, Vater. Es waren Kundschafter für die Tharyngen.«

Nathaniel nickte. »Hatten einen Mann dabei. Pierre Ilsavont. Könnte vielleicht ein Wendigo gewesen sein.«

Der Älteste lehnte sich zurück. »Habt Ihr ihn vernichtet?«

»Haben den Kopf verbrannt.« Wald zuckte die Schultern. »Haben die Ungarakii für die Krähen liegen lassen.«

Msitazis Lachen hallte durch das Langhaus. »Ihr wärmt mein Herz, Zauberfalke.«

Zauberfalke? Owen schluckte die Frage hinunter, die ihm auf der Zunge lag, und sagte: »Großer Häuptling Msitazi, wir haben dort draußen an einem Toten einen Ring gefunden. Kamiskwa sagt, er kann starke Magie darin fühlen. Ich glaube, diese Magie könnte in Beziehung zu einem Mann stehen, den Prinz Vladimir uns zu finden auftrug.«

Der Altashie schloss das rechte Auge und drehte das Gesicht zur Außenwand des Langhauses. »Ich sehe den Ring. Er hängt an einem Faden, der sich zum Morgenrot erstreckt.«

»Aber …« Owen runzelte die Stirn. Du Malphias musste sich nördlich, vielleicht sogar westlich von ihnen aufhalten.

Msitazi hob die Hand. »Der Mann besitzt die Schläue des Fuchses. Er hat seine Magie an einem weit entfernten Ort verankert, um seine Gegner zu täuschen. Würdet Ihr ihn mit diesem Ring zu finden versuchen, würde er Euch ins Verderben führen.«

Nathaniel lehnte sich zurück. »Schätze mal, dann werden wir ihn ganz altmodisch jagen.«

»Ja, natürlich, aber den Ring und das Tagebuch müssen wir Prinz Vladimir schicken.«

Msitazi lächelte. »Ich werde mich darum kümmern, zu Ehren Eurer Taten für die Altashie, Kapteyn Radband. Und heute Nacht werdet Ihr dort drüben schlafen, am Feuer. Es ist eine Ehre.«

»Ihr seid äußerst gütig, Großer Häuptling.«

Das Lächeln des Häuptlings wurde breiter. »Ich werde Euch eine meiner Töchter ins Bett legen.«

»Danke, doch ich bin verheiratet.«

Wald lachte. »Nur, um Euch zu wärmen, Kapteyn.«

»Ihr werdet feststellen, Meister Wald, dass ich meine Decke und meine Wolljacke habe.«

Msitazi nickte sehr ernst. »Das ist eine sehr schöne Jacke. Sehr farbenfroh. Eure Jacke gefällt mir.«

»Ich danke Euch.«

»Eure Jacke gefällt mir sehr.«

Owen wollte sich noch einmal bedanken, als Nathaniel ihm einen Tritt ans Schienbein versetzte. »Was sollte das?«

Nathaniel senkte die Stimme. »Gebt ihm die Jacke.«

»Was?« Owen beugte sich zu ihm hinüber. »Das kann ich nicht. Das ist meine Uniform. Ich befinde mich auf einer Mission. Falls ich auf tharyngischem Gebiet ohne Uniform aufgegriffen werde, werden sie mich als Spion erschießen.«

»Sie haben schon wegen der Uniform auf Euch geschossen, Kapteyn. Gebt ihm die Jacke.«

Owen schaute den alten Altashie aus dem Augenwinkel an. Er lächelte zurück.

»Es wäre mir eine Ehre, Großer Häuptling Msitazi, wenn Ihr meine Jacke als Geschenk annehmt.«

Der Altashie klatschte in die Hände, und eine junge Frau verschwand, um die Jacke zu holen. Sie kehrte kurz darauf zurück und reichte sie Owen. Und Owen überreichte sie seinerseits Msitazi, der sie sofort anlegte.

Obwohl er ebenso breite Schultern hatte wie Owen, besaß der Zwielichtner einen Bauchansatz, über dem die Jacke deutlich spannte. Trotzdem war Msitazi höchst erfreut. Er spielte begeistert mit den Messingknöpfen und strich mit den Fingern über die Goldlitzen.

Owen reichte ihm auch seinen Hut, und der Häuptling klatschte vor Freude. Der norillische Offizier musste unwillkürlich lächeln. Nicht darüber, wie lächerlich der Wilde in seiner Uniform aussah, sondern über die unverhohlene Freude, die der Mann ausstrahlte, als er aufstand und umherstolzierte. Ein paar Frauen tiefer im Langhaus ließen Kommentare hören, auf die Msitazi mit einem ärgerlichen Bellen reagierte, aber sie lachten nur.

Das kleine Zwischenspiel transportierte Owen in Gedanken um die halbe Welt. Er sah sich zurück in Launston, wo er vor der Königlichen Geographischen Gesellschaft von seinen Erlebnissen erzählte. Elegant gekleidete Herren und prächtig herausgeputzte Damen, die gesellschaftliche Elite des Imperiums, würden kichern und sich köstlich amüsieren, wenn er auf diesen Moment zu sprechen kam. Sie würden sich in einem Gefühl der Überlegenheit sonnen, das Owen hier und jetzt nicht im Geringsten verspürte.

Und er merkte, dass ihn die Reaktion seines zukünftigen Publikums verärgerte.

Msitazi packte die blauen Aufschläge der Jacke und lächelte. »Großartig. Ihr werdet hier auf meine Rückkehr warten, Kapteyn. Ihr seid ein Krieger, und ich werde nicht zulassen, dass irgendein Shedashie daran zweifelt.«

Zweiundzwanzigstes Kapitel

14. Mai 1763
Sankt Fortunas
Gottesgaben, Mystria

Kaum hatte sich die Lederplane hinter Msitazi geschlossen, da schaute Owen hinüber zu Kamiskwa. »War es Eurem Vater ernst, als er anbot, eine Eurer Schwestern bei mir schlafen zu lassen?«

»Das Angebot war absolut ehrlich, Kapteyn. Ihr seid ein Krieger. Ihr habt Ungarakii getötet. Ihr seid ein mächtiger Besucher aus einem fernen Land. Es wäre eine Beleidigung gewesen, Euch mit weniger abzuspeisen.«

Nathaniel grinste. »Und Msitazi ist ein schlauer Bursche. Wenn Ihr einer seiner Töchter ein Kind gemacht hättet, wäre das ein mächtiger Magier geworden.«

Owen rieb sich durchs Gesicht. »Ich entsinne mich an unser Gespräch darüber, doch das ist mir so fremd …«

Kamiskwa klopfte ihm auf die Schulter. »Eure Regeln passen zu Eurem Land, Kapteyn. Die unseren sind für unser Land gemacht. Respekt ist ehrenvoller als Verständnis, und Höflichkeit schlichtet Missverständnisse.«

Bevor sie die Unterhaltung fortsetzen konnten, kehrte Msitazi zurück und nahm wieder Platz. Er reichte Owen eine Tasche, wie sie die beiden anderen benutzten. Die Tasche selbst und auch die Verschlusspatte waren mit Perlen und Muschelstücken bestickt. Die Stickerei bildete einen Bären ab, der an einem Baum die Krallen wetzte.

»Niemand soll Msitazi vorwerfen können, er ließe einen Freund nackt zurück. Ihr werdet hier drin Kleidung und Mokassins finden. Es sind die Sachen, die ich vor Jahren trug, als ich den Lanatashie meine erste Frau stahl. Ich benahm mich nicht wie ein Feigling, der sich in ein Lager einschleicht und wieder verschwindet wie ein Wiesel. Ich verhielt mich wie ein Mann. Ich ging zu ihr und nahm sie bei der Hand, und ich führte sie heim. Es kamen Männer, um sich mir in den Weg zu stellen. Ihre größten Krieger waren unter ihnen, doch niemand konnte mir ihre Hand entreißen.«

Owen strich mit der Hand über die Tasche. »Ihr ehrt mich sehr, Msitazi, doch diese Sachen sollten an Euren Sohn gehen.«

»Mein Sohn braucht nichts von meinem Ruhm. Er gewinnt seinen eigenen.« Msitazi schmunzelte. »Was er braucht, sind gute Freunde, und in dieser Kleidung wird man Euch als einen erkennen.«

Owen legte die neue Kleidung an. Die Beinlinge, die Mokassins und das Hemd waren aus so fahlem Rehleder, dass es beinahe weiß schien. Ein weiterer Bär aus Perlenstickerei verzierte die Brustpartie, Ärmel und Beine waren mit Fransen verziert. Das Leder lag sehr weich und warm auf der Haut. Darin fühlte er sich noch mehr als Teil Mystrias.

Zum ersten Mal war er gezwungen, einen Lendenschurz zu tragen. Es war nicht sonderlich schwer, ihn passgenau anzulegen, und er benutzte seinen eigenen Gürtel. Er zupfte daran herum, bis der Schurz vorn und hinten gleich lang herabhing. Dass das Leinentuch mit einem breiten blauen Streifen in der Mitte und roten Streifen an den Seiten verziert war, gefiel ihm. Dadurch glich es der Frontpartie seiner Uniformjacke.

Mit der anderen Kleidung veränderte sich auch das Verhalten der Altashie ihm gegenüber. Die Kinder starrten ihn immer noch an, aber jetzt mehr aus Staunen über die ihm erwiesene Ehre denn als Reaktion auf sein ungewohntes Aussehen. Dasselbe kleine Mädchen, das schreiend davongelaufen war, kam und saß still neben ihm, während er in sein Tagebuch schrieb. Sie spielte mit zwei Puppen aus Stoff und Maisblättern. Ab und zu schaute sie hoch und lächelte. Offensichtlich fühlte sie sich in seiner Nähe sicher.

Wieder fiel ihm der Gegensatz zu seinem eigenen Volk auf. Er erinnerte sich an einen großen Ball zu Ehren des siebzigsten Geburtstags einer verwitweten Tante. Obwohl sein Stiefvater ihn damals noch nicht adoptiert gehabt hatte, war die Anwesenheit für ihn Pflicht gewesen. Er hatte einen ordentlichen Maßanzug erhalten und eine gekonnt vorbereitete und gepuderte Perücke. Er hatte sogar ein paar rudimentäre Tanzstunden durchlitten, auch wenn der Tanzlehrer ihm nach einer Weile mitgeteilt hatte, er sei ein hoffnungsloser Fall und solle sich mit einer imaginären Kriegsverletzung entschuldigen, um nicht tanzen zu müssen. »Irgendein Krieg, wo auch immer.«

Und obwohl er der Königin in einer Reihe von Konflikten ehrenvoll gedient hatte, hatten die Damen ihn angestarrt und sich hinter vorgehaltenen Fächern über ihn lustig gemacht. Männer waren herübergekommen und hatten ihn begrüßt, hatten bedeutende Namen fallen gelassen und sich mit ihrem Verhalten und ihren Anspielungen ebenfalls eindeutig spöttisch verhalten. Er spielte den Dummkopf und verspürte eine gewisse Befriedigung, weil keiner von ihnen sich bewusst machte, dass er unmöglich seine Aufgaben hätte erfüllen können, wenn er wirklich so begriffsstutzig gewesen wäre, wie sie glaubten. Das allerdings war der einzige hauchdünne Silberstreif am düsteren Horizont der Ausgeschlossenheit.

Und dann war Katherine aufgetaucht. Sie war jung gewesen und sehr hübsch, gerade auf dem Weg von der Backfischzeit zur Frau. Sie hatte das dunkle Haar aufgesteckt getragen, aber drei Locken frei gezupft. Die damalige Mode hatte zwei freie Locken diktiert, aber sie hatte sich der Konvention widersetzt.

Sie war einmal an ihm vorbeigeschwebt, und ihre braunen Augen hatten ihn über den Spitzenrand des Fächers gemustert. Dann war sie in ihrem beigefarbenen Ballkleid zurückgekehrt und hatte den Fächer mit einem leisen Knall auf ihrer behandschuhten Hand geschlossen. »Ich hoffe, Ihr seid bereit, mich zu retten, Lieftenant.«

»Verzeiht, Fräulein …«

»Katherine Litton. Meine Großmutter war die beste Freundin Eurer Tante. Ich lebte bei ihr, seit meine Eltern, beide Missionare, im Punjar an der Cholera starben.«

»Mein Beileid zu Eurem Verlust, Fräulein Litton.«

Sie beugte sich ihm entgegen und duftete süß nach Apfelblüten. »Ihr müsst mich retten. Bald wird man zum Tanz aufspielen, und Percy Harlington hat bereits geschworen, jeden Mann zu töten, der mich auf die Tanzfläche führt. Das macht mir Angst, und ich bitte Euch, mich auf einen Spaziergang durch die Gärten zu begleiten, um mich zu retten.«

Später – nachdem Katherine und er geheiratet hatten – hatte Owen herausgefunden, dass sie bei Tänzen und anderen gesellschaftlichen Ereignissen in der Regel keineswegs so zurückhaltend war. Sie tanzte und plauderte gern, und wenn sie den neuesten Klatsch erfuhr, ertönte ihr helles Lachen hinter dem Fächer. Sie war allerdings niemals grausam, sondern stellte nur fest, wie jemand ganz und gar gegen die Gebräuche der feinen Gesellschaft verstoßen hatte. Soweit Owen das feststellen konnte, waren die Regeln für der Jahreszeit angemessene Kleidung weitaus komplexer und sehr viel unerbittlicher als die Militärgesetzgebung. Katherine jedoch beherrschte sie besser als jeder Anwalt und besserte seine Kleidung häufig nach, bevor sie zu einem vergnüglichen Abend aufbrachen.

In jener ersten Nacht waren sie eine Weile durch die Gärten spaziert und dann vor den Flügelfenstern stehen geblieben und hatten aus der Dunkelheit in den hell erleuchteten Ballsaal geschaut. Katherine hatte ihm lachend alles Mögliche über die anderen Gäste erzählt. Owen hatte erfahren, welche Männer unter den wütenden Blicken der jeweiligen Gattin mit ihren Geliebten tanzten, und schaute zu, wie eine wunderschöne junge Witwe drei leidenschaftliche Galane gegeneinander ausspielte. Dabei hatte Katherine ihm die Bedeutung von Details offenbart, die er zwar immer bemerkt, aber nie verstanden hatte. Mit ihr an seiner Seite war ihm diese Welt, die ihn von Beginn an zurückgestoßen hatte, plötzlich seltsam interessant und erfüllt von ungeahnten Abgründen der Heuchelei erschienen.

Und später hatte er auch erkannt, dass es Katherine um weit mehr gegangen war als um eine Rettung. Sie hatte ihm gesagt, mit seiner Höflichkeit an jenem Abend habe er sie bezaubert. Er war ihr Held gewesen, und dafür würde sie ihn immer lieben.

Katherine hat mich akzeptiert genau wie dieses kleine Mädchen, doch für die anderen in meinem Land bin ich immer der Außenseiter geblieben. Hier aber bin ich willkommen.

Er erwähnte nichts von den Erinnerungen an jenen Tanz in seinen Eintragungen. Stattdessen konzentrierte er sich auf die Altashie und den Wandel in ihrer Einstellung zu ihm. Dass Msitazi und Kamiskwa ihn als großen Krieger lobten bedeutete, die Altashie erkannten ihn an. Als er sich aufgemacht hatte, um ein paar Pflanzen auf der Liste des Prinzen zu suchen, waren ihm sechs Knaben gefolgt, waren im Gleichschritt mit ihm herumgegangen und hatten sich als Gruppe mit ihm hingehockt und studiert, was er studierte. Er hatte keinen Spott in ihrem Verhalten bemerkt, nur die Hoffnung, auch ein großer Krieger zu werden, wenn sie sich so verhielten wie er.

Als er das aufschrieb, lächelte er. Er stellte sich vor, wie Bethany die Worte las, mit den Fingern über die Seite strich, vielleicht ihren jüngeren Geschwistern einzelne Passagen vorlas, und andere Vater und Mutter. Er bezweifelte, dass sie viel mit Caleb teilen würde, und ebenso, dass Caleb sonderliches Interesse dafür entwickeln würde, was er zu sagen hatte.

Während die Schreibfeder über das Papier kratzte, kehrten seine Gedanken zu Katherine zurück. Ihre Blicke aus dem Augenwinkel, das gelegentliche Lächeln, die Art, wie sie seufzte und seine Hand nahm, laut von dem Tag träumte, an dem er aus der Armee ausschied und sie frei waren, so zu leben, wie sie es sich wünschten. Für all das liebte er sie, und für noch mehr. *Ich kann es nicht erwarten, sie wieder im Arm zu halten.*

Er kam ans Ende eines Absatzes und stieß einen lauten Seufzer voll Verlangen aus, sie wiederzusehen.

Die kleine Altashie schaute auf, las in seinen Zügen und reichte ihm eine ihrer Puppen.

Er lächelte über diese Freundlichkeit und bewunderte die Puppe, bevor er sie zurückgab. Und sie lächelte, als sei die ganze Welt in Ordnung, und dieses eine Mal, dachte Owen, nur für einen Augenblick, mochte sie damit sogar Recht haben.

Der Abend verstrich geruhsam. Die Lindwurmschuppen erfreuten den Häuptling. Er strich mit der Hand über sie und betrachtete die perlmuttglänzende Unterseite. Dann legte er sie wie Epauletten auf seine Schultern, und Owen vermutete, dass er sie dort bald dauerhaft befestigt wiedersehen würde.

Nach dem Essen, einem Eintopf aus Wild und Gemüse, beschäftigte sich Owen, indem er die Muskete und die Pistole säuberte und ölte, während er schweigend das Treiben beobachtete. Das Leben bei den Zwielichtvölkern war alles andere als hektisch. Zum größten Teil wirkten sie guter Dinge. Sie lächelten und summten vor sich hin, während sie arbeiteten. Bei den seltenen Gelegenheiten, wenn ein Kind weinte, kam ein Erwachsener und brachte alles wieder in Ordnung.

Von Kamiskwa bekam er nicht viel zu sehen, aber Nathaniel Wald folgten drei Kinder, wohin er auch ging. Die beiden Knaben ähnelten einander wie Brüder und waren beide noch keine zehn. Das dritte Kind, ein kleines Mädchen, wirkte nur ein paar Jahre älter als die Kleine, die sich mit Owen angefreundet hatte. Die drei kamen ganz gut miteinander aus, und die beiden Burschen nahmen Rücksicht auf die Bedürfnisse des Mädchens.

Nathaniel spielte ein wenig mit den Kindern, lachte und scherzte mit ihnen, bewunderte, was sie ihm zeigten. Er ließ das Mädchen auf seinem Schoß sitzen und zerzauste den Buben das Haar. Auch wenn Owen kein Wort verstand, schloss er aus

Gesten, Pantomimen und Knurrgeräuschen, dass Nathaniel ihnen eine Geschichte über die Jagd auf einen Geopahren erzählte. Andere Kinder blieben stehen, um im zuzuhören, und die begeisterten Gesichter ließen vermuten, dass es sich um eine alte und beliebte Geschichte handelte.

Owen fiel auch auf, dass er einige Zeit mit zwei bestimmten Altashie-Frauen verbrachte, sowohl gemeinsam als auch einzeln. Nach den Stickereien und Motiven auf ihren Kleidern hatten sie Nathaniels Kleidung, Gewehrhülle und Taschen hergestellt. Außerdem vermutete Owen, dass sie mit Kamiskwa verwandt waren, denn ihre Kleidung wies Bärentatzenmotive auf. Vom Alter her konnten sie durchaus seine Schwestern sein.

Und da die drei Kinder eine etwas hellere Hautfarbe hatten als die anderen im Lager, schloss er darüber hinaus, dass sie Nathaniels Nachkommen sein konnten. Die frühere Unterhaltung über die Heiratsbräuche der Altashie hinderte ihn daran, in Wald einen notorischen Schürzenjäger zu sehen. Die Art und Weise, wie er mit den Frauen umging, deutete Nähe an, und dieser Nähe fehlte die für Wüstlinge typische Aggressivität.

Als sie am Abend beisammensaßen und Patronen drehten, wendete er sich zu Wald um. »Die Kinder sind Eure, von diesen Frauen.«

»Die Buben sind von Naskwatis und das Mädchen von Gwitak. Zehn, acht und fünf.« Nathaniel schüttelte den Kopf. »Und wir sind nicht verheiratet. Wenn Ihr mir jetzt erzählen wollt, dass ich dafür in die Hölle fahre, spart Euch den Atem und rettet Eure Zähne.«

Owen maß Schwefel ab. »Liebt Ihr sie?«

»Die Kinder, ja. Ihre Mütter, sicher, aber nicht so, wie man es in Norisle versteht. Liebe ist ganz schön für hübsche Geschichten und Lieder. In der richtigen Welt ist nicht viel Platz dafür.«

Nathaniel schaute sich im Dorf um. »Ihr wisst, das Altashie-Wort für Liebe – romantische Liebe – ist dasselbe wie für Wahnsinn.«

»Ich dachte, das sei ihr Wort für Habgier.«

»Ein und dasselbe. Romantische Liebe ist Habgier der Gefühle. Lust verstehen die Altashie. Eltern- und Kinderliebe verstehen sie auch. Nur das Einem-einzigen-Menschen-verfallen-Sein ist für sie verrückt.«

»Aber sie erlauben die Heirat.«

»Garantiert Kinder mit starker Magie.«

Owen warf einen Blick hinüber zu den Müttern von Nathaniels Kindern. »Und sie wollten Eure Magie?«

Wald nickte.

»Das hat sicher etwas damit zu tun, warum man Euch ›Zauberfalke‹ nennt?«

Sein Gegenüber drehte die Enden des Patronenpapiers ein und steckte es in die Tasche. »Solltet nicht zu viel auf die Geschichten geben, die man in Port Maßvoll erzählt.«

»Vor Sankt Fortunas habe ich diesen Namen nicht gehört.«

Überrascht zog Nathaniel eine Augenbraue hoch. »Bethany Frost hat Euch nicht zugeplappert?«

Owen konnte ein Schmunzeln nicht unterdrücken. »Es war deutlich, dass sie Euch nicht ausstehen kann, doch sie hat nichts Schlechtes über Euch erzählt. Sie hat mich nur vor Euch gewarnt. Wart Ihr ein schlechter Einfluss auf ihren Verlobten?«

»Ira, nein. War ein guter Mann. Hab ihn nicht näher gekannt. Ein echter Glückspilz. Starke Magie in ihm. Hab erst einen Mann getroffen, der stärker war. Hab Ira immer gemocht. Schade, dass er tot ist.«

Owen nickte, dann schaute er Nathaniel von der Seite an. »Warum nennen sie Euch ›Zauberfalke‹?«

Der Mystrianer klopfte ihm auf die Schulter. »Ihr habt schon ein paar Kämpfe hinter Euch? Habt die Leute tolle Kriegsgeschichten erzählen hören?«

»Allerdings.«

»Ist bloß ein anderes Wort für Lügen.«

»Das ist keine Antwort auf meine Frage.«

»Da waren ein paar Leute, die es nötig hatten, umgebracht zu werden. Hab ihnen den Gefallen getan. Leute, die nicht dabei waren, haben eine Menge Aufhebens davon gemacht.«

Owen fühlte einen leisen Schauder. »Doch dieser Zwischenfall weckte das Interesse an Eurer Magie?«

Nathaniel nickte zögernd. »Die Zwielichtvölker verstehen, wie die Dinge wirklich laufen. Gibt nichts Besseres als eine Frau, um einen Mann wieder auf die Beine zu bringen. Kinder auch. Habt Ihr welche?«

»Nein.«

»Ein kräftiger Bursche wie Ihr?«

»Meine Gemahlin ist jung. Wir haben noch genügend Zeit dafür.«

»Tatsache.« Nathaniel drehte eine weitere Patrone. »Werdet wohl damit anfangen, wenn Ihr wieder daheim in Norisle seid und wir nur noch eine Abenteuergeschichte in einem Buch sind.«

»Ich bin nicht hierhergekommen, um Abenteuer zu erleben.« Owen runzelte die Stirn. »Ich kam, um meine Pflicht zu erfüllen.«

Nathaniel kicherte. »Und Eure Frau hat nicht erwähnt, wie Ihr dabei reich werden könnt?«

Wut stieg in Owen auf. »Sie liebt mich. Sie will das Beste für mich, so wie ich für sie. Die Altashie mögen Liebe für Wahnsinn halten, aber ich tue es nicht. Habt Ihr jemals jemanden geliebt?«

»Schätze mal, Kapteyn Radband, über diesen Punkt werden wir keine Worte mehr verlieren. Hatte nicht vor, Euch mit der Bemerkung über Eure Frau zu beleidigen. Ein bisschen ärgern vielleicht, aber nicht beleidigen. Ihr habt Eure Wahl getroffen, und ich meine. Sich darüber das Maul zerreißen bringt gar nichts.«

»In Ordnung. Keine Feindschaft.«

»Was Ihr nicht vergessen dürft, Kapteyn Radband: Ist eine ganz neue Welt hier. Was die sich denken auf der anderen Seite des Ozeans, das spielt hier überhaupt keine Rolle. Norillische Traditionen funktionieren, sicher, aber in einem alten Land.«

»Einem alten Land?«

Nathaniel nickte. »Die Norillier sind seit etwa zweihundertfünfzig Jahren in Mystria, richtig?«

»Das kommt hin.«

»Eure Familie nun, die Eures Stiefvaters. Die gibt es schon lange?«

»Sie geht vor die Zeit der Invasion zurück. Acht Jahrhunderte.«

»Und davor gab es das Remische Weltreich, dann die Mohammadianer und die Haxier. Eine ordentlich lange Zeit.«

»Richtig.«

»Und all die Könige und Kaiser haben eine ewig lange Zeit um dasselbe Land gekämpft. Sie haben sich Regeln ausgedacht. Sie sorgen für Frieden, wenn sie Frieden wollen. Sie führen Krieg, wenn sie Krieg führen wollen. Alles, weil sie nur ein kleines Land haben, das jeder für sich will.«

Wald breitete die Arme aus. »Mystria ist ein großes Land. Größer, als Ihr Euch vorstellen könnt. Wir sind gerade zehn Pfade von der Küste entfernt. Mystria reicht noch dreihundert Pfade westwärts. Vielleicht sogar fünfhundert, nur Ost nach

West, und genauso viele Nord nach Süd. Niemand weiß es genau. Weil noch niemand den ganzen Weg geschafft hat. So groß ist es. Und all die Regeln, die Leute auf einem kleinen Stück Land zufrieden halten, die bedeuten hier draußen gar nichts. Die Regeln sind so wertlos wie ein Gesetz, das der Sonne das Scheinen verbieten will.«

»Ihr findet also, Mystria sollte unabhängig werden.«

Wald grinste. »Wäre eine Überlegung. Könnte eine gute Idee sein, hier nicht alles zu verderben.«

Owen verzog das Gesicht. »Ihr findet, die Leute sollten tun dürfen, was sie wollen? Keine Regierung? Keine Autorität?«

Wald tippte sich an die Schläfe. »Das hier ist ein Land für starke Menschen. Man hat ein Recht auf das, was man kann, was man schafft. Und ein wunderschönes Land. Gebt mir Kugeln, Pulver, einen Feuerstein und ein paar Fallen, dann kommen ich und die Meinen gut aus. Was ich nicht selbst bauen kann, tausche ich ein. Dafür brauche ich kein Geld, keine Steuern, auch keine Wachen oder sonst wen, die mir sagen, was ich darf und was nicht.«

»Aber was ist, wenn jemand kommt und sich das nehmen will, was Ihr habt? Ihr wollt doch wohl nicht behaupten, er hätte ein Recht darauf, wenn Ihr nicht stark genug seid, es zu behalten.«

»Niemand hat einen Grund, zu kommen und sich zu holen, was mir gehört. Gibt so viel freies Land hier. Er kann sich einfach irgendwo niederlassen und sein Eigen aufbauen.«

»Und wenn er dazu zu faul ist? Was, wenn er nicht weiterziehen will? Wenn er sich entschließt, sich das zu nehmen, was ein anderer schon aufgebaut hat, der schwächer ist als er? Wenn er plündern und marodieren will?«

»Schätze, dann fängt er sich eine Musketenkugel ein.«

»Und falls der Schütze einen Fehler macht und das falsche Ziel trifft?«

Nathaniel zuckte die Achseln. »Will nicht behaupten, es wäre alles perfekt. Nur, dass keine Regierung kommen und dir alles wegnehmen soll, wofür du gearbeitet hast, bloß weil ein paar Wähler irgendwo das so wollen. Jetzt werdet Ihr sagen, dafür gibt es Gerichte. Und ich würde Euch Recht geben, wenn Ihr mir zusagen könnt, dass ein wenig Gold hier und da keinen Richter umstimmen kann.«

Owen lachte. »Ich werde nicht behaupten, das derzeitige System sei vollkommen, doch zumindest ist es ein System. Was Ihr vorschlagt, ist nur eine Mögichkeit für jedermann, allein zu sterben.«

»Mag sein, Ihr habt Recht, Kapteyn Radband.« Nathaniel schüttelte den Kopf. »Aber ich schätze, manchmal wäre das gar nicht so schlecht.«

Dreiundzwanzigstes Kapitel

15. Mai 1763
Sankt Fortunas
Gottesgaben, Mystria

Owen schlief im Langhaus allein, aber unter einem Tannerfell und nahe genug am Herdfeuer, um nicht zu frieren. Während der Nacht wachte er zweimal aus Träumen auf, in denen er sich mit Bethany Frost unterhielt. Er erinnerte sich nicht daran, worüber sie redeten, doch in einem Traum schlenderten sie Hand in Hand am Flussufer in der Nähe des prinzlichen Wurmstands entlang.

Er wusste nicht recht, was er davon halten sollte. Normalerweise hätte er die Träume als Unsinn abgetan. Er hatte schon zahllosen Soldaten, die am Vorabend der Schlacht unter Alpträumen litten, erklärt, dass sie nichts bedeuteten und noch weniger vorhersagten. Und als er das tat, war er davon auch fest überzeugt gewesen.

Doch all das war vor seiner Ankunft in Mystria gewesen. Allein die Erfahrung des sich windenden Weges hatte genügt, ihm bewusst zu machen, dass es mehr Magie auf der Welt gab, als er je für möglich gehalten hätte. Vielleicht lag es wirklich nur an diesem Land, in dem die Magie aus dem Boden quoll wie Wasser aus einer Quelle. Vielleicht war es gar nichts, nur eine Illusion, doch immer, wenn er das dachte, erinnerte er sich daran, wie Kamiskwa das Kanu repariert und andere Zauber von weit größerer Macht gewirkt hatte.

Zum letzten Mal wurde er kurz nach Sonnenaufgang wach und verzehrte ein Frühstück aus Maisbrei. Seine Gastgeber verwandelten den Brei in eine Delikatesse, indem sie zerriebenen Ahornhonig daruntermischten. Das kleine Mädchen saß neben ihm, aß so wie er, lächelte, wenn er es tat, und kicherte zufrieden und ohne erkennbaren Grund.

Im Licht des Herdfeuers schrieb er einen Brief an Prinz Vladimir. Er beschrieb die Umstände, unter denen sie den Ring und das Tagebuch gefunden hatten. Er teilte ihm seine Vermutung mit, dass die Kreise die Mondphasen darstellen sollten. Und er schloss Hintergrundmaterial über Pierre Ilsavont ein, so schwierig es auch war, den Namen an Hand der ›Berufung eines Kontinents‹ zu verschlüsseln.

Sobald er damit fertig war, verfasste er einen zweiten Brief an die Frosts. Da er niemanden erschrecken wollte, konzentrierte er sich auf die erstaunlichen Beobachtungen, die er gemacht hatte. Er beschrieb die Schönheit der Wasserfälle und die Freundlichkeit der Altashie. Mit Bemerkungen über Magie hielt er sich zurück. Da die Frosts Teil der Gemeinde Bischoff Binsens waren, war er sich nicht sicher, wie sie die Nachricht aufgenommen hätten, dass die Altashie zu so mächtiger Magie fähig waren. Bethany, nahm er an, wäre begeistert gewesen, doch der Rest ihrer Familie vielleicht nicht so.

Er kam weniger zum Schluss des Briefes, weil er nichts mehr zu schreiben gehabt hätte, sondern weil das Dorf erwachte und es Zeit wurde, seine Weiterreise vorzubereiten. Er bedankte sich bei Bethany für die Hilfe beim Kauf der Journalbände und Schreibfedern und bei ihrem Vater für ›Die Berufung eines Kontinents‹. Dann faltete und versiegelte er den Brief. Er adressierte ihn an die Frosts und legte ihn in das ryngische Journal.

Als die drei Männer packten, stellte Owen fest, dass Msitazis Familie die Nacht durchgearbeitet hatte, um zwei Geschenke für ihn anzufertigen: Lederhüllen für seine Muskete und die Pistole. Beide hatten einen langen Gurt, der es ihm ermöglichte, sie über die Schulter zu hängen, und die Pistolenhülle verfügte über einen zusätzlichen Riemen, den er am Gürtel befestigen konnte, so dass sie nicht gegen seinen Leib schlug, wenn er lief.

Der Häuptling nahm ihn am Rand des Dorfes in die Arme, immer noch in die rote Uniformjacke gehüllt. »Mögen Eure Pfade mühelos sein und noch viele Ungarakii sterben, um Euren Ruhm zu mehren.«

Owen löste sich aus der Umarmung und salutierte. »Ich werde meiner Königin das Lob des Großen Häuptlings Msitazi von den Altashie singen.«

Owen vertraute das Journal, den Ring und die Briefe Msitazi an. »Ich werde Eure Nachrichten persönlich überbringen, Aodaga.« Der Häuptling nickte dem ältesten Sohn Nathaniels zu. »William wird mich begleiten. Es ist Zeit, dass er die Welt sieht.«

»Seid Ihr sicher, Msitazi?«

Der alte Mann lachte. »Jetzt klingt Ihr wie meine Kinder. Ich bin alt, nicht tot. Und es steckt noch viel Magie in mir.« Sein milchiges Auge funkelte, als sei es nicht wirklich erblindet. »Wir werden dem Prinzen Eure Nachrichten überbringen, und ich werde mich für seine Geschenke bedanken.«

Owen lüpfte eine Augenbraue. »Ihr wollt Euch Magwamp noch einmal anschauen.«

»Der große Krieger sieht über das Offensichtliche hinaus.« Msitazi schlug ihm auf den Arm. »Wenn Ihr das nächste Mal kommt, werden wir große Geschichten über Eure Abenteuer teilen.«

Anschließend verabschiedeten die drei sich von den Zurückleibenden. Nathaniel, der nicht im Langhaus übernachtet hatte, nahm mit Küssen und Umarmungen Abschied von seinen Kindern und ihren Müttern. Kamiskwa machte die Runde durch das Dorf.

Das kleine Mädchen kam zu Owen und bot ihm eine ihrer Puppen an, diejenige, die es ihm gegeben hatte, als er traurig gewesen war. Er wollte das Geschenk so höflich wie möglich ablehnen, aber sie ließ sich nicht abweisen.

Kamiskwa kam herüber und erklärte es ihm. »Sie gibt Euch die Puppe, damit sie Euch beschützt. Bei Eurer Rückkehr müsst ihr sie zurückgeben.«

Owen ging in die Hocke und gab der Kleinen einen Kuss auf die Stirn. »Danke, mein Schatz.«

Auch Kamiskwa hockte sich hin, nahm die Kleine in den

Arm und gab ihr einen Kuss. Er sprach leise mit ihr. Sie lächelte, trat einen Schritt zurück und starrte Owen kurz an. Dann lief sie kichernd davon.

»Wer ist sie?«

Kamiskwa lächelte. »Agaskan, meine jüngste Schwester.«

Owen stopfte die Puppe in die Tasche, die seine Kleidung enthalten hatte, und musste ebenfalls lächeln. Doktorus Frost, Prinz Vladimir und nun dieses Altashie-Kind hatten ihm jeder ein Geschenk für eine gute Reise gemacht.

Und in Norisle hatte niemand auch nur so getan.

Kamiskwa, Nathaniel und Owen brachen am frühen Vormittag von Sankt Fortunas aus nach Hutmacherburg auf. Sie reisten leicht, mit wenig mehr Gepäck als ihren Waffen, Munition und Proviant. Die Altashie hatten ihnen Pemikan mit auf den Weg gegeben, mit Talg vermischtes und zu Fladen gepresstes Dörrfleisch. Sie trugen genug für den Anfang in einer eigenen Tasche, die auf dem Weg regelmäßig den Besitzer wechselte.

Die drei machten sich ruhigen Schritts auf den Weg. Kamiskwa bezeichnete ihre Geschwindigkeit als Jagdpfad. Für Owen war es ein Spaziergang, und er nutzte die Zeit, um Fragen zu stellen, Berechnungen anzustellen und sogar dazu, sich Notizen zu machen. Seine Begleiter zeigten ihm ein paar weitere nützliche Pflanzen. Sie machten halt, um saure rote Beeren zu pflücken, und genossen die Schönheit des Landes.

Die zunehmende Hitze des Tages sorgte dafür, dass sie ihre Hemden auszogen. Gegen Mittag bogen sie auf einen gut ausgetretenen Pfad ein und befreiten sich auch von den Beinlingen. Obwohl der Weg nicht annähernd breit genug für ein modernes Heer war, gestattete er ihnen ein schnelles Weiterkommen. Gegen Abend erreichten sie einen kleinen See.

Sie schlugen das Lager in einer Senke etwa hundert Schritt vom Ufer auf. Die Stelle war wohl schon häufiger zu diesem Zweck genutzt worden: Rußgeschwärzte Steine waren in der Mitte zu einem Kreis ausgelegt. Nathaniel kniete sich daneben. »Ryngen.«

Owen hob Walds Gewehr auf. »Woran seht Ihr das?«

Nathaniel deutete auf eine Vertiefung unter einem großen, zur Seite geneigten Stein. »Kaum Holz da. Wahrscheinlich liegen Knochen und Müll auf der anderen Seite vom Hang. Faule, unnütze Bastarde die ganze Bande. Wir sehen besser nach dem Kanu, Kamiskwa.«

»Dem Kanu?«

Nathaniel nickte. »Habt doch wohl nicht gedacht, wir marschieren bis Hutmacherburg, oder?«

»Ihr habt anscheinend überall Kanus verborgen.«

Nathaniel stand auf und winkte Owen, ihm zu folgen. Kamiskwa ging voraus nach Osten, über eine kleine Bodenwelle und hinunter in eine zugewachsene Schlucht. Zwei umgestürzte Bäume lagen über der Schlucht und bildeten eine Brücke für den, der den Balanceakt wagte, aber die drei Männer duckten sich unter ihnen hindurch. Dort, halb von Gebüsch und dem Schatten der Baumstämme verborgen, lag ein etwa zwölf Fuß langes Birkenkanu.

Kamiskwa bürstete etwas Laub von der Rinde. »Sieht in Ordnung aus.«

»Gut.« Nathaniel rieb sich die Nase. »Wir haben uns über Pierres Tod gefreut, weil eine seiner Lieblingsbeschäftigungen war, Kanus zu zertreten. Er war ein gemeiner Hund. Ein typischer Ilsavont.«

»Die Leute lassen ihre Kanus hier einfach liegen?«

»Sind nicht in Norisle hier. Wir sind nicht alles Diebe. Wir helfen einander. Hier am Ufer liegen Dutzende Kanus. Wer hier hochkommt, arbeitet. Baut eines. Damit rudert er über den See und verstaut es. Dann erzählt er jemand, wo es ist, denn am nächsten See oder am nächsten Fluss hat der eines, das du dafür benutzen darfst. Es gibt auch welche, von denen man die Finger lässt.«

Owen kletterte hinter Nathaniel wieder zurück nach oben. »Ja?«

»Die Ungarakii haben welche, die meisten am Ostufer.«

»Und sie bringen einen um, wenn man sie benutzt?«

»Nee.« In Nathaniels braunen Augen blitzte der Schalk. »Die bauen beschissene Kanus.«

Kamiskwa nickte. »Sie neigen zu Lecks.«

Owen blieb am Feuerkreis stehen. »Und könnte es sein, dass Ihr bei dieser Neigung etwas nachhelft?«

Nathaniel lachte. »Ist unsere Art, den Ungarakii beim Schwimmenlernen zu helfen.«

»Also hätten die Ungarakii uns auch gerne nur so erschlagen, selbst wenn wir den Toten nicht gefunden hätten?«

»Na ja. Hier draußen erschlägt keiner einen nur so. Heißt aber nicht, dass ihnen das Leute-um-die-Ecke-Bringen keinen Spaß macht. Den Ungarakii macht es sogar mächtig Spaß.«

Die beiläufige Gewissheit, mit der Nathaniel Wald das feststellte, ließ Owen einen Schauder den Rücken laufen. Er sagte nichts, sondern entschloss sich, Feuerholz zu sammeln. Das erste Bündel legte er neben den Ring, dann sammelte er weiter, um den Vorrat unter dem schrägen Felsen aufzufüllen.

Das Lagerfeuer bot ihnen Licht und Wärme. Die Männer nutzten die Gelegenheit, die Lendenschurze zu waschen und an Stöcken zum Trocknen aufzuhängen. Owen setzte sich ans Feuer und schrieb in sein Tagebuch. Hauptsächlich hielt er auffällige, als Wegmarkierungen geeignete Stellen und grundlegende Informationen fest. Was er im Verlauf des Tages an Informationen gesammelt hatte, bezog sich hauptsächlich auf Nathaniels Haltung den Ungarakii und Tharyngen gegenüber. Sie niederzuschreiben erschien ihm in gewisser Weise wie ein Vertrauensbruch.

Der Abscheu, mit dem Nathaniel auf die selbstsüchtige Benutzung der Lichtung durch die Tharyngen reagiert hatte, ähnelte seinen früheren Bemerkungen über die Landbesetzer, die sie auf dem Weg zum Gut des Prinzen gesehen hatten. Dass Leute verschwenderisch mit der Natur dieses Landes umgingen, war ihm fast ebenso zuwider wie die Kontrolle riesiger Gebiete durch abwesende Besitzer.

Owen schaute auf. »Falls Ihr gestattet, Meister Wald, hätte ich eine Frage. Wenn ihr über das Land schaut, wenn Ihr es durchquert, was seht Ihr?«

»Ihr meint, abgesehen von Bäumen und so?«

»Ja. Ich meine die Frage philosophisch.«

Nathaniel stöhnte. »Das heißt, Ihr wollt große Worte hören?«

»Das ist nicht notwendig. Ihr liebt das Land ganz offensichtlich.«

»Tja, schätze, vor allem mag ich es unverdorben.« Einen Moment saß er schweigend da und ließ das Knistern des Feuers und den fernen, traurigen Schrei eines Eistauchers die Stille durchdringen. »Ich weiß, die Menschen werden es kaputt machen. Die Bäume fällen, einen Bauernhof bauen, aber das ist nur, um leben zu können. Die Shedashie tun das auch irgendwie, aber sie tun es anders. Wenn sie Sankt Fortunas morgen abbrechen würden, wie lange würd' es dauern, glaubt Ihr, bis das wieder Wildnis wäre?«

»Ein Jahr?«

»Eher eine Jahreszeit.« Nathaniels Augen wurden schmal. »Wie lange würd' es brauchen, damit Port Maßvoll verschwunden ist?«

»Eine Generation?« Owen erinnerte sich, wie er in Tharyngia über ein Stück remische Heerstraße marschiert war. »Möglicherweise sehr viel länger.«

»Die Menschen sind arrogant. Da erzählt ihnen ihre Heilige Schrift, dass Gott sie aus Lehm geformt hat wie alles andere auch. Aber sie bilden sich ein, weil sie ihm nicht gehorcht haben und aus dem Paradies vertrieben worden sind, sie wären was Besseres als die Tiere, die Pflanzen und der Dreck.« Der Waldläufer schüttelte den Kopf. »Sie denken sich Regeln und Gesetze aus, die ihnen nutzen. Mit denen sie noch mehr kriegen. Und noch mehr behalten. Spielt keine Rolle, ob sie lügen und betrügen, um es zu kriegen.«

Owen runzelte die Stirn. »Ihr redet nicht nur vom Land, oder?«

»Tja, schätze, da habt Ihr Recht.« Nathaniel zögerte, dann grinste er. »Und ich schätze, ich will über die Sache jetzt nichts mehr sagen. Aber es ist so, dass die Menschen mit ihrer Gesellschaft häufig genug mehr Schaden anrichten als Nutzen. Deshalb halt ich lieber Abstand zu den meisten Leuten.«

»Ist das eine verbreitete Haltung unter Mystrianern?«

»Keinen Schimmer. Könnte sein, Euer kleines Buch kann Euch das verraten. Ist mir egal. Bin kein Mystrianer.« Nathaniel hob die Hand. »Ja, bin hier geboren. Werd' vermutlich auch hier sterben, falls es einen Gott gibt, der halbwegs bei Verstand ist. Aber ich gehör nicht zu deren Gesellschaft. Will nichts damit zu tun haben.«

Owen machte ein skeptisches Gesicht. »Warum lebt Ihr dann nicht einfach bei den Altashie?«

»Gibt Zeiten, Kapteyn Radband, da kann ein Mensch nicht so, wie er's gerne hätte. Keiner kann seiner Geschichte entkommen.«

Kamiskwa schnaubte. »Zumindest nicht ohne eine gewisse Anstrengung.«

»Schätze mal, der Prinz Kamiskwa hat seinen eigenen Rat in dieser Sache vergessen.«

Owen hatte nicht die geringste Ahnung, wovon seine Begleiter sprachen, und er war sich ebenso sicher, dass er von keinem der beiden eine Erklärung erwarten durfte. Nathaniel sprach grundsätzlich kaum über sich. Owen vermutete, dass die Sticheleien und Prüfungen, mit denen Wald ihn traktierte, teilweise damit zu tun hatten, dass der Waldläufer herausfinden wollte, wie weit er ihm trauen konnte. Offensichtlich hatte er bis jetzt noch keine endgültige Entscheidung darüber gefällt, und bis es so weit war, würden seine Geheimnisse, welcher Art sie auch waren, genau das bleiben.

Der Soldat konnte ein Grinsen nicht unterdrücken. Er hielt sich nun schon zehn Tage in der Gesellschaft dieses Mannes auf, und alles, was er über ihn wusste, hätte auf einer Seite seines Tagebuches Platz gehabt. Katherine hätte ihm Vorwürfe gemacht, nicht mehr herausgefunden zu haben. Er hätte versucht, ihr zu erklären, dass Männer sich nicht auf dieselbe Weise austauschten wie Frauen, und sie hätte gekontert, er habe nur Angst zu fragen.

Dabei hatte Angst absolut nichts damit zu tun. Es war Respekt. Er respektierte Nathaniels Recht auf Privatsphäre. Wer er war und was er tat, all das hatte keinen Einfluss auf ihre Expedition. Wäre dem so gewesen – wäre Nathaniel zum Beispiel ein Trinker gewesen –, dann wäre es zu einer Aussprache gekommen.

Und was noch wichtiger war: Indem er darauf verzichtete, Fragen zu stellen, baute er Vertrauen auf. Owen vertraute darauf, dass Nathaniel ihm alles mitteilen würde, was notwendig war. Bisher hatte der Waldläufer diesen Teil der Vereinbarung erfüllt. Indem er keine persönlichen Fragen stellte, bewies er auf wortlose Weise sein Vertrauen in Nathaniel Wald, was seinerseits dessen Vertrauen in ihn nur stärken konnte.

Nathaniels Haltung ging vermutlich darauf zurück, wie die Gesellschaft auf ihn reagiert hatte. Schon die Tatsache, dass er Kinder von zwei Frauen hatte, mit denen er nicht verheiratet war, und Shedashie-Frauen noch dazu, dürfte genügt haben, für schiefe Blicke und Ablehnung zu sorgen. Für jemanden wie Bischof Binsen musste er wie der Teufel in Person erscheinen. Natürlich waren mit ziemlicher Sicherheit viele von denen Heuchler, die sich gegen ihn ereiferten. Owen hatte schon zahllose hohe Offiziere einfachen Soldaten Predigten über die Übel der Trunksucht und Hurerei halten hören, während sie selbst gerade angetrunken aus dem nächsten Bordell gekommen waren.

Mit diesen Gedanken schlief Owen ein und wachte völlig unerwartet erst zur letzten Wache auf. Als die aufgehende Sonne das Wasser des Sees golden färbte, aßen die Männer, verwischten alle Spuren ihres Lagers und stachen in See. Owen saß zwischen den beiden anderen, während sie das kleine Boot über das kristallklare Wasser paddelten.

»Ich kann auch rudern.«

»Macht Euch deswegen keinen Kopf. Behaltet Ihr das Ufer im Auge.«

»Wir sind zu weit entfernt für einen Schuss.«

»Schätze schon, aber ich will wissen, ob uns jemand beobachtet.«

Owen zog das Fernrohr aus der Tasche. Er suchte das Ufer ab, sah aber nichts weiter als einen im flachen Wasser grasenden Elch. Die stille Oberfläche spiegelte den blauen Himmel, außer in Ufernähe, wo das Spiegelbild des Waldrands das Wasser mit einem dunklen Rahmen begrenzte.

»Es sieht leer aus.«

Kamiskwa am vorderen Ende des Kanus, grunzte ein einzelnes Wort. »Tekskog.«

»Meinst du wirklich, Kamiskwa? Hier im See war noch nie einer.« Nathaniel lachte. »Würd' auch nicht viel nutzen, wenn er einen sähe.«

Owen seufzte. »Soll ich nach etwas Bestimmtem Ausschau halten?«

»Tja, er möchte, dass Ihr nach einem Seeungeheuer sucht. Wie 'ne große Schlange, mit einem Pferdekopf und 'ner Menge Windungen. Der Prinz hat es vermutlich auf der Liste. Hält es für einen großen Otter. Ein verflucht großer. Würde meinen, da könnte man genug Röcke für Eure ganze Armee draus machen.«

»Ist das Euer Ernst?«

»Kann nicht ehrlich behaupten, jemals einen gesehen zu haben, aber ich hab viele Leute davon erzählen hören.«

Aus zwei Gründen verwarf Owen die Vorstellung nicht auf der Stelle. Zum einen hatte er selbst in Mystria bereits Geschöpfe entdeckt, die er nie zuvor gesehen hatte. Zum zweiten war das, was Wald beschrieben hatte – zugegebenermaßen bis auf das Fell –, ein Lindwurm in einem frühen Lebensabschnitt. *Falls es hier Lindwürmer gibt, und wir können sie aufspüren, könnten wir sie aufziehen und abrichten. Das würde das Gleichgewicht der Macht in Auropa für alle Zeiten verschieben.*

In den folgenden dreieinhalb Wochen überquerten sie zahllose Seen und Teiche und schlugen gelegentlich auf einer Insel ihr Lager auf, aber nur ein einziges Mal gelangten sie auf dem Wasserweg von einem zum anderen. Den Rest der Zeit verstauten sie ihr Kanu am Ufer und zogen über Land zum nächsten See, wo sie ein anderes Kanu fanden und ausliehen.

Die Reise erstaunte Owen ungemein. Jeder neue Tag führte sie in ein Gebiet ohne die geringste Spur menschlichen Lebens. Er wusste natürlich, dass sie nicht die ersten Menschen waren, die sich dort aufhielten, denn sie stießen überall auf Kanus und Lagerplätze, aber er sah keine Zäune, keine Häuser und keine Straßen. Nach Stellen, an denen jemand Bäume gefällt hatte, musste er suchen. Mehr als einmal hatte der Wald eine Rodung zurückerobert, die laut den Aussagen seiner Führer zwanzig oder dreißig Jahre zuvor angelegt worden war.

Unterwegs behielt Owen die Liste des Prinzen im Auge, doch die Tiere darauf erwiesen sich als äußerst scheu. Dass er keinen Geopahr sah, bedauerte er allerdings nicht übermäßig. Nachts heulten Wölfe und wetteiferten mit den Eistauchern um den Titel der lautesten Kreatur um den See. Anfangs beunruhigte ihn diese Geräuschkulisse, doch mit der Zeit wurde sie ihm vertraut und angenehm. Vor die Augen bekam er jedoch keinen einzigen Wolf.

Wenn es still wurde im Wald, horchten sie auf. Kamiskwa und Nathaniel suchten augenblicklich Deckung, vergewisserten sich, dass ihre Waffen geladen waren, warteten und beobachteten, was sich in der Nähe aufhielt. Mehr als einmal hörten sie ryngische Fallensteller durch das Unterholz brechen, ohne selbst bemerkt zu werden. Nachts notierte Owen die Anwesenheit der Eindringlinge in seinem Journal.

Schließlich überquerten sie einen flachen Kamm, der die Gottesgaben-Wasserscheide von der Lindentals trennte. Sie folgten einer Kette von Seen und Wasserläufen nordwärts, und gegen Mittag standen sie auf einer Bergkuppe und blickten hinunter ins Tal von Hutmacherburg. Der Ort lag am Zusammenfluss dreier Flüsse, von denen der größte der Tillie war. Von der anfänglichen Palisadenfestung auf erhöhtem Grund aus hatte sich der Ort langsam ausgebreitet. Die Siedler hatten den Wald gerodet, und rings um die Stadt lagen kleine Bauerngüter.

Nathaniel schlug Owen auf den Rücken. »Hutmacherburg. Die westlichste Zivilisation, die das Gesetz erlaubt.« Dann deutete er nach Osten. »Natürlich hat das Gesetz da hinten haltgemacht, um nach Luft zu schnappen, also passt besser auf. Ist kein Ort, an dem man begraben sein möchte.«

Vierundzwanzigstes Kapitel

7. Juni 1763
Hutmacherburg
Lindental, Mystria

Sie lieferten sich ein Wettrennen mit der Sonne und gewannen um Haaresbreite. Auf dem Weg nach Hutmacherburg kamen sie an einigen kleinen Bauernhöfen vorbei; die Hütten waren aus Baumstämmen gebaut, Schuppen und dergleichen aus groben Brettern gezimmert. Gras und Lehm dichtete die Fugen ab, und Holzläden rahmten die leeren Fenster ein.

»Ist Glas hier draußen teuer?«

»Is' ein bisschen zerbrechlich für den Transport hier raus.« Nathaniel spuckte neben den Weg. »Leute hier draußen glauben nicht, dass es so was wirklich gibt. Linsen in Eurem Fernrohr sind so ziemlich das Höchste, was sie je gesehen haben. Fensterglas ist ein reines Märchen.«

»Gibt es hier einen Gasthof, in dem wir ein Zimmer mieten können? Geld habe ich.«

»Tja, ich hab es ehrlich gemeint da hinten, Kapteyn Radband. Ihr haltet den Mund fest geschlossen. Hört zu und lernt was.« Der Waldläufer grinste, aber Owen beruhigte das nicht sonderlich. »In Hutmacherburg muss man sich jeden Schritt gut überlegen, wenn man keinen Ärger will.«

Hutmacherburg ähnelte keinem Ort, den Owen je zuvor gesehen hatte, und das lag nicht allein daran, wie baufällig die Häuser waren. Nur die wenigsten besaßen ein ordentliches Fundament, so dass mehr als eines sich in die ein oder andere Richtung neigte. Mehrere wurden von schräg in den Boden gerammten Pfählen seitlich abgestützt; ein paar waren nur noch Trümmerhaufen, und einige Anwohner nutzten sie sichtlich als bequeme Quelle für Baumaterial oder Brennholz.

Die sogenannte Stadt selbst begann an der Festung und wurde an zwei Seiten in einem seltsam kantigen Bogen von einer Grünfläche abgegrenzt. Zwei Straßen begleiteten das Grün ein Stück vom einen beziehungsweise anderen Flussufer aus und überquerten es dann, bis sie irgendwann den von Norden kommenden Kühlungsfluss erreichten. Andere Straßen zogen sich in beliebigem Winkel zwischen ihnen her und teilten die Grundstücke in die unterschiedlichsten Formen. Die Kirche erhob sich landeinwärts der Festung wie ein Gegengewicht, und zwischen beiden Polen erhoben sich willkürlich verstreute Wohnhäuser, Geschäfte und andere Gebäude. Manche Häuser standen am Ost- und Südufer der Flüsse, und ihre Bewohner waren auf Fähren und die einzige Furt angewiesen, um sie zu überqueren.

Die Straßen verdienten kaum den Namen. Sie waren von der ständigen Belastung und gelegentlichen halbherzigen Versuchen, Schlamm abzutragen und an den Seiten aufzuschichten, abgesunken. Durch die momentane Trockenheit waren sie staubig, aber jeder Regenfall würde sie in einen Sumpf verwandeln. An manchen Stellen hatte man Bretter über die Straße gelegt, die aber in der Trockenheit zum größten Teil vom Staub überdeckt wurden.

Nathaniel führte sie zu einem größeren Bau. Das Haus hatte erkennbar klein begonnen, war aber nach und nach erweitert worden. Das Dach wirkte stabil, besonders über dem Hauptteil des ersten Stocks, aber zwischen einigen der Bretter in den Wänden klafften breite Lücken.

Er warf den als Tür dienenden Ledervorhang beiseite und marschierte durch den Schankraum zur Theke: zwei auf Fässern liegenden Brettern. Die Gäste saßen an Tischen und auf Bänken aus grob gezimmerten Planken. Ein Kamin aus Stein beherrschte die linke Wand, enthielt aber kein Feuerholz. Stattdessen stand ein Mann vor ihm und las im Licht einer auf dem Kaminsims stehenden Laterne in einem Buch.

Nathaniel hieb mit der Faust auf die Theke, und der Wirt hob den Kopf. »Fertig geglotzt?«

Der Eigentümer, ein rundlicher Mann mit der doppelten üblichen Menge Kinn und der halben Menge Haar, riss erschreckt die Arme hoch. »Nathaniel Wald! Ich hörte, Ihr wärt krepiert.«

»Ich weiß. Hab Eure Töchter bis Port Maßvoll heulen hören.«

Der Barmann kratzte sich am linken Auge. »Hätt' es besser wissen müssen. Hab schon früher so was gehört und 's hat nie gestimmt.«

»Werdet es noch öfter hören.« Nathaniel zeigte mit dem Daumen über die Schulter. »Das is' Owen. Redet nicht viel. An Kamiskwa erinnert Ihr Euch.«

»Ich erinnere mich vor allem ans letzte Mal, das Ihr hier wart. Ihr könnt im Stall pennen.«

»Ihr solltet wirklich freundlicher zu mir sein, Samson Tor.« Er streckte die Hand hinter sich aus, an Owen vorbei, und Kamiskwa legte zwei der Ungarakii-Armbänder hinein. Nathaniel knallte sie auf die Theke. »Euer bestes Zimmer, eine Runde von der Pferdepisse, die Ihr Bier schimpft, und Fleisch, das irgendwann nach dem letzten Tauwetter gestorben ist.«

Tor beugte sich vor und musterte die Armbänder gründlich. »Acht Schillinge für beide.«

»Entweder ist Eure Kaschemme gehörig teurer geworden, oder Ihr wollt mich abledern.«

»Ich bin kein Betrüger.« Tor kreuzte die Arme vor der Brust. »Im Parlament mögen sie 's nicht, dass wir hier draußen kein' Rum trinken. Sie haben 'ne Steuer auf Whiskey beschlossen. Meine Destille kostet mich dies Jahr zweihundert Pfund.«

»Wo habt 'n Ihr so einen Schwachsinn gehört?«

Tor deutete mit dem Kopf auf den Mann am Kamin. »Meister Kattun Quitte, aus Margaretenstadt. Hat gesagt, das Parlament hat das Gesetz im Februar beschlossen. Jetzt is' Anfang Juni, und es sind Agenten der Königin unterwegs.« Seine Augen wurden schmal. »Woher kennt Ihr diesen Owen?«

»Ich kenn ihn gut genug. Der ist kein Agent der Königin! Hat sich zwei Ungarakii geholt, und Häuptling Msitazi hat ihn als Gast empfangen. Das bringt kein Rotrock fertig.«

»Wahre Worte.« Tor hob die Hände. »Man kann nicht vorsichtig genug sein hier. Ich geb' Euch Zimmer. Kamiskwa schläft trotzdem im Stall. Auch Essen und Trinken. Sucht Euch 'nen Platz.«

Die meisten Anwesenden hatten das Gespräch aufmerksam verfolgt, trotzdem zogen sich ein paar von ihnen misstrauisch zurück, als Nathaniel sich einem der Ecktische näherte. Er setzte sich mit dem Rücken zur Wand, und Kamiskwa wählte einen Platz, von dem aus er die Tür im Auge hatte. Damit blieb Owen der Platz mit dem Rücken zur Theke.

Er beugte sich vor und achtete darauf, leise zu sprechen. »Das Parlament hat keine Whiskeysteuer beschlossen. Es hat eine Steuer auf Rum erlassen, um die nächsten Feldzüge gegen Tharyngia zu finanzieren.«

»Auf dem Weg bis hier kommt eine Menge durcheinander. Als das Gesetz haltgemacht hat, leistete ihm der Verstand Gesellschaft.« Nathaniel lehnte sich zurück und lächelte das hübsche Mädchen an, das ihm einen Krug mit großer Schaumkrone brachte. »Dank Euch, Meg. Hab einen mächtigen Durst, der gelöscht werden will.«

Die Dunkelhaarige kicherte. »Habt bestimmt auch noch was anderes, was Euch zwickt. Wenn Ihr die Stadtschönen irgendwann satthabt, zeig ich Euch wahre Freude.«

»Ich soll Euch zur Frau nehmen und all den guten Burschen hier das Herz brechen? Nichts zu machen.« Er grinste. »Wer hat Euren Vater vollgelabert?«

»Weiß nicht. Vater sagt, er kommt aus Margaretenstadt. Kann lesen. Vater mag ihn, weil die Leute ihm zuhören. Er liest aus ›Die Berufung eines Kontinents‹.«

Owen drehte sich langsam um. Kattun Quitte stand lässig an den Kamin gelehnt, einen Ellbogen auf das Sims gestützt. Er hielt das Buch in einer Hand etwas schräg vor sich. Seine Haltung erinnerte Owen an die eines älteren Studenten, der die jüngeren Jahrgänge belehrte. In Quittes Stimme lag eine Andeutung derselben Überlegenheit. Der Mann war schlank, mit langer Nase, blauen Augen und blondem, bis zum Kragen reichendem Haar. Er war glattrasiert und hatte trotz einfacher Kleidung etwas Stutzerhaftes. Seine Sachen wirkten kaum getragen und waren nirgends geflickt, und der Gehrock war frisch gebürstet.

»Und gleich hier heißt es«, setzte er an, und hob den ausgestreckten Finger zur Decke. »Eine Adlermutter, ganz gleich wie prächtig oder mächtig, hat keine Macht mehr über ihre Jungen, sobald sie den Horst verlassen. Ganz gleich wie mächtig, ganz gleich wie prächtig der Horst, wenn die jungen Adler ihn verlassen, sind sie frei. Sie suchen sich einen eigenen Horst. Sie suchen sich ein eigenes Revier. Sie suchen sich ein eigenes Schicksal. Und versucht die Mutter, sie wieder unter ihre Herrschaft zu zwingen, dann sollten, dann müssen, dann *werden* die Jungen sie vernichten.«

»Euer Gesicht gefällt mir nicht, Owen.«

Owen warf Nathaniel einen Blick zu. »Er liest es nicht so vor, wie der Autor es geschrieben hat. Den letzten Satz hat er frei erfunden.« Owen zog das Buch aus der Tasche und blätterte darin. »Ich habe diesen Absatz gelesen, als ich eine Nachricht verfasste. Er hat einen Aufruf zur Rebellion hinzugesetzt, der nicht im Text steht.«

Quitte schlug das Buch zu und hielt es in die Höhe. »Dieses Buch spricht die Wahrheit, meine Freunde. Die Königin hält uns für ihr Gesinde, ihr Eigentum. Wir sind Sklaven für sie. Sie schickt uns keine Soldaten für unsere Sicherheit, aber sie verlangt unser Gold, um damit ihre Soldaten auf dem Kontinent spielen zu lassen. Und an der Küste regt sich kein Protest. Dort trinken sie nicht unseren Whiskey. Sie trinken Rum, wie die Soldaten, die uns die Königin nicht schickt. Dies sind schlimme Zeiten, Sires, und wir müssen handeln.«

Owen sprang auf. »Ihr seid ein Lügner.«

Quitte blinzelte, dann glitt ein echsenhaftes Lächeln auf seine Züge. »Bin ich das, Sire? Ihr widersprecht den Worten Samuel Hasts?«

»Ich widerspreche Eurem Vortrag seiner Worte.« Owen hielt sein Exemplar des Buches in die Höhe. »Ich habe dieses Buch von Doktorus Archibald Frost in Port Maßvoll erhalten. Ihr habt den Satz über die jungen Adler, die ihre Mutter vernichten müssen, hinzuerfunden. Er steht nicht in diesem Buch.«

»Ah, Ihr besitzt also einen in *Port Maßvoll* verlegten Text.« Der Ortsname triefte vor Verachtung. »Soll ich Euch glauben, dass Euer Doktorus Frost den Text nicht verändert hat, um seine Interessen zu schützen? Er ist von der Küste. Wir interessieren ihn nicht.«

In der gegenüberliegenden Ecke richtete sich ein Hüne von einem Mann auf. Er war groß und breitschultrig, mit einem dichten, buschigen Bart und dunklem, kurzgeschorenen Haar. Keiner der übrigen Männer im Raum kam an seine Statur heran. Drei unübersehbare Narben zogen sich von seinem Schädel über die Stirn und reichten weit genug, dass eine davon die linke Augenbraue zerteilte. Er ragte hoch auf und wuchtete sich einen Schritt auf Quitte zu. »Hört mal gut her, Meister. Ihr redet gehörig geschwollen, aber ich hab Euch noch nie gesehen. Meine Brüder und ich, und mein Vater und seine Brüder vor uns, und mein Großvater und seine davor, haben alle Geschäfte mit den Frosts gemacht. Sie zahlen vielleicht nicht, was wir uns wünschen, aber sie zahlen einen fairen Preis.«

Quitte, der sichtlich bleich geworden war, hob einen Finger. »Ich gestehe Euch zu, das ist ein guter Einwand. Ich war vielleicht zu hastig. Es gibt überall Patrioten, Männer, die an Mystria glauben und daran, wozu es fähig ist.«

Owen neigte den Kopf. »Warum habt Ihr über die Whiskeysteuer gelogen?«

»Wieder beschuldigt Ihr mich der Lüge.« Quitte schob das Kinn vor. »Woher wollt ihr wissen, dass es nicht stimmt?«

Bevor Owen antworten konnte, stand Nathaniel auf. »Weil wir aus Port Maßvoll kommen. Die ham jetzt einen neuen Drucker, der eine Zeitung macht. Mit allen Neuigkeiten aus Norisle. Der Mann kam frisch vom Schiff, war Ende Februar abgefahren. Stand kein Wort über eine Steuer in seinem Blatt.«

Ein anderer Gast schnaufte. »Woher wisst 'n Ihr das, Wald? Ihr könnt nicht lesen.«

»Ich les', was ich lesen will, Hiram Sumpf, damit ich mich im Wald nicht verlaufe. Im Gegensatz zu anderen.« Nathaniel schlug Owen auf die Schulter, ein wenig härter als notwendig. »Aber ich hab mich entschieden, was für meine Bildung zu tun, deshalb hab ich mir von Owen hier vorlesen lassen. Und er hätte mir von Steuern vorgelesen, weil ich extra gefragt habe.«

Quitte breitete die Arme aus. »Vielleicht war meine Quelle falsch informiert, was dies betrifft. Doch merkt Euch meine Worte, der Tag wird kommen, an dem die Königin von uns verlangt, sie zu ernähren, obwohl sie nichts für uns getan hat. Wir sind die Söhne und Töchter, die Enkel und Enkelinnen derer, die Norisle verstoßen hat. Wir schulden der Königin nichts, und doch fesseln uns ihre Gesetze, versklaven uns ihre Edelleute, plündern ihre Kaufleute uns aus. Und auch wenn es Verräter unter uns geben mag, wisst Ihr doch alle, tief in Eurem Herzen, dass der Tag kommen wird, dass er bald kommen wird, an dem auch wir das Nest verlassen und uns aus ihren tödlichen Krallen befreien müssen.«

Viele Männer murrten und schlugen mit ihren Krügen auf die Tische. Ein paar stießen laute Pfiffe aus, und zwei luden Quitte ein, sich zu ihnen an einen Tisch auf der anderen Seite des Kamins zu setzen. Der Hüne kam herüber zu Nathaniels Tisch und schwang sich auf die Bank an der Wand, so dass der Waldläufer sich in die Ecke quetschen musste.

»Gut, Euch wiederzusehen, Zauberfalke.«

Nathaniel rutschte ein wenig herum. »Schulden wir Euch ein Bier, Friedensreich?«

»Euer Freund der Leser hier tut's.« Der Riese grinste und streckte die Hand aus. »Friedensreich Bein.«

»Owen Radband.« Seine Hand und der halbe Unterarm verschwanden in Beins Pranke. »Danke für Eure Hilfe.«

»Ach, ich war das Gequatsche leid. Leichter, ein Wollnashorn auf'n Boden zu drücken, als da durchzusteigen.« Friedensreich nahm den Krug, den Meg ihm brachte, dankbar an, trank und leckte sich den Schaum von den Lippen. »Mieses Gesöff. Sein Whiskey ist auch nicht viel besser.«

Nathaniel beugte sich nach links, und Friedensreich rutschte etwas, um ihm mehr Platz zu lassen. »Wo stellt Ihr und Eure Brüder Eure Fallen auf dieser Tage?«

»Bisschen nach Norden, bisschen nach Westen.«

»Pierre Ilsavont begegnet in letzter Zeit?«

»Ist vor zwei Jahren abgekratzt. Ham ihn draußen verbuddelt.«

»Wohl wahr.«

Der Hüne lehnte sich zurück. Seine Stimme war ein tiefes Knurren. »Hab was gesehen, was mich an ihn erinnert hat. Ist nicht mehr gerade gelaufen, nachdem er sich die Hüfte gebrochen hatte. Aber 's waren nur Spuren. Ende Frühjahr, ein Stück westlich von hier. Was wollt Ihr von ihm?«

»Er schuldet mir Geld.«

»Das ist 'ne lange Schlange, die sich nicht schnell bewegt.«

»Hab gehört, er ist vielleicht gar nicht tot.« Nathaniel nahm einen Schluck aus seinem Krug. »Haben uns gedacht, wir schaun mal, ob wir ihn aufscheuchen können.«

Friedensreich schüttelte den Kopf. »Hab ihn nicht gesehen. Drang hat erzählt, er hat Maurice voriges Jahr gesehen. Maurice war nich' geneigt, eine Schuld zu begleichen.«

Owen schaute zu Nathaniel. »Drang?«

»Sein Bruder, Drangsal.«

Friedensreich grinste. »Meine Familie sind Tugendler.«

»Verstehe.«

»Lasst mich Euch was fragen, Meister Radband. Habt Ihr das Buch gelesen, das Ihr da bei Euch tragt?«

»Teile davon.«

»Glaubt ihr, was da steht?«

»Um die Wahrheit zu sagen, Meister Bein, um das zu beurteilen, habe ich noch nicht genug gelesen.«

Der Hüne schürzte die Lippen, dann nickte er. »Gibt nicht viele Männer, die zugeben, was nicht zu wissen. Dieser Quitte sicher nicht.«

Nathaniel drehte den Krug zwischen den Händen. »Da fragt man sich, warum ein Mann so was redet.«

»Ach, ich weiß nicht, Zauberfalke, scheint mir ziemlich klar. Die Männer, die hier rauskommen, die roden eine Stadt aus der Wildnis, die haben Mumm innen Knochen. Aber die, die danach kommen, das sin' keine Führer. Das sin' Anhänger. Schafe. Ab und zu kommt ein Wolf und sucht Schafe. Wenn es nicht Quitte wäre, wär es ein Prediger oder ein Messias. Hab gehört, unten in Eichenland hat ein Mann seine eigene Bibel ausgegraben und predigt daraus. Behauptet, Mystria sei das Gelobte Land, und der Herr will, dass wir im Herzen vom Kontinent eine Himmlische Stadt bauen. Sagt, jeder Mann soll sich ein Dutzend Frauen nehmen, die jede ein Dutzend Kinder kriegen, und Gott wird wiederkommen und sie alle segnen.«

Nathaniel grinste. »Wollt Ihr ihm folgen?«

»Kann nicht mal eine Frau finden. Schätze, da hat das wenig Zweck.«

»Gut.« Nathaniel klopfte ihm auf die Schulter. »Dann wollt Ihr uns vielleicht heut Nacht zur Hand geh'n.«

Der Mann nickte. »Worum geht's?«

Wald gluckste. »Wir geh'n ein Grab schänden.«

Fünfundzwanzigstes Kapitel

7. Juni 1763
Hutmacherburg
Lindental, Mystria

Owen war überrascht, dass Nathaniels Bemerkung, obwohl nur leise ausgesprochen, weder Kamiskwa noch Friedensreich schockierte. Bein trank unbeeindruckt weiter, und Meg brachte den anderen Schalen mit Eintopf, neben die sie Vollkornbrotscheiben legte.

Owen wartete, bis sie wieder fort war, bevor er Nathaniel mit einem strengen Blick aufspießte. »Das kann nicht Euer Ernst sein.«

Nathaniel nickte und löffelte seine Suppe.

»Aber das heißt geweihten Boden stören. Ihr könnt nicht …«

Der Waldläufer wischte sich den Mund. »Es hat nicht einer

von uns Pierre gemocht. Und er hat nie was für Gott übriggehabt. *Falls* er in dem Grab liegt, machen wir nur 'n Loch, durch das ein bisschen kühle Luft runter zu ihm inne Hölle kann.«

Nathaniels Betonung des Wörtchens ›falls‹ beendete die Diskussion. Sie wussten bereits, dass er nicht in dem Grab lag, also konnte es keine Leichenschändung sein, es zu öffnen.

Friedensreich gluckste. »Kann nicht tief begraben sein. Ham ihn Anfang März gefunden. Da war der Boden noch gefroren. Seth Pflanz hat noch nie gern tief gebuddelt – nich' inner Erde und nich' in seinen Taschen. Den haben wir schnell oben.«

Weder diese Aussicht noch der Gedanke, dass sie Ilsavont so fern seines Grabes gefunden hatten, war Owen ein Trost. Er aß seinen Eintopf und überlegte sich, wie er den Geschmack hätte beschreiben können. Das Beste, was ihm dazu einfiel, war: eigenartig. Er überlegte lieber nicht allzu lange, was ein Teil des Gemüses, das in der Brühe schwamm, wohl war. Worum es sich bei dem Fleisch handelte, wusste er auch nicht, und schließlich fragte er.

Nathaniel zuckte die Achseln. »Eichhörnchen oder Waschbär.«

»Waschbär.« Friedensreich deutete mit dem Kopf zur Theke. »Tor hat ein Lakefaß draußen im Hof. Da schwimmen zwei, drei drin rum. Seine Frau kann richtig gutes Essen draus machen.«

Das Fleisch war in Ordnung, auch wenn der Geschmack nahezu vollständig herausgekocht war. Es schmeckte anders als Rind, einen Hauch dunkler, näher an Kaninchen. Sehr mager. Aber es hätte eine Prise Pfeffer vertragen. Owen schaute sich um, ob welcher verfügbar war, dann machte er sich klar, dass der so weit westlich noch seltener sein musste als Glas.

Nathaniel wischte den letzten Rest Brühe mit einem Stück Brot auf. »Hatte Zwiebeln nötig. Fertig?«

Owen schob die halbleere Schale fort. »Ja.«

Friedensreich legte ihm die Hand in den Nacken. »Graben macht durstig. Erst noch 'n Bier.«

Die vier Männer kletterten leise über die Mauer auf den kleinen Friedhof. Sie arbeiteten sich ans westliche Ende vor. Der Weg führte sie einen flachen Hang hinab, auf dem Nathaniel und Kamiskwa nach links drifteten, während Friedensreich Bein sich nach rechts bewegte. Nach etwa zwölf Schritten blieben sie stehen und schauten einander an.

Wald deutete auf eine Eiche. »Ist da drüben. Hab mich an den Baum gestützt, als ich auf sein Grab gepisst hab.«

Friedensreich stützte sich auf die Schaufel. »Drang un' ich waren drüben bei dem Stein, als wir das getan ham.«

»Wann?«

»Dies Frühjahr.«

Nathaniel runzelte die Stirn. »Wir voriges Jahr.«

»Gräber wandern nicht.« Owen ging an ihnen vorbei zu der Eiche. »War es diese hier?«

Kamiskwa nickte.

Owen las die Inschrift auf dem Holzkreuz. »Mercy Heide. Geboren 1762, gestorben 1763.«

Friedensreich grunzte. »Hat an Neujahr Scharlach gekriegt. War erst drei Monate alt.«

»Vor zwei Jahren lag sie da noch nicht.« Nathaniel ging hinüber zu den Steinen, auf die Friedensreich gezeigt hatte. Jemand hatte ein Kreuz in den Boden gesteckt, auf dem stand: Pierre Ilsavont, gestorben 1761. Gott sei seiner Seele gnädig.

Owen verschränkte die Arme. »Falls er ruht, dann hier.«

Nathaniel nahm dem Hünen die Schaufel aus der Hand. »Wie tief?«

»Drei Fuß. Mehr nicht.«

Nathaniel nickte und begann zu graben. Die Holzschaufel hatte eine Stahlkante, die das Graben hätte erleichtern sollen. Doch vom ersten Stich an traf er auf Steine. Er kratzte sie beiseite, aber mit dem vierten Stich traf er die Kante eines flachen Steins, der mindestens so groß wie ein Teller war.

Owen ging in die Hocke. »Dieser Boden ist noch nie umgegraben worden.«

»Bin versucht, Euch zu glauben.« Wald stützte sich auf die Schaufel. »Also, falls er eingebuddelt wurde, dann bestimmt nicht hier.«

Owen deutete zurück zur Kirche. »Vielleicht besitzt der Priester Unterlagen. Er muss das Begräbnis doch festgehalten haben.«

»Reiseprediger.« Friedensreich zuckte die Schultern. »Is' in zwei Wochen wieder fällig.«

»Den brauchen wir nicht.« Nathaniel legte sich die Schaufel über die Schulter. »Schätze, morgen früh besuchen wir den Totengräber. Wenn wir ihm ein wenig bei der Arbeit helfen, hat er vielleicht Zeit, uns zu erzählen, wo Pierre geblieben ist.«

Sie kehrten ins Gasthaus zurück. Kamiskwa schlief im Stall, Nathaniel und Owen teilten sich ein Bett. Friedensreich schlief im Nachbarzimmer. Dem kurzen Gerumpel nach, das durch die Wand zu hören war, nahm er sich seinen Teil des Betts von der Mitte, und Zimmergenossen, die etwas dagegen hatten, fanden reichlich Platz auf dem Boden.

Er hoffte inständig, dass Kattun Quitte einer davon war.

Owen brauchte eine Weile, bis er Schlaf fand, weil ihm Quitte nicht aus dem Kopf ging. Der Mann trug einen mystrianischen Namen, und er trug mystrianische Kleidung, doch sein Auftreten deutete auf eine norillische Schulzeit hin. Ohne jeden Zweifel hatte die Königin überall in den Kolonien Agenten, aber es ergab keinen Sinn, dass einer von ihnen den Aufstand predigen sollte. Hier draußen im Westen besaßen die Menschen kaum etwas. Sie konnten keine auch nur halbwegs ernstzunehmende Bedrohung für Norisle auf die Beine stellen. Selbst wenn die Königin Truppen in Marsch setzte, um eine Revolte zu zerschlagen, hätte ihr das nichts eingebracht. Hier waren keine Reichtümer zu gewinnen.

Vielleicht war Quitte ein ryngischer Agent. Trotz Jahrhunderten der Feindschaft zwischen beiden Nationen gab es norillische Edelleute, die auf die Tharyngen neidisch waren. Ihre Revolution, in der sie einen tyrannischen König gestürzt und die Laureaten an seine Stelle gesetzt hatten, versprach die Herrschaft der Vernunft statt eine der Launen. Vielen Norilliern, insbesondere wohlhabenden, missfiel der Einfluss der Kirche bei Hofe. Da die ryngische Revolution die Macht der Kirche in ihrer Nation gebrochen hatte, blühten Sympathien mit den Tharyngen an Orten, die zum Verrat einladen konnten.

Doch was hätten die Ryngen zu gewinnen, indem sie eine Revolte im Westen entfachten? Ihm die Unabhängigkeit vorzuschlagen, war nicht geeignet, die politische Kontrolle über das Gebiet zu erlangen. Möglicherweise hatten die Ryngen vor, Unruhe zu stiften, damit Norisle Truppen in die Kolonien entsenden musste. Falls eine Revolte Erfolg hatte, könnten die Ryngen sich womöglich sogar als Gönner des jungen Staates anbieten. Falls sie die Überfälle der Ungarakii beenden und andere Vorzüge bieten konnten, die von der Königin nicht zu erwarten waren, bestand sogar die Möglichkeit, dass die westlichsten Kolonien die Seite wechselten.

Ist es das, was Friedensreich andeuten wollte? Quitte ist hier draußen, um sich ein eigenes Reich aufzubauen? Ganz abgesehen davon, dass ein derartiger Plan verrückt war und keine Erfolgsaussichten hatte, deutete nichts darauf hin, dass es so war. Ohne Zweifel gab es zahllose Männer, die den mystrianischen Kontinent als den geeigneten Ort sahen, um sich ihre habgierigsten Träume zu erfüllen.

Genau darin, entschied Owen, lag der Fehler in Nathaniels Sicht Mystrias. Wenn man die Menschen sich selbst überließ, würden sie versuchen, ihre eigene Freiheit auf Kosten anderer auszuweiten. Sicher, Nathaniel hatte darauf hingewiesen, dass sie das ohne Rücksicht darauf taten, in welcher Gesellschaft sie lebten. Die Gesellschaft war voller Heuchelei, das akzeptierte Owen als unangenehme Tatsache, aber zumindest setzte die Gesellschaft ihnen Grenzen. Wenn die Heuchelei aus dem Ruder lief, bestrafte die Gesellschaft sie. Ohne diesen Druck konnte ein Einzelner tun, was immer er wollte, und er würde andere – Schafe – finden, die ihm folgten. Er hatte Soldaten unfähigen Offizieren geradewegs ins feindliche Kanonenfeuer folgen sehen, ohne davonzulaufen oder kehrtzumachen, obwohl sie in den sicheren Tod marschierten und ihr Opfer völlig sinnlos war.

Welche Macht könnte ein Mann sein Eigen nennen, sollten seine Anhänger glauben, Gott habe sie auserwählt.

So beunruhigend dieser Gedanke war, Owen hatte nicht die Kraft, sich damit auseinanderzusetzen. Er entschied sich, ihn wieder aufzugreifen, wenn er den nächsten Eintrag in sein Tagebuch verfasste. Das ließ ihn kurz an Bethany denken, und dann länger an seine Frau, mit dem Ergebnis, dass er friedlich und mit einem Lächeln einschlummerte.

Seth Pflanz wohnte zwei Meilen den Fluss hinauf. Sie waren auf dem Weg hinunter nach Hutmacherburg an seinem Hof vorbeigekommen. Die vier brachen vor dem Morgengrauen auf und erreichten die Hütte ungefähr beim ersten Hahnenschrei. Nathaniel wollte geradewegs hinein, doch Friedensreich überredete ihn zu einer friedlicheren Strategie. Er wanderte auf den Hof und machte sich daran, Holz zu hacken.

Seth tauchte recht schnell aus seiner Blockhütte auf. Er machte auf Owen den Eindruck eines weder körperlich noch geistig irgendwie bemerkenswerten Gesellen. Weder lächelte er, als er die vier sah, noch wurde er bleich. Er begrüßte sie einfach, als wäre ihre Anwesenheit alltäglich, und machte sich nicht die Mühe, sich für das Holz zu bedanken.

»Gibt reichlich zu tun, reichlich zu tun.« Seth winkte ihnen, nachdem er sich einen Melkschemel und einen Eimer gegriffen hatte. Dann wanderte er in Richtung einer baufälligen Scheune, deren Tür so niedrig war, dass er sich ducken musste. Friedensreich Bein hätte überhaupt nicht hindurchgepasst.

»Meister Pflanz.«

Seth steckte den Kopf wieder ins Freie. »Ihr seid mir ja ein förmlicher Geselle.«

Owen nickte. »Wir möchten Euch eine Frage stellen.«

Seth bedachte sie mit einem weiteren Blick, dann musterte er das Brennholz. Langsam wurde ihm die Situation bewusst, erkennbar in mehreren Schritten. »Ihr hattet nicht bloß Lust, Holz zu hacken, was?«

»Nein, Sire.« Owen schmunzelte. »Ich bin Kapteyn Owen Radband von Ihrer Majestät Lindwurmreitern. Ich bin hier, um Euch zu fragen, was Ihr mit der Leiche des Pierre Ilsavont getan habt.«

Seth ließ den Eimer fallen. »Ich, ich hab ihn begraben. Gleich hier auf'm Friedhof.«

Nathaniel stützte sich mit einer Hand am Türrahmen knapp neben Seths Kopf ab. »Das is' nich' sehr wahrscheinlich, weil sein Grab sich nämlich bewegt hat, und ich denk nicht, du warst scharf darauf, ihn einmal einzubuddeln, geschweige denn zweimal.«

Seth stöhnte und sackte zusammen. »Erzählt es nicht Ehrwürden. Ich hätt' es nie tun dürfen, aber ich hatte keine Wahl.«

»Wir erzählen es keinem außer der Königin, und die schickt dir 'nen Orden.«

Die Miene des Mannes hellte sich auf. »Ihr müsst das verstehen. 1761 war bitterkalt. Steinhart gefroren der Boden. Konnt' erst im Spätsommer fünf Fuß tief kommen. Der Osthang von ein paar Schluchten war das ganze Jahr voll Schnee. Und Pierre läuft raus und friert zu einem Eisblock. Zwei Fallensteller ham ihn reingebracht. Ehrwürden war nicht da, also hab ich sie die Leiche einfach an der Kirche abstellen lassen. Dann hat der Schnee sie zugedeckt.«

Seth senkte den Blick. »Na, eines Nachts ham Ef Park und ich was getrunken. Ihr wisst ja, er hat vor 'ner Weile 'ne neue Distille gekriegt, brennt den feinsten Whiskey. Und es war kalt. Ich hab ihm erzählt, wie die Fallensteller zwei Hunde an Pierres Knöchel gebunden ham, um ihn zu ziehen. Kein Tuch drüber und nichts, wo er doch steifgefroren war. Und Ef sagte, er hat zwei Hunde, das will er sehen. Also ham wir noch was getrunken und seine Hunde geholt, und Pierre, und ham ihn festgemacht. Aber die Hunde, die wollten nicht. Also klettert Ef auf Pierre drauf, als wär der ein Schlitten. Und die Hunde, ab durch den Wald. Sind runter inne Fallschlucht, und ham dann 'nen Bogen gemacht. Wir ham sie losgeschnitten, und Pierre ist einfach über 'n Schnee weiter gesaust.«

»Könnt Ihr uns an die Stelle bringen?«

»Kann ich, aber mach ich nich'.« Seths Schultern sackten. »Hab seit der Nacht nicht mehr richtig geschlafen. Auch nich' viel getrunken. Bin dieses Frühjahr los, um ihn zu suchen, nachdem ich Mercy gepflanzt hatte. Hab keine Spur von ihm entdeckt. Die Tiere müssen ihn gefressen haben, als er aufgetaut ist. Kann nicht behaupten, dass es mir leidtut.«

Nathaniel runzelte die Stirn. »Seid Ihr sicher, dass er es war?«

»Als sie ihn gebracht ham, ham wir kochend Wasser über sein Gesicht gekippt. Ein Stück Nase ist abgebrochen. Aber er war's, ganz sicher.«

Friedensreich schlug mit der Faust auf eine der Scheunenplanken und zertrümmerte sie. »Verdammt, Pflanz.«

Der kleine Mann duckte sich. »Tut mir leid. Tut mir leid.«

»Wegen Euch hab ich gutes Bier auf ein leeres Grab verschwendet.«

Nathaniel kratzte sich das Kinn. »Na ja, es war von Tor.«

»Auch wieder wahr.«

Nathaniel legte Seth einen Arm um die Schultern. »Ihr werdet nicht rumlaufen und den Leuten erzählen, dass wir Fragen gestellt haben, oder?«

»Nein, nein, bestimmt nich'. Versprochen.«

»Und Ihr werdet uns 'nen Gefallen tun.« Nathaniel deutete mit einer Kopfbewegung auf Owen. »Kapteyn Radband hier wird eine Nachricht schreiben, und die bringst du dem Doktorus Frost in Port Maßvoll.«

»Oh, das kann ich nich'. Ich hab meine Bessie hier, die muss jeden Tag gemolken werden.«

Kamiskwa zog seine Muskete aus der Hülle.

»Lass mich mal nachdenken, Seth Pflanz. Schätze, die Tors werden sich gerne einen Mond um Eure Kuh kümmern, wenn sie dafür ihre Milch bekommen.«

»Ich kann nich' in einem Mond nach Port Maßvoll un' zurück.«

Nathaniel versetzte ihm einen Hieb auf den Oberarm. »Ihr habt einen Mann auf einer steifgefrorenen Leiche 'ne Schlittenfahrt machen lassen. Ihr habt Hunde an die Leiche gebunden und dann habt Ihr sie verloren. So was wie ›kann ich nich'‹ solltet Ihr gar nicht in den Mund nehmen.«

»Aber Nathaniel, das is' zu weit.«

»Tja, dann müssen wir wohl hier warten, bis der Reiseprediger kommt.«

Seth schaute von der Muskete zu seiner Kuh und in die düsteren Gesichter, die ihn umgaben. »Ich schätze, ich kann ein Boot zur Küste finden und noch eins nach Port Maßvoll.«

»Guter Mann.« Nathaniel drehte ihn um und gab ihm einen Schubs. »Jetzt geht Eure Kuh melken. Wir warten hier.«

Owen beeilte sich, die Nachrichten zu schreiben – eine verschlüsselte für Prinz Vladimir sowie einen Begleitbrief an die Frosts. In dem Schreiben an den Prinzen stellte er das Rätsel dar, mit dem sie sich konfrontiert sahen, und beschrieb alles von der Identifikation des Wendigo bis zur Entdeckung der nie begrabenen Leiche. Er beschrieb Ilsavont als ›Meister Eisleiche‹. Er war sich nicht sicher, was der Prinz sich bei diesem Namen denken würde, und konnte nur hoffen, dass er Owen nicht unterstellte, den Verstand verloren zu haben. Der Brief an Dr. Frost handelte von der Fallenstellerei und von Handelsfragen. In diesem Brief erwähnte er Ilsavont namentlich und schlug vor, dem Prinzen auch diesen Text zu übergeben. Mit ein wenig Glück würde der Prinz die richtigen Schlüsse ziehen und die Verbindung zwischen Ilsavont und der Eisleiche herstellen. Besonders, falls Msitazi ihn erreichte, bevor Pflanz den Brief bei den Frosts ablieferte.

Nachdem er die Briefe fest versiegelt hatte, gab er Seth Pflanz seine Anweisungen. Nathaniel ließ sie ihn zwei Mal wiederholen, dann befahl er ihm, sich in Bewegung zu setzen. Pflanz protestierte und erklärte, am nächsten Morgen aufbrechen zu wollen, aber Nathaniel blieb hart. »Wenn ich Eure Latschen nicht gleich auf der Straße sehe, holen wir uns ein paar Hunde, und Friedensreich fährt auf dir nach Kebeton.«

Der Riese grinste. »Ich mag Kebeton.«

Mit einem Stöhnen gab Pflanz sich geschlagen. Die vier Männer schauten ihm nach, als er seine Kuh nach Hutmacherburg führte.

Wald seufzte. »Tja, zurück in die Stadt könn' wir nicht mehr. Weiß nicht, was dieser Idiot da erzählen wird, aber 's ist besser, wir lassen ihnen Zeit, es wieder zu vergessen.«

Owen breitete die Hände aus. »Alles deutet nach Westen. Du Malphias ist irgendwo dort draußen. Wir wissen nicht, was er ausheckt, doch mit Sicherheit ist es von Übel.«

»Schätze, Ihr habt Recht. Wird was grausam Übles sein.«

Owen nickte. Seths Bericht über Ilsavont bestätigte, dass der Mann gestorben war. Es war einfach nicht möglich, dass er aufgetaut und wieder zum Leben erwacht war. *Oder doch?* Die Shedashie verfügten über Zauber, wie er sie nie zuvor erlebt hatte.

Er blickte zu Kamiskwa. »Ist es möglich, einen Menschen von den Toten zurückzubringen?«

»Der Weise weiß, dass nichts unmöglich ist.« Die Augen des Altashie verengten sich. »Es gibt Erzählungen von großen Kriegern, die mit Dämonen gerungen haben. Vielleicht hätte man einen von ihnen dazu benutzen können, Ilsavonts Leichnam wiederzubeleben.«

»Das aber wäre kein wirkliches Leben.«

Nathaniel schüttelte den Kopf. »Spielt das eine Rolle? Ob Tote wieder leben oder Dämonen in sie schlüpfen?«

Owen knurrte: »Es muss eine logische Erklärung dafür geben.«

»Wär' mir ein echter Trost.« Wald spie aus. »Weil, all die anderen Erklärungen behagen mir gar nicht.«

Sechsundzwanzigstes Kapitel

9. Juni 1763
Hutmacherburg
Lindental, Mystria

Sie verbrachten den Rest des Tages und die Nacht auf Seth Pflanz' Hof, für den Fall, dass er zurückkehrte. Außerdem wollten sie zur Stelle sein, falls irgendjemand in Hutmacherburg versuchte, Seths abrupte Abreise nach Port Maßvoll unter die Lupe zu nehmen. Owen nutzte die Zeit, um die Detailaufzeichnungen aus dem einen in das andere Journal zu übertragen, und achtete darauf, dort eine sehr straffe und präzise Zusammenfassung militärisch relevanter Daten festzuhalten.

Außerdem nahm er sich die Zeit, mehrere Schuss aus der ryngischen Muskete abzufeuern, um ihre Möglichkeiten abzuschätzen. Er maß sorgfältig vierzig Schritt ab und stellte Ziele auf. Dann lud er eine halbe Ladung und feuerte. Die Kugel flog die vierzig Schritt, segelte aber unter dem Ziel durch. Drei Schüsse später wusste er, dass die Waffe eine volle Ladung aushielt und die Kugel mit annehmbarer Treffsicherheit bis zu sechzig Schritt weit schleuderte.

»Nicht schlecht.« Owen saugte an der Kuppe seines Feuerdaumens. Unter dem Nagel trat ein Blutstropfen hervor. Der Finger klopfte im Takt mit seinem Puls – es war eher ärgerlich als schmerzhaft. Er hatte sich in der Schlacht schon viel schlimmer gefühlt.

»Du Malphias erwartet viele Kämpfe, schätze ich. Netter Schröpfdorn da.«

Owen nickte. An der rechten Seite der aus Messing gefertigten Feuersteinhalterung stand eine kleine, dreieckige Spitze vor, die beim Abrennen des Schwefels heiß wurde. Falls das Blut unter dem Fingernagel zu schmerzhaft wurde, konnte der Schütze den Nagel auf den Dorn drücken. Das Metall bohrte sich durch das Horn, und das Blut spritzte davon, so dass der Druck nachließ.

»Die Tharyngen haben gute Waffen. Und auch gute Soldaten.« Owen schüttelte den Kopf. »Wenn man sie in ihren blauen Röcken anrücken sieht, in präziser Formation, das Bajonett aufgesetzt, gefriert einem das Blut in den Adern.«

»Guter Grund, den Krieg dort drüben zu lassen.« Nathaniel reckte sich. »Oder sich einen Weg auszudenken, den Krieg hier schnell zu beenden.«

Zum Abendessen ernteten sie ein paar Zwiebeln und Tomaten aus Pflanz' Garten. Friedensreich mischte sie unter Pemikan, bevor er das Ganze briet. Während er mit der Pfanne am Feuer stand, erklärten die anderen Friedensreich Bein ihre Mission. Er hörte sich alles mit einem gelegentlichen Grunzen an, dann servierte er in Seths Stube das Essen.

Owen wollte sofort zulangen, aber Friedensreich ließ es nicht zu, bevor sie sich alle an den Händen fassten und den Kopf senkten, während er ein Dankgebet sprach. »Lieber Gott, erhaben und furchtbar, wir danken DIR für diese Gaben. Lass sie uns an

Leib und Seele stärken, auf dass wir den Herausforderungen gewachsen sind, die DU uns stellst. Amen.«

Die Ernsthaftigkeit, mit der der Hüne das Gebet sprach, überraschte Owen. Nach dem Gelage und der versuchten Grabschändung der vergangenen Nacht hatte er Bein ganz und gar nicht als religiös angesehen.

»Es ist lange her, seit irgendjemand ein Tischgebet sprechen wollte.«

Friedensreich nickte. »Nur wenige tun das. Die meisten hier draußen sind nur fromm, wenn der Prediger in ihre Richtung guckt. Ich bin als Tugendler groß geworden. Hab es ziemlich abgestreift. Doch dann hat der Herr sich entschieden, mich daran zu erinnern, was ich IHM schulde.«

Der Mann klopfte sich auf den Kopf. »In Könige Zwei sendet Gott zwei Bärinnen, damit sie Kinder töten, die SEINEN Propheten Elias verspotten. Tja, ich hab auch einen Mann verspottet, der sich Prophet nannte. Hab ihn dafür verspottet, dass er kahl war und ein Idiot, aber vor allem kahl. Etwa ein' Tag später hat der Allmächtige mir einen Bären geschickt, der mir fast die Haut vom Kopf gerissen hat.«

»Was habt Ihr getan?«

»Na, mein Skalp hing mir vor den Augen, also hab ich rumgetastet, so gut es ging. Der Bär und ich, wir machten einen Ringkampf. Ich hab sagen hören, man soll nicht den Boten umbringen, aber das war viel später.«

Nathaniels Stimme war leise. »Hat den Bären mit bloßen Händen getötet.«

»War nur fair, mein ich. Der Bär hatte keine Flinte. Aber als es vorbei war, war ich gehörig mitgenommen, zerkratzt und zerbissen. Ich bin heim gekrochen, blind wie Saul, und hab mir vorgesagt: ›Der Herr ist mein Hirte‹. Immer wieder. Dann war da ein Mann, ein Hirte, wo es gar keine Schafe zu hüten gab. Der hat mich zusammengeflickt. Hat mir das süßeste Brot zu essen gegeben, das ich je geschmeckt habe. Und als ich am Morgen aufgewacht bin, war er weg. Nirgends eine Spur von ihm, und mir macht keiner was vor, wenn's ans Spurenlesen geht.« Der Riese blickte zur Decke. »Dann schaute ich hoch und sah seine Fußspur in den Wolken. Ich bin immer noch ein Sünder, aber ich sündige viel weniger als früher, und ich nehm das Beten ernst.«

Owens Augen wurden schmal. »Ihr tragt kein Zeichen ...«

Friedensreich lachte breit. »Wer von Gott berührt wurde oder einem seiner Boten, hat keinen großen Bedarf für Zeichen.«

Nathaniel nickte. »Schätze, was wir sehen, sind Zeichen von teuflischen Kräften, wenn Ihr die gottgefällige Wahrheit wissen wollt.« Er beschrieb, was Prinz Vladimir ihnen über die tharyngische Macht und darüber erklärt hatte, was sie vermutlich im Westen planten.

Friedensreich Bein hörte sich alles an, dann nickte er mit ernster Miene. »Ich hab mich schon gefragt, wann der Herr mich ruft, SEIN Werk zu tun. Klingt, als wäre dieser Knabe du Malphias mindestens ein Teufelsjünger. Wenn Ihr mich wollt, begleite ich Euch. Wenn nicht, dann komm' ich wohl trotzdem mit.«

Owen grinste breit. Friedensreichs Gesellschaft führte augenblicklich zu Veränderungen. Obwohl Nathaniel und Kamiskwa ihn, nachdem er die Ungarakii getötet hatte, endlich doch als mehr denn nur selbsttätig mobile Fracht behandelten, trugen sie letztlich mehr als ihren Teil der Verantwortung. Zugegeben, er besaß keine Wildniserfahrung, und sie waren bereit, ihn zu unterrichten, aber es blieb dabei, dass sie manches selbst erledigten, einfach deshalb, weil es so einfacher für sie war.

Zu viert – und dazu mit einem so riesigen vierten Mann wie Friedensreich – konnten sie nicht länger in einem Kanu reisen. Also stieg Owen zusammen mit Bein in ein zweites. So kamen sie etwas schneller voran, und trotz der schmerzenden Schultern und Brustmuskulatur gefiel Owen die zusätzliche Arbeit.

Außerdem war Nathaniel Wald in Friedensreichs Gegenwart etwas zurückhaltender. Er nannte den Waldläufer ebenfalls Zauberfalke, aber Owen verzichtete auf Nachfragen. Das hätte das Vertrauen zerstört, das sie allmählich aufbauten. Stattdessen zog er sich abends zurück und schrieb in sein Tagebuch, während die drei anderen sich Geschichten erzählten, die sie offensichtlich alle schon kannten, aber trotzdem gerne noch einmal hörten. Und bei all seiner Bescheidenheit blieb Friedensreich den beiden anderen auf diesem Gebiet nichts schuldig.

Während er ihnen im Verlauf der nächsten Wochen zuhörte, wurde Owen bewusst, dass sie alle ein Gefühl der Freiheit teilten, wie er es nie gekannt hatte. Eines Abends erzählte Nathaniel, wie er als Kind Eier vom Bauernhof einer alten Frau geklaut hatte. Danach hatte er jahrelang versucht, das in ihren Augen wiedergutzumachen. Er hatte im Winter für sie Brennholz gehackt, hatte ihr Felle und Fleisch gebracht, Botschaften überbracht, Pakete abgeholt und war jedes Mal bei ihr vorbeigegangen, wenn er ihn der Nähe war, um sich zu erkundigen, ob er etwas für sie tun konnte.

»Dann, vor etwa fünf Jahren, komm ich zu ihrem Hof, und es kam kein Rauch aus ’m Schornstein. Waren keine Hühner auf ’m Hof. Ich hab natürlich gleich das Schlimmste angenommen.« Nathaniel drehte den Spieß, an dem eine Krähe über dem Feuer hing. »Bin runter nach Eichenstadt, um zu fragen. Sie haben mir erzählt, es ginge ihr schlecht, un’ deshalb hätten sie der Prediger und seine Frau bei sich aufgenommen. Ich also hin, um nach ihr zu sehen. Lag in ihrem Bett, und kaum sieht sie mich, lässt sie eine Schimpfkanonade los, nennt mich alle Arten von Strauchdieb. Schätze, der Prediger hat mein Gesicht gesehen. Hat mir wehgetan, sie in so 'nem Zustand zu sehen. Und er sagt zu ihr: ›Großmutter Rüstig, Ihr hasst diesen Jungen nun schon fast zwanzig Jahre wegen einer Handvoll Eier, mit denen er nicht einmal davongekommen ist. Könnt ihr ihm nicht wenigstens jetzt vergeben?‹«

Nathaniel schmunzelte. »Sie guckt also zu ihm hoch, grinst ihn an ohne einen Zahn im Mund, und sagt: ›Ich hasse ihn nicht. Ich hab ihm schon vor zwanzig Jahren vergeben, Ehrwürden, ich hab es ihm nur nie gesagt. Wenn ich das getan hätte, wer hätt' mir dann Wild und Felle gebracht? Wer hätt' mir das Holz gehackt, das Wasser geschleppt und das Dach geflickt?‹ Und der Ehrwürden hat gesagt: ›Vielleicht hätte er es in seinem Herzen gefunden, das trotzdem zu tun.‹ Und sie spießt ihn auf mit ihrem Blick und sagt: »Ihr predigt Buße, aber ihr verlangt nicht mehr als ein Wort und ein Nassmachen. Ich lass ihn dafür arbeiten. Das behält er.‹ Und Ihr könnt sagen, was ihr wollt, sie hatte völlig Recht.«

Owen hätte eine derartige Geschichte niemals erzählen können. Sie hätte ihn zum Gespött gemacht. Und davon hatte er durch die Umstände seiner Geburt schon genug gehabt. Die Leichtigkeit, mit der sie Geschichten dieser Art teilten, zeigte, dass sie eine innere Sicherheit kannten, von der er nur träumen konnte.

Ist es dieser Ort, der solche Männer hervorbringt, oder ist es die Freiheit, die sie ermutigt? Er schrieb die Frage nieder. Lange starrte er auf die leere Seite darunter und schaffte es nicht, eine zufriedenstellende Antwort zu formulieren.

Drei Wochen nach dem Aufbruch aus Hutmacherburg paddelten sie im Abendrot über den Tannensee. Er war klein und nicht allzu tief, in einem kleinen, bis hinab ans Ufer dicht bewaldeten Tal gelegen. Ein paar Inseln lagen verstreut im Wasser, und Fische sprangen auf der Jagd nach Insekten. Der Wind kräuselte die Oberfläche, und Owen hatte das Gefühl, wenn er den Rest seiner Tage mit dieser Aussicht vor der Veranda hätte verbringen müssen, hätte er zufrieden sterben können.

Der Wind kam von Norden und bremste sie. Vor allem aber trug er Stimmen herüber. Sie kamen von einer kleinen, schmalen Insel, die sich von Nordwest nach Südost erstreckte. Auf ihrer Leeseite, wo der Kamm entlang der Inselmitte den Wind abhielt, leuchtete golden ein Lagerfeuer.

Nathaniel und Kamiskwa drehten augenblicklich nach Osten. Sie paddelten einen Bogen und näherten sich mit dem Wind. Als sie nahe genug waren, um an Land zu gehen, nahmen Friedensreich und Owen Kurs auf den kleinen Sandstrand an der Leeseite der Insel. Sie luden die Musketen, bevor sie auf Schussweite heran waren, dann, fünfzig Schritt vor dem Ufer, drehten sie parallel zum Strand.

Bein legte die Hände um den Mund und rief: »Hallo, das Feuer. Bonsoir.«

Kurz bewegte sich etwas vor dem Lagerfeuer. Eine misstrauische Stimme antwortete. »Bonsoir. Wer seid Ihr?«

»Friedensreich Bein. Seid Ihr das, Jean?«

»Ja, mein Freund.«

»Wer ist noch bei Euch?«

»Etienne Ilsavont. Ihr sucht Euch lieber eine andere Insel, non?«

»Das is' aber nicht sehr freundlich, Jean.«

»Mein Freund, wenn Ihr versucht zu landen, dann schieße ich.«

»Wenn Ihr schießt, bin ich sehr enttäuscht.« Friedensreich nahm das Paddel und senkte die Stimme. »Wir fahren langsam näher. Wenn sie einen Kampf anfangen, schießt erst Ihr, dann ich.«

Mit trockenem Mund behielt Owen die Insel im Auge, während sie sich vorsichtig näherten. Er wusste es schon lange besser, als in einer solchen Lage einen Punkt zu fixieren. Stattdessen beobachtete er eine möglichst weite Fläche und hielt Ausschau nach Bewegungen. Jahre als Schärler hatten ihn gelehrt, dass man Bewegungen leichter sah als Männer, die nicht gesehen werden wollten.

Mit jedem Paddelschlag rauschte das Wasser am Bug des Kanus vorbei, furchtbar laut für Ohren, die auf verräterische Geräusche lauschten. Owen sah nichts. Falls sie schossen, würde er erst das Mündungsfeuer sehen und dann erst den Schuss hören. Jeder Paddelschlag brachte sie näher in die Todeszone. Inzwischen hatte selbst der fahrlässigste Schuss eine gute Chance, sie zu treffen. Auf diese Entfernung konnte eine Kaliber-.75-Kugel Knochen zertrümmern und einen Menschen glatt durchschlagen. Ihn möglicherweise sogar aus dem Kanu schleudern.

»Kommt rein. Sie sind jetzt friedlich.«

Als sie Nathaniels Stimme hörten, wurden sie schneller. Während Bein und Owen die Tharyngen ablenkten, waren Wald und Kamiskwa am anderen Ufer an Land gegangen. Owen hatte die beiden lange genug durch die Wälder streifen sehen und hegte nicht den geringsten Zweifel, dass sie die Ryngen völlig überrumpelt hatten.

Owen sprang ans Ufer, sobald das Kanu den Sand berührte, und zog es auf Grund. Friedensreich stieg ins knöcheltiefe Wasser und packte eine der Querstreben. Ohne einen Laut oder auch nur das Gesicht zu verziehen, hob er das komplette Kanu aus dem See und trug es aufs Trockene. Er stellte es neben das kleinere von zwei Booten, die jemand zum Schutz eines dicken Fellbündels umgedreht hatte.

Die Muskete im Arm lief Owen einen sanften Hang hinauf bis zu der flachen Stelle, an der das Lagerfeuer der Tharyngen brannte. Nathaniel und Kamiskwa hielten zwei Männer in Schach. Die beiden Gefangenen saßen auf der ihren Musketen gegenüberliegenden Seite am Feuer. Beide Waffen ähnelten von der Länge her Owens Muskete, waren aber erheblich älter und nicht annähernd so sorgfältig gewartet.

Einer der Männer hatte eine gewisse Ähnlichkeit mit Pierre, und Owen nahm an, dass es sich um Etienne handeln musste. Er hatte einen ähnlichen Körperbau wie sein Vater oder vielleicht auch Bruder, und war nicht allzu groß. Allerdings wirkte Etienne sehr viel jünger und hatte dichtes braunes Haar. Er blickte eher wütend als nur verärgert, das genaue Gegenteil seines Begleiters. Jean ähnelte ebenso einer ertränkten Ratte wie einem Menschen. An seinem Kopf wetteiferten Nase und Ohren um die Dominanz. Dafür besaß er kein erwähnenswertes Kinn, was er mit einem dichten Schnauzbart zu kompensieren versuchte. Hätte er nicht bei alldem eine hohe Stirn besessen und Augen, die in einem annehmbaren Abstand voneinander lagen, es wäre ein Leichtes gewesen, ihn als unnützen Herumlungerer abzutun.

Friedensreich kam in einem Bogen herauf, so dass er rechts hinter Jean ans Feuer trat. Nathaniel setzte sich, behielt das Gewehr aber auf die Gefangenen gerichtet. »Also, wir wollen Euch wirklich nichts Böses oder so. Hab schon fast vergessen, wie Ihr und Euer Pa meine Fallen ausgeräubert habt, Etienne. Aber ich hab da schon noch ein paar Fragen an Euch.«

Der jüngere Mann stierte Wald nur mürrisch an.

Jean lächelte halbherzig. »Nathaniel, mein Freund, Ihr seid nicht der Mann, der mit der Waffe auf jemanden zielt, wenn er sie nicht benutzen will.«

»Genau wie Ihr auf meine Freunde gezielt habt.«

»Das ist so. Ein Missverständnis, non?« Jean senkte die Hände. »Lasst uns noch einmal von vorn beginnen. Willkommen an unserem Feuer. Bitte, teilt es mit uns.«

»Seid Ihr nicht 'nen Hauch östlich von Eurem normalen Revier?« Nathaniel behielt sie sorgsam im Auge. »Kann mich nicht erinnern, Euch jemals hier in der Gegend gesehen zu haben.«

Jean zuckte die Achseln. »Das Land, es ist so schön. Wir sind einfach immer weiter.«

»Und ich kann mich auch nicht erinnern, dass Ihr mit den Ilsavonts unterwegs seid.«

»Es sind schwierige Zeiten, mon ami.«

»Is' ein Teil von den Schwierigkeiten, dass Euer Vater aus dem Grab geklettert ist, Etienne?«

Ilsavont wurde kreidebleich. Er setzte zu einer Antwort an, dann ließ er die Schultern fallen und weinte.

Jean legte ihm die Hand auf die Schulter und sagte leise etwas zu ihm. Dann drehte er sich zu Nathaniel und Owen um. »Bitte, Sires, es ist furchtbar für ihn. Deswegen sind wir hier.«

Nathaniel stellte das Gewehr aufrecht. »Erzählt.«

Jean und Etienne wechselten stumme Blicke, dann nickte der junge Mann. Jean nahm die Hand von seiner Schulter und lehnte sich vor. »Es ist so. Vor zwei Monden kam ein Schiff aus Tharyngia in Kebeton an. Ein großer Mann, 'ager wie eine Vogelscheuche, ein Laureat, heißt es, kam mit Soldaten und jeder Menge Kisten voll Ausrüstung. Große Kisten, kleine, und Lakaien, die beim Ausladen 'elfen. Aber nur nachts. Er bietet gutes Geld, viel Geld, für Kundschafter und anderes. Ich 'abe Wege für ihn gesucht, ja? Von dem anderen 'ab ich gewusst, aber, er war ein Laureat. So etwas wie Euer Prinz, non? Wer weiß schon, was in deren Kopf vorgeht?«

»Was hat er gewollt?« Owen ließ sich auf ein Knie nieder. »Was für *anderes*?«

Jean starrte ins Feuer. »Er wollte Leichen. Er wollte wissen, wo die Shedashie ihre Toten begraben. Er war an einigen Totenäckern, aber die Leichen, sie waren nicht nach seinem Geschmack. Also er 'at gefragt nach anderen Toten. Ich 'abe gehört, wisst Ihr, man hat ihm Mordopfer gebracht. Da war ein kleiner Ort, wo wir ge'ört 'aben, dass man eine gefrorene Leiche hat. Sie 'atten sie im Eisschuppen gelagert, und gegen Bezahlung konnte man sie sehn. Und er 'at sich die Leiche kommen lassen.«

Nathaniel nickte. »Das wäre dann Pierre gewesen?«

Jean schüttelte den Kopf. »Ich weiß nicht.«

»Mein Vater, ja.« Etienne hob den Kopf und verschmierte sich das Gesicht, als er mit dreckigen Händen die Tränen abwischte. »Ich 'abe den Leichnam geholt. Ich 'abe ihn aufgetaut. Ich 'abe gesehen, es war mein Vater. Und eine Woche später, ich 'abe meinen Vater wieder leben gesehen.«

Siebenundzwanzigstes Kapitel

27. Juni 1763
Tannensee
Lindental, Mystria

Owen rieb sich das unrasierte Kinn. »Ungelogen?«

»Es war mein Vater. Sein Gesicht, es war erfroren, aber ich 'abe ihn erkannt.« Der junge Mann ließ den Kopf hängen. »Und doch, wisst Ihr, es war nicht mein Vater.«

»Soll heißen?«

Etienne kniff die Augen fest zusammen. »Seine Augen. Ich 'abe noch etwas von ihm darin gesehen, aber es war sehr wenig. Eine Andeutung von ihm. Er war nur ein Echo, ein leiser Nachhall in seinem eigenen Körper. Er hat sich bewegt, oui, aber eigentlich war er es nicht mehr.«

Jean schaute auf, und die Angst stand ihm ins Gesicht geschrieben. »Das ist nicht möglich, non? Man kann nicht aus dem Grab zurückkehren.«

»Schätze, der Herr hat es getan.«

»Ja, aber wenn man daran glaubt, Nathaniel, dann war er der Sohn Gottes. Ein einfacher Mensch kann das nicht.«

Friedensreich spuckte aus. »Das stimmt so nicht. In der Bibel weckt Elischa Tote auf. Einer erwacht wieder zum Leben, nur weil er Elischas Gebeine berührt hat. Und der Heilige Paulus hat einen Jungen wiedererweckt, der aus dem Fenster gefallen war und sich das Genick gebrochen hatte. Und Petrus hat die Heilige Tabita auferweckt.«

Etienne öffnete die Augen wieder. »Aber der Mann aus Tharyngia, er ist kein Heiliger.«

»Du Malphias.«

Beide Ryngen schauten zu Owen hoch. Etienne zitterte. Jean schüttelte den Kopf. »Er ist der Teufel in Person.«

Nathaniel gluckste. »Un' ich hab immer gedacht, Ihr seid nicht gläubig, Jean.«

»Er reicht, mich zu bekehren, Nathaniel. Götter, Dämonen, böse Gedanken in seinem Kopf, ich weiß es nicht, aber ich habe gesehen, was er getan hat.«

Owen hob die Hand. »Was der Knabe über einen Nachhall sagte. Ich entsinne mich an Männer mit Kopfwunden. Sie starben nicht daran, zumindest nicht sogleich. Sie fühlten keinen Schmerz. Sie erinnerten sich an manches. Sie waren beinahe wie Kinder.«

Etienne nickte. »Ja, so war es, ein wenig, aber mein Vater, er war nicht am Kopf verwundet.«

Nathaniel stand auf. »Frage mich, Owen, warum Ihr Euch so dagegen sträubt, was sie uns erzählen. Habt doch selbst gesagt, dass dieser du Malphias drüben auf 'm Kontinent Gräber geplündert hat. Was ist denn, wenn er einen Weg gefunden hat, die Toten aufzuwecken?« Er deutete auf die Ryngen. »Wie viele so wie Pierre habt Ihr gesehen?«

Jean zuckte die Achseln. »Ein Dutzend. Zwei.«

»Essen sie viel?«

»Ich habe nie einen etwas essen sehen. Aber wenn sie kaputt waren, hat der Teufel sie repariert.« Jean blickte zu Kamiskwa. »Die Pasmortes, er 'at sie benutzt, um den Ungarakii Angst einzujagen.«

Der Altashie nickte. »Wendigo. Sehr schlimm.«

Owen bekam eine Gänsehaut. »Wo ist er?«

Jeans Miene wurde ernst. »Ihr geht in den Tod. Nathaniel, Friedensreich, Ihr kennt den Amboss-See. Wo der Grüne Fluss aus ihm zum Lac Verleau fließt, auf den nördlichen 'öhen, er baut eine Festung. Er hat Kanonen und Soldaten. Sie ist uneinnehmbar.«

»Der Amboss-See? Wie weit ist das?«

»Eine Woche genau nach Westen.« Nathaniel kratzte sich am Kinn. »Der Amboss kriegt sein Wasser im Süden vom Tosenden Fluss und fließt südlich vom Langsee in den Misaawa. Und nach Osten in den Oberlauf vom Tillie.«

»Er schneidet uns vom Landesinnern ab und bedroht Lindental.« Owen senkte seine Muskete. »Wie weit ist der Bau seiner Festung fortgeschritten?«

Etienne breitete die Arme aus. »Sie ist riesig. Seine Arbeiter kennen keine Müdigkeit. Sie schleppen Steine, sie 'auen 'olz.«

»Könnt Ihr mir ein Bild von ihr zeichnen?«

Jean schüttelte den Kopf. »Es würde nichts nützen. Er baut sie in Stücken, reißt Teile ab, baut Teile auf. Und er baut nach *unten*, mon ami. Tief nach unten. Die Pasmortes gehen in die Tiefen. Aus den Eingeweiden der Erde ist Pierre gekommen.«

Owen kaute auf seiner Unterlippe. »Wie zuverlässig sind diese beiden?«

»Zuverlässig? Nicht sehr.«

»Kann man ihnen eine Nachricht anvertrauen?«

Jean lachte. »Wenn mich die Nachricht weit fort von du Malphias bringt, mon ami, werdet Ihr keinen besseren Kurier finden.«

»Ihr verdient Euch ein Pfund, ein Goldpfund, wenn ihr sie nach Port Maßvoll bringt.«

Jean nickte begeistert, sein Partner missmutig.

»Und ein Pfund Blei, wenn nicht«, knurrte Friedensreich hinter ihnen.

»Beru'igt Euch, mon ami Friedensreich. Ich bin Euer 'öchst

ergebener Diener.« Jean lächelte. »Ich lebe, um zu dienen, und indem ich Euch diene, bleibe ich am Leben.«

Owen verfasste erneut zwei Botschaften, die eine verschlüsselt für den Prinzen, die andere ein Begleitbrief an Dr. Frost. Er versiegelte den ersten und versiegelte ihn danach im zweiten. Anschließend teilten die vier die Nachtwachen ein und behielten die beiden Ryngen bis zum Morgengrauen im Auge. Schließlich halfen sie den beiden, ihre Kanus zu beladen, und schickten sie los.

Als die Kanus schon ein Dutzend Schritt weit waren, kehrte Etienne zurück, das nasse Paddel über den Knien. »Mon Sieur Wald, 'abt Ihr meinen Vater gesehen?«

»Ja. Ham ihn erschossen. Seinen Kopf verbrannt. Gibt kein' Grund mehr, Alpträume zu haben.«

»Ah. Ich verstehe. Merci.« Er drehte um und trieb das Kanu mit kräftigen Zügen an.

Friedensreich spuckte den davongleitenden Booten hinterher. »Gott gebe, dass der Knabe etwas daraus gelernt hat.«

»Schätze, eher wachsen Lindwürmern Flügel.« Nathaniel kratzte sich im Nacken. »Eine Woche bis zum Amboss. Noch 'ne Woche, um auf die andere Seite zu paddeln, mehr oder weniger. Es gibt ein paar Inseln, wo wir landen können, oder?«

Friedensreich Bein ging in die Hocke und zeichnete eine grobe Karte in den Sand. Die Umrisse erinnerten an einen von Nord nach Süd orientierten Amboss, dessen spitzes Ende gen Norden zeigte. Zum Osten wurde der See schmaler, dann wurde er am Fuß des Amboss wieder breiter. Der Grüne Fluss strömte im Südwesten in den See, und der Tosende Fluss verließ ihn nicht weit entfernt. Der abfließende Tillie teilte die Ostküste in zwei Hälften.

»Ein paar kleine Inseln in der Nähe von der Festung. Nicht viel mehr als Felsen. Zwei große, eine im Norden, eine genau im Osten von der Festung. Von der im Norden aus sehen wir gar nichts. Von der im Osten hätten wir gute Sicht, aber der Kerl wär ein rechter Trottel, wenn er da keine Soldaten postiert hätte.«

»Warum können wir von der nördlichen Insel aus nichts sehen?«

Der Hüne zog einen breiten Finger durch den Sand. »Jean hat's die Höhen genannt. Jede Menge Berge.«

»Kämen wir in den Bergen näher heran, als die Inseln es sind?«

»Wir könnten auch einfach reinmarschieren, aber ich glaube kaum, dass der Kerl uns wieder rauslässt.«

Owen nickte. »Ich verstehe, Meister Bein. Aber ich muss diese Festung erkunden. Ich muss Karten zeichnen. Einfach daran vorbeizutreiben und das Weite zu suchen, wird nicht reichen. Ich weiß, dies ist eine äußerst gefahrvolle Unternehmung. Ihr seid alle mutige Männer, doch kein Geld der Welt könnte Euch für dieses Risiko entschädigen. Ich befreie Euch ausdrücklich von jedweder Verpflichtung. Ich werde dem Prinzen eine Nachricht schreiben und würde Euch bitten, sie ihm zu überbringen. Mir bleibt keine Wahl, als nach der Festung aufzubrechen, doch verlange ich nichts dergleichen von Euch.«

Nathaniels Augen wurden zu Schlitzen. »Wenn es nicht Geld genug gibt, um irgendwen dafür zu bezahlen, dass er sich das anguckt, warum geht Ihr dann?«

»Ich bin Offizier in der Armee Ihrer Majestät. Ich habe einen Treueschwur geleistet, und meine Order lautet, die tharyngischen Stellungen in Mystria zu erkunden.«

»Würde keiner wissen, wenn Ihr nicht geht. Ihr wärt nicht

der Erste, der sich einen neuen Namen und ein neues Leben zulegt.«

»Mag sein, Meister Wald, doch *ich* wüsste es.« Er schob das Kinn vor. »Ich bin nicht bereit, ein ehrloses Leben zu führen.«

»Scheint mir, Ihr glaubt, wir schon.«

»Nein, keineswegs.« Owen öffnete die Hände. »Sobald wir vom Ostufer ablegen, betreten wir Gebiet, das nach dem Vertrag von Mastrick von 1760 Tharyngia gehört. Gekleidet wie ich bin, wird man mich als Spion behandeln und erschießen. Ihr werdet mein Schicksal teilen. Und falls nur ein Bruchteil dessen, was wir vermuten, der Wahrheit entspricht, könnte uns ein Schicksal noch weit schlimmer als der Tod erwarten.«

Der Waldläufer zog eine Augenbraue hoch. »Es geht Euch nicht darum, edel und norillisch und all das zu sein?«

Owen schüttelte traurig den Kopf. »Ich betrachte Euch als Freunde. Eure Leben sind mir zu wertvoll, um sie in so offenkundige Gefahr zu bringen. Ich weiß alles zu schätzen, was Ihr für mich getan habt. Ich hoffe nur, ich habe genug von Euch gelernt, um meine Mission zu Ende bringen. Mir bleibt keine andere Wahl.«

Nathaniel reckte sich. »Na ja, schätze, ich kann nur für mich selber reden, aber ich denke, mir bleibt auch keine Wahl. Wisst Ihr, als all die Astens und Fassens oder wie sie heißen gewettet haben, wie lange Ihr hier draußen durchhaltet, hab ich ihre Wetten angenommen. Un' ich hab sie noch verdoppelt und gewettet, dass Ihr lebend zurückkommt. Ich muss mich hinter meinen Einsatz stellen.«

Kamiskwa nickte. »Meine Schwester erwartet, dass Ihr ihre Puppe zurückbringt. Ich komme mit.«

Friedensreich stand auf und klopfte sich den Sand von den Händen. »Ich warte schon die ganze Zeit auf das, wofür der Gute

Hirte mich gerettet hat. Ich müsst schon ein verdammter Narr sein, zu glauben, das hier ist es nicht. Außerdem, als ich das letzte Mal nachgesehen hab, war Ryngen umbringen mehr 'ne Tugend als 'n Laster.«

Owen nickte ernst. »Da ist noch ein Punkt, den Ihr besser verstehen solltet. Wir werden in feindliches Gebiet eindringen. Wir ziehen in den Krieg. Ich kenne mich im Krieg so aus wie Ihr in der Wildnis. Von nun an führe ich das Kommando. Gebe ich einen Befehl, so führt Ihr ihn aus. Ist das klar?«

Die drei anderen schauten einander an, dann nickten sie. Nathaniel vollführte etwas, das entfernt einem Salutieren ähnelte. »Geht voran, Kapteyn Radband. In den Schlund der Hölle und wieder zurück.«

Aus Vorsicht wurden sie langsamer, so dass sie den Amboss-See erst eine Woche später zu Mittag erreichten. Sie brauchten bis zum Nachmittag, um zwei Kanus zu finden und zu reparieren. Friedensreich gelang es mit Rinde, etwas Pech und Gebeten, es Kamiskwa gleichzutun. Sein Flicken hielt ebenso gut, auch wenn er nicht nahtlos in den Rest des Rumpfes überging. Als sie die Boote ins Wasser ließen, hielt Owen Ausschau nach eindringendem Wasser, aber das Kanu war dicht.

Um kein unnötiges Risiko einzugehen, hielten sie sich ans Nordufer und bewegten sich nur nachts. Sie glitten vorsichtig über den See, zu keiner Zeit weiter als zwanzig Schritt vom Ufer entfernt. Das bot ihnen einen gewissen Schutz gegen den Nordwind, aber vor allem waren sie so von der Festung aus schwerer zu entdecken.

Als sie sich der Insel näherten, sammelte Owen seine Gedanken und notierte seine Überlegungen im Journal der Expedition. Der Weg vom Tannensee zum Amboss-See hatte ihm klargemacht, wie schwierig es tatsächlich sein würde, eine Armee heranzuführen, um die Festung anzugreifen. Es war möglich, die Truppen mit Transportschiffen bis nach Hutmacherburg zu bringen, aber von dort aus mussten die Soldaten marschieren. Sie würden eine Straße durch den Urwald schlagen müssen, ein Unternehmen, dass mindestens einen Monat Zeit beanspruchte, und selbst das nur bei gutem Wetter und solange keine ryngischen Truppen sie behinderten.

Am Amboss-See würden sie eine kleine Flotille von Booten bauen müssen, da eine Straße bis ans Südufer noch einmal fünfzig zusätzliche Meilen länger geworden wäre. Der Wald bot reichlich Rohmaterial für den Bau dieser Flotte, allerdings war an eine Überraschung danach nicht mehr zu denken. Das hieß, um die Festung einzunehmen, würde man sie belagern müssen, was noch mehr Männer und Nachschub erforderlich machte.

Die klügste Strategie der Norillier würde darin bestehen, am Zufluss des Tillie eine eigene Festung zu bauen. Dann wären die Ryngen gezwungen, zuerst diese Festung zu schleifen, bevor sie flussabwärts vorrücken konnten. Und Norisle hätte sich dadurch genügend Zeit erkauft, andere Verteidigungsstellungen auszubauen.

Owen formulierte solide Argumente für diesen Plan. Jemand wie Lhord Rivendell würde die Weisheit darin zwar niemals erkennen, aber Owens Oheim schon. Er würde den Plan übernehmen und als seine eigene Idee ausgeben. Der Gedanke ließ Wut in Owen aufsteigen, doch er erstickte sie.

Schließlich erreichten sie die nördliche Insel. Das rechteckige Stück Erde und Fels ragte zwanzig Schritt hoch aus dem Wasser, mit einer tiefen Senke in seiner Mitte. Ursprünglich war es nicht mehr als eine Ansammlung von Felsen gewesen, aber im

Laufe der Zeit waren diese so von Moos, Sträuchern, Blumen und sogar Bäumen überwuchert worden, dass man sie gar nicht mehr sah. Die vier zogen die Kanus bis hinauf ins Innere der Insel und verzichteten auf ein Feuer. Sie hielten abwechselnd Wache, aber abgesehen von kreischenden Seetauchern und einem Elch, der sich den Weg über die Insel abkürzte, sahen oder hörten sie nichts allzu Bemerkenswertes.

Für die Erkundungsmission bereitete jeder der vier Männer einen Beutel mit vierundzwanzig Schuss Munition vor und wechselte den Feuerstein seiner Waffe aus. Sie gingen aus gutem Grund davon aus, dass sie so gut wie tot oder schlimmer waren, falls es ihnen nicht gelang, mögliche Verfolger abzuschütteln, bevor sie diesen Munitionsvorrat verbraucht hatten.

Owen ließ seine Tagebücher, die Pistole und die Schreibfedern auf der Insel. Zwei Bleistifte und ›Die Berufung eines Kontinents‹ nahm er mit. Er konnte sich kurze Notizen in dem Bändchen machen, um sie später für den Bericht auszuführen. Auch die anderen verzichteten auf alles nicht zwingend Notwendige. Falls alles glattlief, würden sie einen kurzen Ausflug ans Westufer machen, sich umschauen, zurückkehren, um ihre Ausrüstung zu holen, und wieder nach Osten aufbrechen.

Früh am Morgen nutzten sie tief über dem Wasser hängenden Nebel aus und machten sich auf den Weg. Sie glitten einen Bach am Westufer hinauf und versteckten die Kanus an dessen Nordufer. Kamiskwa zeigte ihnen mehrere andere am Ufer verstaute Kanus und trat ein Ungarakii-Boot leck. Dann überquerten sie den Bach und machten sich auf den Weg nach Süden. Kamiskwa fand einen Wildwechsel, der sie zu einem Stück Marschland zwischen den Bergen brachte. Sie umgingen den Sumpf auf der Seeseite und stiegen einen bewaldeten Hang hinauf.

Knapp unter der Bergkuppe grinste Nathaniel. »Noch ein Berg, dann sehen wir, was nötig ist.«

Friedensreich, der ihnen ein Stück voraus war und bereits die Bergkuppe erreicht hatte, drehte sich um. Sein Gesicht war aschfahl. »Gott erbarme sich unserer Seelen.«

Owen hastete zu ihm hoch und warf sich flach auf den Bauch. Im Süden, wo sie einen waldbedeckten Berg erwartet hatten, sah er eine rotbraune Narbe in der Landschaft. Der Berg am Seeufer war zur Hälfte abgetragen worden, Holz, Steine, alles.

Und hinter ihm ragte düster und kantig das Bauwerk auf, das schon bald als die Festung des Todes in die Annalen eingehen sollte.

Achtundzwanzigstes Kapitel

7. Juli 1763
Amboss-See
Lindental, Mystria

Während der Feldzüge auf dem Kontinent hatte Owen schon viele Festungen gesehen. In mittelalterlichen Zeiten hatten die Steinmauern hoch und steil aufgeragt, doch seit der Erfindung der Kanone fielen solche Mauern nur zu schnell. Und so entwickelten die Baumeister neue Befestigungsformen, deren Mauern von einem *Glacis* umgeben waren, einem flachen Hang von zehn Fuß oder mehr Höhe. Von der fernen Bergkuppe aus gesehen, verliehen diese Vorbauten der Festung einen unregelmäßigen, sternförmigen Grundriss.

Die spitz zulaufenden Glacis erstreckten sich bis hundert Schritt vor die Mauern. Sie stiegen sanft in Richtung Festung an und waren mit Stein verkleidet. Dadurch prallten auf den Stein aufschlagende Kanonenkugeln ab und flogen harmlos über die hölzernen Palisadenwände der Festung. Kanonen dicht genug heranzuführen, um die Palisaden direkt zu treffen, oder Mörser nahe genug in Stellung zu bringen, um Schüsse mit genug Wucht über sie ins Festungsinnere zu feuern, um Schaden anzurichten, würde viel Zeit und Mühe erfordern. Es würde das Ausheben endloser Gräben erfordern, um sich unter ständigem Beschuss aus der Festung mühsam immer näher heranzuarbeiten.

Das war schon schlimm genug, doch die übrigen Verteidigungsanlagen machten die Sache noch schlimmer. Ober- und unterhalb der Glacis waren angespitzte Pfähle aufgestellt, um einen Infanterieangriff zu bremsen. Baumsperren aus gefällten Stämmen mit zugespitzten Ästen blockierten den einzigen Zugang in der Nähe der beiden kleinen Tore auf der Westseite. Diese Ausfalltore gestatteten ryngischen Truppen, die Festung zu verlassen und die norillischen Gräben anzugreifen.

Hinter den Pfählen, ein paar Dutzend Fuß vor der Wand, hatten die Tharyngen einen ebenfalls mit Pfählen gespickten Erdwall aufgeschüttet. Und hinter ihm lag ein Graben, der die Wände noch höher machte. Da der östliche Teil der Festung am Berg lag, war es nicht möglich, den ganzen Graben zu fluten, aber im unteren Bereich, wo ein Angriff am wahrscheinlichsten war, gestatteten Schleusentore, den Fluss umzuleiten und Angreifer zu ertränken.

Am Seeufer reichte die Palisadenwand bis dicht an den Rand einer achtzig Fuß hohen Klippe. Dieser schmalste Teil der Festung ließ sich theoretisch durch einen Beschuss vom See aus zerstören, doch um ein Schiff von ausreichender Größe in den

Amboss-See zu schaffen, musste es zuerst ryngisch kontrollierte Flüsse und Seen durchqueren. Ganz zu schweigen vom letzten Teil der Reise, durch das Schussfeld der Kanonen in der Festung des Todes.

Die Festung selbst hatte einen dreieckigen Grundriss, auch wenn die Wände mehrere Ausbuchtungen aufwiesen, die es der Garnison gestatteten, Belagerer mit einem vernichtenden Kreuzfeuer zu empfangen. Der höchste Punkt der Festung lag im Osten an den Klippen, und von dort aus breitete sie sich hangabwärts bis zu dem parallel zum Grünen Fluss laufenden Teil aus. Als die Kundschafter sich weiter nach Westen bewegten, erkannten sie, dass jedes Schiff, das den Fluss hinabzufahren versuchte, sich über eine Strecke von fünfhundert Schritt im Schussfeld der Festungskanonen befand. Unter derartigem Beschuss könnte es den Amboss-See nur als Wrack erreichen.

Und um die Sache noch schwieriger zu machen, hatte du Malphias auf der anderen Seite des Flussufers, auf der westlichen Ebene, eine kleinere Festung mit der Absicht errichten lassen, Ketten quer über den Flusslauf zu spannen und so eine Durchfahrt völlig unmöglich machen zu können.

Trotzdem war all das noch nicht einmal das Schlimmste. Bleiche, schlurfende menschliche Wesen – oder möglicherweise ehemals menschliche Wesen – bildeten eine andere Kette, die sich konstant über die Berghänge bewegte. Ein Teil der Gestalten trug Äxte und Schaufeln, fällte Bäume und grub. Andere bewegten sich ruckartig mit schweren Säcken voller Erde auf dem Rücken oder waren zu Gespannen zusammengeschirrt, um die gefällten Bäume fortzuschaffen. Diese Kreaturen erledigten Arbeiten, für die man anderenorts Ochsen benutzt hätte. Sie bewegten sich entsprechend langsam, aber sie bewegten sich pausenlos und zeigten keinerlei Anzeichen von Ermüdung.

Nach diesem ersten Eindruck gab Owen Zeichen, nach Westen vorzurücken. Obwohl die Wände noch unfertig und die Arbeitergruppen noch damit beschäftigt waren, den Graben auszuheben, sah Owen im Geiste bereits die fertige Anlage vor sich. Nur hatten seine Beobachtungen ohne präzise Maße und Zeichnungen kaum einen militärischen Wert.

Sie bewegten sich westwärts und arbeiteten sich von dort langsam zurück nach Osten ans Seeufer. Owen machte sich Notizen und zeichnete Karten in den hinteren Teil des Buches. Kamiskwa blieb in seiner Nähe, während Nathaniel und Friedensreich in einigem Abstand Ausschau nach Feinden hielten und Deckung lieferten. Owen benutzte die durchschnittliche Größe eines Mannes, um die Länge der Baumstämme abzuschätzen, und verschaffte sich so einen Eindruck vom Maßstab der Festung.

Erst als sie auf die Nordinsel zurückgekehrt waren und er die gesammelten Informationen in seine Journalbände übertrug, fand er zum ersten Mal einen Anlass, die Dinge nicht völlig rabenschwarz zu sehen. »Das Einzige, was ich nicht gesehen habe, waren ausreichend Kanonen, um ein Schiff zu versenken.«

»Schätze, das ist eine gute Nachricht.« Nathaniel zeichnete mit einem Zweig den Umriss der Festung in die Erde. »Sie haben vermutlich mit einer kleinen Festung auf dem Berg angefangen und sind dann abwärts. Eine zweite unten, wo der Fluss den See erreicht. Dann eine Wand, um sie zu verbinden. Danach eine dritte Stellung, und die auch verbunden.«

Owen nickte. »Absolut vernünftig.«

»Na ja, wir haben sie nicht sehen können von da, wo wir waren, aber wenn sie die Mauern in der Festung nicht abgerissen haben …«

Owen stöhnte. »Besteht das Innere aus kleineren Festungen, die wir jede einzeln erobern müssen.«

Friedensreich stocherte in ihrem kleinen Lagerfeuer. »Vergesst nicht, dass Jean gesagt hat, du Malphias gräbt auch nach unten. Wenn sie sich da drinnen Tunnel und Bunker anlegen, ist das eine perfekte Falle.«

»Stimmt. Morgen werden wir uns das Ganze von den Bergen auf der anderen Seite des Grünen anschauen müssen. Von dort sollten wir ins Innere sehen können.«

Nathaniel stand auf und verwischte seine Zeichnung mit dem Fuß. »Wenn wir das vorhaben, erledigen wir es besser gleich.«

Vor dem Aufbruch schlugen sie erst noch ein paar Äste von den Bäumen, um damit die rechte Seite ihrer Kanus zu verkleiden, dann machten sie sich auf den Weg zurück zu den Stromschnellen und auf die andere Seite. Aus der Ferne mussten sie im spärlichen Licht der schmalen Mondsichel wie auf dem Wasser treibendes Holz aussehen. Während der Fahrt behielt Owen die Laufgänge der Festung durch das Fernrohr im Auge, sah aber kaum etwas. Bestenfalls glaubte er die Umrisse zweier Posten zu erkennen, die auf der hohen Wand patrouillierten.

Am Südufer angekommen, arbeiteten sie sich nach Westen vor und in einen Bach etwa hundert Schritt vor dem Tosenden Fluss. Dort zogen sie die Kanus an Land und außer Sicht, dann fanden sie eine Senke, in der sie ein Lagerfeuer machten und ihre Ausrüstung verstauten.

Owen riss die Seiten mit seinen Karten aus ›Die Berufung eines Kontinents‹ und klemmte sie in das Tagebuch. Dann packte er die Bände in ihre Ölzeughüllen und stopfte sie in die Gepäcktasche. Dabei fand er die Puppe, die Agaskan ihm mitgegeben hatte. Er musste lächeln, und aus einer plötzlichen Laune heraus nahm er sie heraus und steckte sie in den kleineren Beutel, zusammen mit dem Buch und den Bleistiften.

Vor Sonnenaufgang waren sie zurück auf dem Wasser. Sie

benutzten den Frühnebel als Deckung, denn um nicht von der Strömung des Tosenden mitgerissen zu werden, waren sie gezwungen, hinaus auf den See zu paddeln. Obwohl der Nebel sie zum größten Teil verbarg, konnte Owen die Felszacken, durch die der Fluss schoss, doch vage ausmachen. Das laute Donnern, das von dort herüberdrang, ließ auf gewaltige Wasserfälle ganz in der Nähe schließen.

Sobald sie die Gefahrenzone passiert hatten, nahmen sie Kurs auf das Westufer, so nahe wie möglich an der Mündung des Grünen Flusses. Sie brachten die Kanus durch ein Sumpfgebiet heran, wo ein Biberdamm ein Flüsschen zu einem Teich gestaut hatte. Hier verstauten sie die Boote und machten sich auf direktem Weg über Land zur Festung auf.

Die Aussicht bestätigte ihre Vermutungen. Die zum Fluss gelegene Wand der Festung war übersät von Geschützpforten. Dasselbe galt für die Flussseite der kleineren Festung, denn diese wirkte wie eine Miniaturausgabe der großen Anlage, komplett mit Glacis, Gräben und Palisadenwänden. Sie war auf einem künstlichen Hügel errichtet, zu dessen Herstellung die Erde ringsum abgetragen worden war. Das sorgte zwar für ein ebenes Schlachtfeld, aber zugleich auch für zwei zusätzliche Probleme: Gräben würden so unter die Wasserlinie reichen und sich sehr schnell in Morast verwandeln. Und jedes auf der Ebene stehende Heer wurde zum Ziel einer Springflut, falls du Malphias das Flussufer aufbrechen konnte.

Owen erklärte all das Nathaniel. Der Waldläufer nickte und deutete ans Südufer des Flusses, knapp östlich der kleinen Festung. »Kann sein, dass ich es mir einbilde, aber sieht aus, als wär' das Ufer da aufgeschüttet, bei dem kleinen Kai.«

Owen studierte die Stelle durch das Fernrohr. Am Ufer entlang hatte man Stützpfähle in den Boden getrieben. Auf den ersten Blick wirkte es wie Wände zu beiden Seiten des kleinen Anlegestegs. »Aber dort gibt es keinen Grund für einen Steg.«

Er schob das Fernrohr zusammen. »Ein Südwind hüllt das ganze Feld in Qualm. Eine Armee, die das kleinere Fort belagert, hat keine Chance, die Uferböschung einstürzen zu sehen. Du Malphias muss die Winkel markiert und die Entfernungen abgemessen haben. Selbst ein Blinder um Mitternacht würde sie mit jedem Schuss treffen.«

»Und schaut Euch das Innere an. Da habt Ihr die Innenwände und die Steinfestung in der Mitte.«

Owen nickte. Die ursprünglichen hohen Außenwände der beiden tiefer gelegenen Teilfestungen waren auf die halbe Höhe abgetragen worden, was das Innere der Festung zum perfekten Ort für ein Massaker machte. Außerdem hatte du Malphias in deren Zentrum einen Stern aus Stein errichten lassen. Vorbauten und Stacheln schützten das Ganze, und das Dach der kreisrunden Befestigung war in seiner Mitte nur vier Fuß hoch. Soldaten im Innern hatten freies Schussfeld in alle Richtungen, und das Fehlen eines Eingangs verriet, dass sie durch Tunnel hineingelangten.

»Wenn man mit einer Mörsergranate nicht genau auf das Dach trifft, ist es unmöglich, sie von außen zu zerstören.« Die Schultern des Soldaten sackten nach unten. »Das ist ein Vorhängeschloss auf dem Weg ins Innere des Kontinents, und ich sehe keinen Schlüssel.«

»Tja. Und es wird mehr als 'nen dicken Stein brauchen, das Schloss zu knacken.«

Ein Schuss links von ihrer Position zerriss die Morgenstille. Ein zweiter folgte, näher diesmal. Beide Männer griffen ihre Flinten und rannten hinüber. Südlich lief Kamiskwa parallel zu ihnen. Zwei weitere Schüsse hallten in der Ferne, und nach einem Grunzen ertönte ein Antwortschuss.

Am Rand einer Lichtung saß Friedensreich mit dem Rücken an einen breiten Baumstamm gelehnt. Seine linke Schulter blutete, aber er benutzte den Arm trotzdem, um die Kugel in den Lauf zu stopfen. Er sah sie kommen und deutete mit einer schnellen Kopfbewegung nach Westen. »Ein Trupp Blauröcke. Ilsavont ist mit dabei.«

Owen ging hinter einem Baum in Deckung und lugte um den Stamm. Ryngische Soldaten kamen auf sie zu. Drei Mann rückten vor, drei feuerten und drei luden nach. Dahinter marschierte ein Offizier, begleitet von Etienne. Die blauen Uniformröcke hatten goldene Aufschläge, was die Soldaten als Teil des Or-Regiments kennzeichnete.

»Nathaniel, der Offizier.«

Wald feuerte. Der Offizier wurde gegen einen Baum geschleudert und stützte mit halb weggerissenem Gesicht zu Boden.

Die Tharyngen schossen zurück. Von Friedensreichs Baum flogen Rindenfetzen. Der Riese lachte, stand auf und feuerte in einer einzigen geschmeidigen Bewegung. Er machte sich nicht einmal die Mühe, den linken Arm zu benutzen, sondern stieß die Muskete einfach mit der breiten Pranke nach vorn. Der Schuss schleuderte einen der Ryngen zu Boden, aber die anderen rückten weiter heran.

»Friedensreich, Nathaniel, fallt zurück. Kamiskwa und ich geben Euch Deckung.« Owen erhaschte einen Blick auf einen Ryngen, der versuchte, ihre Position im Norden zu umgehen. Er wartete, bis der Mann den Kopf hinter einem Baum vorstreckte, und feuerte. Die Kugel schlug eine Kerbe in den Stamm, und der Mann schrie auf.

Owen warf einen Blick nach links und rannte zu einem umgestürzten Baum. Er sprang, packte mit der linken Hand das Holz, um abzubremsen, und schwang die Beine über den Stamm. Geschmeidig drehte er sich in der Luft, um dem Feind nicht den Rücken zu kehren. Seine Zehen berührten den Boden.

Dann prallte ein ryngischer Querschläger von einem Stein ab und zwischen Baumstamm und Erdboden hindurch. Er traf Owen am linken Oberschenkel, auf halber Höhe zwischen Hüfte und Knie. Die Kugel zertrümmerte den Knochen und riss ihm das Bein unterm Leib weg, so dass er hart mit dem Gesicht auf den Baum schlug. Grelles Licht explodierte hinter seinen Augen. Plötzlich fand er sich auf dem Rücken liegend, den Mund voll Blut, das Bein unnatürlich unter sich verdreht. Schmerzen schossen durch seinen Körper.

Nathaniel ragte über ihm auf. »Is' bloß 'n Kratzer.«

»Was?«

Wald stand auf, zielte, schoss. Jemand schrie auf. Der Mystrianer duckte sich wieder. »Werft Euren Arm über meine Schulter.«

»Nein.« Owen biss die Zähne zusammen, um nicht aufzuschreien. »Geht. Bringt dem Prinzen meine Aufzeichnungen.«

»Die bringt Ihr ihm schön selber.«

»Nein, Nathaniel. Ich kann nicht reisen. Ich bin vermutlich schon so gut wie tot. Geht. Das ist ein Befehl!«

»Werd' Euch nicht …«

»Ihr habt mir Euer Wort gegeben! Meine Journalbände sind der Schlüssel, Mystria zu retten. Holt sie und verschwindet. Los!«

Der Waldläufer knurrte, lud nach und feuerte erneut. »Ihr habt mich nicht zum letzten Mal geseh'n, Owen Radband.«

Nathaniel rannte los, und die beiden anderen gaben ihm Feuerschutz. Owen wollte seine Muskete packen, aber sie lag zu weit entfernt. Es gelang ihm, einen Stein zu fassen und sich daran herumzuwälzen, so dass sich sein gebrochenes Bein etwas streckte. Übelkeit schlug über ihm zusammen, und an den Rändern seines Gesichtsfelds nagte die Dunkelheit, doch er kämpfte gegen die Ohnmacht an.

Auch weniger verdreht schmerzte sein Bein so höllisch wie zuvor. Er zog sich in eine sitzende Stellung hoch. Dann nahm er seinen Gürtel ab und band ihn oberhalb der Wunde um das verletzte Bein, zog ihn fest, so gut er konnte.

Danach hielt er sich wieder an dem Stein fest und zog sich zu ein paar Mogiquafarnpflanzen hinüber, die er in der Nähe bemerkt hatte. Mit blutverschmierter Hand riss er die Blätter ab und stopfte sie sich in den Mund. Er kaute wild, dankbar für den bitteren Geschmack, dann spuckte er den Brei aus und stopfte ihn in die Wunde.

Im Namen des Allmächtigen, lass es helfen.

Owen wollte nicht wimmern, aber es gelang ihm nicht lange, still zu bleiben. Er erinnerte sich an all die Gelegenheiten während seiner Schulzeit, als er sich das Weinen verkniffen hatte, wenn die anderen Jungen ihn verprügelten, weil er seine Würde bewahren wollte. *Was für ein Unsinn.* Schmerzen kümmerten sich nicht um Würde.

Schmerzen kümmerten sich um überhaupt nichts.

Ein Rynge stieg über den Baumstamm und brachte die Muskete in Anschlag.

Owen breitete die leeren Hände aus.

Der Mann grinste kalt. Etwa in dem Moment, in dem Owen die klaffende, von einem Holzsplitter herrührende Wunde im Gesicht des Mannes auffiel, drehte der Soldat seine Waffe um und rammte den Kolben gegen Owens Oberschenkel.

Schmerz explodierte in Owens Schädel und löschte langsam

sein Bewusstsein aus. Während die Welt um ihn herum in Dunkelheit versank, hob der Tharynge erneut die Muskete, und Owen zwang sich zu lächeln.

Neunundzwanzigstes Kapitel

8. Juli 1763
Des Prinzen Zuflucht
Mäßigungsbucht, Mystria

Prinz Vladimirs Brust stand in Flammen. Die Schutzbrille ließ kaum Wasser herein. Die Guttapercha hatte sich als ausgezeichnete Dichtung erwiesen, und der Streifen im Innern der Ledermaske lag fest auf seiner Haut. Die Brille gestattete ihm eine erstaunlich klare Sicht unter der Wasseroberfläche des Benjamin, auch wenn seine Sicht durch das schwache Licht auf zehn Fuß begrenzt war, so dass er nichts weiter sah als Magwamps Hinterkopf.

Sein Körper forderte Luft. Er zog an den Zügeln, und der Lindwurm tauchte auf. Vladimir packte das Sattelhorn. Die Schläge des riesigen Echsenschwanzes versetzten den gesamten Leib des Tieres in Bewegung. Verbunden mit dem Wasserdruck hätte es genügt, ihn aus dem Sattel zu reißen. Sie stiegen schnell auf und schossen wie ein Pfeil hoch in die Luft, um zwanzig Schritt flussaufwärts wieder in die Fluten zu tauchen.

Der Prinz konnte ein Auflachen nicht unterdrücken. Am Ufer warteten sein Wurmwart und ein Lakai, der eine nervös, der andere unbeteiligt mit Handtuch und Bademantel. Bäcker, der Wurmwart, war strikt dagegen gewesen, den Prinz mit dem Lindwurm ins Wasser zu lassen, einfach, weil man so etwas absolut nicht tat. Da Lindwürmer ihr Leben als große Wasserschlangen begannen, galt es als ausgemacht, dass sie fliehen würden, wenn man sie ungesichert ins Wasser ließ. Vladimir hatte Magwamp begeistert planschen sehen, wenn der Wurmstand geflutet war, und sich entschieden, das Risiko einzugehen.

Obwohl er erst seit drei Wochen mit dem Lindwurm schwamm, gehorchte Magwamp im Wasser besser als im Feld, und es schien ihm auch deutlich mehr Spaß zu machen. Er war im Wasser schneller als an Land und ausgesprochen geschickt darin, Fischschwärme zu verschlingen. Er freute sich sichtlich auf seine tägliche Schwimmstunde, so sehr, dass der Prinz ihn sogar schon an einem wolkenverhangenen, regnerischen Tag ausgelassen hatte.

Vladimir zog an den Zügeln, um Magwamp ans Ufer zu lotsen. Stattdessen tauchte das Tier kurz den ganzen Kopf unter Wasser. Als er ihn wieder hob, lief ihm das Wasser über die Schuppen und die Schnauze. Er verweigerte die Wende und schwamm stattdessen mit langsamen, aber stetigen Bewegungen des Schwanzes stromaufwärts. Die Beine legte er dabei an den Körper an und bewegte sich gleichmäßig, geradezu majestätisch durch das Wasser.

Vladimir zog die Schutzbrille hoch und hob die Hand über die Augen. In der Ferne entdeckte er ein Kanu. *Hat Magwamp die Paddelschläge über diese Entfernung gehört? Das muss eine halbe Meile sein*.

Er drückte dem Lindwurm sanft die Fersen in die Seite. Selbst wenn er Sporen mit langen Stacheln getragen hätte, hätte er dem Tier dabei keine Schmerzen zufügen können. Trotzdem reagierte

Magwamp und glitt durch den Fluss. Der Prinz saß aufrecht im Sattel und war sich sehr bewusst, wie lächerlich er triefend nass wirkte. Doch angesichts seines Reittieres war er zuversichtlich, dass der Besucher das wohl nicht bemerken würde.

Nach hundert Schritt erkannte er den Mann im hinteren Teil des Kanus und hob grüßend die Hand. Der Knabe im vorderen Teil zog das Paddel aus dem Wasser und schien Magwamp abwehren zu wollen. Der Prinz zog an den Zügeln, und Magwamp wurde langsamer, bis er sich mit exakt derselben Geschwindigkeit wie das Wasser bewegte.

Msitazi, der die leuchtend rote Uniform Ihrer Majestät Lindwurmreiter trug, steuerte das Boot heran. »Seid gegrüßt, Großer Prinz Vladimir.«

»Ich freue mich über Euren Besuch, Großer Häuptling Msitazi. Ihr ehrt mich.«

»Ich möchte Euch meinen Enkel William vorstellen.«

Das dürfte Nathaniels Ältester sein. Trotz der graugrünen Hautfarbe des Jungen waren der hagere Körperbau und die kräftige Nase unverkennbar. *Und die Augen. Der blickt genauso misstrauisch drein wie sein Vater.*

»Ich grüße Euch, William.«

»Danke, Hoheit.«

Der Prinz deutete hinter sich zum Landgut. »Darf ich Euch meine Gastfreundschaft anbieten? Es sei denn, Ihr wollt vor dem Abend Port Maßvoll erreichen.«

»Wir sind zu Euch unterwegs, Großer Prinz.« Msitazi lächelte breit. »Ich überbringe eine Botschaft von Aodaga.«

»Von wem?«

»Vom großen Ungarakii-Schlächter.« Msitazi zog seine Jacke gerade. »Kapteyn Owen Radband.«

Prinz Vladimir brachte Magwamp eilig zurück zum Gut, und Bäcker beförderte ihn zurück in den Wurmstand. Der Prinz nahm das Handtuch, das ihm der Lakai reichte, dann schickte er ihn ins Haus, Essen holen. Er half William, das Kanu auf den Rasen zu ziehen. Die drei Männer gingen an den Platz hinüber, an dem der Prinz nur zwei Monde zuvor Kamiskwa, Nathaniel und Radband bewirtet hatte. Er wartete, bis seine Gäste sich niedergelassen hatten, dann setzte er sich ebenso im Schneidersitz ins Gras.

Obwohl er darauf brannte, Kapteyn Radbands Nachricht zu lesen, zwang er sich, die Gebräuche der Zwielichtvölker zu befolgen und es dem Häuptling zu überlassen, wann er ihm die Botschaft aushändigte. So frustrierend das auch für einen Norillier sein konnte, Vladimir hatte gelernt, dass die Shedashie Zeit anders wahrnahmen, als es in Auropa üblich war. Sie betrachteten Zeit als ausreichend oder nicht ausreichend. Zwar erkannten sie auch die Notwendigkeit für Eile, aber Hast war für sie eher eine Sünde als eine bloße Unart – und häufig ein Zeichen kaum zu fassender Dummheit. Dem zu widersprechen hieß den Respekt der Shedashie zu verspielen, und es war keineswegs leicht, sich diesen Respekt zu verdienen.

Msitazi überreichte dem Prinzen einen prächtig mit Perlen bestickten Gürtel von anderthalb Schritt Länge. »Dies hat meine Tochter Ishikis für Euch gefertigt, Großer Prinz. Ich würde es als große Ehre betrachten, wenn Ihr sie zur Frau nehmen würdet.«

Vladimir nahm den Gürtel dankbar entgegen. Perlmutt und Türkis, Korallen, Onyx und Malachit waren zu einem wundervollen Mosaik gefügt, das an beiden Enden Bären zeigte und zwischen ihnen ein Geschöpf, das große Ähnlichkeit mit Magwamp besaß. Die bunten Edelsteine stammten aus fernen Gegenden und waren von unschätzbarem Wert für die Altashie.

Somit war das Geschenk eine dem Heiratsangebot entsprechende Ehre.

»Ich bedaure, dass ich die Hand Eurer Tochter ablehnen muss, Großer Msitazi. Ich habe meiner Tante von Eurem früheren Angebot berichtet. Sie hat mir für eine Heirat noch keine Erlaubnis erteilt. Ich werde ihr jedoch zum wiederholten Mal schreiben.«

Der alte Altashie schmunzelte. »Ihr Norillier verkennt die wahren Schätze dieses Landes.«

»Ich weiß, das ist die Wahrheit.« Vladimir strich mit der Hand über den Gürtel. »Kapteyn Radband hat ein ähnliches Angebot ebenfalls abgelehnt?«

»Ihr werdet bitte Eurer Tante schreiben und sie bitten, tapfere Offiziere zu schicken, die noch keine Ehefrau haben.«

»Das werde ich ganz sicher. Wie kommt es, dass Ihr Kapteyn Radbands Rock tragt?«

»Er schenkte ihn mir, und ich schenkte ihm Kleidung von großer Medizin. Er ist zu der wichtigen Mission aufgebrochen, die Ihr ihm gegeben habt. Er wird diese Medizin benötigen.«

Msitazi öffnete einen Beutel und zog einen versiegelten Brief hervor. »Aodaga übersendet Euch dies. Wir haben es so schnell gebracht, wie wir konnten. Wir hatten ein kleines Abenteuer unterwegs.«

Der Prinz nahm den Brief entgegen und erbrach das Siegel. Als Erstes schaute er auf das Datum auf dem Kopf des ersten Blattes. Er fuhr die darauf folgenden Zahlenreihen mit dem Finger ab und rechnete. Da er ›Die Berufung eines Kontinents‹ auswendig gelernt hatte, konnte er den Text schnell entziffern. Radband beschrieb den bisherigen Teil der Reise in bescheidenen Worten und informierte Vladimir über einen Mann, der möglicherweise nicht mehr tot war.

Er las die Botschaft zweimal, um sicherzugehen, dass ihm kein Fehler bei der Entschlüsselung unterlaufen war, dann blickte er auf. »Was haben sie über diesen Mann gesagt, der aus dem Grab zurückgekehrt sein könnte?«

Msitazis Miene verdüsterte sich. »Pierre Ilsavont. Zauberfalke mochte ihn nicht. Er hat ihn erschossen. Sie haben seinen Kopf verbrannt. Er hätte in dem harten Winter sterben sollen. Er war Wendigo.«

»Erwähnten sie jemanden namens Guy du Malphias?«

»Nein. Der Wendigo begleitete Ungarakii. Mein Sohn sagte, Aodaga, Zauberfalke und er seien auf der Fährte großer Beute. Ihr Weg führte sie nach Hutmacherburg.«

Vladimir nickte nachdenklich. »Die Botschaft erwähnt ein Buch und einen Ring.«

William schaute seinen Großvater an, dann öffnete er seine Tasche und holte beides heraus. »Ich hätte sie niemandem gegeben, Hoheit.«

»Es war eine weise Entscheidung, sie Euch anzuvertrauen, William. Ihr habt Eure Pflicht gut und ehrenvoll erfüllt.« Der Ring war, wie bereits in der Nachricht erwähnt, nur insofern bemerkenswert, als er tharyngischer Herkunft und sehr weit von seinem Herkunftsland entfernt war. Es bestand eine gewisse Chance, dass seine Entdeckung in Launston Interesse verursachen konnte, doch wahrscheinlich würde man ihn als mehr oder weniger bedeutungslos abtun.

Das Tagebuch andererseits war von kolossalem Interesse für den Prinzen. Er blätterte darin und fand die an Bethany Frost adressierte Nachricht, die er beiseitelegte, um den Inhalt weiter zu studieren. Als Erstes fiel ihm neben den entsetzlichen Rechtschreibfehlern und der kaum besseren Grammatik auf, dass die Einträge mit der Zeit fahriger wurden. Die Sätze wurden kürzer, die Satzzeichen verschwanden. Die Schrift selbst wurde größer und unsicherer, die Zeilen zunehmend schräger. Die Mondphasen blieben deutlich erkennbar, allerdings ähnelte der Umriss der Zeichnungen immer weniger einem Kreis.

Der Prinz schaute auf. »Ich muss Euch um Verzeihung bitten. Ich bin unhöflich.«

Msitazi hob eine Hand. »Euer Gesicht gleicht dem meinen, wenn ich eine Fährte studiere. Beobachte ihn gut, William. Er ist weise und weiß sich zu konzentrieren. Ein Krieger, der schnell zuschlägt, ist wertvoll, doch es ist der Krieger, der weise genug ist, zu wissen, *wo* er zuschlagen muss, dem der Sieg gehört.«

Der Prinz lächelte. »Und Ihr, William, habt das große Glück, in Eurem Großvater einen Mann zu kennen, der zugleich schnell und weise ist. Beobachtet ihn gut.«

Der Knabe strahlte.

Vladimir stand auf und winkte seinem Wurmwart. »Bäcker, kommt her.«

Der stämmige Mann kam herübergelaufen, sichtlich besorgt, die Shedashie könnte den Prinzen irgendwie bedrohen. »Ja, Hoheit.«

Vladimir reichte ihm den Brief an Bethany Frost. »Nehmt mein schnellstes Pferd und überbringt dies den Frosts. Bittet Doktorus Frost, seine Gemahlin, seine Tochter, und seinen Sohn Caleb, mir heute Abend zum Diner Gesellschaft zu leisten. Sie können morgen früh in die Stadt zurückkehren. Lasst Koronel Langford eine Kutsche und eine Eskorte aus seiner Kavalleriekompanie für sie bereitstellen. Er wird Euch entgegnen, Ihr wärt ein Idiot. Ihr werdet darauf antworten, dass ich befohlen habe, er soll die Reiter nicht persönlich anführen. Das wird ihm bestätigen, dass der Befehl von mir kommt. Die Reiter werden morgen etwas von Wert zurückbringen. Ihr Geleitschutzauftrag ist nur eine Täuschung für mögliche feindliche Spione. Die Gardisten sollen eine kleine Metallkiste mitbringen, zusammen mit allen dazu passenden Schlüsseln.«

»Jawohl, Hoheit. Soll ich sofort aufbrechen, Hoheit, oder gleich, wenn ich Euren Lindwurm gefüttert habe?«

»Brecht sofort auf. Ich bin sicher, der Große Häuptling Msitazi und sein Enkel werden mir gerne helfen, den Lindwurm zu füttern. Und gebt unterwegs in der Küche Bescheid, dass wir sieben Personen zum Abendessen sind. Es dürfte eine bemerkenswerte Gelegenheit werden.«

»Hoheit, es ist schon recht spät ...«

»Sagt Ihnen, wenn ich selbst kochen muss, müssen sie den Lindwurm füttern.«

»Ich denke, sie werden es verstehen, Hoheit.«

Während des gesamten Wortwechsels war Msitazis Miene so reglos wie eine Onyxmaske, doch sobald Bäcker sich auf den Weg machte, grinste er. »Es ist nicht die Macht selbst, die einen Mann zu herrschen befähigt, sondern die Weisheit, wie er sie einsetzen sollte und wann.«

»Man kann nur hoffen, dass die Umstände die Überlegung gestattet, die beides erst möglich macht.« Der Prinz deutete mit einer Handbewegung hinüber zum Wurmstand. »Ihr werdet selbstverständlich heute Abend als meine Gäste mit uns speisen. Doch wollen wir uns zuerst um Magwamps Bedürfnisse kümmern?«

Der Knabe hatte sichtlich Freude daran, den Lindwurm zu füttern, zumindest nachdem er seine anfängliche Furcht überwunden hatte. Magwamp schien seine Anwesenheit noch mehr zu genießen. Er stieß ihn vorsichtig an und brachte den Schwanz herum, um ihn einzufangen. Der Junge kreischte begeistert und plapperte auf seinen Großvater ein. Ohne Zweifel würde Sankt Fortunas nach ihrer Rückkehr ein paar großartige Geschichten hören.

Der Prinz überließ die beiden sich selbst und zog sich in sein Labor zurück, um das Journal und den Ring zu studieren. Das einzig Seltsame, was er bei näherer Untersuchung an dem Ring feststellte, waren eine Gravierung und die Tatsache, dass jemand einen dünnen Messingspan aus dem Metall geschnitten hatte. Es war denkbar, aber unwahrscheinlich, dass Letzteres zufällig geschehen war. Die Gravierung im Innern des Rings bestand teilweise aus Symbolen von arkaner Bedeutung. Verglichen mit dem Wappen auf der Vorderseite waren die Gravierung und der Schnitt im Metall jüngeren Datums. Prinz Vladimir ging davon aus, dass beide absichtlich angebracht worden waren und dementsprechend eine Bedeutung besaßen.

Das Buch enthielt zugleich faszinierende und frustrierende Hinweise. Im Innern des hinteren Buchdeckels fand er die Symbole des Rings wieder. Das bestätigte ihre Verwendung als eine Art Indexsystem. Jeder Buchhalter oder Quartiermeister wäre allerdings mit einfachen Zahlen völlig zufrieden gewesen. Die Symbole selbst hatten magische Wurzeln, und Radbands Vermutung in seinem Brief, dass eine magische Verbindung zu dem Ring bestand, deutete auf etwas durchaus Unschönes hin.

Die Einträge im Innern des Journals wirkten anfänglich völlig normal und als nichts weiter denn eine Reisebeschreibung, bis auf die Tatsache, dass der Autor keinerlei Hinweis auf seine Eindrücke oder Gefühle gab. Er beschrieb Berge und Täler auf eine Art, von der ein Zivilist glauben mochte, sie könnte einem Vermesser gefallen. Zu Beginn unternahm der Autor auch noch den Versuch festzuhalten, wie viele Schritte notwendig waren, um einen Wasserlauf zu durchqueren, aber schon bald verschwanden alle präzisen Maßangaben. Tatsächlich verflog bis auf die Mondphasenzeichnungen vor jedem neuen Eintrag auf halber Strecke jede Spur von Ordnung oder Genauigkeit.

Gegen Ende waren die Einträge pures Gebrabbel in völlig unleserlichem Gekrakel. Zweimal war die Bleistiftspitze abgebrochen, aber der Autor hatte ganze Zeilen vollgeschrieben, bevor er einen neuen Bleistift gefunden und damit weitergeschrieben hatte.

Alles in allem waren die Tagebucheinträge wertlos. Sie gaben weder einen Hinweis auf Himmelsrichtungen noch auf Höhen. Vermutlich konnten sie jemandem helfen, die beschriebenen Stellen zu finden, der mit dem Gebiet vertraut war, durch das ihr Autor sich bewegt hatte. *Aber niemand, der mit dem Gebiet vertraut ist, hat einen Bedarf für diese Informationen.*

Verbunden mit dem Gedanken, dass es möglich war, den Ring aufzuspüren, machte das den Prinzen nachdenklich. *Wenn man den Ring verfolgen kann und* weiß, *wo sein Träger sich in jedem Augenblick aufhält, ist jede Bewegung dieses Trägers eine Landvermessung.* Und falls der Ring mehr als nur seine Position verriet, auch die Bedingungen der Umgebung, selbst wenn es nur in gröbster Weise war, benötigte man die Aufzeichnungen nur noch als Bestätigung der bereits über den Ring erfolgten Beobachtungen.

Das Ganze stank nach tharyngischer Thaumaturgie. Norillische Magie baute auf langer Tradition auf, und die norillischen Magier gehörten zu den besten der Welt. Es war die norillische Magie, auf der die gefürchtete Schlagkraft der königlichen Armee beruhte – die Fronteinheiten der Königin suchten im Feld ihresgleichen.

Nach der tharyngischen Revolution, die der Wissenschaft die beherrschende Stellung im Universum eingeräumt hatte, war die Magie zu einem Studienfeld wie jedes andere geworden. Die Ryngen waren von denselben Traditionen wie Norisle ausgegangen, hatten sich jedoch an eine systematische Untersuchung der Magie gemacht, um deren Grundprinzipien zu erforschen. Viele Norillier betrachteten das als Zeitverschwendung, und die von den Tharyngen veröffentlichten neuen Prinzipien wurden verlacht, da allgemein bekannt war, dass sie nur Unsinn sein konnten.

So war kein Zweifel daran möglich, dass zum Wirken von Magie eine Berührung notwendig war. Die Überlieferungen strotzten nur so von Geschichten über Magier, die von einem Speer durchbohrt wurden, oder von Wahrsagern, die in Knochen lasen und feststellten, wem sie im Leben gehört hatten. Bis zu den Tharyngen hatte nie irgendjemand gefragt, wie diese Knochen dieses Wissen enthalten konnten. Sie erklärten es mit den sogenannten Gesetzen der Ähnlichkeit und der Übertragbarkeit. Kurz gefasst besagten sie, dass alles, was sich im Aussehen ähnelte, eine Verbindung besaß, und eine ähnliche Verbindung bestand zwischen allem, was sich eine Weile nahe gewesen war.

Das würde bedeuten, dass eine Verbindung zwischen dem Ring und dem daraus entnommenen Metallspan bestand. Die Tradition, in der Prinz Vladimir die Magie erlernt hatte, lehrte, dass diese Verbindung zu schwach war, um irgendeinen praktischen Wert zu besitzen. Allerdings regten sich in ihm mittlerweile Zweifel. Die Shedashie waren allem Anschein nach in der Lage, solche Verbindungen zu lesen, und falls er Kapteyn Radbands Bericht glauben durfte, taten sie es ohne nennenswerte Schwierigkeiten. Und falls Radband das bemerkt hatte, warum sollte das nicht auch einem Tharyngen aufgefallen sein, der seine Landsleute dazu brachte, die sich daraus eröffnenden Möglichkeiten zu erforschen?

Schlimmer noch, der Brief enthielt Hinweise auf Nekromantie. Keiner der Laureaten unterstützte Todeszauber, und viele lehnten sie ausdrücklich ab, aber das hieß nicht, dass es sie nicht gab.

Der Prinz lehnte sich zurück. Falls du Malphias nach Mystria gekommen war, um so widerwärtige Zauber zu erforschen oder einzusetzen, dass seine Landsleute ihn in ihrer Heimat nicht duldeten, war die Lage wirklich schlimm. Und sie konnte nur noch schlimmer werden.

Dreissigstes Kapitel

7. Juli 1763
Amboss-See, Neu-Tharyngia

Owen erwachte nackt und frierend in einer dunklen Felskammer, ausgestreckt auf einem Holztisch. Dicke Lederriemen um Hand- und Fußgelenke, Brust und Taille hielten ihn auf der Holzplatte fest. Dumpfer Schmerz pochte in seinem linken Oberschenkel. Ein blutiges Stück Stoff deckte die Wunde ab. Von der Decke hing ein Glasgefäß, aus dem mit wahnsinnig machender Gleichmäßigkeit eine grünliche Flüssigkeit auf den Stoff tropfte.

Etwas schlurfte durch die Schatten zu seinen Füßen. Er konnte nicht sehen, was oder wer es war. Er spürte die Gegenwart mindestens einer Person, die sich jedoch nicht zeigte. »Hallo?« Seine Stimme war rau, die Frage endete in einem Hustenanfall, der seinen Körper schüttelte und die Schmerzen noch etwas verschlimmerte.

Das harte Knallen von Stiefeln drang in die Kammer. Besagtes Schlurfen bewegte sich darauf zu, dann verstummte es. Ein Streichholz kratzte über die Mauer und entzündete sich leise fauchend. Eine Hand mit schlanken Fingern hob es an eine herabhängende Laterne, dann an eine zweite. Der Mann hob das Streichholz an den Mund und blies es aus.

Du Malphias!

Der tharyngische Laureat hatte sich kaum verändert, seit Owen ihn zuletzt gesehen hatte, allerdings trug er diesmal keinen Hut, so dass sein schwarzes Haar und die grauen Schläfen deutlich zu sehen waren. Das Muster der flankierenden grauen Streifen wiederholte sich im Kinnbart. Er blieb am Fuß des Tisches stehen und musterte Owen. Dann bewegte er sich zur Seite. Er hob die Hand und schlug mit einem Fingernagel gegen den Glasbehälter. Der Glockenklang des Glases schien ihm zu gefallen.

»Ich muss sagen, Ihr seid ein wahrer Glückspilz. Euer Scharfblick hat Euch das Leben gerettet. Die Kugel hat Eure Schlagader verletzt, doch durch den Gürtel seid Ihr nicht verblutet. Und der improvisierte Pflanzenumschlag, mit dem Ihr die Wunde verstopft habt, dürfte die Infektion verzögert haben. Dafür sollte ich Euch wohl danken. Es hat mir eine neue Forschungsreihe eröffnet. Ich hatte keine Ahnung von den medizinischen Eigenschaften dieser Pflanze und bin interessiert, wozu sie sich – abgesehen von den offensichtlichen anästhetischen Möglichkeiten – noch eignet.«

Die Stimme des Mannes war von einer beruhigenden Gelassenheit, die Owen überraschte, und betonte die lyrische Qualität seines ryngischen Akzents. Es machte fast den Eindruck, als läge ihm etwas daran, ob Owen überlebte oder starb.

»Wasser.«

»Ein wenig später, vielleicht.« Du Malphias verschwand kurz, dann kehrte er wieder zurück und hielt ein deformiertes Stückchen Blei hoch. »Dies hier ist die Kugel, die Euch traf. Es muss ein Querschläger gewesen sein, non? Sie hat Euch das Bein gebrochen, aber ich habe den Knochen geschient. Der Bruch, er war sauber. Falls Ihr überlebt, werdet Ihr wieder gehen können. Falls nicht, ist das ein Problem, um das wir uns später kümmern.«

Der Tharynge schaute an Owens Kopf vorbei. »Quarante-neuf, den Hocker bitte, und das Tablett.«

Ein großer, kahlgeschorener Mann tauchte auf der linken Seite des Tisches auf und zog einen Hocker heran. Du Malphias nahm Platz, wirkte aber um nichts kleiner. Er nahm ein kleines Silbertablett mit Metallwerkzeugen entgegen und stellte es auf Owens Knöcheln ab – zu weit entfernt, als dass dieser mehr hätte erkennen können.

»Und ich werde meine Schürze benötigen.«

Quarante-neuf wurde zu einem bloßen Schemen, dann kehrte er in den Lichtkreis zurück und legte du Malphias eine blutbefleckte Lederschürze um. Der Tharynge winkte den Lakai fort, und dieser zog sich gehorsam an die Wand zurück, wo er kaum noch zu sehen war. Trotzdem konnte Owen erkennen, dass er mit ausdruckslosem Gesicht vor sich hin starrte.

Du Malphias hob einen kleinen Spiegel von dem Tablett, dann zog er die Abdeckung von Owens Wunde. »Falls Ihr es Euch anschauen möchtet: Die Wunde ist relativ sauber. Ich werde sie bald vernähen, doch vorher möchte ich, dass Ihr den angerichteten Schaden seht.«

Owen wollte nicht hinschauen, doch es gelang ihm nicht, den Blick von der klaffenden Haut und dem zerfetzten Muskelgewebe abzuwenden. Durch das schwache Licht der Laternen war er sich nicht ganz sicher, glaubte aber, eine Andeutung weißen Knochens zu erkennen.

»Ihr stellt mich vor ein Problem, Sire.« Du Malphias wechselte den Verband. »Ich habe Eure Sachen untersucht. Ihr besitzt eine Waffe, die nur die Männer unter meinem Befehl erhalten haben. Ich muss davon ausgehen, dass ihr früherer Besitzer nicht mehr lebt und seine Mission erfolglos war. Er und seine Leute waren auf der Suche nach etwas, das mir gehört. Ich gehe davon aus, dass Ihr über ein gewisses Wissen bezüglich dieses Gegenstandes und seines jetzigen Aufenthaltsortes verfügt. Macht Euch nicht die Mühe, es zu leugnen. Die Bleistifte in Eurem Gepäck befanden sich bei dem Objekt, von dem ich spreche. Ich habe noch weitere Schlussfolgerungen getroffen. Ihr seid ein Freund der Altashie. Ihr tragt eine Kinderpuppe bei Euch, was bedeutet, Eure Verbindung zu Ihnen reicht recht tief. Sie ist Eure Tochter, das Mädchen, das Euch die Puppe gab? Und Ihr führt eine Ausgabe von ›Die Berufung eines Kontinents‹ mit. Ihr könnt demnach lesen und seid Euch der Tatsache bewusst, dass Mystrias Zukunft nicht untrennbar mit den Launen der wahnsinnigen Herrin Norisles verbunden ist.«

Du Malphias nahm eine stumpfe Metallsonde vom Tablett und deutete damit auf Owens rechten Daumen. »Das Blut unter Eurem Nagel und die Berichte meiner Leute deuten auf einen tapferen Mann mit erheblichem kriegerischem Können hin. Ihr wart in Begleitung. Ihr sollt wissen, dass ich einen dieser Männer in Gewahrsam habe, der weit schlimmer verletzt ist als Ihr. Ein Schuss in die Eingeweide. Er hat viel Blut verloren, aber er ist ein großer Mann, non?«

Friedensreich. Owen bemühte sich, sich nichts anmerken zu lassen.

»Es geht ihm nicht so gut wie Euch. Ich bin mir nicht sicher, ob ich ihn retten kann.« Du Malphias zuckte die Achseln. »Ihr wisst natürlich, dass ich eine Verwendung für ihn finden werde, sollte er dahinscheiden.«

Owen schauderte.

Du Malphias lächelte. »Gut, Ihr versteht. Also, ich werde Euch noch etwas mitteilen, über das Ihr nachsinnen könnt. Es war Etienne Ilsavont, der Euch verraten hat. Er erzählte mir, dass Ihr ihm und seinem Partner eine Nachricht anvertraut und ihnen ein Pfund versprochen habt, wenn sie die Botschaft nach Port Maßvoll bringen. Zu Doktorus Frost an der Akademia. Etienne versuchte, seinen Partner zu überzeugen, dass eine Nachricht, die Frost ein Pfund wert ist, für mich noch wertvoller wäre. Sein Partner ließ sich nicht überreden, und die beiden haben sich getrennt. Ilsavont kehrte hierher zurück. Er war bei dem Trupp, der Euch entdeckt hat. Der Kugel nach zu schließen, die ich aus seiner Brust entfernte, war es der Mann, der Zauberfalke genannt wird, der ihn getötet hat.«

Er ist also tot. »Gut.«

Der Laureat gestattete sich ein kurzes Lächeln. »Etienne wird uns gute Dienste leisten, so wie sein Vater. Der Sohn hat Eure Gefährten bereits identifiziert. Euch kannte er nicht, doch dem Gespräch nach zu schließen, von dem er mir erzählt hat, wart Ihr sehr daran interessiert, was ich hier mache. Jetzt bin ich daran interessiert, was Ihr hier macht. Daran, wer Ihr seid, sowie anderen alltäglichen Einzelheiten Eures Lebens. Wollt Ihr sie mit mir teilen, oder muss ich Euch erst überreden?«

»Owen Radband.«

Du Malphias' Augen verengten sich zu schmalen, halbrunden Schlitzen. »Ein mystrianischer Name. Ein Alias? Vielleicht. Das werden wir noch feststellen.« Er zog den Verband zurück und stach mit der Sonde in die Wunde.

Sie traf mit hörbarem Klacken den Knochen.

Owen zuckte zusammen, halb von dem Geräusch, halb wegen der Schmerzen, die sein Rückgrat heraufzuckten.

»Interessant. Ich teile Schmerzreaktionen auf einer dezimalen Skala ein, von Zero bis Neun. Eure Reaktion ist eine Fünf. Euer Kräuterbrei – und meine eigene Lösung der Pflanze in Alkohol hier über Euch, ein für das Freisetzen von Chemikalien weit effektiveres Lösungsmittel als Wasser oder Speichel – ist bemerkenswert stark. Ich nehme an, Euer Begleiter würde davon profitieren, und wenn nur, um seine letzten Stunden etwas erträglicher zu machen. Falls Ihr Euch entschließt zu reden, mon Sieur Radband, werde ich gnädig mit ihm sein.«

Du Malphias schlug noch einmal auf den Knochen.

»Und Ihr solltet noch etwas bedenken. Wir hatten niemals vor, diese Festung vor Norisle geheim zu halten. Ende Oktober wird unser Botschafter die norillische Regierung formell von ihrer Existenz in Kenntnis setzen. Das wird Gerüchte bestätigen, die wir ihr seit kurzem zuspielen. Was mich interessiert, ist, was *genau* Ihr über sie weitergeleitet habt.«

Du Malphias streckte die Hand aus und schloss einen kleinen Hahn, so dass kein Betäubungsmittel mehr auf den Verband tropfen konnte. »Ich werde jetzt gehen und nach Eurem Freund sehen. Bedauerlicherweise habe ich nur diese eine Lösung zur Verfügung. Ich werde überprüfen, wie groß seine Schmerzen sind, dann werde ich sie einsetzen und untersuchen, wie weit sie abnehmen. Ich hoffe, bis ich damit fertig bin, wird die Wirkung bei Euch abgeklungen sein, und ich werde meine Untersuchungen hier fortsetzen. Alles im Interesse der Wissenschaft. Quarante-neuf wird hierbleiben und sich um Eure Bedürfnisse kümmern.«

Du Malphias stellte das Tablett beiseite und löschte die Laternen, bevor er ging. Seine Schritte entfernten sich den Korridor hinab. Owen zitterte, sowohl wegen der Kälte als auch, weil die Gegenwart des Laureaten noch in ihm nachklang.

»Wasser, bitte.«

Der Lakai bewegte sich schweigend durch die Dunkelheit. Wasser plätscherte. Eine Hand schob sich unter Owens Kopf, dann berührte eine Schale seinen Mund. Quarante-neuf ließ ihn langsam trinken und machte regelmäßig eine Pause, damit Owen Luft holen konnte, bevor er die Wasserschale wieder ansetzte.

»Danke.«

Der Mann senkte Owens Kopf wieder auf den Tisch.

»Wer seid Ihr? Könnt Ihr reden? Warum nennt er Euch Neunundvierzig?«

»Es ist mein Name.«

Dem Akzent nach eindeutig ein Mystrianer. »Wer seid ihr?«

»Quarante-neuf.«

Owen kam ein Gedanke. »Wer *wart* Ihr?«

»Ich bin Quarante-neuf.«

Nicht weit entfernt schrie ein Mann. Es war ein unverkennbarer Schmerzensschrei. Der Schrei eines großen Mannes. Friedensreich. Owen konnte keine Worte ausmachen, doch der Ton der in die Kammer dringenden Stimme ließ keinen Zweifel daran, dass ihr Besitzer um Gnade flehte. Ein weiterer Aufschrei unterstrich das Betteln, gefolgt von zwei weiteren, kürzer und schwächer.

Owen ballte die Fäuste. Du Malphias hatte erklärt, er wolle nur wissen, welche Informationen er weitergegeben hatte. Er wusste von der Nachricht, mit der Jean unterwegs war. Nathaniel und Kamiskwa waren entkommen, also würde der Prinz seine Tagebücher und Karten erhalten. Seth Pflanz' Notiz enthielt nichts von wirklicher Bedeutung, und außerdem konnten Nathaniel oder Kamiskwa ihren Inhalt ebenfalls überbringen.

Nichts von dem, was er wusste, konnte den Prinzen davon abhalten, in Launston Unterstützung anzufordern. Jeans Nachricht würde ihm die exakte Lage der Festung mitteilen. Die Karten würden helfen, eine Belagerung zu planen, doch selbst die grobe Beschreibung Jeans würde der Reitergarde schon ein Bild davon geben, womit sie es zu tun hatten. Die Würfel waren bereits gefallen, und nichts, was Owen du Malphias mitteilen konnte, würde dem Tharyngen zu irgendeinem Vorteil gereichen.

Ein erneuter Aufschrei. Owen konnte sich vorstellen, wie du Malphias die Sonde in Friedensreichs Eingeweide stach. Der Mystrianer lag sicherlich ebenso fest verzurrt vor den Ryngen wie er hier, sein Bauch aufgeschnitten, blutend, stinkend, entzündet. Nicht nur auf dem Schlachtfeld waren Bauchwunden immer die schmerzhaftesten von allen.

Und die Verletzungen mit der geringsten Überlebenschance.

»Geht und sagt du Malphias, dass ich rede.«

Der große Lakai entfernte sich wortlos. Die Schreie verstummten, und du Malphias' Schritte kehrten zurück. Er entzündete ein neues Streichholz, machte die Laternen an und hängte den Behälter mit dem Betäubungsmittel wieder über Owen an den Haken. Den Hahn drehte er allerdings nicht wieder auf.

Frisches Blut glänzte auf seiner Schürze und war auf die Manschetten der Jackenärmel gespritzt.

»Ihr versteht, dass ich zwar Euer Wort akzeptiere, dass Ihr die Wahrheit sagt, ich werde diese Wahrheit jedoch überprüfen, oui?«

»Ich bin Kapteyn Owen Radband von Ihrer Majestät Lindwurmreitern.«

Die Augen des Tharyngen weiteten sich. »Das ist allerdings eine Überraschung. Ihr seid Euch bewusst, dass Ihr, da nicht in Uniform, als Spion zu betrachten seid?«

»Und Ihr mich erschießen lassen könnt.«

»Das kann ich, und möglicherweise tue ich es auch. Wir werden sehen, wie nützlich Ihr seid.« Du Malphias' Augenbrauen bewegten sich aufeinander zu. »Was macht Ihr so weit entfernt von Eurem Heimatposten, Kapteyn?«

»Ich wurde hierher geschickt, um das Neu-Tharyngische Gebiet zu erforschen. Von Eurer Gegenwart habe ich erst nach meiner Ankunft in Mystria erfahren.« Owen zuckte zusammen, als sein Bein stach. »Wir haben die Journale und den Ring eher durch Zufall gefunden und zurück nach Port Maßvoll an den Generalgouverneur geschickt. Die Nachricht, die Jean befördert, enthält die Lage Eurer Festung. Sobald meine Begleiter die Stadt erreichen, kommt eine grobe Karte der Befestigungen hinzu.«

Das Gesicht des Laureaten verdüsterte sich kurz. »Und meine Experimente? Pierre Ilsavont?«

»Wir wissen, dass er zu einem Eisblock gefroren war, aber Ihr ihn irgendwie wiederbelebt habt.«

»Ich ziehe den Begriff ›reanimiert‹ vor, aber das ist ohne Bedeutung.« Du Malphias ging zu einem Tisch hinüber, der außerhalb von Owens Sichtfeld stand, und holte das Tablett mit seinem Werkzeug. Er stellte es auf dem Hocker ab. »Ich glaube Euch. Ihr besitzt allerdings noch weitere Informationen, die ich Euch ebenfalls entlocken werde. Ich hoffe, Ihr überlebt es.«

Er nahm eine scharfe Keilsonde und einen kleinen Hammer. »Nun denn, Kapteyn Radband, wenn Ihr so freundlich wärt. Nennt mir Euren *wirklichen* Namen.«

In der Ewigkeit, die du Malphias für sein Verhör brauchte, verlor Owen zweimal das Bewusstsein. Er bemühte sich, nicht zu schreien, was ihm nur eingeschränkt gelang. Aber zumindest konnte er seine Schreie dämpfen, in der Hoffnung, dass Friedensreich sie nicht hörte.

Du Malphias wechselte seine Fragen ab, fragte einmal nach Truppenstärken in den Kolonien, und dann abrupt nach der Stärke von Schmerzen und ob etwas heiß, kalt oder einfach nur schmerzhaft war. Die Verwirrung, die er bei Owen damit verursachte, trug ebenso wie die Schmerzen dazu bei, dass der Kapteyn ihm Dinge offenbarte, die er unter anderen Umständen für sich behalten hätte. Er legte seine Verbindung zur Familie Ventnor offen und erzählte dem Tharyngen von den Frosts. Du Malphias bemerkte etwas in der Art, wie er von Bethany sprach, und stellte einige zusätzliche Fragen über sie.

Owen erwiderte kühl: »Ich bin verheiratet, Sire.«

»Eine sehr beliebte Verteidigung bei Männern, die bereit sind, einen Seitensprung zu wagen.« Der Laureat schlug hart mit dem Hammer auf Owens Oberschenkelknochen. »Mich könnt Ihr nicht belügen, Kapteyn, auch wenn Ihr Euch selbst zu täuschen beliebt.«

Der Tharynge fragte immer weiter, stellte dieselben Fragen in unterschiedlichen Versionen, und war irgendwann mit den Antworten, die er erhielt, zufrieden. Er legte das Werkzeug beiseite, deckte die Wunde wieder ab und öffnete den Hahn des Betäubungsmittels. Dann zog er die Schürze aus, reichte sie Quarante-neuf und schickte den Lakai mit einem geflüsterten Befehl fort.

Du Malphias baute sich neben Owen auf. »Ich nehme Euch in allem, was Ihr mir erzählt habt, beim Wort, Kapteyn. Wie ich weiter mit Euch verfahre, habe ich noch nicht entschieden.

Doch Ihr scheint ein recht robustes Exemplar. Ich habe Verwendung für Euch.«

Owen schüttelte den Kopf. »Ihr werdet keinen Eurer Pasmortes aus mir machen.«

»Ich hoffe ganz entschieden, dass es nicht dazu kommt.« Er klopfte mit dem Finger an den Glasbehälter. »Sie hat bemerkenswerte Eigenschaften, diese Flüssigkeit. Ich habe vor ein paar Jahren etwas Ähnliches entwickelt.«

Aus der Tasche seines schwarzen Gehrocks zog er eine verkrustete Flasche. »Andere unternahmen alchemistische Forschungen auf der Suche nach dem legendären Stein der Weisen. Sie erwarten, etwas zu finden, das wertloses Material in Gold verwandelt. Ihre habgierigen Träume sind zwar bewundernswert, aber geprägt von einem kläglichen Mangel an Ehrgeiz. Ich war auf der Suche nach etwas anderem, das ich Vivalius nenne. Nach Jahren des Experimentierens – Experimenten in meiner Freizeit, da Ihr mich gezwungen habt, meinem Land mit meinem militärischen Wissen zu dienen – habe ich viele seiner interessanteren Eigenschaften entdeckt und verfeinert. Die Herstellung von Pasmortes ist nur eine Aufgabe, für die es sich eignet.«

Er stellte die Flasche zwischen Owens Beinen ab und drehte sich zu dem in die Kammer zurückkehrenden Quarante-neuf um. Der Lakai trug einen breiten, flachen Holzkasten, doch bevor Owen ihn sich näher anschauen konnte, verdeckte du Malphias ihm die Sicht. Der Tharynge öffnete den Kasten und hantierte mit dem Inhalt, während er über die Schulter zu Owen blickte.

»Vivalius beschleunigt die Heilung, und ich hätte es bei Eurem Bein angewendet, doch mit dem Einsatz der Pflanze habt Ihr jede Chance vereitelt, das Ergebnis auf sinnvolle Weise auszuwerten. Es ist eine Schande. Ich vermute nämlich, Ihr hättet gut auf die Behandlung angesprochen.« Du Malphias drehte sich um. Er hielt eine kleine Pistole in der Hand. »Eigentlich sollte ich sagen, Ihr werdet gut auf die Behandlung ansprechen. Ein Bein mit Vivalius behandelt, das andere mit der einheimischen Lösung.«

Er zielte am Lauf der Waffe entlang. »Im Namen Tharyngias danke ich Euch für Euren Beitrag zum Fortschritt der Wissenschaft, Kapteyn Radband.«

Das kalte Lächeln auf seinem Gesicht verschwand hinter einer Wolke von Pulverqualm.

Einunddreissigstes Kapitel

14. Juli 1763
Des Prinzen Zuflucht
Mäßigungsbucht, Mystria

Prinz Vladimir saß in seinem Labor. Er hatte den Tisch teilweise freigeräumt und alle drei Briefe Owens zusammen mit den Tagebüchern und seiner besten Karte der angrenzenden Kolonien darauf ausgebreitet. Dazu hatte er mehrere Stapel Bücher in verschiedenen Sprachen gelegt und zahlreiche Textpassagen darin mit schmalen Papierstreifen markiert.

Der dritte Brief, überbracht von Jean Deleon, war erst an diesem Morgen aus Port Maßvoll eingetroffen. Der Begleitbrief stammte von Dr. Frost und deutete an, dass Deleon behauptete, über weitere Informationen zu verfügen, die er gerne bereit war zu verkaufen, sofern sie einen guten Preis brachten. Deleon war überzeugt, dass seine Informationen sehr wertvoll waren.

Die Deleon-Nachricht bestätigte, was in den beiden vorherigen schon als Vermutung enthalten war, und elaborierte es. Du Malphias war es tatsächlich auf irgendeine Weise gelungen, einen Toten zurück ins Leben zu holen. Ilsavont war zwar abwesend gewesen, aber jederzeit in der Lage zu handeln und der Prinz war bereit, die zunehmend schlechter werdende Qualität der Tagebucheinträge damit zu erklären, dass ihr Verfasser, wenn er nicht bereits tot war, im Sterben gelegen hatte, und das möglicherweise nicht zum ersten Mal.

Nach Erhalt der zweiten Nachricht hatte der Prinz begonnen, sich ernsthaft mit der Nekromantie auseinanderzusetzen. In seiner Bibliothek, immerhin einer der größten auf diesem Kontinent, hatte er überraschend wenig über dieses Thema gefunden. Die wenigen Stellen, die einen Bezug zur Todeszauberei hatten, fielen generell in drei Kategorien. Die erste behandelte entsprechende Gerüchte als Volksmärchen. Die zweite verurteilte die damit Beschäftigten als Teufelsanbeter und versprach ihnen eine Ewigkeit in siedendem Schwefel. Diese, allesamt von gelehrten Kirchenvätern verfassten Bücher, bestanden außerdem darauf, dass die Nekromanten, Lügner durch die Bank, ihre Erfolge maßlos übertrieben.

Die dritte Kategorie schließlich umfasste die Bücher, die jetzt auf seinem Schreibtisch lagen. Der Prinz beschränkte seine Studien zwar größtenteils auf die Naturwissenschaften, aber trotzdem erwähnten viele Nachschlagewerke das Thema gelegentlich. Ein Anthropologe benutzte zum Sortieren verschiedener in einem Abfallhaufen gefundener Vogelknochen ein magisches Gespür dafür, welche Knochen zu welcher Gruppierung gehörten, als Hilfe bei dieser Aufgabe, und seine spätere Rekonstruktion der Vogelskelette erwies sich als korrekt. Dies betrachtete er als Bestätigung des magischen Gesetzes der Übertragbarkeit, und basierend auf Eindrücken, die er von den Knochen erhalten hatte, wagte der Anthropologe daraufhin Spekulationen über das Leben ausgestorbener Vogelarten. Er ging sogar so weit, anzudeuten, eines Tages könnte die Magie ermöglichen, ein Skelett wiederzubeleben und seine Theorie über die Fortbewegungsart des betreffenden Vogels zu bestätigen.

Die meisten Erwähnungen waren von dieser Art. Niemand behauptete, selbst Tote wiederbelebt zu haben, aber die Autoren hielten es durchaus für möglich. In anderen Fällen hatten bestimmte Zauber und magisch hergestellte Utensilien sich als wirksames Mittel erwiesen, Geister und Gespenster aus bestimmten Lokalitäten zu verbannen. Falls das stimmte, deuteten diese Berichte auf eine Möglichkeit hin, mit Hilfe der Magie Kontakt mit Verstorbenen aufzunehmen.

Hat du Malphias gewagt, worüber andere nur spekulieren?

Vladimir legte die Fingerspitzen aneinander. Die Antwort auf diese Frage zu finden, würde der Endpunkt einer Untersuchung von entschieden bescheideneren Anfängen werden. Falls es überhaupt möglich war, die Toten wiederzubeleben, musste es ein enormes Wissen voraussetzen, hohe Intelligenz und gewaltige Macht. Es bestand kein Zweifel, dass du Malphias über die beiden ersten Qualitäten verfügte, doch gewaltige Macht? Nach allem, was der Prinz über die Magie gelernt hatte, war eine derartige Machtfülle schlichtweg unerreicht.

In der Alten Welt.

Die Shedashie waren bessere Magier als irgendein Siedler. Ob sie in der Lage waren, die Toten aufzuwecken, war dabei zweitrangig. Die reine Tatsache, dass sie mächtiger und geschickter waren, als Vladimir es gelernt hatte, auch nur als Möglichkeit in Betracht zu ziehen, entlarvte diese Behauptung als falsch. Hinzu kam, dass die Krone die Schulen der Magie durch die Vergabe königlicher Ermächtigungsurkunden kontrollierte, und jeder, der außerhalb dieser Schulen lehrte, von Krone und Kirche verfolgt wurde. Konnte es sein, dass weit mächtigere Magie möglich war als allgemein angenommen, und die Krone dem Volk diese Wahrheit bewusst verschwieg?

Vladimir schmunzelte. Der Pöbel mochte glauben, die Königin sei über Lügen und dergleichen erhaben, aber tatsächlich belog die Regierung sie tagtäglich. Die offiziellen Stellungnahmen hatten den Villerupt-Feldzug als norillischen Triumph dargestellt. Für Rückschläge hatte man Verbündeten die Schuld zugeschoben, jeder Tote war zum Held verklärt worden, jeder Offizier befördert worden, obwohl die Truppen sich vom Kontinent hatten zurückziehen müssen. Die heimkehrenden Truppen waren mit derartigem Prunk empfangen worden, dass man gar nicht anders konnte, als Sieger in ihnen zu sehen.

Der Prinz akzeptierte, dass größere und mächtigere Magie existierte, als es die Lehrmeinung für möglich hielt. Er stützte diese Überzeugung auf die Leistungen der Shedashie und die Tatsache, dass sein Ausbilder ihn beim Schießunterricht für seine Begabung gelobt hatte. Er hatte die erforderlichen Zauber schneller zu beherrschen gelernt als die Kinder von Prinzessin Margaret. »Euch steht eine große Militärlaufbahn bevor.«

Doch nichts dergleichen war geschehen. Der König war ohne Nachkommen bei den Kämpfen auf dem Kontinent gefallen. Margaret war auf den Thron gestiegen statt seines Vaters, der zu diesem Zeitpunkt als Generalgouverneur Mystrias gedient hatte. Später war er nach Launston zurückgerufen worden und in das

Kloster zurückgekehrt, das er Jahre zuvor auf königliches Geheiß verlassen hatte, um Vladimirs Mutter zu heiraten, und der Posten des Generalgouverneurs fiel an seinen Sohn.

Ob du Malphias tatsächlich die Toten aufwecken, Totgeglaubte heilen oder irgendwie Knochen zusammenflicken und dazu bringen konnte, sich aus eigener Kraft zu bewegen: Alle drei Möglichkeiten führten zum selben Ergebnis. Du Malphias verfügte über einen unerschöpflichen Vorrat an Arbeitskräften. Mehr noch, Truppen, die von ihrer Unsterblichkeit überzeugt waren, konnten unter Umständen Angst und gesunden Menschenverstand außer Acht lassen und weiterkämpfen, wenn sie normalerweise die Flucht ergriffen hätten. Eine derartige Entschlossenheit konnte zu einer Armee führen, die dem Gegner selbst in hoffnungsloser Lage gewaltige Verluste zufügte.

Er erkannte augenblicklich, was das bedeutete. Das Gleichgewicht der Macht in Mystria hatte sich verschoben. Neu-Tharyngia hatte sie bisher zwar als ebenso reiche Kolonie wie die Besitzungen Norisles erwiesen, doch die geringere Bevölkerung und entsprechend kleinere Militärmacht hatten tharyngischem Abenteurertum einen Riegel vorgeschoben. Eine größere Macht ließ in Zukunft erhebliche Schwierigkeiten erwarten, erst recht mit du Malphias als Anführer.

Natürlich ließ sich alles, was durch Magie vollbracht wurde, auch mit Magie aufheben. Ein Zauber konnte Schwefel in Brand setzen, ein anderer Zauber, wenn er nur schnell genug eingesetzt wurde, konnte das Feuer wieder löschen. Zugegeben, der Magier hätte das Feuer berühren müssen, um seinen Zauber zu wirken, und sich dabei zwangsläufig verbrannt, aber er konnte das Feuer löschen. Einen magisch verbesserten Soldaten zu berühren, würde den Magier sicherlich ebenso in große Gefahr bringen.

Aber Eisen zerschlägt jede Magie.

Der Prinz drehte sich um und griff sich das Journal. Er blätterte bis zur Hälfte, wo die Seiten leer waren, und machte sich Notizen, skizzierte ein Diagramm und führte ein paar Berechnungen aus. Dann kam ihm ein anderer Gedanke, der in einer weiteren Zeichnung resultierte.

Er stieß den Sessel zurück und packte eine Maßkordel, die er sich um den Hals schlang, lief aus dem Studierzimmer und den Rasen hinab in Richtung Wurmstand.

Er sollte ihn nicht erreichen.

Nathaniel Wald winkte ihm vom Ufer zu, während er das Kanu an Land zog. Kamiskwa sprang am anderen Ende aus dem Boot und half, es aus dem Wasser zu holen. Dann hielt Nathaniel dem Prinzen eine Tasche entgegen.

Vladimir nahm sie. »Wo ist Kapteyn Radband? Ist er …?«

Wald knurrte. »Er lebt, oder ich bring' jemand um, wenn ich ihn das nächste Mal sehe. Das hier sind seine Tagebücher. Wenn Ihr was zu essen, zu trinken und einen Schlafplatz für uns habt, brechen wir danach wieder auf, ihn holen.«

Der Prinz nickte erleichtert, aber dennoch besorgt. »Kommt mit ins Haus, Sires. Ich werde mich um Eure Bedürfnisse kümmern. Ihr müsst mir alles berichten, was sich zugetragen hat.«

Der Bericht entsprach dem Inhalt der Briefe bis einschließlich der von Deleon überbrachten Nachricht. Nachdem sie den Ryngen entkommen waren – was in sich bereits ein recht haariges Abenteuer gewesen war –, hatten die drei sich auf direktem Wege nach Sankt Fortunas gemacht. Friedensreich Bein hatten sie dort zurückgelassen, damit die Altashie sich um seine Genesung kümmern konnten, während Nathaniel und Kamiskwa weiter zum Prinzen reisten. Eine Strecke, für die Jean Deleon zwei Monate benötigte, hatten sie in fünf Wochen zurückgelegt, und sie wirkten denn auch genau so dürr und erschöpft, wie nach dieser Strapaze zu erwarten war.

Nathaniel halbierte einen Apfel. »Wir hätten Kapteyn Radband nicht da gelassen, aber es war ein Befehl. Hatten uns darauf eingelassen. Er hat gesagt, Ihr braucht die Journale.«

»Meine Freunde, Ihr erwähnt diesen Befehl nun schon zum vierten Male. Ich verstehe Eure Wut und Sorge, doch Euer Handeln war nicht im mindesten unehrenhaft. Ich achte Euch jetzt noch mehr als zuvor, da ich weiß, was Ihr geleistet, etwas, das ich bis zu diesem Augenblick schlichtweg als unmöglich erachtet hätte.«

Der Prinz legte die Hand auf die Journalbände. »Ich werde diese Bücher über Nacht untersuchen, und morgen früh ...«

Nathaniel schüttelte den Kopf. »Sind wir schon wieder weg.«

»Ihr könnt nicht wieder aufbrechen, Meister Wald.«

»Mit allem Respekt, den Ihr verdient, Hoheit, aber ich bin keiner Eurer Untertanen, die Ihr herumkommandieren könnt.«

»Eben darum, Meister Wald, benötige ich Euch hier. Euch beide.« Prinz Vladimir schaute von einem der Männer zum anderen. »Kapteyn Radband hatte Recht. Was Ihr entdeckt habt, ist von größerer Bedeutung, als Ihr Euch in den kühnsten Träumen vorstellen könnt. Was Ihr gesehen habt, ist von entscheidender Bedeutung, um du Malphias aufzuhalten. Mit Eurer Hilfe werde ich einen kompletten Kartensatz erstellen. Wir werden Pläne ausarbeiten und Truppenanforderungen. Falls diese Festung weiter existiert, ist niemand von uns sicher. Die Mystrianer nicht, und nicht die Shedashie.«

»Ich lass' Kapteyn Radband nicht da draußen.«

»Nathaniel, bitte.« Der Prinz legte die Hände flach auf den Tisch. »Falls Kapteyn Radband noch lebt, befindet er sich aller Wahrscheinlichkeit nach im Gewahrsam du Malphias'. Falls er tot ist, fürchte ich, gilt dasselbe. Lebt er, wird er gefangen gehalten oder erschossen. Ich weiß von zwei ryngischen Agenten, hier in Port Maßvoll und ein Stück die Küste hinauf an der Wahrheitsbucht. Ich werde ihre Festnahme veranlassen und einen Brief an Guy du Malphias aufsetzen, in dem ich einen Austausch von Gefangenen vorschlage. Das ist die beste Chance, die Kapteyn Radband hat.«

Kamiskwa nickte. »Owen wurde am Bein getroffen. Die Wunde muss heilen. Er könnte noch mindestens einen Mond nicht fliehen. Und falls sie ihm das Bein abgenommen haben …«

Wald schlug mit der Faust auf den Tisch. »Ich weiß, ich weiß! Ihr habt ja beide Recht. Heißt aber nicht, dass mir das gefallen muss.«

»Nathaniel, hätte Euch die Kugel getroffen, hättet Ihr ihn doch auch fortgescheucht. Was Euch zu schaffen macht, ist, dass er gefallen ist und Ihr noch lebt.«

»Ist nicht das erste Mal, dass ich die Last auf mich nehme, Hoheit. Brauch wirklich nicht noch eine Seele als Gepäck.« Er seufzte. »Kann ich du Malphias den Brief bringen?«

»Ich benötige Euch hier. Ich werde diesen Jean Deleon schicken.« Vladimir drehte sich zu Kamiskwa um. »Prinz Kamiskwa, wie würde die Konföderation reagieren, ließe sich beweisen, dass du Malphias Wendigo herstellt?«

»Es genügt, dass sie Aodaga festhalten. Würde mein Vater Krieger rufen, es würden zweihundert antworten. Viele mit Gewehren, mehr mit Bogen und Kriegskeule.«

»Das wäre wunderbar. Ich werde bis zum nächsten Frühjahr an Milizkräften ausheben müssen, was ich nur kann.«

Wieder knurrte Nathaniel. »Wenn wir Owen über den Winter da lassen, kriegen wir ihn nie wieder.«

»Bitte, Nathaniel. Falls du Malphias die Toten aufweckt, stehen wir vor einem drängenderen Problem. Wir müssen alles über diese Kreaturen in Erfahrung bringen. Wir müssen wissen, wie man sie tötet.«

»Erschießen.« Wald grinste. »Hat bei Ilsavont recht gut geklappt.«

»Ja, doch warum hat es funktioniert? Hat er geblutet? Habt Ihr ein lebenswichtiges Organ getroffen? Habt Ihr sein Herz zerfetzt? Habt Ihr ihn in den Kopf geschossen?«

Nathaniel blickte zu Kamiskwa, dann drehte er sich wieder um. »Hab ihn knapp über der Wampe erwischt. Kann mich nicht erinnern, dass er stark geblutet hätte.«

»Und es gab keinen Hinweis darauf, was denjenigen tötete, der das Reisetagebuch geführt hat. Ist das richtig?«

Kamiskwa schüttelte den Kopf. »Es sah aus, als hätte er sich einfach hingelegt und sei gestorben.«

»Dies, Sires, sind die Dinge, die wir wissen müssen. Wir müssen sicher wissen, wie man sie tötet. Ja, Ihr habt Ilsavonts Kopf verbrannt. Das ist gut. Wir wissen jedoch nicht, ob der Schuss ihn nur kampfunfähig machte und er sich wieder erholt hätte, oder ob Euer Schuss ihn wirklich getötet hat.«

Der Waldläufer grinste. »Gibt nur einen Weg, all das rauszufinden, Hoheit. Ihr braucht noch mehr von ihnen.«

»Früher oder später allerdings, Nathaniel, und es wird Eure Aufgabe sein, sie zu beschaffen. Doch was ich zuerst benötige, ist Euer Wissen. Ich werde diese Bücher und die Karten durcharbeiten. Ich benötige Euch, um sicherzustellen, dass die Karten korrekt sind. Dann werde ich ein Modell herstellen.« Vladimir erinnerte sich an die Idee, die er kurz zuvor in das Journal skizziert hatte. »Ach ja, und Ihr werdet noch etwas für mich ausprobieren müssen. Vielleicht noch nicht morgen, aber bald, sehr bald schon.«

»Gut, Hoheit, machen wir. Aber morgen müsst Ihr mit Kamiskwa auskommen, und ich brauch' ein Pferd von Euch.«

»Wozu?«

Nathaniel senkte den Blick auf den von Knochen übersäten Tisch. »Schätze, jemand muss nach Port Maßvoll reiten und den Frosts sagen, was passiert is'. Und weil ich sowieso die Schuld dafür bekommen werd', kann ich die Nachricht genauso gut selbst überbringen.«

Der Prinz nickte zögernd. »Ja, natürlich. Ich hätte daran zuerst denken müssen. Ich werde einen Brief aufsetzen. Falls Ihr ihn für mich überbringen könntet, wäre ich Euch zu Dank verpflichtet.«

»Ganz wie Ihr wünscht, Hoheit.«

Der Prinz brachte seine Gäste persönlich in ihr Quartier. Er überließ ihnen nach Süden gelegene Zimmer, mit Zugang zu einem Balkon. Nach entsprechenden Erfahrungen bei früheren Gelegenheiten erwartete er, dass sie die Nacht statt in den Betten dort unter freiem Himmel verbringen würden.

Er selbst kehrte in sein Studierzimmer zurück und beschäftigte sich mit den Karten. Owen Radband hatte hervorragende Arbeit geleistet. Er hatte Höhen und Gefälle so gut wie möglich eingezeichnet, und sogar kleine Menschen eingezeichnet, um einen Maßstab zu liefern. Der Prinz maß alles sorgfältig nach und übertrug es aus den Journalbänden auf ein großformatiges Blatt. Mit jeder Mauer und jedem Hindernis erhöhte sich die Anzahl Männer, die notwendig waren, die Festung einzunehmen. Und mit gleicher Geschwindigkeit stieg die Anzahl der zu erwartenden Opfer.

Als er schließlich die letzte Rechnung aufstellte, rebellierte sein Magen. *So viele Tote, und selbst das nur, wenn wir wirklich gegen das antreten, was ich hier sehe, und sich die Lage bis dahin nicht noch weiter verschlimmert.*

Er schüttelte den Kopf.

Mit du Malphias als Kommandeur lauerten versteckte Schrecken in dieser Festung. Niemand, der dieses Bollwerk belagerte, würde den Kampf unbeschadet überleben.

Zweiunddreißigstes Kapitel

15. August 1763
Amboss-See, Neu-Tharyngia

Owen zog den Kopf ein und schreckte vor dem ihm entgegenschlagenden Sonnenlicht zurück. Er schwankte einen Moment, legte aber genug Gewicht auf das rechte Bein, um nicht zu kippen. Vorsichtig schob er die linke Krücke ein Stück vor, dann folgte der linke Fuß, und er fand wieder Halt. Seine Arme zitterten. Die Krücken bohrten sich tief in seine Achseln, aber er war nicht bereit, zu stürzen oder umzukehren.

Nicht, dass ich wirklich fallen würde. Quarante-neuf folgte ihm auf dem Fuß und stand bereit, ihn aufzufangen. Du Malphias hatte dem Pasmorte aufgetragen, sich um all seine Bedürfnisse zu kümmern. Soweit Owen das feststellen konnte, benötigte die Kreatur keinen Schlaf, und zumindest wenn er selbst wach war, war sie ständig in seiner Nähe. Und immer dann, wenn Owen aus einem Fiebertraum aufschreckte, war Quarante-neuf mit kühlen Umschlägen und beruhigenden Worten zur Stelle gewesen.

Das dünne Hemd, das Owen erhalten hatte, polsterte die Krücken nicht einmal ansatzweise ab. Du Malphias hatte befohlen, dass er weiter den Lendenschurz tragen musste, den er von den Altashie bekommen hatte, nicht aus Gründen der Ehre, sondern weil es eine Inspektion der bandagierten Beine erheblich erleichterte. Auch die Mokassins hatte er zurückerhalten, und dies war die erste Gelegenheit, bei der er sie trug.

Der Pistolenschuss in den rechten Oberschenkel hatte keine ganz so schwere Wunde geschlagen wie die Musketenkugel. Die Kugel war kleiner gewesen und hatte den Knochen verfehlt. Das hatte du Malphias allerdings gar nicht gefallen. Irgendwie hatte die Ungleichheit der beiden Verletzungen sein Experiment ruiniert. Also hatte der Tharynge den Oberschenkelknochen mit Hammer und Meißel zertrümmert, während Quarante-neuf das Bein ruhig hielt.

Als Owen wieder aufwachte, war der Laureat damit beschäftigt gewesen, beide Wunden auf alle erdenklichen Arten zu vermessen. Er hatte Zahlen und Bemerkungen gerufen, die ein anderer Pasmorte aufgeschrieben hatte. Dann, nachdem er offenbar mit dem Ergebnis zufrieden war, hatte du Malphias fünf Tropfen seines Vivalius über die Wunde verteilt und sie vernäht. Danach hatte er auch die erste Wunde geschlossen und das rechte Bein in ein Lederstück gewickelt, damit nichts von der herabtropfenden Shedashie-Medizin es erreichen konnte.

Jeden Tag kehrte er zurück, drückte und tastete, nahm Maß und machte sich Notizen. Owen hatte sich beschwert, dass sein rechtes Bein sich ganz anders anfühlte als das linke. Es war heiß, und er hatte das Gefühl, als fräße sich etwas hinein. Du Malphias hatte seine Beschwerde mit einem Nicken quittiert und einen zusätzlichen Tropfen Vivalius hinzugefügt, doch von diesem Moment an strafte seine Miene bei der Untersuchung der Wunde seine zuversichtlichen Worte Lügen.

Dann kam das Fieber. Owen hatte keine Ahnung, wie lange es ihn in den Klauen gehabt hatte, denn er war in einem nicht endenden Alptraum gefangen gewesen. Zwischendurch hatte er Momente gehabt, in denen er wach war, aber nicht klar. Er hatte vage Erinnerungen an wirres, durch die kleine Kerkerzelle hallendes Gebrabbel, während Quarante-neuf ihn mit kaltem Wasser abwusch.

Die einzige Erlösung von den Alpträumen waren kurze Momente, in denen Bethany Frost erschien. Ihr Lächeln senkte sein Fieber und beendet die Qualen. Sie las ihm vor, Worte, die keinerlei Sinn ergaben, aber er lauschte ohnehin nur ihrer freundlichen Stimme. Sie streckte die Hand nach seiner Stirn aus, und manchmal beugte sie sich zu ihm herab, um ihn zu küssen …

Und wurde schreiend fortgerissen. Dann fand er sich abrupt im Wald wieder und rannte auf dem sich windenden Weg. Die Stockgestalten hatten Gesichter, die Gesichter seiner Frau und seiner Verwandten, gefallener Kameraden und von Männern wie Lhord Rivendell. Sie hetzten ihn, schnappten nach ihm, rissen ihm Fetzen aus dem Leib. Er wollte schneller laufen und ihnen entkommen, doch Kugeln schlugen in seine Beine. Er stolperte und fiel, fühlte sie näher und immer näher kommen. Er krallte sich in die Erde und versuchte, sich weiter zu ziehen, und schließlich, als letzter Ausweg, grub er sich zur Sicherheit tief in die Erde ein.

Dann erwachte er in seinem engen Kerker, tief unter der Erde, und fühlte sich ganz und gar nicht sicher.

Du Malphias erklärte ihm zwar nie, was er getan hatte, aber als Owens Zustand sich langsam besserte, schlussfolgerte er manches. Der Tharynge hatte die Wunde im rechten Bein offensichtlich wieder geöffnet und den Eiter ablaufen lassen. Dann hatte er eine zweite Shedashie-Lösung darüber angebracht und die Wunde offen gelassen, damit sie weiter trocknen konnte. Schließlich hatte er sie wieder vernäht, als die Hitze und Rötung verschwunden waren, und Owen dabei die ganze Zeit wütend angestarrt, ganz so, als hätte er den Laureaten irgendwie verraten.

Dank Quarante-neufs fürsorglicher Behandlung und der Weisheit der Zwielichtvölker erholte Owen sich zunehmend. Es war nicht länger notwendig, ihn zu fesseln, und du Malphias' strenge Miene machte einem Ausdruck leichter Zufriedenheit Platz. Er hatte Owen sogar die Krücken gebracht und ihn eingeladen, seine Zelle zu verlassen, wann immer er sich dazu in der Lage fühlte.

Ich werde erst humpeln, dann gehen und schließlich fliehen.

Dieses Ziel vor Augen zwang Owen sich zur Bewegung. Seine Beine widersetzten sich den Bemühungen zu Beginn mit aller Kraft, doch er zwang sich trotz der neuen Schmerzen, weiterzumachen. Die Nähte hielten, und die Wunden verheilten. Owen bemerkte, dass die Heilung in beiden Beinen mit der gleichen Geschwindigkeit erfolgte, der rechte Oberschenkel sich aber schloss, ohne dass sich eine Narbe bildete. Das Bein erschien ihm sogar ein wenig kräftiger als das linke, aber das konnte auch an der kleineren Kugel liegen.

Was du Malphias interessierte, kümmerte Owen nur insoweit, als er sicher sein konnte zu überleben, solange der Laureat ihn als Studienobjekt betrachtete. Der Ausdruck in den Augen des Laureaten, vor allem in Momenten, in denen er sich unbeobachtet glaubte, ließ keinen Zweifel an Owens schlussendlichem Schicksal. Er war immerhin ein Spion und damit des Todes.

Ironischerweise musste er mit der Erschießung warten, bis Owen wieder gesund war. *Gesund genug, dass er mich zu einem seiner Pasmortes machen kann, nachdem er mich getötet hat.*

Owen war entschlossen, das zu verhindern. Er dachte nicht daran, in du Malphias' Grenzfestung zu sterben. Nein, er würde nach Sankt Fortunas zurückkehren und Agaskan für die Puppe danken, die ihn beschützt hatte. Dann würde er nach Port Maßvoll zurückkehren und seinen Reisebericht zu Ende bringen. Er würde seine Mission abschließen und zu seiner Gattin zurückkehren.

Ein kalter Schauder lief Owens Rückgrat hinunter. In seinen Fieberträumen war es Bethany Frost gewesen, nicht Katherine, die ihn getröstet hatte. Seine Frau war auch in diesen Träumen aufgetreten, aber sie hatte Trauerkleider getragen und Abstand gehalten, hatte ihn mit entsetzter Miene angestarrt, als sei er schon lange tot. Wenn er die Arme nach ihr ausstreckte, war sie zurückgeschreckt und hatte ihn einen Pasmorte genannt.

Im Gegensatz zu Katherine glaubte Owen nicht an die Bedeutung von Träumen, trotzdem versuchte er, einen Sinn darin zu finden. Die Reaktion seiner Gemahlin entsprach absolut ihrem Wesen. Sie liebte ihn zutiefst, konnte Krankheit und Schwäche jedoch nicht ertragen. Sie hatte lange Stunden damit zugebracht, ihrer Großmutter vorzulesen, während die alte Dame langsam in Senilität versank. Blut, Erbrochenes oder sonstige Ausscheidungen allerdings ließen sie die Flucht antreten. Er schätzte sich glücklich, dass er niemals ernsthaft verwundet worden war. Viele der Freundinnen seiner Frau halfen als Freiwillige in einem Krankenhaus aus. Katherine nicht.

Die Gründe dafür, dass Bethany ihn getröstet hatte, waren nicht zu zählen. Während des kurzen Aufenthalts in Port Maßvoll hatte ihr Lachen ein Lächeln auf sein Gesicht gezaubert, und sie hatte sich als zuvorkommende Gastgeberin erwiesen. Wenn er dann noch bedachte, dass ihre Mutter ihm das Ohr wieder angenäht hatte, könnte er gut nachvollziehen, dass er die Frosts mit Heilung in Verbindung brachte. Von seiner Frau getrennt und in den Fängen des Deliriums war zu erwarten, dass sein vom Fieber gebeutelter Geist sie als ein Sinnbild der Hoffnung besetzte.

Er runzelte die Stirn. Selbst wenn es eine ungewollte Konsequenz seiner Krankheit war, schickte es sich trotzdem nicht. Er war ein verheirateter Mann und liebte seine Frau. Also entschied er, sich Bethany Frost gegenüber bei seiner Rückkehr nach Port Maßvoll höflich und sogar freundlich zu verhalten, aber sicherzustellen, dass es keinerlei Missverständnisse zwischen ihnen gab. Von seinen Träumen konnte er ihr nicht berichten, denn das hätte sie sicherlich unangenehm berührt. Er würde ihr aber seine Dankbarkeit zeigen und hoffen, dass sie sein Verhalten in welcher Weise auch immer verstand.

Owen betrachtete die Festung vom Eingang eines Tunnels aus, der auf halber Höhe zwischen der oberen Festungsanlage und dem Felsenstern im Herzen des Baus lag. Die Pasmortes arbeiteten pausenlos. Du Malphias pflegte zu bemerken, dass einige von ihnen sich zu Tode geschuftet hatten und immer noch nicht aufhörten – ein Scherz, der dem Laureaten ganz ausgezeichnet gefiel. Owen war zu dem Schluss gekommen, dass die Fähigkeiten und Nützlichkeit eines Pasmorte davon abhingen, wie schwer beschädigt er zum Zeitpunkt seiner Wiedererweckung gewesen war. Quarante-neuf wirkte beinahe normal, in der Lage, ein Gespräch zu führen und zumindest dem Anschein nach sogar fähig zu Gefühlsregungen. Er war weitaus menschlicher als Etienne Ilsavonts Beschreibung seines Vaters.

Andere, die sich in mehr oder weniger weit fortgeschrittenem

Verfallszustand befanden, fungierten als reine Lasttiere. Du Malphias bezeichnete sie als seine kleinen ›Ameisen‹, die ganze Berge ein Steinchen nach dem anderen abtragen konnten. Wenn eines der Lasttiere beschädigt war, vollführten du Malphias oder ein höherwertiger Pasmorte wie Quarante-neuf tief in den Eingeweiden der Festung eine magische Reparatur.

Dass ein Pasmorte Magie wirken konnte, schockierte Owen, aber es ergab durchaus einen Sinn. Sie waren selbst zu magischen Geschöpfen geworden, und die Zauber, die sie wirkten, waren recht einfach. So wie Kamiskwa und Friedensreich die Kanus geflickt hatten, konnte Magie auch einen abgetrennten Arm wieder ansetzen oder einen gebrochenen Knochen heilen.

Du Malphias kam den Pfad zur oberen Festung herab. »Guten Morgen, Kapteyn Radband. Wie fühlt Ihr Euch?«

»Der Schmerz entspricht einer Drei auf Eurer Skala in meinem linken Bein und einer Zwei im rechten. Es ist unangenehm, aber nicht unerträglich.«

»Großartig.« Der Tharynge runzelte die Stirn. »Ich bedaure die Notwendigkeit für diese Maßnahme. Begleitet mich zum Schmied.«

»Sire?«

»Ich kann nicht zulassen, dass Ihr Unfug treibt.«

Owen hob den Kopf. »Ich versichere Euch als Offizier und Ehrenmann, Sire, dass ich keine Absicht hege, irgendetwas Derartiges zu tun.«

Die grauen Augen seines Gegenübers wurden schmal. »Ihr seid Euch bewusst, Sire, dass Ihr als Spion vor mir steht, dessen Leben jederzeit enden kann. Bitte nehmt die Ehre an, die ich Euch erweise, indem ich Euch als gefährlichen Feind behandele. Ich habe festgestellt, dass Eisenfesseln Eure Genesung nicht behindern werden, daher ist es notwendig, nun diese vernünftige

Vorsichtsmaßnahme zu ergreifen. Quarante-neuf, falls er mir nicht folgt, zerre ihn.«

Quarante-neuf bewegte sich einen Schritt vor, aber Owen setzte sich ebenfalls in Bewegung. »Ich bitte Euch, Sire, nicht so schnell.«

Der Tharynge warf einen Blick zurück und wurde langsamer.

»Ich danke Euch.« Owen holte ihn ein. »Ich wollte Euch schon länger nach meinem Gefährten fragen, Sire. Wie geht es ihm?«

»Er verstarb. Wundfieber. Alle meine Bemühungen waren vergeblich.«

Owens Magen verkrampfte sich. *Nicht Friedensreich!* Er suchte die Reihen der Pasmortes ab. »Habt Ihr?«

Du Malphias winkte ab. »Die Entzündung hatte erhebliche Teile seines Hirns und Rückenmarks beschädigt. Er war nicht mehr zu gebrauchen.«

»Ich würde ihm die letzte Ehre erweisen.«

»Das kann ich mir vorstellen.« Du Malphias deutete auf einen Hocker neben dem Amboss des Schmieds. »Ich habe mir allerdings erlaubt, ihm ein Wikingerbegräbnis zu geben. Ich habe ihn mitsamt seiner Ausrüstung in ein Kanu gelegt, es angezündet und hinaus auf den See treiben lassen. Die Strömung hat es erfasst. Seine Asche wird inzwischen den Tosenden Fluss hinab und in den Misaawa gespült worden sein. Er wird auf seiner letzten Reise mehr von diesem Kontinent sehen als während seines gesamten Lebens.«

Der Schmied, ein stämmiger Bursche, der zum Schutz seiner haarigen Brust eine lange Lederschürze trug, holte ein Paar Metallfesseln aus einem Sack. Eine davon schob er über Owens rechtes Handgelenk und drückte die aufeinanderliegenden Zungen der beiden Hälften durch die Öffnung eines dicken

Ledertuchs. Er wickelte das Tuch um Owens Unterarm, dann holte er mit einer langen Zange einen rot glühenden Bronzebolzen aus dem Feuer. Diesen Bolzen schob er durch die Löcher der Metallzungen und hämmerte ihn auf dem Amboss platt.

Funken flogen, und das Eisen wurde schnell heiß. Die Härchen auf Owens Arm gingen in widerlich süßen Rauch auf. Der Schmied zog das Leder fort, dann riss er Owen nach vorn und tauchte seinen Arm bis zum Ellbogen in einen Wassertrog. Der Bolzen zischte, und das Wasser blubberte und dampfte.

Als kein Dampf mehr aufstieg, hob er Owens Arm und zeigte du Malphias das Ergebnis. Der Laureat, der sich ein Taschentuch vor Mund und Nase hielt, nickte. »Weiter.«

Der Schmied wiederholte den Vorgang am anderen Handgelenk. Du Malphias musterte das Resultat. »Wir werden Eure einheimische Tinktur auf den Verbrennungen erproben, Kapteyn.«

»Sehr freundlich von Euch, Sire.« Owen lächelte, obwohl die Brandwunden schmerzten.

»Wir sind fast fertig.« Aus einer Jackentasche zog du Malphias einen scharfen Metallgriffel. Er packte erst das eine Handgelenk Owens, dann das andere, und ritzte eine Reihe seltsam kantiger Symbole in den Kopf der Bronzebolzen. Anschließend nahm er zwei braune Ledermanschetten, die eine große Ähnlichkeit mit den Armschonern von Büroangestellten besaßen. »Ihr werdet dies ständig über Euren Fesseln tragen, bis ich Euch auffordere, sie abzunehmen. Ich bin nicht bereit, Quarante-neuf einer Gefahr auszusetzen.«

Das ergab einen Sinn. Die Eisenschellen schränkten Owens magische Fähigkeiten ein, insbesondere die Fähigkeit, eine Schusswaffe zu bedienen. Die Berührung von Eisen oder Stahl hatte eine so tiefgreifend störende Wirkung auf Magie, dass in vergangenen Zeiten bereits die Unfähigkeit, einen Eisennagel längere Zeit festzuhalten, genügt hatte, jemanden als Hexer zu überführen.

Plötzlich wurde auch klar, weshalb Pierre Ilsavont an der linken Hand einen Handschuh getragen hatte. Er hatte ihn erhalten, weil er zum Nachladen den eisernen Lauf der Muskete packen musste. Bei Kreaturen wie Quarante-neuf konnte Eisen den Zauber brechen, der ihnen den Anschein von Leben verlieh.

Owen nahm die Ledermanschetten, zog sie über und befestigte sie mit Riemen und Schnallen an Handgelenk und Unterarm. Du Malphias inspizierte das fertige Werk und lächelte.

»Sehr gut, Kapteyn Radband.« Der Laureat drehte sich um und breitete die Arme aus. »Auch wenn Ihr mir Euer Wort geben würdet, Euch untadelig zu betragen, kann ich Euch keinen freien Zugang zu meinem Lager gewähren. Ihr seid ein höchst intelligenter Mann …«

»Habt Ihr Angst, ich könnte etwas in Erfahrung bringen, das Euch schadet?«

Du Malphias starrte ihn ungläubig an, dann brach er in lautes Lachen aus. »Oh, meine Güte, non, mon Sieur. Hielte ich Euch für so gefährlich, hätte ich Euch zerstückeln lassen und die Teile zur Reparatur meiner treuen Lakaien benutzt. Non, Ihr würdet versuchen, so viel wie möglich in Erfahrung zu bringen und Euch überanstrengen. Wirklich. Ihr seid kaum in der Lage, Euch auf Krücken zu bewegen, und Ihr denkt schon über eine Flucht nach. Ich weiß es.«

Owen schloss halb die Augen. »Falls ich mich beschwere, dass Ihr meine Ehre in Zweifel zieht, werdet Ihr erneut darauf hinweisen, dass ich ein Spion und daher nicht vertrauenswürdig bin.«

»Ich sehe, wir verstehen einander.«

»Warum lasst Ihr mich dann am Leben?« Owen schaute auf seine Beine. »Sicherlich habt Ihr inzwischen doch genügend gelernt.«

»Ein Überfluss an Daten ist in der Wissenschaft niemals von Übel, Kapteyn Radband.« Du Malphias zuckte die Achseln. »Aber das ist nicht der einzige Grund, aus dem ich Euch am Leben lasse. Soll ich ehrlich sein?«

»Wenn Ihr das möchtet.«

»Ich habe die Mittel erhalten, all das zu bauen. Ihr habt selbst gesehen, wie schwierig es wäre, ein Schiff an meiner Festungswand vorbei zu navigieren, und das setzt voraus, dass dieses Schiff bereits an Fort Cuivre und den übrigen Festungen zwischen hier und dem Meer vorbei ist. Nicht unmöglich, aber doch äußerst unwahrscheinlich.«

Der Tharynge drehte sich um und deutete nach Osten. »Die intelligenteste Antwort Norisles bestünde darin, dort drüben, am Oberlauf des Tillie, eine eigene Festung zu bauen. Das würde mich aufhalten und Eure Kolonien schützen. Es würde auch eine Teilung dieses Kontinents festschreiben, die Euch an der Küste festsetzt und uns die Möglichkeit gibt, das Landesinnere auszubeuten.«

Owen nickte.

»Doch weder Eure Herren noch meine sind bereit, eine derartige Teilung auch nur in Betracht zu ziehen. Meine Feinde hoffen, dass Euer Land eine Armee aufstellt, die diese Festung vernichtet und mich tötet. Dazu müsste Norisle Kräfte umleiten, die unter anderen Umständen Tharyngia angreifen würden. Ein nobles Ziel.«

»Und welches Ziel verfolgt Ihr, Sire?«

Wieder gluckste du Malphias. »Seht Ihr, ich habe doch gesagt, Ihr seid intelligent. Mir kommt der Gedanke, dass Norisle wohl nicht in der Lage sein wird, das Innere Mystrias zu beschützen, und ich weiß, dass Tharyngia dazu ebenfalls nicht in der Lage ist. Das bedeutet, das riesige Herzland dieses Kontinents wartet nur darauf, erobert zu werden. Ich sehe keinen Grund, darauf zu verzichten, und mit meiner Magie gibt es keine Macht der Welt, die es mir wird wieder nehmen können, wenn es erst einmal mein ist.«

Dreiunddreissigstes Kapitel

18. August 1763
›Tanner und Hund‹, Port Maßvoll
Mäßigungsbucht, Mystria

Nathaniel fand Caleb Frost im ›Tanner und Hund‹. Die Überraschung des jungen Mannes verwandelte sich schnell in Begeisterung. Er sprang auf und schüttelte die Hand des Waldläufers. Nathaniel konnte nicht anders, als ein derart breites Lächeln zu erwidern, obwohl ihm ganz und gar nicht gut zumute war.

Caleb machte ihm Platz auf der Bank. »Radband hat da draußen also ein bisschen länger durchgehalten, was? Ich habe fünf Schilling gewonnen mit meiner Wette, dass Ihr einen Monat in der Wildnis aushaltet. Dafür gebe ich einen aus.«

Nathaniel schüttelte den Kopf. »Is' nich' der geeignete Zeitpunkt, was zu trinken. Jedenfalls *noch* nicht. Und Bier ist zu schwach.«

Calebs Grinsen verflog. »Was ist geschehen?«

»Muss mit Eurer Familie reden.« Er zog den Brief des Prinzen aus der Tasche.

Caleb nahm ihn, erkannte das Siegel und stand auf. »Ich hole meinen Vater. Ihr könnt mit ihm reden.«

»Müssen alle hören. Alle Erwachsenen, schätze ich. Eure Schwester eingeschlossen.«

»Aber meine Mutter wird sich nicht ...« Caleb unterbrach sich. »Wartet hier. Ich hole mein Vater nach Hause, dann komme ich Euch holen.«

Nathaniel stand ebenfalls auf. »Ja, holt Euren Vater. Ich bin am Nachmittag bei Euch. Und wieder weg, bevor Eure Mutter sich gezwungen sieht, mir eine Tasse Tee anzubieten.«

Der junge Frost zögerte, dann nickte er. »Nathaniel, da gibt es noch etwas, das Ihr wissen solltet. Zachariah ist hinunter nach Aschland. Er hat Esther Fassdaube als Haushaltshilfe angestellt. Das Mädchen ist vielleicht ein wenig langsam, bekommt aber sehr genau mit, was ihre Herrin tut.«

»Danke. Ist jetzt nich' die Zeit für einen Besuch bei Rahel.« Nathaniel gab dem jungen Mann einen Klaps auf die Schulter. »Geh jetzt. Ich find' dich schon.«

Er folgte Caleb aus der Taverne und spürte kalte Finger sein Rückgrat hinab tanzen. Er hatte in seinem Leben schon reichlich Zeit in Gasthäusern verbracht, und das ›Tanner und Hund‹ fand er gar nicht übel, aber Gedränge hatte ihm noch nie sonderlich behagt. Er ließ sich lieber von einem Schneesturm die Luft nehmen als von einem Menschenpulk.

Caleb machte sich nach Westen auf, und Nathaniel ging nach Osten, Richtung Hafen. Unterwegs nickte er den Leuten zu, die ihm begegneten. Diejenigen, die ihn kannten, lächelten entweder oder wichen seinem Blick aus. Zwei Männer wechselten die Straßenseite. Neu in Mystria Angekommene starrten häufig auf seine lederne Altashiekleidung, und je länger sie starrten, desto kürzer war ihre Ankunft her.

So sehr, wie er es hasste, eingeengt und von Menschen umgeben zu sein, konnte er sich nicht vorstellen, freiwillig auch nur sechs Stunden an Bord eines Schiffes zu verbringen, geschweige denn sechs Wochen. Möglicherweise war das der Grund, warum ihn Schiffe faszinierten. Schon als Knabe war er immer, wenn er in Port Maßvoll war, an den Hafen gekommen, um beim Entladen zuzuschauen. Die Galeonsfiguren, egal ob Mädchen, Drachen oder eine Mischung aus beidem, gefielen ihm. In ganz jungen Jahren hatte er sich vorgestellt, sie könnten zum Leben erwachen. Als er älter wurde, hatte er es gewünscht, damit sie davon erzählen konnten, was sie gesehen hatten. Er war absolut bereit, sich mit Wildniserlebnissen für die Seegeschichten zu revanchieren, doch sie blieben stumm und bewegten sich nur mit den Wellen auf und ab, als wollten sie ihm zunicken. Ob weise oder senil, wusste er nicht zu sagen.

Er redete sich ein, er wollte nur zum Hafen, um zu sehen, ob die Schiffe größer geworden waren. Das waren sie, und das größte von ihnen, ein Schiff der Königlichen Marine, hatte draußen im Hafen Anker geworfen. Er schaute eine Weile zu, wie die Matrosen sich abmühten, eine junge Edelfrau und ihre Höflinge standesgemäß an Bord einer Barkasse zu bringen. Die Meeresbrise verfing sich in ihren weiten Röcken und verursachte alle möglichen Probleme. Auf einer Seite des Schiffes waren die Matrosen damit beschäftigt, während ihre Kollegen Stück für Stück eine Kutsche an Deck holten. Er grinste über die fluchenden Stimmen, die übers Wasser hallten, und fragte sich, ob das Schiff auch ein Pferdegespann beförderte.

Nathaniel beobachtete die Menschen im Hafen und las in

ihren Gesichtern mit derselben Leichtigkeit, mit der er Fährten im Schlamm verfolgte. Viele wirkten unglücklich. Die meisten waren müde. Am schlimmsten aber waren für ihn die, denen einfach alles egal war. Die meisten von ihnen waren wohl Auslöslinge, die noch Jahre brauchten, um den Preis für die Überfahrt abzuarbeiten. Sie schlurften lustlos herum und erinnerten ihn an du Malphias' Pasmortes. Er konnte kaum einen Unterschied zwischen ihnen feststellen und bezweifelte, dass andere dazu in der Lage waren.

Er warf einen Blick auf die Turmuhr am Regierungsgebäude. Lesen hatte er nie gelernt, doch sein Vater hatte ihm die Ziffern beigebracht und wie man eine Uhr las. Nathaniel selbst genügte es völlig, sich am Stand der Sonne zu orientieren. Schließlich ging der Tag zu Ende, wenn die Sonne unterging, nicht wenn irgendeine Uhr das verlangte. Aber Port Maßvoll orientierte sich an der Uhrzeit, und auch wenn er nicht bereit war, sich ihr zu unterwerfen, passte er sich für eine Weile den Gepflogenheiten an.

Ich könnte vorbeigehen, nur um zu sehen, wie es ihr geht. Er dachte lange darüber nach, entschied sich aber schließlich dagegen. Falls er Rahel besuchte, würde er sie nicht freiwillig wieder verlassen. Esther würde dem Hausherrn bei dessen Rückkehr von seinem Besuch erzählen, und höchstwahrscheinlich schon vorher ihren Verwandten. Das würde ohne Zweifel zu einer Schlägerei führen, die Nathaniel gar nicht ungelegen gekommen wäre, allerdings nicht gerade jetzt.

Er grinste und stellte sich Owen Radband und Kamiskwa links und rechts neben sich vor, wenn die Fassdaubes und Astwerks kamen, um ihn sich vorzuknöpfen. Es würde nicht lange dauern, bis sie blutend und stöhnend wieder heimhumpelten. Owen war ein guter Bursche – *gewesen?* –, und der Gedanke an ihn verursachte Nathaniel Magendrücken. Das überraschte den Waldläufer. Er schloss nicht leicht Freundschaften und hätte es nie für möglich gehalten, einmal einen Norillier als Freund zu bezeichnen. Der Prinz kam dem Begriff so nahe wie möglich, und er hatte den größten Teil seines Lebens in Mystria zugebracht.

Anfänglich hatten er und Kamiskwa den Norillier aufgezogen, aber nicht aus Gehässigkeit, wie es die Astwerks getan hätten. Nathaniel war bereit gewesen, den Mann so weit zu führen, wie er verlangte. Aber zuerst hatte er herausfinden müssen, was für ein Mensch dieser Owen war. Die Wildnis war kein Ort für jemanden, der sich nicht zu helfen wusste. Es war wie bei einem Rudel Rehe, das die starken Tiere beisammenhielt und die Schwachen aufgab. Das war das Gesetz der Wildnis.

Nathaniel schüttelte den Kopf. »Hab kaum einen Menschen getroffen, der sich weniger beschwert.« In dem Mann hatte ein Feuer gelodert. Es hatte sicherlich Momente gegeben, in denen er Nathaniel am liebsten geschlagen hätte, kein Zweifel, aber er hatte sich beherrscht. Und beim Kampf gegen die Ungarakii hatte er seine Haut teuer verkauft. Obwohl er verletzt war, hatte er zwei von ihnen erledigt, und den einen davon mitten ins Gesicht zu schießen, hatte eine ruhige Hand und Nerven aus Stahl erfordert.

Und trotzdem hab' ich ihn sterben lassen.

Der Gedanke machte Nathaniel wütend, und wieder spulte er die Szene in Gedanken ab. Er hätte Owen ignoriert, bis zu dem Moment, an dem der erklärt hatte, seine Journale könnten Mystria retten. Owen hatte das nur gesagt, damit er ging. Das wussten sie beide. Sie hatten beide gewusst, dass es das Einzige war, was ihn dazu bringen konnte. Und Owen hatte es ausgenutzt.

Noch ein Blick zur Uhr, und Nathaniel machte sich auf den

Weg zum Haus der Frosts. Unwillkürlich schmunzelte er. Bis vor drei Jahren war er ab und an bei ihnen willkommen gewesen. Er konnte sich noch gut an Madame Frosts Zorn erinnern. Falls es du Malphias jemals nach Port Maßvoll verschlug, würde er in ihr seinen Meister finden, wenn sie in Wut geriet.

Seine langen Beine trugen ihn schnell den Hang hinauf, und er stand vor dem Tor und wartete, als die Turmuhr drei schlug. Die Haustür öffnete sich, und Caleb kam gelaufen. Sein Vater trat heraus auf die Veranda, und seine Mutter baute sich in der Tür auf, sichtlich entschlossen, ihm den Weg zu versperren.

Caleb öffnete das Tor. »Sie lässt nicht mit sich reden.«

»Kann ich mir denken.« Nathaniel folgte ihm, blieb aber vor der Verandatreppe stehen. »Doktorus, Madame, hab nicht vergessen, dass Ihr mir gesagt habt, ich soll mich nie wieder hier blicken lassen. Tut mir leid, dass ich Eure Wünsche verletzen muss. Würd' es nicht tun, wenn es nicht besonders wichtig wäre.«

Dr. Frost drehte sich zu seiner Gemahlin um. »Es geht um Kapteyn Radband, Hettie.«

Ihre Züge waren hart wie Marmor. »Er betritt nicht mein Haus«, erklärte sie entschieden. »Wenn ihr mit ihm reden müsst, dann auf dem Hof.« Sie trat zwei Schritte zurück und schloss die Tür. Vater und Sohn ließ sie draußen stehen.

Dr. Frost deutete zum Fußweg, der um das Haus zur Küche führte. »Nach Euch, Meister Wald.«

Caleb ging voraus, und Nathaniel stellte sich vor, dass sich so wohl jemand fühlen musste, der zum Galgen geführt wurde. Er hob den Blick nicht zu den Fenstern, weil er keine Gesichter hinter den Scheiben sehen wollte. So weit er sich erinnerte, hatten die Frosts eine kleine Horde von Kindern, und vermutlich scheuchte Madame Frost sie allesamt auf die andere Seite des Hauses, solange er sich auf dem Grundstück aufhielt.

Es standen zwei Stühle auf dem Hof. Caleb bot ihm einen davon an, aber Nathaniel lehnte ab. »Setzt Ihr Euch. Hab mir auf den Beinen überlegt, was ich sagen will, und im Sitzen wird's nicht einfacher für mich.« Er sprach etwas lauter als üblich, damit seine Worte auch durch die einen Spalt geöffnete Küchentür noch verständlich waren.

»Kurz und gut – es sieht folgendermaßen aus: Kapteyn Radband kommt so bald nicht wieder. Kann nicht sagen, wann. Könnte sein, er ist tot, aber ich bin mir ziemlich sicher, dass nicht.«

Die Tür öffnete sich, und Bethany Frost schob sich durch die Öffnung. »Wenn *er* nicht hier ist, warum seid *Ihr* es?«

Der Vorwurf traf ihn mitten ins Herz. »Nun, Fräulein, schätze, dass ist so, weil er ein tapferer Kerl ist. Tapferer, als ich es bin. Er hat mir eine Pflicht aufgetragen und hat dafür gesorgt, dass ich sie erfülle. Hatt' ihm mein Wort gegeben, seine Befehle zu befolgen. Und ich hab ihm mein Wort gegeben, dass ich zurückkomme.«

Dr. Frost nahm die Brille ab und putzte sie mit dem Saum seiner Jacke. »Bethany, Liebes, hole unserem Gast einen Stuhl. Meister Wald, ich möchte die vollständige Geschichte von Euch hören. So viel, wie Euch erlaubt ist zu erzählen.«

Nathaniel akzeptierte den Stuhl, wartete aber, bevor er weitersprach, bis Caleb mit einem weiteren erschien, nachdem er seinen Bethany überlassen hatte. Seine Schwester saß rechts neben dem Vater und umklammerte dessen Hand. Caleb beugte sich erwartungsvoll vor, während sie ängstlich zurückscheute.

Er berichtete ihnen in allen Einzelheiten von der Reise und unterschlug nur die Überlegung, du Malphias könnte in der Lage sein, Tote wiederzubeleben. Als er auf die Kämpfe zu sprechen kam, zeigte er ihnen seinen Daumen und das Blut unter dem Nagel. Es war nicht nötig, Owens Rolle oder Leistung zu beschönigen. Die Frosts reagierten mit Stolz auf den Bericht von den Leistungen ihres Gastes. Doktorus Frost gefiel insbesondere die gute Meinung, die man in Hutmacherburg von seiner Firma hatte, und er bot an, den Beins eine Nachricht über das Befinden Friedensreichs zukommen zu lassen.

Die Uhr hatte schon vier und danach fünf geschlagen, während er erzählte, aber niemand in der kleinen Gruppe bemerkte es. Nach rund drei Stunden trugen zwei kleinere Knaben einen kleinen Tisch auf den Hof, und Madame Frost erschien mit einem Tablett, auf dem Tassen und eine Teekanne standen. Sie schüttete wortlos ein und ging, ließ die Küchentür hinter sich jedoch ein Stück offen.

Bethany schaute ihren Vater an. »Sicherlich können sie ihn nicht einfach dort draußen zurücklassen? Jemand muss ihm zu Hilfe eilen.«

Dr. Frost tätschelte ihre Hand. »Bethany, Meister Wald hat uns soeben berichtet, dass der Prinz sich darum kümmern wird. So werden derlei Angelegenheiten zwischen Nationen geregelt. Es mag langsamer vonstattengehen, als uns lieb ist, doch wir müssen uns geduldig zeigen.«

Sie drehte sich zu Nathaniel um. »Könnt Ihr ihn nicht holen gehen?«

»Nun, Fräulein, es ist so, wie Euer Vater sagt. Der Prinz hat seinen Plan.«

Ihre Augen wurden zu Schlitzen. »In all den Geschichten über den Zauberfalken habe ich niemals von Feigheit als einer seiner hervorstechenden Eigenschaften erzählen hören.«

»Bethany Frost!« Hettie Frost erschien in der Küchentür. »Meister Wald mag ein reuloser Sünder sein und ein Mann von zweifelhafter Moral, doch gibt dir das kein Recht, ihn zu beleidigen. Sosehr du ihn ablehnen magst, und so wenig ich seine Gegenwart begrüße, ich werde ein solches Benehmen nicht dulden! Du wirst dich augenblicklich entschuldigen!«

Bethany senkte den Blick. »Verzeiht mir, Meister Wald.«

»Kein Grund, Euch zu entschuldigen, Fräulein.« Nathaniel legte die Hände auf die Knie. »Bin kein Feigling. Kein Feigling kommt mehr als zwei Tage weit in die Wildnis. Schätze aber, was ich getan hab, sieht schon danach aus. Gefällt mir selber nicht. Sache ist, der Prinz is' ein schlauer Bursche. Er findet, jeder, der jetzt hoch in die Gegend um den Amboss-See zieht, ist ein Dummkopf, dem es ganz recht geschieht, wenn er dabei umkommt. Und wenn er versucht, Kapteyn Radband zu befreien, dann wird er ihn dabei mit umbringen.« *Und keiner von uns will da tot sein.* »Ich sag' Euch aber was: Kapteyn Radband ist ein robuster Kerl. Stärker als Ihr denkt. Ich weiß, er ist stärker, als ich erwartet habe. Der Herr ist mein Zeuge, er wird irgendwann durch Euer Tor spazieren, und es wird gar nicht lange dauern, bis Ihr alle über die ganze Sache lacht. Bis dahin und als Vorbereitung für den Krieg, der uns ins Haus steht, werden Kamiskwa und ich zurückgehen, um herauszufinden, was wir herausfinden können. Ich schwöre Euch, wir kommen wieder, um Euch alles zu erzählen, was wir wissen.«

Nathaniel setzte ein beruhigendes Lächeln auf. »Denke, Ihr solltet alle wissen, dass er eine ganze Menge von Euch hält. Hat nie anders als freundlich von Euch gesprochen. Und häufig dazu. Der Prinz wird das Journal für Euch abschreiben lassen. Owen hat sich darauf gefreut, dass Ihr es lest.«

Leise drang das Geräusch des schweren Klopfers von der Eingangstüre auf den Hof. Eines der kleineren Kinder kam aus dem Haus und sprach mit Madame Frost. Sie drehte auf dem Absatz um und verschwand im Innern.

Bethany blickte mit feuchten Augen auf. »Was hat er gesagt, Nathaniel, als er Euch fortsandte?«

»Er sagte, es sei meine Aufgabe, für Euer aller Sicherheit zu sorgen.« Er nickte. »Das war ihm wichtig. War ihm die ganze Gefahr und die Schmerzen wert.«

Ihr Blick verlor sich in der Weite, dann holte Bethany ein Taschentuch hervor und tupfte sich die Augen. Ihr Vater legte den Arm um sie.

Nathaniel stand auf. »Bitte richtet der Gattin meinen Dank aus für den Tee. Hab nie besseren getrunken.«

»Wartet, Meister Wald.«

Hettie Frost war zurück, und hinter ihr erschien ein sehr prächtig herausgeputzter Mann, komplett mit gepuderter Perücke, weißen Strümpfen, weißen Handschuhen und einem mächtigen Schnauzbart. Hettie drehte sich zu ihm um. »Das ist Meister Wald.«

»Hocherfreut, Euch kennenzulernen, Meister Wald.« Das Norillisch des Neuankömmlings war abgehackt und präzise, mit einem Akzent, den Nathaniel nicht recht zuordnen konnte. »Ich bin erfreut, mich vorzustellen als Graf Joachim von Metternin.«

»Schätze, das seid Ihr.«

»Wir sind soeben erst eingetroffen und haben uns nach einem Pferdegespann für unsere Kutsche erkundigt. An den Mietstallungen habe ich Euer Ross bewundert und erfahren, dass es Prinz Vladimir gehört. Man sagte, Ihr wäret in die Stadt gekommen, um der Familie Frost eine Nachricht zu überbringen.«

Nathaniel nickte. »Hab ich gemacht.«

»Dann würde ich Euch bitten, mir eine Gefälligkeit zu erweisen.« Aus einer Innentasche seiner weiß-goldenen Brokatjacke zog der Mann einen Umschlag. »Wäret ihr so freundlich, ihm dies zu überbringen, wären wir Euch sehr zu Dank verpflichtet.«

Nathaniel nahm die versiegelten Papiere entgegen. »Werd' sie dem Prinzen gleich in die Hand geben.«

»Sehr schön, ich danke Euch.« Von Metternin lächelte. »Und teilt ihm bitte mit, dass meine Gebieterin seine Antwort erwartet und höchst erfreut ist, seine Gemahlin zu sein.«

Vierunddreissigstes Kapitel

16. August 1763
Des Prinzen Zuflucht
Mäßigungsbucht, Mystria

Sie ist *was*?!« Der Prinz starrte auf das Briefbündel in Nathaniels Hand. Sein Mund war ausgetrocknet, und er wollte es nicht annehmen. »Augenblick, einen Augenblick.«

Als Nathaniel zu dem Prinzen und Kamiskwa in Vladimirs Labor gestoßen war, hatten die beiden an einem Modell der Festung du Malphias' gearbeitet. Kamiskwa schnitt und schnitzte Stöckchen auf die korrekte Länge für die Palisadenwand, während der Prinz aus Lehm das Gelände nachformte. Graubraune Erde färbte seine Hände und die Schürze.

Der Prinz schaute sich nach einer Möglichkeit um, sich die Hände abzuwischen, und entschied sich schließlich, den Saum der Schürze dafür zu verwenden. »Ihr wisst offensichtlich mehr, als Ihr herausrückt.«

Nathaniel konnte ein Grinsen nicht unterdrücken. »Tja, schätze, das Postschiff *Mauersegler* hat sich oben in Sommerland in 'nen Hafen von Nordportland geschleppt. Hat wohl den Hauptmast im Sturm verloren. War gut zwei Wochen verspätet. Die Jungs im Hafen haben 's erwähnt. Wird die Hochzeitsmeldung an Bord haben.«

»Ihr habt vermutlich Recht.« Der Prinz rieb sich die Stirn und bemerkte zu spät, dass er sich Lehm ins Gesicht schmierte. »Verblitzt und Donnerschlag. Mir mitzuteilen, dass ich verheiratet werde, ist eine Sache, aber die Nachricht eine knappe Woche auf den Weg zu bringen, bevor die Frau in See sticht?«

Er betrachtete seine Hände und wischte sie an der Hose ab. »Den Brief, bitte.«

Nathaniel überreichte ihn, und der Prinz öffnete ihn. Im Inneren des Umschlags fand er drei kleinere, ebenso versiegelte Botschaften. Als Erstes öffnete er die des Heimatministers Herzog Marbury. Sie war zweimal hintereinander in Drittel gefaltet, aber nicht exakt, ein Beispiel für die Nachlässigkeit, was Details betraf, wie sie typisch für Marbury war.

Vladimir überflog den Inhalt. Er stöhnte laut und warf die beiden anderen Briefe auf den Schreibtisch, in der vergeblichen Hoffnung, sie könnten einfach verschwinden. »Das ist übel.«

»Will auf keinen Fall neugierig sein, Hoheit.«

Vladimir lachte. »Typisch Marbury. ›So es Eurer Hoheit gefällt …‹ Natürlich gefällt es mir nicht, doch habe ich in dieser Angelegenheit keine Wahl. Meine Tante in ihrer Weisheit hat beschlossen, dass das Königreich Kesse-Saxenburg sich einer zu Ihren Gunsten rund um Tharyngia geschlossenen Allianz anschließen wird. Das mag zugestandenermaßen eine so schlechte Idee nicht sein, sind doch die Kessen die kriegerischste der Teutonischen Nationen, nur ist sie entschlossen, dieses Bündnis zu zementieren, indem sie mich mit der Prinzessin Gisella verehelicht. Das Kind ist von der Hälfte meines Alters, ohne Zweifel geschult in den Künsten der Stickerei und des Errötens nach Bedarf, und aufgewachsen in einer Welt voller Annehmlichkeiten, derentgleichen diese Küsten noch niemals gesehen haben.«

Nathaniel knackte einen Sonnenblumensamen und verfütterte ihn an den im Käfig sitzenden Raben des Prinzen. »Tja, Ihr könntet sie mit Kamiskwa hier verheiraten und selbst seine Schwester zur Frau nehmen. Dann bekäme Eure Tante zwei Bündnisse statt einem.«

»Msitazi würde Magwamp als Brautpreis verlangen. Das geht also nicht.« Er betrachtete den Brief und verzog das Gesicht. »Habt Ihr sie gesehen?«

»Kann ich nicht behaupten, Hoheit. Sie waren dabei, sie auf eine Barkasse zu verladen …«

»Auf eine Barkasse?!«

»Nicht, dass sie einen Kran dazu benutzt hätten«, erwiderte Nathaniel fröhlich. »Hab keinen direkten Blick auf sie gekriegt, aber ihre Kutsche ist ein tolles Ding. Gold und weiß, wie der Mann, der den Brief brachte.«

»Wie war er?«

»Prächtig rausgeputzt. Brauchte 'ne Barkasse bloß für seinen Schnäuzer. Graf Joachim von Metternin hat er gesagt, heißt er. Höflich wie nur was.« Nathaniel grinste. »Hat mir ein Pfund dafür gegeben, Euch die Nachricht zu bringen.«

Vladimirs Augen wurden schmal. Er klopfte sich mit dem Finger an die Zähne und verzog das Gesicht, weil er nach Lehm schmeckte. »Von Metternin. Der Name ist mir vertraut.«

»Er hofft auf eine schnelle Antwort.«

»Ich setze zum Morgen eine auf. Bäcker soll sie ihm bringen. Euch benötige ich hier, damit Ihr uns bei dem Modell helft.«

Der Prinz fuhr sich mit den Fingern durch das Haar und zog sich dabei erdfarbene Strähnen. »Meine Tante will mit dieser Heirat ihr Reich retten, doch lenkt sie mich damit von der Arbeit ab, die diesen Zweck in Wirklichkeit erfüllen wird.«

Kamiskwa spitzte ein weiteres Hölzchen an. »Die Prinzessin könnte Euch starke Söhne gebären.«

Prinz Vladimir breitete die Arme weit aus. »Ich brauche hier keine Kinder. Ich bin ein Mann der Wissenschaft. Gut, die tharyngische Revolution hat ihr eine höchst bösartige Wendung verliehen, doch die dortige Perversion des Prinzips nimmt ihm nicht seinen Wert. Meine Studien haben unser Verständnis der Welt befördert. Ich habe Pflanzen mit medizinisch wertvollen Eigenschaften entdeckt. Ich habe eine Abart der Kartoffel gefunden, deren Knollen größer wachsen als die anderer Sorten, und die dazu der Fäule widersteht. Mit jedem Tag lerne ich mehr über Lindwürmer. Ich kann keine Ablenkung gebrauchen.«

Kamiskwa nickte und schob das Obsidianmesser zurück in die Scheide. »Viele Krieger haben das schon gesagt. Mein Vater erklärt ihnen jedes Mal, wo ihr Irrtum liegt. Sie wollen die Welt sicher machen. Ihr wollt die Welt besser machen. Aber für wen? Jetzt bemüht Ihr Euch. Wenn es für Eure eigenen Kinder ist, werdet Ihr Euch noch mehr bemühen.«

Vladimir blinzelte.

Nathaniel grinste. »Geht einem mächtig auf die Nerven, nich' wahr, Hoheit?«

»Mächtig.« Der Prinz schüttelte den Kopf. »Und leider befürchte ich, er hat Recht. Diese Wendung der Ereignisse behagt mir nicht, doch da ich keine Möglichkeit habe, sie zu verhindern, werde ich wohl auf das bestmögliche Resultat hoffen müssen.«

Um seine Antwort besser ausformulieren zu können, öffnete Prinz Vladimir den Brief des Grafen von Metternin. Im Gegensatz zu der vorherigen Botschaft war dieser äußerst präzise gefaltet. Er war in einer kräftigen Handschrift verfasst, und die Zeilen zogen sich kerzengerade über das Papier, wie Vladimir mit einem Lineal bestätigen konnte. Der Graf hatte das Vergnügen, die Prinzessin vorzustellen, eine entfernte Blutverwandte, die zu kennen er seit Jahren das Vergnügen hatte. Der weitere Text pries sie in herzlichen, aber keineswegs übertriebenen Worten an. Vladimir erhielt den Eindruck, dass dies von echter Zuneigung zu dem Mädchen sprach statt einem Versuch, ihre Fehler zu überspielen.

Als Nächstes suchte er in seinen Büchern nach einer Erklärung dafür, warum ihm der Name von Metternin vertraut erschien. Die Familie war seit vielen Generationen von edlem Stand, in Nachfolge eines Vorfahren, der Jahrhunderte zuvor dem Heiligen Remischen Kaiser einen großen Dienst erwiesen hatte. Es war jedoch Rivendells ›Villerupt‹, wo Vladimir einen Hinweis auf Joachim von Metternin persönlich fand. Der Kesse war als Beobachter bei den tharyngischen Streitkräften beteiligt gewesen und hatte am vierten Tag den Befehl über ein Bataillon übernommen, dem er zugeteilt war. Dessen Offizierskorps war zerschlagen worden, von Metternin hatte das Bataillon jedoch zusammengehalten und heftigen Widerstand geleistet. Es hatte sich aus dem Ort Planchain und einem von John Rivendell geführten möglichen Kessel befreit. Rivendell war voll des Lobes für den Mann, was Vladimir sehr beruhigte.

Er setzte eine förmliche, aber herzliche Entgegnung auf und lud den Grafen ein, ihn zu besuchen und die kommende Nacht auf dem Gut zu verbringen. Anschließend faltete und versiegelte er den Brief, um Bäcker am Morgen damit loszuschicken.

Das erledigt, starrte er auf den Brief, den die Prinzessin ihm geschrieben hatte, und der noch immer ungeöffnet auf dem Schreibtisch lag. Nein, er wollte ihn nicht lesen. Die Adresse war in sehr zarter, aber ordentlicher Handschrift verfasst, er wusste jedoch nicht, ob es ihre eigene oder die einer ihrer Zofen war. Und auch die Worte im Innern waren nicht notwendigerweise ihre eigenen, sondern von Ministern oder den erwähnten Zofen ausgewählt, um ihn einzulullen und ihr zu verpflichten.

Er redete sich ein, dass er den Brief nicht lesen würde, weil er ihr ohne Vorurteil begegnen wollte, wusste aber selbst, dass das nur vorgeschoben war. Nicht, dass er sie ablehnen wollte, ohne sie auch nur getroffen zu haben, doch es war nun einmal so, dass er in dieser Angelegenheit keine Wahl hatte. Sie natürlich ebenso wenig. Je weniger er von ihr erfuhr, bevor er sie kennenlernte, desto weniger Zeit hatte er, eine Abneigung gegen sie zu entwickeln. Und da sie den Rest des Lebens miteinander verbringen würden, blieb ihm dazu reichlich Gelegenheit.

Der Prinz schlief recht gut, auch wenn das Modell der Festung seine Träume beherrschte. Nach dem Aufwachen kehrte er ins Arbeitszimmer zurück und fand Kamiskwa und Nathaniel bereits dabei, Stapel aus Modellpalisaden zu errichten. Sie verbrachten den Morgen und frühen Nachmittag damit, das Modell zu formen, zu verändern, es um- und neuzugestalten, bis sie ein Ergebnis erreichten, das sowohl beide Augenzeugen zufriedenstellte als auch den Karten entsprach.

Sie gingen so in dieser Arbeit auf, dass es sie völlig überrumpelte, als Bäcker in der Tür des Labors erschien und die Ankunft des Grafen von Metternin verkündete. Der Kesse trug eine hellblaue Uniform mit rehledernen Patten über einer Weste im selben Braun und weißen Hosen, goldene Schulterstücke und schwarze Kavalleriestiefel. Ein kecker Reiterhut mit Feder und einer goldenen Kokarde, mit der die Hutkrempe auf der linken Seite hochgesteckt war, vervollständigte die Kleidung. Kokarde und Schulterstücke waren mit einer kleinen, schwarzen Metallechse besteckt, was ihren Besitzer als Lindwurmreiter kennzeichnete.

Der Graf trat einen Schritt ins Labor und verneigte sich tief. »Prinz Vladimir, es ist mir die größte aller Freuden, Euch zu begegnen, und im Namen der Prinzessin Gisella …«

Vladimir hob beide lehmverschmierten Hände. »Graf von Metternin, bitte, haltet ein. Zweierlei erbitte ich mir von Euch. Zum ersten mögt Ihr Euch bewusst werden, dass hier in Mystria Förmlichkeit geschätzt, doch Ehrlichkeit der Beachtung der Formen vorgezogen wird. Dies ist ein Land, das wunderschön, doch gleichermaßen rau sein kann. Wir akzeptieren es und seine Menschen, wie sie sich uns darstellen.«

Der Graf richtete sich auf und nickte. »Wie Ihr wünscht, Hoheit.«

»Und zum zweiten, sprecht nicht von der Prinzessin zu mir, solange ich Euch nicht darum bitte.« Er breitete die Arme aus und schaute sich um. »Ich habe Euch hierher gebeten, auf dass Ihr mich seht, wie ich bin, und keinen Illusionen erliegt. Ihr sollt mich sehen, wie es meine Tante und ihre Minister nie getan. Habt Ihr mich so kennengelernt, werdet Ihr besser in der Lage sein, mir von der Prinzessin zu erzählen. Erscheint Euch dieser Vorschlag von Wert?«

»Das tut er, Hoheit. Ich danke Euch.« Der Mann zog den Hut und legte ihn auf den Rabenkäfig. »Um der Wahrheit die ganze Ehre zu erweisen, Hoheit, so war die Pflicht, meine Cousine zu begleiten und Ihrem künftigen Gatten vorzustellen, die schwerste, die mir jemals auferlegt. Das hat nichts mit dem Mädchen zu tun, sollt Ihr wissen, doch sind Bürokratie und höfisches Auftreten keineswegs meine Stärken.«

»So haben wir schon etwas gemeinsam. Darf ich Euch Prinz Kamiskwa von den Altashie und Meister Nathaniel Wald vorstellen. Sie haben viele der Exponate beschafft, die Ihr hier seht.«

»Meister Wald, eine Freude, Euch wiederzusehen. Prinz Kamiskwa, es ist mir eine Ehre.«

Kamiskwa verneigte sich nach Art der Zwielichtvölker, und Nathaniel deutete einen freundlichen Salut an, der seine Stirn mit grauem Lehm verzierte.

Der Graf trat näher an das Modell. »Faszinierend. Plant Ihr einen Bau?«

»Nein, dies wird derzeit von den Tharyngen nordwestlich von hier errichtet, kurz vor dem Oberlauf des Flusses Tillie.«

Der Kesse ging um das Modell herum, betrachtete es an mehreren Punkten aus der Nähe, ging an anderen in die Hocke, um es aus verschiedenen Blickwinkeln zu beurteilen. »Bewundernswert. Der Bauherr braucht keinen Angriff von der Seeseite zu fürchten. Auf dem Landweg wäre der einzige gangbare Anmarschweg von Norden. Einmal im Innern der Festung, würde jede Angreiferstreitmacht niedergemetzelt – vorausgesetzt, der Kommandeur der Festung ist kein Idiot.«

Vladimir nickte. »Der Bauherr ist Guy du Malphias.«

Von Metternin schüttelte sich. »Ein bösartiger Mann. Ich bin ihm einmal kurz begegnet. Er bot mir eine Stelle in seinem Stab an, was ich ablehnte. Daraufhin versuchte er, mich umzubringen, zusammen mit einem Bataillon des Fluorregiments bei Planchain. Sein Platinregiment sollte unsere Flanke decken, doch er zog seine Truppen in der Nacht ab. Ich kam nur knapp mit dem Leben davon.«

»Auf brillante Weise, falls man Rivendells Darstellung glauben kann.«

Der Graf schmunzelte. »Es gibt nur wenige Punkte in diesem Buch, die man glauben kann. Doch wenn man einen Mann daran messen kann, wie sehr ihn andere verachten, bin ich recht erfreut über seinen Hass.«

Vladimir lächelte. »Wir sind soeben mit unserem Modell fertig geworden. Wir werden zusätzliche Kundschafter aussenden, um festzustellen, welche weiteren Veränderungen der Bau erfährt.«

Der Graf kniff die blauen Augen zusammen. »Falls es Eure Absicht ist, diesem Bauwerk oder seinem Herren Schaden zuzufügen, wäre es mir eine beachtliche Freude, Euch dabei auf jede erdenkliche Weise zur Hand zu gehen.«

»Ich bin sicher«, erwiderte der Prinz, während er die Schürze auszog, »wir können Euch in dieser Hinsicht ebenso gerne entgegenkommen.«

Der Graf wartete geduldig auf dem Rasen, während die drei anderen sich vollständig auszogen und im Fluss badeten. Sie plauderten über Belanglosigkeiten, während sie sich von der Sonne trocknen ließen, dann zogen sie sich wieder an und kehrten auf das Gras zurück. Dort hatten die Lakaien eine Decke ausgebreitet und eine Mahlzeit aus Brot, Käse, Tomaten und Maishappen serviert. Dazu tranken sie einen Rotwein, den der Graf als »erfrischend« bezeichnete – eine höfliche Art, zum Ausdruck zu bringen, dass er viel zu jung war, um abgefüllt zu werden, und keinem Vergleich mit kontinentalauropäischen Jahrgängen standhielt.

Vladimir stellte fest, dass er den Kessen mochte und er ihm besser gefiel, als der erste Eindruck hatte vermuten lassen. Nach dem Essen kehrten sie an das Modell zurück und studierten es noch eine ganze Stunde. Von Metternin hatte einige wertvolle Ansichten bezüglich verwundbarer Punkte, verbunden mit realistischen Einschätzungen der notwendigen Truppenaufstellungen für eine Belagerung. Seine Schätzung belief sich auf mehr Einheiten, als die Krone in ganz Mystria besaß, was die Aussicht, du Malphias irgendwann loszuwerden, zweifelhaft machte.

Anschließend ließ der Prinz ihm Magwamp zeigen. Der Graf bewunderte die Farbenpracht des Lindwurms und die Abwesenheit des üblichen Gestanks. Das Tier bespritzte ihn mit Lehm, und er reagierte darauf nicht so ungerührt wie Radband zuvor. Er zog sich steifen Schritts aus dem Wurmstand zurück, zog die Stiefel aus und stieg voll angezogen in den Fluss, um seine Kleidung von dem Schmutz zu säubern, so gut es eben ging.

Vladimir schaute zu, wie er sich säuberte, und studierte seine säuerliche Miene. *Der Mann ist eitel, auch wenn er sich bemüht, diese Schwäche unter Kontrolle zu halten.* Das war gut zu wissen. Irgendwann würde diese Eitelkeit die Oberhand gewinnen und sich zu einem Problem auswachsen. Dass es von Metternin zuwider war, nicht militärische Aufgaben auszuführen, war ebenfalls ein Aspekt dieser Eitelkeit. Andererseits sprach es für die Loyalität des Mannes, dass er trotzdem bereit war, entsprechende Befehle auszuführen.

Das Abendessen, bestehend aus einem Schinken aus den Kellern, Apfelmus, Erbsen und gekochten Maiskolben, wurde – wie immer, wenn Männer unter sich sind – schnell zu einer Symphonie ernster Debatten, prahlerischer Erzählungen und Gelächters. Der Graf hatte noch nie zuvor einen Maiskolben gegessen, und sein prächtiger Schnauzbart war für ihn bei diesem Unternehmen eher hinderlich. Das Gelächter der anderen nahm er hin, wenn auch erkennbar widerwillig.

Der Wein floss reichlich, gefolgt von Sherry, und der Graf gab seine persönliche Version des Kriegsverlaufs auf dem Kontinent zum Besten. Er nahm den Berichten jede Spur von Ehre und reduzierte das Geschehen auf von Blut getränkten Schlamm, in dem sich scheinbare weiße Kiesel als Knochensplitter erwiesen und Rudel wilder Hunde um die Gedärme noch lebender Soldaten kämpften. »Ich wusste nicht, wen ich erschießen sollte: den Hund oder den Menschen.«

»Keine Wahl, vor die ich mich irgendwann gestellt sehen möchte.« Vladimir hob das Glas. »Auf alle, die irgendwann diese Entscheidung treffen müssen. Möge Gott ihnen die Wahl erleichtern und ihren Schuss sicher ins Ziel leiten.«

Fünfunddreissigstes Kapitel

21. August 1763
Amboss-See, Neu-Tharyngia

In den Wochen, seit er zum ersten Mal wieder Sonnenlicht gesehen hatte, hatte Owen seine täglichen Ausflüge ins Freie genießen gelernt. Quarante-neuf war noch immer ständig in seiner Nähe, doch inzwischen wirkte der Pasmortc sicher, dass Owen in der Lage war, sich aus eigener Kraft zu bewegen. Der achtete streng darauf, die Kiespfadc nicht zu verlassen, was, sofern dessen Mienenspiel ein Hinweis war, die Besorgnis seines wortkargen Begleiters spürbar reduzierte.

Auf eine Krücke konnte Owen inzwischen verzichten, und er

belastete das rechte Bein voll, auch wenn es noch immer ein wenig schmerzte. Die Salbe aus Mogiqua und Bärenfett, die seine Schmerzen lindern sollte, war nutzlos, das Einmassieren der Salbe jedoch half. Du Malphias bot ihm einen aus Weidenrinde gebrauten Schmerztrunk an, mit dem Hinweis, dass Owens Schmerzen noch nicht heftig genug waren, um eine Behandlung mit Opium notwendig zu machen.

Sein linkes Bein heilte langsamer. Während seiner Spaziergänge achtete Owen darauf, es steifer erscheinen zu lassen, als es in Wirklichkeit war. In seiner Zelle benutzte er die Krücke mehr wie einen Gehstock und zwang sich, täglich Runden um den Raum zu drehen, mit jedem Training mehr. Laufen konnte er noch nicht, tatsächlich konnte er kaum gehen – wanken traf es eher –, aber er konnte sich bewegen. Und mit jedem Tag wurde er kräftiger.

Es wird nicht mehr lange dauern, bis ich fliehen kann.

Eine Brise bewegte flammendes Laub an fernen Bäumen. Der Sommer ergab sich dem aufziehenden Herbst. Die Nächte wurden kälter, kalt genug, dass er eine zweite Decke erhalten hatte. Er bot eine davon Quarante-neuf an, doch sein Wärter lehnte ab. »Kälte stört mich nicht.«

Owens Blick schwenkte über das Lager. Mit der Grundkonstruktion offenbar zufrieden, hatte du Malphias sein Heer von Pasmortes losgeschickt, die Landschaft südlich des Flusslaufs zu verändern. Sie entfernten auf fünfhundert Schritt vom Ufer alle Steine und vergrößerten so die potenzielle Flutebene. Dann benutzten sie die gesammelten Steine zum Bau kleiner Trennmauern und eines komplett neu errichteten Gebäudes, das dem Betrachter ein verfallenes altes Bauernhaus vorspiegelte. Auf dem Boden säten sie Gras, das bereits zu sprießen begonnen hatte. Bis zum Frühjahr würde es aussehen, als hätten die Tharyngen einen Bauern von hier vertrieben, der seine Äcker hatte aufgeben müssen, deren Mauern von Süden an die Festung vorrückenden Truppen Deckung bieten konnten.

Owen studierte dieses neue Bauvorhaben, denn er wusste, dass du Malphias das von ihm erwartete. Obwohl es den Eindruck erweckte, schon ausgesprochen lange an seinem Platz zu stehen, war das neue Bauernhaus auf Owens Karten nicht verzeichnet. Kein norillischer Kommandeur würde ihm irgendeine Beachtung schenken und das Gelände sofort als das erkennen, was es war: eine Falle.

Oder nicht?

Owen schüttelte den Kopf. »Auf dem Kontinent haben sie es auch kein einziges Mal bemerkt.«

Quarante-neuf trat heran. »Braucht Ihr etwas?«

»Nein, ich habe mir nur eine Bermerkung erlaubt.« Er deutete hinüber zu dem neuen Haus. »Wenn Ihr dort hinüber schaut, was seht Ihr?«

»Was möchtet Ihr, das ich sehe?«

»Ich weiß nicht.« Owen verzog das Gesicht. »Ich sehe neunhundert Mann in roten Röcken dort sterben.«

Der Pasmorte nickte langsam. »Blut, viel Blut.« Seine Stimme klang ungewohnt abwesend. »Donner und Metall.«

Owen schaute ihn an. Quarante-neufs Gesicht war gerötet, aber auf seinen Zügen lag ein Ausdruck tiefer Traurigkeit. »Ist alles in Ordnung?«

Der Pasmorte blinzelte. »Mir geht es gut.« Er hob die Hand und wischte eine Träne fort, dann betrachtete er den feuchten Fleck auf seinem Finger, als hätte er so etwas noch nie gesehen. »Seid Ihr müde? Soll ich Euch eine Decke holen?«

Die Frage klang drängender als jemals zuvor, daher nickte Owen. »Eine Decke, ja.«

Quarante-neuf verschwand, und Owen widmete sich wieder dem eigentlichen Grund, warum er seine Zeit im Freien so mochte. Während er herumstolpernd den Eindruck machte, sich nach einem Sitzplatz umzuschauen, studierte Owen die Festungsdetails im Norden. Seine einzige Chance zu entkommen lag darin, es hinauf in die Wälder zu schaffen und eines der versteckten Kanus zu finden. Er hatte keine Chance, Verfolgern zu Fuß zu entkommen, doch auf dem Wasser spielte die fehlende Beweglichkeit seiner Beine keine Rolle.

Er sah Männer und Pasmortes vorbeigehen und verglich ihre Schrittlänge mit dem Schatten eines Fahnenmastes, den er eine Weile zuvor abgemessen hatte. Indem er ihre Schritte zählte, verschaffte er sich ein akkurates Bild der Entfernungen innerhalb der Anlage.

Diese Entfernungen prägte er sich ein und überprüfte sie, so gut er konnte. Wenn er erst entkommen war, konnte er seine Karten entsprechend anpassen. Er würde diese Information ebenso wie anderes, was er in Erfahrung gebracht hatte, dazu verwenden, zu entkommen und zurückzukehren, um die Festung zu schleifen.

Quarante-neuf kehrte mit der Decke zurück und legte sie Owen über die Schultern. »Ich danke Euch, Sire.«

»Nennt ihn nicht *Sire*, Kapteyn.« Du Malphias trat mit giftigem Blick aus dem Tunnel zu den Verliesen. »Ein ungehorsamer Diener verdient kein Lob.«

»Ich hatte ihn gebeten, mir eine Decke zu holen.«

»Und ich hatte ihm aufgetragen, Euch nicht aus den Augen zu lassen. Im Gegensatz zu mir scheint er sich nicht bewusst zu sein, dass Ihr ein äußerst gefährlicher Mann seid.«

Owen lachte. »Ein Krüppel, gefährlich?«

»Nur Eure Beine sind gebrochen, nicht Euer Verstand.« Der

Tharynge ließ ein Fernrohr aufschnalzen. »Vielleicht möchtet Ihr Euch alles näher ansehen, um Eure Berechnungen zu überprüfen?«

»Ich verstehe nicht, was …«

»Kapteyn Radband, beleidigt nicht meine Intelligenz. Wäret Ihr ein Dummkopf, hätte man Euch nicht für den Auftrag ausgewählt, mich zu suchen. Ihr seid ohne Zweifel ein Spion, aber vielleicht auch ein Meuchelmörder. Ich sollte Euch Handschuhe anfertigen lassen. Eine eiserne Maske vielleicht. Wie viel Magie könnt Ihr wirken, Kapteyn?«

Owen hob die gefesselten Hände. »Zurzeit gar keine. Ohne diese Schellen – lest meine Nägel, falls Ihr eine Antwort wollt.«

»Ihr könntet meine lesen, mon Sieur, und würdet nichts über meine Fähigkeiten oder meine Macht erfahren.«

»Aber …«

Du Malphias lachte. »Klug, aber weltfremd. Was wisst Ihr wirklich von der Magie?«

»Nur wenige können sie wirken, noch weniger sie meistern. Der Einsatz von Magie wird mit Blut bezahlt. Sie ist ein Geschenk Gottes, einzusetzen in SEINEM Auftrag.«

Du Malphias hob makellose Hände. »Genug. Ihr versteht von Magie, was ein Hund vom Donner versteht. Gerade genug, Euch unter dem Bett zu verkriechen. Ihr seid ein Kind, weil Eure Herren nicht wollen, dass Ihr aufwachst.«

»Und Ihr wisst es besser?«

»Oh, das tue ich. Ihr habt gelernt, dass im Remischen Weltreich die Magie verboten war. Deshalb haben sie Norisles Druiden ausgerottet. Wusstet Ihr, dass die Remer Euren Heiland für einen Zauberer hielten? Ruft Euch die Geschichten von seinen Wundern in Erinnerung. Sind das nicht Berichte von der mächtigsten Magie, die diese Welt je gesehen? Und wurden seine

Jünger, die ähnliche Gaben zeigten, nicht ebenfalls zu Märtyrern?«

»Ja, doch ...«

Der Laureat wackelte mit dem Finger. »Keine Einwände. Ihr wollt protestieren, dass es eine Beleidigung sei, Euren Herrn einen Magier zu nennen, doch bedenkt zweierlei. Erstens, wer war es, der Euch durch die Jahrhunderte immer wieder eingeschärft hat, dass es böse ist, ein Magier zu sein, nur um eine komplette Kehrtwende zu vollziehen, als sie erkannten, dass sie Magier benötigten, um ihre Heere zu füllen und ihre Kanonen und Musketen abzufeuern? Und wie kam es, dass die Remischen Kaesaren, die ohne Hemmungen und mit beachtlichem Geschick Macht anhäuften und ausübten, alle Magier vernichteten, obwohl die Geschichte beweist, dass sie mehr als bereit waren, eroberte Völker aufzusaugen und in ihre Legionen einzugliedern?«

»Ihr wollt andeuten, die Könige und die Kirche selbst hätten die Magie unterdrückt und sie gleichzeitig insgeheim gehortet?«

»Ich deute überhaupt nichts an, mon Sieur.« Du Malphias schüttelte den Kopf. »Erscheint es Euch gar nicht seltsam, dass mit dem Auftauchen der Feuerwaffen und Kanonen all diese edlen Häuser in nur einer Generation plötzlich die Fähigkeit demonstrierten, Magie zu wirken? Lasst uns annehmen, Ihr seid eine Fünf. Damit wärt Ihr ein mächtiger Mann. Die meisten Soldaten in den Rängen sind Zweien, vielleicht Dreien. Zwei Salven, dann heißt es ›Bajonett aufstecken‹, oui? Aber diese Edelleute, sie sind eine Sechs oder Sieben? Vielleicht mehr?«

Owen schüttelte den Kopf. »Das würde eine Verschwörung des Stillschweigens erfordern, die über Jahrhunderte Bestand hätte. Jemand hätte es sicherlich offenbart.«

»Ja, doch Ihr dürft nicht vergessen, dass die Kirche es sehr bequem fand, ihre Priester aus den Reihen der Edelleute zu rekrutieren. Eine Religion der Magier, die das einfache Volk beherrschen. Sie dirigieren Hexenverfolgungen, um mächtige Störenfriede zu vernichten. Ein aufsässiger Edelmann wird zum Ketzer oder Teufelsanbeter erklärt. Niemand glaubt mehr, was er sagt. Er wird verstoßen, verfolgt und getötet. Sie besitzen ein perfektes System, ihre Herrschaft mittels Hass und Furcht durchzusetzen. Nur zweierlei hat dafür gesorgt, dass sie jemals ein Ende fand.«

Der Laureat verschränkte die Hände auf dem Rücken. »Der Bedarf an Soldaten zwang sie, ihre Lehre von der Sündigkeit der Magie einzuschränken. Das gestattete den Menschen, einen Stolz auf ihre Fähigkeiten zu entwickeln. Deshalb hatten wir die Unterstützung der Massen, als wir bei unserer Revolution König und Kirche stürzten. Die Wissenschaft hatte triumphiert, wo ein wahnsinniger König versagt hatte. Wir haben aus der Magie eine Wissenschaft gemacht. Keine Schande mehr, nur noch die Wahrheit. Und falls Ihr anzweifelt, was ich sage, lasst mich Euch versichern, in den Archiven von Feris existieren viele Dokumente – Briefe, Geständnisse und mehr –, welche die Existenz der Verschwörung bestätigen. Hätte König Anselm nicht völlig den Verstand verloren und mit der Kirche gebrochen, hätte ihre gemeinsame Front die Verschwörung auch weiterhin geheim gehalten. Tatsächlich gibt es Laureaten, die der Ansicht sind, wir müssen sie aufrechterhalten, die erklären, die Völker der Welt sind noch nicht reif für die Wahrheit.«

»Daher Euer Exil?«

»Ein Grund unter vielen, und allesamt ohne Bedeutung.« Du Malphias lächelte. »Der zweite Grund ist, dass alle Mächte der Alten Welt es für angebracht hielten, ihre Unzufriedenen hierher zu verschiffen. Ihnen entging dabei leider, dass viele unter ihnen, vielleicht sogar die Mehrheit, in der Lage war, Magie zu wirken. Da sie aus den unteren Klassen stammten, oder den ungebildeten Klassen, existierten sie noch in der Angst vor Hexenverfolgungen. Und rein durch eine glückliche Fügung wurde Mystria ein Land, in dem Magier mit Magiern Nachkommen zeugen. Ihr habt selbst gesehen, welche Auswirkungen das bei den Einheimischen hat.«

Owen nickte zögernd, »Viele der Auslöslinge hatten den Fluch.«

»Nun sind sie Auropas Fluch. Die Regierungen sind von solcher Angst erfüllt, sie könnten die Geheimnisse der Zauberei mit dem einfachen Volk teilen, dass sie niemandem mit dem Wissen über fortgeschrittene Magie gestatten hierherzukommen. Doch es existieren noch andere Verschwörungen, die den Wert der Verbreitung dieser Geheimnisse erkennen. Ich weiß allerdings nicht, ob sie genügen werden, um die Mächte zu bezwingen, die das Volk auch weiterhin zu unterdrücken trachten.«

»Man hat Euch gestattet hierherzukommen?«

»Man konnte mich nicht daran hindern. Das ist ein Unterschied. Ein wichtiger Unterschied.«

Nathaniels Worte hallten in Owens Schädel nach. Er rieb sich das Gesicht. »Ihr verzeiht, mon Sieur, doch mir schwirrt der Kopf. Ich sollte mich ausruhen.«

Du Malphias nickte. »Natürlich, doch würde ich Euch bitten, mir noch einen Moment Eure Aufmerksamkeit zu schenken.«

»Ja?«

»Ein anderes Thema.« Der Laureat breitete die Arme aus. »Ihr habt meine Festung studiert. Ihr seid ein intelligenter Mann. Wie werden Eure Armeen sie erobern?«

Owen deutete mit dem Daumen nach rechts. »Sie werden von Norden kommen. Das ist die beste Angriffslinie. Von dort aus werden sie diese Festung des Todes einnehmen.«

»La Fortresse du morte. Schlau, aber übertrieben. Nur ein

Idiot würde diesen Namen benutzen. Ich weiß allerdings die Zweideutigkeit darin zu schätzen.« Du Malphias kicherte höflich. »Von Norden, ja, recht offensichtlich. Ich plane weitere Baumaßnahmen. Wir werden selbstverständlich Gegentunnel anlegen. Aber die Nordwand ist keineswegs der schwächste Punkt meiner Festung, nicht wahr?«

»Nein, das ist die erhöhte Festung über dem See. Wenn wir ein Schiff bauen und mit Kanonen beladen, kann es dort hinausfahren und die Wand in Trümmer schießen. Ein konzertierter Vorstoß angreifender Truppen, und plötzlich haben wir die erhöhte Position. Es wird blutig, doch diese Festung ist einnehmbar.«

»Sehr gut, mon Sieur. Ich pflichte Eurer Einschätzung bei.« Du Malphias zuckte die Achseln. »Ich bin ebenso überzeugt, dass Ihr nicht ganz ehrlich wart.«

»Ich versichere Euch …«

»Ja, ja, ja, Ihr gebt mir Euer Wort als Offizier. Müssen wir diese Scharade noch einmal spielen?«

Owen schüttelte den Kopf. Die Härchen auf seinen Armen stellten sich auf. Im nächsten Moment tat er einen Schritt nach vorn und schwang die Krücke, um damit nach du Malphias zu schlagen.

Die Augen des Laureaten verengten sich zu schmalen Schlitzen. Seine linke Hand zuckte empor und blockte die Krücke mit einer Nebelwolke ab. Seine Rechte stieß mit offener, aufgerichteter Handfläche nach vorn. Ein Blitz, Hitze, mehr Nebel. Owen rang nach Atem. Er wurde an Quarante-neuf vorbeigeschleudert und schlug hart auf den Boden. Sein Brustbein dröhnte.

»Bring ihn in seine Zelle und fessele ihn.«

»Wie Ihr wünscht, mon Sieur.«

Owen rieb sich die Brust. Sie schmerzte. Er hatte sich etwas gebrochen. Er hustete, was erneut heftige Schmerzen auslöste, und wehrte sich erfolglos gegen Quarante-neufs Griff.

Du Malphias schüttelte den Kopf. »Ja, Kapteyn Radband, ich werde Informationen von Euch erhalten. Aber Ihr habt mir nicht zugehört. Ihr habt Folter erwartet. Ihr sollt sie bekommen. Ihr habt sie Euch verdient. Ich werde Vergnügen daran haben. Aber Ihr sollt eines wissen: Ich besitze andere Methoden, die sich als ebenso effektiv erwiesen und Euch große Schmerzen erspart hätten.«

Owen nickte und glaubte ihm.

Immerhin hatte du Malphias den Schlag mit der Krücke abgewehrt und Owen zu Boden gestreckt, ohne ihn oder den Stock zu berühren. Was auch immer er getan hatte, beruhte auf Magie, wie Owen sie nie zuvor gesehen hatte, und er empfand keinerlei drängendes Interesse daran, sie noch einmal zu erleben.

Sechsunddreissigstes Kapitel

24. August 1763
›Tanner und Hund‹, Port Maßvoll
Mäßigungsbucht, Mystria

Ganz ehrlich, Caleb, Ihr verbringt mehr Zeit hier, als ratsam wäre.« Nathaniel Wald zog einen freien Stuhl unter Calebs Tisch vor und schnupperte am Eintopf, der vor dem jungen Mann stand. »Kann nicht wegen des guten Essens hier sein.«

»Das Sommerbier wird langsam sauer, und das Erdbeerweizen ist noch nicht so weit.« Caleb klappte ein Buch zu. Da er nicht lesen konnte, hatte Nathaniel keine Ahnung, worum es sich handelte, aber es hatte große Ähnlichkeit mit dem Buch, das er in Owens Gepäck gesehen hatte. »Ich würde heimgehen, doch meine Mutter ist noch immer außer sich wegen Eures Besuchs.«

»Nun, schätze, ich könnte mich entschuldigen, doch ich glaub' nicht, dass das viel helfen würde.«

Caleb schüttelte den Kopf. »Sie ist nicht wütend auf Euch, auch wenn sie Euch nicht verziehen hat und es wohl auch nie tun wird. Es ist Beth. Die Nachricht von Kapteyn Radband hat sie schwer getroffen.«

Nathaniel erinnerte sich an die Tränen und das Zittern in ihrer Stimme. »Eure Schwester ist eine kluge Frau. Und zäh. Hat Stahl in den Knochen, so wie Eure Mutter. Owen hat viel auf sie gehalten.«

»Ich weiß.« Caleb schöpfte einen Löffel Eintopf aus der Schale, betrachtete ihn und ließ ihn zurück in die langsam steif werdende Masse sinken. »Wisst Ihr, ich war recht kurz angebunden zu Kapteyn Radband. Meine Mutter und Schwester fürchten, er könnte glauben, sie würden meine Haltung teilen. Das macht es unangenehm.«

»Schätze, Ihr würdet herausfinden, dass Owen Euch durchaus gemocht hat. Er war nicht die Sorte Mensch, der leicht 'nen Hass auf jemand bekommt.«

»Ich weiß. Trotzdem.« Caleb seufzte. »Wenn Ihr und Kamiskwa auf Suche nach ihm geht, will ich Euch begleiten.«

Der Waldläufer lehnte sich zurück. »Solltet Euch das vielleicht noch mal überlegen.«

»Ich habe lange darüber nachgedacht. Ich bin ein guter

Schütze mit einer eigenen Muskete. Ich kenne die Wälder, und ich bin kräftig.«

Nathaniel nickte. »Seid wohl noch 'n bissen jung.«

»Älter, als Ihr es wart bei Eurem ersten Streifzug.«

Nathaniel hob die Hände. »Streit' ich gar nicht ab. Und ich sag' auch nicht, dass Ihr es nicht könntet. Sag bloß, Ihr wisst nicht, worauf Ihr Euch einlasst.«

Caleb runzelte die Stirn. »Das habt Ihr ziemlich deutlich gemacht.«

»Nee.« Wald stand auf und winkte Caleb zur Tür. Der junge Mann folgte ihm. Draußen deutete Nathaniel zum Himmel. »Was seht Ihr da?«

Caleb rollte die Augen. »Gänse auf dem Weg aus Neu-Tharyngia nach Süden. Ich kann auch Elche, Tanner, Bären, Geopahre und Kaninchen entdecken. Und wenn ich auf sie schieße, treffe ich sie auch.«

Nathaniel seufzte. »Und welchen Tag haben wir?«

»Es ist Sankt Bartholomäus, der vierundzwanzigste August.«

»Und was sagt Euch das?«

Caleb starrte ihn verwirrt an. »Was meint Ihr?«

»Der Winter kommt. Früh und hart.« Nathaniel deutete nach Westen. »Mehr Spuren von Bären und Geopahren. Sie kommen früher als sonst aus den Bergen. Schaut Euch die Hunde auf den Straßen an. Ihr Winterfell wächst. Ein schlauer junger Bursche wie Ihr sollte sich ein paar Freunde suchen und einen Vorrat Feuerholz anlegen. Schätze, in sechs Wochen ist das 'ne Menge Geld wert.«

»Ich kann mich warm anziehen.«

»Is' nicht, dass ich es Euch nicht zutrauen würde, Caleb Frost. Hätte Euch wirklich gerne dabei. Kamiskwa sieht das genauso. Ist aber wohl so, dass der Prinz da auch mitzureden hat.«

»Ihr werdet mich erwähnen ihm gegenüber?«

»Das werd' ich.« Nathaniel klopfte ihm auf die Schulter. »Aber eigentlich wollt' ich Euch um 'nen Gefallen bitten ...«

»Haltet Euch fern von ihm, Caleb, er ist ein Verräter.«

Nathaniel drehte sich langsam zum Ursprung dieser Worte um. »Seht 'n Hauch dünner aus, würde ich sagen, als das letzte Mal, da ich Euch gesehen.«

Kattun Quitte spuckte ihm vor die Füße. »Ihr habt mich verraten.«

»Tatsache?« Der Waldläufer sah, wie der schlanke Mann die Fäuste ballte. »Schätze, Ihr habt keine Ahnung, was Ihr da labert.«

Caleb trat zwischen die beiden. »Ich würde meinen, Sires, dass die Straße nicht der geeignete Ort für diese Debatte ist.«

»Gibt überhaupt kein' Grund für irgendeine Debatte.« Nathaniel nickte kurz in Quittens Richtung, dann senkte er die Stimme. »Knabe hier war in Hutmacherburg und hat zu den Worten in dem Buch, was Euer Vater Kapteyn Radband mitgab, seinen Senf dazu fabuliert. Hat die Ehre Eures Vaters angezweifelt. Ist Owen sauer aufgestoßen, und Friedensreich Bein auch. Das hat Meister Quitte in Hutmacherburg ziemlich erledigt.«

»Das hat mich *überall* erledigt. Es hat eine Witzfigur aus mir gemacht.«

Calebs Augen verengten sich. »Ihr habt die Ehre meines Vaters infrage gestellt?«

Quitte senkte den Blick. »Mir war nicht klar, wer Radband das Buch gegeben hatte.«

»Fragt ihn, ob er dazu erfunden hat.«

»Nun?«

Quitte bewegte unbehaglich die Schultern. »Ich hatte an ein

paar anderen Orten eine Bemerkung fallen lassen. Den Leuten gefiel es.« Er stach den Zeigefinger in Nathaniels Richtung. »Aber er hätte seine Freunde aufhalten sollen. Und hätte es getan, würde er nicht im Sold der Königin stehen. Er gehört nicht zu uns.«

»Nein, wirklich nicht.« Nathaniel schüttelte den Kopf, und sein Blick wanderte von einem jungen Mann zum anderen. »Hab keine Ahnung, was Ihr da treibt, abgesehen von völligem Schwachsinn. Ideen, wie Ihr sie habt, sind was Feines in 'nem Debattierverein, aber draußen an der Grenze machen sie nichts als Ärger. Die Leute da draußen haben keine Zeit für diesen Mist.«

»Das ist kein Mist.«

»Ist es wohl, Caleb, wenn es dir dreckig geht.« Nathaniel breitete die Arme aus. »Ich hab dir gerade erklärt, dass ein früher Winter kommt, und ein harter dazu. Ein früher Winter heißt schlechte Ernte. Kein Futter für das Vieh. Es wird sterben. Die Leute müssen das Saatgut essen. Es wird kaum Wild zu jagen geben. Die Leute da draußen wird es einen Dreck kümmern, ob irgendeine Frau auf der anderen Seite vom Meer sich für sie interessiert oder nich'. Sie werden hungern und frieren, und ihre Köpfe mit Gerede zu füllen, wird ihre Probleme nicht lösen.«

Quitte schnaubte. »Euch wird der Königin Schilling warm und satt halten.«

»Schätze, dass es meine eigene Sache ist, was ich mit meinem Geld mache.« Er verschränkte die Arme vor der Brust. »Und ich schätze, Ihr solltet mich aus Euren Plänen raushalten.«

Quitte schaute von Nathaniel zu Caleb und zurück, dann schüttelte er den Kopf. »Na schön. Caleb, guten Tag. Was Euch betrifft, Meister Wald, zur Hölle mit Euch.«

Quitte stürmte davon.

Caleb drehte sich zu Nathaniel um. »Warum habt Ihr behauptet, nicht zu uns zu gehören?«

Der Waldläufer blickte ihm in die Augen. »Weil 's stimmt. Hab mich von der Neugier überwältigen lassen und ein, zwei Versammlungen besucht. Aber das heißt nicht, dass ich mitmache bei Euren ›Söhnen der Freiheit‹. Und ich wüsste nicht, was es einen wie Quitte angeht, dass ich jemals da war.«

Caleb hob die Hände. »Von mir hat er es nicht erfahren. Ich kenne ihn kaum. Habe ihn nur bei den Treffen gesehen.«

»Schätze, das will ich Euch glauben.« Nathaniel grinste. »Was Quitte angeht, der braucht wohl 'ne Tracht Prügel mit 'nem Schlaustock. Dürfte bloß niemand einen machen, der groß genug für ihn ist.«

Caleb lachte. »Ich werde die richtigen Leute wissen lassen, dass er ›Die Berufung eines Kontinents‹ abgeändert hat.«

»War schon recht nett formuliert, was er geredet hat.« Nathaniel nickte. »Könnte sein, er sollte mehr schreiben und weniger reden.«

Der junge Frost nickte. »Ich werde es erwähnen. Aber Ihr sagtet, Ihr hättet eine Bitte an mich? Gehen wir wieder hinein? Ich gebe Euch einen aus.«

Nathaniel packte ihn an beiden Schultern. »Ein anderes Mal. War nicht so wichtig.«

»Ihr werdet den Prinz fragen, ob ich Euch begleiten kann?«

»Werd' ich. Morgen, oder den Tag danach.«

Caleb grinste, »Ihr seid wieder in der Stadt, um die Prinzessin zu einem Treffen mit dem Prinzen zu eskortieren?«

»Könnt' schon sein. Meine Grüße an die Familie.«

»Mit Vergnügen.«

Der junge Mann verschwand wieder im ›Tanner und Hund‹. Nathaniel schaute ihm nach, dann schüttelte er sich. Er hatte fragen wollen, ob Zachariah Wildbau noch auf Reisen war, doch jetzt hoffte er fast, dass nicht. Eine Prügelei kam ihm jetzt gerade recht, und falls Wildbau nicht in der Stadt war, würde ein Astwerk oder ein Fassdaube herhalten müssen.

Er machte sich quer durch Port Maßvoll auf den Weg nach Norden. Wo die Großzügigkeit zum Meer einbog, lag ›Wildbaus wohlfeile Waren‹. Das Holzhaus, breiter und tiefer als hoch, hatte drei Stockwerke. In den beiden Obergeschossen waren Zimmer zu vermieten, und die Tavernen auf der anderen Straßenseite machten gute Geschäfte mit den Mietern. Das gesamte Erdgeschoss war ein riesiger Raum, in dem die verschiedenen Waren zum Verkauf standen. Hauptsächlich Möbel, weiter hinten Tuchballen, Tafelsilber und Geschirr. Hier fand man die besten Importwaren aus Norisle. Weite Tore an der Rückwand gestatteten ein einfaches, schnelles Verladen.

Nathaniel beobachtete das Haus ein paar Minuten von der Straße aus. Er überlegte, ob er hineingehen sollte – und sah keinen Grund, darauf zu verzichten. Wildbau hatte ihm nie öffentlich Hausverbot erteilt. Es hätte auch keinen Unterschied gemacht, falls doch. Zumindest kümmerten Zachariahs Gefühle in dieser Sache Nathaniel keinen Deut.

Rahels Gefühle hingegen waren wichtiger als alles andere.

Er fuhr sich mit den Fingern durchs Haar und setzte ein Lächeln auf, bevor er über die Straße ging. Als er die Tür öffnete, bimmelte ein kleines Glöckchen. Zwei Leute, ein Mann und eine Frau, drehten sich um. *Frisch vom Boot.* Sie musterten ihn überrascht und interessiert, warfen aber keinen Blick in Rahels Richtung.

Einheimische hätten das getan.

Sie war vollauf damit beschäftigt, an der Theke im hinteren Teil des Geschäfts etwas in ein Kontorbuch einzutragen. Er liebte es, sie so zu sehen, in voller Konzentration. Das dunkle Haar hatte sie am Hinterkopf zu einem Dutt aufgesteckt, aber an den Schläfen hatten sich ein paar Strähnen gelöst. Die vollen Lippen waren leicht geöffnet, im Mundwinkel lugte die rosa Zungenspitze hervor. Zarte Finger glitten links über das Papier. Sie schrieb mit flüssiger, eleganter Bewegung auf die rechte Seite. Der Anblick war so schön wie das Gleiten eines Rehs durch den Wald.

Dann schaute sie hoch, und ihre haselnussbraunen Augen schauten in seine. Einen Pulsschlag lang strahlte sie, dann ertappte sie sich. Ihr Lächeln verblasste. Sie steckte die Schreibfeder zurück ins Tintenfass. Nachdem sie ihr graues Kleid zurechtgezupft hatte, trat sie hinter dem Tresen hervor. »Welch eine Freude, Euch zu sehen, Meister Wald. Seid Ihr wegen Stoffresten gekommen?«

»Das bin ich.« Er deutete mit einer Kopfbewegung zu dem Kundenpaar, das ein Silberservice bewunderte, und ging hinüber in die hintere Ecke, zu einem Regal mit Stoffballen. Neben dem Regal stand eine Kiste mit Resten, die meisten zu klein für Steppdecken oder zu seltsam geformt, um zu irgendetwas gut zu sein.

»Die Kiste ist fast voll.« Rahel lächelte ihn an. »Wie viel braucht Ihr?«

Er erwiderte das Lächeln und spürte, wie sein Herz hämmerte. »Ich schätze, ich nehme sie alle. Ich habe Gold.« Er steckte die Hand in einen Beutel und zog drei goldene Pfundmünzen hervor, die er über ihre ausgestreckte Hand hielt. »Wird das reichen?«

Sie nickte und fing die Münzen auf.

Oh, wie sehnte er sich danach, jede Münze einzeln in ihre Hand zu legen und mit den Fingerspitzen über ihre Haut zu streichen. Er kannte das Gefühl gut, kannte ihre Zärtlichkeiten ebenso wie seine. Manchmal fühlte er sich sehr unbeholfen, denn sie war so klein und zart, und er so grob, mit schwieligen Händen, sein Daumennagel ungewöhnlich grob und dunkel von darunter ausgetretenem Blut.

Sie schloss die Hand und berührte seinen Daumen mit der Fingerspitze. Nur eine winzige Berührung. Niemand, der es sah, hätte irgendeine Ungebührlichkeit oder Intimität darin erkennen können, gleichgültig, wie misstrauisch er die Szene beobachtete. Und doch war es für ihn wie ein Regenguss nach der Dürre.

Er nickte. »Ich schätze, ich werde sie jetzt noch nicht mitnehmen. Gibt es eine bessere Gelegenheit?«

»Heute Abend, falls Ihr wünscht. Ich werde sie für Euch bündeln.«

»Das ist äußerst zuvorkommend.«

Wieder klingelte die Türglocke. »Ihr könnt jetzt gehen, Wald.«

Nathaniel drehte sich um. »Rufus, Ihr seht senkrechter aus, als ich Euch in Erinnerung habe. Eure Brüder hingegen wirken doppelt so dumm.«

»Nathaniel …« Rahel legte ihm die Hand auf den Arm.

»Macht Euch keine Sorgen, werte Dame. Hier in Eurem Laden wird sich nichts ereignen. Hab ich Recht, Leute?«

Rufus nickte ernst. »Das stimmt.«

Nathaniel drehte sich zu Rahel um. »Kein Grund zur Sorge.«

»Ich möchte nicht, dass Euch etwas geschieht, Nathaniel.«

»Schätze nicht, dass das passiert. Muss ja wiederkommen, um die Reste abzuholen.« Er nickte. »Schönen Tag noch, werte Frau.«

Wieder klingelte die Türglocke, und ein Mann kam herein

und schob sich an Rufus vorbei. Der fühlte sich beleidigt und packte den kleineren Neuankömmling bei der Schulter. Der kleinere Mann wirbelte herum, und plötzlich tauchte ein Dolch in seiner Hand auf. Die Spitze zog einen einzelnen Blutstropfen aus Rufus' Hals.

»Meister Wald, wenn Ihr mir die Ehre erweisen würdet, uns bekannt zu machen. Ich weiß gerne die Namen derer, die ich töte.«

Nathaniel grinste. »Graf Joachim von Metternin, der dort ist Rufus Astwerk.«

»Und die beiden anderen?«

»Deren Namen braucht Ihr nicht zu wissen. Bei denen übernehme ich das Töten.«

»Ich glaube, die egalitären Gebräuche Mystrias haben das Potenzial, mir ans Herz zu wachsen.« Der Graf lächelte Rahel über die Schulter zu. »Und Ihr dürftet Madame Wildbau sein, die Besitzerin dieses Geschäftes?«

Rahel knickste. »Wie kann ich Euch behilflich sein?«

Von Metternin packte Rufus' Hemd und zog ihn herum, so dass er Rahel anschauen konnte, ohne den Dolch zu bewegen. »Meine Gebieterin, die Prinzessin Gisella, hat von einem Brauch gehört, den man ›Picknick‹ nennt. Sie wünscht ein solches abzuhalten. Daher benötigt sie ein Essgeschirr für zwölf Personen, einen Tisch, Stühle, alles Erforderliche. Und falls Ihr eine Küche wüsstet, die in der Lage ist, die entsprechenden Gerichte herzustellen, wäre ich Euch dankbar.«

Er schaute Rufus an. »Zu Euch, mein feiner Freund. Soll ich Euch töten oder eine Verwendung für Eure Muskeln finden? Jemand muss diese Waren zum Ort des Picknicks und nach dessen Abschluss wieder zurücktragen. Eine Krone pro Kopf für einen Tag Arbeit.«

Rufus nickte vorsichtig, während seine Brüder sich die Hände rieben.

»Gut, das Geschäft gilt, sofern Ihr mir bis zur festgelegten Uhrzeit des betreffenden Tages nicht mehr unter die Augen kommt. Ansonsten werde ich Euch töten müssen. Das habt Ihr verstanden?«

»Ja, Sire.« Rufus schleuderte Nathaniel einen giftigen Blick zu, dann verschwanden er und seine Brüder.

»Schätze, ich schulde Euch ein Dankeschön, Graf Joachim.«

Der Kesse zuckte die Achseln und schob den Dolch zurück in die an seinem Unterarm befestigte Scheide. »Ich habe auch eine Bitte an Euch. Und an Euch ebenfalls, Madame Wildbau.«

»Ja, Graf Joachim?«

»Heute Abend werdet Ihr beide meiner Gebieterin und mir beim Diner Gesellschaft leisten. Die guten Sitten verlangen, dass unsere Mahlzeiten in Gesellschaft stattfinden, und ich habe – der Wahrheit die Ehre – meine Fähigkeit, Langweiler zu ertragen, erschöpft. Heute Abend hätte uns Bischof Binsen mit seiner Familie die Ehre erwiesen, doch seine Gicht verhindert es. Falls Ihr so freundlich wäret.«

»Es wird uns ein Vergnügen sein, Sire.« Rahel lächelte.

»Ich werde eine Kutsche für Euch schicken. Bitte keine Kostümierung. Meine Gebieterin möchte die Menschen Mystrias so kennenlernen, wie sie sind, nicht wie sie vorgeben zu sein.« Er klatschte in die Hände. »Das ist ganz wunderbar. Sie wird entzückt sein. Und morgen dann, Meister Wald, werdet Ihr sie ihrem künftigen Gemahl vorstellen, und alles wird gut.«

Siebenunddreissigstes Kapitel

25. August 1763
Des Prinzen Zuflucht
Mäßigungsbucht, Mystria

Prinz Vladimir winkte, als Nathaniel sich dem Gut näherte. Er und Kamiskwa hatten gerade Magwamps Fütterung überwacht. Der Altashie war unten am Fluss geblieben und kitzelte Fische heraus, während der Prinz sich für die Ankunft der Prinzessin umgezogen hatte. Er trug jetzt ein blaues Samtjackett mit goldenen Litzen über einem sauberen weißen Hemd und zur Jacke passender Kniehose, weiße Strümpfe und schwarze Schuhe mit goldenen Schnallen.

»Wie weit hinter Euch sind sie?«

»Schätze, so 'ne Stunde. Könnte auch mehr sein. Bin losgeritten, bevor sie sich so recht in Bewegung gesetzt hatten.« Nathaniel Wald stieg ab, schlug die Klappe einer der Satteltaschen auf und reichte dem Prinzen eine von Graf von Metternin versiegelte Botschaft. »Hat gesagt, das hier erklärt alles, und Ihr braucht Euch keine Sorgen zu machen.«

Der Prinz nahm den Brief. »Erzählt Ihr mir von ihr?«

Nathaniel grinste. »Hab schwören müssen, das nicht zu tun, und *ich* halt' mein Wort, wenn es um Sachen geht, die vertraulich sind.«

»Womit Ihr sagen wollt?«

»Womit ich sagen will, schätze, wir müssen uns mal unterhalten.« Nathaniel reichtet das Pferd einem Stallburschen, nachdem er vorher sein in der Wildlederhülle verpacktes Gewehr aus der Sattelhalterung geholt hatte. »Prinzessin hat gesagt, Ihr möchtet im Labor auf sie warten. Sie respektiert, was der Graf ihr von Euch erzählt hat, und will Euch da treffen.«

Interessant. Obwohl der Graf nicht den Eindruck erweckt hatte, besonderen Wert aufs Protokoll zu legen, hatte Vladimir angenommen, Prinzessin Gisella täte das sehr wohl. Sicherlich war sie darin geschult. Man hatte sie ihm als Instrument einer diplomatischen Mission gesandt, daher war das Einzige, was wirklich zählte, die Einhaltung der Konventionen. *Falls ihr das nicht wichtig ist, was bewegt sie dann?*

»Und Ihr werdet Eure Beobachtungen nicht mit mir teilen?«

»Nee. Ich mache, was man mir sagt.«

»Ich wäre geneigter, Euch zu glauben, würde die Situation Euch nicht so offenkundig amüsieren.«

Nathaniels Grinsen wurde noch breiter. »Könnte schon sein, dass ich 'ne gewisse Befriedigung verspüre.«

»Und das ist ein Thema, über das Ihr und ich uns unterhalten sollten?«

Der Waldläufer runzelte die Stirn. »Scheint, der Graf hat Ideen in sein' Hinterkopf von Rahel und mir. Mehr als nur Geschwätz.«

»Das dürfte daran liegen, dass ich ihm von Euch erzählte, als er mich fragte.«

Nathaniels Gewehr lag locker in den verschränkten Armen. »Ihr habt Mumm, mir das einfach ins Gesicht zu sagen. Das gesteh' ich Euch zu. Hättet Ihr irgendwas anderes gesagt, ich hätt' Euch eine reingehauen.«

Der Prinz öffnete die Hände. »Nathaniel, Ihr habt mir von Eurer Lage im Vertrauen berichtet, und das respektiere ich.«

»Aber Ihr dachtet, es dem Grafen zu erzählen, wär' völlig in Ordnung so?« Die Miene des Waldläufers verdüsterte sich.

Vladimir ließ sich davon nicht einschüchtern. »Ich setze

Euch als meinen Mann ein. Ich trage Verantwortung für Euch. Ich trage Verantwortung für Eure Sicherheit. Was Ihr mir erzählt habt, sagtet Ihr mir im Vertrauen. Ihr habt darauf vertraut, dass ich es nicht zu Eurem Schaden verwende, und das habe ich nicht getan. Der Graf hat seine Pflichten, und sie verlangen, dass er Euch ebenfalls vertraut. Das konnte er nur, wenn ich ihm Dinge offenbarte, die ihn gegen Gerüchte feiten, die er über Euch hätte aufschnappen können.«

Nathaniel schüttelte den Kopf. »Woher wisst Ihr, dass Ihr ihm trauen könnt?«

»Macht er auf Euch den Eindruck eines Menschen, der sich über die Affären anderer das Maul zerreißt?«

»Hab nichts gesehen, was darauf hindeutet, aber er könnte uns hinters Licht führen.«

»Ja, das könnte er, doch er weiß um den Wert von Menschen. Und er weiß zwei Dinge über Euch. Erstens, ich schätze Euch als den besten Waldläufer in Mystria. Zweitens, er weiß, wenn Ihr Euch darum scheren würdet, was man über Euch erzählt, würdet Ihr nie wieder einen Fuß nach Port Maßvoll setzen.«

»Ihr hättet trotzdem nichts sagen dürfen.«

Vladimir blinzelte. »Glaubt Ihr, er hätte es nicht ohnehin herausfinden können?«

»Nicht die Wahrheit.«

»Aber genug, um sie sich als gescheiter Kopf, der er sicher ist, zusammenreimen zu können.« Der Prinz zählte die Fakten an den Fingern ab. »Rahel Wildbau hat zwei Kinder. Einen Sohn von sechs Jahren, Demut, der keine auch nur entfernte Ähnlichkeit mit seinem Vater aufweist, und eine Tochter von drei Jahren, Milde, die, armes Kind, ihrem Vater nur allzu ähnlich ist. Ihr Gatte zahlt dafür, dass man Euch und seine Gemahlin beschattet. Er kann nichts beweisen, doch kann es kaum einen

Menschen in Port Maßvoll geben, der nicht sehr genau darüber im Bilde ist, was geschieht.«

Nathaniel strich sich über den Mund. »Schätze, was Ihr sagt, ist alles wahr, aber trotzdem hättet Ihr nichts sagen sollen.«

»Es tut mir leid, dass Ich Euer Vertrauen verletzt habe, Nathaniel. Ich hätte es nicht getan, hingen nicht Dinge von größter Wichtigkeit davon ab.« Der Prinz packte sein Gegenüber bei der Schulter und drückte sie. »Euch ist vielleicht nicht bewusst, dass die meisten, die diese Geschichten über Euch hören, Euch deswegen nicht verachten. Sie wissen, was geschehen ist. Würde Zachariah Wildbau mitten in der sonntäglichen Messe erschossen, die Hälfte der Gemeinde würde erklären, nichts gesehen zu haben, und die andere Hälfte könnte sich nicht einig werden, was geschah.«

Nathaniel schüttelte den Kopf. »Würd' ihn nie ermorden.«

»Ich weiß.« Der Prinz nickte ernst. Er glaubte dem Mann, und glaubte sogar, dass Nathaniel von seinen Worten überzeugt war, aber der Mystrianer ahnte auch nichts davon, dass der Prinz sein Vertrauen bereits einmal zuvor verletzt hatte. Vier Jahre zuvor, während Nathaniel und Kamiskwa auf einer Jagdexpedition waren, hatte ihn die Nachricht erreicht, dass Zachariah Wildbau betrunken in einem Wutanfall seine Frau verprügelt und seine ehelichen Rechte gewaltsam eingefordert hatte. Vladimir hatte das Stillschweigen der beiden weiblichen Dienstboten des Wildbauhaushalts erkauft und sie auf die Plantage seiner Mutter in Feenlee bringen lassen.

Außerdem hatte er Zachariah Wildbau ins Regierungshaus bestellt und ihm sehr geduldig erklärt, dass sein Geschäft, sollte er seine Gattin noch ein einziges Mal schlagen, bis aufs Fundament abbrennen würde. Der Prinz hatte ihm mitgeteilt, dass keine Bank in Norisle ihm jemals wieder auch nur den geringsten Kredit einräumen und er persönlich dafür sorgen würde, dass er restlos in den Ruin getrieben wurde. Vladimir hatte ihm versprochen, dass seine einzige Möglichkeit, noch etwas für seine Familie zu tun, schließlich darin bestehen würde, sich umzubringen, um den Hinterbliebenen eine private Witwen- und Waisenrente zu ermöglichen.

Wildbau hatte sich aufgeplustert und darauf bestanden, er habe jedes Recht, Gebrauch von seiner Gattin zu machen, wie immer ihm beliebte. Daraufhin hatte der Prinz erwidert, er werde sein Amt dazu benutzen, Wildbau alles mit gleicher Münze heimzuzahlen, was dieser Rahel antat. »Wem gönnt Ihr das angenehmere Leben, Meister Wildbau? Euch oder der Krone?«

Nach einiger Überlegung hatte Wildbau eingesehen, dass es besser war, den Rat des Prinzen zu beherzigen.

Hätte Nathaniel jemals davon erfahren, was Zachariah getan hatte, nichts und niemand hätte ihn davon abhalten können, den Mann totzuschlagen. Der Prinz hielt zu große Stücke auf den Waldläufer, um das zuzulassen. *Falls er jemals erfährt, dass ich davon wusste ...* Es war ein kalkuliertes Risiko, dieses Geheimnis zu hüten, aber der Prinz sah keine andere Möglichkeit.

Er lächelte. »Manchmal lege ich zu viel Gewicht auf Staatsangelegenheiten. Befände ich mich in Launston, wäre ich daran gewöhnt. Und der Wahrheit halber: Es ist durchaus verwirrend für mich, plötzlich von meiner bevorstehenden Hochzeit zu erfahren.«

Nathaniel nickte, und sein Ärger schien abgeklungen. »Postboot ist mit der Flut angekommen. Hatte einen Brief von Eurem Vater an Bord. Die Prinzessin hat gebeten, ihn Euch mitbringen zu dürfen. Hab mir gedacht, das schadet niemand.«

»Das ist in Ordnung.« Ohne Zweifel war es ein Brief voller kluger Ratschläge, der ihn zu Gelassenheit, Überlegung und Gebet ermahnte. *Auf jeden Fall zum Gebet.* »Gibt es noch weitere Neuigkeiten?«

»Nichts von Bedeutung, was ich so weiß.« Nathaniel verzog das Gesicht. »Oh, da ist noch was. Wenn ich Euch um einen Gefallen bitten darf, Hoheit.«

»Ja?«

»Ihr solltet mich und Kamiskwa irgendwas jagen schicken.«

»Weil?«

Nathaniels Miene wurde säuerlich. »Weil Eure Prinzessin sich was in den Kopf gesetzt hat von wegen einem Picknick. Der Graf, der hat ein gutes Auge, und er hat bei mir und Kamiskwa für feine Klamotten Maß nehmen lassen. Für Euch übrigens auch, aber Ihr seht in dem Zeug 'nen Hauch besser aus als wir.«

Der Prinz musste lachen. »Habt Ihr Angst davor, Euch zum Essen umziehen zu müssen?«

»Ist nicht wegen mir, Hoheit. Es ist Kamiskwa.« Der Waldläufer blickte sich um, dann senkte er die Stimme. »Er hat es nicht so mit zivilisierter Tracht.«

»Ich werde mich erkundigen, ob Ihre Hoheit auf Eure Anwesenheit verzichten kann.« Vladimir hielt den Brief in die Höhe. »Lasst mich das hier lesen, dann kümmern wir uns um Euer Problem.«

»Danke, Hoheit.«

Prinz Vladimir zog sich in sein Studierzimmer zurück und öffnete den Umschlag. In sehr präzisen, blumigen Worten erklärte der Graf die Gründe für die Verspätung der Prinzessin und Nathaniels Sorge. Die Prinzessin war entschlossen, ein Picknick zu veranstalten und dafür alles zu organisieren, vom Mobiliar bis zu den Gästen, die über sie selbst und den Grafen hinaus aus Madame Wildbau, Doktorus Frost mit Gemahlin und Tochter sowie Bischof Binsen mit Gattin und Nichte bestehen sollten.

Sie kümmerte sich um Essen, Wein und alles, was ansonsten notwendig war, um die gesellschaftlichen Verpflichtungen zu erfüllen.

Er ließ den Brief sinken. Die Frosts waren ihm sehr willkommen, ebenso wie Rahel Wildbau, die er persönlich noch nicht kennengelernt hatte. Bischof Binsen hingegen ertrug er nur in sehr gering dosierten Maßen. Um genau zu sein, nur an Ostern und dem Fest der Heiligen Geburt, wenn er als Repräsentant der Königin in Mystria verpflichtet war, die Messe zu besuchen.

Binsen hatte sich mit seinen Predigten einigen Ruhm erworben. Er hatte sie sogar sammeln und als Buch herausgeben lassen. Auch Vladimir hatte ein Exemplar bekommen. Der Mann predigte Moral, Treue und Gehorsam den Gesetzen Gottes und der Krone gegenüber. Alles gut und unterstützenswert, vor allem, wenn man Wert auf eine stabile Gesellschaft legte.

Doch irgendwie richtete sich seine Predigt, wenn der Prinz die Messe besuchte, unfehlbar gegen die Gottlosigkeit Tharyngias. Binsen betonte jedes Mal, dass es einst eine große Nation gewesen sei, doch all das ein Ende genommen hätte, als es Gott den Rücken gekehrt und seinen rechtmäßigen Herrscher gestürzt hatte. Für ihn waren die Wissenschaft und ihre Methoden gleichbedeutend mit der Zurückweisung Gottes, denn schließlich fände der Mensch auf den Seiten der Bibel alles, was Gott ihn wissen lassen wolle. Falls es sich dort nicht fand, betrachtete Binsen es als überflüssig.

Binsens einziger bisheriger Besuch auf dem Landgut hatte einen unauslöschlichen Eindruck hinterlassen. Alle anderen Besucher hatten auf das Labor mit einem Ausdruck überwältigten, zum Teil ehrfürchtigen Staunens reagiert, der den Prinzen jedes Mal von neuem freute. Binsen war die einzige Ausnahme. Sein Gesicht war zur Maske erstarrt, er hatte sich nur noch knapp und abgehackt geäußert und sich so schnell wie möglich verabschiedet.

Würde ich das Haus verlassen, während er sich auf dem Gut befindet, ginge das Labor in Flammen auf. Daran hege ich nicht den geringsten Zweifel. Vladimir trat hinüber an das Modell der Festung du Malphias'. Durch präzise Messungen und die sonstigen Erfordernisse wissenschaftlicher Arbeit hatten sie ein unbezahlbares Hilfsmittel für den Kampf gegen die Ryngen geschaffen, doch Binsen würde darin eine giftige Frucht sehen.

Er starrte auf das Modell hinab und wünschte, Binsens Gott würde sich entscheiden, die reale Festung zu vernichten. »Es wäre sicherlich bequemer.«

»Was wäre bequemer, mein Lhord?«

Ihre leise Stimme überraschte ihn durch die Ehrfurcht und Reife, die darin lag. Sie war problemlos durch die Türe getreten, da sie von erheblich zierlicherer Statur war, als das gängige Bild der teutonischen Frau ihn hatte erwarten lassen. Das blonde Haar trug sie lang und offen. Es glänzte warm wie Honig. Sommersprossen tüpfelten spielerisch ein etwas breiteres Gesicht, als Vladimir erwartet hatte, aber in den dunkelblauen Augen lagen Intelligenz und Neugier. Sie trug ein einfaches, sehr bescheidenes Kleid aus einheimischer Fertigung, das ihr hervorragend stand.

Er trat zur Seite und verbeugte sich tief. »Hoheit, es ist mir eine Ehre.«

Sie knickste. »Ihr habt mein Klopfen nicht vernommen, Hoheit?«

Vladimirs Blick glitt an ihr vorüber. »Nein, ich befürchte …«

Sie schüttelte den Kopf, und ein keckes Lächeln ließ ihre Mundwinkel zucken. »Man sagte mir, Ihr seid ein Mann von großer Überlegung und Konzentration. Nun kann ich mich selbst davon überzeugen. Es gefällt mir zu sehen, dass Ihr in unbeobachteten Momenten nicht anders seid als in Gesellschaft.«

Der Prinz musterte sie interessiert und fühlte, wie sich sein Puls beschleunigte. »Habt Dank. Ich bin so, wie Ihr mich seht, wenn auch in aller Regel anders gekleidet.«

»Die Kleidung steht meinem Lhord sehr gut.«

Vladimir schloss halb die Lider. »Bitte teilt Euren Lehrern mit, dass Sie hervorragende Arbeit geleistet haben.«

»Wie meint ihr das?« Ihre Augenbrauen hoben sich, statt sich an der Nasenwurzel zu treffen.

Normalerweise hätte er erwartet, diese Frage in beleidigtem Tonfall gestellt zu hören, doch ihre Stimme klang verwirrt. »Ich will damit sagen, dass Ihr äußerst geschickt in der Kunst der Schmeichelei seid, doch bin ich kein solcher Narr zu glauben, eine jüngere Dame wie Ihr könnte mich im Mindesten attraktiv finden. Wir wissen beide, dies ist eine Ehe aus Staatsraison.«

Sie senkte den Blick. »Seht Ihr es so?«

Er rieb sich das Kinn. »Habe ich Euch falsch eingeschätzt?«

»Ich sollte meinen, mein Lhord, dass ein Mann von Eurer Intelligenz, der die wissenschaftliche Methode bewundert, auf einer etwas eingehenderen Untersuchung bestehen würde, bevor er ein Urteil fällt.« Gisella hob den Kopf. »Würde ich dies für eine rein der Staatsraison geschuldete Ehe halten, welchen Grund besäße ich, Euch zu täuschen? Unser Schicksal läge nicht in unserer Hand. Wir würden heiraten, ich würde Euch Kinder gebären, und alle Welt mit unserer Ausnahme wäre damit zufrieden.«

Vladimir nickte nachdenklich. »Ein vernünftiger Einwand, doch noch recht wenig, um eine Schlussfolgerung daraus zu ziehen.«

Sie verschränkte die Hände auf dem Rücken. »Graf Joachim hat mir berichtet, ihr hättet Euch nicht nach mir erkundigt und ihn stattdessen gebeten, Euch für mich zu beobachten. Das hat er getan und mir mit viel Gelächter Bericht erstattet. Er sagt, wir könnten nicht besser zueinanderpassen, hätte man uns eigens zu diesem Zwecke angefertigt. Ihr könntet fragen, warum man gerade mich für Euch aussuchte. Ich habe ältere Schwestern, die man hätte schicken können.«

Langsam trat ein Lächeln auf seine Züge. *Sie hat keine Scheu, ihre Meinung zu äußern.* »Warum hat man Euch gewählt?«

»Um mich loszuwerden.« Sie drehte sich um und betrachtete den Raben in seinem Käfig. »Ich habe mich nie durch übergroße Duldsamkeit für das Zeremoniell bei Hofe und die Edelleute ausgezeichnet, denen der Verstand über viele Generationen abgezüchtet wurde. Geschichten von Wagemut und Tapferkeit langweilen mich. Ich sehe mehr Schönheit in den Flügeln eines Schmetterlings als in allen Juwelen der Welt. Weder mein Vater noch irgendjemand an seinem Hofe kann meine ständigen Fragen ertragen. Ich ziehe die Lektüre der Stickerei und anderen femininen Künsten vor.«

»Und was lest Ihr?«

Sie lächelte und offenbarte gleichmäßige weiße Zähne. »Norillisch, Hoch- und Niederkessisch, Remisch, Archelianisch, und es ist mir gelungen, meinen norillischen Lehrmeister zu überreden, dass er mich Tharyngisch lehrte. Die Muttersprache Eurer Mutter beherrsche ich nicht, würde sie aber gerne erlernen.«

»Ein sehr gut, was die Sprachen betrifft. Die Themen nun, meine Dame.«

Ihre Augen leuchteten. »Die Klassiker natürlich, Philosophie und Wissenschaft. Ich habe die Bibel gelesen und gebe zu, ein

Faible für Reiseberichte zu haben. Ich wollte schon immer einmal Mystria besuchen.«

Vladimir nickte, dann breitete er die Arme aus. »Und was haltet Ihr von meinem Labor?«

Gisella schmunzelte. »Man sollte einmal Staub wischen.«

Er hob eine Augenbraue.

»Und ich würde liebend gerne Stunden damit verbringen, seinen Inhalt zu erforschen, falls mein Lhord es gestattet.«

Vladimir lächelte. »Ich denke, Prinzessin Gisella, das lässt sich arrangieren.«

Achtunddreissigstes Kapitel

1. September 1763
Amboss-See, Neu-Tharyngia

Owen schreckte auf und krallte sich in die Decken. Er zitterte. Die Kälte drang durch beide Decken. Ein eisiger Luftzug drang unter der Holztür in die dunkle Zelle.

Er wälzte sich auf die Seite und zog die Beine an. Sie protestierten, weniger als Folge der Verletzungen denn der anderen Dinge, derer du Malphias sich fähig erwiesen hatte. Der Mann hatte genug Anatomiekenntnisse, um die Pfade der Nervenbahnen durch den Körper zu kennen. Eine Berührung hier, ein Streicheln dort, und es war, als würde er Owen die Haut abziehen. Sein Körper reagierte, obwohl die Haut heil blieb und er nicht einmal blaue Flecken bekam.

Und es braucht keine Berührung. So wie er es getan hatte, um die Krücke aufzuhalten, konnte du Malphias Magie auf Distanz einsetzen. Owen wusste nicht, wie er das schaffte, und die heftigen Schmerzen hatten ihn daran gehindert, irgendwelche ernsthaften Beobachtungen anzustellen, aber du Malphias konnte ihn aus mindestens einem Schritt Entfernung beeinflussen. Vielleicht sogar mehr.

Er stöhnte. Sein Brustbein schmerzte immer noch.

Quarante-neuf trat aus den Schatten. Er legte ein schweres Tuch über Owen. »Das könnte helfen.«

Owen schüttelte den Kopf. »Ich muss mich bewegen. Wenn ich hier liegen bleibe, sterbe ich.«

Er schlug die Decken zurück und setzte sich auf. Dann wickelte er sich in eine der Decken. Er streckte die Hand aus, und Quarante-neuf half ihm auf. Owen kicherte.

Der Pasmorte neigte den Kopf. »Was belustigt euch, Sire?«

»Ihr seid tot, und trotzdem ist Eure Haut wärmer als meine. Wie ist das möglich?«

»Das weiß ich nicht, Sire.«

Owen richtete sich langsam auf und spürte, wie seine Rückenwirbel knackten. »Hat er Euch kürzlich Vivalius verabreicht?«

»Ich benötige es nicht so häufig wie die anderen.«

Das ergab einen Sinn. Soweit Owen das feststellen konnte, brauchten die Pasmortes im weitest fortgeschrittenen Stadium der Verwesung das Mittel am meisten. Um Owens Wunden zu heilen, hatte du Malphias nur ein paar Tropfen benutzt. Gestalten, die wenig mehr waren als in Hautfetzen gehüllte Skelette, hatte er im wörtlichen Sinne darin baden sehen. Er hatte keine Ahnung, ob es ihre Haut erwärmte, aber es belebte sie.

Owen tat einen Schritt, dann noch einen. In einer weiteren Demonstration seiner Zauberkräfte hatte du Malphias ihm magische Fußfesseln angelegt. Versuchte Owen, voll auszuschreiten, schossen Schmerzen seine Achillessehne empor, durch die Hüfte bis in den Rücken. Die Schmerzen waren schlimmer, als hätte ihn eine Musketenkugel getroffen. Manchmal raubten sie ihm den Atem.

Er zwang sich, den Schmerz zu ignorieren.

Als sein linkes Bein einknickte, klammerte Owen sich an Quarante-neufs Schulter. Der Pasmorte fing ihn auf. »Seht Euch vor, Sire.«

»Es ist meine Pflicht, die Flucht zu wagen.«

»Aber Kapteyn Radband, wenn Ihr Euch dem Laureaten widersetzt, wird er Euch erschießen lassen.«

»Wenn ich schon sterben muss, mein Freund, sollte ich wie ein Mann sterben.«

Der Pasmorte ging mit ihm durch die Zelle und stützte ihn. »Ihr habt mich ›Freund‹ genannt.«

»Ihr haltet mich am Leben.« Owen schaute zu ihm hoch. »Ihr dient dem Laureaten nicht aus freien Stücken. Ihr seid nicht mein Feind.«

»Nein.«

Owen lächelte. »An Eurer Stimme erkenne ich, dass Ihr Mystrianer seid.«

Der Pasmorte schüttelte den Kopf. »Ich erinnere mich nicht.«

Owen hätte diese Antwort als generelle Verneinung hinnehmen können, doch die Worte verklangen mit einem Ton des Bedauerns. Im Verlauf der Zeit, die er in Quarante-neufs Obhut verbracht hatte, hatte er subtile Veränderungen bemerkt. Seinem Sohn zufolge hatte Pierre Ilsavont Erinnerungen an sein früheres Leben behalten. Möglicherweise besaß auch Quarante-neuf noch einzelne Erinnerungen. Er mochte dies aus verschiedenen Gründen verbergen. *Haben die Toten so etwas wie ein Privatleben?*

»Dann erinnert Euch bitte daran, dass Ihr mein Freund seid. Ich kann Euch nicht genug für Eure Hilfe danken, ganz gleich, was noch geschieht.«

»Nichts zu danken, Sire.«

Sie wanderten weiter durch die Zelle. Wenn die Schmerzen zu stark wurden, sog Owen zischend die Luft durch die Zähne. Quarante-neuf hielt an, bereit, ihn aufzufangen. Wenn seine Beine so zitterten, dass er nicht wusste, ob er noch einen einzigen Schritt zustande bringen konnte, lehnte Owen sich auf ihn und ruhte aus, bevor er seinen Marsch fortsetzte.

Quarante-neuf nickte aufmunternd. »Ihr müsst durchhalten. Sie wartet auf Euch. Eure Gattin.«

Owen zog eine Augenbraue hoch. »Woher wisst Ihr …?«

»Ihr habt im Schlaf ihren Namen gesagt.«

Owen zögerte. Er erinnerte sich an den Traum. Er hatte furchtbar gefroren. Sie war mit einer dicken Decke gekommen, hatte sie über ihm ausgebreitet. Dann war sie zu ihm daruntergekrochen. Sie hatte ihn gehalten und geflüstert, dass alles gut werden würde.

Bethany.

»Das war nicht meine Gattin.« Owen quälte sich durch mehrere Schritte. »Das war eine Frau, die ich in Mystria kennengelernt habe. Eine Freundin.«

»Ich verstehe, Sire.«

»Nicht die Sorte Freundin. Bethany ist eine wunderbare junge Frau.«

Der Pasmorte nickte. »Es ist ein wunderschöner Name.«

»Das stimmt, aber wir dürfen ihn niemals wieder aussprechen.« Owen warf einen Blick zur Tür. »Euer Herr ist ein böser Mensch. Wenn er Verdacht schöpft, wird er einen Weg finden, ihr Leid anzutun. Das werde ich nicht zulassen. Auf keinen Fall.«

»So gut ich dazu in der Lage bin, Kapteyn.« Der Tote schüttelte den Kopf. »Ich möchte nicht, dass Eurer Freundin etwas zustößt.«

Wieder schauderte Owen. Er machte sich etwas vor, falls er ernsthaft glaubte, du Malphias wüsste noch nichts von Bethany. Owen konnte sich nicht erinnern, was er unter der Folter gesagt hatte, aber es gab nichts, was er nicht geopfert hätte, um sie zu beenden. Er hatte versucht zu lügen, mehrmals, und eine Lüge hatte er sogar über drei Befragungen durchgehalten, aber schließlich war er doch zusammengebrochen und hatte gebeichtet, dass es gelogen war. Das Einzige, was er damit erreicht hatte, war Zeit zu gewinnen und sich die thaumaturgische Fußfessel zu verdienen.

Ich muss fliehen. Er gab sich keinerlei Illusionen hin, seine Flucht könnte seine Freunde oder sein Land vor du Malphias beschützen. Der Mann war auf eine Art und Weise bösartig, die über die Möglichkeiten des menschlichen Begriffsvermögens hinausging, und dazu besaß er unglaubliche Macht. Die Art, wie er Owen angegriffen hatte, wie er ihn gefoltert hatte, deutete auf magische Kräfte hin, deren Existenz Owen sich niemals hatte vorstellen können.

»Ich werde Eure Hilfe brauchen, um zu entkommen, Quarante-neuf.«

»Ich weiß nicht, was ich tun kann.«

»Ich werde Nahrung und Kleidung benötigen. Und ich brauche Nägel. Vier Nägel. Nein, sechs. Vielleicht sogar ein Dutzend. Eisennägel.« Mühsam drehte er sich, um Quarante-neuf anzuschauen. »Könnt Ihr mir das beschaffen?«

Der Pasmorte überlegte kurz, dann nickte er. »Der Laureat hat mich mit dem Zwang belegt, für Eure Sicherheit Sorge zu tragen.«

»Wie könnt Ihr dann dastehen und zusehen, wenn er mich foltert?«

»Ich stehe auch unter dem Zwang, ihm keinen Schaden zuzufügen.« Quarante-neuf schüttelte den Kopf. »Es heißt nicht, dass ich ihn nicht hassen kann. Ich kann ihm nur keinen Schaden zufügen.«

Owen nickte. »Indem Ihr diese Dinge für mich sammelt, sorgt Ihr für meine Sicherheit. Indem Ihr mich aus du Malphias' Umgebung entfernt, beschützt Ihr ihn.«

»Danke, Sire.« Der Pasmorte lächelte. »Es wird mir Vergnügen bereiten, Euch beiden zu dienen.«

Quarante-neuf stand zu seinem Wort. Er sammelte alles, worum Owen gebeten hatte, und versteckte es in der Festung. Wo er es versteckt hatte, teilte er Owen nicht mit, damit der es nicht unter der Folter ausplappern konnte.

Mit der Zeit benötigte Owen weitere Vorräte, und er achtete darauf, seine Bitten sorgfältig zu formulieren. Sie alle begannen mit: »Ich würde mich viel sicherer fühlen, wenn …« Sobald Quarante-neuf ihm Vollzug meldete, bedankte er sich mit: »Jetzt fühle ich mich viel sicherer.«

Nach und nach erhielt er die Nägel. Owen versteckte sie unter den Ledermanschetten, zwischen den Fesseln und der Haut. Es gefiel ihm, dass er die Schlüssel zu seiner Flucht ständig bei sich trug, ohne dass es du Malphias bemerkte. Wenn er allein war, zog Owen einen der Nägel hervor und schliff ihn auf dem Steinboden der Zelle scharf. Sobald er spitz wie eine Nadel war, nahm er sich den nächsten vor.

Du Malphias verzichtete darauf, ihn noch einmal zu foltern, auch wenn man kaum behaupten konnte, er wäre freundlicher geworden. Er gestattete Quarante-neuf, Owen an die frische

Luft zu bringen, und amüsierte sich prächtig über die Schmerzen, die seine magische Fessel verursachte. Wohin Owen ging, schien ihn nicht im mindesten zu interessieren, aber der Soldat war sich sicher, dass der Rynge jeden seiner Schritte genau festhielt.

Der Laureat hatte sich entschieden, die Festung erneut umzubauen, aber seine Pasmortes arbeiteten nur mit einem Bruchteil der Leistung, die sie vorher erbracht hatten. Du Malphias ließ auf der Innenseite der nördlichen Palisadenwand eine Steinmauer errichten. Sie lag vier Schritt hinter der Holzwand, und der Hohlraum zwischen den beiden Wänden wurde mit kleineren Steinen und Schutt gefüllt. Es würde zwar kein Problem darstellen, die äußere Wand mit Kanonen zu zertrümmern, doch der nachrutschende Schutt würde jede Bresche sofort schließen. Anstürmende Truppen, die das geschlagene Loch in der Palisade ausnutzen wollten, würden sich am Fuß eines Geröllhangs wiederfinden und zu einer Garnison auf der Krone einer Steinmauer hochschauen.

Und es konnte kaum ein Zweifel bestehen, dass du Malphias, sofern er die Zeit dazu bekam, auch die äußeren Palisaden durch eine Steinmauer ersetzen würde, die zu durchbrechen Angreifer noch mehr Anstrengung und Schwefel kosten würde.

Owen humpelte hinüber zu dem Laureaten. »Wisst Ihr, warum sie langsamer geworden sind?«

Du Malphias schloss halb die Augen. »Ich habe meine Theorien.«

»Werdet Ihr sie überprüfen?«

»Vielleicht.« Er wedelte mit einer Hand in Richtung eines zerfledderten Trupps, der einen großen Felsen zog. »Es ist ihr Metabolismus. Zu Beginn meines Experiments entschied ich mich, den Vampyr als Vorlage zu benutzen, eine Kreatur, die sich von Blut ernährt. Leider hat das nicht funktioniert. Abgesehen von einer irritierenden Neigung, in Tageslicht zu funkeln, war der Vampyr ein logistischer Alptraum. In der Natur herrscht ein Verhältnis von Räuber und Beute von eins zu vierzig. Ein Raubtier muss das Vierzigfache seines eigenen Gewichts verzehren, um sich am Leben zu halten. Das bedeutet, es bräuchte eine ganze Stadt voller Opfer, um eine Armee Vampyre zu unterstützen. Der Metabolismus der Pasmortes hingegen ist stark reduziert. Sie benötigen kaum Nahrung, aber sie benötigen sehr lange, um das, was sie zu sich nehmen, umzusetzen. Es verbraucht den überwiegenden Teil ihrer Energie, die Muskeln warm genug zu halten, um funktionstüchtig zu sein. Dadurch sind sie nicht mehr in der Lage, Abnutzungsschäden zu heilen. Dementsprechend bewegen sie sich zunehmend langsamer, verfügen über immer weniger Energie und brechen schließlich zusammen.«

»Verstehe.«

»Wirklich? *Was* versteht Ihr, Kapteyn Radband?« Der Laureat lächelte. »Macht das diesen Ort zu einem weniger gefährlichen Ziel für einen Angriff? Kaum. Und nur um zu verhindern, dass Ihr einen furchtbaren Fehler begeht, denkt daran, dass meine Pasmortes, wie der kaum betrauerte Sieur Ilsavont, in der Lage sind, Musketen und Kanonen zu bedienen. Würde Norisle mit einem Heer aufmarschieren, ich könnte es selbst jetzt vernichten. Und im kommenden Frühling, wenn ich Verstärkung durch konventionellere Einheiten erhalte, werden Eure Leute diese Festung nicht mehr einnehmen können.«

Er musterte Owen eine Weile. »Ihr glaubt mir nicht.«

»Ich glaube Euch, dass dies eine bemerkenswerte Festung ist.« Owen zuckte zusammen, als er sich gerade aufrichtete. »Aber keine Festung ist uneinnehmbar. Davon bin ich überzeugt.«

»Glaubt Ihr, Euer Gott wird diese Festung zerschmettern?

Oder wird ER nur einen Eurer Generäle als sein Werkzeug für diesen Zweck einsetzen?« Der Tharynge lachte. »Ah, der süße Anblick des Entsetzens auf Euren Zügen. Gäbe es Euren Gott, würde er mich nicht für meine Frechheit niederstrecken?«

»Die Wege des Herrn sind unergründlich.«

»Ja, das ist die gängige Ausrede, sobald er Euch enttäuscht.« Du Malphias verschränkte die Hände auf dem Rücken. »Das ist es, was mich an Euch Norilliern so erstaunt. Ihr klammert Euch an einen Aberglauben, wenn er offenkundig keinen Nutzen mehr erfüllt. Sagt mir, Kapteyn, hat Euch im Krieg die Angst vor der Verdammnis zu besonderen Leistungen angespornt?«

»Nein.«

»Unsere Soldaten auch nicht. Abgesehen von hoffnungsvollen Bittgebeten vor dem Angriff und dem Flehen der tödlich Verletzten spielt Gott auf dem Schlachtfeld keine wirkliche Rolle. Für jeden Mann, der behauptet, durch ein Wunder überlebt zu haben, kann ich Euch Hunderte zeigen, für die ein Wunder ausblieb. Kugeln und Granaten sind erstaunlich willkürlich, wenn es darum geht, wen sie umbringen.«

»Vielleicht verfolgt Gott ein größeres Ziel, das wir nicht erfassen können.«

»Noch eine Ausrede. Ich hätte mehr von Euch erwartet, Kapteyn. Ihr plappert Worthülsen nach, von denen ich mir sicher bin, dass Ihr sie selbst nicht glaubt.« Du Malphias schmunzelte grausam. »Also schlage ich Euch vor, IHN auf die Probe zu stellen.«

Owen bekam eine Gänsehaut. »Ich bin kein Theologe.«

»Ich ebenfalls nicht. Wir sind also ebenbürtig. Seht Ihr den Pfosten dort?«

Vierzig Schritt hangaufwärts war ein Pfosten in den Boden gerammt. »Ich sehe ihn.«

»Lauft hinüber. Falls Euer Gott Euch die Geschwindigkeit verleiht, ihn zu erreichen, bevor zwei meiner Pasmortes Euch einholen, seid Ihr frei. Das schwöre ich bei Eurem Gott.« Der Tharynge zuckte die Schultern. »Falls nicht, ist das das Ende Eurer lächerlichen Gottgläubigkeit.«

Du Malphias wirkt beinahe gelangweilt. »Das ist nicht Euer Ernst.«

»Es ist sehr wohl mein Ernst.« Du Malphias hielt sich den Handrücken vor den Mund, als er gähnen musste. Dann deutete er mit einer Kopfbewegung auf zwei Pasmortes, die einen Stein schleppten. »Du und du, tötet ihn.«

Die beiden Pasmortes ließen das Seil fallen und schlurften auf Owen zu. Einer der beiden ließ sich auf alle viere fallen und rannte. Die Mäuler der beiden klafften auf und schnappten mit lautem Knall zu.

Angst durchzuckte Owen. Er drehte sich um und rannte los. Schmerzen schlugen durch seine Waden. Er schrie auf, stolperte, fiel auf ein Knie. Er kämpfte sich wieder hoch. Erneut durchzuckte ihn der Schmerz.

Du Malphias lachte.

Diese Genugtuung gebe ich ihm nicht! Owen stemmte sich hoch und krallte sich in den Boden. *Ich darf nicht aufgeben. Ich darf nicht verlieren!*

Die Pasmorte kamen näher und näher. Während sie an dem Seil gezerrt hatten, hatten sie einen ausgesprochen schwerfälligen Eindruck gemacht, aber nun wurden sie immer schneller. Einem der beiden hing ein Auge am Nervenstrang aus der Höhle und schlug gegen eine kaum noch von Haut bedeckte Wange. Im Mund des anderen wackelten die Überreste einer Zunge.

Owen drehte sich, um sie im Auge zu behalten. Er schob sich seitwärts den Hang hinauf. Mit jedem Schritt durchzuckte ihn neuer Schmerz, aber solange er die Knie nicht beugte, war es auszuhalten. Wankend und schwankend arbeitete er sich aufwärts. Immer wieder grub er die Hände in den Boden, fühlte den Dreck unter den Nägeln. Dann rutschte ihm der Fuß weg. Fast wäre er gestürzt, doch er blieb in Bewegung, stieß sich mit dem anderen Fuß ab, peitschte den Körper herum, zerrte das störrische Bein mit.

Noch zwanzig Schritt. Noch zehn. Owen kämpfte sich weiter, bewegte sich mehr mit Hilfe der Arme als der Beine vorwärts. Die angespitzten Eisennägel gruben sich in seine Unterarme. Er ignorierte die Schmerzen und zerrte sich weiter aufwärts. *Ich kann es schaffen.*

Die Pasmortes waren jetzt nicht mehr weit entfernt. Der eine kaute sich die halbe Zunge ab, während der andere mit weiten Sätzen heranjagte. Er holte schnell auf. Sammelte sich für den Angriff. Owen schwang sich zur Seite, als der Pasmorte ihn ansprang, deshalb schlug dieser auf den Boden, und seine Unterarme gaben nach. Er krachte Gesicht voraus auf den Grund und brach sich das Genick. Der Schädel flog in die Höhe, das heraushängende Auge riss sich los, beides kullerte den Hang wieder hinab.

Owen wirbelte herum und warf sich nach vorn. Er drehte sich in der Luft, die Finger weit ausgestreckt, berührte Holz. Griff zu. Schlug hart auf. »Gewonnen!«

Dann landete der zweite Pasmorte auf seiner Brust. Der Tote hob beide zu Krallen gekrümmte Hände. Ein Stück Zunge traf Owen ins Gesicht.

Aber bevor er die knochigen Finger in die Haut des Noriliers schlagen konnte, packte Quarante-neuf den Pasmorte an der Taille und riss ihn weg. Er hob ihn über den Kopf und ließ trotz der wütenden Knurrgeräusche der Kreatur nicht locker.

Quarante-neuf schob die Hände aufwärts an den Hals und ein Bein des Geschöpfes, dann rammte er es abwärts. Rippen splitterten, als der Holzpfosten sich durch die Brust des Pasmorte bohrte.

Quarante-neuf half Owen auf. Der norillische Soldat nickte du Malphias zu. »Ich habe den Pfosten erreicht, mon Sieur. Haltet Ihr Euer Wort?«

»Wäre ich ein Mann Gottes, könntet Ihr jetzt Eures Weges ziehen.« Der Laureat zuckte die Achseln. »Ich bin ein Mann der Wissenschaft, und die Wissenschaft verlangt Wiederholbarkeit. Wir werden Euch in den kommenden Tagen weiter prüfen. Falls Ihr erneut gewinnt, seid Ihr frei.«

Owens Augen verengten sich. *Für Euch ist es eine Prüfung. Für mich ist es ein Training für die bevorstehende Flucht.* »Ich bin sicher, das werde ich, mon Sieur. Das werde ich.«

Neununddreissigstes Kapitel

11. September 1763
Des Prinzen Zuflucht
Mäßigungsbucht, Mystria

Nathaniel verabschiedete sich mit einem Winken von Prinz Vladimir und Prinzessin Gisella, bevor er das mit dem anderen Ende an Magwamps Sattel befestigte Zugseil hinüberwarf. Beide trugen Schutzbrillen und lachten, als der Lindwurm wieder flussabwärts schwenkte. Obwohl er inzwischen einige Zeit in der

Gesellschaft der Kreatur verbracht hatte, fühlte Nathaniel sich immer noch unbehaglich in Magwamps Nähe. Trotzdem verstand er ihre Gefühle für ihn. Der Lindwurm wirkte noch ein wenig größer und schneller als zuvor, und die Farben auf den Schuppen leuchteten.

Magwamp warf dem Waldläufer einen schrägen Blick zu, als könnte er dessen Gedanken lesen, dann tauchte er unter.

Nathaniel tauchte hastig das Paddel ins Wasser, um das Kanu in der Bugwelle der riesigen Kreatur zu stabilisieren. *Das war doch wohl kein Versuch, uns umzuwerfen?* Er zog das Ruder mit langen Schlägen durch die Wellen, um nicht abzudriften.

»Weiß nich', wie 's dir geht, Kamiskwa, aber ich bin froh, dass ich dem Ort den Rücken kehren kann. Denke, ich hätte keine Woche mehr ausgehalten.«

»Du wolltest bleiben, während Rahel zu Gast war.«

»Ja, schon, das ist wahr, auch wenn's nicht so glattgelaufen ist, wie ich's gern gehabt hätte.« Seine Anwesenheit, während Rahel sich auf dem Landgut aufhielt, hatte bei den Frosts und Binsens für Spannungen gesorgt. Dr. Frost war wirklich herzlich gewesen, aber seine Frau und Tochter hatten ihn ebenso frostig behandelt wie Rahel freundlich. Die Binsens hatten sich ohne Ausnahme von allem und jedem abgesondert, aber Nathaniel hatte Übung darin, Leute wie sie zu ignorieren. Ursprünglich wollten sie ja ohnehin gar nicht zugegen sein.

Er hatte keine Gelegenheit gehabt, sich unter vier Augen mit Dr. Frost zu unterhalten. Insgesamt hatte er sich bemüht, höflich und zurückhaltend zu sein, was zu leichtem Tauwetter in der Haltung der Frost-Damen geführt hatte, und er führte einen großen Teil ihrer anhaltenden Reserviertheit darauf zurück, dass sie ihm teilweise die Schuld an Kapteyn Radbands Verschwinden anlasteten.

»Leute sind seltsam.« Er warf einen Blick über die Schulter. »Was hältst du von dieser Lilith Binsen?«

»Hübsch wie ein Geopahr.«

»Ja. Scheint den Grafen im Visier zu haben.«

»Ich habe keine Angst um ihn.«

»Ich auch nicht. Schätze, er hat auch gesehen, was wir gesehen haben.« Nathaniel paddelte schneller und trug sie über eine kleine Stromschnelle. »Immerhin hat er die Binsens bei Laune gehalten.«

Aus Respekt vor dem Prinzen hatte Nathaniel sich vorbildlich benommen. Er und Rahel hatten es geschafft, sich dann und wann zu Spaziergängen über die Felder und zum Fischen vom Rest der Gesellschaft abzusetzen. Sie fischte gerne, und dieser spezielle Nachmittag leuchtete warm und golden in seiner Erinnerung. Nur sie beide allein am Flussufer. Die Korken an den Angelleinen trieben auf dem Wasser, und sie schauten den Wolken am Himmel zu.

Zum ersten Mal seit langer Zeit hatte er sich restlos entspannt gefühlt.

Der Prinz hatte vor und nach diesen Ausflügen kein Wort gesagt, aber das war auch nicht notwendig. Da sie nichts getan hatten, woran irgendjemand etwas hätte aussetzen können, brauchte der Prinz keine Bedenken wegen seiner Ehre zu haben. Und falls jemand etwas anderes behauptet hätte, wäre das eine offene Beleidigung des Prinzen gewesen. Er hatte seinen Ruf eingesetzt, um Nathaniel und Rahel Gelegenheit zu geben, einander zu sehen, und dafür war er ihm Dank schuldig.

»Zauberfalke, ich muss dir die Frage stellen.«

»Ja?«

Kamiskwa deutete mit dem Paddel auf ein Bündel in der Mitte des Kanus. »Wozu hast du die feinen Kleider mitgenommen?«

Nathaniel schmunzelte. »Nun, hab mich daran erinnert, wie gut deinem Vater Owens Rock gefallen hat.«

Der Altashie schnaubte. »Du weißt, dass er das getan hat, damit Kapteyn Radband angemessene Kleidung für unsere Reise anlegt.«

»Na, mir is' schon aufgefallen, dass dein Vater den Rock seitdem nicht mehr auszieht.«

»Das wird er auch nicht. Kapteyn Radband hat Ungarakii getötet.«

»Ich muss dir auch eine Frage stellen, mein Bruder.«

»Ja, Zauberfalke?«

Nathaniel blickte sich einen kurzen Moment um. »Hast du gedacht, ich merke nicht, dass mein Bündel ein Stück schwerer war, als ich es ins Boot gehoben hab? Um den Anzug schwerer, den du beim Essen hast tragen müssen.«

»Solltest du planen, dich in Sankt Fortunas in angemessen norillischem Stil zu kleiden, wollte ich nicht, dass du dich allein fühlen musst.«

Der Waldläufer war so verdutzt, dass er sich ganz umdrehte und das Paddel auf die Schenkel legte. »Hat dir gefallen, dich so rauszuputzen, was?«

»Natahe.«

»O nee, komm mir jetzt nich' und tu so, als würdest du nicht verstehen, wovon ich rede. Du weißt ganz genau, was ich gefragt hab.« Er drehte sich wieder nach vorn und paddelte weiter. »Natahe, am Arsch.«

Er legte Empörung in die Stimme, war aber froh, dass sein Freund das Grinsen auf seinem Gesicht nicht sehen konnte. Tatsächlich stand Kamiskwa norillische Kleidung ganz ausgezeichnet. Er hatte Kniehosen und einen langen Mantel aus schwarzem Stoff erhalten, zusammen mit weißen Strümpfen und einem weißen Hemd. An den Füßen hatte er schwarze Schuhe mit silberner Schnalle getragen, und ein dunkelgrünes Halstuch hatte das Ensemble vervollständigt. Sein Haar hatte er mit einer Kette aus Malachitperlen, die er in seiner Tasche gefunden hatte, nach hinten gebunden. Insgesamt hatte es ihm ein leicht diabolisches Aussehen verliehen, das ihm aber hervorragend zu Gesicht stand.

Nathaniel hatte im Gegensatz dazu einfach nur unbeholfen gewirkt. Die Schuhe waren zu klein gewesen, oder zumindest hatte er das geglaubt, bis der Graf ihn beiseitegenommen und darauf hingewiesen hatte, dass er sie seitenverkehrt trug. Anscheinend gab es eine Möglichkeit, das festzustellen, aber Nathaniel hatte noch nie von Schuhen gehört, die nur an einen bestimmten Fuß passten. So etwas war seiner Ansicht nach reine Dummheit. Aber sie waren tatsächlich angenehmer zu tragen gewesen, nachdem er sie gewechselt hatte. Das änderte jedoch nichts daran, dass die Hose kratzte, er die Jacke irgendwie falsch geknöpft hatte, und die Hemdsärmel in Spitzenaufschlägen endeten, die nur einen erkennbaren Zweck zu haben schienen, nämlich Soße schneller aufzusaugen, als irgendein Stück Brot es konnte.

Dennoch hatte er Grund, dankbar zu sein. Zumindest hatten weder er noch Kamiskwa eine Perücke tragen müssen, die ganz sicher entsetzlich juckte. Ganz abgesehen davon, dass er nicht den geringsten Sinn an diesen Dingern entdecken konnte, da alle Männer der Gesellschaft außer dem Bischof eigenes Haar besaßen.

»Schätze, es war ein Glück, dass dein Vater nicht da war beim Essen, sonst hätten wir von jetzt an Neun-Gänge-Menüs und anschließend Tanzvergnügen in Sankt Fortunas.«

»Kein Tanzvergnügen.«

Nathaniels Grinsen wurde noch breiter. »Du hast überhaupt kein' Sinn für Kultur.«

»Nein. Ihr tanzt zur Unterhaltung. Wir tanzen für Magie.«

»Oh, da war Magie in der Luft.« Das Tanzen hatte Nathaniel Spaß gemacht, obwohl er nicht allzu begabt war. Die Prinzessin hatte ein Streichquartett und einen Zeremonienmeister mitgebracht, der den Anwesenden sämtliche Tänze, die für Paare und Vierergruppen ausgelegt waren, zunächst erklärt hatte. Seine Partnerinnen waren jedes Mal entweder Madame Frost oder Lilith Binsen gewesen, doch im Verlauf des Tanzes war er unvermeidlich auch in Kontakt mit Rahel und ihrem Partner gekommen, und man hatte hören können, wie die Gesellschaft den Atem anhielt. Alle Augen waren auf sie gerichtet, um ihre Reaktionen zu beobachten, und während ihres Angelausflugs hatten sie sich köstlich darüber amüsiert.

»Ich vermute, dir ist nicht bewusst, wie viel Magie, mein Freund.«

»Wird wohl so sein.« Nathaniel gluckste. »Aber ich hatte trotzdem meinen Spaß.«

In den zwei Wochen nach dem Diner waren allerlei Vergnügungen anberaumt, aber die Gäste waren nach vier Tagen abgereist und hatten dem Prinzen, Graf Joachim, Nathaniel und Kamiskwa damit Gelegenheit geboten, an die Arbeit zurückzukehren. Der Prinz und der Graf hatten eine Liste von Fragen über die Festung aufgesetzt, auf die sie Antworten benötigten. Prinz Vladimir hatte sie dann noch um eine Liste von Informationen erweitert, die er über du Malphias' Pasmortes brauchte. Er hatte sogar die Hoffnung geäußert, sie könnten einen von ihnen fangen und mit auf sein Gut bringen.

Nathaniel hatte diese Aussicht gar nicht behagt. »Nicht, dass ich unhöflich sein will, Hoheit, aber was, wenn der beißt oder sticht oder sich sonst wie unfreundlich beträgt? Das ist eine lange Reise hierher zurück.«

Der Prinz hatte ihm zugestanden, dass sich das als Problem würde erweisen können, und am folgenden Tag hatte er sich Nathaniels Kugelform geliehen und damit besondere Munition gegossen. Sie feuerten die Kugel mehrmals zu beidseitiger Zufriedenheit, und Nathaniel hatte versprochen, bei der Rückkehr Bericht über die Wirkung auf Pasmortes zu erstatten.

Nathaniel und Kamiskwa beeilten sich und erreichten das Winter-Sankt-Fortunas bereits nach anderthalb Wochen. Sie machten lange genug halt, um sich gründlich auszuschlafen, dann machten sie sich gemeinsam mit Friedensreich Bein auf den Weg weiter nach Hutmacherburg. Statt geradewegs in den Ort zu wandern, besuchten sie jedoch Seths Bauernhof.

Er schien ihnen nichts nachzutragen, ganz im Gegensatz zu seiner neuen Frau, Meg Tor. Sie hätte die drei im Kuhstall schlafen lassen, hätte Seth ihr nicht erklärt, dass sie nie die Gelegenheit bekommen hätte, sich um seine Kuh zu kümmern, hätten sie ihn nicht nach Port Maßvoll geschickt. Das hätte bedeutet, sie hätten sich niemals ineinander verliebt und hätten auch nicht geheiratet. Das besänftigte sie ein wenig, auch wenn Nathaniel den Eindruck hatte, dass Meg sich mehr in die Kuh als in Seth verliebt hatte.

Anschließend zogen sie ohne Umweg zum Tannensee, an dem sie diesmal bereits nach drei Tagen eintrafen. Am Nachmittag standen sie auf der kleinen Insel. Der Wind hatte von Ost nach Nord gedreht, und Friedensreich schlug vor, für den Rest des Tages haltzumachen.

Kamiskwa widersprach. »Morgen schneit es. Wir sollten zusehen, dass wir ans Ufer kommen.«

Als sie das andere Seeufer erreichten, war die Sonne bereits unter dem Horizont verschwunden, und die ersten Schneeflocken fielen. Sie brannten eisig, wenn sie auf die Haut trafen. Nathaniel zog die Ärmel über die Hände. Der erste Schneefall besserte seine Laune jedes Jahr aufs Neue. Beim ersten Schnee hatte er Rahel das erste Mal geküsst, wenn es auch etwas später im betreffenden Jahr gewesen war, und lange bevor sie die Gattin eines anderen geworden war.

Die drei Männer schlugen ihr Lager auf und zogen schwere Altashie-Winterkleidung über. Sie hatten sie gegen Stoffreste eingetauscht – eine Formalität, da Msitazi Interesse an ihrem Erfolg hatte. Friedensreichs Mantel und Kapuze waren aus zwei Bärenfellen genäht. Nathaniel hatte nur eines benötigt, der Hut ein Biberfell und die Handschuhe das eines Otters. Kamiskwa trug einen Geopahrmantel, den seine Schwester Ishikis aus den Fellen von ihm erlegter Tiere genäht hatte. Alle drei trugen Stiefel aus Vielfraßfell, da Eis daran nicht klebte, gefüttert mit Kaninchenfell, um die Füße warm zu halten. Die Wintersachen waren dick, um die Körperwarme festzuhalten, ließen sich aber schnell genug abwerfen, wenn es zum Kampf kam.

Der Schneefall wurde heftiger, und der Wind heulte die ganze Nacht. Sie schnitten Zweige von den Bäumen, um daraus Schneeschuhe herzustellen, schälten die Blätter ab und bogen sie zu Ovalen. Mit gut geölten Lederriemen woben sie ein Netz im Inneren und Halterungen für die Füße. Mit Hilfe der Schneeschuhe würden sie über die Schneedecke gehen können.

Nathaniel warf noch ein Stück Holz aufs Feuer. »Wird nich' leicht werden, so nah an Owen ranzukommen und nich' reinzumarschieren und ihn zu holen.«

Kamiskwa schüttelte den Kopf. »Wir wissen nicht einmal, ob er noch lebt.«

»Wenn nicht, grab ich ihn aus, und dann kriegt er aber was zu hören.«

Friedensreich grunzte. »Wenn du Malphias ihn hat, braucht ihn keiner von euch auszugraben. Er wird euch holen kommen.«

Aus Nathaniels Kehle stieg ein dumpfes Knurren. »Wenn das passiert, weiß ich nich', was ich tue.«

Friedensreich setzte sich auf. »Ihr werdet Gottes Werk tun. Es ist nich' richtig, wenn die Toten rumlaufen. Das is' gegen die Natur.«

»Aber vielleicht kann dieser du Malphias ja was tun. Ihn, na ...«

»Wieder zu Tode bringen?« Kamiskwa stocherte mit einem Ast im Feuer. »Friedensreich hat Recht. Falls er uns angreift, musst du ihn töten.«

»Und was, wenn er das nicht tut? Was, wenn er einer von den Pasmortes is', aber kein gemeiner? Wenn du nich' sagen kannst, ob er je gestorben ist, woher willst du dann wissen, dass er tot is'?«

Friedensreich streckte die Handflächen aus, um sie am Feuer zu wärmen. »Ich schätze, dass hängt alles davon ab, wie er zurückgeholt wird. Wenn die Heiligen das getan haben, das waren gottesfürchtige Männer, und der Herr hat ihnen erlaubt, die ursprüngliche Seele zurück in den Körper zu rufen. Mit Männern wie du Malphias, hm, da würde Satan ganz bestimmt einen Dämon hineinstecken.«

Nathaniel zog eine Augenbraue hoch. »Aber Pierre ist zurückgekommen.«

»Und als er starb, hat Satan die Gewalt über seine Seele gewonnen, das weiß ich sicher.« Friedensreich rieb sich die Hände. »Wenn die Toten auf der Erde wandeln, dann werden sie von bösen Geistern belebt.«

»Wendigo.«

»Also, wenn Ihr beide Euch einig seid, das ist ein mächtig starkes Argument. Und es is' ja nicht so, dass ich nicht an einen Gott im Himmel glaube, aber ich selbst hab wenig Kirchengelehrtheit. Ist aber noch gar nich' so lange her, dass Bischof Binsen aufgestanden is' und mir 'ne Predigt darüber gehalten hat, was der Liebe Gott uns alles verboten hat. Und Leute von den Toten aufwecken war nicht dabei in der Liste, die er aufgezählt hat. Wenn Gott kein Gebot dagegen erlassen hat, un' wenn seine Propheten, Heiligen und sein Sohn es machen, dann könnt's schon sein, an der Sache ist mehr, als wir hier rausfinden können.«

Darüber mussten Kamiskwa und Friedensreich erst nachdenken. Bein widmete sich, nachdem er die Hände ausreichend aufgewärmt hatte, wieder der Herstellung seiner Schneeschuhe. »Könnt' sein, Ihr habt Recht, Nathaniel. Könnt' sein. Und was werdet Ihr also tun, wenn Kapteyn Radband Euch anschaut vom andern Ufer des Todes?«

Nathaniel seufzte und klopfte auf seine Patronentasche. »Eine von den besonderen Kugeln des Prinzen laden. Und wenn es Gott in seiner Gnade gefällt, wird er Owen schnell zu sich rufen … bevor meine Kugel ihr Ziel trifft.«

Am folgenden Vormittag machten sie sich genau nach Westen auf den Weg, aber die ungewöhnliche Kälte bremste sie. Es dauerte den größeren Teil einer Woche, bis sie sich hangaufwärts ans Südufer des Amboss-Sees schleppten. Sie hielten sich auf der Gebirgsseite, weitab vom offenen Wasser. Der über den See blasende Nordwind wirbelte noch zusätzlich Schnee auf, und sie waren heilfroh über die Deckung der Bäume.

Bis sie zum Tosenden Fluss gelangten, peitschte schon ein

neuer Schneesturm. Bei zunehmender Windstärke und voraussichtlichen zwei Fuß Neuschnee bis Mitternacht wäre es unverantwortlich gewesen weiterzugehen. Am frühen Nachmittag hatten sie in einer geschützten Senke einen Unterstand errichtet und Feuer gemacht. Sie konnten vom nächsten Kamm aus die Festung nicht sehen, also gingen sie davon aus, dass auch du Malphias ihr Lagerfeuer nicht sah.

Trotz der Behinderung durch die Kälte und den Schnee säuberten, ölten und luden alle drei ihre Waffen. Die Feuersteine wechselten sie nicht, aber sie drehten sie, so dass eine frische Stelle unter ihrem Daumen lag. So nahe an der ryngischen Festung war es nur vernünftig, sich auf einen Kampf vorzubereiten.

Sie debattierten, Wachen einzuteilen. Aber damit ein Posten überhaupt einen Sinn hatte, hätte er auf einem Bergkamm stehen müssen. Das hätte bedeutet, dass ihm der Schnee ins Gesicht trieb und er schnell auskühlte. Da in der tiefschwarzen Nacht ohnehin nichts zu erkennen war, entschieden sie sich, gemeinsam im Lager zu bleiben und sich darauf zu verlassen, dass es möglichen ryngischen Kundschaftern so weit draußen auch nicht anders ging und sie sich ebenfalls irgendwo in Deckung kauerten.

Aber zur Vorsicht redeten sie nicht allzu viel. Und sie hielten alle drei die Ohren für andere Klänge als das Heulen des Nordwinds offen. In unausgesprochener Übereinkunft versuchten jeweils zwei zu schlafen, während der dritte wach blieb und das Feuer in Gang hielt.

Zwei Stunden nach Mitternacht, den Sternen nach zu urteilen, die zu sehen waren, nachdem der Wind sich legte und der Schneefall aufhörte, weckte Nathaniel Kamiskwa auf. »Geschlafen?«

»Kaum. Habe ich Donner gehört?«

»Könnt' schon gewesen sein, gar nicht lange her. Wind hat ihn ziemlich schnell verschluckt.« Nathaniel reckte sich. »Schätze, ich leg mich mal hin. Werd' aber kaum Schlaf finden.«

Und bevor er auch nur die Decke ausgebreitet hatte, erklangen zwei Schüsse.

Vierzigstes Kapitel

15. Oktober 1763
Des Prinzen Zuflucht
Mäßigungsbucht, Mystria

Ein heulender Windstoß peitschte durch das Tor des Wurmstands und trieb Schneeflocken ins Innere, die an dem riesigen Kessel zischend verdampften. Vladimir warf unten in der Grube ein Scheit unter den Eisentank, dann schaute er hoch zur Tür. Er lachte, obwohl er verschwitzt, verdreckt und verschlammt war.

»Ihr gehört nicht hier herein, Hoheit.«

Gisella zog einen dicken Wollmantel von den Schultern und hängte ihn über das Geländer der Grube. Sie stampfte mit den Füßen auf, um den Schnee von den Stiefeln zu lösen, und erwiderte sein Lächeln. Bauschige Reithosen und ein grob gewebtes Hemd unter einem Strickpullover verliehen ihr ein fast burschikoses Äußeres.

»Ich dachte mir, Ihr freut Euch in dieser bitterkalten Nacht über etwas Hilfe, Hoheit.«

»Bäcker kommt zurück, wenn er gegessen und etwas geschlafen hat.« Der Prinz warf noch ein Stück Holz nach. »Und so willkommen mir Eure Hilfe wäre, wisst Ihr wohl, dass Ihr nicht hier sein solltet. Wir sind unbeaufsichtigt.«

»Das stimmt keineswegs, mein Prinz.« Sie stieg die Leiter herab in die Grube. »Euer Magwamp ist hier.«

Vladimir drehte sich um. Der Lindwurm hatte sich eingerollt, Kopf und Schwanz auf der vom Fluss abgewandten Seite. Das Tor zum Fluss war mit hölzernen Läden verschlossen, und ein Kupferrohr lief vom Tank herunter in die Grube. Auf der ganzen Länge stieg Dampf davon auf, und in Verbindung mit der Hitze des Feuers heizte es den Wurmstand auf die Temperatur eines windstillen Augusttages auf.

»Auch wenn er das kalte Wetter besser zu ertragen scheint als in der Vergangenheit, befürchte ich, Magwamp kann man nicht gerade als geeignete Aufsicht für ein unverheiratetes Paar betrachten, Prinzessin.«

»Das spielt keine Rolle. In allen mittelalterlichen Fabeln sind Lindwürmer als ausgezeichnete Aufsicht bekannt. Ritter von großer Tugend haben Prinzessinnen dutzendweise aus ihren Klauen befreit, und die Anwesenheit des Wurms genügte, für ihre Ehre zu bürgen.«

»Glaubt Ihr solcherart Fabel?«

Sie kam zu ihm herüber und nahm ein Holzscheit. »Es ist nur von Bedeutung, was andere glauben. Ihr seid ein Mann von Ehre, also ist meine Tugend in keiner Gefahr.«

»Ich will hoffen, der Graf teilt diese Ansicht. Ich erinnere mich, mit welcher Begeisterung er von seinen Duellen erzählt.«

»Der Graf liegt unter mehreren Decken begraben und weilt im Reich der Träume.« Sie warf das Holz ins Feuer.

Der Prinz nahm das nächste. »Autsch!«

»Was ist?«

Vladimir warf es in die Flammen und schüttelte die Rechte. »Ein Splitter.« Er streckte die schmutzige Hand aus, dann spuckte er auf den Finger und wischte ihn sauber. »Genau hier.«

Gisella nahm seine Hand. »Haltet still.« Sie strich mit einem Finger über die Haut. Als er zusammenzuckte, murmelte sie, »Verzeiht.« Dann packte sie den Splitter geschickt zwischen zwei Fingernägeln und riss ihn heraus.

»Ich danke Euch.«

»Wir haben einen Aberglauben in Kesse-Saxenburg.« Die Prinzessin hob seine Hand an die Lippen und setzte einen sanften Kuss auf die Wunde. »Das lässt den Schmerz vergehen.«

Vladimir lächelte und löste zögernd die Hand aus ihrem Griff. Durch seine erstaunliche Sanftheit löste dieser Kuss etwas in ihm aus. Er fand Gisella körperlich äußerst anziehend, und je länger er in ihrer Gesellschaft verbrachte, desto stärker wurde seine Zuneigung. Auf vielerlei Art war sie eine weitaus schönere Frau, als er je gehofft hatte, in seinem Leben willkommen zu heißen.

Doch auf Grund seiner Herkunft lag die Entscheidung über sein Schicksal nicht bei ihm. Über die Jahre hatte er sich gezwungen, die Avancen vieler Frauen, die Träume hegten, eines Tages die Gemahlin des Generalgouverneurs oder vielleicht sogar Königin von Norisle zu werden, auf freundliche Art zurückzuweisen. Er hatte schnell gelernt, das körperliche Verlangen zu unterdrücken, das ihre Gegenwart in ihm auslöste.

Sie neigte den Kopf. »Was habt Ihr, Hoheit?«

»Ihr seid ein Mysterium, Prinzessin Gisella, nicht unähnlich den Pasmortes des Guy du Malphias.«

»Ich versichere Euch, mein Lhord, ich bin äußerst lebendig.«

»Und klug genug, zu wissen, dass ich das nicht meinte.« Er

warf Holz nach. »Ihr wurdet aus dem Reich Eures Vaters gepflückt und hierher eingeschifft, um mich zu heiraten, und scheint mich allen Ernstes zu *mögen.*«

»Das dürfte daran liegen, dass es stimmt.«

»Eben das finde ich so seltsam.« Vladimir schüttelte den Kopf. »Ihr seid nicht halb so alt wie ich und stammt aus einem anderen Land. Ihr habt mir berichtet, und ich hatte Gelegenheit, mich selbst davon zu überzeugen, dass Ihr vielerlei Dinge genießt, die andere Damen bei Hofe verabscheuen. Ihr befindet Euch inmitten eines großen Abenteuers, das in nichts dem in einem beliebigen Roman nachsteht.«

»Ich lese keine Romane, Hoheit. Sie sind nur Persiflagen, die weder lehrreich noch erleuchtend und selten amüsant sind. Autoren solch fantasievoller Geschichten sollten eine nützliche und ehrbare Verwendung für ihr Leben finden, statt ihre Tage mit dem Schreiben von Lügen zu verbringen.«

Der Prinz lachte laut auf. »Ja, perfekt.«

»Was ist perfekt?«

»Und Ihr seid eine Frau von ausgeprägten Meinungen, denen Ihr Euch nicht scheut, Ausdruck zu verleihen.«

Sie schob eine blonde Haarsträhne hinters Ohr, dann hob sie ein Schüreisen auf und zertrümmerte damit ein glühendes Holzscheit. »Ich sollte meinen, dass dies für Mystria ein Vorzug ist.«

»Ich stimme Euch ganz und gar zu.« Er grinste. »Der jüngste Brief meines Vaters enthielt ausführliche Instruktionen für mich betreffend meiner bevorstehenden Hochzeit. Natürlich setzte er an mit den Lehren der Kirche. Er kann nicht anders. Er ist schon sehr viel länger Mönch als Vater, auch wenn er sich bemüht. Er teilte mir mit, dass es meine Pflicht sei, jemanden zu ehelichen, den ich nicht kenne und auch nicht als angenehm empfinde. Mit der Zeit, beruhigte er mich, werden wir lernen, einander zu verstehen. Wir könnten sogar den Punkt erreichen, an dem wir unsere gegenseitige Gesellschaft ertragen. Sollte unsere Ehe besonders gesegnet sein, könnten wir eines Tages sogar Freundschaft schließen. Er schrieb, unsere Kinder würden eine Gemeinsamkeit herstellen und unsere gemeinsamen Interessen widerspiegeln. Aber die Vorstellung, einander zu mögen …«

»Oder einander zu lieben?«

Vladimir senkte den Blick. »Ja, das sind Dinge, schreibt er, von denen nur Narren und Romanschreiber träumen.«

»Und der Worte Eures Vaters wegen könnt Ihr nicht glauben, dass ich Euch mag?« Gisella lächelte und trat näher. »Ihr könnt nicht glauben, ich könnte Euch lieben?«

»Es ist, glaube ich, noch viel zu früh, von Liebe zu sprechen, Prinzessin, wollt Ihr nicht die Art Narretei begehen, für die Ihr selbst die Heldin eines Romans und den Autoren verurteilen würdet, der sie erschuf.«

»Ich muss Euch mitteilen, dass ich diese Ansicht ganz und gar nicht teile.« Gisella streichelte seine Wange, dann drehte sie sich fort. Das Feuer badete ihr Haar in goldenen Glanzlichtern. »Ich wurde bei Hofe aufgezogen, mein Lhord, wo ich nicht wohl geduldet war, weil das, was andere anzog, mich langweilte. Doch ebenso wie Ihr war ich bereit, meine Pflicht zu erfüllen. Ich war bereit, hierherzukommen und einen Mann zu heiraten, den ich nicht kannte. Bereit, ihm Kinder zu gebären und darauf zu hoffen, dass er in den Krieg zog oder die Ländereien unter seiner Herrschaft bereiste. Ich war bereit, darauf zu hoffen, dass er ein Mann von Ehrgeiz war, und dieser Ehrgeiz ihn aus meiner Nähe weit entfernen würde. Und eben deshalb hasse ich Ehrgeiz.«

Vladimir grinste. »Prinzessin, ich bin ein ehrgeiziger Mann.«

Sie drehte sich um, und ihre Augen strahlten. »Euer Ehrgeiz ist praktischer Natur. Euer Labor kündet davon. Ihr wollt lernen, entdecken, wissen. Ihr wollt die Welt verbessern. Ehrgeiz kann selbstsüchtiger Art sein oder selbstloser, und Ihr seid ein Meister der letzteren Art. Aus diesem Grunde allein bereits würde ich Euch mögen, und ich liebe Euch ganz gewiss.«

»Aber ich bin nicht ...«

»Nicht *was*, mein Lhord? Tapfer und gut aussehend wie von Metternin? Lasst mich Euch versichern, dass Ihr das sehr wohl seid. Gut aussehend, ganz gewiss, und tapfer, selbstverständlich. Wer noch auf der Welt reitet einen Lindwurm unter Wasser? Ihr betretet Welten, die kein anderer je gesehen. Es gibt Narren ohne Zahl, die in die Schlacht stürmen und sich tapfer wähnen, weil ihre Gegner nicht zielen können. Die Unfähigkeit ihrer Feinde verwandelt sich irgendwie in ein leuchtendes Zeichen ihrer Gottgefälligkeit.«

Ihre Züge leuchteten auf, während sie vor dem Wassertank auf und ab ging. Selbst Magwamp regte sich und lockerte seine Haltung, ließ den Echsenschwanz aus der Schlinge gleiten. »Soll ich Euch sagen, mein Lhord, warum ich Euch liebe, denn ich liebe Euch, und es ist ohne Bedeutung für mich, falls Ihr diese Liebe nicht erwidert. Zu wissen, dass ich einen Mann gefunden habe, der es wert ist, geliebt zu werden, genügt. Aber wollt Ihr es tatsächlich wissen?«

Vladimir schaute ihr in die Augen und nickte. »Es wäre mir eine Ehre.«

»Ihr seid ein Mann, der die Wirklichkeit annimmt. Ihr gesteht ein, dass Ruhm und Ehre existieren, doch Ihr jagt ihnen nicht nach wie ein Hund dem Fuchs. Ihr seht sie als das, was sie sind. Ruhm ernährt niemanden. Ehre wärmt niemanden in einer Nacht wie dieser. Eine Kugel tötet den Tugendhaften und Tapferen ebenso sicher wie den Lasterhaften und Feigen, und oftmals Seite an Seite in derselben Salve.«

Sie deutete hinter sich zum Haus und zum Labor. »Das Modell, das Ihr hergestellt habt – die Männer, die Ihr ausgesandt habt, es auszukundschaften: Nichts von alledem ist eine Aufgabe für den Generalgouverneur. Eure Verantwortung hätte mit dem Verfassen von Berichten für Launston ein Ende gefunden. Das wäre das gesamte Ausmaß Eurer Pflicht gewesen, wie die Krone sie sieht, doch Ihr sehr darüber hinaus. Ihr seht, was *notwendig* ist, und führt es aus.«

Gisella lächelte. »Und die Tatsache, mein Lhord, dass Ihr Euren Wurmwart zu Bett geschickt habt, während Ihr hier das Feuer schürt, das gefällt mir. Ich kann mir Euch vorstellen, wie Ihr die Nacht am Bett eines hustenden Kindes wacht, oder …«

»Oder bei einer Gemahlin in den Wehen?«

»Einem dummen Mädchen, das sich davor ängstigt, wie ihr Körper sich verändert?«

Er streckte die Arme aus und legte ihr die Hände auf die Schultern. »Ich in überzeugt, niemand wird Euch jemals als dumm bezeichnen. Und ich würde jeden Mann verprügeln, der es wagen sollte. Ich glaube darüber hinaus, meine Liebe, dass Ihr mit einem solchen Narren gründlich abgerechnet hättet, lange bevor ich die Gelegenheit zum Eingreifen hätte.«

Sie schaute zu ihm hoch. Eine Träne glitzerte ihr im Augenwinkel, aber sie lächelte. »Ich habe meine Daumen dunkelrot trainiert an einer Duellpistole, zur Freude und zum Widerwillen meines Vaters.«

Vladimir wischte die Träne ab und verschmierte ihre Wange. »Prinzessin, mein Mangel an Glaube in Eure Gefühle für mich hat seine Gründe nicht einmal ansatzweise bei Euch. Nein, bitte, lasst es mich erklären.«

Er schmunzelte. Plötzlich füllte ihn die Erinnerung daran, wie sie hinter ihm auf Magwamp gesessen hatte, die Arme fest um ihn geschlungen, als der Lindwurm das erste Mal unter die Flussoberfläche tauchte, mit einer wohligen Wärme. Sie hatte überrascht gelacht, ein abrupt abbrechender Klang, als sie hastig den Mund schloss. Sie hatte sich an ihn geklammert, die Brüste an seinen Rücken gedrückt. Ihr ganzer Leib hatte gebebt. Erst als er wieder auftauchte, als er Magwamp hastig zurück an die Oberfläche gelenkt hatte, hatte er erkannt, dass es begeistertes Lachen war, das sie schüttelte. Sie war bis auf die Haut durchnässt gewesen, das Kleid hatte ihr am Leib geklebt, aber ihr Aussehen hatte sie nicht im Mindestens interessiert. Sie hatte nur tief einatmen und immer wieder tauchen wollen.

»Prinzessin, ich habe so lange Jahre den Tag gefürchtet, an dem meine Tante eine Braut für mich bestimmt, dass ich darauf gehofft habe, ehrlich darauf gehofft, sie könnte die Möglichkeit meiner Nachkommen als Bedrohung für den Thron sehen. Ich habe darauf gehofft und war felsenfest davon überzeugt, dass, wenn sie mir eine Gemahlin wählen würde, das irgendeine alte morwische Herzogin-Witwe sein würde, die mich und alles hassen würde, womit ich meine Tage verbringe, und sich entscheiden, auf dem Kontinent zu bleiben, während ich hierbleibe. Und nun hat sie eine Frau für mich ausgewählt, die vollkommen ist, intelligent und bildschön, praktisch veranlagt und blitzgescheit.« Er schüttelte den Kopf. »Es ist ein Traum, dessen Ende ich fürchte.«

Gisella legte ihm die Arme um den Hals. »Küsst mich, Hoheit. Ich verspreche Euch, dieser Traum wird nicht enden.«

Seine Arme legten sich um ihren Körper, zogen sie an den seinen, drückten sie fest an seine Brust. Er senkte den Mund auf den ihren. Dieser erste Kuss, warm und fest, verkrampfte seinen Magen. Er drückte sie noch fester, wollte sie gar nicht mehr loslassen, wollte ihn nicht lösen, nicht einmal, um Atem zu holen.

Und sie hielt ihn ebenso fest, ließ ihn nicht los, ließ ihn den Kuss nicht lösen.

Und sie raubte ihm den Atem.

Er konnte nicht sagen, wie lange sie sich küssten. Sein Verstand sagte ihm, dass es höchstens zwei Minuten gewesen sein konnten, denn länger konnte er den Atem nicht anhalten. Tatsächlich spielte es keine Rolle. Es hätte ein einziger Pulsschlag sein können oder eine Ewigkeit. In diesem Augenblick brach ein Teil von ihm, den er so lange weggesperrt hatte, frei.

Der Ausdruck auf ihrem Gesicht, als ihre Lippen sich lösten, zeigte, dass sie all das in seinen Augen las. Er hatte keine Worte für die Gefühle, die ihn durchzuckten. Die Freiheit, die überbordende Freude. Es war in jedweder Hinsicht so begeisternd wie Magwamps allererster Tauchgang im Fluss mit ihm. Es war die vollständige Befriedigung darüber, etwas gefunden zu haben, von dessen Verlust er nichts geahnt hatte. Und nun fragte er sich, wie er so lange ohne es hatte existieren können.

Er lachte leise, dann küsste er sie erneut. *Ist das Liebe?* Er wusste, dass Lust mit im Spiel war, keine Frage. Dazu waren ihre Küsse zu hungrig und ihr Verlangen zu heiß. Aber er fand noch mehr darin, mehr, das sich seinem Zugriff auf ärgerlichste Weise entzog. Er konnte es weder messen noch beschreiben, eine Fähigkeit, für die er die so abfällig bewerteten Romanautoren widerwillig bewundern musste. Und doch, obwohl es sich dem Messen entzog, existierte es, denn es brachte seinen Puls zum Rasen und versetzte ihn in eine solche Freude, dass er nicht aufhören konnte zu grinsen.

Widerwillig gab er sie frei. »Ich fürchte, Prinzessin, Magwamp ist ein sehr schlechter Aufpasser.«

»Das mag sein, mein Lhord, doch ist er ein stummer Aufpasser, und deshalb in meinen Augen ein ganz wunderbarer.« Sie lachte, und der Klang bezauberte ihn. »Trotzdem werden wir nichts tun, was von Metternins Ehre beflecken könnte.«

»Besser, wir halten uns daran.« Er nahm sie bei der Hand und führte sie zurück zur Leiter. »Und wir müssen den Tank auffüllen.«

Er ließ Dampf ab, dann öffnete er den tonnenförmigen Tank. Sie wechselten sich dabei ab, Wasser zu pumpen und zum Tank zu schleppen. Als sie ihn zu zwei Dritteln gefüllt hatten, verschloss er ihn wieder und stieg zurück in die Grube, um das Feuer zu schüren.

Sie blieb oben, lehnte sich aufs Geländer und lächelte auf ihn herab. »Ich finde Euch sehr attraktiv bei dieser Arbeit.«

Er lächelte, verzichtete aber darauf, sich wie ein dummer Junge für sie in Szene zu setzen. Er stocherte noch etwas mit dem Schürhaken, dann legte er Holzscheite nach.

»Ich habe eine Frage an Euch, Prinzessin.«

»Stellt sie, mein Lhord.«

»Haben die Frauen in Eurer Familie starke Kinder?«

Sie nickte. Ihr goldenes Haar schimmerte. »Sehr starke, mein Lhord.«

»Dann werden meine Söhne, wenn sie drei oder vier sind, doch wohl in der Lage sein, sich in kalten Nächten um den Tank zu kümmern?«

Gisella schmunzelte. »Nur, mein Lhord, wenn Ihr sie daran hindert, auf Geopahrjagd zu gehen, wie sie es schon mit zwei Jahren werden tun wollen.«

»Ausgezeichnet, meine Liebe, ausgezeichnet. Wir sind für einander geschaffen. Perfekt.« Vladimir strahlte zu ihr hoch und schleuderte mehr Holz aufs Feuer. *Und ich frage mich, was meine Tante unternehmen wird, um uns zu ruinieren, sobald sie das erfährt.*

Einundvierzigstes Kapitel

15. Oktober 1763
Amboss-See, Neu-Tharyngia

Es ist so weit.« Owen warf die Bettdecken zurück. »Quarante-neuf, heute fliehen wir.«

Der Pasmorte schüttelte den Kopf. »Es ist zu gefährlich. Es ist zu kalt.«

Owen stand auf und löste die Ledermanschetten über seinen Fesseln. »Der Wind wird Schnee über unsere Spuren wehen. Das ist unsere einzige Chance. Ich brauche Eure Hilfe.«

»Ihr könnt Euch kaum bewegen.«

»Deswegen brauche ich Eure Hilfe.« Während der vergangenen sechs Wochen hatte du Malphias großes Vergnügen daran gehabt, Pasmortes auf Owen zu hetzen. Da Quarante-neuf sie daran hinderte, ihn zu verletzen, erfüllte das Spiel keinen wirklichen Zweck, doch Owen spielte trotzdem mit. Seine schwerfälligen Anstrengungen lieferten dem Laureaten Informationen über die Zauberfesseln.

Auch Quarante-neuf hatte durch diese Übungen dazugelernt. Er zerbrach die anderen Pasmortes nur, statt ihre Bekanntschaft mit dem Jenseits zu erneuern. Ihre Reparatur war mehr Arbeit für du Malphias. Der seinerseits lehrte Quarante-neuf genug Magie für grundlegende Reparaturen wie das Heilen von Brüchen und Fleischwunden.

Er zog die angespitzten Nägel unter den Fesseln hervor. »Zieht Euren Handschuh an. Jetzt kneift die Haut an der Rückseite meines Oberschenkels ein. Nehmt eine gute Handvoll. Gut. Nun stoßt einen der Nägel durch die Falte, bis auf die andere Seite.«

»Das kann ich nicht. Es würde Euch verletzen.«

»Nein, damit verhindert Ihr eine Verletzung.« Owen streckte ihm die Nägel hin. »Bitte, Ihr müsst es tun. Ich kann es nicht.«

Der Pasmorte ging hinter ihm auf ein Knie hinab. Er packte die Haut und zog sie fort vom Muskel. Der Nagel bohrte sich hinein und trat wieder aus, mehr ein Brennen als ein Schmerz, aber nichts im Vergleich zu der magischen Fessel. Quarante-neuf wiederholte die Prozedur am anderen Bein.

»Wie fühlt sich das an?«

Owen tat einen Schritt. Er fühlte das Zerren an der Rückseite des Beins, und etwas von den magischen Schmerzen, aber weniger als zuvor. Noch ein Schritt, und noch einer, jeder länger als der vorige. »Das Eisen dämpft den Zauber. Ich benötige weitere Nägel. Einen über dem Knie, einen darunter. Einen unter der Wade und vielleicht im Rücken. Bitte, mein Freund, beeilt Euch.«

»Ja, lasst sie mich vorbereiten.« Der Pasmorte bog die Nägel schnell in eine leichte Bogenform. Er zerriss die Ledermanschetten in Streifen und durchstach diese zuerst mit den Nägeln. Dann benutzte er die Streifen, um Owens Haut zu fassen, und bohrte die Nägel durch Leder und Haut. Die Wunden brannten, und Blut verfärbte das Leder.

Nachdem alle Nägel an Ort und Stelle waren, umkreiste Owen mehrmals die Zelle. Er bewegte sich leichter, konnte aber nicht laufen. Andererseits, wer konnte in tiefem Schnee schon laufen? *Es muss genügen*.

Er zog sich an und achtete sorgfältig darauf, nicht mit den Sachen an den Nägeln hängen zu bleiben. Dann hüllte er sich in eine dünne Decke und behielt eine Ecke als Kapuze, zog auch das Lederhemd über, das Msitazi ihm geschenkt hatte. Sie rissen die zweite Decke in Streifen und legten sie in mehreren Lagen um seine Füße, bevor sie das Ganze mit Leinenstreifen festbanden. Das restliche Leinentuch warf er sich als Mantel über, den er mit den letzten zwei Nägeln schloss.

Quarante-neuf nickte. »Bereit?«

»Wartet. Ich brauche Agaskans Puppe.«

Der Pasmorte holte sie aus einer Schublade, und Owen stopfte sie in sein Hemd. »Jetzt kann mir nichts passieren.«

Er folgte dem Pasmorte aus seinem Kerker, tief vornüber gebeugt. Er bewegte sich stockend und ahmte die als Posten patrouillierenden Pasmortes nach, so gut er konnte. Er täuschte ihren unbeholfenen Gang vor und zog den Kopf ein, als er nach Norden abbog. Die volle Wucht des Schneesturms trommelte auf ihn ein. Er fletschte trotzig die Zähne und zwang sich vorwärts auf die Außenwand zu.

Schnee trieb gegen die Nordseiten der Festung. Owen kämpfte gegen den Wind an und erreichte die Steinmauer vor der Nordwand. Die offenen Seiten und die grob aufgetürmten Steinbrocken machten es ihm leicht, auf die Mauerkrone zu steigen. Oben angekommen, duckte er sich und suchte den Schneesturm nach Hinweisen auf Pasmorte-Wachen in der Nähe ab – ohne Erfolg.

Seine Sichtweite betrug in keine Richtung mehr als zehn Fuß, kein Grund also, sich deshalb sicherer zu fühlen. Er konnte sich gut vorstellen, dass du Malphias über magische Möglichkeiten verfügte, den Vorhang aus Schnee zu durchdringen. *Oder vielleicht kann er meine oder Quarante-neufs Bewegungen verfolgen.* Bei diesem Gedanken stieß es ihm sauer auf, doch er verdrängte ihn.

Zu wissen, wo ich bin, und mich zurückzuholen, sind in diesem Schneesturm zweierlei.

Er packte die Spitzen der hölzernen Palisadenwand und stieg

hinüber. Auf der anderen Seite stürzte er einen Schritt, bevor er in einer Schneewehe einsank. Einen Moment saß er fest, dann brach neben ihm ein zweiter Körper knirschend durch die Schneedecke. Quarante-neuf packte seinen Arm und zog ihn aus der Wehe. Der Pasmorte trug keine schweren Kleider, aber er hatte einen Tornister auf dem Rücken. »Kommt.«

Owen stakste durch den Schnee. »Ihr müsst mich von hier fortbringen. Wenn ich bleibe, bringe ich du Malphias um.«

Quarante-neuf nickte. »Danke, mein Freund …« Seine Stimme erstarb für einen Moment. »Sind wir wirklich Freunde? Kann das sein?«

»Natürlich sind wir das.« Owen stützte sich schwer auf den Arm des Pasmorte. »Was lässt Euch daran zweifeln, wir könnten Freunde sein?«

»Ich bin tot, Kapteyn. Ich mag mich an vieles nicht erinnern, doch das kann ich nicht vergessen. Die Toten haben den Lebenden nichts zu bieten.«

»Ihr irrt Euch, Quarante-neuf, Ihr irrt euch.« Sie stiegen aus der größten Schneewehe, die den Graben völlig aufgefüllt hatte, und staksten über den windgepeitschten Vorbau. Sie wateten durch die nächste Verwehung, dann kämpften sie sich weiter nordwärts, auf den dunkel aufragenden Berg zu, von dem aus er du Malphias' Reich zuerst beobachtet hatte.

An der Leeseite einer Schneewehe blieben sie stehen. Quarante-neuf ging mit dem Rücken zum Wind auf die Knie und bot Owen Deckung. Schnee lag über seiner Kleidung und dem Tornister, aber er schien es nicht zu bemerken. Er zitterte weder, noch wischte er den Schnee beiseite. Auch der Sturm berührte ihn nicht.

Dann fasste er Owen bei den Schultern und zerrte ihn auf die Füße. »Los, Kapteyn, wir müssen weiter.«

»Nur noch einen Moment.«

»Nein. Jeder Schritt fort von hier macht meinen Herrn sicherer.« Der Pasmorte nickte. »Und er bringt Bethany dem Glück einen Schritt näher.«

Owen lächelte, und Wärme stieg in ihm auf. »Sie ist eine gute Frau, nett und klug. Ihr würdet sie mögen. Doch ich bin gebunden an meine Gemahlin.«

»Was nicht bedeutet, dass Bethany sich nicht freuen wird, Euch zu sehen. Ich werde Euch zu ihr bringen.« Quarante-neuf zerrte ihn durch eine weitere Schneewehe, dann machten sie sich an den langen, mühsamen Weg einen halb abgetragenen Berghang empor. Auf halber Höhe bogen sie zum See hin ab und um den Berg in den Wald, bevor sie sich wieder an den Abstieg machten.

Owen zitterte. Er steckte die Hände unter die Achseln, um sie zu wärmen, und fühlte unter dem Stoff Agaskans Puppe. *Ich habe noch mehr Freunde, die sich um meine Sicherheit sorgen.*

Schon brannten seine Nase und Ohren. Im größten Teil der Wangen hatte er das Gefühl verloren. Der peitschende Wind wurde von den Bäumen etwas gebrochen, aber er fegte den Schnee aus den Wipfeln, so dass er herunter auf seine Haare fiel, schmolz und seine Wimpern mit Eis überzog.

Sie kamen über den Berg, und Owen sackte an einem Baum zusammen. »Nur eine kurze Pause.«

»Seid still, Kapteyn.« Quarante-neuf streifte den Tornister ab und sprang nach rechts. Owen war durch den Schnee halb geblendet, aber trotzdem sah er die drei Schatten, die aus dem Wald drangen. Quarante-neuf warf sich auf einen von ihnen, und Knochen krachten. Er hechtete auf einen anderen und verschwand im Schneegestöber.

Ein Pasmorte tauchte neben Owen auf, streckte die knochigen Finger nach ihm aus. Der Norillier stolperte nach vorn. Ein Ast schlug ihm ins Gesicht. Er drehte sich, die Knie gaben unter ihm nach. Er stürzte und rutschte über den gefrorenen Schnee den Hang entlang.

Owen hatte keine Möglichkeit, seine ungewollte Rutschpartie zu bremsen. Schnee stob ihm ins Gesicht, dann scheuerte er mit dem Schienbein an einem jungen Baum vorbei. Er wurde herumgerissen und knallte mit der Schulter an einen anderen Baum. Vor und zurück, sich hilflos überschlagend, prallte er von einem Baum nach dem anderen ab und rutschte schließlich, zerschlagen und voller Schmerzen, in eine tiefe Schneewehe am Fuße des Hanges.

Dort lag er, verkrümmt, die Arme an den Körper gezogen. Sein ganzer Körper schmerzte von den Prellungen, aber er verdrängte es. Er lauschte, wartete auf Geräusche, die einen sich nähernden Feind ankündigten. Er nahm einen der Nägel, die seinen Mantel hielten, in die rechte Hand. *Ich muss entweder mit der Fessel seinen Schädel zertrümmern oder mit dem Nagel zustechen. Das muss funktionieren.*

Der Schnee und der heulende Wind verhöhnten ihn. Durch diesen Wind hätte er keinen Reiterangriff kommen hören. Jeder, der ihn hangabwärts verfolgte, konnte darauf zählen, dass der Wind den Klang seiner Schritte davontrug. Aber falls er sich bewegte, verriet das seine Position. Er zitterte und rang mit steigender Verzweiflung.

Eine Hand packte seinen Knöchel.

Er trat danach, aber sie ließ nicht locker. »Kapteyn Radband. Ich habe Euch gefunden.«

»Quarante-neuf?«

Der Pasmorte zog in aus dem Schnee und drehte ihn auf den Rücken. »Seid Ihr verletzt?«

»Zerschlagen und zerkratzt. Es kann weitergehen.« Er schaute nach Norden. »Hier muss es irgendwo ein Kanu geben. Es muss einfach.«

Quarante-neuf lächelte. »Ganz sicher, mein Freund. Wir finden sie näher am See.«

Owen blickte zu ihm hoch. »Ihr klingt fröhlich.«

Der Blick des Pasmorte ging in die Weite. »Fröhlicher, vermute ich. Ich bin frei. Als ich die anderen zerstörte. Da tat ich es, weil ich es wollte, nicht aus Zwang.«

»Gut so, mein Freund.« Owen nickte, rang aber innerlich mit der Angst. *Wie lange werdet Ihr frei bleiben?* Owen konnte den ersten Pasmorte nicht vergessen, den sie gefunden hatten, eingerollt und angenagt, und sein Tagebuch mit den deutlichen Anzeichen des Verfalls. Quarante-neuf mochte jetzt frei sein, aber irgendwann würde er den Punkt erreichen, an dem die Magie sich erschöpfte, von der er abhängig war.

»Sagt mir, dass Ihr Vivalius dabeihabt.«

»Ich habe mich entschieden, nichts davon zu stehlen.«

»Was? Der Prinz hätte es an Hand der Probe herstellen können. Er könnte Euch am Leben erhalten.«

»Das ist nicht möglich, mein Freund, denn ich bin bereits tot.« Quarante-neuf half ihm über einen umgestürzten Baum. »Ich werde Euch nicht im Stich lassen. Aber ich möchte nicht, dass jemand anderer erfährt, was ich erfahren habe. Die Leere. Erinnerungen, die gerade außerhalb meiner Reichweite hängen. Ich habe das Gefühl zu warten, ständig zu warten, weiß jedoch nicht worauf.«

Owen packte ihn an der Schulter. »Aber …«

»Ich werde Euch zurück zu Eurem Prinzen und Eurer Bethany bringen.« Der Pasmorte lächelte. »Danach werde ich in Frieden ins Grab zurückkehren.«

Das Heulen des Windes und ein heftiger Schneestoß erstickten jedes Gegenargument, das Owen hätte vortragen können. Während sie sich weiter in Richtung Seeufer kämpften, wuchs in Owen ein Gefühl der Leere. Er wollte nicht, dass Quarante-neuf starb. *Aber falls das nur ein Bruchteil dessen ist, was er empfindet, verstehe ich ihn.*

Nach einer kurzen Weile lehnte sich Quarante-neuf an einen Baum, während der Sturm um sie herum tobte. Der Pasmorte rutschte hinab in eine kleine Senke und trieb die Hände in den Schnee. Er grunzte, dann richtete er sich auf und drehte ein Kanu um. In der Vertiefung darunter lagen zwei Paddel.

»Kommt, Kapteyn Radband, nehmen wir die Paddel.«

Sie setzten das Boot aufs Wasser. Owen stieg vorn ein. Er kniete und setzte sich zurück auf seine Waden, was die noch vorhandenen Schmerzen erstaunlicherweise vertrieb. Quarante-neuf stieß das Kanu ab, dann watete er hinterher und stieg ebenfalls ein.

Der Wind schlug augenblicklich auf sie ein, trieb sie nach Süden auf das Ufer und die Festung zu. Owen hatte vorgehabt, nach Norden zu fahren und derselben Route zu folgen, auf der er die Festung ursprünglich erreicht hatte, doch der Wind machte diesen Plan undurchführbar. Also drehten sie das Kanu nach Südosten und paddelten wie wild. Sie hörten nichts als den Wind. Dadurch schlug die erste Kanonenkugel völlig überraschend neben ihnen ein. Erst nach dem zweiten und dritten Einschlag, und als ein kurzes Verebben des Windes ihm gestattete, den verklingenden Donner eines Kanonenschusses aufzuschnappen, erkannte er, dass sie gefährlich nahe an die Festung getrieben waren.

Du Malphias besitzt eine Möglichkeit, meine Bewegungen zu verfolgen. Augenblicklich fiel ihm das Symbol ein, das der

Laureat in die Bronzebolzen seiner Handfesseln geritzt hatte. Ihr Zweck hatte nicht darin bestanden, Owen als sein Eigentum zu markieren. Sie ließen du Malphias erkennen, wo er gerade war.

Owen warf einen Blick über die Schulter nach hinten. »Wir müssen hinaus und an der Flussmündung vorbei. Und wir müssen es augenblicklich. Er weiß, wo wir sind.«

Quarante-neuf stieß das Paddel tief in die Fluten. Das Kanu schoss vorwärts. Eine weitere Kanonenkugel schleuderte dicht neben dem Boot eine Wasserfontäne auf, doch der Pasmorte ignorierte die Gefahr. Owen konzentrierte sich ganz aufs Paddeln und versuchte, die Leistung seines Begleiters zu erreichen, aber es kostete seine ganze Kraft, das Kanu weiter hinaus auf den See zu steuern.

Während rings um sie herum die Kanonenkugeln einschlugen, ergab sich Owen ein wenig dem Wind und ließ das Boot etwas nach Südosten auf die Küste kurz hinter der Mündung des Tosenden Flusses zutreiben. Der Wind ließ etwas nach, und Owen lachte laut auf. »Gerade jetzt, wo wir seine Hilfe gebrauchen könnten!«

Quarante-neuf lachte ebenfalls, zum ersten Mal, seit Owen ihn kannte. Es war ein ersticktes Geräusch, wie das Rülpsen eines Kindes, das im selben Moment erkennt, dass in höflicher Gesellschaft Rülpsen nicht erlaubt ist. Der Pasmorte unterbrach das Paddeln, dann lachte er wieder, etwas länger diesmal. Owen schaute sich um und las Überraschung und die Andeutung von Freude im Gesicht seines Begleiters.

»Es ist ein gutes Lachen, mein Freund. Lasst es heraus.«

»Das werde ich. Ich erinnere mich an Lachen. Es hat mir gefallen.«

Plötzlich erstarb der Wind. Die Wolken brachen weit genug

auf, um Mondlicht auf den See fallen zu lassen. Die Festung erhob sich drohend über ihnen. Owen hätte schwören können, auf der Mauer einen großen, schlanken Mann auf und ab gehen zu sehen, aber er sah noch etwas anderes, das ihn antrieb, mit frischer Energie das Paddel zu schwingen.

Hinter ihnen tauchten zwei Dutzend Soldaten in zwei großen, breiten Kähnen der Art auf, die die Tharyngen Batteaux nannten. Ein Mann im vorderen Kahn stand auf und rief etwas, dann hob er eine Muskete und feuerte. Er bewegte sich zu flüssig, um ein Pasmorte zu sein, aber die unermüdlichen Schläge der Ruderer ließen vermuten, dass sie welche waren.

»Wir müssen ans Ufer. Wir brauchen Deckung.«

Die beiden paddelten schneller und sehnten sich nach einem Auffrischen des Windes. Vergeblich. Die Verfolger wechselten sich dabei ab, auf sie zu schießen. Als die beiden Flüchtlinge das Ufer erreichten, prallte eine Kugel von der Wasseroberfläche ab und schlug ein Leck in ihr Kanu. Wasser drang ein, doch zum Glück spielte das keine Rolle mehr. Quarante-neufs kräftige Ruderschläge trieben das Boot mit solcher Gewalt ans Ufer, dass die Steine dort den Rindenboden aufrissen.

Eine weitere Kugel pfiff als Querschläger von einem Felsen durch die Luft, als Owen auf die Baumlinie zu rannte. Tharyngen brüllten Befehle und suchten nach einem Anlandeplatz für ihre Kähne. Quarante-neuf sprintete an Owen vorbei, dann packte er ihn bei den Schultern und zerrte ihn tiefer in den Wald. Sie bahnten sich einen Weg zwischen den Bäumen hindurch, den See die ganze Zeit zur Linken haltend, und hielten Ausschau nach Senken, um sich absetzen zu können, ohne ein größeres Ziel als unvermeidbar abzugeben.

Sie mussten sich durch tiefe Schneewehen arbeiten, und schon bald hörten sie die Verfolger wieder. »Sie müssen Schneeschuhe haben.« Quarante-neuf stieß Owen auf die Kuppe eines kleinen Hügels hinauf. »Geht, ich werde sie eine Weile aufhalten.«

»Nein, ohne Euch schaffe ich es nicht.« Owen stand auf und drehte sich um. Dann bellte eine Muskete. Eine Kugel erwischte ihn an der linken Seite und schleuderte ihn zurück. Er drehte sich, schlug gegen einen Baum, polterte den Hang hinab.

Als Owen unten ankam, durchzuckten ihn frische Schmerzen. Die Kugel hatte hur Haut und ein wenig Muskel zerrissen, aber die Wucht, mit der er gegen den Baumstamm geschlagen war, blieb nicht ohne Auswirkung. Die Sterne vor seinen Augen verschwanden wieder, doch der Wald durchlief eine seltsame Verwandlung. Der Schnee zeigte Andeutungen von Grün und dunklem Blau. Die Steine veränderten ihre Form, die Bäume teilten sich. Nach Süden öffnete sich lockend ein breiter Weg.

Zwei weitere Schüsse, und Quarante-neuf schlug neben ihm auf. »Wie schlimm ist es, Kapteyn?«

»Ich werde es überleben. Haben Sie Euch getroffen?«

»Einmal, in den Bauch.« Der Pasmorte krümmte sich, als müsse er sich übergeben, dann spuckte er die Kugel in die hohle Hand. »Nichts von Bedeutung.«

»Wir müssen weiter.« Owen versuchte aufzustehen. »Dort, im Süden, könnt Ihr es sehen?«

Der Pasmorte nickte. »Der sich windende Weg. Er wäre unser Tod.«

»Aber er wird uns nicht zurück zu du Malphias führen.«

Quarante-neuf zog ihn hoch. »Dann also der sich windende Weg.«

Zweiundvierzigstes Kapitel

15. Oktober 1763
Amboss-See, Neu-Tharyngia

Wäre die Lage nicht so ernst gewesen, Nathaniel hätte lachen müssen. Die Schneeschuhe unter die Füße geschnallt, segelte Friedensreich mit riesigen Schritten und Sprüngen den Hang hinab. Seinen Bärenfellmantel hatte er bis zur Hüfte abgestreift, und die Ärmel flogen durch die Luft. Er sah aus wie eine vierarmige Alptraumkreatur.

Kamiskwa und Nathaniel folgten ihm, so schnell es ging. Der Altashie bog ein gutes Stück über der Stelle, an der Friedensreich angehalten hatte, nach links, Nathaniel schwenkte zwei Schritte später westwärts. Auf parallelen Bahnen liefen sie durch den Wald auf das Ufergelände zu.

Vor ihnen ertönten weitere Schüsse, näher diesmal. Die drei rannten los. Aus der Ferne hörten sie Stimmen. Was sie sagten, war nicht zu verstehen, aber die Satzmelodie war tharyngisch. Dann bogen sie um einen Hügel, und eine Salve aus drei Schüssen krachte. Das Mündungsfeuer zeigte einen Infanterietrupp in blauen Uniformröcken durch den Schnee einen Hang emporstürmen, gefolgt von über einem Dutzend zerlumpter Pasmortes.

Nathaniel hob das Gewehr, zielte und trieb die Magie in den Feuerstein. Auf vierzig Schritt bei Nacht war es selbst im Mondlicht ein schwieriger Schuss, aber die tharyngischen Soldaten zeichneten sich vor dem Schnee deutlich als schwarze Silhouetten ab. Seine Waffe spie Feuer und Metall. Ein Mann auf halber Höhe des Abhangs, der gerade gelassen die Muskete nachlud, grunzte und brach zusammen. Schnee wirbelte auf und legte sich über seine Leiche.

Links und rechts von Nathaniel feuerten seine Begleiter. Ein Soldat schrie auf. Offenbar war es kein sofort tödlicher Treffer gewesen, denn er schrie immer weiter. Zwei Mann erwiderten das Feuer, ein Schuss traf den Baum, hinter dem Nathaniel in Deckung gegangen war. Die Kugel schlug zu hoch ein. Die Ryngen schossen ungezielt. Dann brüllte jemand einen Befehl, und die ryngischen Soldaten stellten das Feuer ein.

Nathaniel ignorierte die Blauröcke und ging in die Hocke. Er betätigte den Hebel, der die Feuersteinhalterung ausklappte, lud nach und schloss den Mechanismus wieder. Dann lugte er um den Baum, sah noch immer zwei Silhouetten am Hang, und Pasmortes im Anmarsch.

»Denkt daran, der Prinz will eins von den Viechern.«

Friedensreich lachte. »Ich werd' versuchen, ihm ein Stück aufzuheben.«

Nathaniel zielte und schoss. Ein Pasmorte hetzte auf allen vieren vorwärts. Die Kugel erwischte ihn in der Brust, als er sich zum Sprung hob. Der Treffer richtete ihn fast wieder senkrecht auf, dann kippte er auf den Rücken, mit wild zum Himmel zuckenden Armen und Beinen.

Ein einzelner Schuss antwortete ihm und sprengte Rinde vom Stamm. »Vorsicht. Einer hat eine Waffe.«

»Bei dem Felsen.« Kamiskwa deutete genau nach Westen, dann hob er die Muskete und feuerte. Der nächste Pasmorte ging in einer Schneewolke zu Boden. Der Altashie duckte sich zurück in Deckung, machte sich aber nicht die Mühe nachzuladen. Stattdessen zog er seine Kriegskeule.

Friedensreich schoss. Nathaniel war damit beschäftigt, das Gewehr neu zu laden, und sah nicht, ob der Hüne einen Treffer erzielte oder nicht. Er stand auf, nahm den Felsen ins Visier, und als er eine Bewegung sah, schoss er. Was auch immer sich bewegt hatte, regte sich nicht mehr, aber das spielte keine sonderliche Rolle.

Die Pasmortes hatten sie erreicht.

Kamiskwa schrie, so laut er konnte, und sprang hinter dem Baum vor, die Kriegskeule hoch erhoben. Sein erster Hieb zertrümmerte einen Schädel, der zweite erwischte einen Pasmorte in der Brust. Rippen krachten, und die Kreatur wurde ins Unterholz geschleudert. Der Altashie stampfte mit wirbelnder Keule vorwärts, statt abzuwarten, bis weitere Gegner in Reichweite kamen.

Friedensreich watete ebenfalls ins Gefecht und benutzte die am Lauf gehaltene Muskete als Keule. Er hieb sie nach unten und schlug einen Schädel ein, dann hebelte er die Leiche beiseite. Zwei weitere Kreaturen stürzten sich auf ihn, weniger gezielt denn aus Zufall. Eine erschlug er mit der Flinte, aber die andere sprang ihn an und verbiss sich in seinem Oberschenkel. Der Riese brüllte auf, ließ die Waffe fallen und riss das Ding von seinem Bein. »Zurück in die Hölle mit dir!« Wie ein Avatar der Rache hob er den Pasmorte in die Höhe, dann rammte er ihn nach unten und brach ihm über seinem Knie das Rückgrat.

Zwei der Geschöpfe griffen Nathaniel an, aber der Schnee behinderte sie. Der Waldläufer trieb einem der beiden sein Beil in den Schädel, dann wich er dem anderen aus. Er schlug ihm den Gewehrschaft ins Gesicht, und er stürzte, wenn auch nur für einen Moment. Die Kreatur kratzte weiter am Schnee. Er schlug noch einmal zu und zertrümmerte ihren Kopf.

Als er sein Beil aus dem Schädel des Ersten befreit hatte, war nur noch ein Pasmorte übrig. Er war einmal ein kleinwüchsiger Mann gewesen, den keiner der drei erkannte. In dem einen Auge, das ihm geblieben war, zeigte sich keine Spur von Bewusstsein. Stattdessen duckte er sich und zischte sie an wie eine Schlange. Er drehte sein Gesicht von einem Gegner zum nächsten, aber Friedensreich gelangte in seinen Rücken und warf ihm den Bärenfellmantel über den Kopf. Dann hob er das ganze Bündel auf und grinste. »Hab ein Geschenk für Euren Prinz.«

Nathaniel lud hastig nach. Kamiskwa holte sich die Muskete und folgte seinem Beispiel. Sie bewachten das Bündel, während Friedensreich seine Waffe ebenfalls aufhob und neu lud. Danach zog der Hüne mehrere Lederriemen aus einem Beutel. Er öffnete den Mantel ein wenig und fesselte die Knöchel des Pasmorte. Dann schlang er eine Schlinge um eine freie Hand. Er zog den Mantel aus, drückte den Pasmorte mit dem Gesicht in den Schnee und fesselte ihm die Hände. Das Geschöpf zischte immer noch, konnte sich aber kaum noch bewegen.

Friedensreich, der seinen Mantel inzwischen wieder angelegt hatte, zog das Ding an den Knöcheln hinter sich her, als sie sich dem Felsen näherten. Bevor sie irgendetwas sahen, hörten sie Atemgeräusche, mehr wütend als schwer. Kamiskwa ging den Hang hinauf und um den Felsen herum, dann winkte er Nathaniel.

Die Kugel hatte den Pasmorte hinter dem Felsen hoch im linken Brustkorb getroffen. Er hatte sichtlich Mühe, seine Glieder zu bewegen. Es machte fast den Eindruck, als sei er betrunken oder ein Schlafwandler, aber seine Augen standen offen, und als er Nathaniel erkannte, verzog er das Gesicht. »Das ist schon das zweite Mal, dass Ihr mich umgebracht 'abt.«

»Tu's auch noch ein drittes Mal, Etienne Ilsavont.«

»Die Kugel 'ätte mir nicht schaden dürfen.«

Nathaniel grinste. »Sind besondere Kugeln. Prinz Vladimir

hat das Blei um einen Eisenkern gegossen. Hat sich gedacht, wenn ihr aufgezaubert seid, zaubert das Eisen euch runter.«

Die Kreatur knurrte. »Die Soldaten werden sie finden, den Norillier und den Verräter, und sie werden sie töten, wisst ihr. Dann werden sie sich Euch holen.«

»Der Norillier? Owen?« Nathaniel hob den Kopf. »Friedensreich, Ihr bleibt hier.«

Kamiskwa hatte sich bereits umgedreht. Nathaniel folgte seinen Spuren und denen der ryngischen Soldaten, die sich den Hang hinaufgemüht hatten. Unterwegs kam er an der Leiche des Mannes vorbei, den er erschossen hatte. Sein Kamerad zitterte und maunzte nur noch leise. Seine Augen konnten nichts mehr fixieren, und der rote Schnee, in dem er lag, zeigte, dass sein Leben nur noch in Minuten zu messen war. Als Nathaniel über die Kuppe kam, fand er einen weiteren toten Ryngen. Kamiskwa war bereits am Fuß des Hügels.

Der am Boden kauernde Altashie schaute zu ihm auf. »Blut. Die Fährte führt dort hin.«

Nathaniel folgte seinem Zeigefinger. »Der sich windende Weg. Owen wusste es besser. Warum wäre er …?«

Kamiskwa stand auf. »Er wusste um die Gefahr und hoffte, seine Verfolger täten es nicht.«

»Wir müssen hinterher.«

»Nein.«

»Aber dein Vater hat ein Geschäft ausgehandelt. Sie könnten uns nichts tun.«

Der Altashie schüttelte den Kopf. »Mein Vater hat ausgehandelt, dass der Weg keine unschuldigen Opfer fordert. Betreten wir den Weg, verletzen wir bewusst den Vertrag.«

»Sie wollten Owen schon mal.« Nathaniel setzte sich in den Schnee. »Diesmal werden sie ihn nicht wieder ziehen lassen.«

»Ich fürchte, damit hast du Recht.« Kamiskwa wandte sich vom sich windenden Weg ab. »Heute haben wir einen Bruder verloren. Dafür wird der Herr der Wendigo einen teuren Preis bezahlen.«

Sie kehrten auf das Schlachtfeld zurück und köpften alle Toten, einschließlich der ryngischen Soldaten. Anschließend legten sie die Soldaten und einen Teil der Pasmortes in ein Batteau und stießen es hinaus auf den See, wo es nach Westen abtrieb, in der Hoffnung, dass die Strömung es in den Tosenden Fluss zog. Ihre beiden Gefangenen und die Munition der toten Soldaten luden sie in das andere Batteau und machten sich auf den Rückweg über den See. Zwei Tage später erreichten sie den Tillie und konnten ihn ein gutes Stück hinabfahren.

Bei den seltenen Gelegenheiten, als sie gezwungen waren, auszusteigen und das Batteau an Hindernissen vorbeizuschieben, machten vereiste Steine den Untergrund trügerisch, aber sie lernten dabei auch etwas. Der kleinere Pasmorte fiel in den Fluss und ertrank nicht, obwohl er fünf Minuten unter Wasser war. Und wenn die Sonne schien, waren beide Pasmortes merklich aktiver, auch wenn Etienne trotz allem sehr schwach und teilweise gelähmt blieb.

Sie kamen mit dem Batteau fast bis Hutmacherburg, versteckten es aber westlich der Stadt und bogen nach Süden ab, um den Ort zu umgehen. Dabei machten sie nur einen Abstecher zu Seth Pflanz und blieben gerade lange genug, um ihm zu sagen, wo sie das Boot verstaut hatten, und dass er es sich holen durfte. Danach zogen sie nach Süden, in der Hoffnung, unterhalb der Großen Fälle den Benjamin zu erreichen. Etiennes Unbeholfenheit bremste sie, also bauten sie eine Schlepptrage für ihn, wobei der Schnee sich sogar als Hilfe dabei erwies, ihn zu ziehen.

Die Gefährten machten einen Abstecher nach Sankt Fortunas, um Kamiskwas Vater von Owens Tod zu unterrichten. Sie schlugen ein eigenes Lager außerhalb des Altashie-Dorfes auf, in dem sie die Pasmortes sicher gefesselt zurückließen. Die Altashie betrauerten Owen in einer ernsten, ehrlichen Zeremonie und vergossen reichlich Tränen. Nur die kleine Agaskan bestand darauf, dass Owen ihre Puppe zurückbringen würde.

Die Zeremonie gestattete den Männern, sich auszuruhen, bevor sie weiterzogen. Wieder unterwegs, wollten sie die restliche Strecke so schnell wie möglich zurücklegen, aber das Wetter spielte nicht mit. Knapp über einen Monat nach dem Aufbruch vom Amboss-See lagerten sie unter den Großen Fällen und entzündeten ein loderndes Lagerfeuer. Sie erlaubten dem kleinen Pasmorte, sich daran zu wärmen. Die Reise hatte ihm schwer zugesetzt, und selbst das Feuer konnte ihn kaum beleben.

Friedensreich Bein sprach schließlich aus, was Nathaniel dachte. »Zischer macht's nicht mehr lang.«

»Nee.«

Die ledrige Haut des kleinen Pasmorte war aufgeplatzt und rissig. Seine Fingerspitzen waren nur noch weiße Knochen, und eine seiner Wangen hing unter der leeren Augenhöhle lose herab. Und aus der Höhle trat etwas aus, fast wie Tränen, nur dass es schwarz war und widerlich stank.

Bein hockte sich neben ihn. »Irgend'ne Ahnung, was er hat?«

Nathaniel schüttelte den Kopf. »Hat gar nichts, außer dass er tot ist un' so.«

Kamiskwa verzog das Gesicht. »Der Wendigo verlässt die Schwachen.«

Etienne lachte. Sein Mund klaffte weit auf und entzog sich offenbar seiner Kontrolle, was es recht schwierig machte, ihn zu verstehen. »Ih' ve'shteht ga' nichtsh. Du Mal'shiash könnt ihn 'eicht recharier'n. De' Mann 'irkt 'under.«

»Is' aber gerade nicht hier.« Nathaniel runzelte die Stirn. »Frag mich, ob die Magie wohl schwächer wird, je weiter er weg ist.«

Friedensreich grunzte. »Das würde Zischers Probleme erklären. Sieht für Euch dann auch nich' gut aus, Etienne.«

Ilsavont lachte und bekam seinen Unterkiefer wieder etwas besser unter Kontrolle. »Er kommt bald genug. Über den Winter lässt er sich die Toten aus Kebeton schicken. Die wird er bis zum Frühjahr eingefroren lassen wie meinen Père. Dann wird er sie auftauen und die Festung fertig bauen. Und danach 'olt er sich Euch. Ihr werdet alle sterben, und dann werdet Ihr ihm ebenfalls dienen.«

Friedensreich schnaubte. »Der Liebe Gott wird wohl verhindern, dass es dazu kommt.«

»Narren. Du Malphias tut für uns, was Euer Gott für seinen Sohn getan hat. Der Unterschied ist, dass du Malphias nicht auf Erlösung aus ist, sondern auf 'errschaft, und die wird er bekommen.«

Am Morgen regte Zischer sich nicht mehr. Sie bauten einen Scheiterhaufen und legten ihn darauf. Friedensreich sprach ein paar Worte, und sie schauten zu, wie der Scheiterhaufen niederbrannte. Das hielt sie einen halben Tag lang auf, aber Nathaniel fand, dass sie Zischer oder zumindest dem Mann, der er einmal gewesen war, dies schuldig waren. Anschließend streuten sie seine Asche in den Fluss.

In zwei Kanus machten sie sich auf den Weg nach Port Maßvoll. Friedensreich übernahm freiwillig das Kanu mit Ilsavont. Sie fesselten den Pasmorte für den Transport und setzten ihn in den Bug. Nathaniel und Kamiskwa fuhren in der Regel ein Stück voraus, aber gelegentlich waren sie nahe genug, um Friedensreich mit dem Ryngen reden zu hören.

»Klingt, als wäre Friedensreich nich' begeistert von Etiennes Gottlosigkeit.«

»Ilsavont die Zunge herauszuschneiden, wäre einfacher, als sein Fluchen zu ertragen.«

»Tja, schätze, der Prinz wird ihm ein paar Fragen stellen wollen.«

Seit Friedensreich sich angeboten hatte, ein Totengebet für Zischer zu sprechen, stieß Etienne einen endlosen Strom von Obszönitäten aus. Die Flüche spannten einen Bogen über mehrere Shedashie-Dialekte, norillisch, tharyngisch und ein paar andere Sprachen, die Nathaniel nicht erkannte. Friedensreich konterte mit Zitaten aus der Schrift, angefangen mit der Schöpfungsgeschichte. Ob er dabei alles korrekt zitierte, konnte Nathaniel nicht unbedingt behaupten. Er war sich zum Beispiel ziemlich sicher, dass kein remischer Gouverneur gedroht hatte, den Heiland zu erschießen. Aber die schiere Begeisterung in Friedensreichs Stimme ließ Nathaniel von entsprechenden Fragen absehen.

Nachts setzte Bein seinen Vortrag fort und meldete sich dafür freiwillig zur ersten Wache. Irgendwann hatte er Etienne dann so weit, dass er Nathaniel anbettelte, ihn umzubringen.

»Ach, ich schätze, du wirst schon sterben, mach dir deswegen mal keine Sorgen.« Nathaniel lächelte. »Prinz Vladimir, das is' ein kluger Mann. Denkt mächtig viel nach. Er wollte, dass wir ihm einen Pasmorte mitbringen, und das tun wir auch.«

»Ihr seid ein Narr, Wald, wenn Ihr glaubt, er wollte wissen, wie man mich umbringen kann.« Etienne wirkte angewidert genug, um zu speien. »Ihr wisst selbst, wie. Den Schädel zertrümmern. Den Kopf abschlagen. Das wisst Ihr von meinem Vater.«

»Wozu will er Euch dann?«

»Um zu erfahren, wie er mehr von mir erschaffen kann.« Der Pasmorte schüttelte den Kopf. »Ihr haltet mich für dumm. Ihr glaubt, ich war schon immer ein Dummkopf, non?«

»Hast nie irgendwas getan, was viel Grips gebraucht hätte.«

»Aber ich 'abe Augen im Kopf, non? Oui. Überall Leute. Leute sterben. ›Was für eine Verschwendung‹, 'eißt es, wenn jemand jung stirbt. Aber du Malphias, er 'at Verwendung für sie. Leute verkaufen ihm ihre Toten. Er kann sie verwenden, um Wälder zu roden und Felder zu pflügen. Wir beschweren uns nicht, wir essen nicht viel, wir schlafen nicht. Und wenn einer von uns ausfällt wie mein kleiner Freund, dann nehmen andere seinen Platz ein.«

»Redet nur weiter, und ich weck' Friedensreich.«

»Aber Ihr wisst, dass ich Recht 'abe. Ein Mann, er kommt 'ier 'eraus, er rodet Land für einen 'of, er bebaut ihn, er schafft sich ein Leben. Das ist gut, oui?«

»Das ist es.«

»Stellt Euch den reichen Mann vor, der die Toten kauft und für sich arbeiten lässt. Wenn der eine Mann eine schlechte Ernte 'at, leidet seine Familie. Er kann die Schulden nicht bezahlen, also kauft der reiche Mann seinen 'of. Er braucht keine Nahrung für seine Arbeiter. Er kann billig verkaufen und macht immer noch Gewinn. Aber das ist nicht das Schlimmste.«

Nathaniels Augen wurden schmal. »Ist das so?«

»Der reiche Mann, er fürchtet nur eine Sache. Den Tod. Und mon Sieur du Malphias kann dafür sorgen, dass er nicht stirbt. Wie viel würden Menschen dafür bezahlen, Wald, eh? Ihr könntet selbst in Versuchung kommen.«

Nathaniel schüttelte den Kopf. »Nicht mit Euch als Beispiel. Ich nehm', was Gott mir gibt, und bin zufrieden damit.«

»Aber so viele andere sind das nicht, mon Sieur.« Etienne lächelte. »Bringt mich zu Eurem Prinzen. Lasst ihn meine Geheimnisse ergründen, und Ihr sorgt dafür, dass die Toten auf ewig über die Lebenden 'errschen werden.«

Damit schien Etienne sein Teil aufgesagt zu haben, was ganz gut war. Es ersparte Nathaniel die Mühe, ihm eine Kugel durch den Kopf zu jagen. Es gefiel ihm gar nicht, was dieser Pasmorte über den Prinzen redete. Nathaniel glaubte kein Wort davon, aber der Rest klang plausibel. Nathaniel fiel es nicht schwer, eine Liste reicher Männer aufzustellen, die bereit wären, sich die Unsterblichkeit zu erkaufen, und Zachariah Wildbau stand auf ihr ganz oben.

Er schmunzelte und klopfte auf seinen Munitionsbeutel. »Schätze, ich werde mir zwei, drei Kugeln für einen guten Zweck zurücklegen.«

Am nächsten Tag setzten sie ihren Weg guter Dinge fort. Obwohl noch immer Schnee am Boden lag, war der Himmel klar, und die Sonne brannte heiß. Der Schnee auf den Bäumen schmolz allmählich, und von Süden her kam eine sanfte, warme Brise. Die Männer zogen die schweren Mäntel aus und benutzten die Paddel nur, um zu steuern. Es genügte ihnen, sich von der Strömung zu Prinz Vladimirs Landgut tragen zu lassen.

Nach zwei Tagen kam die Dampfsäule über dem Wurmstand in Sicht. Als sie um die letzte Biegung glitten, brachte Nathaniel sie auf Kurs direkt zum Landesteg des Gutes.

An Land standen zwei in Mäntel gehüllte Gestalten, und Magwamp schob mit der Schnauze den Schnee vor sich her. Nathaniel hob ein Paddel, und eine der Gestalten zeigte zu den Booten. Kleiner, mit goldenem Haar – das musste die Prinzessin sein.

Neben ihr hob der Prinz die Hände an den Mund. Er rief

etwas, aber der Wind nahm seine Worte mit davon. Vladimir ging hinunter zum Steg.

Der Lindwurm hob den Kopf. Seine Nüstern blähten sich, sein Schwanz zuckte. Dann peitschte das Tier herum. Es war mit zwei schnellen Sätzen am Prinzen vorbei und brach durch das Ufereis. Sein Schwanz schlug aus und spritzte den Prinzen nass. Dann war er verschwunden. Nathaniel suchte den Fluss ab, sah aber nichts, bis der Lindwurm wieder auftauchte.

Magwamp stieg schnell und genau unter Friedensreichs Kanu an die Oberfläche. Die Schnauze des Tieres schleuderte das zerbrechliche Boot in die Luft und zerbrach es in zwei Hälften. Friedensreich fiel nach hinten. Der Pasmorte stieg, sich langsam überschlagend, senkrecht nach oben, beinahe träge, während er vergeblich gegen die Fesseln ankämpfte, die ihn banden.

Und Magwamp, der eine unglaublich lange Zeit in der Luft hing, öffnete das Maul und fraß Etienne Ilsavont mit einem einzigen Bissen.

Dreiundvierzigstes Kapitel

23. November 1763
Des Prinzen Zuflucht
Mäßigungsbucht, Mystria

Vladimir konnte nur ungläubig starren, eine Hand ausgestreckt, als Magwamp den Mann aus der Luft schnappte. Der Körper des Lindwurms drehte sich langsam in der Luft. Sein Schwanz war jetzt ebenfalls außerhalb des Wassers. Magwamp schlug mit dem

Rücken auf, in einer Gischtwolke und einer Welle, die beinahe das andere Kanu zum Kentern gebracht hätte. Aber trotz des Aufschlags war deutlich zu sehen, wie er ein zweites Mal die riesigen Kiefer öffnete und schloss, und wie sich ein großer Klumpen seinen Hals hinabbewegte.

Es war schon früher vorgekommen, dass Lindwürmer ihre Reiter fraßen, wenn man den Berichten glauben durfte. Die betreffenden Reiter waren allesamt böse, widerwärtige Gestalten gewesen, jedenfalls stand es so in den Erzählungen. Es entstand immer der Eindruck, dass sie den Lindwurm zu seiner Tat provoziert und ihr Schicksal dementsprechend verdient hatten.

Dann kam Magwamp wieder an die Oberfläche, einen würgenden Menschen über der Schnauze liegend. Jeden Augenblick erwartete der Prinz die schnelle Kopfbewegung, die den Mann hoch in die Luft schleuderte, gefolgt von einem schnellen Biss. Der Schwanz des Lindwurms schlug aus, und Magwamp jagte ans Ufer. Eine hohe Welle schlug empor, als er aus dem Wasser stieg und geradewegs auf den verschneiten Rasen flog.

Vladimir lief aufgeregt hinüber, schob Gisella hinter sich, beschützte sie mit seinem Körper. »Lauft nicht davon. Er könnte Euch als Beute betrachten.«

Sie klammerte sich an seine Schultern und bebte. »Ja, mein Lhord.«

Magwamp senkte den Kopf und ließ den Mann auf den Boden rollen. Der Lindwurm starrte den Prinzen an. In den großen goldenen Augen stand Neugier. Er stieß den Mann am Boden noch einmal an und drehte ihn auf den Bauch, wo er sich übergab und einen Psalm murmelte.

Vladimir hob eine Hand, war sich nicht sicher, was er jetzt tun sollte, fühlte aber keine Bedrohung. »Was geht hier vor? Was übersehe ich?«

Die Augen des Lindwurms schlossen sich halb, dann drehte er sich um und spazierte zurück zum Wurmstand, den Kopf hoch erhoben. Stolz.

Ist das so, oder will ich es nur so deuten?

Nathaniel und Kamiskwa kamen herbeigerannt, die Waffen in der Hand. Der Altashie kniete neben dem Mann, den Magwamp gerettet hatte. Der übergab sich erneut, dann richtete er sich auf Hände und Knie auf. »Bin nicht dafür gemacht, Flüssiges zu atmen. Wird schon wieder.«

Vladimir schaute zu Nathaniel. »Wen hat Magwamp getötet?«

»Is' nicht so, dass er ihn getötet hätte. Das hab ich schon erledigt. Zwei Mal.« Der Waldläufer schüttelte den Kopf. »Etienne Ilsavont. Er war ein Pasmorte wie sein Vater. Eure Kugel hat wunderbar funktioniert.«

»Ihr müsst mir alles genau berichten. Doch zunächst sollten wir hineingehen und Eurem Begleiter trockene Kleidung beschaffen.«

Mit dem nassen Bart und den triefenden Kleidern erinnerte der riesige Mann an eine halbertrunkene Katze, doch sein Grinsen zeugte von guter Laune. »Schätze, Ihr werdet kaum mehr als ein Laken haben, das mir passt, aber ich wär' Euch dankbar, wenn ich eines ausleihen könnte, bis meine Sachen trocken sind.«

»Unsinn. Mein Vater war von großer Statur. Es steht ein Koffer mit seiner Kleidung auf dem Dachspeicher. Ich bin Prinz Vladimir, um die Gelegenheit zur Vorstellung zu nutzen, und dies hier ist Prinzessin Gisella von Kesse-Saxenburg.«

Die Augen des Hünen wurden weit, dann erhob er sich auf ein Knie und senkte den Kopf. »Erfreut und geehrt, Eure Hoheiten.«

Nathaniel schlug ihm auf die nasse Schulter. »Das hier ist Friedensreich Bein.«

»Ah, der Mann, der am Amboss-See verletzt wurde.«

Friedensreich stand wieder auf. »War nicht der Rede wert, Hoheit. Nur eine Fleischwunde, kein Knochen verletzt.«

Nathaniels Lächeln verblasste langsam. »Am Amboss-See haben wir auch den Pasmorte gefangen.«

»Habt Ihr etwas über Kapteyn Radband in Erfahrung bringen können? Ich habe Jean ausgesandt, um seinen Austausch zu arrangieren.«

»Dafür wird er ein wenig spät kommen, Hoheit.« Wald schluckte hart. »Kapteyn Radband kommt nicht mehr zurück.«

Der Prinz brachte sie ins Haupthaus und ließ Kamiskwa, Nathaniel und Friedensreich allein, um ein großes Feuer im Kamin des Esszimmers anzufachen. Gisella übernahm es, für Speis und Trank zu sorgen. Vladimir schickte Bäcker los, um Magwamp im Wurmstand einzuschließen und zu bewachen. Und Feuer unter dem Heiztank zu machen, da der Abend sich näherte.

Dann stieg er persönlich hoch auf den Dachspeicher, um die versprochene Kleidung zu holen. Er fand die Holztruhe ohne Probleme und öffnete sie. Als Erstes entfaltete er ein Hemd und hielt es empor. Es konnte dem Neuankömmling unter Umständen knapp passen. Er fand auch eine Hose, die sich vermutlich nicht würde schließen lassen, aber das musste genügen. Unter den Sachen fand er noch eine gefaltete Decke, die er ebenfalls herauszog.

Ein kleines Bündel Briefe fiel auf den Boden. Sie wurden von einem Band zusammengehalten, das mit Wachs versiegelt war. Das Siegel trug das Wappen seiner Mutter, und der oberste Brief war in ihrer Handschrift an seinen Vater adressiert. Doch als er das Bündel seitlich durchblätterte, bemerkte er auch Briefe in der Handschrift seines Vaters. Das Papier wirkte alt, und das Datum des obersten Briefes lag vor seiner Geburt.

Er fühlte, wie er rot wurde, ohne zu verstehen, warum, und versteckte die Briefe wieder in der Truhe, bevor er zu seinen Gästen zurückkehrte. Friedensreich Beins nasse Kleidung wurde in die Küche gebracht, um sie zum Trocknen aufzuhängen, während ihr hünenhafter Besitzer in eine Decke gehüllt vor dem Kamin saß, die Füße gefährlich nahe am Feuer.

Gisella und ein Küchenmädchen kamen mit gewürztem Apfelwein und Eintopf, Brot und Käse. Vladimir bot Whiskey an, den Nathaniel dankbar annahm, Kamiskwa und Friedensreich jedoch ablehnten. Sie plauderten, während die Männer aßen, und Gisella erwies sich als hervorragende Gastgeberin. Sobald sie den Eintopf gegessen hatten, brachte sie die Schalen in die Küche und setzte sich dann schweigend neben Vladimir.

Nathaniel berichtete von der Expedition und beschränkte sich ganz auf die wichtigen Fakten – oder zumindest auf die Fakten, von denen er glaunte, dass sie dem Prinz wichtig waren. Er beschrieb den Kampf mit den Pasmortes etwas weniger blutrünstig, als er es bei früheren Gelegenheiten getan hätte, und warf dabei immer wieder einen Blick hinüber zu Prinzessin Gisella, aber Vladimir verstand, warum er das tat, und fand die Informationen faszinierend.

»Ihr sagt, Ilsavont verhielt sich wie das Opfer einer Schüttellähmung? Seine Gliedmaßen zitterten und waren kraftlos?«

»Bis auf sein Mundwerk, das hat bestens funktioniert.«

Vladimir rieb sich das Kinn. »Ich hatte gehofft, das Eisen würde sie töten, aber es genügt auch, wenn es sie nur außer Gefecht setzt. Ich wünschte, ich hätte Gelegenheit gehabt, ihn oder diesen Zischer zu untersuchen.«

Friedensreich schüttelte den Kopf. »Armer kleiner Bursche. Hatte die ganze Zeit nur Angst. Hat ihm aber nichts ausgemacht, eine Weile das Travois zu ziehen.«

»Das ist interessant. Ihr sagt, der Pasmorte hat Eure Befehle befolgt?«

»Ich hab ihn einfach eingespannt und ihm gesagt, er soll mitkommen.«

»Habt Ihr es ihm gesagt, oder habt Ihr es ihm befohlen?«

Bein zupfte sich am Bart. »Wenn ich so nachdenke, hab ich wohl die Stimme ein wenig gehoben.«

»Sehr gut.«

Nathaniel runzelte die Stirn. »Aber Ilsavont jetzt, der hat sich gar nichts befehlen lassen.«

»Nein, das habe ich Eurem Bericht entnommen, und genau das finde ich besonders interessant. Wir wissen, dass diese Pasmortes, oder zumindest einige von ihnen, Magie wirken können. Ilsavont und sein Vater haben beide etwas von ihrer Persönlichkeit behalten und konnten Feuerwaffen benutzen. Ich würde vermuten, dass Euer Zischer dazu nicht in der Lage war. Für komplexe Aufgaben sind Logik und Verstand vonnöten. Befehle zu befolgen aber erfordert allein Gehorsam. Sagt mir, Sires, auf Ehre und Gewissen, hat Zischer irgendein Verhalten gezeigt, aus dem sich hätte schließen lassen, dass sein Verstand über dem, sagen wir, eines Hundes lag?«

»Kann ich nicht behaupten.«

Friedensreich grinste. »Ich würde sagen, wenn er ein Fell gehabt hätte, hätt' ich ihn vielleicht sogar gekrault.«

»Und es gab einen deutlichen Unterschied zwischen ihm und Ilsavont, was den Verfall anging?«

Kamiskwa nickte. »Keiner der niederen Pasmortes war frisch verstorben. Ilsavont fiel, als sie Aodaga gefangen nahmen.«

Vladimirs Augenbrauen näherten sich einander. »Hättet Ihr Ilsavont als Pasmorte erkannt, hätte er es nicht erwähnt?«

Nathaniel blickte nachdenklich. »Schätze nicht, dass ich es gemerkt hätte. Er war rosig und warm und hat nichts verloren – Hautfetzen oder Fingerglieder oder so.«

»Sehr seltsam, und doch frage ich mich …«

Gisella drückte seine Schulter. »Was fragt Ihr Euch, mein Lhord?«

»Nur ein Gedanke. Ich werde darüber nachlesen müssen.« Er hob die Linke und legte sie auf ihre Hand. »Eure Vermutung, die Entfernung von du Malphias könnte einen Einfluss auf die Stärke der Magie haben, ist ebenfalls interessant. Es ist bekannt, dass manche Verzauberungen mit der Zeit nachlassen. Also würde auch die Entfernung als begrenzender Faktor einen Sinn ergeben – obwohl mich die Implikation, dass er Zauber über Distanz wirken kann, beunruhigt.«

Vladimir seufzte. »Und was den anderen Punkt betrifft: Es steht außer Zweifel, dass wir Kapteyn Radband verloren haben?«

»Ihn, jemand, der mit ihm geflohen ist, und sieben Ryngen, soweit wir das erkennen konnten.« Nathaniel senkte den Blick, um dem Prinz nicht in die Augen schauen zu müssen. »Kamiskwa und ich hätten ihm folgen sollen. Ich hatte einfach Angst. Wir haben ihn an den sich windenden Weg verloren.«

Gisella lehnte sich vor. »Bitte, was ist dieser ›sich windende Weg‹?«

»Das ist eine Stelle im Wald. Oder eine Menge Stellen, eigentlich. Man sieht einen Weg, der kein Ende nimmt, und wenn man ihn einmal betreten hat, findet man nicht mehr herunter.«

Sie nickte. »Wir kennen diese Orte. Es gibt sie auch in den kessischen Wäldern. Orte der Dunkelheit. Kinder verschwinden dort. Es heißt, an diesen Orten hausen Teufel. Es gibt Erzählungen über Kinder, die später zurückkehren. Generationen später, ohne sich bewusst zu sein, dass überhaupt irgendwelche Zeit verstrichen ist.«

»Es gibt kein Zurück vom sich windenden Weg.« Nathaniel schaute zu Kamiskwa. »Außer man ist Häuptling Msitazi.«

Kamiskwas Augen wurden schmal. »Mein Freund sagt, er habe Angst gehabt. Dem ist nicht so. Ich sagte ihm, wir können Kapteyn Radband nicht folgen. Er war mutig. Ich war es nicht.«

»Das stimmt doch nicht, Kamiskwa.«

»Du weißt, dass es so war.«

Vladimir hob die Hände. »Sires, niemand zieht Euer beider Mut in Zweifel. Ihr drei habt das Vierfache an Pasmortes und mindestens drei Ryngen getötet. Hätte der Weg an einer tiefen Schlucht geendet, Ihr wärt hinabgesprungen. Der Tod auf dem sich windenden Pfad wäre Euch ebenso gewiss gewesen. Die Geister hier sind nicht so gnädig wie in Kesse-Saxenburg. Und es war nicht Eure Mission, Kapteyn Radband zu retten, sondern Informationen zu sammeln, was Ihr auf bewunderungswürdige Art geleistet habt.«

Er stand auf. »Meister Bein, ich möchte von Euch eine vollständige Aufstellung all dessen, was Ihr bei der Zerstörung Eures Kanus verloren habt. Ich werde alles ersetzen. Ich werde sogar den besten Waffenschmied von Port Maßvoll eine neue Waffe nach Euren Wünschen fertigen lassen.«

Friedensreich schmunzelte. »Nun, Hoheit, ich hab mir schon immer die Art Waffe gewünscht, wie sie Nathaniel mit sich rumschleppt – bloß gewünscht, versteht Ihr, nicht begehrt.«

»Einverstanden. Bis sie fertig ist, dürft Ihr Euch jede Waffe aus meinem Besitz ausleihen.« Vladimir lachte. »Obwohl ich weiß, dass es viel verlangt ist, würde ich Euch drei bitten, so lange Ihr woll, als meine Gäste hierzubleiben. Mindestens für eine Woche. Ich bin sicher, ich werde Fragen an Euch haben und manche Einzelheit bestätigt wünschen.«

Nathaniel nickte. »Schätze, das lässt sich einrichten, bloß sind meine feinen Sachen in Sankt Fortunas.«

»Ich versichere Euch, Sires, Ihr werdet sie nicht benötigen. Wir erwarten in der nächsten Zeit keine weiteren Gäste.«

»Ich werd' den Frosts die Nachricht bringen müssen.« Nathaniel seufzte. »Hab ihnen versprochen, Owen heimzubringen. Ist jetzt auch meine Aufgabe, Ihnen die Wahrheit zu sagen.«

»Einverstanden, doch diese Reise kann warten. Ich benötige Euch hier, und die Informationen, die wir sammeln werden, lassen sein Opfer nicht umsonst sein.«

Am folgenden Tag befragte der Prinz jeden der drei Männer getrennt. Er entlockte ihnen zusätzliche Einzelheiten über die Pasmortes, die er alle in einem Notizbuch festhielt. Die Erklärung, dass sie zu töten waren, indem man ihren Schädel einschlug oder mit einer Kugel zertrümmerte, deutete darauf hin, dass du Malphias etwas im Gehirn dieser Kreaturen anregte, um sie zu reanimieren. Er entschied sich bewusst für diesen Begriff, um sich daran zu erinnern, dass sie nicht lebten.

Er hatte seine Bibliothek durchkämmt und eine interessante Sammlung von Artikeln eines tharyngischen Chirurgen gefunden, der zwei Jahrzehnte zuvor die Armee in den tharyngisch-alandalusischen Krieg begleitet hatte. Er beschrieb in klinischer Genauigkeit die Kopfverletzungen verschiedener Patienten und die Symptome, die damit einhergingen. Das Ganze verband er mit sehr detaillierten Beschreibungen des Sezierens von Gehirnen, in denen er behauptete, die Strukturen entdeckt zu haben, die bestimmte Funktionen steuerten.

Eine, die tief im Innern des Gehirns lag, über dem Hirnstamm, jedoch nicht im höheren Gehirn, identifizierte er als Mirakeldrüse. Er behauptete, diese tief unten gelegene Drüse sei der Teil des Hirns, der den Einsatz von Magie ermöglichte. Sein Buch enthielt eine Reihe von Tabellen, mit denen er zeigen wollte, dass Magienutzer eine größere Mirakeldrüse besaßen als andere, doch die Probe, auf der seine Statistik beruhte, war lächerlich klein. Trotzdem war er von seiner These so überzeugt gewesen, dass er offen dafür plädierte, Verbrechern eine Nadel durch das Ohr zu stechen und diese Drüse zu zerstören. Er versicherte seinen Lesern, dies sei möglich, ohne andere Funktionen mehr als minimal zu beeinträchtigen.

Vladimirs Studien ließen ihn die Pasmortes in zwei Klassen einteilen. Die eine bestand aus solchen mit geringen Fähigkeiten, die erst längere Zeit nach dem Ableben reanimiert wurden. Ihr äußeres Gehirn hatte sich zu diesem Zeitpunkt so weit zersetzt, dass sie über das Befolgen einfacher Befehle hinaus kaum noch zu etwas fähig waren. Falls die Mirakeldrüse aufgrund ihrer Lage zu den letzten Teilen des Gehirns gehörte, die verwesten, ermöglichte das Pasmortes dieser Art.

Die anderen Pasmortes waren offensichtlich zurückgeholt worden, bevor ein über das Oberflächliche hinausgehender Zerfall hatte einsetzen können. Der Prinz ertappte sich dabei, dass er sie als lebend statt nur reanimiert betrachtete. Tatsächlich starben nur die wenigsten Menschen augenblicklich. Der Tod war ein Prozess, der einige Zeit in Anspruch nahm, und es gab reichlich Fälle, in denen man jemanden für tot erachtet hatte, der später bereits im Sarg oder sogar auf seiner eigenen Beerdigung wieder erwachte.

Was, wenn du Malphias diese Personen nicht reanimiert, sondern sie stattdessen von der Schwelle des Todes zurückgeholt hat? Gewisse Einschränkungen ihren Verletzungen gemäß waren zu erwarten.

Der Laureat mochte sie für Anzeichen einer Gehirnschädigung gehalten haben und daraus fälschlicherweise den Schluss gezogen haben, sie seien tatsächlich tot. Es konnte nichtsdestoweniger sein, dass sie durch magische Heilung zurück ins Leben gerufen worden waren. Das war keineswegs undenkbar, auch wenn es äußerst selten geschah und noch niemand jemals eine entsprechende Methode mit einer solchen Gründlichkeit angewendet hatte.

Aber das kann es nicht sein. Ilsavonts Schüttellähmung passte zu einer Verletzung des Rückenmarks, doch keiner der drei Gefährten hatte erwähnt, dass er Schmerzen gehabt oder geblutet hätte. In Verbindung mit den trägen Bewegungen der niederen Pasmortes in der Kälte ließ das auf einen reduzierten Metabolismus schließen. Diese Kreaturen waren also doch nur reanimierte Leichen.

Oder zumindest war Ilsavont eine.

Ein heftiger, von Osten hereinbrechender Schneesturm hinderte Nathaniel daran, nach Port Maßvoll aufzubrechen. Vladimir beneidete ihn nicht darum, die schlechte Nachricht überbringen zu müssen, und nahm sich vor, ihn zu den Frosts zu begleiten. Angesicht der Natur dieses Besuches wartete keiner der beiden voll Ungeduld auf ein Ende des Unwetters.

Der Sturm machte es notwendig, den Heizkessel im Wurmstand rund um die Uhr zu befeuern, und Friedensreich meldete sich freiwillig, dabei zu helfen. »Es ist so. Ich hab gebetet und nachgedacht. Scheint mir, wollte Magwamp mich verspeisen, dann hätte er das schon längst getan. Ich denke, der Herr hat noch was mit ihm und mir vor, also leiste ich Gottes Werk, wenn ich das tue.«

Magwamp seinerseits äußerte sich nicht in theologischen Fragen, nahm Beins Gegenwart aber sehr gelassen. Er spritzte ihn nicht ein einziges Mal voll und schaute jedes Mal auf, wenn der Hüne erschien, um den Prinzen abzulösen. Bäcker berichtete, dass der Lindwurm schmollte, wenn Friedensreich wieder ging, und soweit Vladimir es sich erklären konnte, hoffte er wohl, der große Mann würde ihm noch einen Pasmorte als Appetithappen bringen.

Warum genau der Lindwurm sich auf den reanimierten Leichnam gestürzt hatte, blieb ein Rätsel. Keines der Bücher im Bestand des Prinzen bot eine Erklärung für dieses Verhalten. Im Übrigen hatte Magwamp seine normale Diät wieder aufgenommen und zeigte keinerlei ungewohnte Zurückhaltung beim Verzehr.

Drei Tage nach Ausbruch des Sturms riss der Himmel wieder auf. Als die Stallburschen die Pferde vor die Kutsche des Prinzen spannten, galoppierte ein einzelner Reiter mit dampfendem Ross auf den Gutshof. Er sprang vom Sattel, warf Nathaniel die Zügel zu und fiel auf ein Knie. »Verzeiht mir, Hoheit. Ich komme direkt aus Port Maßvoll.«

Vladimir schnippte mit dem Finger. »Steht auf, bitte. Ihr seid Caleb Frost.«

»Der bin ich, Sire.« Caleb rang nach Atem. »Bitte, Sire, ich habe eine Nachricht. Es geht um Kapteyn Radband, Sire.«

Der Prinz nickte. »Wir wissen es schon.«

Caleb blinzelte überrascht. »Ihr wisst es?«

»Meister Wald brachte uns die Nachricht. Eine furchtbare Entwicklung. Tragisch.« Der Prinz schüttelte den Kopf. »Wir waren gerade auf dem Weg nach Port Maßvoll, um Eure Familie von seinem Tod zu unterrichten.«

»Nein, Sire, das ist es nicht.« Caleb lachte laut. »Kapteyn Radband ist wieder da. Er lebt!«

Vierundvierzigstes Kapitel

Anderswann
Der sich windende Weg

Nach nur einem Schritt auf den sich windenden Weg verwandelte sich die Welt. Das Flüstern des Windes verwandelte sich in das endlose Klirren zerspringenden Glases. Bei jedem Schritt zischte und knackte der Schnee wie Kohlen im Feuer. Wo der Himmel durch die Baumwipfel sichtbar wurde, war er von einem leuchtenden Grau, wie Owen es erst einmal zuvor gesehen hatte, auf der Überfahrt nach Mystria. Die Seeleute hatten zum Horizont gezeigt, waren leichenblaß geworden und hatten angefangen zu beten.

Owen presste den linken Arm fest auf das Loch in seiner Seite. Den rechten legte er über Quarante-neufs linke Schulter. Der Pasmorte stützte ihn mit einem Arm. Owen erinnerte sich an Nathaniel Walds Ermahnung und schloss das linke Auge. »Benutzt nur Euer rechtes Auge.«

Die Stimme des Pasmorte klang lustlos. »Es spielt keine Rolle. Ihre Magie wirkt nicht auf mich.«

Hinter ihnen ertönten Stimmen, gefolgt von zwei weiteren Schüssen. Einer traf Quarante-neuf tief im Rücken. Er grunzte, mehr als Folge des Schlages denn aus Schmerz, drehte sich und schob sich zwischen die tharyngischen Soldaten und Owen Radband. Der lugte an ihm vorbei, während er weiter den sich windenden Weg entlangschlurfte.

Die Tharyngen verteilten sich. Ihre Mienen waren ernst. Ein Offizier bellte Befehle. Die beiden Männer, die gefeuert hatten, luden ihre Musketen mit schnellen, effizienten Bewegungen nach. Doch als sie die Ladestöcke zurück unter den Lauf schieben wollten, wurden sie langsamer. Ihre Entschlossenheit ließ nach, die Angriffslust zerfloss zu Staunen. Sie öffneten die Hände, ließen die Musketen fallen, hatten sie offenbar schon vergessen.

Owen wagte nicht, das linke Auge zu öffnen, um nicht ebenso verführt zu werden wie die Ryngen. Kleine Kreaturen mit dürren Gliedern, aus Zweigen gewoben und mit Moos und Pilzen bewachsen, spielten keck Verstecken mit ihnen. Sie lugten hinter Baumstämmen hervor, und ihr helles Kichern erfüllte die Luft. Die Männer lachten und stürzten stolpernd vorwärts, fielen zu Boden. Sie kamen mit schneebedeckten Gesichtern wieder hoch und lachten noch lauter, in dem speziellen Tonfall, den Männer dafür reservieren, ihre eigene Dummheit vor Frauen einzugestehen, nach denen sie verlangen.

Jede militärische Disziplin war vergessen. Der Offizier verbeugte sich, zog mit weiter Geste den Hut und richtete sich wieder auf. Er bot einer knorrigen Dryade die behandschuhte Hand, dann nahm er das Wesen in den Arm wie eine Herzogin auf einem festlichen Ball in Feris. Sie tanzten, er bemerkenswert gut, wenn man bedachte, dass er Schneeschuhe trug. Seine Männer verteilten sich bei der Verfolgung ihrer eigenen Phantomgeliebten.

»Wir müssen fort von ihnen.« Owen drehte sich wieder nach Süden um und blieb stehen.

Eine weitere Kreatur war aufgetaucht. Während die anderen aus Geäst bestanden, hatte diese einen ausgewachsenen Baumstamm als Körper und kräftige Schößlinge als Gliedmaßen. Wo man Äste erwartet hätte, formten hölzerne Dornen eine Krone. Das Geschöpf saß mit angezogenen Knien vor ihnen, die Arme ausgebreitet. Obwohl es keine Augen hatte, konnte doch kein Zweifel daran bestehen, dass es sie beobachtete.

Worte formten sich aus leisem Murmeln und schienen aus

dem Boden zu steigen. »Ihr kennt die Gefahren und trotzdem kommt ihr. Ihr seht gar nicht dumm aus.«

Owen zog seinen Arm von Quarante-neufs Schulter zurück und richtete sich so gerade wie möglich auf. »Außerhalb des Weges gibt es Dinge, die schlimmer sind als jedes Schicksal, das mich hier erwarten kann.«

»Die Abscheulichkeit.«

Die Kreatur bezog sich auf du Malphias' Festung, und nach kurzer Überlegung verstand Owen auch, warum. Ihre Wände bestanden aus den Knochen dieses Wesens, und ihr Bau fraß sich in sein Reich. Die gedankenlos Befehle ausführenden Pasmortes hatten sich vermutlich bis an Orte vorgegraben, um die Menschen instinktiv einen Bogen geschlagen hätten.

»Der Schöpfer der Abscheulichkeit ist mein eingeschworener Feind.« Owen wählte seine Worte überlegt. Er wusste nicht, wie Quarante-neuf reagieren würde. Er fragte sich, ob du Malphias' Magie auch auf dem sich windenden Weg effektiv war, aber die Anwesenheit des Pasmorte und die Andeutung von Schmerzen in Owens Beinen waren eine deutliche Antwort auf diese Frage. *Oder nicht?* Er spürte die Schusswunde und das Stechen der Nägel deutlicher als die stechenden Schmerzen, die bisher jeden Schritt begleitet hatten.

»Du bist in mein Reich gekommen. Was willst du von mir?«

»Wir wollen nichts.«

Bassnoten schwangen in Owens ganzem Körper. War das Gelächter?

»Menschen wollen immer etwas.«

»Ich will nur heim.«

»Natürlich willst du das.« Das Wesen erhob sich auf ein Knie und ragte hoch über ihnen auf. »Du hast meinen Kindern etwas zum Spielen gebracht.«

Owen schaute sich um, aber außer dem tanzenden Offizier sah er keinen Soldaten mehr. Vom Berghang klang Lachen herüber, und er bereitete sich innerlich auf Schreie des Entsetzens vor.

»Was wird aus ihnen?«

»Kümmert dich das?«

»Es sind Menschen wie ich. Natürlich ist es mir wichtig.«

Wieder brachte dunkles Gelächter Owens ganzen Leib zum Schwingen. »Das sagst du, weil du es für deine Pflicht hältst. Du hältst dich für überlegen, weil du dich über die anderen Tiere erhoben hast. Obwohl diese Menschen versucht haben, dich zu töten, glaubst du, ihr Schicksal muss dir etwas bedeuten, weil sie deinesgleichen sind. Aber in Wahrheit kümmert es dich nicht. Mit ihrem Tod wird auch deine Angst sterben. Gib es zu.«

Owen nickte. »Und sie tun mir leid.«

»Du redest dir ein, es sei Mitleid, Menschling, aber du verschleierst nur den wahren Grund. Schuld. Und das ist es, was euch von den Tieren trennt, euer Schuldgefühl. Eure sinnloseste Emotion, sauer und bitter, und doch habt ihr es euch anerzogen, sie für unausweichlich zu halten.«

Owen verspürte tatsächlich Schuldgefühle. Was die Tharyngen auch immer an Leid und Entsetzen erwartete, sie würden es erfahren, weil er sie auf den sich windenden Weg gelockt hatte. Dabei hatte er sie nicht gezwungen, ihm zu folgen. Sie waren vernunftbegabte Personen, die sich aus freien Stücken entschieden hatten, ihm zu folgen. Sie waren voll verantwortlich für ihr Handeln, und die daraus entstehenden Konsequenzen hatten sie selbst zu tragen.

Das Wesen lehnte sich vor. »Du bist wirklich schlau. Du hast es erfasst.«

Owen schüttelte den Kopf. »Schuld ist nicht nutzlos. Ohne sie würden wir immer wieder furchtbare Dinge tun. Wir hätten kein Gesetz.«

»Ihr wäret wild, wie ihr es einmal wart, und es stünde euch frei, die Welt zu besitzen. Frei, wieder unsere Lieblingsschoßtiere zu sein statt einer Plage, die ausgerottet gehört.«

»Ich verstehe nicht.«

»Nein, du weigerst dich, ein Verstehen zuzulassen.« Das Wesen setzte sich wieder zurück. »Ihr glaubt, das Wesen der Dinge zu verstehen, zu wissen, welche Absicht hinter ihnen steht. In euren Schöpfungsgeschichten weiß der Mensch, dass der Wald, der Garten, schon existierte, bevor er in die Welt trat. Er stellt sich über ihn, um zu verstecken, dass er ihn fürchtet. Es spielt keine Rolle.« Die Arme des Wesens öffneten sich. »Sie werden die größten Freuden und danach die schlimmsten Ängste erleben. Sie werden allein sein, verängstigt, und nachdem wir ihnen alle Gefühle ausgesaugt haben, werden sie sterben. Ihr Fleisch und Blut wird Nahrung für unsere Körper werden, so wie ihre Gefühle es für unsere Seelen sind.«

Owen betrachtete den tharyngischen Offizier und las die reine Freude auf seinen Zügen. Er wendete sich wieder ab. »Es wird nicht schnell gehen, oder?«

»Gnadenlos langsam.«

»Und wir?«

Das riesige Wesen stand auf. »Ich sehe mich in eurer Schuld. Nicht tief genug, um euch freizulassen, aber falls ihr mir einen Dienst erweist …«

»Welchen? Noch weitere anlocken?«

»Das werdet ihr, und noch mehr.« Das Wesen fegte mit einer Geästhand über den Boden und entfernte den Schnee ebenso wie eine Schicht nassen Laubes. Darunter wurde eine ovale Eisschicht sichtbar. »Ich benötige einen Tropfen Blut und deinen Blick in dieses gefrorene Glas.«

Owen nickte.

Das Wesen streckte einen Ast aus und stach ihn auf nicht gerade sanfte Weise in seine Wunde. Owen zuckte zusammen. Das Wesen bot ihm keine Entschuldigung an und ließ einen Blutstropfen auf das Eis fallen. Das restliche Blut wurde, soweit Owen es feststellen konnte, vom Holz aufgesogen, und eine grüne Knospe wuchs an der Stelle.

»Schau hin, Menschling.«

Owen kniete sich neben das durchscheinende Eis und starrte hinab. Es verwandelte sich in einen Spiegel. Einen Pulsschlag lang sah er sich selbst. Struppiger Bart, zerzaustes Haar, tief in den Höhlen liegende Augen. Die Gefangenschaft hatte ihn gezeichnet. Dann wurde das Eis klar. Er sah seine Frau Katherine vor sich stehen und ihn anschauen, mit hasserfülltem Blick.

»Nein, Katherine!« Er streckte die Hand aus, um sie zu berühren, aber seine Finger trafen nur Eis. Es wurde wieder durchscheinend weiß, und der Blutstropfen war verschwunden.

Owen schaute auf. »Sie hasst mich nicht.«

»Du hast nicht gesehen, was ist, sondern was sein wird, aufgrund der Entscheidungen, die du triffst.« Wieder wogte Gelächter durch den Boden. »Ihre Liebe verdorrt, aber du wirst nichts davon bemerken, bis es zu spät ist.«

Owens Eingeweide verkrampften sich. Er hämmerte mit der Faust auf das Eis, versuchte es zu zertrümmern. Weder die Eisplatte noch seine Hand brach, aber beides wäre ihm recht gewesen. Er wollte diese Zukunft unbedingt zerstören, und wenn er sich dabei verletzte, umso besser.

Denn als das Bild sich geformt hatte und er das Gesicht einer Frau hatte sich aus den Schatten schälen sehen, hatte er für einen Pulsschlag, nur einen Pulsschlag, gefürchtet, es könnte Bethany sein. Und als es sich als seine Frau herausstellte, hatte er einen einzigen Pulsschlag lang Erleichterung verspürt.

Quarante-neuf zog ihn wieder auf die Beine, dann drehte er sich zu dem Wesen um. »Wollt Ihr von mir dasselbe?«

»Nein.« Das Wesen streckte den Arm aus und berührte seine Stirn mit der grünen Knospe. Innerhalb von drei Pulsschlägen erblühte die Knospe. Riesige grüne Blätter trieben aus, färbten sich rot und gold und fielen ab.

Quarante-neuf wankte und sank auf die Knie. »Ich verstehe.«

Owen drehte sich um. Die Miene des Pasmorte war zu einer reglosen Maske erstarrt. »Was habt Ihr mit ihm getan?«

»Ich habe einen Prozess beschleunigt, der bereits begonnen hatte.« Das Wesen trat zurück. Ein Weg öffnete sich nach Osten. »Ich kenne euch beide. Ich weiß, eure Leben werden voller Leid sein. Das wird mir gefallen, deswegen lasse ich euch weiterleben.«

Owen half Quarante-neuf auf. »Ihr habt gesagt, was ich sah, sei die Zukunft. Gibt es eine Möglichkeit, sie zu ändern?«

»Ein paar Möglichkeiten, falls du deine Entscheidungen mit Vorsicht triffst. Falls du dich daran erinnerst, was du wirklich bist. Aber das wirst du nicht. Es ist diese Reibung zwischen dem, was du bist, und dem, was du zu sein glaubst, die dir all das Leid bescheren wird.« Lachen stieg aus dem Boden und dem Schnee. »Ihr foltert euch mit solchem Können.«

Das Wesen deutete den Weg hinab. »Geht. Ihr werdet eure Welt anders, aber weitgehend gleich vorfinden. Geht, Söhne Mystrias, in dem Wissen, dass eure Zukunft euch die Freiheit erkauft hat.«

Owen legte den Arm um Quarante-neufs Taille und führte den Pasmorte den Weg entlang. Er sah keine weiteren Dryaden zwischen den Bäumen lauern und machte sich nicht die Mühe, sich umzudrehen. Er wusste, das Wesen wäre verschwunden und mit ihm alle Spuren der Tharyngen. Alles, was ihm vom sich windenden Weg blieb, war die Wahrheit – Leiden –, nicht die Illusion des Friedens.

»Was hat es Euch getan, Quarante-neuf? Was habt Ihr gesehen?«

»Es betrifft Euch nicht, Kapteyn. Wie es selbst sagte, es hat nur beschleunigt, was ohnehin geschah.«

»Sterbt Ihr?«

Quarante-neuf stieß ein kurzes Lachen aus. »Das ist keine Aufgabe, die man zwei Mal erledigen muss. Nein, meine Lebenskraft versiegt nicht.«

»Gut.« Owen blieb stehen und kippte vornüber. »Ich befürchte nämlich, die meine tut es.«

Der Pasmorte richtete sich auf. »Ich trage Euch.«

»Nein, mein Freund, lasst mich nur kurz rasten. Ein paar Schritte noch. Sobald wir über diese Kuppe dort sind, ruhe ich mich aus.«

Quarante-neuf legte den linken Arm um Owen und warf sich dessen rechten Arm wieder über die Schultern. Die Schritte des Pasmorte blieben kräftig, er hielt Owen problemlos aufrecht. Tatsächlich schien er mit jedem Schritt stärker zu werden. Er zeigte keine Spuren von Müdigkeit oder einer Verletzung durch die Schusswunden.

Dann musste Owen lachen. *Das erscheint mir so, weil ich schwächer werde.*

Sie kamen über den Hügel, und wieder veränderte sich die Welt. Ein kräftiger Ostwind schlug ihnen ins Gesicht und brachte eine Ladung nassen Schnees mit. Owen stolperte einen Schritt zurück, in der Hoffnung, sich auf den sich windenden

Weg zu retten, doch der existierte nicht mehr. Statt auf einem Hügel standen sie mitten auf einer Wiese.

»Das verstehe ich nicht.« Owen hielt sich die Hand vors Gesicht. Er musste brüllen, um sich gegen den tosenden Wind verständlich zu machen. »Das kann nicht sein.«

Quarante-neuf lachte. »Wo wir gerade waren, kann nicht sein, Kapteyn. Dieser Ort *ist*. Und glücklicherweise weiß ich, wo wir sind. Kommt.«

Sie gingen weiter. Zumindest ging Quarante-neuf. Er schleppte Owen durch Schneewehen und zwang ihn, in Bewegung zu bleiben, wenn er anhalten wollte. »Das geht nicht, Kapteyn. Ihr werdet erfrieren. Wenn ihr euch nicht bewegt, sterbt Ihr.«

»Das ist ein besseres Schicksal als das, welches ich gesehen. Dass meine Gattin mich hasst.«

»Habt Ihr das wirklich gesehen?«

»Der Ausdruck auf ihrem Gesicht. Meine Schuld.«

»Aber Ihr könnt es ändern. Das hat er gesagt.«

Owen brach zusammen und rollte sich ein. »Ich schaffe keinen Schritt mehr.«

»Und ich kann Euch nicht zu Schaden kommen lassen.«

Owen klopfte dem Pasmorte aufs Bein. »Da spricht nur du Malphias' Magie aus Euch. Rettet Euch selbst. Wenn Ihr mich rettet, bringe ich ihn um.«

Quarante-neuf kniete nieder und hob Owen in seine Arme. »Was ich fühle, ist nicht seine Magie. Es ist die Magie der Freundschaft.«

Wie lange Quarante-neuf ihn so trug, wusste Owen nicht mehr zu sagen. Der Schneesturm verwandelte die Welt in einen zeitlosen, silbergrauen Tunnel. Mit Einbruch der Nacht wurde es kälter. Ohne die Körperwärme des Pasmorte wäre er erfroren.

Endlich setzte Quarante-neuf ihn ab. Owen öffnete die Augen und stellte fest, dass die Umgebung ihm vage vertraut erschien. *Dieser Ort. Das ist das Frost-Haus.* »Woher wisst Ihr?«

Quarante-neuf antwortete nicht. Er stand über Owen und hämmerte an die Tür. Wartete kurz und hämmerte noch einmal. Dann zog er sich die Treppe hinab zurück.

Owen streckte sich nach ihm aus, als er Schritte von der anderen Seite der Türe hörte. »Nein, Ihr könnt nicht gehen.«

Der Pasmorte schüttelte den Kopf. »Ich bin tot, aber ich erinnere mich. Deshalb *muss* ich gehen.«

Die Tür öffnete sich einen Spalt breit, und gelbes Licht fiel hinaus in den Sturm. Quarante-neuf war nur noch ein vager Umriss, der im Schneegestöber verschwand. Schnee füllte seine Fußstapfen, und bis die Frosts Owen ausgezogen, verbunden und zu Bett gebracht hatten, würde nichts mehr darauf hinweisen, dass er jemals dort gewesen war.

1764

Fünfundvierzigstes Kapitel

13. Mai 1764
Regierungshaus, Port Maßvoll
Mäßigungsbucht, Mystria

Prinz Vladimir hatte die lange Wartezeit beim Austausch von Nachrichten mit Norisle immer als Segen empfunden. Die schnellste Antwort auf einen seiner Briefe hatte drei Monate benötigt, um ihn zu erreichen, und sich mit einer ganz und gar unwichtigen Frage beschäftigt. Generell galt: Je wichtiger die Anfrage, desto länger dauerte die Antwort. Und während das auf gründliche Überlegung in den höchsten Ebenen der Regierung hätte hindeuten können, waren die schließlich eintreffenden Erwiderungen in den meisten Fällen von so oberflächlicher Art, dass es nicht so schien, als hätte irgendjemand seine Berichte tatsächlich gelesen oder sich auch nur halbwegs ernsthaft mit einem darin angesprochenen Problem befasst.

Einen Tag nach Kapteyn Owen Radbands wundersamer Rückkehr hatte der Prinz mit ihm geredet. Eine Woche danach war Owen auf das Landgut gekommen und hatte geholfen, das Modell von du Malphias' Festung auf den neuesten Stand zu bringen. Der Prinz hatte einen detaillierten Bericht mit allen bekannten Fakten verfasst – abgesehen von den Details der Flucht Kapteyn Radbands, da diese die Glaubwürdigkeit des

Berichts untergraben hätten – und ihn am zehnten Dezember zusammen mit Koronel Langford zurück nach Launston geschickt.

Und dann hatte er gewartet.

Und gewartet.

Die sporadisch aus Norisle eintreffenden Nachrichten waren nicht gut. Der Krieg gegen Tharyngia verlief schlecht. General Ahab Smalling ließ Lhord Rivendell geradezu als Meister der Kriegsführung erscheinen. Smalling war es gelungen, die wenigen Vorteile, die ihm die Laureaten gelassen hatten, vollständig zu verspielen. Lhord Rivendell hatte durch Gleichgültigkeit geführt. Smalling kontrollierte persönlich jedes winzige Detail. Er verlangte Berichte über den Verbrauch von Pulver und Munition für jeden einzelnen Soldaten und erwartete von den Überlebenden, dass sie diese Angaben für ihre gefallenen Kameraden lieferten. Wer diese Erwartung nicht erfüllte, konnte damit rechnen, ausgepeitscht zu werden. Einschließlich des toten Serjeanten eines bei einem Rückzugsgefecht vollständig aufgeriebenen Trupps.

Einzelheiten dieser Art erfuhr der Prinz natürlich nur aus privater Korrespondenz. Die offiziellen Verlautbarungen lobten die Verlustzahlen. Smalling wurde zum Ritter geschlagen und in Ihrer Majestät Kolonie Xue Vang an der Han-Küste versetzt, wo er vor den Pferderennen und sonstigen Veranstaltungen für die dort lebenden Norillier Paraden der örtlichen Miliztruppen abnehmen konnte.

Der mystrianische Winter war trotz bitterkalter Temperaturen und mehr Schnee als üblich gut zu ertragen. Gisellas Gegenwart war höchst angenehm für Vladimir. Sie erwarb ein Haus in Port Maßvoll, und der Graf ließ sich in der Nähe nieder. Sie lud häufig Gäste ein und erwartete, dass der Prinz ihre Gesellschaften besuchte. Auch andere Freunde erhielten Einladungen, einschließlich Rahel Wildbau, zu der sie eine enge Freundschaft entwickelte.

Owen Radbands Genesung zu beobachten, hatte sich als wahre Freude erwiesen. Als der Prinz ihn nach seiner Rückkehr erstmals wieder sah, hatte er einen entsetzlichen Anblick geboten. Eine Kugel hatte die eine Körperseite komplett durchbohrt, und die Doktoren der Stadt wollten ihn zur Ader lassen, um die Giftstoffe aus seinem Blut zu entfernen. Sie hatten mit aufgebrachter Empörung reagiert, als Vladimir sie entließ und Owen Häuptling Msitazi und den Altashie-Medizinmännern überließ.

Die größten Sorgen bereitete die Magie, die jeden Schritt Owens zu einer Qual machte. Es war Msitazi gelungen, du Malphias' Zauber zu lösen, doch es hatte große Mühe gekostet. Tatsächlich hatte der Altashie-Häuptling erklärt, dazu unter Umständen gar nicht in der Lage gewesen zu sein, wäre du Malphias näher gewesen oder hätte er seinen Bemühungen entgegengearbeitet.

Die Schusswunde hingegen hatte auf die Kräuterumschläge gut reagiert. Kamiskwa und Nathaniel sorgten für reichlich Nachschub an Mogiqua. Da sie gezwungen waren, die Pflanzen unter der Schneedecke auszugraben, hatten sie nicht die volle Stärke, aber es genügte für Umschläge aus den Blättern und einen bitteren Tee aus zerstampften Wurzeln.

Bethany Frost sorgte dafür, dass Owen den Tee auch trank, und wechselte die Verbände. Darüber hinaus hielt sie alle Besucher von ihm fern, deren Anwesenheit Owen ihrer Meinung nach nicht bekommen wäre. Der Prinz führte einen Großteil der Genesung des Kapteyns auf ihre Gegenwart zurück. Gemeinsam mit dem Rest der Familie Frost betreute sie ihn gewissenhaft.

Doktorus Frost gestattete Owen Zugang zu seiner Bibliothek, und selbst Caleb behandelte ihn anständig.

Innerhalb von zwei Wochen hatte Owen sich weit genug erholt, um am Stock gehen zu können. Inzwischen, Mitte Mai, musste man schon genau hinschauen, um sein Humpeln noch zu bemerken, und selbst das zeigte sich erst nach einem langen Tag. Gelegentlich sah der Prinz noch Schmerzen auf den Zügen des Soldaten, die aber mit einem Sud aus Weidenkätzchen schnell zu lindern waren. Vladimir bewunderte, wie der Mann sich selbst antrieb, das verlorene Gewicht zurückerlangte und sich weigerte, seine Schwäche hinzunehmen.

Kamiskwa und Nathaniel hatte der Prinz nur kurz gesehen. Das war nicht weiter verwunderlich, da beide bei den Altashie überwinterten und mit Msitazi nach Sankt Fortunas zurückgekehrt waren. Vladimir ging davon aus, dass Zachariah Wildbaus Anwesenheit in der Stadt ein Treffen Walds mit Rahel so gut wie unmöglich machte. Bei den gelegentlichen Besuchen auf dem Landgut brachten sie in der Regel nützliche Neuigkeiten, wie die über ein tharyngisches Schiff, das versucht hatte, über den Silberfluss zum Lac Verleau zu segeln. Ein Schneesturm hatte es bei Fort Dufresne am östlichen Ende des Lachssees auf eine Sandbank getrieben. Bevor die Mannschaft es wieder hatte flottmachen können, war der See zugefroren, und das Eis hatte den Rumpf eingedrückt. Den größten Teil der Fracht hatten die Ryngen zwar gerettet, doch falls die Fracht für du Malphias bestimmt gewesen war, würde sie sehr lange brauchen, um ihn zu erreichen.

Auch im Frühjahr arbeitete das schlechte Wetter gegen den Laureaten und seine Festung. Der Silberfluss führte ungewöhnlich lange Eis, und Verstärkungen aus Kebeton oder Tharyngia mussten notgedrungen warten. Hochwasser durch die außergewöhnliche starke Schneeschmelze in den Bergen hatte die Hafenanlagen in Kebeton beschädigt und die Weizenernte des Frühjahrs zerstört. Für Neu-Tharyngia hatte das Jahr nicht gerade vielversprechend begonnen.

Wären bis April Truppen oder Befehle aus Norisle eingetroffen, wäre ein Feldzug mit der Chance, die Festung einzunehmen, möglich gewesen. Der Prinz hatte Milizeinheiten ausgehoben und Major Forst den Befehl über sie erteilt. Er musste in Kürze aus Feenlee eintreffen, an der Spitze einer Einheit der berühmten dortigen Scharfschützen. Vladimir war entschlossen, auf eigene Faust loszumarschieren, falls er bis Ende Mai nichts aus Norisle hörte.

Doch dann war Anfang Mai ein schnelles Postschiff eingetroffen und hatte die Ankunft einer Flotte angekündigt. Aus Sicherheitsgründen war die Nachricht äußerst vage gehalten, aber der Prinz befolgte die darin enthaltenen Anweisungen trotzdem. Und so kam es, dass er in Port Maßvoll blieb und sogar Bäcker das Festungsmodell ins Regierungshaus bringen ließ, damit er dem befehlshabenden General der Expeditionsstreitmacht, wer auch immer das sein mochte, alle notwendigen Informationen zukommen lassen konnte.

Ein Bürodiener fand den Prinzen über das Modell gebeugt. »Hoheit, Meldung von der Landspitze: Die IMS *Unermüdlich* wird heute Morgen den Hafen erreichen.«

Endlich. »Sehr schön, Meister Kerzenzieher. Ich danke Euch.«

»Bitte um Verzeihung, Hoheit, aber werdet Ihr das Schiff im Hafen willkommen heißen, oder wollt Ihr den Kommandeur hier empfangen?«

»Schickt ihm meine Kutsche. Und bittet Graf von Metternin und Kapteyn Radband her.«

»Jawohl, Syre, sehr wohl, Syre.«

Vladimir begab sich mit einem Fernrohr auf den Laufsteg um das Dach und musterte das Schiff. Es war nur mit einem Segel in den Hafen eingelaufen und hatte weit vor den Kais Anker geworfen. Das überraschte ihn, denn falls der Kommandeur keine besonderen Gründe hatte, seine Truppen an Bord zu behalten, hätte er auf direktem Wege den Kai anlaufen müssen. Die Signalflaggen zeigten keine Krankheit an Bord an, was immerhin ein gutes Zeichen war. Das wäre das Letzte gewesen, was sie hätten gebrauchen können. Eine Epidemie, die Mystrianer tötete und die Truppen dezimierte, wäre ein furchtbares Omen.

Als er zurück ins Büro ging, wartete dort bereits Graf von Metternin. Der Kesse trug eine hellblaue Uniform, über die er eine rote Schärpe mit Orden und einem schweren Kavalleriesäbel gezogen hatte. Seinen Hut hatte er auf einen Stuhl gelegt. Der kecke Federbusch war einer Truthahnfeder gewichen.

Sie tauschten einen Händedruck, und von Metternin lächelte. »Ich dachte mir, es würde uns nur helfen, wenn ich angemessen gekleidet bin.«

»Um ehrlich zu sein, hatte ich gehofft, man würde uns jemanden schicken, der nicht allzu beeindruckt von Orden und Uniformen ist.« Vladimir seufzte. Er wollte einen kompetenten Befehlshaber, der in der Lage war, du Malphias zu besiegen, und keinen gleichgültigen Edelmann, den nur seine Karriere interessierte.

»Es erstaunt mich, dass Ihr das Wörtchen ›uns‹ benutzt, Graf von Metternin.«

»Tatsächlich?« Der Kesse schmunzelte. »Euer Mystria gefällt mir. Ich finde die Offenheit und Ehrlichkeit hier erfrischend und stehe bereit, zu tun, was mir möglich ist, um diesen ganz besonderen Ort zu erhalten, um seiner selbst willen ebenso wie für die Prinzessin.«

»Gut, ein … Gebiet wie Mystria braucht gute Männer.« Vladimir drehte sich dem Modell zu, um seine Überraschung zu überspielen. Fast hätte er ›Land‹ gesagt. Schon die Andeutung, Mystria könnte eines Tages unabhängig werden, war Verrat. Der Prinz erklärte es sich damit, dass er bereits ohne Genehmigung aus Norisle die Miliz ausgehoben hatte. Er war bereit gewesen, den tharyngischen Außenposten eigenmächtig anzugreifen. Bei einem Erfolg hätte man den Angriff als norillischen Triumph gefeiert, und einen Fehlschlag einzig und allein den Mystrianern angelastet.

»Euer Gebiet bringt starke Menschen hervor.« Von Metternin ging mit langsamen Schritten um das Modell. »Ihr mögt das nicht bemerken, aber ich schon. Männer wie Nathaniel Wald, zum Beispiel. Wisst Ihr, was er in Auropa oder Norisle wäre?«

Vladimir grinste. »Ein Strauchdieb?«

»Durchaus möglich. Sicherlich wäre er nicht der Vertraute eines Prinzen. Alle nur irgendwie verfügbaren Kräfte würden zum Einsatz kommen, um ihn an seinem Platz zu halten. Er könnte sich wohl als Soldat verpflichten und wäre ohne Zweifel ein guter Kämpfer, aber auch nur den Rang Kapteyn Radbands zu erreichen, das wäre für ihn undenkbar. Und es wäre undenkbar, weil Männer wie ich, die Edelleute, gezwungen wären, ihn zu vernichten, sollte er es durch Leistung so weit bringen. Seine Existenz bedroht das System, auf dem unsere Position beruht.«

»Das klingt für meine Ohren, als hieltet ihr Edelleute für nichts Besonderes.«

»Ihr irrt Euch. Ich bin überzeugt davon, dass viele es sind. Ich bin es, Ihr seid es, und es gibt noch zahlreiche weitere Beispiele. Doch ich frage mich, ob jemand wie Meister Wald nicht noch herausragender sein könnte, hätte er die uns zur Verfügung stehenden Möglichkeiten. Er ist ein äußerst kluger Mann, obwohl er nicht lesen kann. Wie viel mehr könnte er verstehen und leisten, wäre er dazu fähig?«

Der Graf deutete auf das Modell. »Glaubt Ihr nicht, dass Wald und seine Freunde den Versuch unternommen hätten, Kapteyn Radband zu befreien, wäre er nicht schon vorher geflohen?«

»Durchaus möglich.«

»In Kesse-Saxenburg würde ein Mann, der sich einem direkten Befehl widersetzt, für vogelfrei erklärt. Außer natürlich, er hätte damit Erfolg. Dann würde man ihn nur in eine Situation bringen, die es ihm unmöglich macht, jemals wieder einen Befehl zu missachten. Was nicht heißen soll«, bemerkte der Graf amüsiert, »dass Mystria frei von politischen Winkelzügen ist. Nur verfügen deren Nutznießer nicht über jahrhundertealte Familientraditionen, Gedächtnisse und Fehden als Leitfaden.«

Kerzenzieher erschien im Eingang des Büros. »Prinz Vladimir, ich habe die Ehre, den Militärgouverneur Ihrer Majestät anzukündigen, John Lhord Rivendell.«

Rivendell! Im ersten Moment gelang es Vladimir, seine Überraschung zu überspielen, dann trat Rivendell auch schon durch die Tür. Er hatte einen älteren Mann erwartet, gedrungen, mit Halbglatze, auf einen Gehstock gestützt. Stattdessen trat ein erheblich jüngerer Mann ein, gekleidet in eine Uniform aus rotem und goldenem Satin, mit schwarzen Schuhen und goldenen Schnallen, roter Kniehose und Weste, weißem Hemd und Strümpfen. Er trug einen Stock, aber als Offiziersstab, nicht zu irgendeiner realen Verwendung. An seinem Hut steckten zwei Federn, beide unglaublich lang, und das Hemd hatte Manschetten und einen Kragen aus feiner Spitze.

Er hatte ein langes Gesicht und war bis auf ein Kugelbäuchlein schlank von Statur. Knapp hinter der Tür blieb er stehen, zog in grandioser Geste den Hut und verbeugte sich sehr tief, den linken Fuß vorgeschoben. Als er sich wieder aufrichtete, stand ihm ein Grinsen auf dem Gesicht, so breit, dass es fast die Ohren berührte.

Er stieß ein kurzes, bellendes Lachen aus. »Ich habe Euch gesagt, dass sie überrascht sein werden, Langford. Habe ich nicht Recht? Habe ich nicht Recht? Das sind drei Kronen, die Ihr mir schuldet.«

Koronel Langford trat aus seinem Schatten. »Ja, Euer Lhordschaft.«

»Ihr könnt mich aus Euren Whistgewinnen bezahlen. Aber dass Ihr mir nicht noch einmal betrügt, wenn Ihr die Punkte aufschreibt. Ich liebe das Spiel, wisst Ihr, aber dieses Festhalten des Punktestands ist mir zu eintönig.« Rivendell kehrte dem Prinzen den Rücken zu. »Ihr habt meinen Vater erwartet, als Ihr den Namen hörtet. Ein jeder tut das. Ist im Januar gestorben, wie es sich ergibt. Der Herr gebe seiner Seele Frieden. Keine Sorge, es hätte schlimmer kommen können. Man hätte Euch Smalling schicken können. Seht Ihr ihre Gesichter, Langford, sie wissen, welch ein Glück sie haben, mich hier zu sehen.«

»Ja, mein Lhord.«

Rivendell klopfte mit dem Stock auf den Boden. »Eure Sorgen sind vorüber. Natürlich habt Ihr das Buch meines Vaters gelesen. Ich war über Jahre ein Teil seines Stabes. Ich bin ebenso fähig wie er, mehr noch sogar, wage ich zu behaupten. Ein Großteil Villerupts war meine Leistung, als die Gicht ihn ans Bett fesselte.«

»Herzlich willkommen, Lhord Rivendell.«

»Nennt mich Johnny. Alle Truppen tun es, selbst noch, nachdem ich sie habe auspeitschen lassen. Sie sollen spüren, dass ich mich um sie kümmere, versteht ihr.«

»Verstehe.« Vladimir zwang sich zu einem Lächeln. »Ich möchte Euch Graf Joachim von Metternin vorstellen.«

»Wir leisten jetzt dem Feind Gesellschaft, ja?« Rivendell lachte laut auf. »Behaltet ihn hier im Auge, Langford, so wie Ihr es bei Planchain hättet tun sollen. Das ist gut. Ihr kennt meinen Adjutanten, Sires, Koronel Langford. Ein äußerst nützlicher Bursche. Meine Güte, was haben wir denn hier?«

Vladimir trat beiseite. »Das ist du Malphias' Festung. Wir haben sie nach den Karten und Zeichnungen in meinem Bericht nachgebaut.«

»Oh, sehr gut. Kapital.« Er schaute sich zu Langford um. »Wusstet Ihr davon?«

»Ja, Euer Lhordschaft. Ich habe es erwähnt.«

»Habt Ihr? Sehr schön. Das ist auch Eure Aufgabe, nicht wahr? Nicht wahr?«

Vladimir runzelte die Stirn. »Lhord Rivendell ...«

»Johnny.«

»Johnny, Ihr habt den Bericht gelesen, den ich nach Launston schickte?«

»Gelesen? Nein, nein, nein. Für so etwas habe ich wirklich keine Zeit.« Rivendell drehte sich halb um und setzte Langford den Stock auf die Brust. »Für so etwas habe ich Simon hier, nicht wahr? Er hat ihn gelesen. Hat mir alles mitgeteilt, was ich wissen muss. Wir haben die Situation völlig im Griff.«

»Wirklich.« Vladimir schaute zu von Metternin. Die Miene des Kessen war vollkommen ausdruckslos. »Verfügt Ihr über irgendwelche Informationen, welche Art Truppen Tharyngia in Marsch gesetzt hat, um die Festung zu bemannen?«

»Diese, diese hier?« Rivendell musterte sie aus der Nähe, dann richtete er sich wieder auf. »Ich glaube, wir haben irgendwelche Dokumente, nicht wahr, oder kommen die auf den anderen Schiffen?«

»Auf den anderen Schiffen, mein Lhord.«

»Sehr schön, Ihr seid bestens im Bilde, Langford. Schön, wieder daheim zu sein, nicht wahr? Wir werden Eurer Gattin nicht verraten, was Ihr in Launston getrieben habt, nicht wahr? Nein, das werden wir nicht.« Rivendell lachte den Prinzen an. »All diese Militärsachen kommen auf den anderen Schiffen, zusammen mit den Truppen. Wir sind mit dem Nachschub gekommen, versteht Ihr. Waffen, Pulver, Feuersteine.«

Vladimir stieß einen Seufzer aus, und es war ihm egal, dass Rivendell es sah. »Dann seid Ihr hier, um den Feldzug vorzubereiten, aber Ihr werdet die Expedition nicht anführen?«

»Werde ich das nicht? Werde ich das nicht?« Der norillische Edelmann runzelte die Stirn. »Langford, das ist mein Kommando, nicht wahr?«

»Ja, Sire.«

Vladimir zwang sich erneut zu einem Lächeln. »Ich will Euch ganz bestimmt nicht zu nahe treten, Johnny, doch ich hätte erwartet, man hätte einen erfahreneren Offizier mit dieser Aufgabe betraut.«

»Um irgendeinen ryngischen Trottel mitten in gottverlassener Wildnis aus dem Weg zu räumen? Nicht doch. Ich muss sagen, als Euer Bericht eintraf, gab es beinahe eine Panik in der Reitergarde. Wirklich, Hoheit, es war nicht vonnöten, Euren Bericht aufzuhübschen mit Erzählungen, du Malphias sei ein Nekromant, der eine Legion der Toten gegen uns aufgestellt hat. Dabei weiß jedes Kind, dass so etwas nicht möglich ist. Hat natürlich eine Weile gedauert, das deutlich zu machen, aber schließlich haben sich die gelassenen Köpfe durchgesetzt und die Wahrheit erkannt.«

Vladimir verschränkte die Hände im Rücken. »Ich fürchte, Lhord Rivendell, der Bericht entsprach der Wahrheit. Du Malphias verfügt über mindestens ein Bataillon dieser Pasmortes.«

»Tatsächlich?«

»Tatsächlich.«

»Habt Ihr jemals einen gesehen?«

Vladimir zögerte. »Das habe ich. Männer in meinen Diensten haben einen Gefangenen auf mein Gut gebracht.«

»Habt Ihr ihn noch? Ich habe gehört, Ihr seid arg an Studien interessiert, wie die Ryngen sie betreiben. Sicherlich habt Ihr ihn zerlegt und auf Flaschen gezogen?«

Der Prinz senkte den Blick. »Nein. Mein Lindwurm hat ihn gefressen.«

Rivendell hielt sich den Bauch vor Lachen und krümmte sich. »Euer *Lindwurm* hat ihn gefressen. Oh, ausgezeichnet. Langford, den merkt Euch. Ich muss ihn den anderen erzählen, wenn sie eintreffen. Sein Lindwurm hat ihn gefressen.«

Die Wangen des Prinzen wurden heiß. »Ungeachtet dieses Missgeschicks habe ich Zeugen. Ihre Aussagen waren Teil meines Berichts. Ich kann sie Euch vorführen.«

»Aber, aber, Hoheit, ich mache Euch keinen Vorwurf daraus, dass Ihr auf diese Bauern hereingefallen seid. Sie sind von minderwertigem Geblüt, nicht wahr? Das Lügen liegt in ihrer Natur. Sie konnten nicht erklären, warum sie vor ein paar rüpelhaften Ryngen davongelaufen sind, also haben sie Ungeheuer aus ihnen gemacht. Dass Ihr es ihnen glaubt, spricht für Euer Herz, Sire, und ich beglückwünsche Euch dafür. Aber es gibt keinen Grund, Euch noch Sorgen zu machen, jetzt, da Johnny Rivendell eingetroffen ist.«

Er schaute sich zu seinem Adjutanten um. »Das ist gut, Langford, notiert Euch das für das Buch.«

»Das Buch?«

»Ja, Hoheit. Ich werde ebenfalls eines verfassen, wie mein Vater es tat, sobald wir uns um diese Festung hier gekümmert haben.« Er senkte die Stimme. »Aber Ihr seid nicht allein in Eurer Besorgnis. Mancher in der Reitergarde fand, ich bräuchte einen Ratgeber. Richard Ventnor, der Herzog Todeskamm, folgt mit den Truppen. Und seine Gespielin, eine wirklich Hübsche ist das. Seine Nichte dazu, aber nicht, dass sich das herumspricht.«

Vladimir blinzelte. »Seine *Nichte?*«

»Aber nein, nicht, was Ihr denkt, Hoheit.« Rivendell verzog spöttisch den Mund. »Eine angeheiratete Nichte, keine Blutsverwandte. Katherine Radband. Sie hält ihn warm in der Nacht.«

Sechsundvierzigstes Kapitel

13. Mai 1764
Regierungshaus, Port Maßvoll
Mäßigungsbucht, Mystria

Ich bin sicher, Sire, Ihr befindet Euch im Irrtum.«

Lhord Rivendell drehte sich, immer noch breit grinsend, zur Türe um. »Nein, das bin ich nicht.«

Owen warf Kerzenzieher einen Blick zu, der ihn zurückweichen ließ, und trat in den Raum. »Die Frau, von der Ihr sprecht, ist meine *Gemahlin*. Ich bin sicher, Ihr befindet Euch im Irrtum, Sire.«

Langford, der bei Owens Anblick bleich geworden war, schob sich zwischen den Soldaten und Lhord Rivendell. »Wie schön, Euch wiederzusehen, Kapteyn Radband.«

Owen spießte ihn mit einem Blick auf. »Falls Ihr nicht plant, den Platz Lhord Rivendells in einem Ehrenhandel einzunehmen, Koronel, schlage ich vor, Ihr macht Platz.«

Graf von Metternin zog einen seiner Handschuhe aus und reichte ihn Owen. »Falls Ihr einen Sekundanten benötigt, Kapteyn, wäre es mir ein Vergnügen, diese Funktion zu übernehmen.«

Owen streckte die Hand nach dem Handschuh aus.

Rivendells Grinsen verblasste. »Könnte sein, dass ich mich irrte, Sire. Könnte durchaus sein. Die Seereise, ihr versteht, belastet die Sinne. So ist es doch, Langford, nicht wahr? Nicht wahr?«

»Ja, mein Lhord.« Langford nickte enthusiastisch. »War Todeskamms Hure nicht eine Gräfin aus Alandalus? Dunkles Haar, blaue Augen, feuriges Temperament? Eine große Frau.«

»Ich muss sagen, ich glaube wirklich, das war sie, Sire.« Rivendell verbeugte sich in Owens Richtung. »Ich bitte Euch um Vergebung, Sire, tief und aufrichtig.«

Owen ließ die Hand sinken. »Angenommen. Die Entbehrungen der Reise, ich verstehe.«

Als Rivendell sich wieder aufrichtete, hatte sich seine Laune grundlegend geändert, und Owen lief es eiskalt den Rücken hinunter. Er war dem jüngeren Rivendell nie zuvor begegnet, aber er hatte schon von ihm gehört. Rivendell führte gerne aus der Etappe, hasste es, in Reserve gehalten zu werden, befolgte Befehle nur, wenn es ihm gefiel, und ließ sich von seinem Vater schuldlos erklären, wenn er wieder einmal ein Desaster verursacht hatte. Er trieb Samstag Unzucht, besuchte sonntags die Messe und verbrachte den Rest der Woche damit, Intrigen zu schmieden.

Rivendell ging um das Modell herum und zwang Prinz Vladimir und den Grafen, ihm Platz zu machen. Owen stellte sich an die Nordostecke der Festung und rührte sich nicht, als er näher kam. Der neue Militärgouverneur wurde langsamer, dann hob er die Hand und klopfte sich mit einem Finger auf die Zähne.

»Ein formidables kleines Stück Nirgendwo, nicht wahr?« Rivendell deutete mit einer Kopfbewegung auf die kleine Festung am Südwestufer des Flusses. »Erst einmal, erst einmal, sage ich, nehmen wir das dort ein. Die Mauern bieten uns Deckung, unser Hauptquartier können wir in dem Bauernhof dort aufschlagen … Stimmt etwas nicht, Kapteyn?«

»Genau dort will du Malphias, dass Ihr angreift. Das ganze Areal lässt sich überfluten. Er wird der Festung eine Garnison aus Pasmortes geben. Euer Hauptquartier läge in Mörserreichweite der kleinen Festung.«

»Und das wisst Ihr woher, Kapteyn?«

»Ich habe die Situation studiert, während ich du Malphias' Gefangener war.«

Rivendell nickte. »Koronel Langford hat es erwähnt. Eine heldenhafte Flucht und all das, nachdem er Euch gestattet hatte, die Festung nach Belieben zu erkunden.«

»Ich war nicht als sein *Gast* dort.« Owen schob das Kinn vor. »Er hat mich gefoltert.«

»Das hat er gewiss, Kapteyn. Das hat er gewiss. Und dann ließ er Euch entkommen, damit Ihr uns eine Lügengeschichte erzählt. Er hat Euch keine Ketten angelegt, er gab Euch einen

Begleiter, der Euch beistand und bei der Flucht geholfen hat – obwohl ich Langfords Annahme teile, dass weder der Begleiter noch die Flucht wirklich existiert haben.«

»Ich bin nicht geflohen, Sire.«

»Nein, natürlich nicht. Ihr wurdet von ryngischen Händlern in Port Maßvoll abgeliefert. Betäubt, vermute ich. Ihr *glaubt*, Ihr wäret geflohen. Da niemand Eure Geschichte bestätigen kann, muss ich annehmen, dass sie nicht stimmt.«

Owens Miene verdüsterte sich. »Ihr stellt meine Ehre in Frage, Sire.«

»Ach, Kapteyn Radband, es besteht kein Anlass für Euch, so empfindlich zu sein. Es ist nicht Eure Schuld, dass ihr dem Feind unter der Folter alles verraten habt. Ich verstehe Euer Entsetzen, und dass es die Scham über diese Schande ist, die Euch dazu bringt, über Eure Erfahrung die Unwahrheit zu sagen, doch solltet Ihr Euch diese Frage stellen: Wäret Ihr an meiner Statt, würdet Ihr eine derart haarsträubende Erzählung ohne Bestätigung glauben?«

Prinz Vladimir trat einen Schritt näher. »Ich habe Euch angeboten, Zeugen beizubringen, Johnny.«

Rivendell wedelte den Vorschlag beiseite. »Einen Kolonisten und seinen treuen Begleiter. Angemessenes Futter für hysterische Romanzen, aber nicht angemessen, um die militärische Wissenschaft darauf zu stützen. Und ich bin bewandert in der militärischen Wissenschaft. Ich habe das Buch geschrieben. Gut, ich bin dabei, das Buch zu schreiben. Langford hat es gelesen. Guter Stoff, nicht wahr?«

»Ja, mein Lhord.« Langford lächelte höflich. »Es deckt alles ab, was Ihr von Villerupt gelernt habt, und noch mehr.«

»Und mehr, seht Ihr.« Rivendell lachte fröhlich. »Dieser Feldzug wird die Vollendung meines Werkes. Die Krönung meiner Laufbahn, zumindest bis zur nächsten. Oh, das ist gut. Notiert das, Langford.«

Vladimir neigte den Kopf. »Vielleicht wäret Ihr so freundlich, Johnny, uns mitzuteilen, was Euch dieses Modell sagt.«

»Aber selbstverständlich. Passt gut auf, Sires, und lernt. Selbst Ihr, von Metternin. Ihr werdet dankbar sein, nicht noch einmal gegen uns antreten zu müssen.« Rivendells Stock hob sich. Die Spitze deutete auf die Nordwand der Festung. »Formidable Befestigungen hier, mit Kanonen nicht einzureißen. Sehr viel offenes Gelände und Hindernisse. Der Fluss deckt natürlich seine südwestliche Flanke, doch hat er sich mit dieser Befestigung zu weit vorgewagt. Dies ist offensichtlich sein schwacher Punkt. Die Klippen am Seeufer sind unangreifbar.«

Der Prinz deutete ins Herz der Festung. »Und die internen Verteidigungsstellungen?«

Rivendell zuckte die Achseln. »Sind ohne jede Bedeutung. Ihr dürft nicht vergessen, dass dies Tharyngen sind. Sobald wir sie bombardieren, werden sie sich ergeben. So ist es jedes Mal.«

Owen machte ein überaus skeptisches Gesicht. *Villerupt habe ich ganz anders in Erinnerung*.

Vladimir nickte und verschränkte die Hände auf dem Rücken. »Und wie viele Männer habt Ihr für diese Aufgabe mitgebracht?«

»Eine ausgezeichnete Frage. Zwei Regimenter. Zwei Linienregimenter.«

Der Prinz seufzte. »1800 Mann.«

»Nein, ein berittenes Regiment, also sind es eher 1350, vorausgesetzt, sie haben die Überfahrt alle überlebt, ja? Ach ja, und eine Kompanie Kanonen. Das muss sein.« Rivendell lächelte zuversichtlich. »Ich habe die Einheiten persönlich ausgewählt. Kommandeure, die ich selbst als Schulkameraden hatte, alles ganz großartige Gesellen. Dies wird mehr als genug sein, das versichere ich Euch.«

»Eure Zuversicht freut mich.« In Vladimirs Stimme klang Verärgerung mit, doch sein Gesicht verriet nichts davon. »Ich sollte Euch informieren, dass ich ein Regiment hiesiger Miliz ausgehoben habe, Kompanien aus Sommerland, Gottesgaben, Mäßigungsbucht, Schwarzforst, Eichenland und Königinnenland. Darüber hinaus führt Major Forst eine Kompanie Feenlee-Scharfschützen her, und wir werden sie mit Männern aus dem Norden verstärken.«

»Gut, wir werden Pferdeknechte und dergleichen benötigen. Ausgezeichnete Planung von Euch.«

»Wenn Ihr mir gestatten würdet auszureden, Johnny.«

»Aber in jedem Fall, Hoheit.« Rivendell setzte zu einer erbeuten tiefen Verbeugung an, doch hätte er sich dabei das Gesicht am Festungsmodell angeschlagen, daher brach er die Geste ab und winkte stattdessen großzügig.

»Des weiteren verfüge ich über eine Kompanie Holzfäller und Pioniere, die in der Lage sein werden, Eure Truppen zu verstärken.« Der Prinz drehte sich um und ging zu seinem Schreibtisch, auf dem er die Karte des Amboss-Sees ausgebreitet hatte. »Wie ich bereits in meinem Bericht festgehalten habe, besteht die erfolgversprechendste Strategie für uns darin, hier, am Abfluss des Tillie, eine eigene Festung zu bauen.«

Rivendell schmunzelte, ohne sich die Mühe zu machen, sich der Karte zu nähern. »Das mag so erscheinen, Hoheit, doch Verteidigungskriege lassen sich nicht gewinnen. Man muss sie hart und noch härter treffen, so erringt man den Sieg. Wir werden zum ersten Juni dort sein, und zum ersten Juli wieder hier.«

Vladimir starrte ihn an. »Ist das Euer Ernst?«

»Absolut.«

Die Augen des Prinzen wurden schmal. »Lasst mich rekapitulieren, Johnny, um sicherzugehen, dass ich Euch richtig verstanden habe. Ihr habt meinen Bericht nicht gelesen. Langford hat Euch Auszüge vorgelesen, und die Teile, die Euch nicht gefielen, habt Ihr verworfen. Ihr habt zu wenige Männer dabei, und von denen ist ein Drittel Kavallerie, die in der Wildnis wertlos ist. Ihr erwartet, eine Reise von sechs Wochen in zwei Wochen zurückzulegen, ungeachtet des völligen Fehlens irgendwelcher Straßen, eine mit Gott allein weiß wie vielen und welcher Art Verteidigern besetzte Festung zu belagern, und vor August wieder zurück zu sein?«

»Ganz genau.« Rivendell hob die Hände. »Andere dachten bereits, es sei nicht zu schaffen, doch ich habe sie überzeugt. Mit Eurer Hilfe, Hoheit, könnten wir noch schneller fertig sein.«

»Ohne mystrianische Truppen werdet Ihr restlos scheitern.«

»Wir werden uns möglicherweise ein wenig verspäten …«

»Nicht darin scheitern, die Festung zu erreichen, sondern bei der Belagerung!« Der Prinz schlug mit der Faust auf den Tisch. »Ihr hört mir überhaupt nicht zu.«

Rivendells Fröhlichkeit war auf einen Schlag wie weggeblasen. »Lasst mich zweierlei klarstellen, Prinz Vladimir. Ich bin, nach dem Willen des Parlaments und mit dem Segen Eurer Tante, der *Militär*gouverneur ganz Mystrias. Soweit es den militärischen Bereich betrifft, bin ich Euch übergeordnet, Sire. Zwingt mich nicht, zu erproben, wie weit meine Macht sich darüber hinaus in andere Bereiche erstreckt.«

Vladimir starrte ihn mit offenem Mund an. Dann schloss er ihn, langsam.

Rivendell stieß den gestreckten Zeigefinger in seine Richtung. »Zweitens, und dies ist noch wichtiger, werde ich auf keinen Fall mystrianische Truppen einsetzen. Ich bin über deren magere Fähigkeiten und völligen Mangel an militärischer Disziplin bestens im Bilde. Ich werde sie nicht ins Feld führen, weil ich ihnen nicht vertrauen kann. Ich werde die Tharyngen nicht dadurch beleidigen, ihnen solche Truppen vorzuführen.«

Graf von Metternin fasste Vladimirs Ellbogen. »Vielleicht, Hoheit, sollten wir Lhord Rivendell weitere Diskussionen ersparen. Sicherlich wird er nach der Überfahrt Erholung benötigen.«

Der Prinz nickte zögernd. »Natürlich. Wann können wir mit dem Herzog Todeskamm rechnen?«

»In zwei Wochen oder drei. Wir hatten eine Wette wegen der Überfahrt, wisst Ihr.« Rivendells Lächeln kehrte zurück. »Ich fühle mich tatsächlich etwas matt und werde mich zurückziehen. Vielleicht können wir später dinieren, Hoheit. Über einem Glas Wein und in einem Gespräch unter Ehrenmännern bin ich sicher, wir können diese Sache zu einem guten Ende bringen.«

»Ihr habt sicherlich Recht, mein Lhord.«

»So höre ich es gerne, nicht wahr?« Der Edelmann verbeugte sich erneut mit großer Geste und zog ab, Langford im Gefolge.

Der Prinz wartete, bis sich die Tür hinter den beiden geschlossen hatte, dann vergewisserte er sich, dass sie tatsächlich fort waren. Er öffnete sie, schaute hinaus und schloss sie wieder. »Ich fürchte, Graf von Metternin, es wird sehr viel mehr brauchen als nur Orden, um *Johnny* zu beeindrucken. Wie Ihr beide es geschafft habt, Euch ausreichend zu beherrschen, um ihn nicht zum Duell zu fordern, weiß ich nicht. Ihr, Graf, nach seiner Bemerkung über den Feind, und Ihr, Kapteyn, nach der Beleidigung Eurer Gemahlin.«

Owen schüttelte den Kopf. »Ich ertrage Esel wie ihn schon mein ganzes Leben. Meine Gattin wäre enttäuscht von mir gewesen, hätte ich ihn aufgrund bloßer Gerüchte getötet.«

Die Augen des Grafen verengten sich. »Es gibt Momente, mein Freund, in denen diese Esel um den Tod betteln.«

Vladimir grinste. »Wie wahr.«

Owen senkte den Blick. »Das mag stimmen, doch ist er nicht der Erste, der aus Gehässigkeit und zu seiner Belustigung obszöne Andeutungen macht.«

Beide Männer schauten ihn an. Auf ihren Gesichtern standen gnädig unausgesprochene Fragen.

Er ließ den Kopf hängen. »Verzeiht mir, Sires, dies ist weder der Ort noch der Zeitpunkt dafür.«

»Ich bitte Euch, Owen, mir ist jede Ablenkung willkommen, bevor ich doch noch losziehe und diesen ignoranten Trottel fordere.« Der Prinz drehte einen der Stühle vor dem Schreibtisch um. »Setzt Euch. Kerzenzieher! Whiskey, sofort, eine Flasche und drei Gläser.«

Owen setzte sich und stützte traurig die Ellbogen auf die Schenkel. Seine Schläfen pochten. Kerzenzieher erschien mit einem Tablett, darauf Whiskey und die Gläser, das er abstellte und sich schnell wieder zurückzog. Der Prinz schenkte ein, und Owen starrte nur in das Glas mit bernsteinfarbener Flüssigkeit. Als das Aroma ihm in die Nase stieg, wollte er lächeln, doch ihm fehlte die Kraft.

»Es ist nichts, worauf ich stolz wäre, Sires. Als meine Mutter Francis Ventnor ehelichte, war ich noch sehr jung. Ich verstand nicht, dass ich ein Bastard geworden war. Ich war das hässliche Stiefkind, das nicht verschwinden wollte. So ist es mit den Ventnors. Sie wollten mich nicht, aber sie bewachten mich auf das Heftigste. Ich war ihr Eigentum, ein Auslösling ohne Chance, jemals das Ende meines Vertrages zu erleben, und ahnte nichts davon. Während ich aufwuchs, hatten meine Vettern alles. Ich habe Euch bereits von dem Wurmwart erzählt, Hoheit, der mich aufnahm. Er leistete meiner Familie einen Dienst damit. Sie dankten es ihm, indem sie ihn hinauswarfen, sobald ich zum Militärdienst angetreten war. Das sagt Euch etwas über meine Familie. Sie schenkten mir nichts und versuchten, mir alles zu nehmen. Und sie hatten weitgehend Erfolg damit.«

Owen trank einen Schluck. »Dann fand ich Katherine, die mich um meiner selbst willen wollte. Und ich wollte sie. Wir vermählten uns, und während des Villerupt-Feldzuges folgte Katherine mir in den Krieg. Die Gattin meines Onkels blieb in Norisle. Wenn ich Dienst an der Front hatte und er ein gesellschaftliches Ereignis besuchte, lieh er sie aus. Ich hielt es für ausgesprochen freundlich von ihm. Sie liebte Gesellschaften und weinte vor Angst an meiner Schulter, wenn wir beisammen waren. Ich sagte mir, das fröhliche Treiben würde sie aufmuntern. Ich wollte, dass sie Freude hatte.«

Der Graf stieß ein angewidertes Schnaufen aus. »Und man hat Euch Dinge über sie und Euren Onkel erzählt?«

Owen nahm noch einen Schluck von dem Whiskey und genoss, wie er auf dem Weg seinen Hals hinab brannte. »Nicht über meinen Onkel, aber über alle anderen. Offiziere, die mich verachteten, hatten großes Vergnügen daran, Geschichten darüber zu erzählen, wie sie Katherine mit einem anderen im Bett gesehen hatten. Natürlich niemals sie selbst. Immer irgendein zurzeit nicht greifbarer Major von einem anderen Regiment, oder ein hübscher ausländischer Offizier.«

Der Prinz zog eine Augenbraue hoch. »Lügen, deren einziger Zweck darin bestand, Euch zu verletzen.«

Owen schaute auf. »Das ist mir jetzt auch bewusst. Eines Nachts jedenfalls trank ich zu viel und fand einen Mann, der dem Offizier in der letzten Geschichte ähnelte, die über sie die Runde machte. Ich … ich vergaß mich.«

Er betrachtete seine Hände, drehte die rechte um. Weiße, wurmähnliche Narben zogen sich über seine Knöchel. Die meisten davon hatte er im Kampf gegen die Tharyngen erworben, doch Owen sah in diesem Moment vor allem die, die er sich beigebracht hatte, als er einen anderen Mann besinnungslos geprügelt hatte.

»Ich wollte Katherine beichten, was ich getan, doch noch bevor ich dazu kam, sprach sie davon, wie sehr sie der Gatte einer Freundin anwiderte, der über ähnlichen Tratsch seine Gemahlin betreffend ein Duell ausgetragen hatte. Sie erklärte, er habe seine Frau entehrt, indem er den Gerüchten Glauben schenkte und zur Tat schritt. Sie klammerte sich an mich, so froh, dass ich niemals etwas so Schreckliches von ihr glauben würde.«

Owen musterte die Mienen der beiden anderen Männer. »Wie hätte ich es ihr danach noch erzählen können? Ich liebe sie und weiß, sie ist keine Hure. Also schwieg ich. Und schlussendlich habe ich diesen Auftrag angenommen, um etwas Großes leisten zu können, so groß, dass wir uns beide dadurch aus dem verderblichen Einfluss meiner Familie lösen können.«

Von Metternin lachte sanft. »Ihr solltet stolz auf Eure Zurückhaltung sein, Kapteyn. Ihr habt das Schlimmste in Euch besiegt und entschieden, ein hehres Ziel anzustreben.«

Prinz Vladimir schwenkte den Whiskey in seinem Glas. »Ihr seid noch bemerkenswerter, als mir bisher bewusst war, Kapteyn. Eure Gattin hatte Recht, und Eure Bereitschaft, Johnny eine Chance zur Flucht zu geben, spricht für Euren guten Charakter. Viele andere Männer töten aus falschem Ehrgefühl, und ihre Opfer sind nicht immer der wirkliche Feind. Ich fürchte, unser Johnny ist einer von ihnen.«

Owen kippte den letzten Rest seines Glases hinunter. »Wenn

ich Euch so reden höre, Hoheit, frage ich mich, ob es nicht besser gewesen wäre, ihn zu töten.«

Vladimir seufzte. »Ich kann nur darauf hoffen, Kapteyn Radband, dass sich diese Eingebung nicht im Nachhinein als richtig erweist.«

Siebenundvierzigstes Kapitel

16. Mai 1764
Harfners Feld, Port Maßvoll
Mäßigungsbucht, Mystria

Nathaniel lachte leise, als Friedensreich Bein das Gewehr nachlud, das Prinz Vladimir ihm gekauft hatte. Der Hüne hatte keine Schwierigkeiten, den Hebel zu bedienen und das Kardangelenk zu drehen. Er blies über den Sockel und säuberte ihn von übrig gebliebenem Schwefel. Dann füllte er ihn wieder auf und steckte die Kugel an Ort und Stelle, bevor er sie mit Hilfe des Patronenpapiers festklemmte.

Die Probleme begannen nach dem Einsetzen der Kugel, als es darum ging, den Mechanismus zurück in den Lauf zu bringen. Die Kugel fiel entweder heraus oder verklemmte sich. Der wütende Riese wirkte drauf und dran, das Gewehr über dem Knie zu zerbrechen. »Ihr habt gut lachen, Nathaniel. Ihr seid schon Jahre mit einem von denen zugange, und Ihr habt auch keine dicken Daumen.«

»Zweierlei müsst Ihr dabei bedenken, Friedensreich. Erst mal, Ihr braucht nicht so zu hetzen. Mit dem Gewehr hier erledigt Ihr ein Ziel, wenn's noch weit weg ist. Es kann Euch nich' kriegen.«

Friedensreich nickte. »Da habt Ihr Recht.«

»Und zweitens, wenn Euer Daumen zu dick ist, dann nehmt halt den kleinen Finger.«

Der riesige Kerl lachte. »Der is' immer noch dicker als Euer Daumen.«

»Aber er is' dünn genug, dass er die Kugel nich' so leicht weg drückt.« Nathaniel nickte ihm zu. »Nu macht mal hin und ladet das Ding, damit die Halbstarken seh'n, wie ein echter Mann schießt.«

Die Nachricht, dass der berühmte Major Forst mit seinen Südkolonie-Scharfschützen aus Feenlee unterwegs war, hatte jeden jungen Mann, der eine Büchse halten konnte, heraus nach Harfners Feld gelockt. Harfner hatte Klee gesät und das Feld ein Jahr brach liegen lassen, und die Jungs hatten die Kühe verscheucht und Ziele aufgestellt. Die meisten bestanden aus einem Holzpfosten mit Querstange und darauf platzierten Muschelschalen als Zielen. Die Chance, dass einer von ihnen eine davon traf und sie unter dem Einschlag der Kugel auseinanderflog, war gering, aber wenn es einmal jemand schaffte, wurde das lautstark gefeiert.

Friedensreich war herausgekommen, um sein neues Gewehr auszuprobieren. Nathaniel und Kamiskwa waren hier, um zuzusehen. Mit dem Gewehr war Friedensreich einer der besten Schützen auf dem Feld. Er traf regelmäßig auf achtzig Schritt den Pfosten. Die anderen hatten nur Musketen mit glattem Lauf. Sie schafften es zwar, eine Kugel über die Distanz zu schicken, aber die wenigsten landeten im Ziel.

Das änderte nichts daran, dass die Burschen aus der Stadt eine Menge Spaß hatten. Caleb Frost stand mitten unter ihnen und bellte fröhlich Befehle. Neun seiner Akademiefreunde hatten sich zu einem Trupp formiert, luden gemeinsam nach und schossen auf Befehl. Calebs Stimme hatte etwas Beruhigendes. Seine Männer schafften konstant drei Schuss in der Minute und zeigten einander lachend ihre Daumennägel, unter denen der violette Blutfleck immer größer wurde.

Kamiskwa trat neben Nathaniel. »Es sind junge Männer, noch keine Krieger.«

»Schätze ja. Wird sie aber nicht retten.«

Friedensreich feuerte und zerschmetterte eine Muschel auf vierzig Schritt. Er drehte sich um und lud nach. »Es werden nur eine Handvoll von ihnen in 'nen Kampf ziehen. Ich hab über Winter meine Brüder gesehen. Drang und Rechtens wollen uns begleiten.«

Nathaniel nickte. Als sich die Nachricht von der Anwesenheit der tharyngischen Truppen über das Land verbreitete, hatte sie so manchen veranlasst, eine Entscheidung zu fällen, wie er damit umgehen sollte. Generell gab es drei Arten von Reaktion. Zum einen gab es die Studenten, die im Krieg eine Chance sahen, Ruhm zu ernten. Eine Untergruppe, zu denen Caleb Frost zählte, betrachtete den kommenden Krieg als Chance, den Ruf der mystrianischen Soldaten zu retten.

Ein dümmeres Vorhaben hätte Nathaniel sich nicht vorstellen können, selbst wenn er es gewollt hätte.

Als Nächstes kamen die Bein-Brüder, die eine ryngische Festung im Westen als Zeichen für weitere Einschränkungen und eine Bedrohung ihres Lebensunterhalts sahen. Die Festung würde ohne Zweifel zu einem Handelszentrum für die Ryngen werden. Ryngische Jäger und Fallensteller würden in rauen Mengen in das Gebiet kommen. Die Ungarakii würden frecher werden und mehr Überfälle auf die Mystrianer und die Altashie wagen.

Die letzte Gruppe, zu der die Astwerks, Fassdaubes und andere am Nordrand von Harfners Feld zählten, wollte Geld machen. Sie würden sich für den Sold als Soldaten verdingen. Nicht, dass Nathaniel den Schilling der Königin abgelehnt hätte, aber er verstand die Gefahr und die Notwendigkeit zu handeln, so dass er nicht desertieren würde, wenn es zu oft regnete oder die Rationen zu klein waren. Das Verflixte daran war, Rufus Astwerk und seine Brüder würden eine echte Verstärkung für die örtliche Miliz darstellen. Sie waren harte Kämpfer und kannten sich in den Wäldern aus.

»Hab Eure Brüder seit Jahren nicht gesehen. Wie geht's ihnen?«

»Ganz gut so weit.«

»Und Fürchtegott?«

Friedensreich verzog das Gesicht. »Haben nichts mehr von ihm gehört, seit er zur See fährt. Ma sagt, er lebt, und ich hab eine Teetruhe in 'ner Scheune versteckt gefunden. Kann nur von ihm gekommen sein.«

Nathaniel grinste. Es ging das Gerücht, dass Fürchtegott unter die Piraten gegangen sei. Er konnte es aber nicht fragen, und Friedensreich hätte es niemals zugegeben. Alle Bein-Brüder sahen aus, als hätte derselbe Schmied sie in Form geschlagen, also konnte man sicher sein, dass Fürchtegott Bein Spuren hinterlassen würde, was immer er tat. Und große Spuren dazu.

Ein Stück weiter ließ Caleb seine Jungs die nächste Dreiersalve abgeben. Das Ziel ließ sich davon nicht beeindrucken, aber der Schwefelruß verlieh den jungen Burschen ein grimmiges Aussehen. Er ließ sie etwas älter aussehen, was ihnen gut bekam, und der bittere Schwefelgeschmack würde Bier brauchen, um ihn wegzuspülen.

Als sie sich wieder zurückzogen, tauchten vier Reiter auf.

Nathaniel erkannte Graf von Metternin und den Prinzen. Die beiden anderen mussten Koronel Langford und der norillische Edelmann sein, der geschickt worden war, den Feldzug gegen du Malphias anzuführen. In jüngster Zeit war der Waldläufer zwar nicht mehr in Port Maßvoll selbst gewesen, doch er hatte genug über das Geschehen in der vergangenen Nacht gehört, um bei Langford ein blaues Auge als Souvenir der Begegnung mit seiner liebenden Gattin und bei Lhord Rivendell einen fauchenden Kater zu erwarten.

Der Norillier sprang als Erster aus dem Sattel. Seine rot-goldene Satinkleidung leuchtete im Sonnenlicht. Er griff hinter sich und zog seine Waffe, einen Kavalleriekarabiner mit verkürztem Lauf, bevor er geradewegs zur Schusslinie marschierte. Er ließ sich Zeit, schob die Füße weiter auseinander, als seine Schultern breit waren, richtete den ganzen Körper auf das Ziel aus. Dann hob er die Muskete. Er zielte den Lauf entlang. Sein Kopf hob sich kurz, senkte sich dann wieder. Er richtete die Füße neu aus, dann feuerte er.

Die Kugel segelte harmlos am Vierzig-Schritt-Pfosten vorbei.

Rivendell stellte die Muskete mit einem Lächeln auf den dünnen Zügen vor sich ab, um nachzuladen. »Ein feiner erster Schuss, Koronel Langford. Notiert das.«

»Ja, mein Lhord.«

Nathaniel, das Gewehr locker auf dem rechten Unterarm, den Schaft in der Achsel, deutete mit einer Kopfbewegung auf das Ziel. »Worauf habt Ihr gezielt, mein Lhord?«

Rivendell schaute auf, sichtlich überrascht, angesprochen zu werden. Dann nickte er. »Auf die oberste Muschel. Man sollte immer versuchen, sie in den Kopf zu treffen, müsst Ihr wissen.«

In einer flüssigen Bewegung hob Nathaniel das Gewehr, zielte und schoss. Durch den Schwefelrauch konnte er nicht erkennen, ob er getroffen hatte, aber der Jubel von Calebs Burschen beruhigte ihn. Er senkte das Gewehr und lud es neu.

Rivendell schaute von Nathaniel zum Ziel und zurück. Der Waldläufer hatte aus fünfzig Schritt getroffen. Der Norillier lächelte. »War das Glück, oder seid Ihr Sportsmann?«

Nathaniel zuckte die Achseln. »War kein Glück.«

Rivendells Lächeln wurde breiter. »Eine Wette dann. Ein Pfund pro innerhalb einer Minute zertrümmerter Muschel. Ihr gegen mich. Langford, Euer Zeitmesser.«

Nathaniel schüttelte den Kopf. »Die Sorte Kleingeld hab ich nicht.«

Graf von Metternin trat näher. »Es wäre mir eine Freude, Euch auszuhelfen, Meister Wald.«

Rivendell hob die Brauen. »Das ist also der Bursche, der draußen im Wald Gespenster gesehen hat, ja? Falls Ihr für ihn einsteht, von Metternin, sagen wir zwei Pfund pro, einverstanden? Ich schieße zuerst.«

Nathaniel nickte und trat zurück. Er schaute sich zu Friedensreich und Kamiskwa um und senkte die Stimme. »Gespenster ha'n wir gesehen, ja?«

Hinter ihm rief Rivendell: »Langford, messt die Zeit ab jetzt!«

Nach dem ersten Schuss, der vorbeigegangen war, behielt Nathaniel Rivendell im Auge. Der Mann lud recht flink. Er biss die Kugel aus der Papierhülse, leerte das Pulver in den Lauf und spuckte die Kugel hinterher. So machten es viele Schützen, in dem Glauben, Zeit zu gewinnen, aber Spucke reichte aus, Schwefel zusammenpappen zu lassen oder das Abbrennen zu behindern.

Rivendell lud drei Mal nach und schoss vier Mal, auch wenn der vierte Schuss unmittelbar nach Langfords Zeitruf knallte. Die beiden letzten Kugel trafen eine Muschel, woraufhin Rivendell sich zum Grafen umdrehte und die Hand aufhielt. »Vier Pfund, Sire.«

»Wollen wir abwarten, bis Meister Wald geschossen hat?«

Caleb lief los und brachte neue Muscheln herbei. Nathaniel schloss sein Gewehr. »Sagt wann, Langford.«

Der norillische Koronel starrte ihn böse an. »Jetzt!«

Nathaniel feuerte den ersten Schuss und traf die Muschel an der Kopfposition mit Leichtigkeit. Er lud ruhig nach, hob das Gewehr erneut und traf die Muschel an der rechten Schulter. Wieder und wieder schoss er, verfehlte das Ziel einmal und traf ein drittes Mal. Dann feuerte er den letzten Schuss – einen Pulsschlag, bevor Langford »Aus« rief.

Graf von Metternin nickte Nathaniel zu und streckte nun seinerseits die Hand aus. »Ich würde sagen, nun schuldet Ihr mir vier Pfund, mein Lhord.«

»Euch Kessen ist wirklich nicht zu trauen, oder? Zwei Pfund.«

»Aber er hat vier Mal getroffen.«

»Jedoch der vierte Treffer kam nach dem Aus-Ruf. So war es doch, Langford, nicht wahr?«

»Ja, mein Lhord.«

Friedensreich tat einen Schritt nach vorn. »Jetzt passt mal auf …«

Nathaniel legte ihm die Hand auf die Brust und bremste ihn. »Lasst gut sein, Friedensreich. Hab nie ernsthaft geglaubt, dass Langford weiß, wie spät es is'.«

Die Mystrianer, die nach dem Ende des Wettstreits ein Stück näher gekommen waren, brachen in Gelächter aus. Langford lief rot an. Rivendell schaute sich um, dann schüttelte er traurig den Kopf. »Das ist Euer Fehler, Prinz Vladimir. Alles, was sie haben, verdanken sie uns, doch wir haben sie nicht den gebotenen Respekt vor Autoritäten gelehrt. Ihr Leute hier versteht tatsächlich nicht, wie die Welt funktioniert. Koronel Langford, ein dekorierter Veteran zahlreicher Kriege, ist Euer Vorgesetzter und verdient Respekt. Er ist ein Ehrenmann. Er ist ein Offizier. Er würde niemals lügen, stehlen oder betrügen. Wenn er sagt, der letzte Schuss fiel, nachdem er die Zeit für abgelaufen erklärte, ist das eine Tatsache, und niemand hat das Recht, seine Worte anzuzweifeln.«

Nathaniel runzelte die Stirn. »Bloß hat er das gar nicht gesagt.«

»Verzeihung?«

»Was ich sagen will, Euer Lhordschaft, ist, dass Ihr behauptet habt, ich hätte nach Langfords Ruf geschossen. Langford hat nichts Derartiges gesagt. Er hat nur ja gebellt, als sein Herr und Meister ihm den Befehl dazu gegeben hat.«

»Wald war es, nicht wahr?« Rivendell reichte Langford seine Muskete. »Ich sehe an Eurer Kleidung, dass Ihr jemand seid, der Wert auf seine Unabhängigkeit legt. Ihr schießt gut, das will ich Euch zugestehen, aber dies war nur ein Spiel. Wart Ihr jemals im Krieg, Sire?«

»Hab schon mehr als einen Mann erschossen. Das wär' im letzten Jahr. Und Ihr, Sire?«

Langford trat zwischen sie. »Haltet Eure Zunge im Zaum, Wald!«

»Das reicht, Koronel.« Rivendell schob ihn beiseite. »Ich frage das, Meister Wald, weil Ihr und Eure Freunde offensichtlich das Wesen des Krieges oder was meine Truppen dort draußen erwartet, versteht. Um ein wahrer Krieger zu sein, muss man bereit sein, im Angesicht feindlichen Beschusses vorzurücken, zum Feind aufzuschließen, ihm das Bajonett in den Leib zu bohren. Habt Ihr irgendeine Vorstellung davon, wie das ist?«

»Kann nicht behaupten, Euer Lhordschaft, dass ich je so blöde gewesen wäre, auf jemand zuzumarschieren, der auf mich schießt.« Nathaniel grinste. »Zieh' es entschieden vor, ihn von so weit weg wie möglich zu erledigen.«

Rivendell wirbelte herum und stieß den ausgestreckten Zeigefinger in Prinz Vladimirs Richtung. »Es ist genau, wie ich es Euch gestern sagte. Ich kann mit diesen Leuten nicht kämpfen. Das ist nur Pöbel. Sie besitzen keine Ausbildung und keine Disziplin. Sie feuern aus der Ferne und laufen davon. Sie können keine Stellung halten. Das haben wir im Artenneswald gesehen.«

Der Prinz hob die Hände, um das in der Menge aufsteigende Murren zu beschwichtigen. »Mein Lhord Rivendell, Johnny, es hilft nicht, diese Männer zu beleidigen.«

»Sie zu beleidigen? Ich erweise ihnen ein hohes Kompliment damit, dass ich auch nur mit ihnen rede. Dass sie es wagen, hier herauszukommen und Soldat zu spielen, ist eine große Geste, die mir zusagt. Es erinnert mich daran, warum ich mit meinen Männern hierhergekommen bin. Ein so kümmerlicher Haufen könnte die Tharyngen niemals bezwingen. Es ist unser Auftrag, unsere heilige Pflicht, euch alle zu beschützen, und ich plane, diesen Auftrag zu erfüllen.«

Friedensreich knurrte in seinen Bart: »Ist der behämmert oder besoffen?«

Nathaniel schaute sich um. »Besoffen, will ich hoffen. Dann könnt' er nüchtern was reden, das sich zu hören lohnt.«

Rivendell nahm die Muskete wieder aus Langfords Hand und kehrte zu seinem Pferd zurück. Er stieg auf, schob die Waffe in die Sattelscheide und nahm die Zügel. Von seiner erhöhten Position auf dem Pferderücken blickte er auf die Mystrianer herab. »Fürchtet Euch nicht. Die Königin hat Euch weder vergessen noch aufgegeben. Sie wird Euch retten. Denn sie hat mich zu

Euch ausgesandt. In den kommenden Wochen werdet Ihr sehen, wie wahre Soldaten handeln und kämpfen. Ihr werdet erstaunt und dankbar sein. Es wird Euch eine Lektion sein, die ihr Euer Leben lang nicht mehr vergesst. Kommt, Langford.«

Langford saß auf, und die beiden ritten in langsamem Schritt zurück zur Stadt.

Prinz Vladimir schaute sich um. »Ich hoffe, Sires, Ihr versteht, dass Lhord Rivendell zum Ersten nicht der Autor der sogenannten Geschichte ist, die uns so verächtlich behandelt. Das war sein Vater.«

»Der Apfel fällt nicht weit vom Stamm«, stellte jemand in der Menge fest.

Es gelang dem Prinzen irgendwie, nicht laut zu lachen. »Davon abgesehen, ist er wirklich hier, um die tharyngische Bedrohung zu beenden. Er hat erfahrene norillische Truppen mitgebracht. Es wäre mir sehr angenehm und würde einiges erleichtern, würdet ihr sie mit äußerster Höflichkeit behandeln.«

Rufus Astwerk spuckte aus. »Ich schätze, wir werden sie so behandeln wie sie uns.«

Nathaniel lächelte. »Das is' aber nicht sehr nachbarschaftlich. Sie kommen von weit her. Ist ja wohl klar, dass sie sich hier ers' mal eingewöhnen müssen. So wie Kapteyn Radband, schätz ich. Der hat auch 'ne Weile gebraucht, sich an uns zu gewöhnen, aber schaut euch an, was er für uns getan hat. Schätze doch, wir können ein' Deut toleranter sein.«

»Danke, Meister Wald.« Der Prinz nickte. »Und bitte, ganz gleich, was Lhord Rivendell sagt, ganz gleich, was seine Truppen sagen, ich bitte Euch, setzt Eure Kampfübungen hier fort. Vier Schuss in der Minute, so Ihr könnt, und findet heraus, wie lange Ihr durchhaltet, bis Ihr ermüdet. Wir werden diese Information benötigen.«

Der Prinz starrte Rivendell hinterher. »Er behauptet, er wird Euch nicht in den Kampf schicken. Die Umstände werden ihn eines anderen belehren. Wenn dieser Tag kommt, möchte ich Euch bereit wissen. Es wird ein hoher Zoll fällig werden, und diesen würde ich lieber in Schwefel und Blei zahlen als in Eurem Blut.«

Achtundvierzigstes Kapitel

19. Mai 1764
Regierungshaus, Port Maßvoll
Mäßigungsbucht, Mystria

Prinz Vladimir lächelte freundlich, als Prinzessin Gisellas Lakaien den um den Tisch versammelten Männern Sherry servierten. Die Mahlzeit war hervorragend gewesen – Fasan, neue Kartoffeln, Erbsen und Maisbrot. Die Vorspeise hatte aus Tomatenscheiben bestanden, eine kühne Wahl, da die meisten Kolonisten die leuchtend rote Farbe der Tomaten als Warnung vor Gift auffassten. Zum Abschluss war ein köstlicher, mit Zucker und Brandy angereicherter Fleischpudding gereicht worden. Vladimir hatte um eine zweite Portion gebeten, und zu seiner Freude hatte Major Forst sich ihm angeschlossen.

Der Prinz stand auf und hob das Glas. »Auf Euch, meine Liebe, eine wundervolle Gastgeberin. Obwohl Ihr von so fern gekommen seid, sorgt Ihr dafür, dass man sich in Mystria willkommen fühlt.«

Die Männer hoben die Gläser und tranken.

Gisella beugte den Kopf. »Ich erwidere nur die Gastfreundschaft, die meine Freunde mir seit meiner Ankunft hier erwiesen haben.«

Der Prinz lächelte. »Falls Ihr uns entschuldigt, meine Damen, werden wir Euch nun verlassen. Ich weiß, Major Forst ist müde, doch ich möchte ihm einen Blick auf du Malphias' Festung gestatten.«

Der Major schob den Stuhl zurück. Er war kein großer Mann, doch durch seinen wuchtigen Körperbau machte er einen sehr kräftigen Eindruck. Seinen Kopf krönte eine volle weiße Haarmähne. Vor Villerupt war er blond gewesen. Er war ein gut aussehender Mann, der die edlen Züge seiner Schwester teilte, auch wenn seine Nase im Gegensatz zu der Hettie Frosts erkennbar schon mindestens einmal gebrochen war. Davon und von der fehlenden rechten Hand abgesehen, war kein äußeres Zeichen eines harten Schicksals zu erkennen.

»Hervorragend. Ich habe schon so viel von diesem Modell gehört.« Er stellte das Sherryglas ab und packte die Messerklinge, die aus seiner Holzprothese ragte. Nach einer kräftigen Drehung zog er daran, und das Messer löste sich. Er schob es in die Scheide am Stiefelschaft, bevor er einen kleinen Haken in das frei gewordene Loch einsetzte. Dann hängte er das Sherryglas darin ein.

Dr. Frost, sein Sohn Caleb, Graf von Metternin und Owen Radband entschuldigten sich ebenfalls bei den Damen, und die Männer machten sich gemeinsam auf den Weg ins Büro des Prinzen. Owen verhielt sich bemerkenswert förmlich, aber das galt bereits den ganzen Abend. Er hatte neben Bethany Frost gesessen, eine Paarung, die ihm bisher immer angenehm gewesen war. Heute Abend jedoch schien sie ihm nicht gefallen zu haben.

Eine Situation, die der Prinz in Fräulein Frosts Zügen keineswegs widergespiegelt gesehen hatte.

Vladimir führte sie auf direktem Weg zu dem Modell. Der Milizoffizier ging einmal darum herum. Feenlee hatte eine hellgrüne Uniform mit rehbraunen Patten und Aufschlägen gewählt. Sie stand Forst ausgezeichnet. Zu dem Uniformrock trug er eine rehbraune Weste und Hose sowie hohe Reiterstiefel.

Er betrachtete die Festung eingehend, dann nahm er einen Schluck Sherry. »Und wir haben keine Ahnung, wie viele Truppen uns dort erwarten?«

Vladimir schüttelte den Kopf. »Ich fürchte, nein.«

Caleb schnaubte. »Jedenfalls müssen wir einen dazu rechnen für diesen Trottel Rivendell.«

Die Männer gluckten, aber Forst wedelte mit einem Finger in die Richtung seines Neffen. »So etwas will ich nicht noch einmal aus deinem Mund hören, Caleb, und auch von keinem deiner Männer, wenn ihr erwartet, euch meinen Leuten anschließen zu dürfen. Spott zerstört Kampfmoral und Disziplin schneller, als Eis in der Sonne schmilzt. Jeder Veteran wird dir bestätigen, wenn die Kanonen donnern und die Schüsse knallen, kämpft niemand mehr für sein Land oder seinen Kommandeur. Du kämpfst für deine Freunde im selben Glied. Wenn die nicht begreifen, wie wichtig es ist, an deiner Seite zu stehen, tun sie es nicht, und dann fallt ihr alle Mann.«

»Ja, Sire.«

Der Prinz deutete auf das Modell. »Rivendell hat ein Regiment zu Fuß, ein berittenes Regiment und zwölf Kanonen, vermutlich leichte. Er konnte sich nicht erinnern, wie groß.«

»Der Mann ist wirklich ein Volltrottel.«

Neffe Caleb lachte.

Forst zog eine Augenbraue hoch. »Denk daran, wenn *ich* es

sage, ist es ein auf Erfahrung basierendes Urteil. Ich bin ihm auf dem Kontinent schon mehrmals begegnet. Er war beleidigend, kurzsichtig und übertrieben eingenommen von der historischen Bedeutung seiner Person. Wie, um alles in der Welt, hat er den Befehl über diesen Einsatz bekommen?«

Vladimir zuckte die Achseln. »Meine Briefpartner haben einen politischen Zwist im Parlament angedeutet. Das Auswärtige Sekretariat ist bemüht, Tharyngia auf dem Kontinent zu besiegen, und betrachtet du Malphias als eine unerwünschte Ablenkung. Der Feldzug im vergangenen Jahr verlief enttäuschend, nicht zuletzt dank Rivendell. Ihn aus der Nähe Tharyngias zu entfernen, war eine Möglichkeit, dem nächsten Kommandeur eine bessere Erfolgschance zu verschaffen. Das Heimatsekretariat will Mystria beschützen, um die norillische Wirtschaft zu schützen. Es hat darauf hingewiesen, dass eine Eroberung Neu-Tharyngias die tharyngische Wirtschaft ruinieren und schlussendlich unsere stärken würde. Rivendells Begeisterung für diese Expedition machte es leicht, ihn zu befördern. Leider hat man die Expedition basierend auf seinen Anforderungen mit viel zu wenig Männern und Material ausgestattet. Dadurch bleiben Norisle ausreichend Mittel, um in diesem oder dem nächsten Jahr einen Feldzug in Auropa durchzuführen, ganz gleich, was aus Rivendell wird.«

Forst wendete sich zu Owen um. »Wenn ich es richtig verstanden habe, Kapteyn, hat du Malphias Euch gegenüber angedeutet, er plane eine eigene Nation zu gründen?«

»So ist es, Sire. Seine Festung beherrscht den Zugang zum Westen. Da sie sich südlich Neu-Tharyngias befindet, hat sie bessere Anbaumöglichkeiten. Die Flüsse und Seen gestatten, Felle und sonstige Handelswaren auszuführen.« Owen stieß einen schweren Seufzer aus. »Falls er Siedler findet, könnte er seinen Traum verwirklichen.«

»Das stand alles in dem Bericht, den Ihr nach Launston geschickt habt, Hoheit?«

»Wort für Wort.« Der Prinz leerte sein Glas in einem Zug. »Und allesamt wurden diese Fakten als Hirngespinst verworfen.«

»Erstaunlich.« Major Forst kehrte dem Modell den Rücken zu. »Es gibt natürlich nur einen einzigen Weg, diese Festung einzunehmen. Sicherlich seht ihr sie alle.«

Graf von Metternin stellte sein Sherryglas mitten in die Ruinen des Bauernhofs. »Sie besteht sicherlich nicht darin, von hier aus anzugreifen.«

»Ganz sicher nicht.« Forst klopfte mit dem Haken auf die Klippen. »Zwei Kompanien, handverlesene Kompanien, nähern sich im Schutz der Dunkelheit den Klippen. Sie steigen hinauf, überwinden die Mauern mit Hilfe von Kletterhaken und nehmen die obere Festung ein. Von dort aus beherrschen sie ihr Inneres und können die ryngischen Kanonen dazu benutzen, die Artilleriebatterien an der Nordseite auszuschalten. Der Rest der Truppen wartet hier, im Norden, und konzentriert sich auf diesen Punkt in nächster Nähe der Klippenfestung. Wenn sie im Innern sind, ist du Malphias' Steinwall ein Vorteil für sie. Sie eliminieren die Zentralbefestigung und säubern die anderen Festungswerke.«

»Seid Ihr sicher, Sire?« Owen wirkte skeptisch. »Diese Klippen sind sehr steil.«

»Ich weiß Euren Blickpunkt zu schätzen, Kapteyn, doch ich bin anderer Meinung. Zwar kann ich mit meiner Metallhand nicht bergsteigen, aber ich habe jede Menge Männer unter meinem Befehl, die klettern wie die Eichhörnchen. Hier im Norden gibt es Dutzende.«

Caleb nickte. »Die Bein-Brüder, Nathaniel ... die Zwielichtvölker kämen alle dort hinauf.«

»Wir würden ihnen zwei Waffen mitgeben. Sie hätten ihre Gewehre für gezielte Schüsse und Schrotflinten für kurze Distanz. Nach allem, was Ihr gesagt habt, Hoheit, wären Eisenschrot, Nägel und ähnliches gegen die Pasmortes wirkungsvoll.«

Vladimir nickte. »Gegen andere Truppen wohl ebenfalls.«

Owen trat näher an das Modell. »Schrotflinten wären auch gut dafür geeignet, die Tunnel zu säubern.«

Forst nickte. Zum ersten Mal, seit Vladimir begonnen hatte, an dem Modell zu arbeiten, stieg so etwas wie Hoffnung in ihm auf. Er hatte keinen Zweifel, dass der Kampf um die Festung brutal und blutig sein würde, doch bevor Major Forst seinen Vorschlag gemacht hatte, war ihm als einzige gangbare Lösung ein langanhaltender Beschuss der Festung mit Kanonen gefolgt von einem massierten Frontalangriff erschienen.

Und genau auf diese Art des Angriffs war du Malphias vorbereitet.

Dr. Frost ging herum und füllte die Sherrygläser nach. Dann hob er seines zu einem Trinkspruch. »Auf eine mystrianische Lösung für ein mystrianisches Problem.«

Sie alle lachten und tranken, auch der Prinz. Doch als er das Glas wieder absetzte, fragte er sich, ob sein norillisches Problem ihnen einen Strich durch die Rechnung machen würde.

Owen schüttelte den Kopf. »Das wird Rivendell niemals gestatten. Ein Erfolg würde seinen Ruhm schmälern.«

Graf von Metternin schmunzelte. »Nicht so trübsinnig, mein Freund. Es gibt eine Möglichkeit. Ich werde, sagen wir, Koronel Langford gegenüber erwähnen, dass ich, hätte ich den Oberbefehl, einen *Ablenkungsangriff* über die Klippen ausführen würde. Dafür würde ich die Mystrianer einsetzen. Um sie aus dem Weg zu haben, Ihr versteht. Da sie ja keine Norillier sind. Ich würde ihnen eine Chance geben, zugleich aber die Gefahr begrenzen. Langford wird das Rivendell sicherlich mitteilen. Später werden seine Lhordschaft und ich uns unterhalten. Ich werde ihm dafür gratulieren, dass er auf denselben Gedanken gekommen ist wie ich. Sobald er glaubt, es sei sein eigener Einfall, den ich für brillant halte, und dass er die mystrianischen Beschwerden verstummen lässt, wird er es übernehmen.«

Vladimir grinste.»Falls es gelingt, beweist es sein Genie. Scheitert es, lag es an der Schwäche der Mystrianer. Glaubt Ihr ernsthaft, Rivendell wird darauf hereinfallen?«

»Der Mann hat vor aller Augen betrogen, um zwei Pfund zu sparen, Hoheit. Er hält sich für ein strategisches Genie.« Von Metternin schüttelte amüsiert den Kopf. »Ich werde sofort losgehen und mit Langford reden, und morgen Mittag ist der Plan offiziell.«

Forst lachte. »Dann solltet Ihr Euch an die Arbeit machen, mein Lhord. Ich werde meinen Quartiermeister anweisen, die benötigten Waffen zu besorgen. Dann brauchen wir nur noch diese Festung einnehmen.«

Vladimir schloss die Tür des Regierungshauses, nachdem die Frosts, Major Forst und Owen Radband gegangen waren. Graf von Metternin hatte sich auf die Suche nach Koronel Langford gemacht, so dass er bis auf die Lakaien mit Gisella allein war. Der Prinz drehte sich zu ihr um und verneigte sich tief.

»Ich kann Euch nicht genug danken, meine Liebe. Ihr habt diesen Abend perfekt gemacht.«

Sie trat an seine Seite und schob die Hand durch seine rechte Armbeuge. »Auch wenn mich die gesellschaftlichen Gepflogenheiten nie sonderlich interessiert haben, sind sie mir keineswegs fremd. Euer Mann, Kerzenzieher, verfügt über eine ausgezeichnete Kenntnis des Protokolls. Der Rest besteht wirklich allein darin, den Leuten das Gefühl zu vermitteln, dass sie wichtig und, wie Ihr selbst sagtet, willkommen sind.«

»Und das gelingt Euch ausgezeichnet.«

»Ihr seid sehr freundlich.« Sie stockte, dann erhob sie sich auf Zehenspitzen und gab ihm einen Kuss auf die Wange. »Und ich bemerke eine Erleichterung an Euch, wie Ihr sie, seit wir uns kennen, nicht gezeigt habt. Kann es sein, dass ich Euch nicht länger nervös mache?«

»Das werdet Ihr gewiss immer tun. Nein, meine Liebe, dies ist keineswegs negativ gemeint.« Vladimir senkte den Blick und fühlte Hitze in sein Gesicht steigen. »Wenn ich Euch sehe, wenn Ihr lächelt, verspüre ich dieselbe Unruhe in meinem Inneren wie bei unserer ersten Begegnung. Und ich fühle mich leer, wenn Ihr nicht bei mir seid. Das ist sicherlich ein Fall von Nervosität, doch einer, auf den ich nicht verzichten will.«

Sie drückte seinen Arm, und er fühlte sich beschwingt.

»Was meine Erleichterung betrifft, Liebling, erklärt sie sich aus Major Forst und Eurem Grafen von Metternin. Forst zeigte uns einen Weg, die Festung einzunehmen. Die Tatsache, dass sie Taktiken einsetzt, die in Auropa niemals angewendet wurden, verspricht die Möglichkeit, du Malphias zu überrumpeln.«

»Aber Rivendell wird es nicht gestatten.« Gisella schüttelte sich. »Er ist ein widerlicher kleiner Mann, Euer Johnny. Er hält Euch für einen Narren, doch der wahre Narr ist er selbst. Er hat Euren Bericht nicht einmal gelesen. Bitte, Vladimir, versprecht mir, dass wir ihn nicht mehr zu Gast haben müssen.«

»Ich wünschte, das könnte ich.« Der Prinz schüttelte den Kopf. »Zum Monatsende wird Herzog Todeskamm mit seinen Truppen hier sein.«

»Und mit Owens Gemahlin.«

»Ja. Und wir werden sie zum Diner einladen müssen, und Lhord Rivendell dazu. Das wisst Ihr.«

»Durchaus. Ich hatte nur gehofft, es ließe sich vermeiden. Ich werde tun, was erforderlich ist, um das Diner zu einem Erfolg zu machen.«

»Ich bekomme den Eindruck, das ist eine besondere Eigenschaft der Kesse-Saxenburger, und eine, die mir äußerst angenehm ist. Euer Graf von Metternin ist unterwegs, den Keim zu pflanzen, der Lhord Rivendell glauben lassen wird, Forsts Plan sei seiner eigenen Brillanz entsprungen. Ein gefährlicher Mann, dieser Graf.«

Gisella lachte hell und lehnte den Kopf an Vladimirs Schulter. »Er ähnelt mir. Auch er war daheim nur schwer gelitten. Hier ist auch er entspannter. Hätten seine Pflichten ihn nicht gezwungen, in meiner Nähe zu bleiben, er hätte sich Prinz Kamiskwa und Meister Wald auf deren letzter Mission angeschlossen.«

»Es würde mich sehr freuen, könnte er die Mission zur Festung begleiten. Ihr könntet ihn als Berater meinem Stab angliedern.«

Gisella hielt an und drehte sich zu ihm um. »Ihr habt mir nicht gesagt, dass Ihr geht.« Ihre Miene wurde verzagt. »Ich hatte nicht erwartet, dass Ihr mich im Stich lasst.«

Er streckte die Arme aus und legte ihr die Hände auf die Schultern. *Sie zittert.* »Ich habe keine Wahl, Teuerste.«

»Ihr habt Major Forst als Kommandeur.«

»Das ist wahr, doch er besitzt nicht das Gewicht, dafür zu sorgen, dass die Dinge laufen, wie wir es geplant haben.«

»Graf von Metternin kann für ihn sprechen.«

»Das kann er. Ich habe keinen Zweifel, dass er es tun wird, doch ich werde ebenfalls dabei sein müssen. Nein, bitte, verehrte Gisella, schaut mich nicht so an. Ihr kennt mich besser. Ihr wisst, dass ich nicht auf Ruhm aus bin.«

Sie streichelte seine Wange. »Mein Liebster, ich weiß wohl, dass Ihr keinen militärischen Ruhm sucht, doch Euer Geist sucht nach Antworten. Glaubt Ihr, ich wüsste nichts von den Experimenten, die Ihr mit Magwamp durchführt? Ich bewundere Euer Genie, doch habe ich auch Angst um Euch. Was Ihr als nur ein weiteres Experiment seht, könnte Euch in Gefahr bringen. Ich liebe Euch, wirklich und wahrhaftig, und ich möchte um keinen Preis, dass Euch etwas zustößt.«

»Und ich möchte Euch nicht verletzen. Aber ich trage Verantwortung. Die Krone mag nicht erkennen, wie wichtig dies ist. Rivendell wird unsere Truppen nicht einsetzen, weil er ein Idiot ist. Ich muss ihn davon überzeugen, dass er es muss. Dazu muss ich ihn begleiten.«

Sie schüttelte nachdenklich den Kopf. »Ich kann Eurer Argumentation folgen, weiß aber auch, dass Ihr das Abenteuer sucht. Nicht das Abenteuer des Krieges, wohl aber, ferne Orte zu sehen, an denen Ihr noch nicht wart. Ihr habt mir den Geopahr gezeigt. Nathaniel hat ihn geschossen, aber erst, nachdem Ihr ihn *verfehlt* hattet, Liebster. Er griff Euch an. Und sooft ich Euch die Geschichte habe erzählen hören, habt Ihr nur die Schönheit der Bestie bestaunt, aber niemals die Gefahr erwähnt, in der Ihr Euch befandet. Deshalb liebe ich Euch, aber deshalb fürchte ich auch für Euch. Ihr neigt dazu, Euch an Orte zu begeben, wo Euch die Gefahr findet.«

»Und wenn ich verspreche, es nicht zu tun? Wenn ich den Grafen schwören lasse, mich daran zu hindern?«

Gisella lachte. »Ihr seid beide Männer. Er wird sein Versprechen geben. Ihr werdet Pläne schmieden. Er wird protestieren, aber nicht zu sehr, und sich Euch dann anschließen. Ich weiß es.

Und leider weiß ich ebenso, dass ich Euch nicht umstimmen kann.«

Vladimir zog sie an sich. »Und Ihr werdet Euch sorgen, und ich würde alles tun, das zu vermeiden.«

Sie hob die Hände an seine Schultern, vergrub eine in seinem Haar. Dann hob sie das Gesicht und gab ihm einen sanften Kuss. »Würdet Ihr das wirklich tun, wärt Ihr nicht der Mann, den ich liebe.«

Neunundvierzigstes Kapitel

19. Mai 1764
Port Maßvoll
Mäßigungsbucht, Mystria

Zu Owens Überraschung hakte Bethany Frost sich bei ihm ein, als die sechs sich auf den Weg zurück zur Frost-Residenz machten. Bethany war langsamer geworden, so dass ihre Eltern, der Onkel und der Bruder ein Stück vorausgingen. »Ihr seid in Gedanken verloren, Kapteyn. Was beschäftigt Euch?«

»Ich glaube nicht, dass Ihr es hören wollt, Fräulein Frost.«

»Ich hätte Euch nicht gefragt, wollte ich es nicht.«

Owen seufzte. »Hieltet Ihr mich für einen Feigling, wenn ich Euch berichtete, dass ich mich vor der Rückkehr zur Festung du Malphias' fürchte?«

»Nein, Kapteyn, ich hielte Euch für einen äußerst intelligenten und tapferen Mann, denn ich weiß, Ihr werdet trotzdem aufbrechen.«

»Ihr seid sehr gütig.«

Sie schaute mit glitzernd blauen Augen zu ihm auf. »Ich habe Euer Journal gelesen. Ich weiß genau, wie tapfer Ihr seid, sowohl daraus, was ich gelesen, als auch daraus, was ich gehört.«

Er schüttelte den Kopf. »Meister Wald übertreibt.«

»Natürlich tut er das, doch ich erkannte dennoch die Wahrheit hinter seinen Worten.«

»Wenn ich an du Malphias denke – und er drängt sich viel zu häufig in meine Alpträume –, sehe ich sein Gesicht vom Mündungsfeuer einer Pistole erleuchtet. Er hat kaltblütig auf mich geschossen. Nicht, weil ich ein Feind war. Ich war einfach nur ein Experiment. Es war ohne Bedeutung für ihn, ob ich lebte oder starb. Seine Miene zeigte weder Ärger noch Bedauern. Tatsächlich ließ er keinerlei Gefühl erkennen. Er war ganz und gar unmenschlich, und ich bin nicht sicher, ob wir einen Weg wissen, einen Feind dieser Art zu bezwingen.«

»Er ist arrogant, und diese Arroganz wird sein Untergang sein.«

»Ich vertraue auf Eure Klugheit.«

»Vertraut besser in die Menschlichkeit Eurer Gefährten. Er ist ein Mann, umgeben von Toten. Er ist allein, und gemeinsam werdet Ihr ihn bezwingen.«

Bethany hielt an der Kreuzung von Großzügigkeit und Tugend an, und rief ihren Eltern hinterher: »Die Nacht ist mild. Darf Kapteyn Radband mich auf einem Spaziergang begleiten?«

Ihr Vater nickte zustimmend. Bethany zog Owen nach Westen, auf die Tugendstraße. »Ich hoffe, es ist Euch nicht unangenehm, Kapteyn.«

»Keineswegs.«

»Gut, denn ich muss mit Euch reden.« Wieder schaute sie zu ihm hoch, und auf ihrem Gesicht lag ein sanftes Lächeln, doch ihre Augen blickten traurig. »Ich fürchte, dies wird meine letzte Gelegenheit sein, Euch auf einem Spaziergang zu begleiten.«

Owen schaute gerade voraus. »Ich hatte niemals die Absicht, Euch falsche Hoffnungen zu machen, Fräulein Frost.«

Sie lachte. »Ihr solltet besser mit den Ohren hören, Sire, als mit dem Mund. Ihr habt zu keiner Zeit falsche Hoffnungen in mir geweckt. Ihr habt von unserer ersten Begegnung an niemals einen Zweifel daran gelassen, dass Ihr vermählt seid und Eure Gattin liebt. Das weiß ich aus dem, was Ihr über sie erzählt habt, und ebenso aus dem, was Ihr nicht erzählt habt. Ich weiß aus Einträgen in Euren Journalen, dass Ihr sie liebt, und aus den Briefen, die ich während Eurer Genesung für Euch schreiben durfte.«

»Fräulein Frost ...«

»Nein, Kapteyn, ich bitte Euch, lasst mich sprechen, sonst fürchte ich, ich werde es niemals herausbringen.«

»Gut dann.«

Sie befeuchtete die Lippen mit der Zungenspitze. »Ich bin weder töricht noch dumm. Als Ihr zum ersten Male bei uns logiertet, wusste ich, dass Ihr nicht von der Art unserer früheren Gäste wart. Ich habe Eure Gesellschaft genossen. Es gefiel mir, Euch mit meinem Bruder streiten und mit meinem Vater diskutieren zu sehen. In Eurer Gesellschaft fühlte ich mich äußerst wohl. Es war ein Behagen, wie ich es nicht mehr gekannt hatte, seit der Krieg mir meinen Ira nahm. Ich war sicher, mich wie eine Närrin aufgeführt zu haben, und war froh, als Ihr mit Meister Wald zu Eurer Reise aufbracht, da es mir Gelegenheit verschaffte, meine Würde wiederzuerlangen. Und doch, während Ihr fort wart, vermisste ich Euch. Wenn ein Brief eintraf, las mein Vater ihn uns vor, und danach nahm ich ihn und las ihn noch einmal für mich. Mehr als ein Mal. Es mag töricht gewesen sein, doch es war mir ein Trost.«

Bethanys Griff um seinen Arm wurde fester. »Dann kam die Nachricht, dass Ihr vermisst wurdet, und ich fühlte denselben Schmerz wie bei der Nachricht von Iras Tod. Ich brach zusammen. Ich betete um Eure heile Rückkehr, wie ich es für ihn getan hatte, und sagte dem Herrn, nachdem er mir bereits den einen genommen, dass er mir Euch zurückgeben müsse. Und trotzdem, noch während ich das sagte, erinnerte ich mich an Eure Gattin. Ich erinnerte mich, dass Ihr nicht mir gehört.«

Sie wischte eine Träne fort. »Als Ihr zurückkehrtet, hatte Gott meine Gebete erhört. Ich stellte sicher, dass Ihr genesen konntet. Das wurde mein Lebensziel. Für mein eigenes Wohl, ja, aber auch weil ich wusste, Eure Gemahlin würde ebenso fühlen wie ich, und ich wollte niemandem solche Schmerzen zumuten. Deshalb schrieb ich diese Briefe für Euch, und erinnerte Euch daran, ihr selbst zu schreiben, als Eure Kräfte zurückkehrten. Doch nun kommt sie hierher. Ich werde Euch an sie verlieren.«

Owens Eingeweide verkrampften sich. Bethany war während der Gefangenschaft und der Genesung sein rettender Engel gewesen. Die bloße Tatsache, dass er mehr Angst davor hatte, sie könnte ihn hassen, als dass seine Frau es tat, hatte ihm die Tiefe seiner Gefühle für sie deutlich gemacht. Diese Gefühle waren verboten, das wusste er, und ihr Hass wäre die gerechte Strafe dafür gewesen. Der Schmerz, der in ihrer Stimme mitschwang, geißelte sein Herz, denn sie konnten nur in eine Lage wie diese gelangt sein, weil er sie getäuscht hatte.

Er hielt an und drehte sich zu ihr um. »Nicht, Bethany, bitte. Ich ...«

Sie legte einen Finger auf seine Lippen. »Ihr wollt mir erklären, dass Ihr ebenfalls etwas für mich empfindet. Selbstverständlich tut Ihr das. Wie könnte es anders sein? Ich habe Euch gesundgepflegt. Aber Ihr liebt Eure Gattin. Euer Herz gehört ihr. Das weiß ich. Ich bin zufrieden, zufrieden zu wissen, dass wir Freunde sind. Doch es wird eine Freundschaft auf Distanz sein müssen.«

»So muss es nicht sein …« Owen stockte, wusste selbst nicht, was er damit sagen wollte. »Ich wünschte, ich hätte es nicht getan.«

»Ihr habt nichts getan, außer Ihr selbst zu sein. Und eben darum muss ich auf Abstand zu Euch gehen.« Sie schüttelte den Kopf. »Es wird schmerzen, doch es nicht zu tun, würde noch größere Schmerzen bedeuten.«

»Fräulein Frost …«

»Nein, Kapteyn. Ihr müsst verstehen, dass ich eine Frau kenne, die einem Mann das Jawort gab, den sie nicht liebte, weil sie glaubte, der, dem ihr Herz gehörte, sei tot. Sie schenkte falschen Gerüchten Glauben. Und auch wenn es der Mann war, den sie heiratete, der diese Gerüchte verbreitet hatte, und er sie bewusst verbreitet hatte, um sie für sich zu gewinnen, ändert das nichts daran, dass sie verheiratet ist. Trotzdem sehnt sie sich nach ihrem Geliebten und trifft sich mit ihm. Und ich sehe, wie es ihr das Herz zerreißt, wenn sie nicht zusammen sein können.«

Owen drückte ihre Hand an seine Brust. »Es gibt so vieles, was ich Euch sagen möchte und es nicht kann. Ihr wart mir eine bessere Freundin als irgendein anderer Mensch in meinem Leben. Ihr habt mich besser behandelt, als meine eigene Familie es jemals getan. Ihr habt mich auf eine Weise umsorgt, wie meine eigene Gemahlin es niemals gekonnt hätte. Ihr habt mich in Mystria willkommen geheißen. Fräulein Frost, wäre es nicht für Euch, ich würde mit dem nächsten Schiff nach Norisle in See stechen und darauf warten, von Rivendells Dummheit zu lesen.«

»Nein, das würdet Ihr nicht.«

»Doch, das würde ich.«

Sie stieß ihn sanft zurück. »Ihr lügt. Er wird ein Desaster anrichten, und Ihr wollt zur Stelle sein, um es zu verhindern. Sosehr es Euch ängstigen mag, noch einmal auf du Malphias zu treffen, der Gedanke, ihn vor Port Maßvoll zu sehen, ängstigt Euch noch mehr.«

Owen nickte. »Ihr kennt mich gut.«

»Und ich bin stolz, Euch zu kennen. Ihr seid wahrlich ein erstaunlicher Mann.« Sie kehrte an seine Seite zurück, schob die Hand durch seinen Arm und zog ihn wieder südwärts. »Dank Euch hält Caleb sich bei seinen Bemerkungen über norillische Soldaten zurück. Er war seit Eurer Rückkehr in keine Kneipenschlägerei mehr verwickelt.«

»Das liegt weniger an seinem Respekt für mich und mehr daran, dass er erwachsen wird.« Owen schaute sie an. Im Mondlicht hatte ihre Haut die Farbe von Alabaster, und eine Tränenspur leuchtete auf ihrer Wange. »Doch Ihr habt das Thema gewechselt, und ich fordere Gelegenheit, meinen Gedanken zu Ende zu führen.«

»Es spielt keine Rolle, Kapteyn, denn ich weiß, was ich tun muss, und nichts, was Ihr sagt, wird daran etwas ändern.«

»Es ist nicht meine Absicht, daran etwas zu ändern. Ich werde Eure Wünsche ganz und gar respektieren. Morgen werde ich aus dem Haus Eurer Familie ausziehen und mir eine andere Unterkunft suchen. Und ich werde Eure Eltern dort zum Essen einladen müssen. Katherine wird sich als Gastgeberin zeigen wollen. Und sie wird mich bitten, auch Euch einzuladen.«

»Kapteyn, Ihr versteht die Frauen nicht. Sie wird zwar sagen, dass Sie mich als Gast begrüßen möchte, doch es wird nicht stimmen.« Bethanys Augen wurden schmal. »Würde ich erscheinen, würde sie mich wie eine arme Verwandte aus der tiefen Provinz behandeln. Sie würde freundlich sein und trotzdem beleidigend. Sie wäre zu mir wie eine Lilith Binsen, nur weit höflicher und subtiler. Nein, Ihr werdet mich einladen, und ich werde unpässlich sein. Ich werde meinem Bedauern Ausdruck verleihen, und da es bedeutet, Euch nicht sehen zu können, wird das Bedauern aufrichtig sein.«

»So etwas würde Katherine nicht tun.«

»Ich habe Eure Gemahlin nicht beleidigt, Kapteyn, nur die Realität einer Frau akzeptiert, die einen Mann wie Euch liebt. Sie wird jedermann beweisen, dass Ihr wirklich Ihr gehört. Das ist ihr gutes Recht als Eure Gattin. Ich freue mich aufrichtig, dass es eine Frau in Eurem Leben gibt.«

Sie gingen schweigend weiter, dann bogen sie an der Freundlichkeit nach Westen ab. Dünne Wolkenstreifen zogen langsam über den Himmel und verdeckten die Sterne. Grillen zirpten, und gelegentlich bellte ein Hund. Aus dem Obergeschoss eines nahen Hauses drang ein leises Wiegenlied. Die Worte waren nicht zu verstehen, aber die Melodie klang tröstlich.

Owen nahm ihre Hand in die seine. »Wollt Ihr mir damit sagen, dass ich Euch nie wiedersehen werde?«

»Ihr werdet mich sehen, doch nur aus der Ferne. Ihr werdet die Messe besuchen, und ich werde ebenfalls dort sein. Ich werde in der Menge sein, die Euch verabschiedet, wenn Ihr gegen du Malphias marschiert. Ihr werdet mich in Begleitung meines Onkels und meines Bruders sehen. Ihr werdet meine Hand in geflickten Uniformen sehen. Ihr werdet mich finden können, doch ich Euch nicht.«

»Und falls ich Euch schreiben möchte?«

»Bitte, Kapteyn, tut das nicht. Ich habe Euch einmal verloren und wiedergefunden. Doch nun könnt Ihr der meine nicht sein.

Bitte macht es nicht noch schwerer, als es bereits ist.« Sie hob den Kopf und lächelte kurz. »Ihr habt Eure Gattin. Ihr werdet nach Norisle zurückkehren und mich vergessen. Vielleicht werdet Ihr Euch erinnern, wenn Ihr die Narbe an Eurer Seite seht und die Nähte bemerkt, aber die Erinnerung wird viel schneller verblassen als die Narbe. Es ist nicht von Bedeutung.«

»Ihr werdet mich auch vergessen.«

»Nein.« Sie schüttelte den Kopf und schaute zu Boden. »Frauen vergessen die Männer nicht … Erinnert Ihr Euch noch an das erste Mädchen, das Ihr geküsst?«

Owen überlegte kurz, dann nickte er. »Sie hieß Jenny. Die Tochter des Kochs in der Schule von Overton Park.«

»Sehr gut. Erinnert Ihr Euch an den Kuss?«

Er runzelte die Stirn. »Nein. Ich meine, ich erinnere mich an die Umstände, aber …«

»Ihr könnt die Umstände in Gedanken rekonstruieren, Kapteyn, aber Ihr erinnert Euch nicht an die Berührung ihrer Lippen, oder?«

»Nein.«

»Ich erinnere mich an meinen ersten Kuss. Ich erinnere mich an den Duft des Klees und die Wärme der Sommerluft. Ich erinnere mich an die Schmetterlinge auf dem Feld und das Zischen der Gräser, als der Wind hindurchstrich. Ich erinnere mich an ihn, an Ira, größer als ich. Er warf einen Schatten auf mich. Die Sonne leuchtete wie ein Heiligenschein um seinen Kopf. Ich erinnere mich, wie er sich vorbeugte und mir einen schnellen Kuss gab, damit niemand es bemerkte, obwohl wir völlig allein waren. Ich erinnere mich, wie meine Lippen kitzelten, und das Gefühl in meiner Magengrube, als wäre ein Dutzend Schmetterlinge darin gefangen. Ich erinnere mich an jede Einzelheit, und das war lange, bevor ich mich in Ira verliebte. Nein, Kapteyn Radband, Ihr werdet mich vergessen. Es mag Euch gelingen, mich in Euren Gedanken zu rekonstruieren, doch eine Erinnerung an mich werdet Ihr nicht behalten. Eure Gattin sowie die Sorgen um Eure Familie werden mich überdecken, doch lasst es mich noch einmal feststellen, das macht mir nichts aus. Ich werde Euch als groß und hübsch in Erinnerung behalten, als ehrbar und mutig. Und das wird gut genug für mich sein.«

Sie schwenkten nach Osten auf die Großzügigkeit und machten sich auf den Rückweg zum Haus der Frosts. »Habt Ihr eine Vorstellung davon, welch bemerkenswerte Frau Ihr seid, Fräulein Frost?«

»Bemerkenswert oder unerträglich?«

Owen lachte. »Bemerkenswert soll genügen. Ihr besitzt Weisheit weit über Eure Jahre hinaus.«

»Sicherlich keine Weisheit, nur das Wissen darum, dass sich das Leben selten so entwickelt, wie wir es uns wünschen.« Sie lächelte zu ihm hoch. »Und das ist keineswegs zynisch, nur realistisch. So viele Menschen murren und beschweren sich, und warten darauf, dass sich die Dinge ändern, statt sie anzunehmen, wie sie sind, oder etwas dafür zu tun, dass sie sich ändern. Doch die Dinge zu ändern, ist sehr schwer, daher versuchen es nur die Tapfersten.«

Owen nickte. »Ich danke Euch.«

»Wofür?«

»Für ein weiteres Geschenk.« Seine Augen wurden schmal. »Wenn wir du Malphias besiegen wollen, können wir das nicht, indem wir ausgetretenen Pfaden folgen. Wir werden uns ändern müssen. Ich werde Rivendell nicht gestatten, sich der Veränderung zu widersetzen. Ich werde ihn zwingen, sich der Wirklichkeit zu stellen.«

»Es könnte Euch Eure Karriere kosten.«

Er zuckte die Achseln. »Und es wird Menschenleben retten. Das ist das Risiko wert.«

»Und das, mein lieber Kapteyn Radband«, stellte sie fest, als sie im Schatten des Eingangstors vor dem Haus ihrer Eltern stehen blieben, »ist der Grund, warum ich Euch liebe.«

Fünfzigstes Kapitel

22. Mai 1764
Alter Felsbruch, Port Maßvoll
Mäßigungsbucht, Mystria

Schätze, das ist die hässlichste Horde Affen, die mir je zu Gesicht gekommen ist.« Nathaniel grinste, als er Major Forst begrüßte. »Hab reden hören, dass Ihr zurück seid.«

Forst drehte sich um, und seine Augen blitzten. »Nathaniel Wald, was für ein Anblick. Ich würde Euch die Hand reichen, aber seit Villerupt ist das ein bisschen rüde.«

Hinter dem Major erhob sich eine verwitterte Felswand. Von Westen her war sie in einem Steinbruch teilweise abgetragen worden, aber die Arbeiter hatten hundert Fuß alten Fels mit Nadelbäumen auf der Kuppe und Geröll am Fuß gelassen. Zwei kräftige Männer zwischen den Bäumen, einer davon, falls Nathaniels Augen nicht trogen, Friedensreich Bein, legten sich mit dem Körpergewicht in um ihre Hüften geschlungene Seile, an denen andere den Aufstieg wagten. Die Kletterer trugen jeder zwei lange Prügel über den Rücken geschlungen und zwei Beutel mit Kieseln am Gürtel.

Forst grinste. »Ihr könnt es als Nächster versuchen, Nathaniel.«

»Wenn Ihr denkt, ich käme da nich' rauf …«

»Falls Ihr bei den Männern sein wollt, die ich auswähle, müsst Ihr es Euch verdienen. Kamiskwa ebenfalls, falls er sich verpflichten will.«

»Er ist heim nach Sankt Fortunas. Will sehen, wie viele Krieger uns begleiten.« Nathaniel musterte die Männer, die sich an der Felswand versammelt hatten. Die meisten waren groß von Statur. Friedensreich befand sich am oberen Ende der Skala, nur sein Bruder Drangsal überragte ihn noch. Gewichtsmäßig waren sie ziemlich gleich. Drang hatte eine struppige Haarmähne, war aber glattrasiert. Die Körpergröße der übrigen variierte, die meisten waren allerdings muskelbepackt. Die eher hageren wie Nathaniel oder Rechtens Bein hatten ein wölfisches Aussehen.

Forst folgte seinem Blick. »Da hat eine gute Mannschaft den Ruf gehört. Die Jungs dort drüben, die mit den roten Kappen, sind aus Sommerland herabgekommen, aus Bauernstadt. Waren hier, um Felle zu verkaufen, als sie den Aufruf hörten. Die beiden dort in den braunen Jacken sind mit mir aus Feenlee gekommen. Uriah und Djubal Hügel. Sie schießen ebenso gut wie Ihr.«

Nathaniel grinste. »Verwandte von Koronel Hügel?«

»Nicht, dass ich wüsste. Ihre Büchsen sind Vorderlader, deshalb sind sie nicht so schnell wie Ihr, aber gut sind sie.«

»Schätze, das werden wir mit 'ner Wette rausfinden.«

Forst nickte. »Wird Euch der Graf wieder vorstrecken?«

»Das war seine Entscheidung.« Nathaniel zuckte die Achseln. »War das Euer Ernst, dass ich den Hang raufsoll?«

»Aber ja. Ich meine, falls Ihr erwartet, Kapteyn einer meiner Kompanien zu werden.«

Nathaniel verschränkte die Arme. »Denk' nicht, dass Ihr mich irgendwem Befehle geben lassen wollt.«

»Befehle geben? Vielleicht nicht. Aber sie anführen ganz sicher.« Forst deutete hinüber zu Caleb und einem anderen der Akademieburschen, die sich gerade an den Aufstieg machten. »Viele von denen haben schon mal im Zorn einen Schuss abgefeuert, aber nicht alle. Ob es Euch behagt oder nicht, Ihr seid eine Legende. Sie alle wissen dreierlei über Euch. Erstens, Ihr wart schon dort, wohin sie müssen. Zweitens, Ihr habt Lhord Rivendell gedemütigt, was für die meisten von Ihnen bedeutet, Ihr habt Mystria die Ehre zurückgegeben. Und drittens, Ihr seid der Zauberfalke.«

»Ihr wisst besser als die meisten, wie viel von dem Zauberfalke-Gerede Unsinn ist.«

Forst schüttelte den Kopf. »Ich weiß besser als die meisten, wie viel davon keiner ist. Ihr wart jünger als die meisten von denen hier, als Ihr losgezogen seid, und Ihr seid jetzt noch nicht der Älteste hier. Eine Menge Männer haben schon damit geprahlt, einen Geopahr geschossen zu haben, aber Ihr seid der Einzige, für den das der Generalgouverneur übernimmt.«

»Ich bin nichts Besonderes. Hab nur getan, was wer tun musste.«

»Und genau das werdet Ihr auch hier tun.« Forst lächelte. »Eure ruhige Zuversicht, Nathaniel, wird eine Menge Nerven beruhigen, bevor wir diese Klippe in Angriff nehmen. Manch einer von den Burschen hier wird mit dem Gedanken spielen aufzugeben, aber keiner wird es tun, aus Angst, Euch zu enttäuschen.«

Nathaniel schüttelte den Kopf. »Schätze, die Verantwortung

brauch' ich nicht. Ich will einfach nur eine freie Schusslinie auf du Malphias.«

Forst rieb sich das Kinn. »Lasst es mich anders ausdrücken, Nathaniel: Entweder Ihr kommt als Kapteyn der Nordlandschärler mit oder gar nicht.«

»Also, ich denk nicht …«

»Nein, wenn Ihr mich unterbrecht, denkt Ihr gar nichts. Die Lage ist ganz einfach. Wenn ich Euch nicht als Anführer dabeihaben kann, kann ich Euch auf keinen Fall im Rang gebrauchen. Ihr seid kein Mann, der sich ohne Widerstand Befehle geben lässt. Und Ihr seid ein geborener Anführer, ein Mann, dem andere folgen. Das würde in jedem Fall für Unruhe sorgen. Uns bleibt kaum Zeit, die Männer auszubilden. Wenn sie sich ein Vorbild an Euch nehmen und Befehle verweigern, werden sie sterben. Und auch wenn Ihr und Kamiskwa schon am Amboss-See wart, Ihr seid nicht die Einzigen, die den Weg dorthin kennen. Auch ohne unter meinem Befehl zu stehen, wärt Ihr ein Unruheherd. Ihr wollt nur einen sauberen Schuss auf du Malphias. Das verstehe ich, aber keiner von uns kann das Risiko eingehen, dass Ihr Euch diesen Schuss leistet, ohne Rücksicht auf unsere Pläne zu nehmen. Wenn Ihr nicht bei uns mitmacht, dürft Ihr die Expedition nicht begleiten. Ist das deutlich?«

Nathaniel blähte die Nüstern. »Ihr hört Euch langsam mächtig an wie der Schwachkopf, der rübergekommen ist, um uns anzuführen.«

»Nein. Er hört sich so an, weil er glaubt, er muss sich so anhören. Er hat nicht die geringste Ahnung, weshalb er auf Disziplin bestehen sollte. Falls ihm jemand widerspricht, ist das für ihn ein Angriff auf seine Ehre, und das ist alles, was ihn interessiert, seine Ehre und sein Ruhm.« Forst klopfte sich mit dem Finger auf die Brust. »Falls ich jemals solche Träume hatte, habe ich sie in der Hand gehalten, die ich im Wald von Artennes gelassen habe. Ich fordere und befehle, weil ich so meine Männer am Leben halten kann. Ihr habt die Festung gesehen. Es wird ein Gemetzel geben. Sosehr ich Euch bewundere und an meiner Seite wissen will, wenn es nicht zu meinen Bedingungen ist, würdet Ihr mehr Schaden anrichten als Gutes tun.«

»Schätze, das verlangt Nachdenken.« Nathaniel wandte sich ab und ging davon, auf ein Fass mit Wasser aus Marketenders Bach zu. Jemand bot ihm eine Schöpfkelle an, aber er winkte ab und tauchte den Kopf in das Fass. Das kalte Wasser war ein Schock. Dann richtete er sich wieder auf, schüttelte den Kopf und spritzte Wasser in alle Richtungen.

Natürlich hatte Major Forst Recht. Nathaniel wusste, dass er nicht in die Vorstellung der Gesellschaft von Ordnung passte. Eben deshalb verbrachte er so viel seiner Zeit in der Wildnis. Die Gesellschaft verurteilte seine Beziehung zu Rahel, obwohl alle wussten, dass sie von Rechts wegen zu ihm gehörte. Die Heuchelei drehte ihm den Magen um, und je weniger er mit diesen Gestalten zu tun hatte, desto lieber war es ihm.

Selbstverliebte Idioten, die Soldat spielten, wie Langford und Rivendell, waren sogar noch schlimmer. Tratschweiber mochten hinter seinem Rücken flüstern, aber diese Narren würden Männer in den Tod treiben. Nathaniel hatte schon aus mehreren Quellen gehört, dass Rivendell so ziemlich alles für erfunden hielt, was sie über du Malphias berichtet hatten. Er erklärte ihre Aussagen mit ›einer gewissen kolonialen Neigung zu hysterischer Übertreibung, sobald es um einen Krieg mit Tharyngia geht‹. Rivendell war ein Betrüger und ein Dieb. Hätte er drei Kugeln und die Wahl des Ziels zwischen Rivendell und du Malphias gehabt, hätte Nathaniel eher zwei Kugeln in diesem norillischen Schwachkopf versenkt.

Major Forst war so ziemlich der einzige Offizier in seinem Kreis, der seinen Rang verdiente. Nathaniel korrigierte sich. Owen Radband verdiente diese Ehre ebenfalls. Beide Männer hatten viel Überlegung darin investiert, wie sie gegen du Malphias gewinnen konnten, statt allein darauf, was sie nach dem Sieg tun wollten. Owen hatte seine Narben davongetragen. Forst natürlich auch. Hätte er raten müssen, hätte Nathaniel darauf gesetzt, dass Rivendells Körper noch weniger Narben und Blessuren hatte als die Arschbacken eines ausgemachten Feiglings.

Sosehr er es auch hasste, Befehle entgegenzunehmen – sein Problem mit Forsts Angebot reichte tiefer. Es machte ihm nichts aus, von Forst Befehle anzunehmen. Das hatte er schon früher getan, als er noch sehr viel jünger war, und er hatte genug Respekt vor dem Mann, um davon auszugehen, dass alles, was er verlangte, wert war, getan zu werden.

Was er nicht wollte, war die Verantwortung für andere tragen, ebenso wenig wie er wollte, dass andere sich ihm gegenüber zu irgendetwas verpflichtet fühlten. Nathaniel konnte auf sich selbst aufpassen. Das hatte er schon immer getan und würde es wohl auch weiter so halten bis zu dem Tag, an dem er abtrat. Er hatte schon Dinge vergessen, die Caleb Frost erst noch lernen musste, wenn er überleben wollte. Wie Major Forst selbst gesagt hatte, blieb nicht genug Zeit, den Männern alles beizubringen, und Nathaniel war sich nicht einmal sicher, ob sie ausreichen würde, ihnen zumindest annähernd genug beizubringen.

Er schaute auf, als er Caleb einen Freudenschrei ausstoßen hörte. Er hatte die Oberkante der Felswand erreicht. Ein paar der Männer unten klatschten Beifall. Zwei warfen ihre Mützen in die Luft. Die meisten der harten Kerle ignorierten seinen Triumph, und falls er für die Einheit ausgewählt wurde, würden viele von ihnen glauben, er hätte dies der Tatsache zu verdanken, dass er Forsts Neffe war.

Nathaniel wusste, dass das nicht stimmte. Caleb war ein schlauer Bursche und ein guter Schütze. Und er war ein geborener Anführer. Er stand dort oben auf der Felswand und trieb seine Studentenfreunde zu größeren Leistungen an. Die anderen Männer waren allein oder in kleinen Grüppchen erschienen. Caleb hatte einen ganzen Trupp mitgebracht und ließ dessen Mitglieder Dinge tun, von denen sie vermutlich in ihrem ganzen Leben nicht erwartet hatten, sie einmal tun zu müssen.

»Und vermutlich sind sie es, die nicht überleben werden.« Nathaniel strich sich mit den flachen Händen über den Kopf und drückte das Wasser aus den Haaren. Er fühlte es im Innern des Lederhemds seinen Rücken hinablaufen. Das war der entscheidende Punkt. Die Männer, die starben, würde er sein Leben lang mit sich herumtragen. Er würde für ihr Familien tun, was er für Großmutter Rüstig getan hatte. Unweigerlich würden sie sich überschwänglich bei ihm bedanken, ihm erklären, dass es nicht seine Schuld war, aber ihre Blicke würden eine andere Sprache sprechen. *Weil niemand, der die Chance hat, die Schuld von den heiligen Toten abzuwälzen, sie nicht nutzen wird.*

Er legte die Arme um seinen Leib. Blieb der letzte Punkt. Falls er nicht ging, falls er sie nicht anführte, würde er sich trotzdem verantwortlich fühlen. Falls einer von ihnen starb, würde er glauben, er hätte überlebt, wäre er dabei gewesen. Er wollte die Verantwortung nicht, aber er hatte sie sich ohnehin schon aufgeladen.

»Bin so oder so angeschissen.« Er schüttelte noch einmal den Kopf, dann grinste er. »Wenigstens is' Kamiskwa nicht hier und sieht das.«

Nathaniel ging hinüber zu Forst. »Unter einer Bedingung.«

Der Major hob eine Augenbraue.

»Ihr nehmt Caleb mit, als meinen Lieftenant. Und Ihr nehmt seine Truppe. Friedensreich kann sie anführen.«

Der Major musterte ihn misstrauisch. »Auch wenn Ihr Caleb zu Eurem Lieftenant macht, bewahrt ihn das nicht vor der Gefahr.«

»Weiß ich, aber er ist ein schlauer Bursche, und das kann ich gebrauchen. Außerdem werdet Ihr Eure Befehle wohl aufschreiben, und er ist besser darin, das zu entziffern, als ich es jemals sein werde.«

»Ich brauche Zeit, darüber nachzudenken, Nathaniel. Im Augenblick neige ich dazu, Euren Vorschlag anzunehmen. Bis Ihr oben auf der Felswand seid, habe ich mich entschieden. Lasst mir nicht zu lange Zeit, es mir anders zu überlegen.«

Nathaniel lachte und stieg aus den Mokassins. »Geht beiseite, Männer. Ich zeig' Euch, wie man das macht.«

Die meisten Männer machten Platz, aber Rufus Astwerk strengte sich an, ihm im Weg zu stehen, während er nach Kräften vortäuschte, Nathaniel zu ignorieren. Der schlug einen schnellen Bogen um ihn, griff sich drei Beutel mit Kieseln und die beiden Prügel als Gewehre.

Der Mann, der ihm das Seil um die Hüfte band, deutete auf den zusätzlichen Beutel. »Ihr braucht nur zwei.«

»Ach, Rufus trägt auch extra Gewicht mit, dürfte locker ein, zwei Beutel Steine ausmachen, da kann ich ruhig auch ein bisschen mehr nehmen.«

Die Männer lachten, und einer machte den Fehler, Rufus auf den Wanst klopfen zu wollen. Er landete mit geplatzter Lippe auf dem Hintern, war aber immerhin schlau genug, nicht sofort wieder aufzustehen.

Nathaniel machte sich an den Aufstieg. Der Anfang war

leicht. Die Hand- und Fußgriffe waren von den Jungs, die seit Jahren an der Felswand spielten, tief ausgehöhlt. Etwa zwanzig Fuß hoch bot ein breiter Sims einen Blick aufs Meer hinter Port Maßvoll, und von dort aus konnte man problemlos die Segel um die Landspitze kommender Schiffe entdecken.

Danach wurde es etwas schwieriger, aber Nathaniel hatte die Geheimnisse des Bergsteigens längst gelernt. Man durfte sich niemals an den Fels schmiegen, durfte sich niemals zu weit recken und musste das Gewicht immer auf den Beinen halten. Plötzliche Bewegungen, besonders mit schwingenden Steinbeuteln und aneinanderschlagenden Stecken auf dem Rücken, rissen einen Kletterer schneller aus dem Gleichgewicht als ein auf einen Satz geleertes Fässchen Whiskey. Und der Sturz von einer Bergwand war gefährlicher als der von einem Wirtshaushocker.

Als er die Hälfte hinter sich hatte, wurde es wieder einfacher, weil es weniger Kletterer schon so hoch geschafft hatten. Er schob sich etwas nach Osten, fort von der Steinbruchseite, und sobald er eine Stelle mit brüchigem Fels hinter sich gelassen hatte, kam er recht schnell voran. Er erreichte die Oberkante und stand auf, obwohl er sich lieber hingelegt und zu Atem gekommen wäre. Dann löste er selbst die Sicherheitsleine.

Major Forst formte die Hände vor dem Mund zum Trichter. »Schön, Euch dabeizuhaben, Kapteyn Wald.«

Friedensreich schlug ihm auf den Rücken, und Caleb reichte ihm die Hand, während unter ihnen die Männer jubelten und ein paar ihre Waffen abfeuerten. Keine der Kugeln kam in Nathaniels Nähe, aber das lag nur daran, dass Rufus es nicht gewagt hätte, etwas zu versuchen, wobei man ihn sehen konnte. Nicht mit Friedensreich über ihm und dessen Hinterladergewehr in Reichweite.

Nathaniel schüttelte die Hand des jungen Frost. »War 'ne saubere Leistung, Caleb.«

Sein Gegenüber wurde rot. »Ich hoffe nur, mein Onkel sieht das auch so. Wir wollen mit und unseren Teil beitragen, die Jungs und ich.«

»Falls er dich nimmt, wird es 'ne Ehre sein, mit dir zu dienen.«

Caleb salutierte. »Ja, Sire, Kapteyn Wald.«

Nathaniel zögerte. »Finde irgendwie, das is' nicht recht, dass ich denselben Rang haben soll wie Kapteyn Radband.«

Der jüngere Mann verzog das Gesicht. »Genaugenommen habt Ihr das auch nicht. Ich meine, Ihr werdet dieselbe Anzahl Männer befehligen wie er, die dasselbe tun wie seine Truppen, doch in der Rangordnung seid Ihr nur ein Subaltern.«

»Ein was?«

»Es ist eine Art halber Offizier, und kein norillischer Soldat bräuchte Eure Befehle zu befolgen. Es liegt daran, dass wir Kolonialmiliz sind.«

»Dann ist nach der Denkweise Euer Onkel unter Kapteyn Radband?«

»Ja.«

Nathaniel schüttelte den Kopf. »Scheint mir nich' gerecht. Is' doch wohl immer noch so, dass ein Mann 'ne Kugel genauso aufhält wie der andere.«

»Nun ja, wir sind halt alle nur Auslöslinge.«

»Ah ja. Schätze, da wird sich noch was ändern müssen in der Auffassung, was das angeht.« Nathaniel klopfte Caleb auf die Schulter. »Dann seht mal zu, dass Ihr den Rest Eurer Jungs hier raufkriegt, Meister Frost. Zeigt den Astwerks und Fassdaubes, dass lesen können einen nicht langsamer macht.«

»Ja, Sire.«

Nathaniel lachte. Ob er sich jemals daran gewöhnen würde, in diesem Ton ›Sire‹ genannt zu werden, wusste er wirklich nicht zu sagen. Er war sich aber sicher, dass es ihm nie gefallen würde. Er ging den Weg entlang, der oberhalb des Steinbruchs nach Norden und abwärts zum Bach führte.

Ein mittelgroßer Mann von schlanker Statur stand von einem Baumstumpf auf und begleitete ihn. »Nathaniel.«

»Rechtens.«

»Wie kommt es, dass Ihr Rufus Astwerk noch nicht umgebracht habt?«

»Tja, ich schätze, er ist schlau genug, mich nicht zu reizen, wenn ich in der Stimmung bin, jemand abzustechen.«

Rechtens Bein nickte. »Ich erinnere mich an eine Zeit, da hast du ihn gestochen.«

Nathaniel nickte. Es war zu einer Zeit gewesen, als sie alle noch jünger waren. Wobei Rufus drei Jahre älter war als Nathaniel, und Rechtens zwei Jahre jünger. Rufus hatte die Gewohnheit gehabt, Rechtens jeden Tag für irgendeine Beleidigung zu verprügeln. Das hatte Nathaniel gar nicht gefallen, und ein Messerstich hatte genügt, Rufus lange genug in die Flucht zu schlagen, dass er Rechtens nach Hause bringen konnte, damit seine Mutter die Platzwunde an seinem Kopf nähte.

»Er hatte es verdient.«

»Hab sagen hören, er hätte erzählt, wie er hofft, dass Ihr mit den Soldaten auszieht. Soll gesagt haben, in der Schlacht kann viel passieren.«

»Hat er das?«

Rechtens nickte. »Hab auch bemerkt, dass er und Zachariah Wildbau lange den Kopf zusammengesteckt und getrunken haben, bevor Wildbau am Montag nach Süden ist.«

»Gut zu wissen.«

»Könnt' sogar sein, dass Geld den Besitzer gewechselt hat.«

Es war nicht schwer, sich auszurechnen, in welche Richtung. Astwerk hatte grundsätzlich keines, und Wildbau hatte viel zu viel.

»Werd' die Augen offen halten.«

»Tut das, Kapteyn. Ich tu es auch.« Rechtens Bein nickte ernst. »Wenn es Zeit wird, Schulden zu begleichen, wird Rufus nichts erlassen werden.«

Einundfünfzigstes Kapitel

24. Mai 1764
Regierungshaus, Port Maßvoll
Mäßigungsbucht, Mystria

Prinz Vladimir versuchte gar nicht erst, seine Überraschung zu verbergen. Man hatte ihn wegen einer dringenden Nachricht Lhord Rivendells geweckt. Der Militärgouverneur hatte zwei Seiten in schmerzhaft schöner Handschrift benötigt, um ihn um eine dringende Unterredung zu bitten. Vladimir hatte Graf von Metternin, Major Forst und Kapteyn Radband kommen lassen. Um Punkt zehn Uhr ließ Kerzenzieher Rivendell ins Büro. Langford folgte ihm, zwei Journalbände und mehrere eingerollte Karten im Arm.

Rivendell verneigte sich tief. Er trug immer noch Rot und Gold, aber diesmal Leinenkleidung, was besser zu den Gepflogenheiten Mystrias passte. »Ich danke Euch, Hoheit, und ich vertraue darauf, Graf von Metternin, dass Ihr mir die Überraschung nicht verdorben habt.«

Der Kesse verbeugte sich und knallte die Hacken zusammen. »Wie wir gestern Abend beim Diner besprochen haben, ist es mir eine Ehre, mich im Glanz Eures Genies zu sonnen.«

»Selbstverständlich ist es das.« Rivendell ging schnurstracks zu dem Modell. »Sires, ich habe lange Zeit darüber nachgedacht, nachgesonnen, wie wir diese Nuss knacken können. Ich habe beschlossen, sie Festung des Todes zu nennen. Brillant, nicht wahr? Nicht wahr?«

Dann zögerte er und klopfte sich mit dem Fingernagel auf die Zähne. »Vielleicht wäre ›du Morte‹ passender, um den Tharyngen die Ehre zu erweisen. Das würde Euch gefallen, nicht wahr, von Metternin? Notiert das, Langford. Was immer. Kanonen auf allen Seiten, ohne eine Möglichkeit für uns, ein Schiff zu bauen und in Position zu halten. Das ist tatsächlich eine formidable Herausforderung, bis auf eine einzige verwundbare Stelle.«

Der Prinz betrachtete das Modell eingehend. »Wo wäre die, Johnny?«

»Die Klippen, Hoheit.« Rivendell strahlte. »Keiner von Euch hat an die Klippen gedacht. Was wir tun werden, seht Ihr, ist, eine Eliteeinheit von Soldaten diese Klippen ersteigen lassen, und mit Seilen und Kletterhaken können sie ins Innere der Festung gelangen, diese Ecke hier erobern und die Kanonen ins Innere der Festung schwenken. Sie säubern die Nordwand von Verteidigern, wir nehmen sie, und die gesamte Festung ist unser. Brillant, nicht wahr? Nicht wahr?«

Von Metternin applaudierte. »Bravo!«

Vladimir schüttelte den Kopf. »Ein verwegener Schachzug, Johnny, äußerst verwegen, doch woher sollen wir die Soldaten für dieses Unternehmen bekommen? Es müsste nachts geschehen, oder zumindest so kurz vor dem Sonnenaufgang, dass man sie von der Festung aus nicht bemerkt. Ja, Major Forst, Ihr habt etwas anzumerken?«

Der mystrianische Offizier nickte. »Ich bitte um Verzeihung, Hoheit, aber ich habe zwei Kompanien mystrianische Schärler. Eine aus Feenlee, eine aus den Nordlanden. Meine Männer könnten das übernehmen.«

Vladimir lächelte. »Ausgezeichnet.«

Rivendell lachte. »Major, bei allem gebotenen Respekt, ich verfüge bereits über die perfekten Krieger für diese Aufgabe. Die Vierte Schwere Reiterei. Pferde können die Klippe nicht erklimmen, also werden wir sie absitzen und klettern lassen.«

Der Prinz kicherte leise. »Ihr scherzt natürlich, mein Lhord. Eure Reiterei hat doch wohl keine Erfahrung darin, steile Felswände zu bezwingen?«

»Benötigen Sie nicht, Hoheit, benötigen sie nicht.« Rivendell zog die Nase hoch. »Es handelt sich um die besten jungen Herren aus den edelsten Häusern in ganz Norisle. Sie verteidigen das Reich seit 1066. Sie haben ihr Blut in den Heiligen Landen vergossen und kämpfen bereits seit Jahrhunderten gegen die Tharyngen. Sie verfügen über die beste Herkunft, Erziehung und Ausbildung. Wenn ich ihnen befehle, die Klippen zu ersteigen, werden Sie …«

»… wie der Haufen Gecken, der sie auch sind, wieder herunterpurzeln.« Ein älterer Mann mit schütterem Haar und tief in seine Züge eingegrabener Verachtung zog sich den Mantel von den Schultern und warf ihn Kerzenzieher zu. »Dick Ventnor, Hoheit. Graf von Metternin, Major Forst, vermute ich. Owen.« Seine Stiefel knallten laut auf dem Holzboden, als er mit schnellem Schritt an das Modell trat. »Ausgezeichnet. Ganz so, wie ich es mir nach Eurem Bericht vorgestellt habe, Hoheit.«

Rivendell verneigte sich. »Herzog Todeskamm, ein Vergnügen.«

»Macht den Rücken gerade, Johnny. Ihr seht aus wie ein Papagei.«

Vladimir blickte hinüber zu Owen. Die Züge des Soldaten hatten sich in eine ausdruckslose Maske verwandelt. »Herzog Todeskamm, wir waren unter dem Eindruck, dass Euer Schiff erst in einer Woche eintrifft.«

»Stimmt, aber die Wette ging darum, ob ich hier bin oder nicht, nicht mein Schiff. Langford wird meinen Mann bezahlen, sobald er eintrifft, Johnny. Ein Postboot hat uns überholt, also bin ich umgestiegen und zusammen mit den neuesten Berichten eingetroffen.« Der Herzog richtete die dunklen Augen wieder auf das Modell. »Der Südwesten ist natürlich eine Falle. Die einzige wirkliche Angriffschance liegt im Norden. Die Klippen sind eine hübsche Idee, aber die Reiterei käme niemals bis oben. Der Vierten fällt es schon schwer genug, morgens aus dem Bett zu klettern.«

»Ihr beschmutzt ihre Ehre, Sire.«

»Und Ihr wollt sie einsetzen wie Zinnsoldaten, Johnny. Aber mit echten Soldaten könnt Ihr nicht von vorn anfangen, wenn es nicht so läuft, wie Ihr Euch das wünscht.«

Vladimir deutete auf Major Forst. »Wir verfügen über zwei Kompanien mystrianischer Schärler, Scharfschützen und handverlesene Männer, die den Aufstieg schaffen können und werden.«

Todeskamm nickte und kniff die Augen zusammen. »Zwei vollständige Kompanien?«

»Ja, Herzog Todeskamm.«

»Voll ausgebildete Waldläufer, Robert? Das Beste, was Mystria aufzubieten hat?«

»Ja.«

»Und Ihr werdet Sie anführen?«

Forst lächelte. »Einen Daumen habe ich noch, also werde ich sie befehligen.«

»Sehr gut.«

Rivendell blinzelte. »Ihr könnt nicht ernsthaft planen, Sie die Klippen erklettern zu lassen, Dick. Das sind *mystrianische* Truppen. Habt Ihr vergessen, welche Lektionen uns der Wald von Artennes gelehrt hat?«

Todeskamm verzog verächtlich den Mund. »Ich werde Euch nur dieses eine Mal auffordern, Johnny, Euch daran zu erinnern, wer von uns beiden an jenem Tag tatsächlich dort war und die mystrianischen Truppen *eingesetzt* hat.«

»Dann solltet Ihr es besser wissen als jeder andere ...«

»Das tue ich, Ihr Esel, ich weiß es besser als Ihr oder Euer Vater.« Todeskamms Stimme senkte sich, und er sprach sehr viel langsamer. Vladimir sah jedes Wort wie einen stählernen Dolch vor sich, der sich in Rivendells Eingeweide bohrte. »Hätte ich meinen Willen, ich würde Major Forsts Männer nehmen und sie losschicken, sich um du Malphias zu kümmern. Eure Männer würde ich irgendwann zum Amboss-See schicken, damit sie die Trümmer der Festung besetzen, und hoffen, dass sie den Weg zurück nicht mehr finden.«

Rivendell zog pikiert die Nase hoch. »Diese Option besitzt Ihr nicht, Sire. Das Parlament übertrug *mir* den Befehl über diese Expedition. Ihr seid als Beobachter hier.«

»Und als Berater.« Todeskamm wandte sich an den Prinzen. »Was ich Euch raten würde, Hoheit, ist, Major Forsts Schärler zur unabhängigen Einheit zu erklären. Ich habe einen Auftrag von äußerster Wichtigkeit für sie.«

»Ja, mein Lhord?«

Todeskamms Blick wanderte zu Rivendells Adjutant. »Langford, macht Euch nützlich. Ihr habt da eine Karte von Mystria? Ja, auf diesen Tisch. Bewegung, Mann, wir haben nicht den ganzen Tag Zeit.«

Langford zuckte zusammen, ließ die Bücher sowie zwei der Karten fallen und verlor noch zwei weitere, als er sich bückte, um eine der ersten aufzuheben. Er trug sie an einen Tisch und breitete sie darauf aus.

Todeskamms düstere Miene nahm Langfords Ungeschicklichkeit jeden Anflug von Humor. Vladimir wurde bewusst, dass Todeskamms Ausstrahlung selbst ihn in ihren Bann geschlagen hatte. Er stellte fest, dass er bereitstand, auf Befehl des Herzogs zu springen wie ein Rekrut. Er kannte den Mann nur aus Geschichtsbüchern und kryptischen Hinweisen in Briefen, aber in Fleisch und Blut ließ Ventnor alle Legenden, die ihn umrankten, weit hinter sich. Beschreibungen, die auf dem Papier überzogen gewirkt hatten, konnten es mit der düsteren Energie des realen Mannes nicht einmal annähernd aufnehmen.

Mit Rivendell als Schlusslicht ging die Gruppe an den Tisch, um die Karte zu studieren.

Todeskamm deutete auf die Mündung des Silberflusses. »Kurz bevor wir in See stachen, meldeten unsere Spione auf dem Kontinent, dass zwei ryngische Infanterieregimenter nach Mystria aufgebrochen waren. Ein Regiment ist unterwegs zu dieser Festung des Todes.«

»Du Morte«, korrigierte Rivendell.

Ventnor fixierte ihn mit einem Blick, der einen Amboss geschmolzen hätte. »Wir erwarten, dass du Malphias' Platingarde wieder zu ihm stößt. Das nach Villerupt endlich wiederaufgebaute Siliziumregiment wird die Ortschaften in Kebeton verstärken. Sie wird ein Bataillon hier, in Fort Cuivre an der Ostküste des Lac Verdeau stationieren, am Oberlauf des Silber.«

Die Miene des Prinzen spannte sich. »Wer dieses Fort kontrolliert, kann den für du Malphias bestimmten Nachschub ebenso aufhalten wie alle Handelswaren auf dem Weg nach Kebeton.«

»So ist es. Cuivre ist der Eckstein zur Vernichtung eines Großteils des tharyngischen Handels.« Todeskamm schaute auf. »Major Forst, können Eure Männer es einnehmen?«

»Ihr verlangt von uns, fast dreihundert Meilen wie die Krähe fliegt zurückzulegen, der größte Teil durch Land der Sieben Stämme. Die Tharyngen werden gewarnt sein, dass wir kommen. Wir haben keine Artillerie und werden einer zahlenmäßig überlegenen Garnison gegenüberstehen.«

Der Herzog nickte. »Jetzt wisst Ihr, warum ich nicht Johnnys Sandkastenfreunde mit ihren Steckenpferden schicke.«

Forst schmunzelte. »Wir können es schaffen. Ich werde mich daranmachen, die nötige Ausrüstung zusammenzustellen.«

»Gut. Ihr rückt vor der Hauptstreitmacht aus, als verstärkte Kundschafter, und biegt erst später zu Eurem wahren Angriffsziel ab. Ich werde Euch vollständige schriftliche Order zukommen lassen.«

»Ich bedanke mich, mein Lhord.«

Todeskamm nickte. »Was Euch betrifft, Hoheit, möchte ich, dass Ihr den Befehl über die Kolonialmiliz übernehmt. Man hat mir zu verstehen gegeben, dass Ihr über ein Regiment verfügt. Ihr werdet als unsere Reserve dienen, aber ich werde Euch auch benötigen, um Straßen durch die Wildnis zu schlagen. Ihr verfügt über Männer, die eine Axt schwingen können?«

Der Prinz lachte. »Jeder Mann in Mystria besitzt eine Axt und hält sie scharf geschliffen. Ich habe eine Milizkompanie, die …«

»Miliz? Niemals!« Rivendell protestierte. »Ich werde sie nicht in den Kampf lassen. Auf keinen Fall werde ich sie einsetzen.«

»Dann seid Ihr ein Narr, aber ich vermute, dass ist ohnehin offensichtlich. Euer Einfluss bei Hofe und im Parlament hat Euch den Befehl über diese Expedition verschafft. Aber ich bin befugt, die Miliz zu beraten, und ebendies tue ich. Falls Ihr Euch entschließt, meinen Rat zu ignorieren, so tut Ihr das auf eigene Gefahr.«

»Gefahr? Das werden wir noch sehen, mein Lhord.«

»Spielt Euch nicht so auf, Johnny. Das hier ist kein Spiel.« Ventnor winkte Rivendell beiseite. »Kapteyn Radband, Euch erwarte ich heute Abend in meinem Quartier zum Essen. Ich werde Euch einen Mann mit den Einzelheiten schicken. Bis dahin, nehme ich an, werdet Ihr als Verbindungsoffizier hier gebraucht.«

»Ja, Sire.« Owen zögerte. »Darf Ich mich nach dem Befinden meiner Gemahlin erkundigen?«

»Dafür ist dies weder der Ort noch der Zeitpunkt.« Die Miene des Herzogs lockerte sich kaum merklich. »Als ich sie zuletzt sah, ging es ihr gut, und sie freut sich auf Euer Wiedersehen.«

»Ich danke Euch, mein Lhord.«

Todeskamm nickte, dann widmete er sich wieder dem Modell. »Plant Euer Vorgehen sorgfältig, Sires. Das Schicksal Mystrias hängt davon ab, was Ihr tut. Und jetzt, Johnny, verschwindet von hier und nehmt Euren Schatten mit, damit die echten Männer arbeiten können.«

Rivendell wirkte wie ein schmollendes Kind, als er Richard Ventnor in einigem Abstand mit steifem Gang und gesenktem Kopf aus dem Büro folgte. Langford sammelte hastig die Karten und Journalbände ein, bis auf die ausgebreitete Karte Mystrias, die er auf dem Tisch liegen ließ, und eilte den beiden nach.

Vladimir stieß einen Seufzer aus, als sich die Türe hinter den Besuchern geschlossen hatte. »Das, Sires, war faszinierend.

Auch wenn es dafür noch recht früh ist, darf ich Euch etwas zur Beruhigung der Nerven anbieten? Kerzenzieher, Whiskey und Wasser für alle, bitte.«

Der Prinz drehte sich zu Owen um. »Euer Oheim hinterlässt einen ziemlichen Eindruck.«

»Er hat Jahre der Erfahrung darin.« Owen schüttelte den Kopf. »Ums Haar hätte er es geschafft, dass Rivendell mir leidtut.«

Der Graf akzeptierte ein Glas aus der Hand des Lakaien. »Ihr freut Euch nicht auf das Diner?«

»Lieber würde ich mit dem Laureaten speisen.«

»Die Gelegenheit könnten wir alle noch bekommen.« Vladimir studierte die Karte. »Wie schnell können wir realistischerweise vorankommen? Zehn Meilen pro Tag?«

Forst schüttelte den Kopf. »Ich werde das mit meinen Leuten schaffen, vielleicht sogar zwölf. Es gibt anständig schiffbare Flüsse auf einem Teil der Strecke. Zum Amboss dürftet Ihr sechs schaffen.«

»Was meint Ihr, Owen? Ihr wart schon dort.«

Owen hielt das Glas mit beiden Händen, trank aber nicht. »Das hängt davon ab, wie viele Wagen wir für Nachschub benötigen. Ich würde, so viel ich könnte, den Tillie hinauf nach Hutmacherburg vorausschicken. Auf jeden Fall die Kanonen. Die Pferde auch. Nicht, dass sie uns an der Festung irgendeine Hilfe sein werden.«

»Wenn wir am Einunddreißigsten aufbrechen, sind wir um den zweiten Juli am Amboss-See. Damit bleiben uns zwei Monde, vielleicht drei, für die Belagerung.« Der Prinz schüttelte den Kopf. »Allein schon die notwendigen Mengen an Proviant und Futter für die Tiere dorthin zu schaffen, wird unglaublich schwierig. Ein Alptraum.«

Der Graf kicherte. »Ein Idiot als Anführer, ein an den Haaren herbeigezogener Zeitplan, und völlig unzureichende Kräfte für die zu erfüllende Aufgabe. Hätte ich nicht Erfahrungen im Umgang mit gekrönten Häuptern, könnte ich den Eindruck bekommen, man will nicht, dass wir Erfolg haben.«

Rivendell schloss die Tür der Kutsche, bevor Langford zusteigen konnte. »Geht zu Fuß, Langford, und beeilt Euch. Ich werde zu Euch stoßen, sobald der Herzog und ich uns unterhalten haben.«

Langford setze automatisch an zu salutieren. Natürlich rutschten ihm dabei die Karten aus den Händen. Es gelang ihm nicht, sie rechtzeitig aufzufangen, und er wurde rot.

Todeskamm hieb mit der Faust gegen das Dach der Kutsche. »Los!«

Der Fahrer schnalzte mit der Peitsche, und die schwarze Kutsche setzte sich mit einem Ruck in Bewegung. Rivendell lächelte. »Oh, Dick, ich glaube, wir haben sie getäuscht. Sie haben keine Ahnung. Ich habe Recht, nicht wahr? Nicht wahr?«

»Ja, natürlich. Alles ist verlaufen wie geplant.« Auf Ventnors Zügen zeigte sich die Andeutung eines Lächelns. »Ihr habt Eure Rolle gut gespielt.«

»Und Ihr ebenfalls, Sire, Ihr ebenfalls.« Rivendell strahlte. »Dass Ihr früher als erwartet eingetroffen seid, war brillant. Mit dem Postschiff, sagt Ihr.«

»So ist es, und ich erwarte meine zwanzig Pfund.«

»Natürlich.« Rivendell nickte. Er hatte den Herzog Todeskamm auf dem Kontinent kennengelernt und ihn ganz und gar nicht angenehm gefunden. Der Mann hatte einfach kein Interesse an Gesellschaft. Trotzdem schien er immer bei jemand von Einfluss Gehör zu finden. Im Gegensatz zu seinem Vater achtete der junge Rivendell auf die Gestalten im Hintergrund, denen kein Unglück etwas anhaben konnte. Als er sich im Streit um Mystria auf der Todeskamm entgegengesetzten Seite fand, hatte ihm das beträchtliche Sorgen bereitet, und als der Mann ihm in Launston die Nachricht zukommen ließ, dass er mit ihm reden wollte, war er absolut entsetzt gewesen.

Ventnor schob sich in die Ecke der Kutsche. »Ihr *werdet* die mystrianischen Truppen einsetzen.«

»Das werde ich nicht, Sire. Sie sind völlig unzuverlässig.«

»Natürlich sind sie das, Dummkopf. Es ist erforderlich, dass sie vernichtet werden, damit die Königin begreift, welche Idiotie es ist, die Kolonien ohne starke Garnison zu lassen. Ihr werdet sie zum Amboss-See mitnehmen, Ihr werdet die Kolonisten in den Tod schicken, und dann werdet Ihr Euch zurückziehen und eine Festung am Oberlauf des Tillie bauen, wie wir es geplant haben. Wir hindern du Malphias daran, eine eigene Nation zu gründen, und sorgen dafür, dass er als nützliche Bedrohung am Leben bleibt.«

Rivendell nickte. »Es ist mir zuwider, dass der Eindruck entstehen wird, ich hätte die Belagerung verloren.«

Todeskamm schüttelte den Kopf. »Ihr verliert sie nur, wenn wir zulassen, dass es im Parlament so verlautbart wird. Und das werden wir sicher nicht. Ihr werdet eine ›strategische Umpositionierung‹ durchführen. Man wird Euch als Genie feiern und Euch zusätzliche Truppen bewilligen, um ihn im kommenden Sommer zu venichten. Und ganz Mystria wird Euch als Retter sehen. Tharyngia ist gezwungen, zusätzliche Truppen nach Mystria zu verlegen, wir greifen auf dem Kontinent an und beenden die Tyrannei der Laureaten auf ewig.«

»Ja, ja, natürlich.« Rivendells Lächeln verblasste ein wenig. »Warum habt Ihr Forsts Leute fortgeschickt?«

»Hättet Ihr sie am Amboss-See verfügbar gehabt, wärt Ihr gezwungen worden, sie einzusetzen. Indem ich sie zum Lac Verdeau in den Tod geschickt habe, machen wir Mystria sehr viel verwundbarer. Das wird die Flüsterkampagne für eine Unabhängigkeit zum Verstummen bringen.« Ventnors Lider sanken halb über seine Augen. »Man wird den Prinz als Generalgouverneur absetzen. Ich erwarte, dass man Euch den Posten anbietet.«

Rivendell rieb sich die Hände. »Ich erhalte so viel, und Ihr verlangt so wenig.«

Sein Gegenüber zuckte die Schultern. »Seht zu, dass mein Neffe stirbt, und ich betrachte die Schuld als mehr denn beglichen.«

Zweiundfünfzigstes Kapitel

24. Mai 1764
Herzog Todeskamms Residenz, Port Maßvoll
Mäßigungsbucht, Mystria

Owen stieg langsam die Stufen zu den Räumen seines Oheims hinauf. Herzog Todeskamm hatte Räume von Zachariah Wildbau gemietet. Das Geschäft lag günstig in der Nähe des Hafens und der Waffenkammer der Garnison. Die Wahl war absolut vernünftig und gleichzeitig beleidigend für Lhord Rivendell, für den es undenkbar sein musste, dass ein Herzog Norisles Mieter eines Ladenbesitzers war.

Owen kam sich vor wie in seine Kindheit zurückversetzt. Sein Vater war kein gestrenger Erzieher gewesen, und so war diese

Rolle an seinen Großvater oder Oheim gefallen. Großvater hatte ihn einfach vom Gesinde prügeln lassen, sein Oheim jedoch genoss die Rolle und hatte es mehr als einmal darauf angelegt, ihm das mystrianische Blut aus dem Leib zu bläuen.

Der Oheim hatte sich nie damit begnügt, ihm Schmerzen zuzufügen. Er hatte immer darauf geachtet, ihn zusätzlich zu erniedrigen. Owens Gesicht brannte bei der Erinnerung daran, wie oft Richard Ventnor in der Schule erschienen war und ihn gezwungen hatte, auf dem Hof die Hosen herunterzulassen, bevor er ihm für irgendeine imaginäre Verfehlung die Reitpeitsche über Hintern und Oberschenkel zog. Wie sich herausstellte, hatte Richard selbst sich dessen dreißig Jahre zuvor schuldig gemacht, und sein Vater hatte ihn dafür so geprügelt, wie er es mit Owen tat.

Vermutlich würde die Einladung zum Abendessen keine Tracht Prügel beinhalten. Trotzdem war er bereit, darauf zu wetten, dass Erniedrigung und Beleidigungen auf dem Speiseplan standen. Als er an die Tür der Wohnung klopfte, fragte er sich, warum er überhaupt gekommen war.

Harlmont, ein verhärmter, faltiger Greis, dessen unterwürfige Haltung ihm eine dauerhafte Verkrümmung des Rückgrats beschert hatte, öffnete. Der Lakai sagte kein Wort der Begrüßung. Er nahm Owens Hut in Empfang und winkte ihn weiter in den Salon.

Richard Ventnor stand vor einem mittelgroßen Feuer und hielt ein Buch in der Hand. Er klappte es mit einem Knall zu und legte es auf den Kamin. Dann musterte er Owen von Kopf bis Fuß. »Ich fürchte, ich habe Euch gänzlich falsch eingeschätzt.«

Owen zögerte. »Verzeiht?«

»Harlmont, zwei Whiskey. Von meinem Besten. Schenkt großzügig ein und beeilt Euch.« Todeskamm ging zu einem

Lehnstuhl vor dem Kamin und bot Owen mit einer Kopfbewegung dessen Gegenstück auf der anderen Seite an. »Ich habe den Bericht des Prinzen gelesen – zwei Mal gelesen sogar. Der Detailreichtum und die Informationen, die Ihr über diese Pasmortes in Erfahrung gebracht habt, haben mich beeindruckt.«

Owen setzte sich. »Lhord Rivendell hält sie für Spukgeschichten, um Kindern Angst einzujagen.«

»Rivendell ist zu dumm, bei Sonnenaufgang Osten zu finden.«

»Er wird Männer in den Tod schicken.«

Der Herzog nahm das ihm angebotene Whiskeyglas und hob es in Richtung seines Neffen. »Auf Männer, die der Wirklichkeit ins Auge sehen.«

Owen nahm sein Glas ebenfalls entgegen und trank. »Ich danke Euch.«

»Ich muss mich bei Euch bedanken. Und entschuldigen.« Todeskamm stellte den Whiskey auf einem Glastisch neben dem Stuhl ab. »Hätte Eure Gemahlin sich nicht so wortgewandt für Euch eingesetzt, ich hätte Euch niemals für diese Aufgabe in Erwägung gezogen. Ich habe absolut nicht mit einem Erfolg gerechnet. Schon gar nicht einem dieser Güte. Ihr habt ihr Vertrauen in Euch gerechtfertigt und meine Augen geöffnet.«

Owen runzelte die Stirn. »Wusstet Ihr, dass du Malphias hierher unterwegs war, als Ihr mir den Auftrag gabt?«

»Es gingen Gerüchte, aber er ist erst nach Euch aufgebrochen. Hätte ich geahnt, zu welchen Abscheulichkeiten er fähig ist, ich hätte …« Sein Oheim hob den Kopf. »Nein. Ich wollte sagen, ich hätte es Euch wissen lassen, aber die Wahrheit ist, ich hätte eine andere Wahl getroffen. Ich habe Euch nie als so schlau angesehen, wie Ihr jetzt zu sein bewiesen habt.«

Owen schauderte. »Geht es Euch gut, Oheim?«

Der Mann lachte herzhaft. Es war ganz sicher das erste Mal, dass Owen es vernahm. »Das habe ich verdient. Ich habe Euch schlecht behandelt, Owen, aus Gründen, die Euch bekannt sein dürften. Mein Bruder, Euer Stiefvater, ist ein Trinker und notorischer Glücksspieler. Euer Großvater auf mütterlicher Seite, der Earl Federstein, hat Francis eine Menge Geld geliehen. Mehr, als Euer Vater bereit war zurückzuzahlen. Als Euer Vater starb, erwarb Euer Großvater Francis' Ehe mit Eurer Mutter zur Begleichung seiner Schulden. Ich und mein Vater hatten gehofft, Francis für eine andere, der Familie nutzbringendere Allianz einsetzen zu können. Ich habe meine Verärgerung darüber, dass dies nicht gelungen ist, an Euch ausgelassen. Ich habe mir eingeredet, dass Ihr ein Dummkopf seid und Euer Tod das Beste für alle Beteiligten wäre. Allerdings wäre ein Mord unter meiner Würde.«

Owen nahm einen kräftigen Schluck Whiskey, damit das Feuer des Alkohols in seiner Kehle ihn daran hinderte, laut zu schreien. *Meine Existenz hat seine Pläne durchkreuzt, und das rechtfertigt, wie er mich behandelt hat?*

Todeskamm legte die Fingerspitzen aneinander. »Also habe ich Euch mehrere Dinge zu sagen. Zum Ersten, und das wird bei Eurer Rückkehr nach Norisle verkündet werden, wird die Königin Euch zum Ritter des Norillischen Imperiums schlagen. Damit verbunden ist ein bescheidenes Landgut hier in Mystria. Ihr habt das Land erkundet und werdet am besten wissen, wo es Euch gefällt. Sucht Euch einen Ort aus. Tausend Arpent. Ihr könntet es nach dem Familienbesitz benennen.«

»Ein Rittertitel? Treibt kein Spiel mit mir.«

»Nein, es entspricht der Wahrheit. Ihre Majestät ist sich der Gefahr, die diese Pasmortes darstellen, sehr bewusst. Schon zu Zeiten Villerupts gab es Gerüchte, dass du Malphias Leichen sammelte und Gräber plünderte. Wir fanden jedoch keine Beweise für bösartige Absichten, also wurden Behauptungen, er könnte nekromantische Absichten verfolgen, verworfen.«

Owen hob eine Augenbraue. »Was ist mit seiner Fähigkeit, Magie über den Bereich der direkten Berührung hinaus zu wirken?«

Todeskamm füllte sein Glas nach und trank. »Das finde ich die beunruhigendste Entwicklung von allen. Es gab schon immer Gerüchte über derart mächtige Zauberei.«

»Die Shedashie sind auf gewisse Weise dazu befähigt.«

»Das macht diese Gerüchte sicherlich glaubhafter.« Er stellte das Glas wieder ab. »Und das bringt mich zu einem Auftrag, den ich für Euch habe, einen Auftrag, über den Ihr zu niemandem auch nur ein Wort sagen dürft.«

»Und der wäre?«

Ventnor schloss einen Moment die Augen. »Wenn Ihr die Festung einnehmt, wird du Malphias versuchen, seine Aufzeichnungen zu verbrennen. Das müsst Ihr unter allen Umständen verhindern. Wir benötigen seine Dokumente, um sie durchsehen und feststellen zu können, welche Entdeckungen er gemacht hat. Davon hängt die Zukunft Norisles ab.«

»Das ist eine äußerst wichtige Aufgabe, Oheim. Ihr solltet sie selbst übernehmen.«

»Das würde ich, doch ich werde nicht an Eurer Expedition teilnehmen.«

Owen verzog das Gesicht. »Ihr sagtet doch, Ihr wäret als Berater hier … Ihr werdet doch nicht Forsts Einheiten begleiten?«

»So gerne ich das auch täte, nein.« Sein Oheim seufzte und schien in sich zusammenzusinken. »Das Postschiff hatte die Information über die tharyngischen Truppen an Bord, die ich dem Prinzen gegenüber erwähnte. Es beförderte auch einen Brief, der mich anweist, unverzüglich nach Launston zurückzukehren. Einer meiner politischen Verbündeten und Rivendells Gegner ist Opfer eines öffentlichen Skandals geworden. Ich werde lange genug hier verbleiben, um den Nachschub für die Expedition zu organisieren, aber danach werde ich zurück nach Launston aufbrechen, um zu retten, was in meiner Macht steht.«

Todeskamm verbarg das Gesicht in den Händen, dann schaute er auf. »Wie schlau ist Prinz Vladimir? Ist er bei Verstand? Er machte den Eindruck, aber es geht die Angst um, er könnte vom tharyngischen Wesen angesteckt sein.«

»Er ist sehr schlau und bei sehr klarem Verstand.«

»Ehrgeizig?«

»In keiner Weise, die Ihr erkennen würdet.« Owen lächelte. »Sein Ehrgeiz gilt allein seinen Studien. Er hat mir eine Liste der Pflanzen und Tiere mitgegeben, die ich ihm von der Erkundung zurückbringen sollte. Er versteht sich auf die Politik, benutzt dieses Wissen aber nur dazu, die Wünsche der Krone umzusetzen.«

Sein Oheim nickte nachdenklich. »Gut. Und er steht nicht zu sehr unter dem Einfluss des Kessen?«

»Von Metternins? Er bedient sich des Grafen als Ratgeber, aber selbst der Graf ist voller Bewunderung für den Prinzen.«

»Das ist wichtig, Owen.« Die Miene seines Oheims wurde ernst. »Wie hat er auf du Malphias' Plan reagiert, eine eigene Nation zu gründen?«

»Der Prinz hat gelacht, als ich ihm davon erzählte. Er erklärte es für unmöglich. Abgesehen davon, dass Tharyngia die notwendigen Menschenmengen fehlen, ist Mystria zu groß und enthält zu viele Regionen und Interessen. Eher wird sich der Kontinent zu einer Nation vereinen als Mystria.«

»Sehr gut.« Ein kurzes Lächeln zuckte über Ventnors Gesicht. »Und was denkt der Kesse?«

»Soweit ich es weiß, ist er derselben Ansicht.«

»Gut.« Todeskamm stand auf und nahm das Buch vom Kaminsims. Er reichte es Owen. »Kennt Ihr dieses Buch?«

Owen fuhr mit der Hand über den Einband. »›Die Berufung eines Kontinents‹. Ja, ich habe es als Schlüssel für kodierte Nachrichten an Prinz Vladimir verwendet.«

Der Herzog hob das Glas vom Beistelltisch und nippte daran, ohne sich wieder zu setzen. »Wusstet Ihr, dass der Autor, Samuel Hast, nicht existiert? Es ist ein Pseudonym.«

»Das war mir nicht bekannt.«

»Wüsstet Ihr, wer es geschrieben hat, würdet Ihr es mir doch wohl mitteilen?«

Owen nickte, obwohl sich eine Gänsehaut auf seinem Körper ausbreitete. Blitzartig kam ihm der Gedanke, Dr. Frost könnte der Autor sein. *Ich würde ihn niemals verraten.* »Das versteht sich. Gibt es ein Problem?«

»Das Dokument ist hochverräterisch. Seid vorsichtig. Lasst Rivendell nicht wissen, dass Ihr es gelesen habt.«

»Das werde ich nicht.«

»Noch ein letzter Punkt.«

Owen hob den Kopf. »Ja?«

»Falls Lhord Rivendell das wenige an Verstand, was er besitzt, auch noch verliert und die Expedition in den Untergang führt, glaubt Ihr, Prinz Vladimir wäre befähigt, seine Position zu übernehmen? Wobei ich zugestehe, dass er den Grafen von Metternin als Adjutant benutzen würde. Wärt Ihr in der Lage, in seinem Namen Truppen in der Schlacht zu befehligen?«

»Ja, was den ersten Punkt angeht. Ein eingeschränktes Ja zum zweiten, da die Regimenter von Koronels kommandiert werden.«

Todeskamm setzte ein kaltes Lächeln auf. »Noch besitze ich

die Macht, gewisse Dinge zu tun. Bevor ich aufbreche, werde ich eine versiegelte Order aufsetzen und dem Prinzen übergeben, die Euch provisorisch zum General befördert, sollte es notwendig sein, Rivendell das Kommando zu entziehen. Ich werde den Prinzen in diese Richtung informieren.«

Owen blinzelte. »Seid Ihr Euch sicher, Oheim?«

»Das bin ich. Ihr müsst hier als mein Stellvertreter fungieren, Owen. Ihr müsst Norisle hier vertreten. Falls es uns nicht gelingt, du Malphias aus dem Weg zu räumen, ist unsere Stellung in der Welt in Gefahr. Meine Feinde erkennen das nicht, doch ich sehe es klar und deutlich. Ich weiß, dass es so ist, und ich weiß, wenn es zu einem Rückschlag kommt, werden sie sich feige verkriechen und den Untergang noch beschleunigen, den es zu verhindern gilt. Ihr, Owen Radband, habt mit eigenen Augen das Böse gesehen, das sich Guy du Malphias nennt. Es obliegt Euch, es auszulöschen. Es ist die Pflicht unserer Familie, der Krone damit zu dienen.«

Owen schüttelte den Kopf, um klar denken zu können. *Ist das wirklich mein Oheim?*

Er wusste, dass hier mehr vorgehen musste, als sichtbar war. Doch bevor er auch nur damit anfangen konnte, es zu enträtseln, setzte der Herzog das Whiskeyglas ab und streckte die Hand aus. »Ich muss gehen.«

Owen erhob sich und schüttelte ihm die Hand. »Aber ich dachte … Abendessen?«

»Eine letzte Täuschung, die Ihr mir verzeihen werdet.« Todeskamm lächelte auf eine seltsame Weise. »Ihr werdet ein Diner haben, und das in sehr angenehmer Gesellschaft.«

Er verließ den Salon in Richtung Flur. Owen wollte folgen, doch eine Stimme aus seinem Rücken, aus dem Esszimmer, hielt ihn auf. »Owen?«

Er drehte sich um. Das Herz schlug ihm bis zum Hals. Da stand sie, vollkommen und lächelnd, in einem weißen Kleid, das ihn an den Tag erinnerte, als sie geheiratet hatten. »Katherine!«

Sie flog in seine Arme, und er drückte sie an sich. Sie klammerte sich an ihn, vergrub das Gesicht an seiner Brust, ihr Leib von Schluchzen geschüttelt. Sie fasste seine Jacke mit beiden Händen. Sie wirkte so klein und zerbrechlich. Er konnte nichts tun, als sie zu halten und ihr übers Haar zu streichen.

»Schsch, Liebste, alles wird gut.«

Sie legte sich in seinen Armen zurück und schaute zu ihm hoch, die Wangen nass vor Tränen. »Ich dachte, ich hätte dich verloren.«

»Aber nein, mein Schatz, nein.«

»Owen, ich habe dich fortgeschickt, und als du verletzt wurdest, als du fast gestorben bist, war es meine Schuld. Ich hatte meinen Gatten, meinen Liebsten verletzt!«

»Still. Es geht mir gut.«

»Du weißt es nicht, Owen. Ohne die Freundlichkeit deines Oheims Richard hätte ich es nicht überlebt.« Sie streichelte sein Gesicht, nahm es in beide Hände. »Das bist wirklich du, nicht wahr?«

Er lächelte und gab ihr einen Kuss auf die Handflächen, erst rechts, dann links. »Du hast mich nicht verloren. Du warst niemals auch nur in Gefahr, mich zu verlieren.«

»Oh, du bist so ein furchtbarer Lügner.« Sie schloss die Augen und legte die Stirn auf seine Brust. »Dein Oheim ist genauso. Für die längste Zeit weigerte er sich, mir zu sagen, wie nahe du dem Tode warst. Aber ich war untröstlich. Owen, ich liebe dich so sehr.«

Er hob ihren Kopf, dann küsste er sie. Sie zerfloss in seinen Armen. Ihre Hände glitten unter seine Jacke und hielten ihn ganz fest. Sie löste den Kuss, dann küsste sie seine Brust. »Ich fand, es sei an der Zeit, dich wieder in meinen Armen zu halten.«

»Jetzt bin ich hier, Katherine.«

»Ja, das bist du.« Sie trat einen Schritt zurück und nahm seine beiden Hände in die ihren. Sie führte ihn auf den Flur hinaus und tiefer in die Wohnung. Im hinteren Bereich zog sie ihn nach links in ein Schlafzimmer und ließ ihn sich auf das Bett setzen. Sie kniete sich vor ihn und zog ihm die Stiefel aus, dann die Strümpfe.

»Dein Oheim hat mich mit nach Mystria genommen, weil ich es nicht ertragen habe, von dir getrennt zu sein. Er hat nicht erwähnt, dass ich mit auf das Postschiff umgestiegen bin, um dich zu überraschen. Ich musste ihn natürlich begleiten, da ich unmöglich allein auf einem Truppentransporter hätte bleiben können. Eure Soldaten können ein so lüsterner Haufen sein.«

Owen starrte sie an. »Falls einer von ihnen dich angefasst hat …«

»Beruhige dich, Owen. Keiner von ihnen hat es getan. Keiner von ihnen hat mich so berührt, wie du es getan hast, wie du es tun wirst.« Sie schälte ihn aus dem Uniformrock und knöpfte langsam seine Weste auf. Beides hängte sie über einen zerbrechlich wirkenden Stuhl, und unterbrach sich dabei nur, um ihn noch einmal zu küssen und an sich zu drücken. Lächelnd knöpfte sie sein Hemd auf, streichelte und küsste die langsam sichtbar werdende Haut seiner Brust.

Seine Hände hoben sich zu ihren und hielten sie auf halbem Wege auf.

»Ich habe neue Narben, Katherine.«

»Sie sind ein Teil von dir, mein Gemahl, und ich liebe sie.« Sie öffnete sein Hemd und schauderte, aber nur für einen Augenblick. Dann strahlte ihr Lächeln wieder. Sie beugte sich vor und küsste die Schusswunde an seiner linken Seite.

Owen keuchte. Bis die Wärme ihrer Küsse in seine Haut drang, war ihm überhaupt nicht bewusst gewesen, wie einsam er war. Ein Teil seiner Gefangenschaft war in ihm zurückgeblieben, aus den Träumen heraus erwachsen, in dem Katherine ihn zurückgewiesen hatte. Sie hatte Angst gehabt, ihn zu verlieren, und tief in seinem Innersten hatte er Angst gehabt, sie zu verlieren. Ein Kuss, ein Kuss, der nur ein Vorbote dessen war, was noch kommen sollte, genügte, diese Angst zu vertreiben.

In einem verlockenden Rauschen von Stoff sank Katherine auf die Knie, knöpfte seine Hosen auf und zog ihm auch den letzten Stoff vom Körper. Sie fuhr mit den Händen von seiner Taille bis zu den Schenkeln. Ihre Daumen strichen über die Einschusswunden, ihre Finger fuhren die Splitternarben auf seiner Hüfte nach. Ihr Atem wärmte seine Haut, als sie die Narben auf seinen Beinen küsste.

Sie schaute ihm in die Augen. »Ich habe dich so vermisst, Owen. Du ahnst mein Leiden nicht, meine Angst.« Wieder setzte sie einen Kuss auf seine Haut. »Doch nun sind alle meine Ängste verschwunden.«

Er zog sie empor, machte sich an den Knoten ihres Kleides zu schaffen, aber sie zog seine Hände fort. Sie legte die Kissen des Betts zusammen und ließ ihn sich darauflegen, küsste ihn noch einmal, dann legte sie ihm den Finger auf die Lippen.

Sie löste die Bänder, die ihr Kleid hielten, und ließ es zu Boden gleiten. Sie war noch genau so, wie er sie in Erinnerung hatte, schlank, mit diesen vollen Brüsten. Er musste lächeln, und sie löschte die Kerze auf dem Nachttisch. Dann stieg sie zu ihm aufs Bett und kletterte auf ihn.

Katherine löste ihr Haar. Es fiel voll und prächtig über ihre

Schultern. Sie beugte sich vor und küsste ihn noch einmal. Dann flüsterte sie: »Ich hatte Angst, dich verloren zu haben, Owen. Nun will ich dich wieder neu entdecken, jeden Zoll von dir, und dir zeigen, wie sehr ich dich vermisst habe.«

Dreiundfünfzigstes Kapitel

30. Mai 1764
Port Maßvoll
Mäßigungsbucht, Mystria

Der Wahrheit die Ehre, Sire. Bin nicht zu stolz, es zuzugeben: Lasse Port Maßvoll gerne hinter mir.« Nathaniel ging neben Major Forst. »Jeder Fuß Distanz zwischen mir und Bischof Binsen bessert meine Laune.«

Forst schmunzelte. »Es war schon gut, dass er uns seinen Segen gab, bevor wir losmarschiert sind. Sein Herz ist am rechten Fleck.«

Nathaniel verzog das Gesicht. Er war sich nicht sicher, ob Binsen überhaupt ein Herz hatte. Der Bischof hatte eine Stunde lang über die Schrecken der tharyngischen Gesellschaft gepredigt und den Männern zugeredet, dass ihre Mission Teil des göttlichen Plans war. Er hatte reichlich aus der Schrift zitiert, um seine Meinung zu untermauern, und sogar angeführt, dass der Erlöser vierzig Tage und vierzig Nächte durch die Wildnis geirrt war. »Bin mir nicht sicher, ob ich Geschichten über den verirrt durch die Wildnis stolpernden Erlöser als ein gutes Omen sehen kann, Major.«

»Ungeachtet Eurer Gefühle, Kapteyn Wald, bin ich sicher, für manche der Männer war die Predigt ein Trost.« Forsts Augen verengten sich. »Alle sind ordentlich weggetreten.«

»Stimmt, Sire, mit ein paar Ausnahmen.«

Den Regeln gemäß trugen beide Kompanien der Mystrianischen Schärler hundert Schuss Munition pro Mann bei sich. Die Gewehrschützen unter ihnen hatten darüber hinaus zwanzig Schuss der speziellen Pasmorte-Munition des Prinzen erhalten. Alle hatten ihre Flinten in einer Reh- oder Elchlederhülle verstaut. Die meisten der Männer hatten sie mit Glasperlen, Knöpfen, Muscheln oder Stickerei verziert. Zusätzlich führten sie Beile und Messer mit.

Jeder Mann hatte zwei Tornister. Der Erste bestand aus einer in Bärenfell eingewickelten Decke und hatte einen mittig angebrachten Riemen, der über die Schultern und recht hoch quer über die Brust getragen wurde. Ein paar der Männer hatten private Ausrüstung in die Decke gewickelt, aber nichts allzu Schweres. Ein aufgerolltes und an beiden Enden eingestecktes Stofftuch bildete den zweiten Tornister. Er ähnelte stark einer überdimensionierten Wurst. Im Innern befanden sich Reis, Bohnen, etwas Salz, Würste und Pökelfleisch sowie Essgeschirr und Besteck, etwas Ingwer, Zucker und Tee.

In einem separaten Beutel waren die Gussformen für die Kugeln, Blei, Reserve-Feuersteine und Werkzeug untergebracht. Da diese Utensilien recht schwer waren, teilten sich vier oder fünf Mann einen Beutel, der alle paar Meilen weitergereicht wurde. Nathaniel hatte einen eigenen Beutel mit Gussformen, aber da sie beide dieselben Kugelformen benutzten, hatte Friedensreich angeboten, ihn zu tragen.

Nathaniel musste schmunzeln, als er die Truppen marschieren sah. Niemand hätte sie mit norillischen Soldaten verwechseln können, dafür wirkten sie viel zu zerlumpt. Generell kleideten die Schärler sich alle mehr oder weniger gleich, in Mokassins und Lederbeinlinge, Hosen, Hemden aus Leder oder grobem Leinen, einer kurzen Jacke und einer Mütze. Damit endete die Ähnlichkeit aber auch schon, denn die Farben betonten den Unterschied zwischen ihnen. Caleb und seine Studentenfreunde trugen allesamt purpur-goldene Schärpen um die Taille. Die Männer aus Sommerland hatten ihre roten Kappen. Die Astwerks und Fassdaubes trugen Fuchsfellmützen, während die Südkolonisten den grünen Rock der Feenlee-Miliz übernommen hatten.

Auch Nathaniel hatte sich nicht verkneifen können, sich ein wenig herauszuputzen. Er hatte seinen weichen schwarzen Filzhut mit einem Geopahrfellband verziert, und Williams Mutter hatte ihm eine Halskette aus Bären- und Geopahrkrallen gemacht. Die Bärenkrallen waren ein Ausdruck seiner Beziehung zu Msitazi, und die Geopahrkrallen feierten seine Kriegernatur. Der bloße Anblick genügte, um einige Männer lächeln und Rufus Astwerks Miene sich blitzartig verdüstern zu lassen.

Calebs Männer, die von den anderen schnell die Bücherwürmer getauft worden waren, hatten bewusst jeder ein Tagebuch, Bleistifte oder Schreibfedern und mindestens ein Buch eingepackt. Während der Marschpausen wollten sie einander daraus vorlesen, um ihr Studium auch unterwegs fortzusetzen. Friedensreich, der das als Herausforderung sah, hatte es geschafft, eine Bibel aufzutreiben, die er jedem in Fort Cuivre überlebenden Tharyngen vom Anfang bis zum Ende vorzulesen drohte.

»Schätze, all die Bücher werden ihnen schwer werden, Major.«

»Ich vermute, damit habt Ihr Recht. Ich habe ihnen vorgeschlagen, sie nacheinander zu lesen, und ein neues Buch erst anzufangen, wenn das vorherige zu Ende vorgelesen ist. Es würde mich nicht wundern, wenn einige in Hutmacherburg bleiben.«

»Wir werden mehr als nur Bücher dalassen.« Nathaniel deutete auf einen hageren Mann, dessen Wildlederkleidung an ihm herabhing wie eine Mammuthaut an einer Maus. »War ja nett von Bischof Binsen, uns Meister Buchecker für unsere geistlichen Bedürfnisse mitzugeben, aber der hält das nicht durch.«

»Es hätte schlimmer kommen können.«

Nathaniel grinste. Am Ende seiner Predigt hatte Bischof Binsen seine Absicht verkündet, Lhord Rivendell und dessen Armee zu begleiten. Das schien seine Gattin zu überraschen, die in Tränen ausbrach und von Lilith und Madame Frost getröstet werden musste. Madame Frost hatte ebenfalls einen recht weinerlichen Eindruck gemacht, hatte aber ein tapferes Gesicht aufgesetzt, als sie sich von Caleb verabschiedete.

»Wohl wahr, Major.« Loberecht Bein, der es geschafft hatte, zum Korporal des Dritten Trupps gewählt zu werden, hatte Buchecker in seine Einheit aufgenommen. Die anderen Männer hatten seine schwerere Ausrüstung unter sich aufgeteilt, so dass er selbst nur ein Messer, die Bibel und seine Decke zu tragen brauchte. Die Truppe würde als Erstes seinen Proviant verspeisen, damit er bis zum Aufnehmen neuen Proviants in Hutmacherburg nur den leeren Stofftornister zu tragen brauchte.

»Schätze, ich geh' mal nach hinten und schau nach dem Ersten Trupp.«

»Danke, Kapteyn.«

Forst hatte seine einhundertvierzig Mann gut für die Reise aufgestellt. Zwei Mann gingen als Vorhut voraus, je zwei flankierten die Marschkolonne zu beiden Seiten und zwei folgten ihr, wobei diese Aufgabe reihum von allen Männern des Trupps übernommen wurde, der für die betreffende Funktion eingeteilt war. Da die Nordländer das Gelände besser kannten, hatten sie die Ehre, für die Sicherheit der Einheit zu sorgen.

Für den Abmarsch aus Port Maßvoll hatten die Bücherwürmer die Aufgabe erhalten, die Nachhut zu stellen. Während Nathaniel sich zurückfallen ließ, grüßte er die Männer, die er kannte, und tätschelte eine Reihe von neben der Kolonne herlaufenden Hunden. Ein paar Männer hatten ihren Hunden Tornister umgeschnallt, aber die meisten begnügten sich mit einem Maulkorb. Hunde machten es sehr viel leichter, einen Hinterhalt zu entdecken, und die Maulkörbe verhinderten, dass sie durch lautes Bellen dem Feind ihre Position verrieten.

Die Bücherwürmer waren bester Laune, als er sie erreichte. Sie freuten sich sichtlich über ihre neue Kleidung. Sie waren von Kopf bis Fuß in Rehleder gehüllt, das sie gegen Kleidung aus Norisle eingetauscht hatten. Dass einige der Häute, aus denen ihre neuen Sachen genäht waren, fleckig und zerschlissen waren, machte ihnen dabei offenbar nichts aus. Nathaniel war sich ziemlich sicher, dass keiner von ihnen auch nur eines der Tiere erlegt hatte, in dessen Haut sie sich gehüllt hatten. Noch marschierten sie mit einem stolzen Gehabe, das der lange Marsch ihnen recht bald austreiben würde. Er erwartete, dass die Hälfte von ihnen nicht weiter als bis Hutmacherburg durchhalten würde, aber er freute sich trotzdem, sie dabeizuhaben.

Friedensreich hatte sich bis ganz hinten zurückfallen lassen, um jedem Bücherwurm etwas beizubringen, der gerade neben ihm marschierte. Nathaniel schob sich neben Caleb, der bei seinen Freunden marschierte, obwohl er den Fünften Trupp befehligte. Der junge Frost, der selbst auch einen weichen schwarzen Filzhut trug, begrüßte Nathaniel mit einem Nicken.

»Wie sieht es vorn aus, Kapteyn?«

»Läuft glatt und sauber.« Er deutete mit einer Kopfbewegung auf die Bücherwürmer. »Wie halten sich die Jungs?«

»Wir sind kaum eine Meile unterwegs, Kapteyn. Sie schaffen das. «

»Noch ist es einfach.«

Caleb nickte. »Das wissen sie auch so ziemlich alle.«

»Wie ich das sehe, habt Ihr zwei Aufgaben, Lieftenant Frost.« Eine lange Kolonne von Soldaten in Zweierreihe schlängelte sich den Weg entlang. »Die erste davon ist, sich um den Fünften Trupp zu kümmern. Friedensreich passt schon auf Eure Bücherwürmer auf.«

»Verstehe.«

»Und zweitens, predigt mir nichts von Ruhm und Ehre.« Er schmunzelte. »Überlasst das Predigen Meister Buchecker.«

»Ich weiß nicht, ob ich verstehe, worauf Ihr hinauswollt, Kapteyn.«

»Männer reden sich den größten Blödsinn ein, vor allem, wenn sie besoffen sind. Aber man kann sie auch mit Ansprachen besoffen machen. Und unbedingt Ruhm zu wollen, das is' so ein Blödsinn. Das wird hier ein langer Marsch, und wir werden nass sein, von Mücken zerstochen, von Schlangen zerbissen, von Dornen zerkratzt, heiß, kalt, hungrig, durstig, wund, Zielscheiben und schlicht und einfach stinkmüde sein, bevor er vorbei is'. Wer sich eingeredet hat, dass er das für den Ruhm macht, der wird machen, dass er wegkommt, sobald er merkt, dass es keinen Ruhm gibt. Wer durchhält statt abzuhauen, der ist in sich gegangen und weiß, dass er das für sich selbst macht und für seine Familie, für die, die ihm was bedeuten.«

»Meine Männer werden nicht desertieren.«

»Ich nehm' Euch beim Wort. Is' nur, damit Euch klar ist, dass Ihr sie wie Männer behandeln müsst. Macht sie glauben, dass sie es schaffen können, dann wer'n sie es auch. Erzählt ihnen was von einem Lohn, der in Wahrheit nichts wert ist, und sie werden's nicht.«

»Ich danke Euch, Kapteyn.«

»Und Ihr *könnt* das durchstehen, Caleb.«

Der jüngere Mann lächelte. »Ich weiß, Kapteyn. Ich hoffe, Ihr habt nichts dagegen, aber ich habe in Port Maßvoll etwas für Euch getan.«

»Und was wäre das?«

»Ich weiß, Ihr hattet keine Gelegenheit, Euch von Rahel zu verabschieden, bevor wir aufbrachen. Also habe ich meine Schwester gebeten, ihr alles Gute von Euch auszurichten.«

Nathaniel nickte langsam. »Ihr wisst schon, dass Ihr Eure Nase nich' in die Angelegenheiten eines anderen stecken sollt.«

»Ich weiß, aber ...«

»Und Ihr wisst, dass Eure Schwester diese Nachricht gar nicht gerne überbringen wird.«

»Ja, aber ...«

Nathaniel schaute ihn an. »Weiß es zu schätzen, Lieftenant Frost. Könnte sei, dass Ihr auf 'em Weg vielleicht ein paar Worte für mich aufkritzeln könnt. Werdet von Hutmacherburg aus Sachen zurück nach Port Maßvoll schicken, vermutlich.«

»Es wäre mir eine Freude.«

»Wär' Euch recht dankbar.« Nathaniel lächelte. »Und nur, dass Ihr beruhigt seid, ich hab 'ne Weile bei Rahel gesessen und mich verabschiedet.«

Caleb starrte ihn mit offenem Mund an. »Aber Rufus' Fuchsschwänze haben sie bewacht. Wie habt Ihr es geschafft, Euch zu ihr zu schleichen?«

»Schätze, das ist was, worüber Ihr nachdenken könnt, wenn die Jungs in den Fuchsfellmützen Nachtwache schieben.« Nathaniel nickte und machte sich wieder auf den Weg ans vordere Ende der Kolonne. »Oder Euch drüber zu freuen, wenn wir nach Fort Cuivre kommen und mich brauchen, um 'nen Blick hinter die Palisaden zu werfen.«

Am Abend schlug die Kolonne am Ufer des Benjamin, mehrere Meilen östlich des Landguts Prinz Vladimirs, das Nachtlager auf. Nathaniel war mit den Sommerland-Jungs vorausgelaufen, um die richtige Stelle ausfindig zu machen. Der älteste von ihnen, Thomas, hatte ein paar Jahre in Holzfällerlagern verbracht, und er legte den Standort für die Latrinen fest, während Nathaniel die Wachen aufstellte.

Bevor es dunkel wurde, erschien Kamiskwa mit zwanzig Shedashie-Kriegern am Flussufer. Die Hälfte waren Altashie, die andere Hälfte Lanatashie. Sie hatten sich an den Großen Fällen getroffen und große Kriegskanus mitgebracht, die jedes Platz für dreißig Mann boten.

Nathaniel schaute sich die Shedashie-Truppe an. »Is' ne mächtige Menge Kanus, das.«

»Die Lanatashie bauten zwei mehr als wir, aber unsere sind besser.«

»Schätz' ich auch. Keiner der übrigen Konföderationsstämme hat Krieger geschickt?«

Kamiskwa schüttelte den Kopf. »Sie betrachten das als einen Krieg der Bleichhäute.«

»Wahrscheinlich klug von ihnen, sich rauszuhalten.« Nathaniel seufzte. »Die Sieben Stämme?«

»Sie haben gehört, dass die Ryngen Wendigo benutzen. Nur die Ungarakii sind verrückt genug, für sie zu kämpfen.«

»Besser nur ein Stamm als alle sieben.«

Nathaniel führte Kamiskwa durch das Lager und machte ihn

mit den Offizieren bekannt. Die meisten der Männer hatten schon früher Shedashie getroffen, und obwohl die Feenleer zwei Kriege gegen die Chokashie und Ishannakii geführt hatten, akzeptierten sie die Zwielichtvölker im Allgemeinen. Ihre Hunde schlugen an, als sie die Shedashie witterten, wie sie es gelernt hatten, aber ihre Besitzer hielten sie zurück.

Major Forst begrüßte Kamiskwa herzlich und lud ihn ein, mit den Kapteyns und Lieftenants der Expedition in seinem Zelt zu essen. Forsts freudiger Empfang der Shedashie brachte die meisten Proteste zum Verstummen, mit Ausnahme der Fuchsschwänze. Rufus, den sie zu ihrem Korporal gewählt hatten, hasste es, Caleb und Nathaniel als Vorgesetzte zu haben, deshalb war ohnehin klar, dass nichts ihn zufriedenstellen konnte.

Höchstens mein Tod. Nathaniel lachte in Gedanken. *Wird ein langer, enttäuschender Ausflug für ihn und seine Jungs werden.*

Nach dem Essen schlugen die Shedashie am anderen Ufer ihr eigenes Lager auf. Das gab den Hunden Gelegenheit, sich zu beruhigen, und ersparte es Forst, Wachen am gegenüberliegenden Flussufer aufzustellen. Forst postierte seine Wachen in Sechsereinheiten mit je zwei Mann aus einer Kompanie. Er postierte sie so weit vor dem Hauptlager, dass der Feind noch weit genug von seinen Leuten entfernt war, sollte er über einen Wachposten stolpern. An jedem Posten hielten zwei Mann zeitgleich Wache. Falls sie etwas hörten, hatten sie Befehl, die anderen zu wecken, damit die das Lager alarmierten.

Ein Läufer kam zu Nathaniel und bat ihn, sich bei Major Forst zu melden. Als er eintraf, fand er Benedikt Buchecker bei dem Major. »Melde mich wie befohlen, Sire.«

»Meister Buchecker hat ein Problem. Ich bin nicht in der Lage, ihm unsere Situation deutlich zu machen.«

Nathaniel nickte dem Prediger zu. »Ehrwürden.«

»Bei allem gebotene Respekt, Major Forst, bin ich mir keineswegs sicher, dass Kapteyn Wald eine Hilfe sein wird. Er besucht *nie* die Messe und ist, nun ja, wie soll ich es ausdrücken? Er frönt notorisch der Unzucht.«

Nathaniel zog die Schultern zurück und hörte seine Wirbel knacken. »Das klingt wie was Schlimmes, Meister Buchecker.«

»Das ist es, und das wisst Ihr auch.«

»Schätze, wenn Ihr mich deswegen in die Hölle verbannen wollt, werden mich mehr als die Hälfte der Männer hier begleiten.«

Major Forst hob die Hand. »Das hat nichts mit dem Problem zu tun, um das es hier geht. Meister Buchecker, wenn ich Euch bitten darf.«

»Nun gut, Major.« Buchecker setzte eine extrem strenge Miene auf, die allerdings durch das Gesicht des Waschbären auf seiner Mütze eine lächerliche Note erhielt. »Diese Zwielichtvölker sind nicht getauft. Wir können diese Gottlosen auf keinen Fall in unserer Expedition dulden.«

»Wärt Ihr so nett, was Vernünftiges zu reden, Meister Buchecker?«

Buchecker verschränkte die Hände auf dem Rücken. »Die Tharyngen haben unseren Gott zurückgewiesen. Sie sind unsere Feinde. Die Shedashie haben unseren Gott nicht angenommen. In SEINEN Augen ist das gleichbedeutend.«

»Tja nun, Meister Buchecker, wo ich ja notorisch der Unzucht fröne und nie einen Fuß in die Kirche gesetzt habe, wo Ihr mich hättet sehen können, bin ich da nicht genauso schlimm wie ein Rynge?«

»Ihr, so sagte man mir, seid getauft. Euer Fuß steht auf dem Weg zur Erlösung. Bei den Männern in unserer Kompanie, die nicht getauft sind, werde ich das morgen früh nachholen, gleich hier im Fluss. Ich möchte, dass die Shedashie sich ihnen anschließen.«

»Un' wenn sie das nich' tun, sind sie Feinde?«

Buchecker hob die Augen zum Himmel. »Das ist des Herrn Urteil, nicht das meine.«

Nathaniel sah, worauf Buchecker hinauswollte, und es behagte ihm gar nicht. »Tja, schätze nicht, dass Ihr Euch wegen all dem hier die Augen ausweinen müsst. Die Altashie kommen aus dem Dorf Sankt Fortunas.«

Der Prediger blinzelte überrascht. »Tatsächlich?«

»Ich lüge nicht. Ihr Häuptling Msitazi hat es so genannt, nachdem ihn Missionare besucht haben. Für Eure Angst gibt's keinen Grund.«

»Das wusste ich nicht.« Buchecker runzelte die Stirn. »Warum habt Ihr mir das nicht einfach gesagt?«

»Warum habt Ihr mich einfach einen Unzucht-Treiber genannt?« Nathaniel fixierte den Mann. »Es gibt Leute, die mögen's gar nicht, abgeurteilt zu werden.«

Der Prediger senkte den Blick. »Ich verstehe. Ich bitte Euch um Verzeihung, Kapteyn Wald.«

»Vergeben un' vergessen. Aber dass Ihr mir nich' losgeht und den Zwielichtvölkern mit Eurer Taufe in den Ohren liegt. Sie sind' stark in ihrem Glauben, aber sie reden nicht drüber. Sitzen wahrscheinlich jetzt gerade im Gebetskreis.«

Buchecker drehte sich um und schaute über den Fluss. »Gott segne sie.«

»Schätze, das hat er.« Nathaniel nickte. »Wenn Ihr mich jetzt entschuldigt, schätze, ich könnt' selbst was Rettung gebrauchen, und werd' sie mir da drüben holen. Sire.«

Forst hob die Hand. »Wartet, Kapteyn. Das wäre dann alles, Meister Buchecker.«

Der Prediger zog sich zurück.

Nathaniel zog eine Augenbraue hoch. »Major?«

»Es könnte Probleme geben, wenn Buchecker erfährt, dass Ihr ihn belogen habt.«

»Von wem? Den Shedashie?« Nathaniel schüttelte den Kopf. »Schätze, die haben mehr Erfahrung mit Predikanten, die ihnen die Erlösung bringen wollen, als wir alle zusammen. Denke nicht, dass sie damit ein Problem haben. Und wenn Buchecker eines hat, na, hab gehört, dass der Erlöser höchstpersönlich vierzig Tage und vierzig Nächte durch die Wildnis gewandert ist. Könnte sein, Meister Buchecker wird diese Erfahrung auch machen müssen und damit allen mächtig Gutes tun.«

Vierundfünfzigstes Kapitel

31. Mai 1764
Regierungshaus, Port Maßvoll
Mäßigungsbucht, Mystria

Ihr seid sehr früh auf, Sire«, begrüßte Prinz Vladimir Graf von Metternin fröhlich. »Wart Ihr überhaupt zu Bett?«

»Kaum.« Der Graf neigte den Kopf. Er trug volle Uniform, einschließlich der Sporen und des Kavalleriesäbels. Die Stiefel waren auf Hochglanz poliert, ebenso die goldenen Knöpfe und die silberne Schwertscheide. Er trug weiße Lederhandschuhe, weiße Kniehosen und eine zu den goldenen Aufschlägen des hellblauen Uniformrocks passende Weste. Darüber trug er eine mit Orden bedeckte Schärpe. »Und ja, ich bin mir bewusst, dass ich ebenso lächerlich wirke wie Ihr.«

Der Prinz lachte. »Nun, Ihr müsst wissen, dass ich diese Kleidung auf der Geopahrexpedition trug. Ein Geschenk von Msitazi.« Das Rehlederhemd mit den fransenbesetzten Ärmeln trug auf der Brust eine Perlenstickerei, die einen eingerollten Lindwurm darstellte. In den roten Lendenschurz war mit schwarzem Faden ein ähnliches Motiv eingewirkt, und die Lederbeinlinge wiederholten das Motiv auf den Unterschenkeln. »Bei der Jagd haben sie mir Glück gebracht.«

»Im Krieg kann man gar nicht genügend Glück haben.« Von Metternin nickte. »Entschuldigt, dass ich so früh erscheine …«

»Macht Euch deshalb bitte keine Sorgen. Ich erwarte den Herzog Todeskamm.«

»Sehr gut. Es gibt eine Disziplinarangelegenheit, von der ich finde, dass Sie Eure Aufmerksamkeit verdient. Man hat eine Person aufgegriffen, die am Ausgang …«

»Ein Deserteur?« Vladimir schüttelte den Kopf. »Ich hätte gedacht …«

»Wenn Ihr gestattet, Hoheit.« Der Graf ging zur Tür und winkte einen schlanken jungen Mann in grober Leinenkleidung und einem weichen Stoffhut herein. Der Bursche hielt den Kopf gesenkt, und die Hutkrempe verbarg sein Gesicht. Mit einem kurzen Nicken verließ der Graf das Zimmer wieder und schloss die Tür hinter sich.

Vladimir trat auf den Deserteur zu. »Was habt Ihr zu Eurer Verteidigung vorzubringen?«

Der Mann schüttelte den Kopf. Tränen fielen auf den Boden.

Der Prinz seufzte. »Wisst Ihr, es ist keine Schande, Angst zu haben. Ich gebe gerne zu, auch selbst nicht frei davon zu sein, doch wir haben eine Pflicht zu erfüllen, und wir werden sie erfüllen.«

Der Deserteur hob den Kopf ein wenig, und Vladimir erhaschte einen Blick in vertraute Augen. Er streckte die Hand aus und zog seinem Gegenüber den Hut vom Kopf. »Gisella!«

Sie nickte, die Lippen fest zusammengepresst. Sie hatte sich das Haar kurzgeschnitten und das Gesicht mit Ruß verschmiert. Die Tränen hatten unübersehbare Pfade darin hinterlassen.

Vladimir warf den Hut beiseite und nahm sie in die Arme. »Ihr wolltet nicht desertieren, Ihr wolltet uns begleiten?«

Sie nickte schniefend.

Er strich ihr übers Haar und legte ihr die freie Hand in den Nacken. »Was habt Ihr Euch dabei gedacht?«

»Ich will Euch nicht verlieren.«

Vladimir lachte. »Habt deswegen keine Angst, mein Liebling.« Er drückte ihr einen Kuss auf den Scheitel und sie fest an sich. »Ich bin kein Militär. Mein Platz ist nicht in der Schlacht.«

»Aber Ihr nehmt Euren Lindwurm mit auf die Expedition.«

»Nur, weil ich muss.« Er legte ihr die Hände auf die Schultern und hielt sie mit gestreckten Armen. »Die meisten unserer Männer waren noch nie im Krieg. Zu wissen, dass der Lindwurm uns begleitet, wird ihnen Mut machen. Magwamp ist stärker als fünf Ochsengespanne. Er wird uns auf dem Weg eine unschätzbare Hilfe sein.«

»Ihr müsst mir versprechen, dass Ihr keine Heldentaten versucht.«

Er schaute ihr in die Augen, sah die Entschlossenheit in ihrem Gesicht. Dann schüttelte er den Kopf. »Dieses Versprechen kann ich nicht geben.«

»Ihr müsst, oder, Gott ist mein Zeuge, ich werde Eure Armee

begleiten. Joachim hat mich ertappt, weil er einen Verdacht hatte, aber er wird mich kein zweites Mal entdecken. Wenn ich heute nicht mit Euch abmarschiere, dann ziehe ich morgen oder übermorgen los. Ich begleite Euren Proviant nach Hutmacherburg. Eure Armee wird eine lange Kolonne formen. Mich wird niemand bemerken.«

Es ließ sich nicht bestreiten, dass sie Recht hatte. Vierzig norillische Frauen, die Gattinnen von Offizieren ebenso wie einfachen Soldaten, hatten ihre Männer auf den Feldzug nach Europa begleitet. Zwanzig andere Mystrianerinnen hatten sich dieser Expedition bereits angeschlossen und wollten ihren Männern in den Krieg folgen. Fast doppelt so viele Frauen, die Kinder im Schleppzug, hatten sich bei mystrianischen Milizeinheiten verpflichtet. Hinzu kamen Kesselflicker und Händler, Schneider und Wäscherinnen, die sich um das Wohl der Soldaten kümmern würden. Kutscher und Abdecker würden sich dem Tross ebenso anschließen wie eine bunte Mischung sonstiger Gewerbetreibender.

»Prinzessin Gisella, ich kann Euch nicht versprechen, dass ich jeder Gefahr ausweichen kann. Ich kann nicht voraussagen, wie der Feind sich verhält. Ich kenne auch Gottes Vorsehung nicht. Ich könnte ebenso leicht von einem Blitzschlag gefällt werden wie von einer aus dem Hinterhalt abgefeuerten Kugel. Ein solches Schicksal wäre meinem Einfluss vollends entzogen. Ich kann Euch aber ebenso wenig versprechen, dass ich, wenn ein Mann vor meinen Augen verwundet wird, ich keinerlei Versuch unternehmen werde, ihm zu helfen. Das sind Entscheidungen, die nicht vom Verstand getroffen werden, sondern vom Herzen. Ich will Euch versprechen, meinen Verstand einzusetzen, doch ich kann nicht glauben, dass Ihr von mir verlangt, mein Herz zu verriegeln.«

Sie wischte ihm eine braune Locke aus der Stirn. »Nein, das will ich nicht.«

Er fasste ihre Hände und küsste die Handflächen. »Ihr müsst mir versprechen, dass Ihr hierbleibt. Auch sind wir noch nicht vermählt, Ihr müsst tapfer sein und durch Euer Beispiel anderen Mut geben. Ihr und Madame Frost, Madame Binsen, Owens Gattin. Ihr seid das Herz Port Maßvolls in dieser schweren Zeit. Andere werden auf Euch blicken, um Hoffnung zu schöpfen. Sie brauchen Euch ebenso sehr wie ich.«

Gisella nickte, dann hob sie die Hände an den Kopf. »Ich werde sie verschrecken mit diesen Haaren.«

»Nicht doch. Ihr werdet Ihnen erklären, dass Ihr mir eine Locke mit auf den Weg geben wolltet. Doch Ihr wolltet, dass es Eure schönste Locke sei, und fandet keine, die Euren Ansprüchen genügte, bis zur allerletzten.«

Sie schaute zu ihm hoch. »Ihr habt die Seele eines Poeten, Geliebter.«

»Nein.« Er drehte sich um und holte eine kleine Fadenschere aus dem Schreibtisch, die er ihr reichte. »Bitte, nehmt Euch eine Locke von meinem Haar.«

Sie trat hinter ihn und schnitt eine ab. Dann legte sie ihm die Arme um die Taille und drückte ihn mit ganzer Kraft. »Ihr werdet als ein Held zu mir zurückkehren, Vladimir. Ich weiß es sicher.«

Er drehte sich in der Umarmung und küsste sie. »Ich will die Tage zählen, die Stunden, die Sekunden. Ich liebe Euch, Gisella. Nichts und niemand wird mich aufhalten.«

Vladimir versiegelte gerade den zweiten seiner beiden Briefe, als Kerzenzieher Richard Ventnor die Bürotür öffnete. Er stand auf und lächelte. »Guten Morgen, Herzog Todeskamm. Es freut mich, Euch zu sehen.«

»Und ich freue mich, Euch zu sehen, Hoheit. Und bitte, solange wir unter uns sind, nennt mich Dick. Das macht ein Gespräch gleich erheblich einfacher, findet Ihr nicht?«

»Absolut.« Er reichte dem Mann beide Briefe. »Eine Nachricht an meinen Vater, eine an meine Tante. Der Brief an meinen Vater ist nur ganz normale Korrespondenz. Der Brief an meine Tante enthält die Bitte um Ihre sofortige Erlaubnis, die Prinzessin Gisella zu ehelichen.«

Todeskamm zog eine Augenbraue hoch. »Aber sie ist doch nicht ...?«

»Nein.« Vladimir schüttelte den Kopf. »Trotz unserer beiderseitigen Zuneigung und Anziehung wollten weder ich noch sie durch unbedachtes Handeln einen internationalen Zwischenfall heraufbeschwören.«

»Sehr klug von Euch, Hoheit.« Der Herzog steckte beide Briefe in eine Innentasche seines Gehrocks. »Ich werde Sorge tragen, dass beide unmittelbar nach meiner Ankunft zugestellt werden.«

Die Augen des Prinzen wurden schmal. »Ihr seid also entschlossen aufzubrechen?«

»Es bleibt mir wirklich keine Wahl. Ich würde es bei weitem vorziehen, Euch zu begleiten. Da Rivendell Eure Truppen höchstwahrscheinlich nicht einsetzen wird, solltet Ihr sie dazu verwenden, die Festung am Tillie zu errichten. Dorthin kann er dann zurückfallen und überwintern. Ich werde im Parlament erklären, dass wir mehr Truppen benötigen, um die Tharyngen zu besiegen. Und Ihr solltet Beweise für die Existenz der Pasmortes sammeln, die selbst der widerspenstigste Minister nicht vom Tisch wischen kann.«

»Ihr werdet den Beweis erhalten, das garantiere ich Euch.«

»Ausgezeichnet.« Der kleinere Mann nickte. »Ich verbleibe in Port Maßvoll, bis der Nachschub nach Hutmacherburg auf den Weg gebracht ist. Vielleicht gelingt mir sogar noch ein Ausflug hinauf nach Margaretenstadt, bevor ich das nächste Postschiff nach Norisle nehme.«

»Ich erwarte, dass wir in einem Monat in Hutmacherburg sind.« Vladimir strich sich über das Kinn. »Wir nehmen Proviant für vierzig Tage mit, also werden wir den Nachschub benötigen.«

»Das ist mehr als genug Zeit, ihn dorthin zu bringen. Es wird nicht länger als zwei Wochen benötigen.« Der Herzog schmunzelte. »Erst der Nachschub, dann die Reiterei. Wenn Ihr eintrefft, wird Euch alles bereits erwarten.«

Vladimir schaute auf das Modell. »Wir werden die doppelte Anzahl Soldaten und mehr als eine Kompanie Artillerie benötigen, um diesen Bau einzureißen.«

»Und im kommenden Jahr werden wir sie bekommen.« Todeskamm verschränkte die Arme. »Nach Rivendells Rückzug wird seine Koalition im Parlament auseinanderfallen. Man wird ihn ablösen. Ich hoffe, dass man mich als Ersatz für ihn ernennt.«

»Was, wenn es Rivendell gelingt, die Festung des Todes einzunehmen?«

»Das halte ich für völlig ausgeschlossen. Er könnte nur Erfolg haben, wenn unser Feind ein noch größerer Narr wäre. Man kann Guy du Malphias sicherlich vieles nachsagen, doch dass er ein Narr wäre, gehört nicht dazu. Ich erwarte, dass Rivendell seine Truppen im Norden massiert und sich schmollend in Eure Festung zurückzieht, nachdem du Malphias seine Kavallerie zerschlagen hat. Habt Ihr Euch schon einen Namen überlegt?«

»Ich dachte an ›Hoffnung‹.«

»Ein gutes Omen. Ausgezeichnete Wahl. Von Fort Hoffnung aus werden wir die Tharyngen aus Mystria fegen.«

Vladimir nickte. »Ich wünschte nur, wir müssten damit nicht noch ein ganzes Jahr warten.«

Ventnors dunkle Augen wurden schmal. »Der Preis für übergroße Hast wird in Blut bezahlt. Schnelles Handeln krönt Helden, wenn es zum Erfolg führt. Doch scheitert es, verursacht es ein unvorstellbares Blutbad. Auf jeden Helden kommen zehntausend Leichen. Das ist keine Quote, auf die man wetten sollte.«

Der Prinz schloss zu Graf von Metternin an der Spitze des Ersten Kolonialregiments auf. Drei der fünf Infanteriebataillone waren jeweils in einer einzigen Kolonie rekrutiert worden: Feenlee, Schwarzforst und Mäßigungsbucht. Die beiden anderen waren das Südkolonien-Bataillon und das Bataillon des Nordens. Sie teilten sich die restlichen Rekruten. Jedes hatte seine eigene Fahne, und aus Schwarzforst war sogar eine Kapelle mit Pikkoloflöten, Dudelsäcken und Pauken gekommen.

Ein ältlicher Tubaspieler hatte versucht, sich dem Mäßigungsbucht-Bataillon anzuschließen, aber wenn er das Instrument trug, konnte er kaum gehen. Die Männer hatten ihn zum Korporal gewählt und ihm eine Mütze gekauft. Jetzt stand er in ihrem Aufmarschbereich und wartete darauf, ihnen zum Abmarsch aufzuspielen. Er war nicht der Einzige, der gekommen war, um den Soldaten alles Gute zu wünschen.

Vom Sattel seiner grauen Stute aus ließ der Prinz den Blick über die Menge schweifen. Ganze Familien waren im Sonntagsstaat gekommen. Väter umarmten mit ernster Miene ihre Söhne. Mütter und Schwestern ließen den Tränen freien Lauf, während sie den Männern Bündel mit Wegzehrung aufdrängten. Kinder rannten herum, kleine Jungen salutierten, wenn Befehle tönten. Hunde bellten. Vladimir sah sogar einzelne Shedashie das Geschehen verfolgen – Lanatashie von der Blauen Hand, falls er die Zeichen auf ihrer Kleidung richtig deutete. Er fragte sich, was sie sich wohl bei dem Anblick dachten.

Ein rundlicher Mann schob sich durch die Menge links des Prinzen. »Darf ich um eine Äußerung für Wattlings Wochenkurier bitten, Hoheit?«

»Die könnte ich Euch geben, Meister Wattling, aber würde es Euch nicht mehr liegen, etwas zu erfinden?«

»Hoheit, ich …«

Der Prinz verzog spöttisch den Mund. »Ihr habt zwei Gespräche, lange Gespräche mit Lhord Rivendell veröffentlicht. Gibt es noch irgendetwas in dieser Angelegenheit, was nicht bereits gesagt ist?«

Wattling schürzte die Lippen. »Lhord Rivendell sagt, Ihr werdet die gottlosen Ryngen vernichten und zum Ersten August wieder zurück sein.«

Graf von Metternin lachte. »Rivendell lässt sich bei seinen Vorhersagen weniger von der Landkarte als von seinem Optimismus leiten.«

Wattling machte sich hastig Notizen.

Der Prinz stieß ihn mit dem Fuß an. »Bitte zitiert mich: Die Tapfersten Norisles und Mystrias werden für die Sicherheit aller Sorge tragen. Wir vermissen unsere Familien und können es kaum erwarten, sie wiederzusehen.«

Wattling schrieb, dann verzog er das Gesicht. »Das klingt nicht allzu ermutigend, Hoheit.«

»Das ist die Wahrheit nur äußerst selten, Meister Wattling. Einen guten Tag.« Der Prinz trieb das Pferd an und setzte sich an die Spitze der Kolonne. Rivendell und seine Truppen würden später am Tag aufbrechen und den Mystrianern Gelegenheit geben, wo nötig für ausreichend breite Wege zu sorgen. Die Norillier würden auf ihrem Weg Nachzügler auflesen und das Ganze organisiert halten.

Sobald der Graf und er das berittene Offizierskorps erreicht hatten, gab ein Kapteyn das Zeichen. Die Schwarzforst-Kapelle stimmte einen Marsch an, und die Armee setzte sich in Viererreihen in Bewegung. Weiter hinten dröhnte die Tuba, und ein paar Soldaten feuerten ihre Musketen ab. Applaus und Hochrufe erfüllten die Luft, und dem Prinzen schwoll die Brust.

Die entschlossenen Mienen der Mystrianer ließen ihn schmunzeln. »Ich glaube, von Metternin, wenn du Malphias die Gesichter dieser Männer sehen könnte, würde er seine Festung auf der Stelle aufgeben.«

Der Kesse lächelte. »Leider hat ein langer Marsch das Zeug, jedem Soldaten den Helden aus den Knochen zu saugen. Aber diese Männer haben Schneid.«

»Und den werden wir uns nicht abkaufen lassen.« Er gab seiner Stute die Sporen, und von Metternin hielt mit. Sie galoppierten voraus zum Gut des Prinzen, um ihre Überraschung für die mystrianische Miliz vorzubereiten.

Früh am nächsten Morgen saß Prinz Vladimir in de Nähe des Landguts neben der Straße auf Magwamp und wartete auf die vorbeiziehende Miliz. Rote und grüne Bänder flatterten im Wind vom Zaumzeug des Lindwurms. Der Prinz saß im Sattel auf den Schultern des Tieres und Graf von Metternin in einem zweiten an den Hüften. Prall gefüllte Ölzeugsäcke bedeckten die Seiten der gewaltigen Echse zwischen beiden Reitern und waren ebenfalls mit bunten Bändern geschmückt.

Die Soldaten, deren Kolonne unwillkürlich zur anderen Seite des Wegs driftete, lachten. Ein paar riefen aufmunternde Bemerkungen wie »Der wird die Ryngen das Laufen lehren« oder »Der gewinnt den Krieg ganz allein.« Andere nickten nur, ganz, als wäre ein Lindwurm ein alltäglicher Anblick für sie, vor allem die Männer aus dem Norden. Der Prinz hatte erwartet, dass sie ebenfalls staunen würden, aber die Schwarzforster hatten Magwamp als Erste gesehen, und er begriff, dass kein Nordländer bereit war, in Sichtweite eines Südkolonisten zuzugeben, dass ihn irgendetwas überraschen konnte.

Vladimir konnte nicht anders, als strahlend zu lachen und zu winken. »Glaubt Ihr immer noch, der Marsch wird ihnen den Helden aussaugen?«

Der Kesse lachte laut. »Die Hälfte von ihnen ist barfuß, die meisten sind zerlumpt, und ganz offensichtlich sind sie nicht gedrillt worden. Aber sie haben Feuer in den Augen. Das, Sire, sind Männer, mit denen man die Tore der Hölle selbst angreifen könnte.«

»Wir wollen hoffen, dass es dazu nicht kommt, Sire.« Vladimir strahlte weiter für die vorbeimarschierenden Soldaten. »Leider fürchte ich, diese Hoffnung kann sich als trügerisch erweisen.«

Fünfundfünfzigstes Kapitel

31. Mai 1764
Port Maßvoll
Mäßigungsbucht, Mystria

Wer ist sie, Owen?«

Katherines Frage überrumpelte Owen völlig. Er lag auf der linken Seite, seine Frau hatte sich in seinem Rücken an ihn gekuschelt, den bloßen Leib an den seinen gedrückt. Sie hatte seine Schulter geküsst und seinen Nacken, dann sein Ohrläppchen liebkost.

Und dann die Frage.

»Wer ist wer?«

Sie packte ihn an der Schulter und zog ihn herum. Als er auf dem Rücken lag, warf sie das rechte Bein über seine Hüfte. Sie ragte über ihm auf, das Gesicht im Schatten, während die ersten zarten Ausläufer des anbrechenden Morgens über die Gardinen spielten. »Du weißt, wer.«

Owen runzelte die Stirn. »Ich weiß wirklich nicht, von wem du redest.« Er hob den Kopf, um sie zu küssen, aber sie wich zurück. *Das ist ernst.*

»Doch, Owen, du weißt es. Die Frau, die diese Briefe für dich schrieb.«

»Bethany Frost?«

»Ja.«

Owen zog sich hoch und lehnte sich mit dem Rücken an das Kopfbrett des Betts. »Ich war im Haus ihrer Eltern einquartiert. Sie hat dir auf meine Bitte hin geschrieben, weil ich es nicht konnte. Das weißt du.«

»Ja, aber wer *ist* sie?« Katherines Stimme wurde lauter, und ihr Blick schärfer. »Wer ist sie, Owen?«

»Ich verstehe die Frage nicht, Katherine.«

Sie wirbelte davon und zog das Laken mit, wickelte sich darin ein und setzte sich in einen Sessel, vornübergebeugt, weinend. »Du liebst mich nicht mehr!«

Owen starrte ihr nach und begriff überhaupt nichts mehr. Die letzte Woche war unbeschreiblich gewesen. Sie hatten Port Maßvoll und Umgebung gemeinsam genossen. Sie hatte vom ersten Moment an die volle Kontrolle über sein Leben übernommen. Als Erstes waren sie zu einem Schneider gegangen, damit er ihm eine komplett neue Uniform Ihrer Majestät Lindwurmreiter anfertigte, komplett mit zwei Paar Hosen, drei

Hemden, zwei Westen und einem schweren Ölzeugmantel zum Schutz der Jacke.

Danach hatten sie ihre Zeit damit verbracht, die Stadt und einander auf das Genaueste zu erkunden. Sie war schon immer neugierig gewesen, erfinderisch, hungrig und unersättlich. Sie wollte ihn mit einer unbändigen Wildheit, wollte ihn sogar, als sie zu einem Picknick hinausgeritten waren. Gleich dort, unter der Sonne, auf völlig offener Wiese, lüstern und schamlos hatte sie ihn daran erinnert, dass er ihr Mann war.

Ihre Begeisterung hatte die Erinnerung an die Zeit der Trennung ausgelöscht. Ihr Lachen war laut und lebensfroh, es erinnerte ihn an das Mädchen, in das er sich verliebt hatte. Sie war voller Pläne, was sie mit ihrem Gut in Mystria anstellen konnten, was sie nach seiner Rückkehr nach Norisle tun würden. Sie kannte Dutzende Gesellschaften, vor denen er sprechen sollte, und Dutzende andere, die ihm Ehrenwürden verleihen wollten. Ihr Gesicht glühte, wenn sie davon sprach, und die Art, wie sie sich stolz lächelnd an seinen Arm klammerte, wenn sie durch Port Maßvoll schlenderten, hatte die Glut in seinem Herzen neu angefacht.

Er stieg aus dem Bett und ging zu ihr hinüber, blieb vor ihr stehen, legte ihr die Hände auf die Schultern. »Katherine, ich liebe dich. Ohne Wenns und Abers. Du bist die Welt für mich.«

»Ich bin eine solche Närrin. Ach, Owen, ich habe dich in ihre Arme getrieben. Ich hätte den Mut aufbringen müssen, dich zu begleiten. Und dann, als ich Nachricht von deiner Verwundung erhielt, wollte ich kommen. Ich habe deinen Oheim angefleht, eine Überfahrt für mich zu arrangieren. Ich wollte hier an deiner Seite sein, dich pflegen, dass du wieder gesund wirst. Doch dann erhielt ich deinen Brief, der Brief, in dem du mir schriebst, nicht zu kommen. In dem du mir geschrieben hast, du würdest nach mir schicken, wenn die Zeit reif sei. Und ich wartete.«

Owen runzelte die Stirn. »Was für ein Brief? So etwas habe ich niemals geschrieben.«

»Doch, Owen, das hast du.« Sie ließ die Hände sinken, mit denen sie ihr Gesicht bedeckt hatte, und schaute zu ihm hoch. »In jenem ersten Brief, in ihrer Handschrift, hast du mich gebeten, nicht zu kommen.«

Er schüttelte den Kopf. »Niemals habe ich das.«

»Es stand doch da, Owen.« Wieder flossen ihre Tränen. »Ich würde dir den Brief zeigen, aber ich bin so ein dummes Mädchen. Ich trug ihn bei mir und las ihn auf dem Schiff, da hat der Wind ihn mir aus den Händen gerissen. Ich dachte, Gott wolle mir ein Zeichen geben, dass man dich mir entrissen. Ich war untröstlich. Tagelang habe ich meine Kabine nicht verlassen.«

Owen sank auf die Knie und nahm sie in die Arme.»Still, Katherine. Du hast mich nicht verloren. Ich bin dein, und dein allein.« Er streichelte ihre Haare und küsste sie auf die Wange. *So etwas hätte Bethany doch nicht eigenmächtig hinzugesetzt. Oder doch?*

»Ach, Owen.« Sie legte die Stirn an seine. »Als du es mir gegenüber nicht erwähntest; mich ihr nicht vorstelltest; als sie sich entschuldigen ließ, als Ihre Eltern zum Diner kamen, was sollte ich denn denken? Bin ich töricht, Owen? Bitte, sag mir, dass ich töricht bin.«

Er nahm ihr Gesicht in beide Hände und küsste sie. »Du bist töricht, Katherine, doch ist das nicht schlimm.«

Sie zog die Nase hoch. »Dann willst du nicht, dass ich in Port Maßvoll bleibe, weil sie mit auf den Feldzug geht?«

»Was? Nein!« Owen schüttelte den Kopf. »Sollte sie den Feldzug begleiten, und ich glaube es keinen Moment, dann wäre das ohne mein Wissen und ohne dass ich die geringste Absicht hege, ihr zu begegnen.«

»Warum dann darf ich dich nicht begleiten? Du hast mir erlaubt, mit auf den Kontinent zu reisen.«

Owen stand auf und hob sie aus dem Sessel, trug sie hinüber zum Bett. »Auf dem Kontinent, meine geliebte Gemahlin, gab es Komfort wie dieses Bett, und andere Damen, die Bälle und Gesellschaften veranstalteten. Auf diesem Feldzug wird es all das nur hier geben, hier in Port Maßvoll.«

»Was ist mit Hutmacherburg?«

Er schnaubte verächtlich. »Du würdest es hassen. Das gesamte gesellschaftliche Leben besteht aus einer Taverne, und findet man überhaupt ein Bett, so muss es man es mit zwei oder drei anderen teilen.«

Sie legte ihm die Hand auf die Hüfte. »Ich würde es mit Freuden ertragen, Owen, um dir nahe zu sein.«

»Und ich würde dir so etwas nicht zumuten.«

Sie setzte sich auf, ließ das Laken aufs Bett gleiten und leckte ihm über den Bauch. »Komm, Owen, sei noch ein Mal mein Gemahl. Ein letztes Mal, bevor du aufbrichst. Zeige mir, wie sehr du mich liebst, und gib mir einen Grund, an deine Rückkehr zu glauben.«

Owen verabschiedete sich privat von Katherine, in ihren Räumen. Sie hatte darauf bestanden, ihn anzukleiden, während sie selbst nackt blieb. Sie erklärte, das sei ihre Pflicht als seine Gattin. Dann küsste und umarmte sie ihn, ließ ihn schließlich ziehen, aber ihre Hand hielt die seine fest, bis er auf der Treppe war.

Er begab sich zum Rasen vor dem Regierungshaus, wo die Vierte Infanterie sich versammelte. Da er kein Mitglied des Regiments war, befand er sich in einer ungewöhnlichen Lage. Sein Rang berechtigte ihn zum Befehl über ein Bataillon, alle Offizierspositionen des Regiments jedoch waren bereits besetzt. Offiziell war er der Stabskompanie als Verbindungsoffizier zu den Kolonialtruppen zugeteilt, doch weder er noch Rivendell hatten irgendein Bedürfnis nach einem Kontakt, welcher Art auch immer. Rivendell hatte das überdeutlich gemacht, indem er ihm ein Pferd verweigerte. Gleichzeitig hatte er seine Verachtung für die Kolonisten gezeigt, indem er Owen verboten hatte, sie zu begleiten.

Er fand Lieftenant Palmerston und holte sich Tornister und Muskete. Der Lieftenant zwinkerte ihm zu, und Owen grinste. Trotz der neuen Uniform hatte er den Mann gebeten, ihm für die Zeit im Feld seine Altashiekleidung einzupacken.

»Ihr habt Euch angepasst, Neffe?«

Owen drehte sich um. »Verzeiht, Sire?«

Ventnor deutete auf das Shedashiebeil, das an seinem Tornister hing. »Das gehört nicht zur Standardausrüstung.«

»Nein, Sire, doch ist es von Nutzen. Vieles von dem, was wir als Standard betrachten, ist es hier keineswegs.«

Der Herzog nickte ernst. »Dessen bin ich mir bewusst, und ebenso, dass Rivendell sich nach Kräften von allem fernhalten wird, was Überlegung verlangt. Er hat wirklich keine Ahnung von dem, was ihn dort draußen erwartet.«

»Ich stimme Euch voll und ganz zu.«

»Owen, ich möchte Euch um einen Gefallen bitten.«

Diesen Ton hatte er in der Stimme seines Oheims noch nie gehört. »Sprecht, Sire.«

»Ich möchte, dass Ihr nicht mehr tut, als man von Euch verlangt.«

»Ich bin nicht sicher, ob ich verstehe.«

»Es ist wirklich ganz einfach. Ich habe Prinz Vladimir dasselbe gesagt. Das beste Ergebnis, auf das wir hier hoffen dürfen, wäre für Rivendell einzusehen, dass er die Festung des Todes nicht einnehmen kann. Ich würde es vorziehen, er baut Fort Hoffnung und bleibt dort. Ich hoffe darauf, dass der Weg zum Amboss-See genügt, ihn zu ermüden. Falls es so kommt, dann, bitte, lasst es zu.«

Owen nickte. Dies war eine der politischen Intrigen seines Oheims. Er hasste derartige Unternehmen, aber in diesem Fall war er mit dem Ziel durchaus einverstanden. »Ja, Oheim, ich verstehe.«

»Gut.« Todeskamm umarmte ihn. »Geht mit Gott. Kämpft in Ehren und kehrt sicher wieder zurück.«

Owen war völlig überrumpelt. Er zog sich aus der Umarmung zurück und salutierte zackig. Der ältere Mann erwiderte den militärischen Gruß, nickte ihm noch einmal zu, und ging dann hinüber zu Rivendell und den anderen Offizieren.

Owen schüttelte den Kopf. Vor der Begegnung mit seinem Oheim hatte er sich bereits isoliert gefühlt. Er passte nicht in das Regiment. In seiner norillischen Uniform hatte er auch nicht mehr das Gefühl, nach Mystria zu passen. Niemand schaute ihm mehr ins Gesicht. Die Leute sahen nur noch seinen Rock und reagierten ausschließlich darauf.

Und nun bittet er mich noch, gegen die Wünsche der Krone zu handeln.

»Kapteyn Radband.«

Owen drehte sich um und lächelte. »Doktorus Frost, schön Euch zu sehen, Sire.«

»Und Ihr, prächtig seht Ihr aus in der Uniform.«

»Ich danke Euch.« Owen schaute nach einer Spur seiner Frau oder Tochter. »Und danke auch, dass Ihr mich verabschiedet.«

»Ich musste es tun. Meine Gattin wollte kommen, doch nach dem Abschied von Caleb gestern …«

»Ich verstehe, Sire.«

Der ältere Mann schmunzelte. »Und Bethany, nun, ich vermute, sie wäre gerne gekommen, doch sie ist von einem überaus dickköpfigen Wesen. Sie hat ihre Entscheidung getroffen, Euch nicht mehr zu sehen, und hält daran fest.«

»Bitte richtet Ihr meine Grüße aus.«

»Das werde ich. Wäre sie hier, Sie würde Euch Gottes Segen und eine sichere Heimkehr wünschen, so wie ich es tue.« Der Mann steckte die Hand in die Tasche und zog ein kleines Buch heraus. »Es ist ein Tagebuch, ein Journal. Ich hoffe, Ihr werdet auch auf dieser Expedition eines führen. Ich wäre sehr erfreut, später von Euren Abenteuern lesen zu dürfen.«

»Ich werde Sie gerne mit Euch teilen.« Er steckte das Bändchen in die Jackentasche. »Falls es nicht zu aufdringlich erscheint, Sire: Meine Gemahlin, sie wird hier in Port Maßvoll bleiben. Sie kennt niemanden außer …«

»Kein weiteres Wort, mein Junge. Ich werde sie bekannt machen.« Dr. Frost reichte ihm die Hand. »Gottes Segen, Sire. Kommt gut hin und wieder zurück.«

»Euch und den Euren alles Gute, Sire.«

Überall entlang der Reihen ertönten Trillerpfeifen. Owen schüttelte Dr. Frost die Hand, dann begab er sich an seine Position am Ende der Formation. Ein Trommler gab den Takt vor, und das Vierte Infanterieregiment machte sich auf den Weg zur Festung des Todes.

Ventnor fand Rivendell in einem Pulk von Offizieren und erregte seine Aufmerksamkeit. Der Militärgouverneur entschuldigte sich und zog Ventnor in eine Gasse. Dabei stellte der in roten Samt gehüllte Edelmann sich so übertrieben vorsichtig an, dass die Aufmerksamkeit aller Umstehenden garantiert war.

Idiot! Todeskamm folgte ihm und zischte: »Diskretion, mein Lhord, bitte.«

»Natürlich, Dick, natürlich. Ist alles bereit?«

»Völlig. Ich habe die notwendigen Befehle erteilt. « Er lächelte. »Sofern diese Kolonisten zu irgendetwas in der Lage sind, werdet Ihr alles haben, was Ihr zum Abschluss Eurer Mission benötigt.«

»Ganz hervorragend. Ich werde im Triumph zurückkehren.« Rivendell hob das Gesicht zum Himmel, die Haut über seiner Kehle spannte sich, und Ventnor malte sich aus, welch ein Genuss es gewesen wäre, sie ihm durchzuschneiden. »Neu-Tharyngia wird schon bald der Vergangenheit angehören.«

»Sehr gut. Ich habe meinem Neffen aufgetragen, auf dieser Expedition keinerlei Initiative zu zeigen. Ich erwarte, dass Ihr ihm die erniedrigendsten Pflichten zuweist, ihn wann immer möglich für Fehler oder Nachlässigkeit bestraft, und vernichtende Berichte über ihn schreibt.«

Rivendell klatschte in die Hände. »Er wird von hier bis La Fortresse du Morte Latrinen graben.«

»Nein, Ihr Idiot, das geht nicht. Er ist ein Offizier. Er ist ein Schärler. Setzt ihn als Boten zu den Kolonisten ein. Lasst ihn das Gebiet vor Euch auskundschaften. Setzt ihn ein, wie er eingesetzt werden sollte. Verlangt einfach das Unmögliche von ihm, dann wird er schon versagen.«

»Natürlich, Dick, selbstverständlich.« Rivendells Augen verwandelten sich in Schlitze. »Ich werde ihn sich zu Tode schuften lassen, und dann lasse ich ihn umbringen, so, wie Ihr es wünscht.«

»Sorgt dafür, dass er einen Heldentod stirbt. Er darf seiner Gattin keine Schande machen.«

»Nein, nein, natürlich nicht.«

»Gut.« Der Herzog reichte ihm die Hand. »Ich würde euch viel Glück wünschen, doch weiß ich, dass ihr dessen nicht bedürft.«

»Nein, Sir, Dick. Hier geht es allein um Mut und Verstand, nicht wahr? Nicht wahr? Wer braucht Glück, solange er davon genug besitzt.«

Todeskamm schüttelte Rivendell die Hand, dann zog er sich die Gasse hinab und zwischen den Häusern hindurch zurück. Hinter ihm tönten Trillerpfeifen und ratterten die Trommeln. Befehle verklangen in der Ferne, dann donnerte der Lärm von Hunderten Stiefeln im Gleichschritt durch die Straßen.

Es war beinahe zu einfach gewesen. Die Mystrianer waren leicht zu täuschen. Man brauchte sich ihnen nur selbstbewusst zu nähern und ein offenes, ehrliches Wort an sie zu richten, schon glaubten sie alles, was man ihnen sagte. Wenn man ihre Vorschläge unterstützte, wie den Bau von Fort Hoffnung, akzeptierten sie deren Ausführung als heilige Pflicht. Sie behandelten ihn mit dem Eifer eines kleinen Jungen, der sich um das Wohlwollen seines älteren Bruders bemühte. *Und das mit deutlich mehr Können, als Francis es je gezeigt hat.*

Rivendell war noch einfacher zu manipulieren gewesen. Das Produkt einer minderwertigen Familie und minderwertiger Schulen. Der schwache Punkt der Rivendells war ihre maßlose Eitelkeit.

Der Vater hatte selbstgefällige Bücher verfasst, der Sohn wusste sich nicht prunkvoll genug zu kleiden. Dazu kam ein unbändiger Stolz. All das waren Charakterzüge, die Ventnor schon bei unzähligen Edelleuten gesehen hatte. Man brauchte nur mit ihrer Angst vor Intrigen zu spielen und ihnen vorzuschlagen, an einer teilzunehmen, und schon hatte man sie am Haken. Danach kannten sie keinen Zweifel mehr an dem, was man ihnen sagte, und da sie vor allem anderen dazugehören wollten, taten sie alles, ganz gleich, wie empörend die Aufgabe, die man ihnen stellte.

Rivendells gesamte Expedition hatte Ventnor eingefädelt. Er hatte nur Freunden gegenüber scheinbar nebenher zu bemerken brauchen, dass er du Malphias' Festung mit zwei Regimentern Infanterie und einem Regiment Reiterei erobern könnte, und Rivendell hatte gar keine andere Wahl mehr gehabt, als zu erklären, er sei dazu mit noch weniger Truppen in der Lage. Zu beeinflussen, welche Einheiten ihn begleiteten, war sogar noch einfacher gewesen. Rivendells Schicksal war besiegelt gewesen, noch bevor er die erste Meeresluft schnupperte.

Richard Ventnor, Herzog Todeskamm, kehrte in seine Wohnung zurück und lächelte, als Katherine ihm öffnete. »Und wie lief es, liebste Nichte?«

»Exakt so, wie du es vorhergesagt hast, liebster Onkel.«

»Du bist ein wahres Wunder.« Er küsste sie voll auf die Lippen. »Fast wünschte ich mir, Owen überlebt, damit er dich noch einmal sehen kann.«

»Ich auch.« Sie legte ihm die Arme um den Hals. »Schließlich liebt der Trottel mich noch immer und glaubt ganz bestimmt, unser Kind wäre von ihm.«

Sechsundfünfzigstes Kapitel

26. Juni 1764
Hutmacherburg
Lindental, Mystria

Seht Ihr, Nathaniel? Was hab ich Euch gesagt?«

»Ich seh' es, Seth.« Nathaniel war sich nicht ganz sicher, was er sah, aber in Ordnung war es nicht. Das war nicht das Hutmacherburg, das er beim letzten Besuch gesehen hatte. »Zwei Wochen sind sie schon hier, sagt Ihr?«

»Zweieinhalb eher.« Seth schaute ihn mit flehenden Augen an. »Ich lieb' meine Frau, aber wenn ihre Familie noch ein' Tag länger bei mir logiert, dann murks ich sie ab, alle miteinander.«

»Lauft nach Hause und sagt Tor, er soll zurück in seine Taverne komm'.« Der Waldläufer stand in der Mitte der Brücke über den Tillie und winkte Caleb zu sich. »Lieftenant, schätze, der Zweite, Fünfte und Sechste Trupp müssen vorrücken und die Brücke hier halten.«

Der junge Frost, der dunkle Ringe unter den Augen hatte, nickte. »Drei Reihen, liegend, kniend und stehend?«

»Tief halten. Lasst Rufus keinen Ärger machen.«

»Nein, Sire.«

»Friedensreich, Loberecht, ihr bringt den Ersten und Vierten zu mir.« Nathaniel wartete, bis beide Trupps eingetroffen waren. »Ganz locker, aber haltet die Waffen bereit.«

Die Bein-Brüder teilten die beiden Trupps in drei Grüppchen auf, mit Drangsal als Leiter der dritten. Dann schlenderten sie nach Hutmacherburg hinein, die schlammige Nordstraße entlang. Zweihundert Schritt weiter lag das Gasthaus.

Nathaniel hatte Hutmacherburg nie sonderlich gemocht, aber wenigstens hatte er auf den Straßen immer etwas gefunden, was sich anzuschauen lohnte. Diesmal nicht. Manche Bewohner waren in ihre Sommerhütten umgezogen, um die Felder zu bestellen, also war es nicht weiter ungewöhnlich, dass die Hälfte der Häuser leerstand. Dass allerdings alle Schornsteine rauchten, überraschte ihn.

Ebenso wie die drei erschossenen Hunde und die Tatsache, dass sie nicht einen einzigen Zivilisten auf der Straße sahen. Zwischen den Häusern sorgte ab und zu ein Windstoß dafür, dass ein zum Trocknen aufgehängter Rotrock blitzte. Selbst der Hafen war verlassen, und das Viehgehege beherbergte eine einzige abgemagerte alte Kuh.

Nathaniel ging in die Stadt und geradewegs zur Taverne. Mit einem kurzen Handsignal schickte er Loberecht und den Vierten Trupp hinter das Haus, während Friedensreich die Bücherwürmer dicht heranbrachte. Er zog die Tür auf und trat ein, kam aber nur einen Schritt weit.

Ein junger Blondschopf in der Uniform der 31. Reitergarde verstellte ihm den Weg. »Dieses Hauptquartier ist für Euresgleichen gesperrt.« Hinter ihm saßen anderthalb Trupp Soldaten trinkend und Karten spielend an den Tischen. Aus dem Obergeschoss hörte er Gelächter, Kichern und quietschende Betten.

»Schätze, ich red' besser mit Eurem befehlshabenden Offizier.«

»Schätze«, erwiderte der Norillier in einer gedehnten Parodie eines mystrianischen Akzents, »Ihr verpisst Euch besser.«

Nathaniel schmunzelte, dann trieb er dem Mann das rechte Knie zwischen die Beine. Der Kavallerist klappte zusammen, die Hände auf das malträtierte Gemächt gepresst. Nathaniel packte ihm in die Haare und schlug seinen Kopf gegen die Wand, dann warf er ihn zurück in den Schankraum, auf einen der Tische. Karten flogen durch die Luft, und bevor die erste den Boden berührte, presste Nathaniel die Mündung seines Gewehrs zwischen das Kinn des Soldaten und seine silberne Halsberge.

»Wenn einer von euch den Mund aufmacht oder sich bewegt, stirbt er.«

Loberecht und Friedensreich brachten ihre Männer in die Schänke und verteilten sie. Die Sommerland-Jungs sammelten die Kavalleriekarabiner ein und scheuchten deren Besitzer ans schmale Ende des Raums. Loberecht schaute sich um. »Bajonette aufsetzen?«

»Schätze, ja.«

Die Kavalleristen wurden bleich, und mehr als einer machte sich nass. Infanteriebajonette verlängerten sechs Fuß lange Musketen um achtzehn Zoll in einer breiten blattförmigen Spitze zulaufenden Stahls. Jeder einzelne der königlichen Soldaten kannte die entsetzlichen Wunden, die ein Bajonett verursachte. Allesamt hätten sie sich lieber einer Kanonenkugel in den Weg gestellt, als zu erleben, wie der Stahl sich in ihren Eingeweiden drehte.

»Friedensreich, kommt mit.« Sie gingen hinaus und stiegen über die Freitreppe hoch in den ersten Stock. Dort ignorierten sie die Gästezimmer und nahmen stattdessen Kurs auf den aus den Wohnräumen der Tors dringenden Lärm. Auf dem Weg durch die Tür machten sie reichlich Krach, und jeder, der auch nur halbwegs Herr seiner Sinne war, musste wissen, dass etwas nicht stimmte, aber der Kavalleriekommandeur befand sich in vollem Galopp und war entsprechend abgelenkt.

Eine Ablenkung, die jäh endete, als Friedensreich ihn am Knöchel packte und aus dem Bett riss.

Nathaniel zupfte in Richtung der Dame an der Krempe seines Huts. »Tut mir leid, Euch belästigen zu müssen, Gnäd'ste. Müssen nur mal gerade ein Wort mit dem – Kapteyn, seid Ihr, oder? – wechseln.«

Der Offizier hatte sich den Hut vom Stuhl mit seinen abgelegten Sachen gegriffen und hielt ihn sich vor die unübersehbare Peinlichkeit. »Kapteyn Perceval Abberwick. Ich sollte Euch warnen, dass Ihre Majestät Briganten nicht duldet. Man wird Euch am nächsten Baum aufknüpfen.«

»Briganten? Schätze, damit meint Ihr Diebsvolk, ja?«

»Ihr wisst genau, was ich meine.« Er streckte die Hand nach seiner Hose aus, aber Friedensreich schlug sie weg. »Also wirklich, Kerl, das ist ungeheuerlich.«

»Schätze eher, ungeheuerlich is' ein Regiment Sattelfurzer, das hier nach Hutmacherburg kommt und einfach frisst, säuft und klaut, wie es ihm gefällt.«

Der Norillier schnaufte. »Unser Aufenthalt hier ist absolut rechtmäßig und ordnungsgemäß, Wir sind auf Befehl der Königin hier. Alle guten Bürger Mystrias sind verpflichtet, den Soldaten Ihrer Majestät Freundschaft und Unterstützung zukommen zu lassen. Sobald unser Koronel mit den Pferden und unserer Kasse eintrifft, werden die Bewohner angemessen für die requirierten Vorräte entschädigt.«

»Da werd' ich aber mächtig froh sein, das zu sehen, Kapteyn.« Nathaniel grinste. »Und jetzt geht Euch anzieh'n, und dann schafft Eure Männer hier raus, weil nämlich Meister Tor auf 'em Weg zurück in seine Wohnung is'. Das hier wird Major Forsts Hauptquartier.«

»Jetzt hört mir mal zu. Ein Kolonialmajor hat keinerlei Präzedenz über mich. Ich werde mein Hauptquartier nicht räumen.«

Nathaniel setzte sich auf eine Ecke des Betts. »Tja, schätze, ich seh' das so. Ihr habt unten fünfzehn Mann mit zusammen fünf Karabinern. Schätze mal, es kommt noch mehr über'n Fluss als nur Eure Gäule. Ich hab hundertvierzig von den härtesten Kämpfern und besten Schützen in ganz Mystria, und seit zwei Wochen hat keiner von denen was zum Kehleanfeuchten gekriegt. Die werden mächtig wütend werden, falls Ihr diese Stadt trockengesoffen habt. Und die werden sich nicht drum kümmern, wer zwischen ihnen und der Kneipe steht.«

Abberwick starrte ihn ungläubig an. »Wollt Ihr damit sagen, Ihr würdet Soldaten der Königlichen Regierung angreifen?«

»Nein. Ich sag Euch bloß, dass es da draußen Stellen gibt, wo Eure Kinder und Enkel jeden Tag ihres Lebens suchen könnten und kein Härchen von Euch finden würden. Wir würden einfach erklären, dass Euch die Ryngen geholt haben müssen. Und ich möcht' wetten, sämtliche Mystrianer hier in Hutmacherburg würden das bestätigen. Stimmt's nicht, Gnäd'ste?«

Die Frau, die damit beschäftigt war, ihr Kleid zuzuknöpfen, nickte nachdrücklich.

»Seht Ihr, Kapteyn, Ihr werdet bestimmt die richt'ge Entscheidung treffen.«

»Glaubt ja nicht, so kämt Ihr davon. Das ist noch nicht ausgestanden.«

»Ich glaub' erst mal, dass ich von Eurem Ständer schon mehr gesehen hab, als mir lieb ist. Zieht Euch an und gebt Eure Befehle. Eure Männer sollten besser paradereif sein, wenn Major Forst ankommt.«

Forst betrachtete Nathaniel mit einem zwiespältigen Gesichtsausdruck, als er an einem der Schanktische Platz nahm. »Will ich wissen, wie Ihr diesen Empfang organisiert habt, Kapteyn?«

»Wohl eher nicht, schätz' ich mal.« Wald füllte eine Steinguttasse halb mit Whiskey und schob sie über den Tisch, bevor er sich selbst einschenkte. »Trinkt. Die Neuigkeiten wer'n Euch nicht gefallen.«

Forst nahm die Tasse, schnupperte daran und stellte sie wieder ab. »Raus damit.«

»Der Nachschub aus Port Maßvoll is' nich' eingetroffen. Sollte zuerst rausgehen, aber Koronel Thornbury hat sich 'nen Floh ins Ohr gesetzt, dass es respektlos wäre, wenn Vorräte vor seinen Leuten verschifft werden. Also hat er die Befehle geändert und stattdessen seine Männer hier hochgeschickt, ohne Proviant un' ohne Geld. Und die sitzen jetzt hier. Warten auf ihre Pferde und Zeug. Und sie schätzen, das wird dauern, weil nicht genug Kähne da sind für alles, was sie brauchen.«

Forst kippte den Whiskey, wischte sich die Tränen aus den Augen und hielt ihm die Tasse zum Nachschenken hin. »Das heißt also, wir haben keinen Proviant, keine Munition und keinen Schwefel?«

Nathaniel füllte die Tasse auf. »Na ja, die Reiterbande hier sin' nicht die ersten Plünderer, die Hutmacherburg sieht. Der letzte Winter kam früh, und die Weizenernte zum Frühjahr war nich' so doll, aber ein bisschen haben die Leute beiseitegeschafft. Friedensreich hat den Leuten erzählt, dass wir zur Prozession von Prinz Vladimir gehören, und das hat ein wenig Proviant lockergemacht. Munition und Schwefel nicht so viel, aber wir kommen aus.«

»Ich verlasse mich auf Euch.« Forst nippte an dem Whiskey und verzog angewidert das Gesicht. »Wir müssen Entscheidungen treffen. Wer von den Männern hierbleibt.«

Nathaniel nickte. Die Reise war hart gewesen. Major Forst hatte zwei Trupps zusätzlich mitgenommen, weil er davon ausgegangen war, dass Krankheiten, Verletzungen, Unfälle und Deserteure die Reihen der Soldaten lichten würden. Wie sich herausstellte, waren die Ausfälle hinter seinen Erwartungen zurückgeblieben. Zwei Männer hatten sich das Bein gebrochen und drei den Arm oder das Handgelenk. Zwei waren einfach verschwunden. Nathaniel ging davon aus, dass sie sich auf den sich windenden Weg verirrt hatten. Erheblich mehr allerdings spürten die Auswirkungen der Strapazen, darunter die meisten der Bücherwürmer.

»Wie lange müssen wir hier in Hutmacherburg bleiben?«

»Nicht so lange, wie ich mir gewünscht hätte.« Forst rieb sich mit der verbliebenen Hand das unrasierte Kinn. »Ich wollte mindestens eine Woche rasten, aber ich hatte erwartet, wir wären schon vor einer Woche hier gewesen.«

»Wären wir, wenn uns der Regen nicht aufgehalten hätte.«

»Ich kann mir nur vorstellen, dass er für die Männer, die nach uns kommen, noch größere Schwierigkeiten bedeutet hat. Es gefällt mir gar nicht, dass keine Läufer bei uns eingetroffen sind.«

»Kamiskwa findet sie.«

»Das hoffe ich. Ich möchte, dass er und seine Männer uns von hier aus vorausgehen.« Der Major schüttelte den Kopf. »Wenn wir Pulver und Munition hätten, könnten wir die Leute ein wenig drillen. Es sind gute Männer. Viele von ihnen sind hart im Nehmen, aber sie müssen Zusammenarbeit lernen. Ich kann sie trotzdem drillen, aber eine Ruhepause würde ihnen besser bekommen.«

»Schätz' ich auch.«

»Die Frage bleibt: Wen drillen wir?« Forst griff in seine Jackentasche und zog ein kleines Notizbuch und einen Bleistiftstummel hervor. »Wir haben fünf Verletzte, die nicht weiterkönnen. Zwei Mann werden vermisst. In der Zweiten Kompanie geht es drei weiteren Männern schlecht.«

»Zählt Ihr auf Benedikt Buchecker?«

Forst stöhnte. »Ich hatte gehofft, er würde aus freien Stücken hier zurückbleiben.«

»Er kann nich' mal seine Bibel schleppen, Major. Wir sollten ihn hierlassen, damit er den Verwundeten geistigen Beistand leisten kann.«

»Ich rede mit ihm.«

Nathaniel warf einen Blick in seine Whiskeytasse. »Schätze, die Hälfte der Bücherwürmer ist so ziemlich erledigt. Die, denen die Stiefel nicht von den Füßen gefallen sind, haben offene Blasen.«

»Grund genug, sie hierzulassen.«

»Na ja, ich sag nicht, dass dem nich' so wäre. Aber ich sag mal, was Ihr gerade gesagt habt. Wenn Ihr Leute braucht, die zusammenarbeiten können, dann sind das die Bücherwürmer.« Nathaniel schmunzelte bei der Erinnerung, wie sie die Bajonette aufgesteckt und die Kavalleristen eingeschüchtert hatten. »Und ich schätze, der Rest der Männer wird sich anstrengen müssen, wenn sie nich' wollen, dass die Bücherwürmer besser sin' als sie.«

»Sagt Ihr das, weil es Eure ehrliche Meinung ist, Kapteyn, oder weil Ihr wisst, dass Caleb einer von denen ist, die ich hier zurücklassen muss?«

»Ihr würdet einen wirklich bösen Fehler machen, wenn Ihr ihn hierlasst.«

Forst warf ihm einen skeptischen Blick zu. »Nathaniel, er ist erschöpft. Der Mann kann sich kaum noch auf den Beinen halten.«

»Weil er mehr arbeitet, als irgendwer sonst hier, Euch und mich eingeschlossen.« Nathaniel trank und fühlte, wie der Alkohol sich durch seine Kehle brannte. »Er geht als Letzter schlafen und steht als Erster auf, übernimmt jede Aufgabe, die ihm irgendjemand gibt, und meldet sich noch freiwillig für mehr dazu. Gibt keinen Mann in der Kolonne, der ihm nich' mindestens einen Gefallen schuldet.«

»Ich stehe hier nicht gerade vor einer leichten Entscheidung, Nathaniel. Wenn ich ihn mitnehme, und er ist der Aufgabe nicht gewachsen, wird es aussehen, als würde ich ihn bevorzugen.«

»Un' wenn Ihr ihn zurücklasst, verwindet er das sein Leben nicht.« Nathaniel nickte Forst zu. »Macht Eure Liste, aber gebt mir 'ne Woche. Schätze, mit ein bisschen Arbeit kriegen wir das hin.«

Am 2. Juli, dem Tag, an dem Forst entschieden hatte, dass sie Hutmacherburg verlassen mussten, war der Nachschub noch immer nicht eingetroffen. Die Einheimischen waren froh über die Rettung vor der Vierten Schweren Reiterei und öffneten für die Schärler ihre Vorrats- und Waffenkammern. Jeder Mann konnte seinen Proviant auffüllen und fünfzig Schuss Pulver und Kugeln zusätzlich mitnehmen. Pro Trupp mussten zwei Pfund Schwefel zusätzlich transportiert wurden, eine Extralast, bei deren Transport sich die Mitglieder abwechselten.

Während der Woche Aufenthalt hatte Nathaniel mit den Männern in beiden Kompanien geredet. Es war nicht schwer, in den Einheiten die geborenen Anführer auszumachen, selbst wenn sie nicht zum Offizier gewählt worden waren. Es waren Männer, an denen sich die anderen orientierten, zu denen sie aufblickten, deren Entscheidungen sie respektierten und auf deren Respekt sie Wert legten.

Nathaniel fand einen Weg, bei den Gesprächen auch darauf zu sprechen zu kommen, wie hart Lieftenant Caleb Frost arbeitete. Er wies beiläufig darauf hin, dass Caleb sich zu Tode schuftete mit Arbeiten, die eigentlich die Aufgabe anderer gewesen wären, und erwähnte, dass jemand, der einem anderen erlaubte, sich dermaßen viel aufzuladen, eigentlich gar kein richtiger Mann war, und was für eine Schande es sei, dass ein junger Kerl wie Caleb sich selbst das Grab schaufelte.

Die Dinge änderten sich. Allmählich übernahmen andere die Aufgaben, die Caleb erledigt hatte, und das, ohne dazu aufgefordert zu werden. Trupps übernahmen es, sein Zelt für ihn aufzubauen, oder luden ihn zum Mitessen ein. Die Männer fingen an, eine zusätzliche Tasse Tee für ihn mit aufzusetzen oder eine extra Prise Salz für ihn lockerzumachen.

Die Woche in Hutmacherburg bekam Caleb. Er holte dringend benötigten Schlaf nach, und seine Füße heilten. Als Kamiskwa und die Shedashie zurückkehrten, nähten sie neue Mokassins für die Bücherwürmer und teilten ihren Vorrat an Salbe, die die meisten der jungen Männer fast im Handumdrehen wieder marschbereit machte.

Als es Zeit wurde weiterzuziehen, konnten nur zwei der Bücherwürmer nicht mehr mit. An diesem Morgen heulten sie fast, obwohl sie Mühe hatten, zur Inspektion auch nur geradezustehen. Major Forst teilte sie für Kurierdienste ein. Er gab ihnen auf, für die Analphabeten unter den übrigen Soldaten Briefe zu schreiben und sie zurück nach Port Maßvoll zu bringen. Außerdem diktierte er ihnen einen Bericht über die bisherigen Ereignisse für Meister Wattling und Dr. Frost.

Die übrigen Bücherwürmer wurden auf andere Trupps verteilt, und Friedensreich erhielt die härtesten Männer der Einheit als eigenen Trupp. Zunächst waren die Bücherwürmer wenig mehr als Maskottchen in ihren neuen Trupps, aber schnell lernten die anderen Soldaten ihre Intelligenz zu schätzen. Aus den

Tagebüchern der Studenten wurden Truppjournale, und sie wurden wie der zusätzliche Schwefel abwechselnd von allen Männern getragen.

Die Schärler fanden sogar einen Platz für Ehrwürden Buchecker. Obwohl Nathaniel ihn nicht leiden konnte und seine Forderungen an einzelne Soldaten nachgerade unverschämt waren, fand ein fester Kern der Schärler Trost in seinen Lesungen aus der Heiligen Schrift. Wenn er nicht gerade predigte, besaß Buchecker eine angenehme Stimme und verstand es, Ängste zu vertreiben.

Die Nachrichten, die Kamiskwa von der Kolonne des Prinzen brachte, waren gar nicht gut. Als Major Forsts Einheit Hutmacherburg verließ, waren die Kolonialtruppen noch immer eine Woche entfernt, und Rivendell einen Tag hinter ihnen. Die Knochenarbeit, eine Straße durch die Wildnis zu schlagen, hatte die Soldaten erschöpft, und Rivendells konstante Forderungen, schneller zu arbeiten, versetzten sie noch zusätzlich in Rage.

Forst suchte Nathaniel auf, als sie Hutmacherburg in nordwestlicher Richtung verließen. »Falls ich alles richtig berechnet habe, erreichen wir Fort Cuivre etwa zur selben Zeit wie unsere Kameraden den Amboss-See. Ende Juli wird es hoch hergehen.«

»Sieht so aus.« Nathaniel nickte. »Und solange ich den August noch erlebe, ist mir das ganz recht.«

Siebenundfünfzigstes Kapitel

1. Juli 1764
Lindental, Mystria

Prinz Vladimir wischte sich mit dem Unterarm über die Stirn, ohne sich um den Schlamm zu scheren, der auf seinem Gesicht blieb, dann setzte er den weichen Hut wieder auf. Er lehnte sich an Magwamps Flanke. Kühles Wasser floss um seine Knie. Der Lindwurm hatte den Kopf stromaufwärts gedreht. Er senkte das Maul und ließ das Wasser in seinen Rachen fließen.

»Prinz Vladimir, Ihr könnt es nicht noch länger hinauszögern.«

Der Prinz schaute ans Ufer, wo der Fluss sein Bett verlassen hatte. Bischof Binsen stand dort und stemmte die Hände in die Hüften. Sein Gesicht unter dem schwarzen Hut war rot angelaufen, die weißen Strümpfe fleckig vom Schlamm. Seine Füße sanken langsam ein. Wie der Mann es geschafft hatte, oberhalb der Knie makellos sauber zu bleiben, war Vladimir ein Rätsel.

Binsen fuchtelte mit dem Finger. »Ihr bringt der Männer Seelen in Gefahr, Sire. Ihr lasst sie am Sabbat, am heiligen Sonntag, arbeiten. Ihr weigert Euch, mir die Zeit für eine ordentliche Messe zu gewähren.«

Vladimir ging auf ein Knie hinunter, ließ das Wasser um seine Hüften strömen und säuberte seine Hand. Dann schöpfte er mit beiden Händen Wasser und trank.

»Hört Ihr, was ich sage, Hoheit?«

Er schaute hoch. Von seinem unrasierten Kinn tropfte das Wasser. »Ich höre Euch klar und deutlich, Bischof. Ich habe Euch bereits heute Morgen erklärt, dass Ihr eine halbe Stunde habt.«

»Ich sagte, eine *ordentliche* Messe, Sire.« Binsen drehte sich halb um, um hinüber zu den Arbeitsgruppen zeigen zu können, und fiel fast um, als einer seiner Füße sich aus dem Fuß löste. »Es ist schlimm genug, dass sie am Tag des HErrn arbeiten!«

Erschöpft wie er war, wusste Prinz Vladimir doch, dass er darauf besser nichts entgegnete. Aber er brachte es nicht fertig, sich zurückzuhalten. »Bischof Binsen, ich würde sagen, hätte der Liebe Gott etwas dagegen, dass wir an diesem speziellen Sonntag arbeiten, hätte er es nicht Mittwoch, Donnerstag, Freitag und Samstag wie aus Kübeln regnen lassen. Stattdessen hat er uns in seiner unendlichen Weisheit heute den perfekten Tag geschenkt, um etwas fertigzubringen.«

Binsens Augen verengten sich. »Ist es schon so weit gekommen, Prinz Vladimir? Ihr haltet Euch für größer als Gott?«

»Keineswegs, Sire. Ich habe Euch die Zeit für einen Gottesdienst gewährt. Diese Zeit gehört mir. Wir sind zu einem Zweck hier, Sire. Zu dem Zweck, eine Straße durch die Wildnis zu schlagen, damit unsere Armee einen gottlosen Feind stellen und besiegen kann.«

Binsen hob eine Hand zum Himmel. »Ihr versündigt Euch, Sire. Der Herr wird seine Feinde zerschmettern, und Ihr werdet unter ihnen sein. Ich werde dem Herrn und Lhord Rivendell von Eurem Verhalten berichten! Ich verlange eine Eskorte zurück zur *wahren* Armee!«

Lieber würde ich Euch eine Eskorte ins Paradies geben. Vladimir stand wieder auf und nickte. »Bitte sucht Kapteyn Radband und schickt ihn zu mir.«

Binsen schnaubte und versuchte einen dramatischen Abgang, der allerdings enorm an Wirkung verlor, weil er vor jedem Schritt erst den Fuß aus dem Schlamm ziehen musste.

Der Prinz lehnte sich wieder zurück und klopfte Magwamp auf

die Seite. »Ich weiß, es ist eine erniedrigende Aufgabe für dich, mein Freund, aber ohne deine Hilfe wären wir nicht einmal halb so weit.«

Der Lindwurm schaute sich zum ihm um, blinzelte mit einem riesigen goldenen Auge und trank weiter.

Die Straßenarbeiten waren ein einziges Ärgernis. Die Kolonisten hatten den Auftrag, wo immer es *notwendig* war, einen Weg von acht Fuß Breite begehbar zu machen, aber niemand hatte erwartet, dass das für die gesamten zweihundert Meilen bis Hutmacherburg der Fall sein würde. Unglücklicherweise hatte der lange Winter auch größere Schneemengen und eine entsprechend stärkere Schneeschmelze als üblich mit sich gebracht. Major Forsts Männer hatten Hindernisse wie Marschgebiete einfach umgangen, aber Rivendell bestand darauf, dass Umwege welcher Art auch immer den Weg inakzeptabel verlängerten.

Selbst unter den günstigsten Umständen wäre die Arbeit knochenbrecherisch gewesen. Mit Spaten und Pickäxten bewaffnete Arbeiter gruben sich in Berghänge, um den Weg auf die geforderten acht Fuß zu verbreitern, bevor er mit Holzstämmen ausgelegt wurde, die andere Truppen gefällt und auf die gewünschte Länge gehackt hatten. Anschließend wurden die Stämme noch mit Erde überdeckt, um die Lücken zwischen ihnen zu füllen. Das Ergebnis waren Buckelstraßen, die diesem Namen alle Ehre machten.

Der beinahe endlose Regen, der sie seit Beginn begleitet hatte, machte alles noch schlimmer. Absolut einwandfreie Wege verwandelten sich plötzlich in Morast. Die Erde wurde weggeschwemmt, die Baumstämme verrutschten, und Truppen, die eigentlich weiter vorne gebraucht wurden, um die Straße fortzusetzen, mussten zu Reparaturarbeiten wieder zurück. Und all das, während sich die Rotröcke über sie lustig machten.

Die Spannungen zwischen den Einheiten veranlassten die Kolonialsoldaten, deutlich langsamer zu arbeiten, als sie es hätten tun können, besonders, wenn es die Norillier zwang, am Ufer von Brackwasserteichen zu lagern, aus denen ganze Wolken großer schwarzer Fliegen aufstiegen. Trotz der Warnungen tranken die Soldaten aus den Teichen und wurden mit chronischem Durchfall belohnt. Kamiskwa und die Altashie hatten den Soldaten zwar geeignete Pflanzen gezeigt, um etwas dagegen zu unternehmen, aber die Norillier trauten ihnen nicht, und die Mystrianer, die selbst kübelweise Mogiquabrühe kochten, redeten ihnen noch zusätzlich ein, die Medizin der Zwielichtvölker sei Hexerei.

Magwamp hatte sich beim Straßenbau als unverzichtbare Hilfe erwiesen. Während die Arbeit alle anderen auszehrte, genoss er sie und wurde immer kräftiger. Er schien es als persönliche Beleidigung zu betrachten, dass die Erde sich den Wünschen seines Herrn widersetzte. Er wuchs auch zusehends. Nicht nur wurden seine Muskeln dicker, sein ganzer Leib wurde größer. Inzwischen konnte Vladimir den Sattel nur noch in zwei Etappen über das Kniegelenk eines Vorderbeins erreichen, und wann immer er Zeit fand, notierte er seine aktuellen Messungen.

Der Lindwurm stellte sich jeder Herausforderung ohne Zögern. Er zog die gefällten und zurechtgestutzten Baumstämme zur Straße und ließ sich vor einen riesigen Stamm spannen, um das Straßenbett zu planieren, bevor sie aufgelegt wurden. An einem Bach spuckte er Felsbrocken stromabwärts. Später benutzten sie dieselbe Strategie an einem Marschgebiet, um einen Damm zu bauen. Damit hoben sie die Wasseroberfläche und richteten eine Fähre für die Karren ein, während die Soldaten um das Gelände herum marschierten. Die Mystrianer tauften den so geschaffenen kleinen See Magwamp-Teich und jubelten dem Lindwurm zu, als er ihn durchschwamm und das erste Fährentau hinüberzog.

Die wenigen Schluchten, die sie überbrücken mussten, stellten sie vor die größten Schwierigkeiten, aber dort bewies Graf von Metternin seinen Wert. Er zog die schlauesten Mystrianer aus den Arbeitsgruppen ab und schickte sie voraus, um Problemzonen zu suchen. Sie entwarfen die benötigten Brücken, kennzeichneten die geeigneten Bäume mit Markierungen, die zeigten, wie genau sie für die Konstruktion zerteilt werden mussten, und ließen einen Mann an Ort und Stelle, um den Bau zu überwachen. Wenn die Arbeitsgruppen eintrafen, konnten sie die Bäume wie erforderlich fällen, bearbeiten und die Brücke errichten, noch bevor die Straße die Schlucht erreicht hatte.

Sie kamen im Durchschnitt auf knapp über vier Meilen am Tag, und zu Beginn hatten sie sogar acht Meilen geschafft. Es war dieser Anfangserfolg, der später für große Enttäuschung sorgte. Zugegebenermaßen hatten sich die Umstände gegen sie gekehrt, und die Arbeit raubte ihnen die Kraft, aber trotzdem fand jeder, sie hätten mehr leisten müssen. Andererseits: Sosehr sie sich auch abmühten, der Spott der Norillier wirkte lähmend. Die meisten knurrten, die Rotröcke sollten lieber die Klappe halten und selbst einen Spaten in die Hand nehmen, aber ein Teil erklärte sich auch mit Freuden bereit, statt der Straße ein paar Gräber auszuheben.

»Ihr habt nach mir geschickt, Hoheit?«

Vladimir schob sich den Hut in den Nacken und grinste. »Das habe ich. Ich habe eine unangenehme Aufgabe für Euch.«

Owen, der inzwischen wieder seine Altashie-Kleidung trug, watete in den Strom, ging in die Hocke und tauchte den Kopf ins Wasser, um den Schlamm abzuwaschen. Als er sich wieder aufrichtete, hing ihm das triefende Haar ins Gesicht. Er warf es mit beiden Händen zurück. »Der Bischof hat es mir schon mitgeteilt. Ich soll statt einer Botschaft ihn zurückbringen.«

»Ihr könntet ihn nicht möglicherweise überreden, den sich windenden Weg zu nehmen?«

»Ich habe ein beinahe sicheres Gefühl, dass die Geister ihn nicht haben wollten.« Owen stand auf. »Der Fußmarsch wird ihm guttun.«

»Gebt ihm einen unserer Lastgäule. Und den will ich sofort retour. Das gibt Euch eine Entschuldigung, zurückzukommen.«

Owen nickte. »Wenn wir sogleich aufbrechen, sollte ich ihn rechtzeitig zu Lhord Rivendells Sonntagsessen mit den Offizieren abliefern können. Ein paar seiner Leute sind erfahrene Wilddiebe. Es werden Fasan und Rehwild gereicht. Er wird ein ausgezeichnetes Essen genießen, auf Tellern aus Hangut und mit silbernem Besteck.«

»Ihr könntet vorschlagen, dass er Rivendell um die Erlaubnis bittet, den Truppen zu predigen.«

»Ich werde mein Bestes tun, Sire.« Owen seufzte. »Und da Rivendell ohne Zweifel danach fragen wird …«

Vladimir zuckte die Schultern. »Es wird noch eine Woche dauern, bis wir Hutmacherburg erreichen, sofern das Wetter es gestattet. Zwei Brücken, eine Fähre, neunundzwanzig Meilen aufwärts, drei Meilen abwärts. Ich hoffe, wir können uns eine Woche ausruhen, bevor es weitergeht.«

Owen planschte heran und tätschelte Magwamps Seite. »Lhord Rivendell ist überzeugt, dass wir die Tharyngen überrumpeln.«

»Rivendell ist ein Esel.« Vladimir schüttelte den Kopf. »Ich bin sicher, jemand hat du Malphias von dem Schwefel, der Munition und dem übrigen Nachschub berichtet, die sich in Hutmacherburg auftürmen. Je nachdem, wie er seine Einheiten eingeteilt hat, könnte er die Stadt einfach angreifen und alles verbrennen.«

»Oder es in seine Festung transportieren.« Owen nickte. »Ich würde es tun. Er nicht. Er will, dass wir seine Festung angreifen, damit er uns vernichten kann.«

»Ein großer Sieg hier würde ihm reichlich Unterstützung unter den anderen Laureaten bringen.« Der Prinz verschränkte die Arme. »Hutmacherburg zu überfallen, ist nicht seine einzige Möglichkeit.«

»Stimmt. Ich befürchte, er könnte sein eigenes Fort Hoffnung bauen. Das würde uns den Zugang zum Amboss-See abschneiden.«

»Eine weitere kluge Strategie, auf die wir vorbereitet sein sollten. Ich werde von Metternin als Kundschafter vorausschicken, sobald wir in Hutmacherburg sind. Ihr begleitet ihn.« Er zog den Hut ab, tauchte ihn ins Wasser und setzte ihn wieder auf. »Habt Ihr Eure Überlegungen Lhord Rivendell mitgeteilt?«

»Er müsste mich zuerst zu einer seiner Beratungen einladen, damit ich ihm meine Gedanken mitteilen könnte.«

»Ist er sich nicht bewusst, dass Ihr über Erfahrung in diesem Gebiet verfügt?«

»Das ist er, allerdings hat er es sich zum Ziel gemacht, meine Berichte zu widerlegen. Koronel Langford aus offensichtlichen Beweggründen ebenfalls.« Owen zog eine Feldflasche von der Schulter, öffnete sie und tauchte sie unter gurgelnden Luftblasen ins Wasser. »Mehrere Serjeanten haben mit mir gesprochen. Die Soldaten werden kämpfen, und das nach Kräften, doch sie werden von einem Haufen Schwachköpfe geführt.«

»Eine unter Soldaten weit verbreitete Klage.«

Radband warf ihm einen schrägen Blick zu. »Hat mein Oheim

Euch ein Bündel versiegelter Befehle für den Fall überreicht, dass Lhord Rivendell den Verstand verliert?«

Vladimir schüttelte den Kopf. »Warum fragt Ihr?«

»Er hat mir gesagt, das hätte er. In einem Gespräch fragte er mich, ob Ihr bei klarem Verstand und ob Ihr ehrgeizig seid. Und er fragte, ob Ihr in der Lage wäret, die militärische Führung der Expedition zu übernehmen, falls Rivendells geistige Gesundheit infrage stünde.«

Seine Augen wurden schmal. »Zu mir hat er nichts dergleichen gesagt. Er hat mich ermuntert, unsere Männer zum Bau Fort Hoffnungs einzusetzen, da Rivendell uns sicher nicht in die Schlacht schicken wird. Euer Oheim hat zu keiner Zeit eine militärische Rolle für mich erwähnt, und der Wahrheit die Ehre, ich bin dafür auch durchaus nicht geeignet.«

»Er sagte, Ihr könntet den Grafen als Berater einsetzen.«

»Und ich bin sicher, er wäre höchst fähig. Was geht in Eurem Kopf vor, Owen? Es liegt ein Glanz in Euren Augen.«

Der Soldat blinzelte. »Ich denke, dass ich meinen Verstand wohl ausgeschaltet haben muss. Mein Oheim tut bestimmt nichts, was nicht ihm persönlich zum Nutzen gereicht. Also war es zu seinem Wohl, dass er mit mir redete, wie er es tat. Er war freundlich und entschuldigte sich bei mir für die üble Behandlung, die er mir hat angedeihen lassen. Ich hielt es für ehrlich, doch wie sollte ich das beurteilen? Er war noch niemals ehrlich zu mir.«

Vladimir nickte. »Mir sagte er, Rivendell würde scheitern, und im kommenden Jahr würde er mit genügend Truppen und Artillerie zurückkehren, um du Malphias zu vernichten. Fort Hoffnung wäre sein Brückenkopf. Er würde die Truppen anführen und den Ruhm ernten.«

»Das ist sicherlich ein Teil davon.« Owen runzelte die Stirn.

»Doch nun frage ich mich, nach allem, was er Euch und mir erzählte, was wird er Rivendell gesagt haben?«

»Eine sehr gute Frage.« Der Prinz senkte den Kopf und schützte seine Augen mit der Hand vor der sich im Wasser grell spiegelnden Sonne. »Euer Oheim gewinnt, wenn Rivendell scheitert. Das erklärt die lächerliche Truppenstärke unter seinem Befehl. Ein siegreicher du Malphias ist eine Gefahr. Das zwingt Norisle, im kommenden Jahr die Truppenstärke und die Mittel zu erhöhen.«

Owen starrte ihn mit offenem Mund an. »Das würde meinem Oheim die größte und stärkste Militärmacht in Mystria in die Hand geben. Er könnte tun, womit du Malphias nur droht: eine eigene Nation ausrufen.«

»Das ist möglich, doch würde eine dankbare Königin ihm sicher mit Freuden das Land zum Lehen geben, das er gesichert hat, was ihm alle Vorteile und zusätzlich größeren Einfluss in Norisle gäbe.«

Owen kaute auf der Unterlippe. »Da ist noch etwas, Hoheit. Er trug mir auf, wenn wir du Malphias' Festung einnehmen, dessen Unterlagen in meinen Besitz zu bringen. Mein Oheim sucht das Geheimnis der Kontrolle über die Pasmortes zu erlangen.«

Vladimir schwirrte der Kopf. »Das bedeutet, um Euren Oheim aufzuhalten, müssen wir erreichen, dass Rivendell Erfolg hat. Und dass du Malphias' Geheimnisse niemals in Herzog Todeskamms Hände fallen.«

»Unmöglichkeiten über Unmöglichkeiten.«

»Diesen Anschein hat es in der Tat.« Er nickte, dann deutete er zurück zur Straße. Bischof Binsen, in frischen weißen Strümpfen und neuen Schuhen mit blitzenden silbernen Schnallen, wartete ungeduldig. »Geht, befreit mich von diesem ermüdenden Priester, und ich werde sehen, ob es einen Weg gibt, das Unmögliche möglich zu machen.«

Achtundfünfzigstes Kapitel

6. Juli 1764
Lindental, Mystria

Owen Radband blieb in geduckter Haltung, als er sich zu Lieftenant Marnhull umdrehte. »Zum letzten Mal, haltet endlich den Mund. Euer Geplapper wird uns noch das Leben kosten.«

Der blonde Offizier reagierte verschnupft. »Ich bin kein Feigling, Radband! Und dass wir hier Posten stehen müssen, ist ohnehin lächerlich.«

Rivendells kleine Provokationen machten Owen wenig aus. Postendienst hatte ihn noch nie gestört, aber mit einem Dauerschwätzer im Wald stehen zu müssen, das war einfach zu viel für ihn. Er wechselte die Muskete in die linke Hand und packte mit der Rechten das Beil. Dann sprang er – und war sich selbst nicht sicher, ob er dem Mann nur Angst einjagen oder ihn wirklich erschlagen wollte.

Durch die plötzliche Bewegung traf die Kriegskeule des Ungarakii nur seine rechte Schulter, statt ihm den Schädel einzuschlagen. Der Hieb riss Owen herum, und stechender Schmerz schoss durch seinen Arm. Aus der Drehung peitschte er die Muskete hoch und in das bemalte Gesicht des Shedashie-Kriegers. Unter dem Aufprall des schweren stählernen Laufs hörte er trotz der Rehlederhülle Knochen brechen, und der Ungarakii stürzte zur Seite. Ein zweiter Krieger tauchte hinter ihm auf, die Kriegskeule für einen schweren Hieb hoch über den Kopf gehoben. Im Sprung trieb Owen ihm den Musketenlauf in den Bauch. Als der Ungarakii zusammenklappte, versenkte Owen das Beil in seinem Kopf.

»Gebt Alarm!« Owen ließ das Beil los und zog die Hülle von der Muskete. Um sie in die Rechte zu wechseln oder zu zielen, blieb ihm keine Zeit. Er stieß sie einfach einem anderen Ungarakii entgegen, drückte den linken Daumen auf den Feuerstein und wirkte die Magie.

Der Blitz des zündenden Schwefels erhellte den kleinen Wachtposten. Die Kugel fuhr durch den Leib des Angreifers und erwischte den hinter ihm an der Hüfte. Owen drehte die Muskete um und schlug den verletzten Krieger wie mit einer Keule nieder. Ein Schritt vorwärts, dann landete der Schaft auf dem Kopf des ersten Ungarakii und zertrümmerte seinen Schädel.

Er schaute sich um. Lieftenant Marnhull saß auf einem Bett aus rostbraunen Baumnadeln. Den Hut hatte er verloren, und auch sein rechtes Ohr fehlte. Seine rechte Schulter hing tiefer als die linke, von einem Keulenhieb zerschmettert. Er wiegte sich von einer Seite zur anderen, murmelte ein Wiegenlied und starrte ins Leere.

Der dritte Posten lag mit blutverschmierten Haaren auf dem Gesicht und rührte sich nicht.

Owen warf seine Flinte beiseite und hob die des toten Soldaten auf. »Ruhig!«

Die Stimme des Lieftenants wurde leiser. Er gehorchte wie ein Kind, das ausgeschimpft wurde.

Es müssen noch mehr dort draußen lauern. Owen drehte sich

langsam weiter, um keiner Richtung zu lange den Rücken zuzukehren. Er starrte in die Dunkelheit und wartete, lauschte angestrengt auf jedes verräterische Geräusch. Nichts.

Das Blut donnerte in seinen Ohren, und Schweiß brannte ihm in den Augen. Einer der Ungarakii röchelte sein Leben aus. In der Dunkelheit knackte etwas. Owen wirbelte herum, den Daumen auf dem Feuerstein. Die Stille kehrte zurück, nur das leise Flüstern seiner Mokassins auf den trockenen Fichtennadeln war zu hören.

Doch dann wurde es laut. Ein Trupp Soldaten krachte durch den Wald zum Wachtposten. Ein Serjeant betrat die Lichtung und wurde kreidebleich, als er die Szene sah. »Was hat sich hier zugetragen?«

»Serjeant, lasst Eure Männer in Quadratformation Aufstellung nehmen. Sie könnten noch dort draußen lauern.«

»Jawohl, Sire.« Der Unteroffizier deutete auf einzelne Männer seiner Einheit. »Ihr habt den Kapteyn gehört. Befestigt die Bajonette und bildet ein Quadrat. Haltet die Augen offen.«

Lhord Rivendell erschien mit seinem allzeit präsenten Schatten, Langford. »Mein Gott. Was haben wir denn hier?«

Owen richtete sich auf. »Eine Gruppe Ungarakii-Krieger auf dem Kriegspfad. Die vier hier konnte ich töten. Die beiden, die den Lieftenant und den einfachen Soldaten angriffen, sind entkommen.«

Rivendell runzelte die Stirn. »Ihr behauptet, vier getötet zu haben?«

Owen stieß einen Seufzer aus. »Ihr seht die Beweise vor Euch, Sire.«

»Allerdings sehe ich sie, Sire, und weiß sie auch zu deuten.« Rivendell warf einen Blick zu Langford. »Schreibt auf, Koronel. Kapteyn Radband beansprucht, einen der Angreifer erschossen zu haben, doch ist deutlich sichtbar, dass aus seiner Flinte kein Schuss abgegeben wurde.«

»Das ist nicht meine Waffe. Ich habe die des toten Soldaten aufgehoben, um keine Zeit mit dem Nachladen meiner Muskete zu verlieren.«

»Was hier geschah, ist gänzlich offensichtlich. Die Zwielichtkrieger haben den Soldaten getötet. Lieftenant Marnhull griff seine Waffe und tötete einen der Angreifer, bevor er selbst schwer verwundet wurde. Eine Belobigung für Tapferkeit. Kapteyn Radband tötete einen Angreifer, der gestolpert und gestürzt war, und die Todesursache des vierten ist noch zu untersuchen. Haltet fest, dass Kapteyn Radband versuchte, die Verantwortung für den Tod aller vier Feinde für sich zu beanspruchen. Offenkundig aus Schuldgefühlen darüber, dass er den Feind zu diesem Posten geführt hat.«

»Ich protestiere, mein Lhord. So war es ganz und gar nicht.«

Rivendells Augen wurden schmal. »Ihr solltet eines begreifen, Kapteyn Radband: Dies hier ist meine Expedition, und ich bin der einzige Richter darüber, was wahr und unwahr ist. Ich habe meine Entscheidung getroffen, und abhängig davon, wie sich die Dinge von nun an weiterentwickeln, könnte ich mich veranlasst sehen, meine Ansicht zu revidieren. Ich könnte zu der Ansicht gelangen, dass Ihr Euch in der Erregung des Augenblicks falsch erinnert habt.«

Owen warf die Flinte des toten Soldaten weg und hob seine eigene Muskete auf. Er wischte mit übertriebener Sorgfalt das Blut von der Messingabschlussplatte des Schafts. »Ich würde mich einer Pflichtvergessenheit schuldig machen, *Sire*, würde ich darauf verzichten, Euch darauf hinzuweisen, dass die Angreifer sich noch in der Nähe aufhalten, und es beträchtlich zum Scheitern *Eurer* Expedition beitragen würde, *Euch* zu töten.«

Rivendells Blicke zuckten in die Dunkelheit, aber er trat nicht sofort den Rückzug an. »Serjeant, lasst Lieftenant Marnhull von zwei Männern zur Sanitätsstation begleiten. Sie sollen sein Ohr mitnehmen. Und Ihr, Kapteyn Radband, werdet eine Nachricht an Prinz Vladimir überbringen. Sofort. Heute Nacht noch.«

Owen schaute ihn an. »Heute Nacht, durch diese Wälder, in dem Wissen, dass die Ungarakii dort draußen lauern?«

»Allerdings. Man muss ihn warnen. Ihr seid sein Verbindungsoffizier. Also werdet Ihr die Nachricht überbringen.«

Dort draußen kann ich meine Feinde wenigstens umbringen. »Erlaubnis, meine Muskete nachzuladen, Sire?«

»Sie sollte bereits geladen sein, Sire, doch ausnahmsweise werde ich Euch für diese Nachlässigkeit nicht zur Rechenschaft ziehen.« Rivendell zog indigniert die Nase hoch. »Die Nachricht wird in einer Stunde fertig sein.«

Nach einer Stunde Wartezeit gelangte Owen ohne Probleme bis zum mystrianischen Lager. Um Hinterhalte zu vermeiden, hatte er nicht die Straße benutzt, sondern sich in nicht allzu großer Entfernung davon gehalten. Sobald er eingetroffen war, informierte er den Prinzen und überreichte ihm die hastig gekritzelte Notiz. Rivendell bat darin zwar um eine sofort mit demselben Kurier zu überbringende Antwort, aber der Prinz verzichtete darauf, sie zu schreiben, und befahl Owen, bis zur Ankunft in Hutmacherburg bei seinen Truppen zu bleiben.

Das ermöglichte Rivendell, sich zwei Tage lang über Owens Tod zu freuen. Seine gute Laune verflüchtigte sich jedoch schlagartig, als er den Kapteyn am neunten in der Grenzstadt sah. Angesichts erheblich größerer Probleme hätte auch seine Wut schnell verrauchen sollen, doch er berief augenblicklich ein Kriegsgericht unter Langfords Vorsitz ein. Die Anklage lautete auf Verweigerung des Befehls eines vorgesetzten Offiziers.

Prinz Vladimir schmetterte sie mit einem Satz ab. »Lhord Rivendell hat Kapteyn Radband diesen *Befehl* nie erteilt. Er war Teil einer vertraulichen Nachricht an mich. Ich weiß, dass Seine Lhordschaft sich niemals anmaßen würde, *mir* einen Befehl zu erteilen, und seine Botschaft enthielt auch keine Anweisung, meinerseits Kapteyn Radband von deren Inhalt in Kenntnis zu setzen. Da kein Befehl erteilt wurde, kann der Kapteyn sich auch keinem Befehl widersetzt haben.«

Selbst nach diesem unwiderlegbaren Beweis nahm das Kriegsgericht sich lange genug Zeit für die Beratung, um einen der Arbeitstrupps das Gerüst für eine öffentliche Auspeitschung aufbauen zu lassen. Keiner der Männer war darüber erfreut, und die Mystrianer waren spürbar verärgert. Owen war zwar ein Norillier, aber es war für alle offensichtlich, dass die Anklage aus der Luft gegriffen war. Die allgemeine Abneigung gegen Rivendell war ein zusätzlicher Faktor in Owens Vorteil, und nur die Entscheidung des Kriegsgerichts, ihn schließlich freizusprechen, verhinderte eine Meuterei.

Rivendell schmollte eine Weile, fand seine gute Laune aber schnell wieder, als er seine alten Schulfreunde von der Kavallerie traf. Dass deren Pferde noch immer nicht eingetroffen waren, schien ihn nicht weiter zu stören. Ebenso wenig wie die erheblich beunruhigendere Tatsache, dass der Nachschub, der in Hutmacherburg auf sie hatte warten sollen, nicht annähernd in den versprochenen Mengen eingetroffen war. Darüber hinaus hatte die Reiterei ihr Bestes getan zu verzehren, was angekommen war, mit Ausnahme des in rauen Mengen gelieferten Pferdefutters.

Am Abend des neunten Juli wurde Proviant und Material ausgegeben. Auf Befehl Lhord Rivendells wurden Reis, Bohnen und sonstige Nahrungsmittel einem erstaunlichen Verteilerschlüssel gemäß zugeteilt, demzufolge Mystrianer nur als zwei Drittel eines ganzen Menschen zählten. Seine Erklärung dafür lautete, dass die Proviantrationen für norillische Soldaten ausgelegt waren, und da die Kolonisten keine Truppen von deren Kaliber waren, benötigten sie auch keine volle Ration. Dasselbe Prinzip wurde auf Schwefel und Blei angewendet, was einen der Mystrianer zu der Frage veranlasste, wie es kam, dass seine Muskete, obwohl deutlich größer als die Karabiner der Kavallerie, anscheinend weniger Hunger hatte.

Die Mystrianer beschwerten sich jedoch nicht zu lautstark. Die Hutmacherburger erfuhren von der ungerechten Behandlung und öffneten den Landsleuten ihre Vorräte. Man sprach sich unter der Hand ab, verbunden mit einer Garantie Prinz Vladimirs, dass alle Mystrianer für die Vorräte, die sie seinen Truppen überließen, eine Entschädigung erwarten durften. Er schickte sogar mit den Bücherwürmern den schriftlichen Befehl zurück nach Port Maßvoll, zusätzlichen Nachschub für die Einheimischen zu liefern.

Die Nachschubkähne hatten in der Zwischenzeit die zwölf leichten Kanonen mitsamt Pulver und Munition herangeschafft, von den Pferdegespannen, die notwendig waren, um sie ziehen, fehlte jedoch weiterhin jede Spur. Wieder sorgte der Prinz durch eine Übereinkunft mit den örtlichen Bauern für Ochsengespanne als Ersatz. Angesichts der schmerzhaft trägen Geschwindigkeit, mit der sich die Armee bewegte, war die Langsamkeit der Ochsen kein zusätzliches Problem.

Während die Soldaten ihre mageren Rationen abholten, inspizierte Lhord Rivendell Tors Taverne und verlangte ein Festessen zur Feier seiner Wiedervereinigung mit der Schweren Reiterei. Zwei Ochsen und ein Dutzend Hühner, ein Fass Whiskey und eine Tonne Bier, drei Dutzend Laibe Brot und ein Dutzend mit reichlich vor Ausgabe der Rationen aus dem Proviantlager abgezogenen Zucker gesüßte Pasteten wurden dafür aufgetragen. Unmittelbar vor Beginn der Feierlichkeit erhielten auch der Prinz und Graf von Metternin noch eine Einladung.

Musik, Jubel und Gelächter ertönten bis tief in die Nacht.

Owen störte es nicht, dass niemand ihn eingeladen hatte. Kurz nach der Ankunft hatte Seth Pflanz ihn gefunden und ihm erzählt, was sich zwei Wochen zuvor beim Eintreffen Nathaniels und der anderen zugetragen hatte. Außerdem hatte er zwei Briefe abfangen können, die aus Port Maßvoll eingetroffen waren. Er reichte sie Owen.

»Dachte mir, die solltet Ihr gleich kriegen.«

Owen dankte ihm und betrachtete die beiden Nachrichten. Die erste war in klarer, femininer Handschrift adressiert. *Katherine*. Er las sie schnell, und ihr vom Papier aufsteigender Duft füllte seine Nase.

Sie schrieb, dass sie ihn furchtbar vermisste. Sie fühlte sich ganz schrecklich allein, seit sein Onkel abgereist und nur seinen widerwärtigen Lakaien zurückgelassen hatte, damit er sich um sie kümmerte, aber Madame Frost hatte sich als Retterin in der Not erwiesen und sie praktisch adoptiert. Katherine teilte ihm mit, dass ihre Nähkünste sich erheblich verbessert hatten und sie gemeinsam mit Madame Langford in das Bürgerkomitee für die Heimkehr der Truppen ernannt worden war. Die Frauen planten zahlreiche Feierlichkeiten, und sie konnte seine Rückkehr gar nicht erwarten, da sie wundervolle Neuigkeiten hätte.

Er hatte keine Ahnung, was sie damit meinen konnte, und weitere Einzelheiten versprach sie erst im nächsten Brief. Er warf einen Blick auf das Datum. Es war der 15. Juni, fast einen Monat zuvor.

Der zweite Brief war ebenfalls in einer weiblichen Handschrift gehalten, die eine entfernte Ähnlichkeit mit der Bethanys hatte. Er öffnete ihn. Hettie Frost hatte ihn am 21. Juni geschrieben.

Lieber Kapteyn Radband!

Vor zwei Tagen hat sich Eure Gemahlin furchtbar erschreckt. Einer der Zwielichtvölker hat ins Fenster ihres Zimmers gestarrt. Eure Gattin schrie auf und fiel in Ohnmacht, Rahel Wildbau jedoch hörte den Schrei und kam ihr sogleich zu Hilfe. Sie brachte Eure Gattin zu Bett, und wir Frauen von Port Maßvoll kümmern uns um ihr Wohlergehen.
Ich schreibe Euch, um Euch wissen zu lassen, dass es ihr gutgeht, wenn sie auch ein wenig schwach ist. Sie verspricht, Euch selbst zu schreiben, sobald sie dazu wieder die Kraft findet. Und sie lässt Euch ausrichten, Euch keine Sorgen um sie zu machen. Sie wird dies durchstehen und möchte nicht, dass Ihr Euch auch nur im Geringsten deswegen beunruhigt.
Wir alle hoffen, es ergeht Euch gut, und freuen uns auf Eure Rückkehr, sobald es der Gütige Gott gestattet.

Mit freundlichem Gruß,
Madame Archibald Frost

»Sonst sind keine Briefe eingetroffen, Seth?«
»Nur Befehle für die Reiterei und welche an die Leut' hier.«
»Wie oft ist Nachschub angekommen?«
»Hier mal was, da mal was. Die Leute von 'en Kähnen sagen, aus Margaretenstadt kommt der normale Verkehr. Die Pferde warten auf ein Boot, das sie von Port Maßvoll hochschafft.«

»Warum hat man dafür nicht die *Unermüdlich* benutzt?«

»Hab sagen hören, die hat sich in 'er Bucht vom Anker gerissen un' ist auf Grund gelaufen.«

Tharyngische Saboteure oder … Owen schüttelte den Kopf. Sein Oheim hätte das Schiff nicht auf Grund laufen lassen, dazu bestand keine Notwendigkeit. Rivendell hatte so schon zu wenig Truppen, und die Kavallerie nutzte ihm von den Einheiten, die er befehligte, am wenigsten. Tatsächlich war sie angesichts der immensen Probleme eines Reiterangriffs auf die Festung des Todes zu Fuß wertvoller.

Oder hofft er, dass Rivendell die Unmöglichkeit eines Angriffs einsieht und sich darauf beschränkt, Fort Hoffnung zu bauen? Jeder andere Kommandeur mochte sich so entscheiden, aber Rivendell? Selbst unter günstigsten Umständen hatte seine Sicht der Dinge herzlich wenig mit der Wirklichkeit zu tun. Falls er trotzdem angriff und die pferdlose Reiterei als Fußtruppen einsetzte, würde er die Söhne zahlloser edler Häuser verheizen. Das würde in deren Familien den Hass auf Rivendell schüren. Das Ausbleiben der Pferde spielte seinem Oheim tatsächlich in die Hände, ganz gleich, wie Rivendell sich entschied.

»Seth, ich möchte morgen früh zwei Briefe nach Port Maßvoll auf den Weg schicken. Könnt Ihr dafür sorgen, dass sie dort eintreffen?«

Der Mann nickte. »Nach all dem Trubel hier kann ich ein bisschen Zeit allein gut brauchen. Mach ich gerne, Kapteyn.«

»Ich danke Euch.« Owen seufzte. »Erst einmal muss ich mich jedoch mit dem Prinzen besprechen. Er muss wissen, was hier vorgeht. Und dann, mein Freund, wollen wir beten, dass es in seiner Macht liegt, etwas daran zu ändern.«

Neunundfünfzigstes Kapitel

24. Juli 1764
Fort Cuivre
Lac Verleau, Neu-Tharyngia

Nathaniel reichte Major Forst das Fernrohr zurück. »Schätze, das is' so ziemlich das Vermaledeiteste, was ich je gesehen hab.«

»Ist es, und wir sitzen hier mit hundert und noch was Mann und keinen Kanonen, um es zu zerblasen.«

»Wenigstens ha'n wir es bis hierher geschafft.« Er grinste. »Könnte der schwerste Teil vom Ganzen gewesen sein.«

Forst schob das Fernrohr mit einem Knall zusammen. »Das war gar nichts verglichen mit dem, was uns noch bevorsteht. So hart die Reise war, diese Nuss zu knacken, wird härter.«

»Hat was von 'em Geopahrenbau, dieses Fort Cuivre.«

Die Tharyngen hatten ihre »Festung Kupfer« am Ostufer des Lac Verleau, beim Abfluss des Silbernen Flusses erbaut. Der Strom war an dieser Stelle zweihundert Schritt breit und floss ebenso tief wie kräftig. An den Kais der Festung lagen zwei Korvetten und zahlreiche Kanus. Nach Westen erstreckte sich das blaugrüne Wasser des Sees, so weit das Auge reichte.

Das Fort selbst war in einen Berg gebaut, dessen westlicher und südlicher Hang mit Stein belegt waren. Hohe Palisaden boten einen ausgezeichneten Schutz nach Norden, Osten und Süden. Die Westseite war zu den Kais hin offen, allerdings besaß sie zu ihrem Schutz eine niedrigere Felsmauer mit zwei Geschützstellungen und zwei weiteren Stellungen, die mit kleineren schwenkbaren Waffen bestückt waren, offenbar zur Abwehr von Shedashie-Überfällen.

Die Festung selbst hatte eine Seitenlänge von fünfzig Schritt, und ihre Mauern erhoben sich im Durchschnitt zwölf Fuß über die Bergkuppe. Nach Norden und Osten waren ansatzweise Glacisvorbauten vorhanden. In einem Abstand von etwa sechzig Schritt um das Fort waren die Bäume gerodet, aber bis auf die Nordseite, an der Äcker lagen, war das Unterholz noch vorhanden. So weit nördlich wuchs der Mais kaum hüfthoch, ein gewaltiger Unterschied zu den mehr als mannshohen Pflanzen weiter südlich in Gottesgaben.

Fort Cuivre selbst verfügte über ein Dutzend weitere Kanonen, aufgeteilt in drei Gruppen zu je vier Geschützen an der Nord-, Ost- und Südseite. Ecktürme sorgten für gute Sicht der Posten, allerdings wirkten die momentan dort Dienst schiebenden Soldaten gelangweilt. Ein Dutzend Männer, die dienstfrei hatten und weder zum Bestellen der Felder noch zum Sammeln von Holz eingeteilt waren, vertrieben sich die Zeit mit Angeln. Jedes Mal, wenn einer von ihnen einen großen Lachs an Land zog, ertönte lauter Jubel. Der Fischer säuberte den Fang, machte Feuer und verteilte bald darauf dampfende Filets an seine Freunde.

Um zu verhindern, dass ein Kriegsschiff es auf den See schaffte, war am Südufer, auf von Norisle beanspruchtem Boden, ein kleinerer Steinturm errichtet worden. Zwischen den zwei Gebäuden war eine schwere Eisenkette gespannt. Zwei ryngische Soldaten standen auf den Zinnen des kleinen Turms Wache, und Nathaniel vermutete stark, dass sich zwei weitere im Innern aufhielten. Rund um den Turm war der Wald zwanzig Schritt zurückgedrängt worden, und niemand hatte sich die Mühe gemacht, das Gebüsch zu roden.

Forst rieb sich die Augen. »Die Truppen tragen blaue Röcke und grüne Aufschläge mit goldenem Besatz. Sie gehören zum

Siliziumregiment, vermutlich Zweites Bataillon. Das bedeutet, sie sind eine Kompanie stärker als wir.«

»Schätze, wir können das Verhältnis verbessern.«

»Das können wir mit Sicherheit.« Forst deutete mit seinem Haken. »Die Kanonen können ringsum in die Wälder feuern, aber Musketen erreichen ihn kaum. Die Kanonen des Forts reichen bis zum kleineren Turm, nicht aber Musketenfeuer. Der kleine Turm ist unser, falls wir ihn uns holen wollen, allerdings bringt er uns keinerlei Vorteil.«

»Schätze, sie würden ihn sich zurückholen wollen.«

»Vielleicht, aber ein Kommandeur, der halbwegs bei Verstand ist, würde ihn einfach in Trümmer legen, und uns mit. Stellt Posten auf. Macht Ihnen klar, dass ich keinen Schuss hören will.«

»Werd' Männer mit scharfen Messern aussuchen.«

»Gut, und es wird ein kaltes Lager heute Nacht. Wir können uns nicht leisten, mit Lagerfeuern die Ryngen vorzuwarnen. Wenn wir diese Festung erobern wollen, ist die Überraschung unser einziger Verbündeter.«

Sie studierten die Tharyngen einen ganzen Tag lang und stellten eine Reihe nützlicher Tatsachen fest. Die Garnison des Turms bestand aus sechs Soldaten. Um sie auszuwechseln, paddelten sechs Mann bei Sonnenaufgang in einem Kanu über den Fluss, und die bisherige Besatzung paddelte zurück. Der Wechsel dauerte zehn Minuten an einem nur zwanzig Schritt vom Wald gelegenen Bootssteg. Während des Wachwechsels stand der Turm leer.

Vom frühen Morgen an schickte Fort Cuivre mehrmals am Tag Männer in den Wald, um zu jagen oder Holz zu sammeln. Die Jäger trugen Musketen, aber die zum Holzsammeln eingeteilten Soldaten waren nur mit Äxten ausgerüstet. Beide Gruppen verschwanden bei ihrer Arbeit in den Wäldern.

Am Mittag des 25. versammelte Forst seine Offiziere. »Die Fort-Cuivre-Garnison dürfte über drei Mann für zwei von uns verfügen. Morgen früh werden wir ein Dutzend von ihnen gefangen nehmen und sie über den Zustand der Garnison ausfragen. Die wirken etwas hager, aber auch nicht mehr als wir.«

Nathaniel grinste. Er war schon immer mager gewesen, aber Friedensreich beschwerte sich, weil er inzwischen seine Rippen zählen konnte. Den meisten anderen hing die Kleidung recht locker am Körper. Ben Buchecker war kaum noch mehr als Haut und Knochen. Er saß nur schweigend da und wirkte so, als könnte er jeden Moment aufhören zu atmen.

»Wegen dieser Korvetten können wir das Fort nicht ausreichend belagern. Sie könnten einfach lossegeln und Nachschub besorgen, und wir haben keine Möglichkeit, sie daran zu hindern.«

Thomas Hügel, einer der Sommerland-Jungs, hob die Hand. »Ein paar von uns ha'n ein bisschen Erfahrung mit Segelschiffen. Wenn wir auf eines von den beiden kommen, können wir uns um das andere kümmern.«

»Ihr wollt versuchen, mit Eurem Schiff abzulegen, bevor die seewärtigen Kanonen des Forts und die andere Korvette es versenken? Ich bin nicht bereit, dafür euer Leben aufs Spiel zu setzen.« Er verzog das Gesicht. »Falls der ryngische Kommandeur kein Vollidiot ist, hat er keinen Grund, auszurücken und uns anzugreifen. Er hält das Fort, und wir müssen zusehen, wie wir es ihm abnehmen.«

Caleb hob die Hand. »Darf ich etwas sagen, Major?«

»Was gibt es, Lieftenant?«

Caleb stand auf und nahm einen Stecken. »Was, wenn wir ihm einen Grund geben?«

Forst nickte. »Und wie könnten wir das?«

Caleb zeichnete in die Erde. »Es ist eine Tatsache, dass wir über *einen* Vorteil verfügen. Alle unsere Männer sind Scharfschützen. Über die Hälfte haben Gewehre. Sie haben uns gute Deckung gelassen, aus der wir schießen können. Wir könnten ohne große Schwierigkeiten ihre Posten und Kanoniere erledigen.«

»Interessant, doch er kann seine Leute einfach in Deckung halten.«

»Der Punkt, auf den ich hinauswill, Major, ist eine Ähnlichkeit in dieser Situation mit der Schlacht von Ajiancœur, wo König Heinrich die besten Ritter Tharyngias bezwang. Seine Kyrer Langbogenschützen beschossen die Ryngen auf weite Distanz. Das ärgerte sie dermaßen, dass sie angriffen. Falls sie keinen Ausfall unternehmen, werden noch mehr von ihnen sterben.«

»Ich hege den Verdacht, Caleb, dass der ryngische Kommandeur ganz ähnliche Geschichtswerke gelesen hat wie Ihr. Er könnte etwas aus ihnen gelernt haben.« Forst nickte freundlich. »Trotzdem, die Idee könnte funktionieren.«

Benedikt Buchecker regte sich. »Diese Strategie könnt Ihr nicht ernsthaft in Betracht ziehen, Major!«

Dem Major stand die Verwirrung ins Gesicht geschrieben. »Ihr habt eine Meinung beizutragen, Ehrwürden Buchecker?

»So wird kein Krieg geführt, Sire.« Buchecker erhob sich mühsam von seinem Platz, und einer seiner löchrigen Strümpfe rutschte bis auf halbe Schienbeinhöhe. »Ich mag ein Mystrianer sein, doch war ich bereits in Norisle. Es gibt Regeln der Kriegsführung, ordentliche Verhaltensregeln und ein ordentliches Verhalten. Ihr solltet euch formieren und den Tharyngen die Feldschlacht anbieten.«

Nathaniel schnaubte verächtlich. »Und was, wenn er uns're freundliche Einladung ablehnt?«

Caleb schüttelte den Kopf. »Was, wenn er seine Ablehnung zum Ausdruck bringt, indem er uns mit seinen Kanonen beschießt?«

»Nun, dann wäre er es, der die Regeln verletzt hat. Der moralische Sieg wäre unser.«

Friedensreich lachte. »Ich glaub' kaum, dass wir deswegen weniger bluten würden.«

»Sires, bitte. Ehrwürden Buchheckers Einwand verdient, ernst genommen zu werden.« Major Forst nahm seinem Neffen den Stock aus der Hand. »Viele von uns haben schon auf einen Menschen geschossen, doch nicht kaltblütig. Und genau so wird es diesmal sein. Ihr werdet versteckt warten und den Posten beobachten, wie er seine Runden dreht. Ihr werdet ihn ans Ende kommen, anhalten und umdrehen sehen. Genau dort, wo er langsamer wird, werdet Ihr seine Frau zur Witwe machen, seine Kinder zu Waisen. Vermutlich ist er ebenso hungrig, einsam und verängstigt wie Ihr und hätte sich ergeben, hätte er die Gelegenheit dazu bekommen. Seid Ihr bereit, einen Mann zu ermorden, der viel lieber auf der anderen Seite des Meeres wäre?«

Nathaniel lief es eiskalt den Rücken entlang. Er hatte seinen Teil getötet. *Teufel, ich hab' genug getötet für sämtliche Bücherwürmer und doppelt für Buchecker.* Und nur verflucht wenige davon hatte er bereut. Alle, die er getötet hatte, hatten es verdient gehabt, auch wenn es ein Teil von ihnen zugegebenermaßen nur ein wenig verdient gehabt hatte. Hätte jemand rechtzeitig ein deutliches Wort mit ihnen geredet, könnten sie heute noch über das Gras spazieren, statt darunter zu verrotten.

Nathaniel war überrascht, dass er das Problem, während Caleb seinen Vorschlag machte, gerade so gesehen hatte, wie es Prinz Vladimir getan hätte. Alles eine Frage von Winkeln und Pulver, Höhenunterschied und Wind. Nathaniel hatte sich sogar überlegt, dass es wirksamer sein würde, die Posten zu verletzen, statt sie zu töten, weil es kaum etwas gab, das ausgewachsenen Männern schneller den Kampfgeist austrieb, als das Kreischen eines Kameraden.

An Moral hatte er keinen Moment gedacht. Sicher, die Tharyngen in Fort Cuivre waren auch Menschen, aber Menschen, deren Existenz die seine bedrohte. Selbst wenn die Verbindung recht dünn war: Falls die Ryngen gewannen, würden sie alle Mystrianer von diesem Erdteil vertreiben. Es mochte sein, dass diese Gefahr noch nicht akut war, aber an ihrer Existenz bestand kein Zweifel.

Er stand auf. »Also, Major, das ist schon was, worüber ich mir erst mal ein paar Gedanken machen muss.«

»Gut. Ich will keine Männer, die nicht bereit sind, über ihr Handeln nachzudenken und die Verantwortung dafür zu übernehmen.« Major Forst nickte bedächtig. »Ich möchte, dass Ihr alle Euch Gedanken darüber macht. Wir werden uns bei Sonnenuntergang erneut treffen, aber in der Zwischenzeit stellt bitte Mannschaften zusammen, die uns Kanus für die Überfahrt ans andere Ufer bauen.«

Kamiskwa, die Altashie und die Lanatashie halfen den Mystrianern beim Bau der Boote. Die Shedashie hatten unterwegs vier Krieger verloren, zwei von jedem Stamm. Beim Betreten des Gebiets der Sieben Stämme hatte Kamiskwa sich mit Vertretern der Waruntokii getroffen, durch deren Territorium sie mussten. Die Waruntokii waren nicht sehr erfreut über du Malphias' enge Verbindung zu den Ungarakii. Aber sie waren trotzdem nicht bereit, den Schärlern zu helfen, und hatten vier Geiseln als Faustpfand gegen Feindseligkeiten der Mystrianer verlangt.

Bis zum Abend waren fünf große Kriegskanus fertig, die jeweils zehn Mann tragen konnten. Der Plan sah vor, flussabwärts zu ziehen, außer Sichtweite des Forts, und eine Leine über das Wasser zu spannen. Danach würden sie innerhalb von ein, zwei Stunden die gesamte Streitmacht übersetzen können.

Major Forst musterte die Gesichter der Offiziere, als sie sich in einer Bodensenke versammelten. In einer Erdgrube brannten ein paar Holzscheite und warfen rötliches Licht auf die Versammlung, durch die sie alle aussahen, als wären sie bereits in der Hölle. »Ihre Überlegungen, Sires.«

Friedensreich nickte. »Ich hab ordentlich überlegt und gebetet, mehr das eine als das andere, der Wahrheit die Ehre. Ich will dem Ehrwürden nicht zu nahe treten, aber es scheint mir, der Herr hat in der Bibel 'ne Menge Kriegslisten belohnt. Wenn er uns jetzt ein Horn überlassen würde, mit dem wir die Mauern von dem Fort da drüben zum Einsturz bringen könnten, dann hätten wir 'n Wunder und alles wäre gesagt. Bloß weil 'n Haufen Leute sich Regeln für den Krieg ausgedacht haben, macht das daraus nicht Gottes Gesetz. Ich schätze, solange wir die ehrenhaft behandeln, die sich ergeben, bin ich bereit, die abzuknallen, die's nicht tun.«

Buchecker blinzelte mehrmals besorgt. »Aber Sires, Ihr bringt Eure unsterbliche Seele in Gefahr.«

Rufus Astwerk spuckte ins Feuer. »Is' ja nich', als ob sie das nich' eh schon wäre. Ich bring' den um, der sich mir in den Weg stellt. Wenn sich welche ergeben wollen, sollten sie sich besser beeilen, sonst bring ich die auch um.«

Nathaniel stand auf und rieb sich das Kinn. »Schätze, Ihr erwartet jetzt alle, dass ich Friedensreich Recht gebe. Sag auch gar nich', dass ich das nich' tu'. Sag aber auch nich', dass Ehrwürden Buchecker kein' guten Einwand hätte. Scheint mir, wenn wir jetz' alle beschließen, so viele Ryngen abzuknallen, wie wir können, dann steh'n wir vor einem Problem. Wie der Major gesagt hat, gibt's keinen Grund für die Ryngen, nicht einfach in ihrem Fort zu bleiben. Und das is' der Punkt, um den es bei Caleb und bei Ehrwürden Buchecker geht.«

Er nahm sich einen Stecken und zeichnete das Fort auf. »Also, wenn sie die Köpfe einzieh'n, dann könn' sie nich' sehen, was wir machen. Das is' unser Vorteil. Und wenn sie wütend sind auf uns, dann könn' sie nich' gradeaus denken, wenn sie was sehen. Und es sind Ryngen, also machen sie sich 'ne Menge Gedanken um ihre Ehre. Falls wir uns formieren, könnt' es schon sein, dass sie rauskommen und kämpfen, wenn sie seh'n, was für'n jammervoller Haufen wir sind.«

Major Forst beobachtete ihn, und ein Lächeln erkämpfte sich den Weg auf seine Züge. »Habt Ihr etwas Bestimmtes im Sinn, Kapteyn Wald?«

»Hab ich, Sire. Jedenfalls so ungefähr. Schätze, so in drei Tagen könnten die Ryngen so durch den Wind sein, dass sie keinen Schimmer mehr haben, was los ist. Schätze, dann wird 'sich ergeben' richtig verlockend klingen. Ein schneller Trick, und das Fort gehört uns.«

»Lasst Euren Plan hören, Kapteyn Wald.« Forst gluckste. »Wir wollen hoffen, Euer Trick erspart eine Menge Blutvergießen.«

Buchecker schüttelte den Kopf. »Derlei Täuschungsmanöver sind ehrlos! Ich verbiete Euch, so etwas zu tun.«

Forsts Miene wurde streng. »Ihr müsst zweierlei begreifen, Meister Buchecker. Der erste Punkt ist, dass Eure Anwesenheit hier eine Gefälligkeit Bischof Binsen gegenüber darstellt. Eure Pflichten bestehen darin, den Männern geistlichen Beistand zu geben. Zum zweiten ist Krieg an sich keine ehrenhafte Sache. Es liegt keine Ehre darin, Menschen abzuschlachten. Vielleicht ein moralisches Recht, wenn man darum kämpft, seine bedrohte Familie und Freiheit zu verteidigen, aber niemals Ehre. Der ehrenvolle Tod ist ein Märchen, das dazu dient, den Schmerz der Hinterbliebenen zu lindern, mehr nicht.«

Buchecker erstarrte. »Das werde ich dem Bischof schreiben.«

»Bitte tut das. Tut es bitte gleich jetzt.« Forst nickte ihm zu. »Meine Männer und ich haben einen Krieg zu planen.«

Sechzigstes Kapitel

25. Juli 1764
Am Ufer des Amboss-Sees, Mystria

Obwohl es Hochsommer war und Prinz Vladimir sich in eine Decke gehüllt hatte, fröstelte er. Das mystrianische Truppenkontingent war am Vormittag am Amboss-See eingetroffen. Das gesamte Areal, auf dem er Fort Hoffnung hatte bauen wollen, war bereits gerodet. Die Baumstümpfe waren aus der Erde geholt, die Löcher aufgefüllt und der Boden eingeebnet. Das Holz war von Ästen befreit und lag sauber aufgestapelt bereit für den Bau.

Die Tharyngen hatten sogar ein Schild aufgestellt, das den Platz als zukünftigen Standort von Fort Hoffnung auswies. Prinz Vladimir hatte diesen Namen nur einer Handvoll Personen anvertraut, und der Feind kannte ihn bereits. Die Fähigkeit der Ryngen, sich Informationen zu beschaffen, war wirklich beeindruckend.

Das erklärt auch, warum wir auf dem Weg hierher so selten angegriffen wurden.

Die Rodung der Baustelle war nicht die einzige Hilfe der Ryngen. Sie hatten darüber hinaus auch eine fünfzehn Fuß breite Straße nach Südwesten durch den Wald geschnitten, die vermutlich den ganzen Weg am Abfluss des Tosenden Flusses vorbei bis an die Festung des Todes führte. Graf von Metternin und Owen waren ihr bereits ein Stück weit gefolgt und mit der Nachricht zurückgekehrt, dass die gerodeten Baumstämme zu Brennholz zerkleinert am Straßenrand aufgeschichtet lagen.

Vladimir hatte auf der Stelle Läufer losgeschickt, um Lhord Rivendell zu holen. Außerdem schickte er Arbeitstrupps los, Lagerstellen in deutlichem Abstand von der Baustelle Fort Hoffnungs vorzubereiten. Zwar wäre es einfacher gewesen, die Männer hier lagern zu lassen, aber er hielt es für durchaus denkbar, dass du Malphias in den Wäldern versteckte Mörserbatterien in Stellung gebracht hatte, die bereits für einen Beschuss der gerodeten Fläche fertig ausgerichtet waren. Der Prinz stellte Jagdgruppen zusammen, die den Auftrag erhielten, in den Bergen nach derartigen Stellungen zu suchen und entlang der Straße Posten aufzustellen.

Er wünschte sich, er hätte Nathaniel oder Kamiskwa dabeigehabt. Beide hätten ihm sagen können, wie lange die Rodungsarbeiten auf dieser Fläche her waren. Seiner Schätzung nach, darauf beruhend, dass das einzige erkennbare Unterholz aus einzelnen Schösslingen bestand, war der Boden bereits vor zwei Wochen auf ihre Ankunft vorbereitet worden. Und er hegte den starken Verdacht, dass die Straße bewusst fünfzehn Fuß breit geworden war, um ihre mühsam erarbeiteten acht Fuß zu verspotten.

Der Prinz ließ Magwamp in Bäckers Obhut zurück und suchte Owen. »Warum hat er dies getan?«

Owen runzelte die Stirn. »Der Winter hat die Pasmortes langsamer gemacht. Diese Leistung zeigt, dass sie ihre alte Leistungskraft wiedererlangt haben. Ich möchte darauf wetten, dass kein Toter des vergangenen Winters in Kebeton ein Grab gesehen hat. Er verfügt über die Platingarde und alle Toten, die er nach Westen schiffen konnte.«

Graf von Metternin trat hinzu. »Das ist eine üble Sache. Die Straße erstreckt sich über fünfzig Meilen und ist doppelt so breit wie die unsere. In zwei Wochen hat er gebaut, wofür wir einen Monat benötigt hätten, und hat zusätzlich noch diese gesamte Fläche gerodet. Ich bin sicher, wenn wir den Tosenden Fluss erreichen, wird uns dort eine Brücke erwarten.«

Lhord Rivendell und Koronel Langford kamen herbeigeritten. Rivendell musterte das Gelände und strahlte. »Bravo, Hoheit. Dies ist vortreffliche Arbeit. Eure Männer haben sich selbst übertroffen.«

»Es ist nicht unser Werk, Lhord Rivendell.« Der Prinz deutete mit dem Kopf auf das Schild. »Das hat du Malphias getan. Er hat uns sogar einen wunderschönen Weg in sein Reich vorbereitet.«

»Zweifelsohne in dem Glauben, ich werde mich ihm gegenüber aus Dankbarkeit gnädig erweisen. Ausgezeichnet. Ein breiter Boulevard – das ist doch deren Begriff dafür, nicht wahr? – für unsere Siegesparade. Selbst Harrys Männer werden gerne mitmarschieren.«

»Ihr überseht den entscheidenden Punkt, mein Lhord.«

»Versucht Ihr wieder einmal, wie ein Soldat zu denken, Hoheit? Überlasst das besser denen, die es sind.« Rivendell stellte sich in die Steigbügel und schaute die Straße hinab. »Er ist kein Brigant, der einen Hinterhalt für uns legen würde.«

Vladimir verzog das Gesicht. »Immerhin hat er seine Ungarakii ausgeschickt, damit sie uns auf dem Weg überfallen.«

»Er ist nicht für die Taten seiner heidnischen Verbündeten verantwortlich zu machen, Hoheit. Sie verstehen unsere Form der Kriegsführung nicht. Doch wir haben es ihnen gezeigt.« Rivendell drehte sich zu seinem Adjutanten um. »Notiert Euch das, Langford. Du Malphias hat mir die mir nach meinen Taten bei Villerupt zustehende Ehre erwiesen. Wir werden ein komplettes Kapitel des Buches solcher Ehre widmen.«

»Ja, Sire.«

»Ein Kanu nähert sich unter weißer Flagge.«

Auf den Ruf des mystrianischen Postens hin schaute alles ans Ufer. Ein Birkenholzkanu glitt über das stille Wasser, in dessen Oberfläche sich der blaue Himmel und die vereinzelten Wolken spiegelten. Ein Soldat in der Uniform des Platinregiments hielt eine weiße Fahne empor, während zwei Zivilisten paddelten. Die Posten liefen bis zu den Knien ins Wasser, um mitzuhelfen, das Boot an Land zu ziehen, aber nur der Soldat stieg aus.

Er marschierte steifbeinig das Ufer herauf und salutierte. »Ich bin Major Lebouf. Habe ich die Ehre, mit Prinz Vladimir zu sprechen?«

»Die habt Ihr.«

Lhord Rivendell ritt heran. »Ich bin der Kommandeur dieser Expedition. Was immer Ihr zu sagen habt, gehört an mich gerichtet.«

Der Major lächelte höflich. »Und Ihr wäret also Lhord Rivendell?«

»Der bin ich.«

»Dann hat mein Meister mir einen besonderen Gruß an Euch aufgetragen. Er lässt ausrichten, dass er sich darauf freut, Euch von Angesicht zu sehen, da er bei der letzten Begegnung nur Euren Rücken zu Gesicht bekam.«

Rivendell wurde bleich, dann schlug er mit der Reitpeitsche zu und erwischte Langford auf der Brust. »*Das* werdet Ihr nicht aufschreiben! Idiot!«

Langford klappte das Buch zu.

Prinz Vladimir winkte die Posten zurück an ihre Positionen, solange sie das Lachen noch unterdrücken konnten. »Ihr habt eine Nachricht für uns, Major?«

»So ist es. Der Ehrenwerte Laureat Guy du Malphias erbittet zum Diner am heutigen Abend die Ehre Eurer Gesellschaft, unter dem Schutz der Parlamentärsfahne. Falls Ihr Euch zehn Meilen die Straße hinaufbegebt, werdet Ihr einen Pavillon vorfinden. Er bittet Euch, um sieben Uhr dort zu erscheinen, und lässt Euch ausrichten, dass er sich freuen würde, solltet Ihr Lhord Rivendell und die Koronels Langford, Thornbury und Exeter mitbringen. Und er bittet um Verzeihung, dass Graf von Metternin nicht eingeladen ist.«

»Ich verstehe.«

Rivendell zog mit großer Geste den Hut. »Bitte teilt Eurem Meister mit, dass wir seine Einladung annehmen. Wir sind auch gerne bereit, bei dieser Gelegenheit die Bedingungen einer Kapitulation zu besprechen.«

Der Major schmunzelte. »Er hat Eure Antwort vorausgesehen, Sire. Er lässt Euch mitteilen, dass er Euer freundliches Angebot zurückweisen muss, da er noch nicht bereit ist, Eure Kapitulation entgegenzunehmen.«

»Meine Kapitulation? *Meine* Kapitulation?« Rivendells noch immer fahles Gesicht färbte sich rasant. »Ich sprach nicht von *unserer* Kapitulation!«

Vladimir hob die Hand. »Bitte teilt dem Laureaten mit, dass wir kommen.«

»Das werde ich. Ich danke Euch.« Der Major verbeugte sich,

dann drehte er sich zu Owen um. »Und Ihr, Sire, dürftet Kapteyn Radband sein?«

»Der bin ich.«

Der ryngische Offizier griff in eine Tasche seines Uniformrocks und zog eine versiegelte Nachricht hervor. »Ich wurde gebeten, Euch dies zu übergeben.«

Owen nahm den Brief an, öffnete ihn aber nicht. »Ihr habt Eure Pflicht erfüllt.«

Der Major kehrte zum Kanu zurück, und Owen stieß es ab. Die Ruderer stabilisierten das Boot, während der Offizier sich setzte, dann machten sie sich daran, es zurück über den See zu bewegen.

Rivendell zeigte mit der Reitpeitsche auf Owen. »Diese Nachricht des Feindes werde ich in meinen Besitz nehmen, Kapteyn Radband.«

Owen ignorierte ihn, erbrach das Siegel und las. Er grunzte. »Nur eine Entschuldigung, dass er mich nicht eingeladen hat. Angesichts der Umstände meiner früheren Abreise betrachtet er mich als undankbaren Gast.«

»Gebt es her.«

Owens Miene verdüsterte sich. »Nennt Ihr mich einen Lügner?«

»Ihr seid jemand, der bekannterweise mit verschlüsselten Botschaften vertraut ist, und dem es unglaubwürdigerweise gelang, mit zwei gebrochenen Beinen nach Port Maßvoll zu entkommen.«

»Ihr haltet mich also für einen Agenten du Malphias'.«

»Ich finde es ebenfalls kurios, dass seine eingeborenen Verbündeten unsere Solddaten töteten, Euch aber ungeschoren ließen.« Rivendell schnitt eine Grimasse. »Langford, das haltet Ihr hoffentlich fest.«

Vladimir seufzte und streckte die Hand aus. Owen gab ihm

die Nachricht. Der Prinz las sie, dann schaute er zu Rivendell hoch. »Lasst mich Euch in Erinnerung rufen, Sire, dass *ich* der Experte für verschlüsselte Botschaften bin. Diese Nachricht enthält keine und entspricht völlig dem, was Kapteyn Radband erklärt hat. Und falls Ihr nicht die Absicht hegt, mich der Lüge zu bezichtigen oder anzudeuten, ich könnte in den Diensten des Laureaten stehen, schlage ich vor, Ihr kümmert Euch um Eure Garderobe für das bevorstehende Diner.«

Der Prinz musterte sich in dem Handspiegel, den von Metternin ihm vorhielt. »Das wird genügen müssen.«

Der Kesse schüttelte den Kopf. »Ihr werdet der Geier sein auf einem Fest von Pfauen, Hoheit. Ich habe Westen und Schuhe, die Euch passen.«

Vladimir lachte. »Ich weiß das Angebot zu schätzen, doch wird die einheimische Kleidung vollauf genügen. Ich repräsentiere, wie Rivendell mich hinlänglich oft zu erinnern beliebt, die Menschen Mystrias, also werde ich mich wie sie kleiden. Ich danke Euch aber für die sauberen Strümpfe.«

»Lasst mich Euch noch etwas leihen.« Der Graf zog eine kleine Pistole mit zwei senkrecht übereinander angebrachten Läufen hervor. »Nehmt dies. Tötet den Laureaten. Dann ist diese ganze beschwerliche Angelegenheit erledigt.«

Der Prinz starrte auf die Waffe. »Aber das wäre Mord, und dazu unter der Parlamentärsfahne.«

»Mein Freund, Ihr seid zu klug, um das ernsthaft zu glauben. Du Malphias wird unter dem Schutz der Parlamentärsfahne Krieg führen. Er wird Rivendell einschüchtern oder ihm falsche Zuversicht einflößen. Bei diesem Diner am heutigen Abend wird sich Sieg oder Niederlage auf diesem Feldzug entscheiden. Ihr könnt ihn mit einem Schuss gewinnen.«

»Ich kann es nicht.«

»Selbstverständlich könnt Ihr es. Ihr zielt. Ihr schießt. Es ist einfach.«

Vladimir senkte den Kopf. »Für Euch. Ihr seid Soldat.«

»Bei Gottes heiligem Blut, Ihr habt noch niemals einen Menschen getötet?«

Der Prinz begegnete dem ungläubigen Blick seines Gegenübers. »Ich habe sie sterben sehen, aber ich habe niemals selbst getötet.«

Von Metternin steckte die Waffe wieder ein. »Wie ich Euch beneide und zugleich bedauere. Den Schuss abzufeuern ist leicht. Aber nicht mit den Konsequenzen zu leben. Doch glaube ich nicht, ich würde Schlaf darüber verlieren, du Malphias getötet zu haben.«

Vladimir schmunzelte. »Dann hoffe ich, mein Freund, Ihr erhaltet die Gelegenheit dazu.«

Auf dem Ritt zum Diner schwieg der Prinz, aus dem einfachen Grund, weil er seine Begleiter nicht zum Reden ermuntern wollte. Langford und Rivendell führten die kleine Gruppe an. Koronel Harry Thornbury von der Kavallerie und Koronel Anthony Exeter von den Fußtruppen folgten. Der Prinz bildete gemeinsam mit einem weiteren Gast, der sich selbst eingeladen hatte, das Schlusslicht. Es war Bischof Binsen, und er trug die weiße Fahne.

Vladimir begnügte sich damit, die Landschaft zu betrachten. Wo es der Sonne gelang, durch das dichte grüne Blätterdach zu stechen, leuchteten bunte Wildblumen. An den dunkleren Stellen verdrängten Moose, Flechten und Pilze die Blütenpracht, in prächtigen Gold- und Rottönen, die mit dem Blau und Gelb der Blumen wetteiferten. Vom See her wehte eine leichte Brise, gerade kräftig genug, die Blumen und Blätter in einem Mosaik aus Farben und Licht tanzen zu lassen.

Blauhäher schnatterten, und in den Wipfeln zeterten Eichhörnchen. Er sah die Spuren von Bären, die an Stämmen emporgeklettert waren, und von Elchen oder Tannern, die das Geweih an ihnen gerieben hatten. Kaninchen hoppelten fast unsichtbar durchs Gebüsch, und Raben schauten den Reitern auf ihrem Weg zu und kommentierten ihn mit gespenstischem Ruf.

Zu jeder anderen Zeit würde ich diesen Ausritt genießen. Ein Großteil seines Missvergnügens hing mit seinen Begleitern zusammen. Er hätte es liebend gerne gesehen, hätten sie sich auch umgeschaut, selbst in dem Bewusstsein, dass sie nach taktischen Vorteilen Ausschau hielten, wo er die Schönheit der Natur bewunderte. Doch nicht einmal das taten sie. Genau wie Rivendell saßen sie kerzengerade im Sattel, die Augen geradeaus, den Kopf erhoben, und so steif, als säßen sie für ein Porträt Modell.

Nicht einmal der Anblick des Pavillons konnte daran etwas ändern. Vladimir hatte ein großes Zelt erwartet, doch du Malphias hatte offensichtlich andere Vorstellungen. Sein Pavillon war aus einem Birkenhain gefertigt. Ein Dutzend Bäume hatte man leicht einwärts gebogen, so dass ihre Wipfel ein hohes Kuppeldach formten. Zwischen ihnen war ein Holzboden perfekt zusammengefügt, das Holz geschliffen, klar lackiert und poliert, bis es im Licht der untergehenden Sonne glänzte. An einer langen Tafel standen sechs Stühle, ebenfalls aus einheimischem Holz und passend zum Pavillon ungefärbt. Blaue, rote und grüne Stoffbänder zu Ehren der verschiedenen Militäreinheiten tanzten im Wind.

Etwas abseits und tiefer im Wald erhob sich ein großes, als Küche dienendes Zelt.

Soldaten des Platinregiments nahmen die Pferde in Empfang

und begleiteten sie zum Pavillon. Der Laureat stand, in Weiß und Gold gekleidet, am Kopf der Tafel und erwartete sie. Er breitete die Arme aus und lächelte.

»Willkommen, Sires. Hoheit, bitte nehmt hier zu meiner Rechten Platz, und Lhord Rivendell mir gegenüber. Lieftenant Laforge, wir benötigen ein weiteres Gedeck, dort unten, gegenüber Koronel Langford. Und Ihr seid wer, Sire?«

Binsen bemühte sich vergeblich, Eindruck zu machen. Er hatte auf der Reise dreißig Pfund abgenommen. Seine Kleidung hing ihm am Leib wie ein Sack, und als er den Bauch einzog, drohte ihm die Hose zu rutschen. »Ich bin der Ehrwürdige Bischof Othniel Binsen von der Kirche Norisles, Port Maßvoll.«

»Dies könnte interessanter werden, als ich erwartet hatte. Bitte, Sires, nehmt Platz.«

Kaum hatten sie sich gesetzt und die Stühle an den Tisch gezogen, als auch schon aufgetragen wurde. Ringsum standen Soldaten, bedient wurden sie jedoch von Zivilisten. Um Prinz Vladimir kümmerte sich ein hübsches Mädchen, während die Mitte der Tafel von durchschnittlich aussehenden Männern bedient wurde und ein schöner Knabe Rivendell jeden Wunsch von den Augen ablas. Als das Sonnenlicht versiegte und die Soldaten Laternen anzündeten, glaubte Vladimir, an der fahlen Hautfarbe des Mädchens zu erkennen, dass sie eine Pasmorte war, auch wenn er sich dessen nicht sicher sein konnte. *Das würde bedeuten, sie sind alle Pasmortes*.

Was Gastgeber anging, war du Malphias ohne Zweifel der Beste auf dem Kontinent, trotz der ländlichen Umgebung des Diners. Zu jedem Gang wurde ein eigener Wein serviert, und für jeden Wein stand ein eigenes Glas zur Verfügung, das eigens aufgetragen und ständig nachgefüllt wurde. Sie begannen das Essen mit frischem Lachs, gefolgt von gebratener Ente mit Pilzen und wildem Reis, danach Elchbraten mit Quittenkompott und frischen Erbsen. Jeder Gang wurde auf einem eigenen Teller unter einer silbernen Haube serviert, die der jeweilige Lakai auf ein Zeichen des Laureaten mit großer Geste entfernte.

Zusätzlich zu diesen ausgezeichneten Speisen und Getränken ermunterte der Laureat seine Gäste auch zur Unterhaltung. Er brachte die Offiziere geschickt dazu, in ihren Anekdoten den Villerupt-Feldzug noch einmal zu durchleben, während er sich mit Vladimir über verschiedene Experimente unterhielt, die er in Mystria durchgeführt hatte. Der Mann hatte keinerlei Schwierigkeiten, mehrere Gespräche gleichzeitig zu führen und zu allen kluge Beiträge zu liefern.

Vladimir fröstelte. *Der Mann ist ein Genie. Der Graf hatte recht: Er entscheidet die Schlacht hier und jetzt für sich.*

Als es Zeit für den Nachtisch wurde, und die Cognacschwenker erschienen, erhob sich du Malphias. »Bevor wir das Dessert auftragen, und ich versichere Euch, es wird eine Überraschung, möchte ich einen Trinkspruch auf die tapferen Männer ausbringen, die in der bevorstehenden Schlacht kämpfen werden. Auf dass sie jetzt und für immer dienen.«

Die anderen erhoben die Gläser und tranken.

Rivendell stand ebenfalls auf und hob das Glas. »Und auf all jene, die die Schlacht verlieren. Auf dass sie niemals Grund haben werden, sich vor der Behandlung durch einen ehrbaren Gegner zu fürchten.«

Der Laureat lächelte und trank, aber sein Blick gefror.

Du Malphias hat Rivendells Trinkspruch anders aufgefasst, als der ihn gemeint hat. Und Rivendell wird seine Worte noch bereuen.

Nachdem Rivendell wieder Platz genommen hatte, setzte sich auch du Malphias. Dann nickte er. Die Lakaien hoben die Silberhauben von den Desserttellern.

Vladimir starrte auf sein Gedeck. Garniert mit etwas Rosmarin lag vor ihm auf dem Teller eine kleine, silberne Pistole, ähnlich der des Grafen von Metternin, allerdings nur mit einem Lauf.

Rivendell nahm seine Pistole. »Was hat das zu bedeuten?«

Der Laureat lächelte. »Ich möchte Euch etwas zeigen. Bitte, Ihr alle, nehmt Eure Pistolen und erschießt Euren Lakai.«

Binsen riss die Augen auf. »Habt Ihr den Verstand verloren?«

»Aber nein, keineswegs.« Du Malphias lächelte. »Ihr gestattet, Hoheit?«

Vladimir nickte.

Du Malphias nahm die Pistole vom Teller des Prinzen und schoss dem Serviermädchen in die Brust. Sie wurde nach hinten gegen eine der Birken geschleudert, richtete sich aber sogleich wieder auf, die silberne Tellerhaube noch in der Hand. Sie kehrte an die Tafel zurück, ein großes schwarzes Brandloch in der Bluse, und lächelte. »Kann ich sonst noch etwas für Euch tun, Hoheit?«

Vladimir bekam kein Wort heraus. Seine Hände zitterten.

Die drei Koronels nahmen ihre Pistolen und schossen auf die ihnen zugeteilten Lakaien. Rivendell machte eine rechte Aufführung daraus zu zielen, dann schoss auch er. Der schöne Junge wirbelte davon. Es sah ganz so aus, als würde er, im Gegensatz zu den anderen, liegen bleiben. Rivendell hob triumphierend die Waffe, dann wurde seine Miene säuerlich, als der Knabe doch noch aufstand.

Binsen weigerte sich, die Pistole anzufassen. »Ich habe diese Magie nie erlernt.«

»Ihr alle dürft die Pistole als Geschenk betrachten. Ich habe Schatullen für sie, in denen Ihr auch Kugelformen und Messgerätschaften finden werdet. Ihr werdet verstehen, dass ich darauf verzichte, Euch den Schwefel zu schenken, doch die Feuersteine sind neu und von bester tharyngischer Qualität.«

Er deutete mit einer Kopfbewegung auf die Lakaien. »Kapteyn Radband hat Euch von meinen Pasmortes berichtet. Sie alle können Feuerwaffen benutzen und tun dies auch. Zusätzlich zu den anderthalb Regimentern regulärer Soldaten unter meinem Befehl verfüge ich über Hunderte Pasmortes. Sie ermüden niemals, benötigen keine Nahrung, auch keinen Schlaf, und kennen keine Furcht. Und jeder meiner Soldaten, der im Kampf fällt, wird als Pasmorte aufs Schlachtfeld zurückkehren. Eure Bemühungen, meine Festung zu schleifen, sind nutzlos.«

Er hob sein Cognacglas vom Tisch und schmunzelte. »Auf die Gesundheit Eurer Truppen, Sires. Auf dass sie gesund bleiben, denn anderenfalls sind sie mein.«

Einundsechzigstes Kapitel

25. Juli 1764
Am Ufer des Amboss-Sees, Mystria

Owen wartete bei den Posten auf die Rückkehr des Prinzen und der Offiziere. *Falls du Malphias Lhord Rivendell mit dem Diner verunsichern wollte, ist ihm das hervorragend gelungen.* Alle Offiziere wirkten gedrückt, um nicht zu sagen kränklich. Rivendell hatte nicht einmal die Kraft, Owen zu beleidigen. Er starrte ihn nur mit verängstigten Augen an und ritt vorbei.

Prinz Vladimir ließ sich in der Nähe des zukünftigen Forts

Hoffnung nieder und lud Owen und von Metternin in sein Zelt ein. Er schenkte drei kleine Gläser Branntwein ein und reichte ihnen je eines davon. »Ich hätte Eure Pistole nehmen sollen, Graf Joachim.«

»Tatsächlich? Warum?«

Der Prinz beschrieb ihnen den Abschluss des Abends. Er deutete auf die Holzschatulle auf seinem Klapptisch. »Die Pistole gehört Euch, Kapteyn Radband. Ihr habt ohne Zweifel eine bessere Verwendung dafür, als ich sie jemals haben werde.«

Owen nickte. »Habt Dank, Hoheit.«

»Dankt mir nicht. Wäre ich Ihr, ich würde sie bei mir behalten, um mir im Notfall damit das Hirn aus dem Schädel zu blasen, damit ich kein Pasmorte werden kann.« Der Prinz kippte seinen Brandy, grunzte und schenkte sich nach. »Rivendell und die anderen glauben jetzt endlich, dass die Pasmortes existieren. Auf dem Rückweg freuten sie sich sogar darüber, dass man die Kreaturen verletzen kann. Exeter vertrat die Meinung, du Malphias hätte bewusst eine kleinkalibrige Kugel und geringe Menge Pulver benutzt, um uns glauben zu machen, seine Pasmortes seien unbesiegbar. Weil die Kugel so nicht genug Wucht gehabt hätte.«

Von Metternin nippte an seinem Glas. »Hat niemand einen davon in den Kopf oder das Rückgrat geschossen?«

»Nein. Du Malphias hat meinem Serviermädchen seitlich in die Brust geschossen.« Der Prinz zog eine Augenbraue hoch. »Warum schmunzelt Ihr, mein Lhord?«

»Er nahm Eure Pistole, damit Ihr sie nicht auf ihn richten konntet. Keiner der anderen hätte das gewagt.« Graf von Metternin lachte. »Es war ein kalkuliertes Risiko von seiner Seite.«

»Hätte ich euren Rat nur befolgt.« Prinz Vladimir schüttelte den Kopf. »Ich hätte dies alles mit einem Schuss beenden können.«

»Es sollte offenkundig nicht sein, Hoheit.« Von Metternin zuckte die Achseln. »Diesmal hat er gewonnen, doch bedeutet das keineswegs, dass er auch in Zukunft gewinnen wird.«

Owen blieb beim mystrianischen Kontingent, als sie am folgenden Morgen zur Festung des Todes ausrückten. Auf du Malphias' Straße kamen sie schnell voran. Es gab nur zwei Aufenthalte. Ein kurzer erster, als Magwamp am Birkenpavillon die Straße verließ. Er suchte dessen Umgebung ab wie ein nach Trüffeln gierendes Wildschwein, und schnaubte angewidert, als er nichts fand. Dann drehte er den Kopf zum Prinzen um, und Owen hätte schwören können, Bedauern in den großen goldenen Augen zu sehen.

Die zweite Pause kam auf dem zweiten Tagesmarsch am Tosenden Fluss. Wie vorhergesagt, spannte sich eine hohe Brücke über den Strom. Die Männer staunten, aber Owens Magen verkrampfte sich. Ja, das Bauwerk war ein Wunder, aber ein Wunder erschaffen von Kreaturen, die längst hätten im Grabe liegen sollen. Er sah die Pasmortes in Gedanken vor sich, wie sie über die Brücke schwärmten und Soldaten hetzten, wie sie im Jahr zuvor ihn gehetzt hatten.

Magwamp überquerte sie zuerst und schnupperte auf der gesamten Länge. Sie gab unter seinem Gewicht keinen Zoll nach. Dann schwärmten die mystrianischen Soldaten aus und überprüften, was sie prüfen konnten, verstärkten einzelne Stellen und entschieden dann, dass sie sicher war. Anschließend nahmen sie Aufstellung, um jeden Versuch abzuwehren, die Überquerung zu behindern.

Die Mystrianer waren hocherfreut, statt Äxten und Schaufeln wieder Musketen in den Händen zu halten. In dem Wissen, dass die norillischen Truppen jede ihrer Bewegungen beobachteten, bemühten sie sich nach Kräften, ihr Können als Kämpfer unter Beweis zu stellen. Sie bewegten sich zügig, suchten sich gute Deckung und deckten einander sogar gegenseitig, als die Truppen weiterzogen.

Das eigentliche Problem war natürlich, dass die Mystrianer sich, als die norillischen Truppen die Brücke erreichten, nicht in angemessener Ordnung für ein Gefecht auf dem auropäischen Festland aufgestellt hatten. Dass sie nicht in Auropa waren, spielte dabei keine Rolle. Auf die Norillier wirkten sie zaghaft und unerfahren.

Owen lächelte stolz, als die Mystrianer in Stellung gingen. Sie erinnerten ihn an die Mystrianischen Schärler bei der Vorbereitung auf die Schlacht im Wald von Artennes. Viele von ihnen waren jung und eifrig gewesen, ohne die geringste Ahnung, in welche Hölle sie marschierten. Gerüchte über die Pasmortes gingen durch die Reihen, aber die Mystrianer taten sie als Märchen ab, um den Norilliern Angst einzujagen. Kein Mystrianer, ganz gleich, wie er über diese Berichte dachte, hätte jemals in Sichtweite eines von Rivendells Soldaten Angst gezeigt.

Die regulären Soldaten marschierten schnell heran. Sie überquerten die Brücke in Fünferreihen. Ihre Schritte donnerten in perfektem Takt über den Fluss. Die Infanterie ging, zwei Bataillone stark, voraus. Ihre roten Uniformröcke leuchteten in der Sommersonne. Groß und gnadenlos boten sie in der Masse ein einschüchterndes Bild, das selbst Pasmortes hätte Angst einjagen können. Sie konnten auf vierzig Schritt eine Wand aus Blei abfeuern, die den Feind durchsiebte, bevor sie ihm mit den Stahlbajonetten den Rest gaben.

Die Kavallerie marschierte in der Mitte der Formation. Sie wirkte ein wenig fußkrank, aber nicht weniger stolz. Die Männer marschierten mit umgehängtem Karabiner und gezücktem Säbel. Für eine nicht ans Marschieren gewohnte Einheit bewegten sie sich in guter Ordnung, und auf der Westseite der Brücke rückten sie an die Spitze der Kolonne vor. Die hauptsächlich aus den Reihen des niederen Adels und den jüngeren Söhnen des Hochadels rekrutierte Einheit setzte sich an die Spitze, weil das für sie selbstverständlich war.

Derweil die Kolonne sich weiter nach Westen bewegte, plagte Owen ein endloser Durst. Er schaute auf seine Hände, um nachzusehen, ob das ungute Gefühl in der Magengrube sich durch ein Zittern äußerte. Obwohl der Wald die Festung noch verdeckte, spürte Owen ihre Gegenwart wie einen ständigen Alpdruck, der darauf lauerte, ihn erneut zu verschlingen. Er wollte nichts mehr mit ihr zu tun haben, doch die Pflicht verlangte seine Anwesenheit, und hätte Rivendell auch nur den geringsten Hinweis auf Owens Angstgefühle entdeckt, hätte er dieses Wissen ausgenutzt, um ihn bloßzustellen.

Owen war zu allem bereit, um ihm diesen Spaß zu verderben.

Ursprünglich hatte Rivendell geplant gehabt, den kleinen Turm einzunehmen, doch du Malphias' Überraschungsdessert hatte selbst ihm die Möglichkeit eines Hinterhalts bewusst gemacht. Er hatte sich davon überzeugen lassen, dass er den Turm bedrohen und sich einen Anker am Westufer des Grünen Flusses sichern konnte, indem er ein mystrianisches Bataillon in den Wäldern stationierte. Dadurch konnte er eine Hinterlist des Laureaten verhindern und sich einen sicheren Rückzugsweg freihalten.

Die norillische Formation schlug einen Bogen nach West, dann Nord durch den Wald und schlug den Truppen einen Weg außerhalb der Kanonenreichweite der Festung frei. Im Nordwesten erreichten sie eine Fähre und schickten als Erstes die Kavallerie hinüber. Am Westufer wurden die zwölf Kanonen aufgestellt, um ihr Feuerschutz zu geben. Dann überquerten die Mystrianer den Fluss und machten sich immer noch außer Reichweite der tharyngischen Geschütze daran, Gräben und Stellungen auszuheben und aus den gefällten Bäumen Palisaden und Schutzwehre zu errichten.

Owen und Graf von Metternin überquerten den Grünen an der Spitze der Mystrianer. Der Kesse deutete auf die Südwestwand der Festung, etwa auf gleicher Höhe mit dem Turm auf der anderen Seite des Flusses. »Falls er diese Tore öffnet und die Platingarde einsetzt, kann er uns zweiteilen. Eine Flussüberquerung oder sonstige amphibische Operation sollte auf Widerstand treffen.«

»Er ist kein Mann, der einen solchen Fehler begehen würde.«

»Nun, er ist arrogant. Aber das ist nur natürlich. Immerhin ist er Tharynge.« Von Metternin lachte. »Er liest Rivendells Gedanken. Wir haben den Turm nicht eingenommen. Rivendell wird seine Weigerung, unsere Flussüberquerung zu verhindern, als taktischen Fehler betrachten und glauben, er hätte bereits zwei Schlachten gewonnen.«

Lhord Rivendell galoppierte laut platschend durch das Wasser und hielt sein Pferd mitten in den Reihen der Kavallerie an. Er hob das Fernrohr ans Auge, dann lachte er. »Ich sehe Euch, du Malphias, und ich durchschaue Euer Spiel. Ihr dachtet, ich würde den Turm einnehmen, nicht wahr? Nicht wahr?«

Von Metternin kicherte. »Ich glaube kaum, dass er Euch hören kann, mein Lhord.«

»Aber er kann mich sehen.« Rivendell zog den Hut vom Kopf und winkte. »Er muss sehen, dass wir uns nicht einschüchtern lassen. Das geht einfach nicht.«

Eine Kanone antwortete. Flammen schlugen durch eine Rauchwolke zwischen den Zinnen hervor. Eine zwölf Pfund schwere Eisenkugel flog aus der Mündung des Geschützes. Nach dreihundert Schritt schlug sie auf und prallte ab. Wieder und wieder schlug sie auf und hüpfte, langsamer werdend, heran. Einer der Kavalleristen lachte und stand auf, als wolle er die Kugel fangen.

Seine rechte Hand zerstob in einem roten Nebel. Er starrte auf den Armstumpf, aus dem das Blut spritzte, dann schrie er.

Rivendells Pferd scheute zurück, die übrigen Truppen machten Platz, um die Kugel vorbeizulassen. Owen rannte los und riss die Schärpe ab, an der die Säbelscheide des Kavalleristen hing. Er wickelte sie um dessen rechten Unterarm, dann schob er einen Stock hindurch und drehte ihn, bis das Blut nur noch leicht aus der durchtrennten Schlagader tropfte. Der Mann hob seinen verstümmelten Arm vors Gesicht, dann fiel er in Ohnmacht.

»Kapteyn Radband, schafft einige Eure Mystrianer hierher, uns einen Graben auszuheben!«

Owen schüttelte den Kopf. »Wenn sie hierherkommen, mein Lhord, wird Eure Stellung nicht vor Sonnenuntergang fertig. Koronel Thornbury sollte seine Männer ihre eigenen Gräben ausheben lassen.«

Der Graf trat zwischen Owen und Rivendells zum Schlag erhobene Reitpeitsche. »Darf ich vorschlagen, mein Lhord, dass Ihr die Männer hundert Schritt zurückzieht. Der Kamm dort wird sie schützen, sofern sie sich auf die andere Seite begeben.«

»Ja, natürlich. Koronel Thornbury, bringt Eure Männer zu diesem Kamm.« Rivendell setzte seinen Hut wieder auf. »Langford, kommt her. Kapteyn Radband erhält einen Tadel wegen Insubordination.«

Owens Schultern und Rücken schmerzten vom Graben und Holzhacken. Eigentlich wäre er dazu als Offizier nicht verpflichtet gewesen, aber er hatte trotzdem mitgeholfen. Hätte jemand danach gefragt, hätte er geantwortet, ein gutes Beispiel geben zu wollen. Die Wahrheit aber war schlichterdings, dass er so viel Holz und Erde wie möglich zwischen sich und die Festung bringen wollte.

Am Abend des 29. hatte Rivendell seine Truppen für die Belagerung in Stellung gebracht. Seine Kanonen positionierte er in der Mitte der Linien. Erstaunlicherweise war diese Stellung sogar vernünftig. Die Mystrianer fertigten Faschinen an und befestigten sie rund um die Frontseite der Stellung. Von dort aus konnten die Geschütze den größten Teil des Geländes abdecken und jeden Angriff aus der Festung abschmettern, der um die Flussbiegung kam.

Die Kavallerie blieb an der Flussuferseite, zog sich aber zurück, um nicht von den Kanonen der Festung beschossen zu werden. Östlich davon nahm das Vierte Infanterieregiment Aufstellung. Die Soldaten gruben sich ein und schütteten Wälle auf, aber ohne sich allzu große Mühe dabei zu geben. Die Männer erwarteten keinen Angriff und waren nicht erpicht darauf, erst über die eigenen Gräben klettern zu müssen, um an den Feind zu kommen. Offensichtlich gingen sie davon aus, dass die Belagerung schnell vorbei sein würde. Owen betrachtete das nicht als gutes Zeichen.

Noch weiter im Osten, zwischen den Norilliern und dem See, gingen die Mystrianer in Stellung. Prinz Vladimir schlug sein Hauptquartier auf den Hügeln am Seeufer auf, während seine Männer sich entlang der Front eingruben. Trotz der Erschöpfung von der Arbeit an Rivendells Hauptquartier produzierten sie eine solide Grabenzeile, die sich entlang den natürlichen Gegebenheiten durch das Gelände zog. Ihre Lage war darauf ausgelegt, den Winter zu überstehen.

Die größten Arbeiten wurden im Hauptquartier des Prinzen notwendig. Die Männer fällten einige Bäume und banden sie über Kreuz zusammen, dann verbanden sie sie mit mehreren Mittelbalken. Diese versenkten sie im Boden und errichteten so einen einfachen Wurmstand, in dem Magwamp es sich gemütlich machte. Neben diesem Bau wirkte Lhord Rivendells Zeltkomplex winzig, was den Mystrianern Anlass zu Witzeleien gab.

Owen saß im Schatten neben dem Zelt des Prinzen, als er Langford und Rivendell auf sich zu marschieren sah, begleitet von einer Ehrengarde aus sechs Soldaten. Er überlegte, ob er aufstehen sollte, entschied sich aber dagegen. *Falls er mich erneut vor ein Kriegsgericht stellen will, macht eine zusätzliche Anklage wegen eines Offiziers unwürdigen Betragens den Braten auch nicht fett.*

Zu seiner Überraschung marschierten sie an ihm vorbei und ins Zelt. Die Begrüßungen der Offiziere, Prinz Vladimirs und des Grafen fielen recht knapp aus.

Rivendell räusperte sich. »Langford, haltet die Seite der Karte dort fest. Wie Ihr seht, Hoheit, haben wir die Planung für unser weiteres Vorgehen fertig. Eure Männer werden hier und hier Gräben ausheben, damit wir die Kanonen vorwärtsbringen und zum Angriff ansetzen können.«

Einen Moment herrschte Stille, dann antwortete der Prinz. »Verzeiht mir, falls ich die Karte falsch lese, doch mit der Kavallerie in zurückgezogener Stellung, hier, sind Eure Geschütze nur positioniert, um Überfälle abzuwehren. Meine Männer wären sowohl Kanonenbeschuss als auch direkten Angriffen wehrlos ausgeliefert. Oder sehe ich das falsch, Graf von Metternin?«

Bevor der Kesse seine Meinung äußern konnte, schnaubte Rivendell verächtlich. »Muss ich Euch daran erinnern, dass ich diese Expedition befehlige? Eure Sorge um Eure Männer ist lobenswert, doch ich werde nicht von ihnen erwarten, dass sie kämpfen, nur dass sie die Arbeiten ausführen, für die sie geeignet sind.«

Magwamps wütendes Brüllen beendete das Gespräch. Der Klang ließ Owens Brustkorb vibrieren, und er sprang auf. Im Westen, am Flussufer, knallten Musketen. Er packte seine Waffe und rannte los. Prinz Vladimir stürzte aus dem Zelt und an Owen vorbei zum Wurmstand. Owen folgte ihm, um ihn notfalls zu beschützen. Magwamp steckte den Kopf aus dem Bau und brüllte erneut. Der Prinz sprang und brachte einen Fuß auf das Lastgeschirr. Es gelang ihm, den freien Fuß in den Steigbügel zu stecken und sich in den Sattel zu hieven, als der Lindwurm auch schon losrannte.

Owen sprang und packte das Geschirr. Er klammerte sich daran fest, während Magwamp den Hang hinabstürmte. Er jagte mitten durch das Zeltlager der Infanterie, und sein peitschender Schwanz schleuderte einige Zelte wie vom Sturm zerfetzte Segel durch die Luft. Sein Brüllen ließ die Soldaten auseinanderstieben, dann war er auch schon vorbei.

Er brach ins Lager der Kavallerie. Die brauchte ihn nicht zu sehen, um Platz zu machen. Die Männer waren bereits auf der Flucht, Hals über Kopf, schreiend und die Karabiner wegwerfend. Sie stürmten mit weit aufgerissenen Augen vorbei, die Kehle schon wund geschrien.

Owen starrte in die Nacht und wusste, wovor sie flohen.

Als sie den Rand des Lagers erreichten, sprang Owen ab und rollte sich nach links. Magwamps Schwanz pfiff über seinen Kopf. Owen kam auf ein Knie hoch, hob die Muskete und schoss.

Die Kugel traf einen triefnassen Pasmorte in den Hals und riss ihm den Kopf ab. Owen warf seine Waffe weg und griff sich einen Karabiner. Wieder zielte er und feuerte. Sein Schuss schleuderte einen jungen Knaben zu Boden. Auch diese Waffe warf er fort und griff nach einer anderen. Statt einer Schusswaffe fand seine tastende Hand einen Kavalleriesäbel aus erstklassigem Stahl. Er riss ihn aus der Scheide.

Niemand hätte die schwere Klinge als elegant bezeichnet. Sie war zum Abschlachten ausgelegt, mit einer breiten Klinge und einem vollen Messingkorb. Owens Hieb spaltete einen Pasmorte von der Schulter bis zur Hüfte. Der Säbel war nicht nur äußerst scharf, die stählerne Klinge störte alle Magie. Jeder ernsthafte Hieb genügte, einen Pasmorte hilflos zuckend zurückzulassen.

Er rannte los und versuchte Prinz Vladimir und Magwamp zu erreichen. Der Prinz war unbewaffnet in die Schlacht geritten und brachte sich damit in große Gefahr. Owen hieb einem Pasmorte den Kopf ab, dann schnitt er einem anderen den Leib auf. »Haltet durch, Hoheit!«

Owen hätte sich den Atem sparen können. Magwamps Schwanz zertrümmerte Pasmortes, dass von ihnen nur Bündel zerschmetterter Knochen und zerfetzter Haut blieben. Er streckte eine krallenbewehrte Klaue aus und zog einen Pasmorte heran, den er mit einem Biss zweiteilte. Zwei weitere wanden sich unter seiner anderen Vorderklaue, dann bäumte er sich auf und schlug aus wie ein Bär. Drei der Kreaturen flogen in Stücken durch die Luft.

Ein Trupp der Vierten Infanterie kam angelaufen. Owen drehte sich um. »Bajonette aufgesetzt. Gebt ihnen den Stahl!«

Die Soldaten gehorchten und stürmten in den Pulk der letzten Pasmortes. Sie hieben und stachen, schlugen und zertrümmerten schon tote Schädel. Ein paar Männer zögerten, als sie Kinder vor sich sahen, aber ihr Serjeant hob einen herumliegenden Säbel auf und schickte sie ins Jenseits.

Owen rannte auf den Prinzen zu und bremste ab, als er Magwamps Blick auf sich ruhen spürte. Der Lindwurm zog ganze und zerstückelte Pasmortes heran und verschlang sie. Prinz Vladimir saß auf seinem Sattel und zerrte ohne Erfolg an den Zügeln.

»Seid Ihr verletzt, Hoheit?«

»Nein, keineswegs.« Er trieb den Absatz in Magwamps Seite.

Das Tier rülpste, dann schaufelte es sich neue Pasmortes ins Maul und schluckte. Magwamps dicke Zunge zog einen abgerissenen Arm zwischen den Zähnen hervor.

Owen drehte sich zu den Fußtruppen um. »Schlagt ihnen die Köpfe ab und tragt sie auf einen Haufen.«

Ein Soldat schaute ihn an. »Verbrennen wir sie?«

Owen schaute hinüber zu dem Lindwurm. »Ich schätze, Magwamp hat andere Pläne.« Er seufzte und blickte zur Festung. *Und ich fürchte, für den Laureaten gilt das ebenfalls.*

Zweiundsechzigstes Kapitel

31. Juli 1764
Fort Cuivre
Lac Verleau, Neu-Tharyngia

Nathaniel tauchte das Paddel lautlos in das stille Wasser des Sees und zog das Kanu langsam vorwärts. Es war ein Kriegskanu, eines der vier, die sie vor dem Morgengrauen zu Wasser gelassen hatten und die jetzt durch den Morgennebel auf Fort Cuivre zu trieben. Kamiskwa kniete hinter ihm, den Bogen in der Hand, einen Pfeil angelegt.

Der Mystrianer hielt den Atem an. Im Osten hellte die Sonne den Himmel auf, aber noch lag ihr Weg im tiefen Schatten der Bäume. Sie hielten sich dicht am Ufer, in der Hoffnung, dass das Platschen der nach Fliegen springenden Forellen ihre Annäherung überdeckte. Falls die Ryngen bemerkten, dass sie kamen, würden die Kanonen der Korvette und die Schwenkgeschütze der Festung sie versenken, noch bevor sie einen Schuss abgeben konnten.

Major Forst hatte die Kais als die Schwachstelle des Forts erkannt. Die niedrige Steinmauer mit den Schießscharten war eine ausgezeichnete Verteidigung gegen Shedashie-Überfälle. Der ryngische Kommandeur unterhielt eine ständige Wache aus sechs Mann an der Anlegestelle und hatte je sechs Mann auf beiden Korvetten. Mehr konnte er wahrscheinlich nicht erübrigen.

Nathaniel kniff die Augen zusammen und versuchte, durch den Nebel etwas zu erkennen. Die Strömung genügte, sie zum Fluss zu bringen; er brauchte nur zu steuern. In der Dunkelheit dräute die kantige Silhouette des Forts, ein drohender Schatten vor dem Sternenhimmel. Die dünne Mondsichel warf ihr schwaches Licht in einem langen Band auf den See, ein gutes Stück von ihnen entfernt.

Er drehte sich zu Kamiskwa um. »Nur noch ein kurzer Pfad.«

Der Altashie nickte und hob die gekrümmte Hand an den Mund. Er stieß einen leisen Eistaucherruf aus. Hinter ihnen platschte etwas: Das Sommerland-Kanu, das sich auf den Weg zum Schiff machte. Die drei anderen Boote hielten auf den Kai zu, um die Nordlandschärler abzusetzen.

Major Forst hatte einen hübschen kleinen Feldzug organisiert, der auf diesen Moment hinauslief. Sie hatten die Garnison des Turms gefangen genommen und danach alle Trupps abgefangen, die das Fort verlassen hatten, um auf Jagd zu gehen, Brennholz zu schlagen oder nach ihnen zu suchen. Bei Sonnenaufgang und Sonnenuntergang hatten die Scharfschützen sich auf die Lauer gelegt, so pünktlich jeden Tag, dass die Tharyngen sich rechtzeitig in Sicherheit bringen konnten. Am ersten Tag war der Blutzoll furchtbar gewesen, aber seitdem hatten die Mystrianer nur noch die selbstmörderisch Wagemutigen und ausgemachten Dummköpfe erwischt.

Nathaniel hatte seinen Teil beigetragen. Soweit er feststellen konnte, hatte er einen Soldaten getötet und zwei verwundet. Er hatte es nicht darauf angelegt, überhaupt einen zu erschießen, aber ein Mann war von der Mauer gestürzt und hatte sich das Genick gebrochen. Der Waldläufer wusste nicht so recht, was er darüber denken sollte. Bisher hatte es ihm noch keinen Schlaf geraubt, er war sich allerdings nicht sicher, ob das auch so bleiben würde.

Die Korvette ragte aus dem Nebel, und das Kanu der Sommerland-Jungs glitt an ihr vorbei. Sie waren auf dem Weg ans Heck des Schiffes, um es von der anderen, der Steuerbordseite, zu entern. Nathaniel nickte und hielt die Augen offen. Er lauschte auf jedes Geräusch, das eine Wache hätte alarmieren können.

Hinter ihm spannte sich mit leisem Knirschen der Bogen.

In der Mitte des Schiffsdecks war ein Posten stehen geblieben. Der wabernde Nebel verbarg seine Umrisse halb. Nathaniel konnte nicht erkennen, wie weit er von der Backbordreling entfernt war, aber das spielte auch keine Rolle. Der Mann zog die Muskete von der Schulter.

Kamiskwas Bogen brummte. Der Pfeil sauste durch die Luft. Der Rynge riss die Hände an den Hals und versuchte, das spritzende Blut aufzuhalten. Der Pfeil hatte seinen Hals glatt durchschlagen, und er war bereits tot, doch statt umzufallen, stolperte er ein paar Schritte vorwärts, bis er im Sturz gegen die Schiffsglocke fiel.

Ein einzelner klarer Glockenton hallte durch die Morgenluft.

Nathaniel stieß das Paddel ins Wasser. Alle Männer ruderten wie wild mit Paddeln und Flintenkolben. Das Kanu schoss über den See, auf die Anlegestelle zu. Nathaniel sprang an Land, sobald es den Kai berührte. Er riss das Paddel herum und erwischte einen heranstürmenden Ryngen im Gesicht. Der Mann ging zu Boden, konnte aber noch laut brüllen, bevor der Waldläufer ihn mit einem Tritt ins Wasser beförderte.

Schärler schwärmten auf den Kai und rannten zum Fort. Sie sagten kein Wort, und ihre Gesichter waren grimmig entschlossen. Dass sie das Überraschungsmoment verloren hatten, war jedem von ihnen klar. Als sie sich freiwillig für dieses Unternehmen gemeldet hatten, war allen bewusst gewesen, dass es sich ohne Überraschungsmoment um ein Selbstmordkommando handelte. Ihre einzige Überlebenschance bestand darin, eine ihnen zahlenmäßig vierfach überlegene Garnison zu besiegen und das Fort in ihre Hand zu bringen.

Kamiskwa reichte Nathaniel sein Gewehr. »Gute Jagd, Zauberfalke.«

Ryngische Stimmen riefen in fragendem Ton. Zu Beginn klangen sie ängstlich, dann wütend, schließlich wurden sie panisch, als niemand antwortete. Ein tharyngischer Posten feuerte blindlings in Richtung Korvette. Das Mündungsfeuer seiner Muskete machte die Angreifer sichtbar. Ein zweiter Posten feuerte, und einer der Schärler ging zu Boden, beide Hände auf den Bauch gepresst.

Nathaniel kniete sich neben ihn, dann hob er das Gewehr. Er sah durch eine der Schießscharten eine Bewegung und ließ den

Daumen auf den Feuerstein fallen. Das Gewehr krachte, spie Feuer und Blei. Heißer Rauch und winzige Schwefelpartikel schlugen ihm ins Gesicht und brannten in den Augen. Schwefelgestank stieg ihm in die Nase und legte sich über die Mundschleimhäute.

Friedensreich Bein hielt zwei Musketen, eine in jeder Hand. In seinen gewaltigen Pranken wirkten sie wie langläufige Pistolen. Er feuerte beide auf die Schießscharten ab, ohne langsamer zu werden. Männer schrien, andere schossen, und Friedensreich stürmte geradeaus.

Laut brüllend warf er sich mit der Schulter gegen das hölzerne Tor. Die Lederscharniere rissen, und es flog nach innen. Der Riese rollte sich in die Dunkelheit dahinter ab, die Schärler folgten ihm. Musketenfeuer leuchtete auf.

Nathaniel lief zwei Schritte hinter Kamiskwa durch das Tor. Er deutete zu den Wehrgängen hoch. »Loberecht, bring deine Jungs da rauf. Drang, auf die and're Seite. Caleb, deine Jungs säubern den Hof! Bewegung!«

Mündungsfeuer zuckte wie Blitze und riss scheinbar in der Bewegung erstarrte Gestalten aus der Dunkelheit. Der Erste Trupp unter Calebs Befehl ging in die Hocke und schoss auf alles, was sich auf dem Gelände bewegte. Der Zweite und Dritte Trupp bog unter dem Befehl der Bein-Brüder nach links und rechts ab, hoch auf die Zinnen. Der Vierte und Fünfte Trupp rückte schrittweise vor, immer auf Deckung hinter Lagerschuppen und einem zur Reparatur aufgebockten Boot bedacht.

Von der Korvette ertönten Schüsse. Ein Querschläger von einem der Torpfosten pfiff knapp über Nathaniels Kopf, als er sich duckte, um nachzuladen. Die Ryngen erwiderten das Feuer sporadisch vom entfernten Ende des Forts, wo sie auf den morgendlichen Scharfschützenbeschuss gewartet hatten.

Und auf genau den wollten wir auch warten. So viel zum Ablenkungsmanöver des Majors. Nathaniel klappte das Gewehr zu. *Schätze, jetzt sind wir das Ablenkungsmanöver.*

Im Zentralgebäude der Festung öffnete sich eine Tür. Eine Silhouette zeichnete sich vor Laternenlicht aus dem Inneren ab. Nathaniel bewegte sich etwas nach rechts, hob das Gewehr und schoss. Der Qualm blendete ihn, und bis er durch die Tränen wieder etwas sah, war außer dem durch ein Loch in der Tür fallenden Licht nichts mehr auszumachen.

Nathaniel lud wieder nach, dann tippte er einem Bücherwurm auf die Schulter. »Wär' nett, wenn Ihr den Sommerland-Jungs sagen könntet, dass wir Ihnen mächtig dankbar wären, falls sie uns mit den Kanonen ein bisschen bei den Kasernen aushelfen könnten.«

Der Mann nickte. »Bei welcher?«

»Is' mir erst mal gleich. Los.«

Die Ryngen hatten die Truppenunterkünfte an der Nord- und Südwand errichtet. Das Zentralgebäude teilte den Komplex in zwei Hälften. Der Prinz hätte ihm vermutlich die Mathematik erklären können, die sie bei der Planung benutzt hatten, aber ganz gleich, wie die Zahlen aussahen, es machte die Sache für die Schärler unbehaglich. Schon hatten die ersten Ryngen Schießscharten in die Kasernenwände geschlagen und erwiderten das Feuer. Und Nathaniel ging davon aus, dass sie sich auf der anderen Seite des Forts zu einem Sturmangriff formierten, der die Schärler zurück ins Wasser treiben sollte.

Sein Puls hämmerte. Jeden Moment konnten die Ryngen mit blitzenden Bajonetten um die Ecke biegen. Sie würden vielleicht eine Salve abfeuern. Falls sie sich diese Mühe überhaupt machten. Fünfundzwanzig Schritt, dann würden sie über die Schärler kommen wie Katzen über die Mäuse.

Was mach' ich jetzt? Falls die Mystrianer blieben, wo sie waren, würden die Tharyngen sie abschlachten. Falls sie die Flucht ergriffen, würde man sie abknallen. Er schaute zu Caleb und sah nicht den Soldaten, zu dem er geworden war, sondern den Knaben, der er vorher gewesen war. *Was für ein Irrsinn, so ein Krieg.*

Nathaniel zog das Beil aus dem Gürtel und legte es neben sein Knie. »Bajonette aufstecken, Jungs. Gebt Ihnen eine Salve auf mein Zeichen. Zielt flach.«

Musketen schepperten, als die Männer die Bajonette über den Lauf schoben, bis sie einhakten. Auf der anderen Seite der Festung ertönte eine Trillerpfeife. Eine ryngische Stimme brüllte Befehle. Stiefel trommelten im Gleichschritt – das harte Knallen verschluckte das gelegentliche Donnern einer Muskete. Wieder ertönte die Pfeife.

Fünfundzwanzig Schritt voraus stürmte mit wütendem Gebrüll die Zweite Kompanie des Siliziumregiments um ihr Hauptquartier, das Bajonett im Anschlag.

Nathaniel stand auf. »Wartet, Jungs. Wartet! Feuer!«

Die Schärler feuerten, aber gegen sechzig Mann richteten dreißig Musketen nicht viel aus. Hier und da ging ein Rynge zu Boden, aber seine Kameraden stürmten über ihn hinweg. Ein paar Schärler starrten ihnen schreckerfüllt entgegen. Ein paar andere ergriffen die Flucht. Wieder andere schauten sich um, und ihr Trotz löste sich beim Anblick der heranstürmenden Soldaten in Angst auf.

Nathaniel feuerte schnell, zertrümmerte die Trillerpfeife mitsamt dem Gesicht des Offiziers, der sie geblasen hatte. Dann lud er nach, so schnell er konnte, aber er wusste selbst, dass die Zeit nicht reichte. Das Donnern der heranstürmenden Stiefel bestätigte es. Die Kugel fiel ihm aus der Hand, aber er fing sie wieder auf, bevor sie auf den Boden schlug. Er stieß sie in die Kammer und hebelte diese zu.

Zu spät!

Die Ryngen waren so nahe heran, dass er das Weiße ihrer Augen und das Blitzen der Bajonette sah.

Plötzlich riss ihn jemand nach hinten, und Friedensreich Bein brüllte: »Runter!«

Friedensreich schwenkte eines der drehbaren Geschütze herum und schlug die Handfläche auf den eiergroßen Feuerstein. Er fletschte weiße Zähne in einer rußgeschwärzten Grimasse. Einen Augenblick später krachte das kleine Geschütz.

Im Vergleich zu den Kanonen der Korvette stellten die Schwenkgeschütze kaum eine Bedrohung dar. Sie konnten nur eine kleine Kanonenkugel von zwei Pfund Gewicht abfeuern, die von einem Schiffsrumpf harmlos abgeprallt wäre. Aber Menschen sind nicht aus Eichenholz, und diese Schwenkgeschütze waren mit Kartätschenmunition geladen, zwölf Kugeln pro Pfund, zwei Pfund pro Ladung.

Die Ryngen waren nur noch zehn Schritt vom Kai entfernt, als Friedensreich feuerte.

Glühende Metallkugeln spritzten in einer Eruption von Schwefel aus dem Lauf. Sie zerfledderten die vorderste Reihe. Stürmende Soldaten verwandelten sich innerhalb eines Augenblicks in kreischende Haufen blutigen Fleisches, zertrümmerter Knochen und glimmender Uniformen. Männer wurden nach hinten geschleudert, auf die Bajonette ihrer Kameraden. Die Kugeln bohrten sich durch die vordersten Soldaten und in die Männer hinter ihnen, zerfetzten Gedärme und rissen Beine am Knie ab. Hohe Schüsse ließen Schädel zu Schrapnell zerplatzen, das in die Leiber anderer Soldaten drang.

Und immer noch stürmten die Ryngen nach vorn. Manche

rutschten in Blutlachen aus. Andere stolperten über schreiende Kameraden. Teile ihrer Mitsoldaten bedeckten ihre Uniformen, aber immer noch griffen sie an, stießen, aus vollem Leib brüllend, das Bajonett in die Reihen der Schärler.

Nathaniel feuerte, streckte einen Mann nieder, dann parierte er mit dem Gewehr einen Bajonettstoß. Der vor Wut blinde Rynge stürmte weiter auf ihn ein. Er erwischte Nathaniel mit der Schulter und warf ihn zurück.

Der Waldläufer schlug mit dem Hinterkopf auf die Steinmauer. Sterne explodierten hinter seinen Augen. Als er zu Boden fiel, flog das Gewehr davon. Der Rynge stand breitbeinig über ihm und hob die Flinte zum Todesstoß.

Kamiskwas Kriegskeule pfiff durch die Luft. Knochen barsten und Zähne flogen umher. Der Rynge taumelte davon und brach zu einem formlosen Haufen zusammen. Kamiskwa duckte sich aus dem Weg eines Bajonettstoßes und zertrümmerte mit einem Hieb die Schulter des Angreifers. Dann stieß der Altashie ihn zurück gegen einen dritten Soldaten, bevor er ihn mit einem Hieb zu Boden streckte, der ihn einmal um die eigene Achse drehte.

Nathaniel packte eine Muskete und stieß die anderthalb Fuß lange Klinge durch eine Soldatenbrust. Der Mann, der Caleb zu Boden geschlagen und durch den Oberschenkel gestochen hatte, riss den Mund auf, um etwas zu sagen, aber ein Blutschwall erstickte seine Worte.

Mit einem kräftigen Zug befreite Nathaniel das Bajonett.

Er ließ sich neben Caleb auf ein Knie nieder und zog dem toten Ryngen die Schärpe ab. »Bindet das Bein ab, Lieftenant Frost. Ihr werdet mir nicht wegsterben.«

Calebs Antwort hörte Nathaniel nicht mehr.

Die Kanonen der Korvette donnerten. Schwere Eisenkugeln

krachten durch das Dach des Hauptquartiers und zertrümmerten den Hauptbalken. Das Dach stürzte ein, aber die Kugeln setzten ihren Weg in die Osthälfte des Forts fort. Vom Zerschmettern der Dachziegel kaum gebremst, flogen sie als Querschläger durch den Innenhof. Männer schrien auf, und ein halbes Dutzend stürzte, als eine Kugel die Streben eines Wehrgangs zerschlug.

Im Osten krachte eine Musketensalve. Weitere Ryngen stürzten ins Innere des Forts. Nathaniel holte sich sein Gewehr und lief los. Die Bein-Brüder führten ihre Trupps die Wehrgänge entlang. Kamiskwa lief voraus, die Kriegskeule zum Schlag erhoben.

Als sie das Hauptgebäude erreichten, hatten die ersten der Südkolonienschärler die Außenmauern erreicht. Mit Sturmleitern, die sie aus Baumstämmen gehauen hatten, kletterten sie hoch. Die Tharyngen sahen sich von zwei Seiten angegriffen, legten hastig die Waffen nieder und öffneten Major Forst die Tore.

Der tharyngische Kommandant, Koronel Pierre Boucher, übergab Major Forst sein Schwert. Forst reichte das Schwert entsprechend auropäischer Sitte gegen das Versprechen, keinerlei weiteren Widerstand zu leisten, zurück. Der Koronel erklärte sich einverstanden, und mit Major Forsts Erlaubnis bildeten die Tharyngen auf seinen Befehl Gruppen, die ihre Verletzten einsammelten und ihre Toten bestatteten.

Nathaniel schob das Gewehr wieder in die Wildlederhülle. »Schätze, Major, wir ha'n Euch ein wenig überrascht.«

»Ich habe gelernt, im Krieg von keiner Wendung überrascht zu sein, Kapteyn Wald. Es läuft niemals so wie geplant, und leider ist zum Schluss immer eine Blutrechnung zu begleichen.« Der ältere Mann schaute sich um, und seine Miene wurde starr. »Caleb?«

»Hat sich ’ne Narbe und ’ne dazugehörige Geschichte eingehandelt.« Er nickte. »Hat seine Jungs gut geführt.«

»Gut. Ich danke Euch.«

»Und ich Euch, Sire, für die Rettungsaktion.« Nathaniel seufzte. Sein Hinterkopf schmerzte. »Schätze, es wird Zeit, die Rechnung aufzustellen. Mit Erlaubnis, Sire, mach ich mich dran.«

Zwei der Sommerland-Jungs waren bei der Eroberung der Korvette gefallen und zwei schwer verletzt worden. Einer der Toten war ein Lanatashie. Die Nordlandschärler hatten insgesamt fünfzehn Tote und fünf Verletzte zu beklagen. Ein Drittel der Toten waren Bücherwürmer. Es hätten sechs sein können, doch einem von ihnen hatte ein Exemplar von ›Die Berufung eines Kontinents‹ das Leben gerettet, indem es eine Kugel auf Seite zweiundfünfzig aufhielt. Die Südkolonienschärler hatten niemanden verloren. Ihr einziger Verletzter war von der Sturmleiter gefallen und hatte sich das Bein gebrochen.

Major Forst brachte die Ryngen wieder mit den Gefangenen zusammen, dann musste jeder von ihnen unterschreiben, dass er als Bedingung für die Freilassung nicht mehr gegen Mystrianer kämpfen werde. Danach halfen die Schärler ihnen, Flöße und Kanus zu bauen, mit denen sie über den Fluss nach Kebeton aufbrachen.

Eigentlich hätte Friedensreich zu den Verletzten gezählt werden müssen, doch davon wollte er nichts hören. Er hatte noch nie eine Kanone abgefeuert gehabt und angenommen, sie würde wie eine große Muskete bedient. Folglich hatte er die Magie gewirkt, und der große Feuerstein hatte ihm mehr abgezogen als erwartet. Sein ganzer Unterarm war schwarz und blau. Er sagte jedem, es sei halb so wild, aber er wurde spürbar ruhiger und las Ryngen, die sein Schuss verletzt hatte, aus der Bibel vor.

Nathaniel fand Major Forst auf der Mauer über dem Osttor, als er ihm Meldung erstatten wollte. »Caleb erholt sich wieder. Haben die Wunde mit Mogiqua vollgestopft und fest verbunden. Ist nur eine Fleischwunde, nichts Ernstes.«

Forst nickte. »Ich werde den Familien der Gefallenen schreiben.«

Nathaniel runzelte die Stirn. »Schätze, ich werd' auch ein paar Buchstaben lernen müssen, um das zu könn'.«

»Es ist keine angenehme Aufgabe.«

»Ist mir schon klar. Muss aber getan werden.« Er seufzte. »Gehört zu meiner Verantwortung für meine Männer.«

»Eure Männer?« Frost schmunzelte. »Brat mir einer 'nen Storch, ich hätte nie geglaubt, Euch das einmal sagen zu hören.«

»Will nicht behaupten, es fiele mir leicht, aber ich schätze, das wisst Ihr selbst. Und Ihr habt gewusst, dass es so kommt, als Ihr einen Offizier aus mir gemacht habt.«

»Mag schon sein.« Der Major legte Nathaniel die gesunde Hand auf die Schulter. »Ich wusste, Ihr hattet das Zeug zu einem guten Offizier.«

»Bin mir nicht sicher, ob ich das Vertrauen verdiene.« Er schaute zurück zum Kai. »Der Wahrheit die Ehre, als sie im Sturmlauf auf uns zukamen, hatte ich gewaltige Angst. Hätte weglaufen mögen.«

»Aber Ihr habt es nicht getan.«

»Nein, Sire.«

»Wisst Ihr, warum nicht?«

»Bin mir nicht sicher, ob ich zu verdammt stur war oder einfach ein verdammter Narr.«

Forst lachte, ein Klang, der gar nicht in das verwüstete Fort passen wollte, aber deswegen um nichts weniger willkommen war. »Ihr seid nicht weggelaufen, weil Eure Männer, hättet Ihr es getan, auch die Flucht ergriffen hätten und gestorben wären. Ihre einzige Chance bestand darin, sich dem Kampf zu stellen. Und das taten sie für Euch, weil sie Euch vertrauen. Ihr habt dieses Vertrauen nicht enttäuscht. Das dürft Ihr als Offizier niemals. Es würde Eure Männer umbringen, und selbst wenn Ihr überlebt, wärt Ihr danach innerlich tot.«

Nathaniel senkte den Blick. »Schätze, darüber muss ich noch eine Weile nachdenken, aber danke, Sire.«

»Mehr als gern geschehen, Kapteyn.« Forst nickte ernst. »Und Ihr habt guten Grund, Euch zu freuen. Die Mystrianischen Schärler haben eine größere Streitmacht besiegt und die Berichte über Villerupt Lügen gestraft.«

»Schätze mal, das stimmt.« Er gestattete sich ein kurzes Lächeln, dann zog er die Augenbrauen zusammen. »Fällt mir gerade auf, dass uns keiner gesagt hat, was wir mit dem Fort anstellen sollen, nachdem wir es erobert haben.«

»Das liegt daran, dass wir es gar nicht einnehmen sollten.« Forsts Augen wurden schmal. »Koronel Boucher hat mir gesagt, er habe aus Kebeton Nachricht erhalten, dass eine Einheit von einhundertfünfzig Mann im Anmarsch sei, um seine Festung einzunehmen. Er weigerte sich, die Meldung zu glauben, weil er sie für völlig absurd hielt. Ich vermute, er wartet immer noch darauf, dass der Rest unserer Einheit am Waldrand erscheint.«

»Schätze, die Warnung bedeutet, Todeskamm wollte uns in den Tod schicken.«

»Oder Rivendell, oder beider Gegner.« Forst schüttelte den Kopf. »Und möglicherweise ging es gar nicht darum, uns umzubringen, man wollte uns nur aus dem Weg schaffen.«

»Und das sind wir hier oben, oder?«

»Das sind wir allerdings.« Der Major starrte nach Osten.

»Wenn wir den Wald ein Stück zurückschneiden und diesem Bau mit dem Holz eine Rückwand bauen, können wir es hier eine ziemliche Weile aushalten. Und ohne anderen Befehl halte ich das für einen annehmbaren Plan.«

Dreiundsechzigstes Kapitel

1. August 1764
Amboss-See, Neu-Tharyngia

Prinz Vladimir las Rivendells kurze Notiz noch einmal, dann musterte er den Lieftenant, der sie überbracht hatte. »Lhord Rivendell befindet sich in einer Besprechung und wünscht, nicht gestört zu werden? Aber meinen Koronel Zauder hat er zu dieser Besprechung geladen?«

Der Lieftenant, ein schlanker junger Mann, dessen Gesicht und Körper noch keine der Kanten eines Erwachsenen besaß, schüttelte den Kopf. »Ich kenne den Inhalt der Nachricht nicht, Hoheit. Ich hatte Order, sie zu überbringen und mich sofort zurückzumelden.«

»Ihr werdet hier warten.« Vladimir stampfte aus dem Zelt. »Graf von Metternin! Kapteyn Radband! Sofort zu mir!«

Der Prinz knirschte mit den Zähnen. Rivendell hatte sich von Anfang an wie ein Trottel benommen, aber sein Verhalten in den letzten achtundvierzig Stunden ging entschieden zu weit. Am 30. Juli hatte er dem Laureaten eine Einladung zu einem Diner zu Ehren des tharyngischen Befreiungstages in seinem

Hauptquartier geschickt. Er hatte die Schwarzforst-Kapelle sogar angewiesen, die tharyngische Hymne einzustudieren.

Du Malphias hatte mit Bedauern abgelehnt und zur Begründung erklärt, die Feier mit seinen Männern begehen zu müssen. Er hatte jedoch die Offiziere, die an dem ersten Essen teilgenommen hatten, eingeladen, ihn in der Festung zu besuchen. Rivendell und sein Stab hatten die Einladung angenommen. Binsen hatte abgelehnt. Prinz Vladimir hatte angeboten, Graf von Metternin als Vertretung zu schicken, doch das hatte du Malphias' Bote höflich zurückgewiesen.

Ich habe sofort gewusst, dass aus diesem Diner nichts Gutes erwachsen kann. Halb hatte er gehofft, du Malphias würde die Norillier vergiften. Dann hätte er den Befehl übernommen, sich zurückgezogen und Fort Hoffung zu einer soliden Festung ausgebaut. Er hätte kleinere Befestigungen auf den Bergen zu beiden Seiten errichtet und sich damit die Kontrolle über die erhöhten Stellungen gesichert.

Die Tharyngen hatten begeistert gefeiert und die Kanonen abgefeuert. Dem Schwefel beigemengte Chemikalien hatten für leuchtend rote und grüne Flammen gesorgt. Ryngische Mörser hatten Granaten abgefeuert, die mit glitzerndem Farbenspiel in der Luft explodierten. Zuvorkommend wie immer, hatten die Ryngen die Geschosse über den See gefeuert, damit kein Geschoss versehentlich auf die sie belagernde Armee stürzen konnte.

Vladimirs Männer hatten Tag und Nacht gearbeitet, um Gräben auszuheben und die Kanonen weiter voraus zu bewegen. Inzwischen waren sie auf achthundert Schritt an die Festung heran. Sie kontrollierten das Gelände, aber die Vorbauten hinderten sie daran, die Wände zu bombardieren. Dazu hätten sie noch zweihundert Schritt näher herangemusst. Der Prinz war sich ziemlich sicher, dass du Malphias das mit seinen Geschützen verhindern würde.

Owen erreichte ihn als Erster. »Ja, Hoheit?«

»Was wisst Ihr über Rivendells Handeln?«

Der jüngere Offizier schüttelte den Kopf. »Sehr wenig. Die Dinergäste haben gestern mit der Arbeit begonnen, sobald ihr Kater nachgelassen hatte. Niemand sonst erhält Zutritt. Warum, was hat er getan?«

»Uns alle ins Unglück gestürzt, darauf würde ich wetten.« Der Prinz nickte, als der Kesse ebenfalls hinzutrat. »Kommt, Sires, es ist höchste Zeit, Lhord Rivendell eine Visite abzustatten.«

Von Metternins Augen wurden schmal. »Rivendell hat an Malphias' Köder angebissen?«

»Es sieht ganz danach aus.« Seit der Einladung schon hatte Vladimir eine Betrügerei befürchtet. Rivendells Verachtung für du Malphias machte ihn blind für die Täuschungsmanöver des Laureaten.

Der norillische Kommandeur hielt du Malphias für einen Ehrenmann von seinem Schlag. Da es für Rivendell undenkbar war, einen Gegner hinters Licht zu führen, betrachtete er es als gegeben, dass auch du Malphias keinerlei Hinterlist versuchte. Rivendell und sein Stab waren bereit, das Wort des Laureaten ungeprüft zu akzeptieren. Bei ihrem Besuch der Festung würden sie manches gesehen haben und sich für ihre Intelligenz und Aufmerksamkeit gratulieren, die es ihnen gestattet hatte, den Gegner auszuspionieren.

Auf den Gedanken, dass sie dort nur exakt das gesehen hatten, von dem du Malphias wünschte, dass sie es sahen, würden sie gar nicht kommen.

Auf dem Weg schaute Vladimir hinüber zur Festung. Kugeln und Granaten würden das weite Grün zwischen den Lagern schon sehr bald zerfetzen. Und die Männer, die es zu überqueren versuchten, ebenfalls. Er war zwar selbst noch nie Zeuge einer Kriegsführung in diesem Maßstab geworden, hatte aber genug darüber gelesen und mit genügend Männern gesprochen, die es überlebt hatten, um sich lebhaft ausmalen zu können, welches sinnlose Blutvergießen Rivendells Dummheit verursachen würde.

»Ich darf nicht zulassen, dass Rivendells Narrheit gute Männer ins Verderben treibt.« Der Prinz starrte den Soldaten an, der den Zelteingang blockierte. »Tretet beiseite, Soldat.«

Der Mann regte keinen Muskel. Stocksteif und mit steinerner Miene blieb er stehen, wo er war.

Owen trat einen Schritt zur Seite und schlitzte mit seinem Altashie-Obsidianmesser das Zelt auf. »Hier entlang, Hoheit.«

Owen hatte noch niemals eine solche Entschlossenheit auf dem Gesicht des Prinzen gesehen wie in diesem Moment, als er durch den Schlitz in der Zeltplane tat. Graf von Metternin folgte ihm, dann zwängte sich auch Owen hindurch. Das Zelt war in drei Abschnitte unterteilt, deren größter fast zwei Drittel der Fläche beanspruchte. Er diente Rivendell als Hauptquartier. Die beiden anderen Bereiche enthielten vor allem eine Koje und einen kleinen Esstisch.

Langford verließ den Kartentisch, um den sich Rivendell und die drei anderen Koronels versammelt hatten, um den Prinzen aufzuhalten. »Ihr dürftet nicht hier sein, Hoheit.«

Vladimir brachte ihn mit einem eisigen Blick zum Stehen. »Genau deshalb muss ich es sein.«

Rivendell hob den Kopf. »Entfernt Euch, Hoheit. Ihr auch, Graf von Metternin. Koronel Langford, stellt Kapteyn Radband unter Arrest.«

»Welchen Irrsinn führt Ihr jetzt im Schilde, *Johnny*?«

»Dies ist eine militärische Angelegenheit, Hoheit. Ich befehle Euch, mein Hauptquartier zu verlassen.«

Der Prinz schlug mit der Faust auf den Tisch. Koronel Thornbury sprang mit einem Satz zurück und gestattete Owen, einen Blick auf die Karte zu werfen. Rivendell und seine Offiziere hatten Owens ursprüngliche Karte erheblich geändert. Sie hatten ein kleines Blatt Papier über die steinerne Zentralfestung gelegt, auf das sie Blumen und einen Baum gezeichnet hatten. Die Geschützstellungen waren noch an den korrekten Positionen, doch enthielten sie nur noch je zwei Kanonen statt vier. Neben den Kasernengebäuden hatten sie notiert, dass nur Bataillone der Platingarde dort einquartiert waren. Andere Anmerkungen führten einhundert Zivilisten als Arbeiter auf.

»Was ist das für ein Zerrbild?«

Rivendells Nasenlöcher weiteten sich. »Dies ist eine korrekte Karte der Fortresse du Morte. Man hat uns alles gezeigt. Sie ist jämmerlich unterbesetzt und verletzlich. Wir werden noch heute angreifen und du Malphias vernichten.«

Vladimir starrte ihn mit offenem Mund an. »Was hat er dort drinnen mit Euch angestellt?«

»Er hat uns brillante Konversation über militärische Strategie angeboten. Er versteht völlig, dass ein Verteidiger, will er Erfolg haben, über mindestens ein Drittel der Zahl angreifender Soldaten an eigenen Truppen verfügen muss. Er ist noch immer zuversichtlich, uns aufhalten zu können, doch ihm fehlen dazu die erforderlichen Mittel.«

Der Kesse betrachtete die Karte. »Ihr habt nur zwei Kanonen pro Batterie eingezeichnet.«

»So viele befinden sich dort, Sire, und nicht mehr.«

»Ihr zeigt aber zwei Geschütze in jeder Batterie, einschließlich denen an der seewärtigen Wand. Kann du Malphias diese Kanonen nicht einfach an die Nordseite verlegen?«

»Er verfügt nicht über das notwendige Personal, sie abzufeuern. Sechs Batterien zu vier Kanonen, mit jeweils vier Mann, um sie zu bedienen. Das würde eines seiner Bataillone komplett für die Geschütze abstellen und ihm nur noch zwei zum Schutz der Wände lassen. Und er muss eine breite Front von Wänden verteidigen.«

Der Kesse runzelte die Stirn. »Er wird Männer von den Wänden abziehen, die wir nicht angreifen.«

Rivendell schüttelte den Kopf. »Wir halten Thornburys Kavallerie in Reserve, damit sie eine sich öffnende Schwachstelle attackieren kann.«

Der Prinz beugte sich vor und tippte mit dem Finger auf die Truppenschätzungen. »Ihr habt die Ungarakii vergessen, die er zur Verfügung hat.«

»Es befinden sich keine Zwielichtvölker in der Festung.«

»Sie befinden sich sehr wohl dort.« Vladimir deutete zum See. »Meine Männer haben das Ufer bewacht. Wir haben die Ankunft von fast zweihundert Kriegern gezählt. Ich habe Euch entsprechende Berichte zukommen lassen.«

»Langford, habe ich derartige Meldungen erhalten?«

»Ja, Sire. Ihr habt sie als unzuverlässig und ohne Relevanz beurteilt.«

Rivendell lächelte. »Seid Ihr nun zufriedengestellt?«

»Was ist mit den Pasmortes? Ihr wisst, dass man sie nicht töten kann.«

Thornbury trat vom Tisch zurück. »Die Zivilisten in der Festung waren nur Frauen und Kinder, sowie ein paar alte Männer. Sie sind allesamt Nonkombattanten.«

Owen konnte sich nicht mehr zurückhalten. »Diese Zivilisten haben Eure Kavallerie angegriffen!«

»Der Lindwurm hat die Leichen verschlungen. Daher wissen wir nicht, wer sie waren.«

Der Prinz rieb sich die Stirn. »Warum habt Ihr die zentrale Befestigung gestrichen?«

»Sie ist mit Bäumen und Blumen bepflanzt und ohne Bedeutung.«

Er klopfte auf eine andere Stelle der Karte, an der sich der Eingang zu den Kavernen hätte befinden müssen. »Und dieses Gebäude hier?«

»Ein Lagerschuppen.« Rivendell posierte selbstgefällig. »Ich habe verlangt, das Innere zu sehen, und in der Tat eine in den Berg gegrabene Kammer vorgefunden. Es war der Weinkeller des Laureaten. Ich werde mir von dort den angemessenen Tropfen holen, um unseren Triumph zu feiern.«

Der Prinz starrte ihn an. »Und Eure brillante Strategie besteht darin, mit unseren Männern auf die Festung zuzumarschieren und über die Palisaden zu stürmen?«

»So ist es. Wir verfügen über mehr als das Dreifache seiner Truppen.«

Graf von Metternin legte dem Prinzen die Hand auf die Schulter. »Lhord Rivendell, das Verhältnis von drei zu eins ist das allgemein akzeptierte Minimum, um einen befestigten Gegner besiegen zu können. Es garantiert jedoch keineswegs einen Sieg.«

»Mein lieber Lhord Graf, Ihr vergesst, dass wir von norillischen Truppen sprechen.«

Wieder hämmerte Vladimir auf den Tisch. »Nein, Ihr Narr, Ihr redet von Menschen. Von Männern, die du Malphias' Kanonen in Stücke reißen werden, während sie vorwärtsmarschieren. Seine Kartätschenmunition wird die Sturmleitern hinwegfegen und die Grabenbrücken zertrümmern.«

Rivendell lachte. »Eben darum hat man den Befehl über diese Expedition einem Militär übertragen, Prinz Vladimir. Anthony, teilt ihm mit, was Ihr gesehen.«

Koronel Exeter setzte ein selbstgefälliges Schmunzeln auf. »Während ich eine der Batterien untersuchte, habe ich sowohl die Höhe der Lafette wie auch die Höhe der Schießscharte gemessen. Eine simple Frage der Geometrie. Es ist unmöglich, die Geschütze weit genug zu senken, um irgendetwas auf den Glacis zu beschießen.«

»Mein Gott, Mann, glaubt Ihr ernsthaft, das weiß er nicht?« Vladimir stieß den Zeigefinger in Richtung der Festung. »Glaubt Ihr, er besäße keine Äxte, um die Schießscharten zu vertiefen?«

Exeter kicherte. »Wir werden so schnell über ihn kommen, dass er keine Zeit dazu hat.«

Der Prinz stieß einen tiefen Seufzer aus. »Euer Feind ist kein Narr.«

Lhord Rivendell lächelte stolz. »Das bin ich auch nicht, Hoheit. Ich bin ein Genie. Nicht wahr, Langford, ist das nicht die reine Wahrheit?«

»Ja, Sire.«

»Und mein Genie wird triumphieren. Wir marschieren um ein Uhr.«

Vladimir schüttelte den Kopf. »Das werde ich nicht zulassen.«

»Ihr seid ein Zivilist. Ich habe den Befehl über Eure Leute. Koronel Zauder, Ihr werdet Eure Männer Sturmleitern und Grabenbrücken anfertigen lassen. Exeter, leiht ihm dafür eine Reihe Eurer Pioniere.«

Exeter salutierte zackig. »Ja, Sire.«

Owen sah die Miene des Prinzen versteinern. Eine Katastrophe stand bevor, daran war kein Zweifel möglich. Sein Magen verkrampfte sich. Er würgte seinen aufsteigenden Mageninhalt zurück. *Ich muss etwas unternehmen.* »Bitte um die Erlaubnis, mich Koronel Zauders Einheit anschließen zu dürfen, mein Lhord.«

Rivendells verächtliche Miene schnitt wie eine Klinge aus Eis durch Owens Eingeweide. »Abgelehnt. Ihr steht unter Arrest.«

Vladimir hob den Kopf. »Wie lautet die Anklage?«

»Insubordination. Einem Offizier gegenüber unwürdiges Verhalten. Zerstörung des Eigentums Ihrer Majestät.« Rivendell zog eine Taschenuhr, klappte den Deckel auf und schloss ihn wieder. »Ich sollte ein Kriegsgericht einberufen, doch ist die Zeit dafür zu knapp. Anthony, ein Trupp Eurer Vierten soll Kapteyn Radband in Verwahrung nehmen. Schlagt ihn vor meinem Zelt in Eisen. Er soll zuschauen und sich wünschen, er dürfte einen Platz auf dem Feld des Ruhmes beanspruchen.«

Der Prinz knurrte. »Das ist unerhört, Sire!«

»Es ist notwendig, Sire.« Rivendell ließ die Uhr zurück in die Westentasche gleiten. »Vielleicht werde ich mich in Siegerlaune großzügig erweisen. Ich glaube es kaum, doch das ist das Schöne daran, ein Genie zu sein. Ich bin unberechenbar. Ich wünsche noch einen angenehmen Tag, Hoheit.«

Der Prinz setzte an, etwas zu erwidern, aber der Graf packte seinen Arm und zog ihn durch den Schlitz zurück ins Freie. Er warf noch einen letzten Blick zurück auf Owen, aber der schüttelte den Kopf. »Macht Euch keine Sorgen um mich.«

»Der Gefangene hat zu schweigen!«

Owen blickte Rivendell ins Gesicht, und der Edelmann lächelte. »Ihr habt Eure Orders, Sires. Wir haben drei Stunden. Bitte sorgt dafür, dass alles bereit ist.«

Exeter, Thornbury und Zauder gingen. Langford warf Lhord Rivendell einen fragenden Blick zu. »Soll ich noch bleiben, Sire?«

»Nein, Koronel. Was ich Kapteyn Radband zu sagen habe, ist nur für seine Ohren bestimmt.«

Langford zog sich schnell zurück. Rivendell umkreiste Owen langsam. Es war offensichtlich dazu gedacht, ihn einzuschüchtern, wie ein Raubtier, das sich um seine Beute bewegt. Die Tatsache, dass er so immens stolz auf sich war und unfähig, sein Lächeln zu unterdrücken, nahm der Geste jedoch alles Bedrohliche. Er ging zwei Mal langsam und schweigend um Owen herum. Bei der dritten Umkreisung schließlich sprach er.

»Wisst Ihr, Kaptcyn Radband, Ihr hättet an meiner Stelle sein können. Nun ja, eigentlich nicht so ganz, da Euch die Abstammung fehlt, doch Ihr hattet die Rückendeckung einer überaus mächtigen Familie. Hättet Ihr Euren Wert bewiesen, hättet Ihr Erfolg in der Armee gehabt. Ihr hättet es zum Major oder Koronel bringen können. Ihr hättet einer der Offiziere sein können, die dort draußen in die Annalen marschieren werden.«

Owen neigte den Kopf. »Gesprochen, als hättet Ihr vor, Euch an die Spitze Eurer Truppen zu setzen.«

»Oh, ich werde sie anführen, anführen werde ich sie. Ich bin schließlich ein Rivendell, nicht wahr?« Der Mann blieb vor Owen stehen. »Leute wie Ihr könnt jemanden wie mich nicht verstehen. Ihr seid unfähig, wahres Genie zu erfassen. Ihr fürchtet, was Ihr nicht versteht. Diese Furcht kennzeichnet Euch als Feigling.«

Rivendell ging zurück zum Tisch. »Nach dem Diner haben der Laureat und ich uns privat unterhalten. Über Euch. Er sagte mir, dass er Euch die Spionage vergeben hat und die volle Absicht hatte, Euch nach Port Maßvoll zurückzubringen, sobald Ihr genesen wart. Er war froh, zu erfahren, dass Ihr sicher zurückgekehrt seid und Ihr die Suchtrupps, die er Euch nachsandte, völlig missverstanden habt. Er war besorgt, dass Ihr in Eurem geschwächten Zustand einen Schneesturm nicht überleben würdet.«

Owen bekam eine Gänsehaut. Er wollte Rivendell fragen, ob er du Malphias ernsthaft glaubte, aber dessen Miene machte jede Frage überflüssig. Eine tiefe Müdigkeit überkam Owen. Er wollte sich einfach nur noch hinlegen und sterben.

Nein, ich muss stark sein. Für Katherine.

»Ihr solltet auch wissen, Kapteyn, dass ich Euch einen Platz in vorderster Reihe reserviert hatte, um Euch die Gelegenheit zu geben, Eure Ehre wiederzuerlangen, doch der Laureat persönlich bat mich, davon abzusehen. Er sagte mir, dass er Euch als Freund betrachtet. Er wollte nicht zum Werkzeug Eures Todes werden. Um diesen einen Gefallen bat er mich.«

»Selbstverständlich tat er das.«

»Ich habe Euch keine Erlaubnis erteilt zu antworten, Kapteyn.«

»Erlaubnis zu antworten, Sire.«

»Nein, Kapteyn, Ihr würdet die Gelegenheit nur dazu benutzen, die Ehre eines Mannes zu beflecken, der Euch maßlos überlegen ist.«

Owen begegnete Rivendells Blick und hielt ihn, bis dieser sich abwandte.

»Von mir aus, Kapteyn.«

»Mit dieser Bitte wollte du Malphias mir zeigen, dass er mein Leben noch immer kontrolliert. Falls ich sterbe, dann durch seine Hand, nicht durch das Schicksal auf dem Schlachtfeld. Er legt es darauf an, mich zu erniedrigen, und nachdem er Euch besiegt hat, wird er mich töten, wann und wie es ihm beliebt.«

»Das«, erwiderte Rivendell, »braucht weder Euch noch ihn umzutreiben. Heute Abend wird La Fortresse du Morte mein sein, und Eurer beider Namen werden dem Vergessen anheimfallen.«

Vladimir riss sich wütend los. »Ich bin kein Kind, mein Lhord!«

»Dann solltet Ihr Euch auch nicht wie eines aufführen, Hoheit«, erwiderte von Metternin.

Der Prinz schleuderte ihm einen giftigen Blick zu. »Ist es kindisch, darauf hinzuweisen, dass dieser Idiot mit seinen Plänen Hunderte meiner Männer umbringen wird? Du Malphias hat seine Höhlen mit Ungarakii, Pasmortes und dem Rest der Platingarde besetzt. Die Zentralfestung besteht unter den Blumen und Bäumen weiter. Ihr selbst habt darauf hingewiesen, dass die Kanonen umgesetzt werden können. Ist Euch nicht bewusst, welch ein Gemetzel uns bevorsteht? Oder berührt es Euch nicht, weil es nicht Eure Landsleute sind?«

Graf von Metternins Miene versteinerte, und Vladimir erkannte, dass er zu weit gegangen war. »Falls Ihr glaubt, Prinz Vladimir von Norisle, dass mich das Leben der Männer, mit denen ich die letzten eineinhalb Monate gemeinsam geschwitzt, gearbeitet, gelebt und gelacht habe, nicht berührt, seid Ihr ein jämmerlicher Menschenkenner und möglicherweise um nichts klüger als der Volltrottel, dessen Zelt wir soeben verlassen haben.«

Vladimir nickte. »Vergebt mir, mein Lhord. Möglicherweise handele ich wirklich kindisch. Doch was soll ich tun?«

»Für Euch gibt es hier nichts zu tun, mein Lhord.«

»Wie könnt Ihr das sagen?«

Von Metternin lachte gezwungen. »Wir saßen von dem Augenblick an in der Falle, als Euer Bericht nach Norisle abging, Hoheit. Das Parlament hat seine Entscheidungen aufgrund interner Grabenkämpfe getroffen, ohne sich dabei in irgendeiner Weise von Eurem Bericht beeinflussen zu lassen. Todeskamm und seine Fraktion waren bereit, Rivendell mit dieser Mission zu betrauen, weil sie wussten, dass er versagen wird.

Und Rivendell gewinnt, solange er nicht im Kampfe fällt. Allein schon es hierher zu schaffen, ist ein Sieg. Man wird sein Versagen der Unfähigkeit der mystrianischen Truppen anlasten. Seine Karriere wird leiden, doch nicht die irgendeines seiner Unterstützer. Er ist ein Bauer, den beide Seiten nur zu gerne opfern.«

Die beiden Männer gingen den Hang hinauf zum Wurmstand. »Aber meine Männer, meine sehr realen Männer aus Fleisch und Blut, werden für dieses Schachspiel sterben.«

»Ihr müsst verstehen lernen, dass die Mächtigen die Dinge anders sehen als wir. Sie haben andere Begriffe von Gewinn und Verlust. Wenn sie hier einen edlen Spross verlieren, spielt das keine Rolle. Sein Tod wird ehrenvoll sein, und sie werden um ihn trauern, wie man es von ihnen erwartet. Was die einfachen Soldaten betrifft, die auf dem Schlachtfeld bleiben, die sind ihnen gänzlich gleichgültig. Die meisten stammen aus den unteren Klassen, sind Diebe und Trunkenbolde, die ohnehin keine Zukunft haben. Viele, und dies gilt für Eure Mystrianer, stammen nicht einmal aus Norisle. Wen kümmert es, ob ihr Blut vergossen wird?«

»Ihr wollt sagen, sie spielen ohne Einsatz.«

»Es ist noch weit schlimmer, mein Freund.« Der Graf blieb auf der Hügelkuppe stehen und schaute hinüber zur Festung des Todes. »Sie kennen das Ergebnis bereits. In gewisser Weise hat Norisle bereits gesiegt, weil Ihr die Straße hierher gebaut habt. Man wird sie im nächsten Jahr oder dem Jahr darauf benutzen, um diese Bedrohung doch zu eliminieren. Aber wenn die Schlacht hier verlorengeht und Mystrianer dabei fallen, haucht das zwei Mythen neues Leben ein. Der erste Mythos ist, dass Mystrianer nicht kämpfen können. Er wird auch hier Wurzeln schlagen und in Norisle noch sehr viel wilder wuchern. Die Nachricht von Major Forsts Scheitern bei dem Versuch, Fort Cuivre einzunehmen, wird das Ganze nur noch verschlimmern. Der zweite Mythos, und der für den Herzog Todeskamm sehr viel wichtigere, ist der von Mystrias Verwundbarkeit. Die Menschen hier werden die Bedrohung spüren und glauben, nur norillische Truppen könnten sie davor retten. Sie werden das Eintreffen zusätzlicher Truppen feiern, und die Anwesenheit dieser Truppen wird dem Herzog gestatten, jeden Anklang aufkommender Unabhängigkeitsgelüste zu ersticken. Er wird die Veröffentlichung von Büchern wie ›Die Berufung eines Kontinents‹ verbieten, und jeder, der auch nur an Unabhängigkeit denkt, wird zum Sympathisanten du Malphias' erklärt werden. Es ist ein höchst einfacher Prozess, der Mystrias Zukunft auslöschen wird.«

Vladimir schüttelte den Kopf. »Das hier ist nicht einmal ein Spiel, es sind nur die Vorbereitungen für das nächste Spiel?«

»Elegant ausgedrückt, Hoheit.«

Der Prinz schaute über das Schlachtfeld. Es fiel ihm nicht schwer, es sich als Karte in einem Buch vorzustellen. Aus Menschen würden Quadrate mit Einheitsbezeichnungen werden. Große Pfeile würden Angriffsrichtungen kennzeichnen. Gepunktete Linien würden Rückzugsbewegungen markieren. Irgendwo würde eine Tabelle Verlustzahlen aufführen. Er konnte einen Bericht verfassen, der die Umstände, die zu der Katastrophe geführt hatten, exakt aufführte, aber Rivendell würde ein neues Buch schreiben. Vladimirs Kritik würde als erneuter Versuch gelten, die mystrianische Unfähigkeit, effektiv Krieg zu führen, zu beschönigen.

»Die einzige Wahl, die mir noch bleibt, besteht also darin, zurückzugehen und Rivendell zu erschießen, oder hierzubleiben und meine Beobachtungsgabe dazu zu nutzen, eine vollständige und wahrheitsgetreue Chronik der Ereignisse zu verfassen?«

»Ich bin ebenso verärgert darüber wie Ihr, Hoheit. Möglicherweise noch mehr.« Von Metternins Augen wurden schmal. »Rivendell wird ein Desaster anrichten, jedoch könnte es einen Weg geben, die Katastrophe zu vermeiden. Wir kennen ihn schon die ganze Zeit.«

»Und der wäre?«

Der Kesse deutete zum höchsten Punkt der Festung. »Die Klippenfestung. Würden wir unsere Truppen zu einem direkten Angriff dort konzentrieren, könnte du Malphias nicht all seine Kanonen auf unsere Flanke richten. Wir brechen an einer Stelle durch, dringen in die Festung ein und nutzen diese Position zu einem Angriff abwärts in die Festung des Todes.«

»Wir sind also wieder bei unserem ursprünglichen Plan angelangt, nur diesmal ohne unsere Bergsteiger.« Vladimir seufzte. »Dafür hat Todeskamm gesorgt.«

»Was uns zurück zu unseren zwei Alternativen bringt, Hoheit. Möchtet Ihr, dass ich einen Tisch und Stühle hole, damit wir uns Notizen machen können, während wir das Desaster beobachten, oder soll ich eine Pistole laden und uns ein Alibi besorgen?«

Owen spießte Serjeant Unstone mit einem giftigen Blick auf. »Ich habe Euch mein Wort als Offizier und Ehrenmann gegeben, dass ich nicht fliehe.«

Der Unteroffizier hielt ihm die Handschellen hin. »Bitte, Sire. Es ist nicht als Respektlosigkeit gemeint.«

»Habt Ihr vergessen, was vor kurzem erst geschah? Wer hat Euch gesagt, wie man die Pasmortes umbringt? Wer hat Seite an Seite mit Euch gestanden?«

»Ihr, Sire.«

»Allerdings.« Owen zeigte dem Mann eines seiner Handgelenke. »Seht Ihr diese Narben, Unstone? Als ich in ebendieser

Festung gefangen war, haben die Ryngen mich in Eisen geschlagen. Das haben sie getan, um mich zu erniedrigen. Und genau das will Rivendell mir nun antun.«

»Sire, ich habe Order.«

»Man wird Euch nicht der Befehlsverweigerung anklagen, Serjeant. Man wird mich der Flucht beschuldigen. Das werde ich seiner Lhordschaft deutlich machen. Ihr braucht es nur zu bestätigen, und alles ist gut.«

Der Serjeant, dessen Gesicht mehr als eine Narbe aufwies, schaute zu seinen Leuten, dann ließ er die Handschellen sinken. »Ich werde nicht lügen, Sire.«

»Ihr seid ein guter Mann, Serjeant.«

Owen legte die Hände auf den Rücken und schaute zu, wie sich die Truppen sammelten. Unwillkürlich schüttelte er sich beim Gedanken an das bevorstehende Desaster. Das Vierte formierte sich bataillonsweise, vier in der Frontlinie, eines in Reserve. Die Kavallerie hielt die rechte Flanke am Flussufer, aber ohne Pferde stellte sie gerade zwei Bataillone Fußtruppen. Da sie mit Karabinern bewaffnet waren, hatten sie zudem nur eine effektive Schussweite von dreißig Schritt, was sie zusätzlich schwächte. Und da sie keine Ausbildung in Infanterietaktik besaßen, reduzierte das ihren Wert noch weiter. Ein intelligenter Kommandeur hätte eines ihrer beiden Bataillone als Reserve zurückbehalten und mit dem anderen Lücken in der Schlachtreihe gestopft.

Auch die Mystrianer verfügten über vier Bataillone zu Fuß und eines in Reserve. Owen schüttelte den Kopf. Sie hatten keine echten Uniformen und wirkten mehr wie ein Schlägerhaufen denn wie eine Militäreinheit. Ihre Formation war krumm und schief, aber sie deckten vierhundert Schritt Frontlinie ab, ebenso wie die Vierte Infanterie.

Sechzehnhundert Seelen auf dem Marsch in die Hölle. Zwei

Trupps pro Bataillon waren mit Sturmleitern und Grabenbrücken ausgerüstet. Diese Männer würde die Festung als Erste erreichen. Selbst wenn Rivendells Träumerei, die Kanonen könnten nicht weit genug abgesenkt werden, sich als wahr herausstellen sollte, würden eine Menge Soldaten sterben, lange bevor sie die Vorbauten erreichten.

Ein Stück weiter links trat Rivendell aus seinem Zelt. Er trug seine rote Satinuniform und wurde von Bischof Binsen begleitet. Exeter und Thornbury begrüßten ihn, salutierten und meldeten sich zu ihren Einheiten ab. Rivendell ging zu einem Trompeter hinüber und gab dem Mann einen Befehl.

Dieser blies ein Bereitschaftssignal, das die Trompeter entlang der Linie übernahmen. Trommler, Knaben die meisten von ihnen, setzten zu einem gleichmäßigen, rhythmischen Schlag an. Die Norillier rollten die Regimentsfahnen aus und stimmten ein Hurra an. Die Mystrianer hatten keine Regimentsfahnen, also jubelten sie nur und schwenkten die Hüte. Die Dudelsackspieler der Schwarzforst-Kapelle bliesen ihre Instrumente auf, und alle Mystrianer hielten sich ein wenig gerader.

Die Melodie der Trompeter änderte sich. Vorwärts! Der gellende Klang hallte von den Wänden der Festung des Todes wider. Auf dieses Signal setzten sich die Bataillone in Bewegung. Die norillische Artillerie feuerte eine Salve. Eisenkugeln flogen über das Feld, nur um an den Glacis-Vorbauten abzuprallen und in hohem Bogen über die Festungswände zu fliegen. Owen konnte nur hoffen, dass zumindest ein Teil von ihnen im Innern der Festung herunterkam und ein paar wartende Truppen erschlugen.

Die tharyngische Antwort schnitt durch die norillischen Linien, wo sich die Vierten Fußtruppen und die Kavallerie trafen. Die eisernen Kugeln schlugen durch die Reihen. Ein Dutzend

Mann ging zu Boden. Die Glückspilze starben auf der Stelle, in zwei Stücke gerissen oder geköpft. Die Verwundeten krallten sich bei dem vergeblichen Versuch in den Boden, ihre abgerissenen Beine zu erreichen, oder saßen benommen herum, ohne zu begreifen, warum einer ihrer Uniformärmel plötzlich in nassen Fetzen am Ellbogen endete.

Selbst auf diese Entfernung bohrten sich die Schmerzensschreie in Owens Schädel.

Alle sechs tharyngischen Batterien konzentrierten ihr Feuer auf die Norillier. Du Malphias hatte sie alle mit zwei zusätzlichen Kanonen verstärkt und offenbar nicht die geringsten Probleme, sie zu bemannen. Die Auswahl der Ziele hätte Owen als Zeichen der Verachtung für die Mystrianer ausgelegt, wären die Vierten Fußtruppen nicht ohne jeden Zweifel die gefährlichste Streitmacht auf dem Schlachtfeld gewesen. Falls du Malphias das Feuer jetzt auf sie konzentrierte, konnte er die Mystrianer mit Kartätschenmunition niedermähen, sobald sie nahe genug heran waren. Aller Wahrscheinlichkeit nach würden sie die Festungswände nie erreichen.

Aber es waren nicht die Mystrianer, die als Erste der Mut verließ. Owen deutete auf die Kavallerie. Zwischen den beiden Bataillonen und der Infanterie klaffte eine Lücke. »Thornbury treibt seine Männer nicht vorwärts.«

Serjeant Unstone trat neben ihn. »So eine Lücke schadet nur, wenn die Tharyngen die Truppen haben, sie auszunutzen. Der Koronel meint …«

»Der Koronel glaubt nicht, dass du Malphias Truppen zur Verfügung hat. Falls er damit richtigliegt, ist die Lücke ohne Bedeutung. Falls er sich irrt, ist die Schlacht verloren.«

Plötzlich ertönten Schüsse im Wald westlich des Flusses, wo ein mystrianisches Bataillon die Flanke schützen sollte. Owen stellte sich auf die Zehenspitzen, um erkennen zu können, was geschah, sah aber nur Rauch zwischen den Bäumen aufsteigen. *Ihr wart noch verschlagener, als wir befürchtet haben!*

Owen drehte sich zu einem der Soldaten um. »Bringt Rivendell eine Nachricht. An der rechten Flanke ertönen Schüsse. Die Mystrianer im Wald werden angegriffen. Du Malphias hat Truppen dort, die auf Höhe der Fähre übersetzen wollen, um der Kavallerie in die Flanke zu fallen.«

Der Mann schaute zu seinem Serjeanten. Unstone schickte ihn mit einem kurzen Nicken auf den Weg.

Die Kavallerie reagierte bereits auf den Kampflärm am anderen Flussufer und drehte sich. Thornbury befahl seine Reserveeinheit an den Fluss. Die zum Angriff eingeteilte Einheit formierte sich neu und zog sich zurück, um als Reserve für die Soldaten am Flussufer zu fungieren. Das unbeholfen und völlig konfus durchgeführte Manöver entblößte die Flanke des Vierten Infanterieregiments komplett.

Der Soldat erreichte Rivendells Position, aber Langford hielt ihn auf, bevor er den Kommandeur ansprechen konnte. Er schickte den Soldaten wieder zurück und drehte sich zu Rivendell um. Die beiden Männer lachten, dann schauten sie weiter zu, wie die tharyngischen Kanonen die Männer unter ihrem Befehl zerfetzten.

Die Mystrianer waren tapfer den Hang zur Klippenfestung emporgestürmt, angespornt von den Schwarzforst-Musikern. Dann eröffnete die Geschützbatterie vor ihnen das Feuer. Kartätschenmunition forderte im Dritten Bataillon Opfer gleich in mehreren Gliedern, doch die Überlebenden stürmten weiter. Ein Mann am Rand der Formation brüllte Befehle, und das Dritte rannte weiter.

Die beiden anderen Bataillone zögerten und fielen zurück. Wieder krachten die Kanonen und nagten am Zweiten Bataillon. Ein Dutzend Mann ging zu Boden. Die hinteren Reihen drehten um und flohen. Das Erste und Vierte Bataillon wurden langsamer, dann blieben sie stehen.

Graf von Metternin schüttelte den Kopf. »Man kann es ihnen nicht verübeln.«

»Ich weiß.« Vladimir zerbrach einen Bleistift zwischen den Fingern. »Aber ich muss sie aufhalten.«

Der Kesse schaute ihn an. »Was könnt Ihr tun? Wenn Ihr dort hinuntergeht, werdet Ihr sterben.«

»Aber ich muss etwas unternehmen. Seht es Euch an.« Der Prinz stand auf und deutete in Richtung des Dritten Bataillons. »Der Hang, die Glacis. Die Kanonen vor ihnen können sie nicht erreichen. Aber die anderen werden sie niedermähen, sobald sie die Norillier vernichtet haben. Das Dritte sitzt in der Falle, und ich kann die Männer dort nicht einfach ihrem Schicksal überlassen.«

Der Graf griff über den Tisch und packte Vladimirs Arm. »Ihr werdet eine Dummheit begehen und das Leben verlieren. Und ich muss es dann Prinzessin Gisella sagen.«

»Kommt mit.« Vladimir lächelte ihn zuversichtlich an. »Wenn Ihr einverstanden seid, es zu versuchen, kann es so dumm nicht sein.«

Der Graf stand auf. Die beiden Männer rannten zum Wurmstand, und der Graf keuchte: »Das ist Wahnsinn, kompletter Wahnsinn. Niemand hat …«

Entsprechend den Experimenten, die der Prinz im Frühjahr durchgeführt hatte, war vor den Sätteln ein Metallgerüst montiert worden. Es bestand aus einer anderthalb Fuß hohen Stahlstange, an der mit vier Sprossen parallel zum Boden eine zweite, halbrunde Stange befestigt war. In der Mitte des Bogens erhob sich ein sechs Zoll hoher Dorn.

Auf der senkrechten Stange war ein drehbarer Einpfünder montiert, gesichert mit einer wasserdichten Lederhülle und einem Korkstopfen. Der Ladestock war an einer drehbaren Führung befestigt, damit er in der Hitze des Gefechts nicht verlorengehen konnte. Der Mitteldorn verhinderte das Abfeuern der Kanone direkt nach vorn, so dass der hintere Schütze nicht den Reiter treffen konnte und der Reiter nicht Magwamps Kopf. Ölzeugsatteltaschen vor und hinter den Beinen der Reiter enthielten fertig vorbereitete Pulverladungen und Kugeln für die Waffen.

Der Prinz zog sich in den Sattel. »Bäcker, sucht Koronel Zauder. Er soll auf mein Zeichen die Klippenfestung stürmen.«

Der Wurmwart stierte zu ihm hoch. »Ein Zeichen, Hoheit?«

»Er wird es erkennen. Geht.«

Vladimir drehte sich im Sattel um und lachte von Metternin an. »Benutzt beim Nachladen den Mündungsdorn, um die Hüllen der Ladungen aufzuschlitzen. Es handelt sich um Kartätschenmunition, die speziell darauf ausgelegt ist, Pasmortes niederzustrecken.«

Von Metternin schüttelte lachend den Kopf. »Das ist nicht einfach dumm, Hoheit, das ist von spektakulärer Dummheit.«

»Nur, falls wir dabei sterben, mein Lhord.« Der Prinz grinste und schlug Magwamp den Absatz in die Seite. »Wir reiten nun los, die Mystrianer zu retten. Zum Teufel mit allen anderen!«

Als der Soldat zurück war, hatte sich die Situation bereits deutlich verschlimmert. Auf der linken Seite stockte der Vormarsch der Mystrianer. Ein Bataillon saß in der Nähe der Klippen in der Falle. Sobald ein Trupp vorzurücken versuchte, wurde er von den Kanonen zerfetzt. Die Überlebenden duckten sich und ahnten nicht, dass die tharyngischen Kanonen, die jetzt noch damit beschäftigt waren, die Vierten Fußtruppen zu vernichten, umschwenken und sie vom Hang fegen würden, sobald sie damit fertig waren und der Qualm sich weit genug verzogen hatte, um ihnen das Zielen zu gestatten.

Von rechts ertönten immer noch Schüsse, sporadisch, aber stetig. Owen konnte in dem Gefechtslärm keinen Sinn erkennen, und der vom Schlachtfeld herübertreibende Rauch machte es schwierig, irgendetwas zu erkennen.

In der Mitte der norillischen Linien hatte die Zweite Kompanie es tatsächlich bis zur Festungswand geschafft. Die Dritte schob sich nach rechts und löste sich von den Mystrianern, um der Zweiten durch den Wald aus Stacheln zu folgen. Brücken legten sich über die Gräben. Sturmleitern lehnten an der Wand. Soldaten machten sich an den Aufstieg, und dann erschien die Platingarde auf den Wehrgängen. Ihr Feuer war von tödlicher Präzision. Musketenkugeln fegten die Männer von den Leitern. Bajonette zuckten abwärts. Auch norillische Flinten feuerten und töteten Tharyngen. Mehrere Leichen hingen über den Palisaden, aber weit mehr Rotröcke fanden den Tod.

Dann sah Owen es. Auf der rechten Seite. »Dort. An der Ecke sammeln sich tharyngische Truppen.«

Unstone schaute hinüber zu Rivendell. »Seine Lhordschaft ist fort, Sire.«

»Was?« Owen drehte sich gerade rechtzeitig um, um Langford in Rivendells Zelt verschwinden zu sehen. »Serjeant, schickt einen Mann hinunter.«

»Das wird nichts nutzen, Sire. Der Qualm. Von dort sieht er nichts.«

Owen packte Unstone an den Aufschlägen. »Dann müssen

wir uns selbst darum kümmern, Serjeant. Wir müssen das Reservebataillon dort hinüberbringen.«

»Sire, ich kann den Befehl dazu nicht erteilen.« Der Mann schüttelte entschieden den Kopf. »Dazu bin ich nicht befugt. Man wird mich aburteilen und erschießen.«

»Hört mir zu, Ihr alle.« Owen schaute von einem Mann zum nächsten. »Es sind Eure Kameraden, die sterben werden, und Ihr wisst sehr gut, dass es Rivendell nicht noch weniger interessieren könnte. Glaubt Ihr wirklich, sie haben eine Chance, wenn wir nichts unternehmen?«

Unstone schaute zu Boden. »Wenn wir etwas unternehmen, überleben wir es nicht.«

»Ich sterbe lieber bei dem Versuch, Kameraden zu retten, als zu überleben, während ich untätig zuschaue, wie sie sterben.« Owen stieß den Mann beiseite und lief den Hang hinab. »Erschießt mich auf der Flucht oder kommt mit und werdet Helden. Die Wahl liegt bei Euch. Ich gehe jetzt ein paar Ryngen töten.«

Magwamp stürmte aus dem Wurmstand, dann hielt er auf der Hügelkuppe kurz an. Er hob den Kopf, und seine Nüstern blähten sich. Er drehte den Hals und schaute den Prinzen an. Vladimir hätte schwören können, dass eine gewaltige Intelligenz in dem goldenen Auge leuchtete.

Er nickte. »Ja, es geht hinunter in dieses Inferno. Reichlich Pasmortes. So viel du fressen willst.«

Der Lindwurm blinzelte langsam, dann lief er unter dem Donnern der Kanonen hangabwärts. Sie ritten in eine dichte Wolke Pulverdampf, dann tauchten sie wie durch Zauberei unten im Tal auf. Soldaten, die auf dem Rückzug waren, hielten bei dem Anblick an. Magwamp holte mit seinem Schwanz noch ein paar mehr dazu.

Der Prinz schaute auf die erstaunten Gesichter hinab. »Was, schon fertig? Bei Gott, ich bin gerade erst eingetroffen.«

Die Mystrianer standen wie vom Blitz getroffen da und duckten sich nicht einmal, als eine Kanone donnerte. Ein Mann deutete hinter sich zum Hang. »Hoheit, Ihr könnt nicht dort oben hinauf! Das wär' Euer Tod!«

»Ich lasse die Dritte nicht im Stich!« Vladimir zeigte auf die Festung. »Wir sehen uns oben!«

Der Mann starrte ihn an, als hätte er den Verstand verloren, aber ein anderer hob die Muskete und brüllte: »Nach oben! Nach oben!« Magwamp fauchte, und andere stimmten ein. »Nach oben! Nach oben!«

Prinz Vladimir stieß die Faust in die Höhe. »Nach oben!«

Die Männer drehten um und kehrten in die Schlacht zurück. Vladimir zog am linken Zügel. Der Lindwurm schaute sich um, als wollte er fragen: »Ist das Euer Ernst?«

»Wir treffen sie oben.«

Magwamp knurrte, dann lief er nach Osten, parallel zur Frontlinie. Er brach in einen Galopp und bewegte sich schneller und flüssiger, als Vladimir es je für möglich gehalten hätte. Der Prinz rief von Metternin zu: »Bei Gott, er weiß, dass es in den Krieg geht!«

»Dafür ist er ausgebildet worden.« Der Kesse lachte, als der Wind ihm den Hut vom Kopf riss.

Vladimir blieb nur ein Pulsschlag, um zu entscheiden, ob er an den Zügeln zerren wollte, als Magwamp das Seeufer erreichte. Der Lindwurm machte sich nicht die Mühe, das Ufer hinab zu rutschen, er sprang. Seine Beine, die vorderen wie die hinteren, zog er an den riesigen Leib. Der Prinz atmete tief ein und duckte sich, klammerte sich an das Schwenkgeschütz. Der Lindwurm tauchte tief ein. Das Wasser traf Vladimir wie eine Wand und hätte ihn fast aus dem Sattel gerissen. Das Rauschen der über ihm zusammenschlagenden Fluten war ohrenbetäubend.

Magwamp stieß noch tiefer hinab. Das zunächst noch warme Wasser wurde kalt, dann hob sich die Nase des Lindwurms. Sein Schwanz schlug einmal, und die Bewegung pflanzte sich durch den gesamten Echsenkörper fort. Sie schossen aus dem See. Wasser stürzte in einer gewaltigen Woge von ihren Leibern, als sie nahezu senkrecht emporstiegen und abrupt anhielten.

Magwamps Krallen bohrten sich in die Felswand. Steinbrocken krachten und stürzten hinab, aber der Griff des Lindwurms war sicher und fest. Ohne erkennbare Mühe kletterte er die steile Klippe hinauf, und so schnell, dass Vladimir kaum die Zeit blieb, den Stopfen aus der Mündung seiner Schwenkkanone zu ziehen. Magwamp sprang mit solcher Geschwindigkeit über den Klippenrand, dass er die Oberkante der Palisadenwand fasste und hängen blieb. Er betrachtete das Innere der Festung wie ein Hund, der über einen Gartenzaun lugte.

Vladimir zog die Lederhülle ab, schwenkte das Geschütz herum und kippte es aufwärts, um auf die Kanonen zu zielen, die auf seine Männer schossen. Er legte die rechte Hand auf den Feuerstein und fühlte die kalte Glätte unter der Haut. Es kitzelte, als er den Zauber beschwor, der das leichte Geschütz abfeuerte.

Die Ladung der Kanone hatte er selbst entwickelt. Sie bestand aus erbsengroßen Blei- und Eisenkugeln, gleichermaßen vernichtend gegen Lebende und Tote. Die Ladung breitete sich zu einer Schrotwolke aus und fegte über die Geschützmannschaften hinweg. Kugeln prallten mit hellem Geräusch von den Kanonenläufen ab. Makellose Uniformröcke zerrissen. Hüte flogen davon. Männer wurden fortgeschleudert, und ein Lader kippte nach hinten über die Wand, den Wachspapierzylinder voller Kartätschenmunition noch in der Hand.

Unter Magwamps Gewicht barst das Holz. Seine Pranken brachen noch mehr davon ab, und ein Teil der Palisadenwand stürzte ein. Die Stützen zweier kleiner Geschützplattformen zerbrachen, so dass Männer und Kanonen in den Festungshof stürzten. Der Lindwurm landete auf den Trümmern und warf sich vorwärts. Seine Krallen zerfetzen einen Soldaten.

Vladimir riss eine der Satteltaschen auf und zog einen an beiden Enden verknoteten Stoffzylinder heraus. Eine Musketenkugel prallte von Magwamps Kopfschuppen ab und pfiff dicht am Prinzen vorbei. Vladimir stellte die Waffe senkrecht, riss die untere Hälfte des Pakets an einem Dorn an der Mündung auf und ließ etwas Schwefel in den Lauf rieseln, bevor er die ganze Ladung in den Lauf stopfte. Der Ladestock hob und drehte sich und rammte alles weit hinunter. Er zog ihn wieder heraus, dann schwenkte er das Geschütz herum und richtete es erneut auf die Kanonenstellung.

Sein nächster Schuss war tiefer gezielt und riss den Soldaten die Beine weg. Die Salve zerschlug das Rad eines Kanonengestells. Das Geschütz sackte. Halterungen rissen aus dem zertrümmerten Holz. Die schwere Bronzekanone kam ins Rollen, zerquetschte den Kanonier und brach einem anderen Mann das Bein.

Die Hand des Prinzen schmerzte, als hätten ihn ein Dutzend Wespen gestochen. Die Fingerspitzen wurden taub, und die Haut verfärbte sich. *Ich blute und sie bluten.* Zwei Schuss hatten fast zwölf Mann ins Jenseits befördert. *Geht töten so leicht?*

Graf von Metternin feuerte nach links und fegte einen Platingarde-Trupp vom Wehrgang der Festung. Der Oberkörper eines der Soldaten fiel nach hinten über die Wand, während seine Beine in den Innenhof stürzten. Andere sackten nur zusammen, wie formlose, blutende Hautsäcke. Ein paar klammerten sich verzweifelt an die Palisaden, als könnten sie den Tod aufhalten, wenn sie sich nur aufrecht hielten.

Der Prinz lud und feuerte in die von den einschlagenden Kugeln in alle Himmelsrichtungen verstreuten Soldaten und überließ Magwamp ganz und gar sich selbst. Der Lindwurm rannte nach Norden und sprang auf die Krone der Steinmauer. Dann hob er den Kopf und brüllte wieder, geradeso, wie er es als Antwort auf den Befehl »Nach oben« getan hatte. Dann peitschte sein Schwanz und säbelte den oberen Teil von der Palisadenwand.

»Nach oben!«, erklang es vielstimmig unter ihnen. Wäre Prinz Vladimir nicht vollauf mit dem Nachladen beschäftigt gewesen, er hätte die Faust in die Höhe gestoßen. Er rammte Pulver und Kugeln in den Lauf, dann schaute er nach Westen und suchte das nächste Ziel.

Und er fand eines, ein großartiges Ziel, doch leider zu weit entfernt. Am Fluss preschten zwei Bataillone der Platingarde in die norillischen Linien. Und was es noch schlimmer machte: Eine Korvette unter ryngischer Fahne war auf dem Grünen Fluss erschienen und hatte die Geschütze feuerbereit gemacht.

Instinkt und Lebenserhaltungstrieb, alles in Owen drängte ihn, so viel Boden wie möglich zwischen sich und die Schlacht zu bringen. Direkt vor sich sah er durch einen Vorhang aus Pulverdampf zwei Platinbataillone sich formieren. Die Kavallerie war zurückgefallen und hatte sich zum Fluss gedreht, so dass sie den Tharyngen die ungeschützte Flanke präsentierte. Durch dieses Manöver boten sie den Ryngen einen Weg mitten ins Herz der norillischen Formation, noch breiter als die Straße, die du Malphias durch den Wald hatte schlagen lassen. Auf der Linken hatte die Vierte Infanterie keine Ahnung, in welcher Gefahr sie schwebte. Falls die Ryngen ihre Kräfte teilten, konnten sie mit großer Wahrscheinlichkeit beide Einheiten aufrollen. Und falls sie sie konzentrierten …

Owen marschierte geradewegs zu dem Kapteyn mit Befehl über die Artillerie. »Lhord Rivendell sendet seine Grüße. Er lässt anfragen, ob es Euch sehr ungelegen käme, die Geschütze fünfundvierzig Grad nach Westen zu schwenken. Dort formieren sich ein paar Tharyngen.«

Der Artilleriekommandeur hob das Fernrohr, und seine Kinnlade klappte herunter. »Mein Gott, diese Lücke!«

»Füllt sie mit Feuer, Kapteyn, füllt sie mit Feuer.« Owen drehte sich um und hielt auf die Lücke zu.

»Wo, zur Hölle, wollt Ihr hin?«

Owen breitete weit die Arme aus und lachte. »Füllt Ihr die Lücke mit Feuer, Kapteyn. Ich fülle sie mit mir. Zielt recht hoch, Mann, dass ich sehen kann, wie Ihr sie niederwerft.«

Der Artillerieoffizier brüllte seine Mannschaften an. Owen wirbelte wieder herum, ließ sich auf ein Knie fallen und nahm einer Leiche eine Muskete und den Beutel mit Munition ab. Etwas weiter fand er eine zweite Muskete mit aufgesetztem Bajonett, die er sich über die Schulter hängte. Er wollte einem anderen Toten eine Patrone aus der Hand nehmen, aber der Mann klammerte sich daran fest.

Owen musterte den Mann. Kein Tropfen Blut. »Hoch mit Euch, Soldat!«

Der Mann, eigentlich war es noch ein Knabe, riss weit die Augen auf. »Ich will noch nicht sterben.«

»Keiner von uns legt es darauf an, Sohn. Wie heißt Ihr?«

»Soldat Hodge Dunsby, Sire.«

Owen zog ihn in eine sitzende Position hoch. »Ihr könnt hier sitzen bleiben und heulen, oder dem Tod ins Gesicht lachen und ihm Ryngen zu fressen geben. Lachen ist die bessere Wahl. Bewegt Euch.«

Der junge Bursche starrte zu ihm auf. »Aber, Sire.«

»Sohn, wenn Ihr Euch nicht bewegt, werden Eure Freunde sterben. Kommt mit, und vielleicht rettet Ihr ein paar.«

Einen Moment starrte Dunsby in unbestimmte Ferne, dann wischte er sich die Tränen ab und packte die Muskete. »Ihr habt Recht, Lachen ist besser. Geht voraus, Sire.«

Owen kam sich ziemlich lächerlich vor in seiner Altashie-Lederkluft, eine Muskete über der Schulter, die andere in der Rechten. Er legte den Daumen auf den Feuerstein und drehte ihn. Der Stein knirschte. Die Waffe war geladen, aber noch nicht ein Mal abgefeuert. Gefolgt von Hodge, marschierte Owen in die Lücke und hörte die ryngischen Trommler den Takt schlagen.

»Hodge, greift Euch noch zwei Musketen.« Owen bückte sich und griff sich ebenfalls eine dritte Waffe. »Sechzig, vierzig, zwanzig Schritt. Danach wird es Stahl auf Stahl.«

»Ja, Sire.«

Der bloße Anblick der Tharyngen bescherte Owen eine Gänsehaut. Der Feind hatte sich zu einer lückenlosen Wand aus blauen Röcken mit weißen Aufschlägen formiert, silbernen Knöpfen und hohen Bärenfellmützen mit silbernem Abzeichen. Als sie ihnen im Wald von Artennes gegenübergestanden waren, hatte er gewitzelt, das Abzeichen sei eine großartige Zielscheibe. Hier konnten sie sich das Zielen sparen. Auf diese Entfernung konnte ein Schuss nicht danebengehen, doch selbst wenn er mit jedem Schuss zwei erledigte, würde sie das nicht bremsen.

Die Trommeln gaben einen regelmäßigen Takt vor. Hinter ihm donnerten die Kanonen. Kugeln stürzten in die Formation und pflügten blutrote Schneisen. Die Platingardisten schlossen unbeeindruckt die Reihen und marschierten weiter, näher, immer näher, Schritt um Schritt. Ihr eiserner Wille und ihre Disziplin ließen keinen Zweifel daran, dass sie die Herren des Schlachtfelds waren. Ein Offizier brüllte einen Befehl, und der vorderste Rang senkte die Musketen auf Hüfthöhe und stieß sie nach vorn. Mit funkelnden Bajonetten rückten sie an. Die Bajonette der zweiten Reihe blitzten über ihren Schultern.

»Seid Ihr noch da, Hodge?«

»Ich habe noch zwei, Sire.«

Owen blickte zur Seite. Zwei weitere Soldaten, einer mit einer Schulterverletzung, der andere mit einer Oberschenkelwunde, hoben die Musketen. »Wenn Ihr einen Offizier seht, tötet ihn.«

Wieder hämmerten die Kanonen auf die Tharyngen ein, aber die norillischen Geschütze brauchten viel zu lange fürs Nachladen. Sie würden vielleicht noch eine Salve schaffen, bevor die Ryngen Owens Stellung überrannten. Wieder füllten sich die Lücken in den Reihen, und die Front der anrückenden Soldaten schloss sich nahtlos. Noch einhundert Schritt. Noch achtzig. Owen hob die Muskete. Siebzig. Sechzig.

Sein Daumen strich über den Feuerstein. Die Flinte spuckte Feuer. Eine Sekunde später schossen die drei anderen Soldaten. Drei Ryngen gingen zu Boden und wurden augenblicklich von der anrückenden Schlachtreihe verschluckt.

Dann wurden die Trommelschläge schneller, hämmernder.

Die Ryngen stürmten.

Owen hob die zweite Muskete an die Schulter. Er sah einen Mann mit Schwert, der Befehle brüllte, zog die Waffe nach rechts und zielte. Er visierte das Abzeichen der Bärenfellmütze an, dann beschwor er den Zauber. Pulverdampf nahm ihm die

Sicht auf den Feind, aber er löste sich schnell wieder auf. Der Offizier war fort.

Die Wand aus Blauröcken stürmte heran, und Owen stählte sich für den Zusammenprall.

Dann krachte hinter ihm eine Salve, und die Ryngen gerieten ins Stocken. Unstone und das Dritte waren gekommen, um die Lücke zu schließen. Die beiden vordersten ryngischen Reihen fielen, doch der Rest der Platingarde stürmte weiter heran. Mit einem trotzigen Aufschrei warf sich Owen ihnen entgegen. Er parierte den ersten Stoß, dann trieb er das eigene Bajonett tief in den Leib des Mannes. Der Soldat spuckte Blut und sackte zusammen. Owen riss das Bajonett frei und schwang den Kolben der Muskete aufwärts, traf einen anderen Soldaten im Gesicht, zerschmetterte Knochen und Zähne.

Die erste Angriffswelle preschte an ihm vorbei, auf das Dritte zu. Die Ryngen schlossen hinter Owen die Lücke und ließen ihm freie Bahn zu den hinteren Rängen. Die Soldaten dort waren noch nicht darauf vorbereitet, im Meer aus Blauröcken vor ihnen plötzlich einen Feind zu sehen. Owens Lederkluft verschaffte ihm einen zusätzlichen Moment, bevor sie erkannten, dass er auch ohne leuchtend rote Uniform ein Feind war.

Ein Mann hechtete auf ihn zu. Owen schlug das Bajonett beiseite. Er riss den Musketenkolben zu einem Hieb aufwärts, der dem Tharyngen das Genick hätte brechen sollen, doch der Mann stolperte und fiel dadurch unter dem Hieb vorbei. Als Owen Schlag über seine Schulter sauste, riss der Soldat den Kolben seiner Muskete herum und erwischte Owen in der Magengrube. Owen verlor seine Waffe und stürzte.

Der Gardist erhob sich auf ein Knie und hob die Muskete zum Todesstoß.

Dann zuckte ein anderes Bajonett und traf ihn hoch in der

Brust. Hodge! Der kleine Soldat brüllte wild, als er zustieß, und trieb den Gegner zurück. Er riss das Bajonett heraus, und ein Blutschwall schoss in die Höhe.

Owen wälzte sich herum und packte die Waffe des sterbenden Tharyngen. Er riss sie hoch, richtete sie auf einen anderen Platingardisten, berührte den Feuerstein. Die Waffe krachte. Der Soldat stürzte, seine Weste verfärbte sich dunkel. Noch ein Kolbenschlag, noch ein Stoß, und Hodge neben sich, brach Owen durch die letzte Reihe der ryngischen Formation.

Einen Pulsschlag lang fühlte er Erleichterung, dann warf er einen Blick hinter sich, und es war wie ein zweiter Hieb in die Magengrube.

Das Erste Kavalleriebataillon war zusammengebrochen. Seine Fahne war unter dem Ansturm der Blauröcke gefallen. Die kampfstärkste Einheit ganz Tharyngias hatte die Flanke der Norillier aufgerollt. Die Söhne des norillischen Adels liebten es, vor staunenden Zivilisten zu paradieren oder auf ihren Rössern flüchtende Infanterie niederzureiten. Der Krieg war für sie mehr Sport als ernsthafte Arbeit gewesen. Und nun hatten die Ryngen ihnen Blut und Feuer gebracht. Nie zuvor hatten sie einen derartigen Angriff erlebt. Nicht zum ersten Mal kam Owen der Gedanke, dass Kavalleristen zu Fuß auf den intelligenteren Teil der Einheit verzichten mussten. Die fliehenden Soldaten stürzten voller Panik geradewegs in das Zweite Bataillon und zerschlugen jede Hoffnung, gegen das ihnen nachsetzende Platinbataillon eine auch nur halbwegs effektive Verteidigung auf die Beine zu stellen.

Und um die Sache noch schlimmer zu machen, war auf dem Fluss eine ryngische Korvette erschienen und zog parallel zu den Stellungen der Reiterei. Die Schiffskanonen waren aus den Geschützluken gefahren.

Nichts konnte die norillische rechte Flanke noch retten, und sobald diese Truppen erst vom Schlachtfeld gefegt waren, war du Malphias' Sieg nicht mehr zu verhindern.

Vierundsechzigstes Kapitel

1. August 1764
Festung des Todes
Amboss-See, Neu-Tharyngia

Aus den Schiffskanonen, Sechzehnpfünder durch die Bank, schlugen Feuer und Eisen. Sie waren mit Kartätschenmunition geladen und nur dreißig Schritt vom Ziel entfernt. Alle vier feuerten gleichzeitig. Ein Hagel aus glühendem Metall flog durch wallende Pulverdampfwolken. Wo er einschlug, verschwanden Soldaten in einem Nebel aus Blut. Die Kugel durchschlugen sie mit kaum gebremster Wucht, rissen Gliedmaßen ab und zerfetzten Brustkörbe, in denen plötzlich sichtbare Herzen wie blutrote Vögel in einem Käfig aus Knochen wild flatterten.

Nathaniel Wald und eine Scharfschützenkompanie der Mystrianischen Schärler hockten an den Geschützpforten. »Zuerst die Offiziere! Zuerst die Offiziere!« Er drehte sich zu den Sommerland-Jungs um. »Fahrt die Kanonen wieder raus, Jungs. Lasst sie noch mal Höllenfeuer schmecken.«

Das Feuer der Scharfschützen schlug in die Flanke des Platinbataillons. Vereinzeltes Antwortfeuer ließ Eichenplanken splittern. Thomas Hügel drehte das Schwenkgeschütz am Bug und hämmerte auf die hinteren Ränge des Bataillons ein. Nathaniel richtete das Gewehr aus, um einem Mann mit Säbel und Fangschnüren zu folgen. Er tätschelte den Feuerstein.

Die Geschützmannschaften zerrten an den Seilen und fuhren die frisch geladenen Kanonen wieder aus. Unter dem Rückstoß neigte sich die Korvette zur Seite. Wo kurz zuvor noch Reihen blau uniformierter Soldaten gewesen waren, war jetzt ein roter Sumpf, gesprenkelt mit Knochen und sich sterbend im Morast krümmenden Gestalten.

Eine der Festungsbatterien feuerte auf das Schiff. Kartätschenmunition prasselte harmlos gegen den Rumpf. Nur ein paar Kugeln pfiffen über das Deck. Mehrere Mann gingen zu Boden, zwei eindeutig tot und einer, dem ein langer Holzsplitter das Bein durchbohrt hatte.

Nathaniel lief zum Bug, während er nachlud. Er schlug den Hebel nach vorn und schloss die Kugel im Lauf ein, dann legte er das Gewehr auf die Reling. *Wenn ihr's auf ein Duell anlegt …*

Der Pulverdampf verzog sich und gab die Sicht auf einen Kanonier frei, der auf dem Wagen seiner Kanone stand und mit der Hand seine Augen vor der Sonne schützte. Nathaniel zielte über Kimme und Korn, dann beschwor er den Zauber. Das Gewehr krachte und ruckte. Der Kanonier stolperte nach hinten, die Hände auf den Bauch gepresst, dann stürzte er von der Mauer ins Innere der Festung.

Ohne zu denken zog Nathaniel den Ladehebel zur Seite, klappte die auf dem Drehgelenk montierte Kammer hoch, legte die nächste Kugel hinein und klappte den Mechanismus wieder zu. Als er fertig war und wieder zielte, rammte gerade ein Soldat den Ladestock in den Lauf der Kanone. Ein anderer hielt einen kleinen Kanister mit Munition. Wieder drückte Nathaniel auf den Feuerstein.

Der Lader fiel über das Geschütz, den Ladestock noch tief im Lauf. Das Schwenkgeschütz des Schiffes bellte, und Kartätschenmunition zerfledderte die Mannschaft einer anderen Kanone. Die beiden restlichen Geschütze der Batterie erwiderten das Feuer und töteten drei weitere Männer an Deck der Korvette, deren eigene Kanonen die Schneise der Vernichtung in der tharyngischen Formation noch tiefer rissen.

Nathaniel schrie begeistert. »Weiter so, Leute! Schneller! Bis sie kein Blut mehr ha'n oder davonrenn'!« Grinsend betätigte er den Ladehebel und suchte schon nach der nächsten Beute.

Auf diese Entfernung und durch den dichten Pulverdampf konnte Prinz Vladimir nicht sicher sein, aber es schien ganz so, als hätte das Schiff irgendwie auf die ryngischen Truppen gefeuert! Bevor er Gelegenheit hatte, genauer hinzuschauen, sprang Magwamp von der Mauer hinunter ins Innere der Festung. Er landete geschmeidig wie eine Katze, die rechte Seite den offenen Toren im Festungsinnern zugekehrt. Er riss das Maul auf und fauchte, trotzig und wütend.

Vladimir brachte das Schwenkgeschütz herum. Pasmortes und Ungarakii drängten sich in der Öffnung. Der Prinz feuerte, und von Metternin feuerte unmittelbar nach ihm. Der Qualm lichtete sich etwas, als er durch das Tor abzog. Ein Teil der Pasmortes stürmte noch immer auf sie zu, aber viele lagen am Boden und krümmten sich unter dem zauberdämpfenden Einfluss der Eisenkugeln. Auch eine Handvoll Ungarakii krümmte sich auf dem Boden, andere rutschten eine Blutspur hinter sich her ziehend davon, aber ein Pulk von Kriegern griff weiter an.

Magwamp schlug mit dem Schwanz aus. Die Oberschenkel eines Ungarakii barsten. Der Mann schrie auf, aber das Fauchen des Lindwurms übertönte ihn. Die anderen Ungarakii hielten an, und als Magwamp nach einem Pasmortekind schnappte und es mit einem Bissen verschlang, ergriffen sie die Flucht.

Der Prinz lud nach, so schnell er konnte. Sein rechter Arm wurde allmählich bis zum Ellbogen taub, was die Aufgabe erschwerte. Seine dick geschwollene Hand pulsierte. Dunkle Blutergüsse breiteten sich über die Finger und bis hinter das Handgelenk aus. Er lud das Geschütz mit links und rammte die Munition in den Lauf.

Magwamp wich zurück, als seine beiden Reiter feuerten. Ihre Schüsse krachten in die Pasmortes und wirbelten sie davon, wie Puppen, die ein Kind im Wutanfall umherwarf. Und trotzdem kamen immer mehr. Wären sie zu klarem Denken fähig gewesen, hätten sie nur ein Iota Selbsterhaltungstrieb besessen, sie hätten mit den Shedashie das Weite gesucht.

Plötzlich kam dem Prinzen der Gedanke, dass sie den Tod womöglich suchten.

Und dann sah er durch das Tor eine Kompanie Blauröcke den Hang heraufrennen. »Verstärkung, mein Lhord. Für die Gegenseite, befürchte ich.«

»Dann werden wir halt schneller feuern müssen, Hoheit.«

Vladimir lehnte sich auf den Hebel des Schwenkgeschützes, um die Waffe hochzuklappen. Er packte die nächste Ladung und stopfte sie in den Lauf. Während er mit dem Ladestock beschäftigt war, verschluckte Magwamp einen weiteren Pasmorte. Der Prinz kippte die kleine Kanone wieder nach unten, beugte sich vor und hakte den rechten Ellbogen um den Zielhebel. Er zog ihn fest an die Rippen und drückte die linke Handfläche auf den Feuerstein.

Als eine schwarze Woge ihm einen Moment die Sicht raubte und seine linke Hand juckte, wurde ihm klar, dass er soeben einen schweren Fehler begangen hatte. Mit zwei tauben Händen wurde das Nachladen noch schwieriger. *Und jetzt kann ich die Zügel nicht mehr halten …*

Er drehte sich um und sah von Metternin mühsam nachladen, die rechte Hand so dunkel, als trüge er einen Lederhandschuh. »Ich kann nicht mehr, mein Lhord.«

Der Kesse lachte laut, als die Platinkompanie den Torbogen erreichte. »Es war ein großartiges Unterfangen, Hoheit! Wir werden in die Annalen der Kriegsgeschichte eingehen.« Er senkte die Waffe und feuerte einen Schuss ab, der die tharyngische Linie an der linken Seite verkürzte.

Magwamp drehte sich den Tharyngen entgegen, das Maul weit aufgerissen, und fauchte. Sein Oberkiefer nahm dem Prinzen die Sicht. »Nein, Magwamp!« Von seinen Schuppen wären die Schüsse der Soldaten wohl harmlos abgeprallt, aber die Kugeln würden ihm Maul und Zunge zerfetzen.

Musketen donnerten.

Tharyngen fielen.

Die Männer der Dritten Mystrianer strömten feuernd über die Wand. »Nach oben!«, brüllten sie, als könne der Schlachtruf sie unverwundbar machen. Soldaten eroberten die nächstgelegene ryngische Geschützbatterie mit einem Bajonettangriff, dann hebelten sie die einsatzbereite Kanone nach Westen herum. Ein Mystrianer hieb mit der flachen Hand auf den Feuerstein. Gelbrote Flammen schlugen aus der Mündung. Die Kartätschenladung fegte über die nächste Batterie auf der Mauer. Der mystrianische Kanonier schüttelte seine Hand, als hätte jemand mit dem Hammer daraufgeschlagen, aber gleichzeitig feuerte er die anderen Männer an, so schnell sie konnten, nachzuladen.

Eine andere Mystrianermannschaft hievte eine Kanone ganz herum und zielte auf die Platingarde. Die tharyngischen Soldaten konnten noch eine Salve auf die Mystrianer abgeben, bevor das Feuer der Kanone sie zerriss. Tote und verwundete Mystrianer lagen über den ganzen Innenhof verstreut. Die Überlebenden stürmten weiter und eroberten das Tor. Sie feuerten in den Haupthof, während sich auf dem Wall immer mehr ihrer Kameraden drängten und das Feuer auf die Platingardisten eröffneten, die die Nordwand verteidigten.

Magwamp sprang, packte einen Pasmorte und verschlang ihn. Fast machte er den Eindruck, als ob er spielte. Er schob die Schnauze unter eine Leiche, schleuderte sie in die Höhe und schnappte sie aus der Luft. Seine Zunge sammelte Arme und Beine ein, dann verschluckte er sie, mitsamt dazugehörigen Leibern, ob sie sich noch bewegten oder nicht.

Immer mehr Mystrianer strömten über den Rand, ein dreckiger Fluss aus Leibern. Sie hatten sich nicht reihenweise formiert, sondern bildeten Gruppen aus drei oder vier Mann. Während einer nachlud, suchte ein anderer nach Zielen, und der dritte schoss. Das Feuer ihrer Musketen war nicht sonderlich genau, doch seine schiere Menge, zusammen mit der gelegentlichen Kartätschensalve aus einer der Kanonen, fegte die Zinnen frei.

Vladimir ließ sich aus dem Sattel gleiten und stolperte, die Arme an den Leib gepresst, zu der eroberten Geschützbatterie. »Seht Ihr den kleinen Hügel dort, in der Mitte der Festung?«

Die mystrianische Geschützmannschaft starrte ihn kurz an, dann folgte sie seinem Blick. »Ja, Hoheit.«

»Feuert ein paar Kugeln hinein. So viele Ihr könnt.« Vladimir grinste. »Das ist ein Hornissennest, und wir müssen es ausräuchern.«

Erst bei der zweiten Breitseite war sich Owen sicher, dass er nicht geträumt hatte. Die ryngische Korvette feuerte aus welchem Grund auch immer auf die eigenen Soldaten. Als Scharfschützen das Feuer eröffneten, nahm die Festung das Schiff unter Beschuss, und der Anblick einer vertrauten Gestalt, die zum Bug rannte, machte ihm die ganze Wahrheit klar.

»Bei Gott, Hodge, das Schiff ist auf unserer Seite!«

Hodge, dessen Gesicht von Rußstreifen überzogen war, spuckte eine Kugel in die Mündung der Muskete. »Nicht so laut, Sire. Die hier sind es nämlich nicht.«

Die hinteren Ränge der Platingarde fielen unter dem Beschuss der Korvette zurück. Soldaten rannten zur Festung. Owen hob eine ryngische Muskete auf und packte Hodge bei der Schulter. »Kommt mit!«

Sie rannten zwischen den sich zurückziehenden Tharyngen, inmitten entsetzter Soldaten mit verängstigten Augen vor jeder Entdeckung sicher. Ein Rynge überholte Hodge, warf die Muskete weg und streckte die Hände aus, wie in der Bitte, gefesselt zu werden. Hodge stieß ihn mit der Schulter beiseite. Der Mann stürzte, und andere trampelten über ihn hinweg.

»Seid Ihr sicher, dass das klug ist, Sire?«

»Bleibt neben mir, Hodge.«

Owen kam um die Ecke durch das Tor. Ungarakii flohen Hals über Kopf aus dem oberen Festungsbereich. Auf der Linken fegte Geschützfeuer über die Wehrgänge. Eine andere Kanone feuerte aus der Klippenfestung. Die Kugel flog über den Hügel hinweg und schlug durch die im Tor dicht gedrängten Truppen. Schmerzensschreie hallten durch die Festung.

Durch das Chaos stürmte Owen, Hodge dicht hinter ihm. Eine weitere Kanonenkugel segelte über ihre Köpfe und traf die grasbewachsene Befestigung. Zwei Soldaten stellten sich ihnen in den Weg, aber Owen erschoss den einen, und Hodge spießte den anderen mit dem Bajonett auf. Der letzte ryngische Soldat, der noch zwischen ihnen und ihrem Ziel stand, sah die Entschlossenheit in seinem Gesicht und ergriff schreiend die Flucht.

Owen rannte an der Fahnenstange vorbei und geradewegs zu dem kleinen Schuppen, den Rivendell auf die Karte gezeichnet hatte. Er trat die Türe ein. Die Kammer dahinter machte tatsächlich den Eindruck eines Weinkellers, aber die Rückwand war beiseitegeschoben und gab den Gang frei, durch den der Kapteyn fast ein Jahr zuvor an die Oberfläche gehumpelt war.

»Kommt mit und schließt die Wand. Niemand kommt heraus.«

»Ja, Sire.« Hodge schob die Wand zu, und die panischen Schreie wurden leiser, im Gegensatz zum tiefen Donnern der Kanonen.

Owen lief den Gang entlang und gestattete sich einen kurzen Blick in seine alte Zelle. Sauber gefaltete Decken bezeugten, wo die Soldaten gewartet hatten, während Rivendell und die anderen feierten. Owen lief weiter, tiefer in den Berg, an der dunklen Tür vorbei, hinter der er Friedensreich geglaubt hatte. Er wusste nicht, wen du Malphias dort gefoltert hatte, um ihn zu beeinflussen, und konnte nur hoffen, dass es jemand wie Etienne Ilsavont gewesen war.

Am Ende des Ganges bog er nach links, einen anderen Korridor hinab, auf den Eingang zu einem großen Raum zu, aus dem ein sich bewegender, orangefarbener Lichtschein fiel. Er rückte langsam vor, das Bajonett stoßbereit. In der Türöffnung zögerte er, verwirrt von dem, was er sah.

Der Raum war in die Tiefe gegraben, und mehrere Stufen führten vom Eingang hinab auf den Boden. Ein großer Tisch beherrschte das Innere. Zahlreiche sich überlappende Karten formten ein buntes Mosaik. Kleine, sich aus eigener Kraft bewegende Bronzescheiben, in deren Mitte an Feuersteine erinnernde Kiesel eingesetzt waren, hatten sich an einem Punkt versammelt, und drängten einander beiseite. Weiter nach Osten waren einige bereits in der Bewegung erstarrt.

Über dem Tisch hing eine riesige orangefarbene Glaskugel in einem bronzenen Spiralgitterwerk. Sie ähnelte ebenfalls einem Feuerstein, war aber erkennbar hohl. Sie drehte sich, und in ihrem Innern loderte eine frei schwebende Flamme, die zwar Licht, aber keinerlei Wärme ausstrahlte. Im Gegenteil, sie schien dem Raum die Wärme sogar zu entziehen.

Und am Rand des orangefarbenen Feuerscheins stand du Malphias. Er hatte die rechte Hand zu der Kugel erhoben, kam aber nicht einmal in ihre Nähe. Trotzdem loderte das Feuer wie in Reaktion auf seine Geste heller.

Der Laureat lächelte Owen an. »Kapteyn Radband. Gut seht Ihr aus.«

»Es geht mir sogar sehr gut.«

Der Laureat schüttelte den Kopf. »Wie schön, das zu hören. Ihr wisst ohne Zweifel, dass Rivendell den Weg hierher ohne Euch niemals gefunden hätte. Ich bin froh, dass Ihr Euch von seinen Launen nicht habt aufhalten lassen und gekommen seid.«

Owen stieg die Treppe hinab, das Bajonett fest im Griff. »Dank Euch hat er mich unter Arrest gestellt. Er wird mich vor ein Kriegsgericht zerren.«

Du Malphias lachte. »Wie weltfremd Ihr doch seid. Er wird nichts dergleichen unternehmen. Ihr habt mich gefangen genommen. Damit seid Ihr unangreifbar. Er wird, sollte er dies überleben, hässliche Dinge über Euch schreiben. Aber kaum jemand wird ihm glauben.«

Owen trat um den Tisch. »Was aber, falls ich nicht plane, Euch gefangen zu nehmen?«

Der Laureat hob eine Augenbraue. »Mich töten? Das werdet Ihr nicht.« Er griff nach einer der Bronzescheiben am Rand des Tisches und schob sie hinüber zu Owen. »Quarante-neuf.«

»*Was?*«

»Die Scheiben stehen für Pasmortes. Diese Scheibe gehört zu Quarante-neuf.«

In Quarante-neufs Kiesel glimmte ein Licht. Andere, diejenigen, die sich nicht bewegten, waren schwarz, wie ausgebrannte Feuersteine.

»Lebt er oder ist er tot?«

»Er ist sehr tot, Kapteyn.« Du Malphias' Grinsen wurde breiter. »Ihr solltet besser fragen, ist er stark oder schwach.«

»Und?«

»Stark, zurzeit.«

Der Laureat zeichnete ein loderndes Symbol in die Luft. Die Flamme in der Glaskugel wurde abrupt heller, dann wurde das Glas schwarz und neigte sich einwärts. Wie Kerzenwachs tropfte es auf die Karten, die unter der Berührung verkohlten. Und die Kiesel der Kupferscheiben zerschmolzen ebenfalls.

Bis auf den Quarante-neufs.

Owen schaute auf. »Sein Stein glüht. Was bedeutet das?«

»Ich wünschte, ich wüsste es.« Du Malphias' Augen verengten sich. »Ich fürchte, ich werde keine Gelegenheit haben, es zu erforschen, denn nun bin ich Euer Gefangener. Ihr werdet mich behandeln wie ich Euch?«

Owen schüttelte den Kopf. »Nicht, dass Ihr etwas Besseres verdient hättet.«

»Nicht, dass Ihr mir etwas Schlimmeres antun könntet.« Der Tharynge wedelte wegwerfend mit der linken Hand. Owens Muskete bewegte sich ohne sein Zutun nach rechts, aus der Schusslinie auf die Brust des schlanken Tharyngen, und Dampf stieg von ihrem Metall auf. »Ihr habt mein Versprechen, dass ich Euch, wie jeder andere es ebenso halten würde, begleiten und die Kapitulation meiner Truppen und Festung aussprechen werde. Die Pasmortes können nicht noch einmal reanimiert werden.«

»Ihr könntet neue erschaffen.«

»Das werde ich nicht.« Er schmunzelte. »Dieses Forschungsgebiet langweilt mich. Ich möchte mich anderen Themen widmen.«

Owen schaute sich um. »Gibt es Notizen über Eure Experimente? Journale? Bücher?«

Er lachte. »Die Pasmortes betreffend? Sie sind alle zerstört. Was die Unterlagen über meine Heilmittel angeht, sie befinden sich in meinen Privaträumen. Ihr braucht Euch aber nicht zu beeilen, sie zu holen. Eine Kopie meiner Forschungen ist bereits auf dem Weg nach Feris, wo sie im Tharyngischen Journal der Wissenschaften erscheinen wird. Ihr seid als Patient Zehn darin erwähnt. Ich werde veranlassen, dass man Euch ein Exemplar übersendet.«

»Ihr seid ausgesprochen zuvorkommend.«

»Ihr wisst sehr gut, dass dies nicht im Geringsten zutrifft.« Du Malphias hob die Hände über den Kopf. »Und nun, beenden wir diese Schlacht? Ich habe keine weitere Verwendung für Leichen, und ich vermute, dort oben befinden sich eine Reihe von Männern, die Ihr unter den Lebenden vorzieht.«

Fünfundsechzigstes Kapitel

1. August 1764
Festung des Todes
Amboss-See, Mystria

Was, in Himmels Namen? Prinz Vladimir starrte ungläubig auf die Szene, die sich vor seinen Augen abspielte.

Als wären sie an ein und demselben Faden hängende Marionetten, zuckten alle Pasmortes plötzlich auf dieselbe Weise. Ihre Rücken bogen sich, als würden ihre Schultern vom Boden angezogen. Ihre Münder standen weit offen. Diejenigen, die Augen hatten, starrten zum Himmel. Manche wirkten sogar überrascht. Und dann richteten sich für einen Moment alle gleichzeitig senkrecht auf, bevor sie kraftlos zusammenbrachen.

Der Prinz schüttelte den Kopf, unsicher, ob er in seiner Erschöpfung nicht möglicherweise in einen Zustand verfallen war, der ihm Halluzinationen bescherte. Er traute seinen Augen nicht. Dann schüttelte sich Magwamp unter ihm und erbrach eine schwarze Lache sich schnell auflösender Knochen. Der Lindwurm scheute vor dem dampfenden Morast zurück und warf mit dem Schwanz Erde darüber.

Die Mystrianer, die plötzlich keine Pasmortes als Gegner mehr hatten, rannten hinauf auf die Wehrgänge und feuerten ins Innere der Festung. Nun kamen auch endlich die Vierten Fußtruppen über die Nordwand, ziemlich in deren Mitte. Sie formierten sich schnell zu Trupps mit je fünf Mann vorn in der Hocke und fünf Mann stehend dahinter. Sie deckten die Ryngen mit tödlichem Salvenfeuer ein.

Mystrianischer Kanonenbeschuss zertrümmerte die Zentralbefestigung. Später, beim Durchsuchen der Trümmer, sollte man geschickt verborgene Tunnel finden, die ins Innere führten. Die Geschützscharten, die Owen während der Gefangenschaft gesehen hatte, waren mit Holzplanken verdeckt und überpflanzt worden. Im Inneren befanden sich drei Schwenkgeschütze und genug Platz für zwei Mannschaften, die sich beim Feuern abwechseln konnten. Der Versuch, die Befestigung zu stürmen, wäre zu einem Blutbad geworden.

Die Kämpfe tobten noch eine Weile – bis du Malphias aus seinem Weinkeller auftauchte. Er befahl seinen Männern, die Waffen zu strecken, und ließ die Fahnen einholen. Abgesehen von ein paar vereinzelten Schüssen auf dem Schlachtfeld und ein paar mehr am anderen Flussufer waren die Kampfhandlungen am späten Nachmittag vorüber.

Prinz Vladimir ritt auf Magwamp hinab und glitt aus dem Sattel. Er nickte Owen und dem stämmigen kleinen Rotrock zu, der du Malphias mit der Muskete in Schach hielt. »Gute Arbeit, Kapteyn Radband.«

»Ich danke Euch, Hoheit. Darf ich Euch Guy du Malphias, Laureat Tharyngias, präsentieren.«

Der hochgewachsene Rynge verneigte sich tief. »Es ist mir eine Ehre, Prinz Vladimir. Euer Artikel über die Beziehung zwischen den Winterschlafzyklen der Bären und die Formation im Winter nach Süden ziehender Gänse war äußerst interessant. Mit Eurer Erlaubnis würde ich ihn gerne übersetzen.«

Vladimir musterte ihn mit verkniffenen Augen. »Ihr werdet mir verzeihen, Sire, dass diese Bitte mich überrascht. Ich hatte durchaus andere Erwartungen.« Der Prinz drehte sich um und winkte mit violett verfärbter Hand Graf Joachim heran. »Ihr kennt Graf von Metternin.«

»Nur zu gut.« Der Laureat hob den Kopf und ließ die leichte

Andeutung eines Lächelns erkennen. »Falls Ihr es wünscht, könnte ich Eure Hände heilen.«

Vladimir schüttelte den Kopf. »Ich danke Euch, muss jedoch ablehnen. Bis zum heutigen Tage war der Kampf für mich nicht mehr als ein Gedankenspiel. Ich begrüße diese Erinnerung an seine körperliche Seite und möchte sie nicht so schnell vergessen.«

Der Graf schnaufte. »Für einen Kessen ist das der Erwähnung nicht wert.«

»Ihr versteckt Euer Misstrauen ausgezeichnet, Sires.« Du Malphias verschränkte die Hände auf dem Rücken. »Doch zumindest kann ich Euch eine Salbe aus Bärentalg und der Mogiquapflanze anbieten, auf deren medizinische Anwendungsmöglichkeiten Kapteyn Radband mich aufmerksam machte. Sie wird die Schmerzen lindern.«

»Das ist sehr freundlich von Euch.«

»Und ich möchte ausdrücklich festhalten, dass ich mich Kapteyn Radband und seinem Begleiter, Meister Dunsby, ergeben habe. Falls Ihr Meister Dunsby in mein Quartier in der südlichen Befestigung entsendet, kann er von dort meinen Säbel zur formellen Übergabe holen. Ich würde einen meiner Lakaien schicken, doch ...« Er warf einen Blick auf einen der zerfallenden Pasmortes und zuckte die Achseln.

Der Prinz nickte dem Rotrock zu. »Geht.«

Dunsby rannte los und kehrte kurz darauf mit du Malphias' Schwert zurück. Der Laureat lächelte und überreichte es dem Prinzen. »Bitte sehr. Damit ist dem Protokoll Genüge getan.«

Vladimir nahm die Waffe an und reichte sie zurück. »Ich habe Euer Versprechen guten Betragens?«

»Selbstverständlich.« Du Malphias nahm die Klinge entgegen und stützte sich auf sie wie auf einen Gehstock. »Ich bin des Krieges durchaus müde.«

Nun endlich schob sich Lhord Rivendell durch die Soldaten, die den Laureaten umringten. Der norillische Kommandeur war über die Wand gekommen, nachdem der Kampflärm verklungen war, und nur der blutige Schlamm an den Stiefeln beeinträchtigte seine Erscheinung. Er zog sein eigenes Schwert, dessen goldene Quasten lustig tanzten, und richtete es auf du Malphias.

»Im Namen Ihrer Allerheiligsten und Alleraußerordentlichsten Majestät, der erhabenen Königin Margaret von Norisle, verlange ich, John Lhord Rivendell, Eure bedingungslose Kapitulation und die Eurer Truppen und Besitztümer.« Rivendell sprach die Worte mit hallender, schwerer Stimme, um die Bedeutung des Augenblicks zu unterstreichen. »Euer Schwert, Sire.«

Vladimir hob die Hand. »Er hat sich mir bereits ergeben, mein Lhord, und ich habe es ihm zurückgegeben. Ich habe sein Versprechen guten Betragens.«

Rivendells Klinge bebte. »Euer Schwert, Sire.«

»Wie Prinz Vladimir bereits feststellte, habe ich mich ihm ergeben.«

»Aber er ist kein Militär. Er ist nicht autorisiert, Eure Kapitulation entgegenzunehmen!« Speichel zeigte sich in seinen Mundwinkeln. »Zum dritten und letzten Male, Sire: Euer Schwert!«

Du Malphias betrachtete Rivendell mit einem Blick, der Stahl hätte fräsen können, dann drehte er sich um und reichte sein Schwert Kapteyn Radband. »Ich ergebe mich.«

Owen nahm die Waffe an und reichte sie zurück.

Graf von Metternin schob Rivendells Klinge beiseite und trat vor. »Ich schlage vor, die Männer kümmern sich nun um ihre Verwundeten und den letzten Trost für die Gefallenen.«

Sein in ruhigem, aber festem Ton vorgetragener Vorschlag

klang für alle Anwesenden mit Ausnahme Lhord Rivendells wie ein Befehl. Die Männer zogen ab und formten Trupps. Viele Mystrianer verließen die Festung auf demselben Weg, auf dem sie sie betreten hatten, um zum Ausheben der Gräber ihre Schaufeln und Pickäxte zu holen. Sie zogen stolz, mit hoch erhobenem Haupt ab, und immer wieder wurde ein »Nach oben!« mit Jubel quittiert.

Koronel Langford, als unterwürfig-treuer Amanuensis Lhord Rivendells, folgte seinem Herrn dichtauf und machte sich ständig Notizen. Von Metternin fand zu Rivendells Missfallen einen Ryngen aus der Valmontregion nahe der kessischen Grenze, der des Lesens und Schreibens kundig war, und setzte ihn ein, seine Erinnerungen festzuhalten. Dabei folgte er Rivendell auf dem Fuße, was diesen zur Weißglut trieb.

Vladimir wollte seine Gedanken ebenfalls niederschreiben, musste sich dazu jedoch wegen des Zustandes seiner Hände der Dienste eines Sekretärs bedienen. Seine Entscheidung fiel auf Caleb Frost, der an Bord der Korvette von Fort Cuivre angereist war. Er stellte fest, dass Caleb nicht nur geschickt darin war, seine Gedanken wortgenau festzuhalten, er konnte sie auch mit schnellen Skizzen illustrieren, um einzelne Punkte zu verdeutlichen.

Die Darstellungen der Schlacht unterschieden sich je nach Autor, was den Prinzen nicht im Geringsten überraschte. In Rivendells Bericht wurden die Pasmortes mit keinem Wort erwähnt. Er erklärte die unzähligen Pasmorte-Leichen als Zivilisten, die beim ersten Anblick eines Lindwurms vor Angst gestorben waren. Langford setzte eine Anmerkung hinzu, in der er andeutete, sie hätte an einer unbekannten Krankheit gelitten, die zu ihrer ungewöhnlich niedrigen Ausdauer beigetragen habe.

Rivendells Beschreibung der Kapitulation erwähnte natürlich niemanden außer ihn selbst und du Malphias. Sie las sich, als hätte Rivendell La Fortresse du Morte höchstpersönlich und ohne Mithilfe auch nur eines einzelnen Soldaten erstürmt und du Malphias in dessen unterirdischem Versteck aufgespürt. Außerdem erklärte er, sich du Malphias' Heimtücke vom ersten Augenblick am Amboss-See an bewusst gewesen zu sein, so dass dieser ihn zu keiner Zeit hatte überraschen können.

Am nächsten kamen sich die verschiedenen Berichte der Schlacht, was die Verlustzahlen betraf. Die Vierten Fußtruppen hatten vierundfünfzig Prozent Tote und Verletzte erlitten. Das Dritte Bataillon, das die in der Linie entstandene Lücke geschlossen hatte, hatte dreiundachtzig Prozent Verluste zu beklagen, über die Hälfte davon tot. Das feige Erste Bataillon der Reiterei war gelinde davongekommen. Das Zweite hatte siebenundfünfzig Prozent Verluste erlitten, darunter Koronel Thornbury. Überlebende des Ersten Bataillons behaupteten, beim Erscheinen der Korvette unter ryngischer Fahne habe Thornbury Befehl zum Rückzug erteilt; allerdings fand sich keinerlei Beweis für diese Behauptung.

Auf der norillischen Seite kamen die Mystrianer am besten davon, da nur ein Fünftel von ihnen verwundet wurde oder fiel. Im Urteil der Historiker erwies sich das als Nachteil, denn die Militärexperten beurteilten die Leistung einer Einheit anhand ihrer Verluste, nicht der erreichten Ziele. Dementsprechend kamen die Historiker zu dem Schluss, dass die Leistung der Vierten Infanterie schlachtentscheidend war. Sie banden die Tharyngen und gaben den Mystrianern die Freiheit zu deren Angriff. Was die Besatzung der Korvette betraf, wurde ihr Erscheinen unter falscher Flagge als verächtlich eingestuft. Die norillischen Politiker benutzten diese Tatsache, um den mystrianischen Beitrag abzuwerten und das verletzte Selbstwertgefühl all derer zu trösten, die auf einen sauberen Sieg der norillischen Einheiten gehofft hatten.

Die Ryngen erhielten Musketen sowie genügend Pulver und Munition zur Selbstverteidigung auf dem langen Heimweg. Sie gaben ihr Versprechen, nicht noch einmal gegen die norillischen Interessen in der Neuen Welt zu den Waffen zu greifen, und zogen über den Grünen Fluss ab. Du Malphias begleitete eine Kompanie der Vierten Fußtruppen unter Lieftenant Unstone an Bord der Korvette nach Fort Cuivre, um die Garnisonspflichten dort zu übernehmen. Von dort sollte er freies Geleit nach Kebeton erhalten.

Die Ungarakii tauchten in der Wildnis unter, und die Sieben Stämme verkündeten ihre Neutralität in den Kriegen der Bleichhäute.

Die Vierte Infanterie besetzte die Festung des Todes und taufte sie in Fort Hammer um, in Anspielung auf ihre Lage am Amboss-See. Die Mystrianer, die Kavallerie und Lhord Rivendell kehrten nach Hutmacherburg zurück und schafften den Rückweg in der Hälfte der Zeit.

Sie hätten noch schneller dort sein können, aber die Mystrianer wollten sich nur ungern trennen, obwohl die Erntezeit daheim sie rief. Vladimir verstand dieses Zögern und gab ihnen Recht. Der Feldzug hatte Männer aus ganz Mystria zusammengeführt. Sie waren gegen Elitetruppen aus Tharyngia angetreten und hatten sie besiegt.

Das Murren der Kavallerie, die fußkrank am Ende der Kolonne hinterherzockelte, hob die Stimmung noch zusätzlich.

In ihrer Abwesenheit hatte Hutmacherburg eine Verwandlung erlebt. Sie kehrten am zwölften August in eine Stadt zurück, die kaum noch Ähnlichkeit mit der aufwies, die sie einen

Monat zuvor verlassen hatten. Pferde drängten sich in brandneuen Gehegen. Lagerhäuser quollen fast über von Vorräten. Männer in kessischblauen Schärpen – Einheimische unter der Führung von Seth Pflanz – standen Wache. Sie hielten die Rotrockkavallerie mit angelegter Muskete von den Pferden fern und schickten Prinz Vladimir zu Tors Taverne.

Er war kaum von Magwamp abgestiegen, als die Tür des Gasthauses aufflog und Gisella in einem Aufblitzen goldener Haare in seine Arme flog. Er fing seine Verlobte auf, so gut er konnte, aber sie schleuderte ihn trotzdem zurück gegen den Lindwurm. Gisella umarmte ihn so fest, dass ihm die Luft wegblieb, dann küsste sie ihn und raubte ihm den Atem gleich noch einmal.

Geradezu unwillig löste sie sich von ihm. »Ich liebe Euch, mein Gutster. Die Tage ohne Euch waren elendig.«

Vladimir lachte. »Mir ist es ebenso ergangen, doch wie kommt es, dass Ihr hier seid?«

Gisella lächelte, dann senkte sie den Blick. »Ich wusste von Eurem Zeitplan, und ich sah, dass es Verzögerungen gab. Als uns Nachricht aus Hutmacherburg erreichte, dass Ihr Euch auf den Marsch begeben hattet und der Nachschub noch nicht eingetroffen war, musste ich etwas unternehmen. Madame Frost und die anderen, wir haben die Männer zur Arbeit angehalten. Wir haben sie beschämt, bis sie die Dinge zurechtrückten. Und die Menschen hier haben gesagt, dass sie Euch ihre Vorräte überlassen haben, und nun wollten sie diese, doch ich habe nicht zugelassen, dass sie dies tun, solange ich nicht von Euch selbst höre, dass Ihr es ihnen gestattet.«

Der Prinz zog sie an sich, umarmte sie und gab ihr einen langen Kuss. Die Mystrianer brachen in Jubel aus, aber die einzelnen, die »nach oben« riefen, wurden von ihren Kameraden schnell zum Schweigen gebracht. Koronel Zauder schickte Männer zu den Lagerhäusern.

Kurz nach diesem zweiten Kuss bemerkte Gisella Vladimirs verfärbte Rechte. Sie packte sie, und er zuckte zusammen.

Sie rollte seinen Ärmel hoch. »Was habt Ihr getan?«

»Es war nichts.«

Ihr Kopf flog herum. »Und wohin wollt Ihr so plötzlich, Graf Joachim?«

Der Kesse lächelte, die Hände auf dem Rücken versteckt. »Ich dachte mir, Hoheit, ich sollte mich um einen Tisch im Innern kümmern, an dem der Prinz und ich uns, mit Eurer gnädigen Erlaubnis, von der langen und anstrengenden Reise erholen können.«

Gisellas Augen wurden schmal. »Zeigt mir Eure Hände.«

Der Graf streckte sie aus.

»Legt die Handschuhe ab und rollt eure Ärmel auf.«

Er gehorchte. »Ich vermute, Ihr werdet mir keinen Glauben schenken, wenn ich Euch mitteile, dass wir uns beim Armdrücken verletzten?«

»Ich hatte Euch gebeten, für seine Sicherheit Sorge zu tragen.«

»Und habe ich ihn nicht sicher und wohlbehalten zurück gebracht?«

Sie stampfte mit dem Fuß auf. »Mokiert Euch nicht über mich, mein Lhord!«

Vladimir streckte die Hand aus, fasste sie vorsichtig am Kinn und drehte ihr Gesicht zurück in seine Richtung. »Ihr werdet noch verstehen, warum wir so gehandelt haben. Es mag närrisch und waghalsig erscheinen, doch hätten wir nicht gehandelt, wären viele Frauen in Mystria nun Witwen, und viele Kinder ohne Vater.« Mit der freien Hand klopfte er Magwamp auf die schuppige Haut. »Magwamp hat uns am Leben gehalten. Erspart uns Euren Zorn und freut Euch, dass er uns lebend heimgebracht hat.«

Mehrere Pulsschläge lang starrte ihm Gisella in die Augen, dann drehte sie sich um und ging zur Schnauze des Lindwurms. Sie gab ihm einen Kuss unter das Auge und tätschelte seine Haut. »Hab Dank.«

Der Lindwurm hob den Kopf und öffnete sein Maul ein winziges Stück, als würde er lächeln.

Sie drehte sich wieder um. »Was Euch zwei betrifft, es gibt einen Platz in der Taverne, am Feuer. Wir haben sie sogar gelehrt, gutes Bier zu brauen.«

Gisella fasste ihn bei der Linken und führte ihn hinein. Der Graf, Owen Radband und andere schlossen sich an. Der Prinz befahl die Verteilung der Nahrungsvorräte an die Menschen von Hutmacherburg, und in der ganzen Stadt brach ein spontanes Freudenfest aus, dessen Stimmung nicht im Geringsten dadurch getrübt wurde, dass Rivendell und seine Reiterei die Pferde an sich brachten und sofort nach Port Maßvoll aufbrachen.

Gisella hatte nicht gelogen. Tors Bier hatte seinen sauren Beigeschmack verloren. Der Wirt ließ zwei Ochsen braten und schnitt ein paar Stunden später dicke Scheiben Fleisch ab, das die Männer begeistert verzehrten, während sie darüber scherzten, wie großartig die Feldverpflegung geschmeckt hatte. Schnell machten Berichte darüber die Runde, was sich bei Fort Hammer ereignet hatte, und mancher Krug wurde aufs Wohl Prinz Vladimirs geleert.

Die ganze Zeit hielt Gisella seine Hand, und wenn die Männer ihn hochleben ließen, drückte sie sie. »Und dann weiß ich nur noch«, erzählte ein Mann, »dass die Schüsse aufgehört hatten, und Magwamp hat die Wand eingerissen. Nach oben ging's!«

Vladimir schaute sie an. »Sie übertreiben.«

»Nicht annähernd genug.« Sie nahm seine Hand in beide Hände und hob sie für einen Kuss an die Lippen. »Doch ich verstehe. Was Ihr getan habt, habt Ihr für sie getan, nicht für Euch selbst. So ist der Mann, den ich liebe.«

Sechsundsechzigstes Kapitel

12. August 1764
Hutmacherburg
Lindental, Mystria

Willst du nicht feiern kommen?« Nathaniel stand vor dem Gasthaus, als die Nacht über der Stadt hereinbrach, und warf Kamiskwa einen fragenden Blick zu. »Gibt kein' Grund, es nich' zu tun.«

»Prinz Vladimir hat den Shedashie seine Dankbarkeit bereits bewiesen.« Kamiskwa lächelte. »Zwei Pferde für jeden Krieger, selbst die gefallenen, und so viel Getreide, wie die Pferde tragen können. Es ist nicht weit von hier bis nach Sankt Fortunas und zu den Lanatashie-Dörfern. Unser Volk wird ihm sehr dankbar sein. Darüber hinaus hat er uns je zwei Jacken der gefallenen Tharyngen zugestanden, sowie Munition und Schwefel als Ersatz für das, was wir verbraucht haben.«

Nathaniel runzelte die Stirn. »Das is' keine Antwort auf meine Frage, warum du nich' feierst. Du hast doch was.«

»Mein Bruder ist sehr aufmerksam.« Der Altashie senkte den

Blick. »Du kennst unser Wesen. Wir feiern große Siege. Wir betrauern unsere Verluste. Wir erinnern uns in Liedern und Geschichten an Taten großen Mutes.«

»Genau wie wir.«

»Und für euch ist dies ein großer Sieg.« Der Altashie schmunzelte. »Ich werde ebenfalls vom Mut des Prinzen Vladimir singen, und von den Leistungen Magwamps. Es wird große Freude herrschen, wenn die anderen es hören. Mein Vater wird dem Prinzen erneut anbieten, meine Schwester Ishikis zur Frau zu nehmen.«

»Schätze, das wird Prinzessin Gisella nicht erlauben.«

»Sicher nicht. Ich würdige die Leistung eurer Armee, mein Bruder, doch sie bereitet mir auch Angst.« Kamiskwa deutete zu ein paar Männern, die durch die Straßen schlenderten, die Muskete in einer Hand, eine Flasche in der anderen. »Ihr habt Bauern und Krämer gelehrt, dass sie in die Wildnis ziehen und andere Menschen töten können. Bald werden sie die Shedashie als Feinde betrachten, denn wir verweigern ihnen Land, so wie es die Tharyngen taten. Alte Bündnisse werden in Vergessenheit geraten, alte Vorurteile werden ihr Haupt wieder erheben, und frisches Blut wird fließen.«

Nathaniel schaute ihn besorgt an. »Schätze, damit liegst du richtiger, als ich zugeben möchte.« Seine Einschätzung hatte ihren Grund nicht so sehr in den Geschichten über die Schlacht, die er gehört hatte, als darin, wie sie erzählt wurden. Unter den Männern hier war wenig Raum für Übertreibungen. Das würde später kommen, je weiter entfernt sie vom Schlachtfeld und anderen waren, die sie berichtigen konnten. Auf mystrianischer Seite hatten dreitausend Mann an den Kämpfen teilgenommen, aber schon in ein, zwei Jahren würden drei bis vier Mal so viele behaupten, dabei gewesen zu sein.

Er stutzte. Es war nicht die mystrianische Seite gewesen, sondern die norillische. Trotzdem betrachteten viele es jetzt schon als mystrianischen Sieg. Es war nicht einmal allzu weit von der Wahrheit entfernt, wenn man bedachte, dass es Mystrianer gewesen waren, die die Korvette den Fluss heruntergebracht hatten, die Fort Cuivre und die Klippenfestung erobert hatten. Die Männer betrachteten sich zunehmend als Mystrianer statt als Norillier, und die Shedashie würden sie niemals als Mystrianer ansehen.

Er kratzte sich im Nacken. »Schätze, da werd' ich ein Stück drüber nachdenken müssen. Aber ich sag dir, das lass ich nich' zu.«

Kamiskwa fasste ihn an beiden Schultern. »Ich weiß, du könntest es, mein Bruder, doch wie viel deiner Selbst bist du bereit zu opfern?«

»Spielt nich' wirklich eine Rolle, oder?« Er zuckte die Schultern. »Wenn ich nich's unternehme, wer'n Menschen, die ich liebe, dafür bezahlen müssen.«

»Aber um dein Volk so zu beeinflussen, wie du es willst, wirst du einer von ihnen werden müssen. Als Kapteyn Wald hast du bereits einen Anfang gemacht. Sie respektieren dich und hören dir zu. Bleibst du ein Außenseiter, wird dein Einfluss versiegen, und der Wind wird deine Worte ungehört davontragen.«

Der Waldläufer bewegte unbehaglich die Schultern. »Werd' mich nie verstädtern lassen.«

»Das weiß ich, doch du könntest mystrianischer werden müssen.«

»Das schmerzt mehr als eine Schusswunde.«

Kamiskwa schüttelte den Kopf. »Du bist bereit, dich für die Altashie zu opfern. Und ich bin bereit, unsere Zukunft zu opfern, damit du bleibst, wie du bist.«

»Vielleicht gibt's da noch was dazwischen.«

Der Altashie überlegte kurz, dann nickte er. »Falls nicht, werden wir es erschaffen.«

»Das gefällt mir. Wir treffen uns're Wahl, und die andern werden damit leben müssen.« Nathaniel lachte. »Wer'n nich' allzu viele sein, denen das gefällt. Schätze aber, sie wer'n sich dran gewöhnen.«

Kamiskwa zog ihn an die Brust und drückte ihn. »Leb wohl, mein Bruder, und bleib nicht zu lange fort.«

Nathaniel erwiderte die Umarmung, dann löste er sich. »Muss schon runter nach Port Maßvoll, den Leuten zeigen, dass ich noch lebe.«

»Richte Rahel meine Grüße aus.« Kamiskwa lächelte. »Ich habe die beiden kleinen Uniformen eingepackt, die du für William und Thomas ausgewählt hast, und die silbernen Halsbergen für ihre Mütter. Und die silberne Schnalle für deine Tochter.«

»Danke dir. Sag ihnen, ich komm sie bald wieder besuchen.« Nathaniel schaute zum Himmel und sah dünne Wolkenfäden. »Was meinst du, gibt's 'nen frühen Winter?«

»Er wird spät kommen, aber kalt werden.«

»Gut. Hab mir irgendwie in den Kopf gesetzt, dass ich dem Prinz das Wollnashorn beschaffen will, das er haben will. Könnte die Zeit gebrauchen, es zu holen, bevor der Schnee fällt.«

»Falls es jemandem gelingen kann, dann ist es der Zauberfalke.« Kamiskwa trat einen Schritt zurück und verschwand halb im Zwielicht. »Ich freue mich darauf, deine Pläne zu hören. Schon bald.«

»Schon bald.« Der Waldläufer schaute Kamiskwa nach und wäre ihm fast gefolgt. Tatsächlich hätte er seinen Freund begleitet, hätte der ihn nicht daran erinnert, dass er Kapteyn Wald war. Er trug Verantwortung. Da waren Männer, die zu ihm aufblickten, und sicher bildete sich ein Teil von ihnen ein, er hätte ihnen irgendwie das Leben gerettet. Hätte er sie nun einfach im Stich gelassen, hätte er ihnen etwas von ihrem Stolz geraubt. Irgendwie war es, als würde es die Angst vertreiben, die sie auf dem Schlachtfeld gefühlt hatten, wenn er hierblieb, und sie behandelte wie Freunde.

Tatsächlich mochte er seine Männer, zumindest diejenigen, die er zum Fort Cuivre begleitet und dann an Bord des Schiffes aus dem Norden mit hergebracht hatte. Die anderen, nun, die hatten sich eingeredet, ein Glückstreffer, der jemanden getötet hatte, der dabei war, sie umzubringen, sei irgendwie aus seinem Gewehr gekommen. Völliger Unsinn, und er hatte versucht, ihnen klarzumachen, wie absurd das war, aber sie wollten es nicht hören. Ihre Überzeugung verband sie mit ihm, so wie viele wegen seiner Taten eine Verbindung zu Prinz Vladimir fühlten.

Nathaniel seufzte. Er war bereit gewesen, die Verantwortung dafür zu übernehmen, die Männer in die Schlacht zu führen, aber er hatte geglaubt, dass diese Verantwortung bald darauf ein Ende haben würde. Erst jetzt erkannte er, dass er eine lebenslange Verpflichtung eingegangen war, die sich nicht in Wohlgefallen auflösen würde, nur um ihm das Leben leichter zu machen.

Der Mystrianer kehrte in die Kneipe zurück, schüttelte ausgestreckte Hände, ließ sich auf die Schultern klopfen. Er lächelte, nickte den Männern zu, sprach den ein oder anderen mit Namen an. Jemand drückte ihm einen Krug Bier in die Hand, und er nahm einen Schluck. Der Geschmack überraschte ihn. Sah aus, als hätte Tor sich ein neues, junges Pferd angeschafft, damit es ihm die Bierfässer vollpisste. Er hoffte, er hatte dafür eines der besten von Kapteyn Percy Abberwick gestohlen.

Er ging weiter in den Schankraum und prostete den Bein-

Brüdern zu. Die drei hatten den Feldzug ohne einen Kratzer überlebt, auch wenn Friedensreich noch immer seinen Arm schonte. Er hatte mit den Schwenkgeschützen auf dem Schiff nichts zu tun haben wollen, nicht einmal, nachdem die Sommerland-Jungs angeboten hatten, ihm den korrekten Zauber beizubringen. Als er erfahren hatte, was der Prinz und der Graf auf Magwamp geleistet hatten, war er nachgerade in Ehrfurcht erstarrt.

Vladimir und von Metternin hatten Prinzessin Gisella in die Mitte genommen. Natürlich fiel sie auch den anderen Männern auf. Beim Erzählen ihrer Geschichten legten sie es darauf an, bei ihr einen guten Eindruck zu hinterlassen, und betonten alle, dass der Prinz und Graf Joachim die eigentlichen Helden waren. Sie wirkte über jede Geschichte begeistert, obwohl es im Grunde ein und dieselbe Geschichte war, die sie wieder und wieder zu hören bekam. Jedes Mal, wenn eine Erzählung zu Ende war, schaute sie zu Vladimir hoch, und auf ihren Zügen lag pure Bewunderung.

In der ganzen Schänke gab es keinen Mann, der nicht bereit gewesen wäre, ganz allein ein Regiment Tharyngen umzubringen, damit ihn einmal eine Frau so anschaute.

Mich eingeschlossen. Nathaniel schmunzelte und dachte an Rahel. Die Kavallerie würde lange vor dem Rest der Soldaten in Port Maßvoll eintreffen. Sie würde erfahren, dass er überlebt hatte. Irgendwie würde die Nachricht sie erreichen, ganz gleich, wie sehr ihr Mann sich bemühte, es zu verhindern. Das war ihm einmal gelungen, und sie hatte geschworen, es niemals wieder zuzulassen.

Wenn er Port Maßvoll erreichte, würde Nathaniel sie sehen. Sie würde da sein, irgendwo in der Menge, und er würde sie sehen. Ihr Mann würde sie bewachen wie ein Habicht, aber das war ohne Belang. Selbst wenn er alle Fassdaubes und Astwerks der Welt zwischen Nathaniel und seine Frau stellte, konnte er sie nicht trennen.

Er musste lachen. Er hielt nicht viel von Spekulationen, was hätte sein können, aber Zachariah Wildbau hatte ihm tatsächlich einen größeren Gefallen getan, als er sich hätte vorstellen können, und vermutlich eine Menge Leben gerettet. Hätte er Rahel nicht durch seinen Betrug dazu verleitet, ihn zu heiraten, wäre sie Nathaniels Frau geworden. Er wäre in die Stadt gezogen und vermutlich fett geworden. Er hätte ein Handwerk erlernt und der Wildnis ebenso den Rücken gekehrt wie der Jagd, dem Fallenstellen und dem Kundschaften.

Ich wär' zu einem von den Männern geworden, die zu mir aufschau'n. Er schüttelte sich und spürte ein Stechen in der Magengrube. Er war sich nicht hundertprozentig sicher, dass Rahel ihn so leicht hätte zähmen können, aber schon die Vorstellung machte ihm Angst. Sowohl des Mannes wegen, zu dem er hätte werden können, als auch, weil er wusste, seine Unbezähmbarkeit machte manche Freuden des Lebens unerreichbar für ihn.

In diesem Augenblick erkannte er, dass er mitten in einem Raum voller Menschen völlig allein war. Sicherlich glaubten sie, ihn zu kennen, und manche kannten ihn auch, weit besser als die meisten. Und trotzdem verband zum Beispiel die Gebrüder Bein etwas, das er mit niemand anderem teilte. Vielleicht mit Owen, dort drüben beim Prinzen. Irgendwie mit Prinz Vladimir. Aber davon abgesehen war der Mann, der ihm am nächsten stand, mit dem Sonnenuntergang nach Sankt Fortunas abgereist.

Die Erkenntnis, dass er inmitten der Menge allein war, machte ihn jedoch mitnichten traurig. Dazu fehlte Nathaniel jede Neigung, und er war ganz sicher nicht bereit, so etwas bei sich zu tolerieren. Wenn ein Mann melancholisch wurde, so seine Ansicht, dann entweder, weil er das so wollte, oder weil er aus Dummheit nicht erkannte, was ihn fröhlich machte.

Und für mich ist das jetzt ein bisschen frische Luft, eine Chance, Wasser zu lassen und mir einen Schlafplatz für die Nacht zu suchen. Er war gar nicht übermäßig müde, aber es näherte sich die Zeit im August, in der sich die Sternschnuppen am Nachthimmel häuften. Seit er ein kleiner Junge gewesen war, liebte er es, dabei zuzuschauen. Seit sein Vater dieses Naturwunder mit ihm geteilt hatte. Selbst bei Vollmond und dünnen Wolken versprach die Nacht ein großartiges Schauspiel.

Er schob sich durch die Menge nach hinten und verließ die Taverne durch die Hintertür. Flugs nahm er Kurs auf den Abort, aber plötzlich bohrte sich der Schmerz in seinem Bauch bis in den Rücken. Er klappte zusammen und sank auf ein Knie. Es fühlte sich an, als hätten sich seine Eingeweide verflüssigt, und er biss die Zähne zusammen, um nicht vor Schmerz zu schreien. Dann traf ein Hieb seinen Kopf, und er fiel nach vorn.

Ihm wurde schwarz vor Augen. Wie lange, konnte er nicht sagen. Lange konnte es nicht gewesen sein, denn sein Magen schmerzte immer noch, und er stank. Sein Schließmuskel hatte versagt, und seine Gliedmaßen zitterten. Jemand hatte ihn vergiftet. Mit dem Bier. Er versuchte sich zu erinnern, wer ihm den Krug gegeben hatte, aber es war nur eine Hand aus der Menge gewesen.

Grobe Hände rissen ihn hoch und stützten ihn mit dem Rücken an eine Wand. Eine dunkle Silhouette ragte vor der Vollmondscheibe über ihm auf. Dann traf ihn eine harte Ohrfeige und riss seinen Kopf herum. »Wach auf, Wald.«

Nathaniel riss sich zusammen. »Rufus.«

»Meister Wildbau mag es gar nich', wie seine Gattin dich anhimmelt, un' er will, dass das aufhört. Hatte irgendwie gehofft, dass die Tharyngen das für uns übernehmen, aber dafür has' du wohl zu viel verdammtes Glück. Jetzt muss ich's doch selber erledigen.« Rufus richtete sich auf und verschwamm vor Nathaniels Augen. Zwei weitere Gestalten zeichneten sich etwas rechts hinter ihm ab. »Jetzt wirs' du krepieren, in deiner eigenen Scheiße. Macht es einfacher, dich zu vergessen.«

Nathaniel versuchte aufzustehen, aber Rufus schlug ihm den Kolben der Muskete mitten auf die Brust. Nathaniel sank zurück und schlug sich den Kopf an der Wand an. »Tut's weh?«

Er spuckte aus. »Nich' sonderlich.«

»Schade.« Rufus drehte die Waffe um und setzte ihm die Mündung auf den Bauch. »Meister Wildbau hat extra gesagt, er will, dass du schmerzhaft krepierst.«

Nathaniel zwang sich zu lächeln. »Ich werd' dir zeigen, was Schmerzen sind, wenn ich dich in die Finger kriege. Ihm auch.«

»Wird nie passier'n.« Nathaniel wurde dunkel vor Augen, als Rufus den Daumen auf den Feuerstein legte. »Deine Zeit hier is' vorbei.«

Die Schmerzen in seinem Magen loderten auf. Nathaniel schrie. Er hörte die Muskete krachen, dann verschlang ihn die Dunkelheit.

Nathaniel war nie ein großer Kirchgänger gewesen, und selbst wenn er eine Messe besuchte, hatte er nie genau zugehört, was der Prediger redete. Das meiste davon hatte mit Hölle und Verdammnis zu tun, dementsprechend erwartete er, von Dämonen zerstochen zu werden, Seen aus Feuer und die Schreie gepeinigter Seelen, als er wieder aufwachte.

Stattdessen empfingen ihn das Knirschen eines Bettgestells und das Knistern frischen Strohs. Vorsichtig öffnete er ein Auge, und auch wenn die Prediger sich nie groß über den Himmel ausgelassen hatten, konnte er sich doch an genug erinnern, um zu der Überzeugung zu kommen, dass er keine Ähnlichkeit mit einem Zimmer in Tors Schänke hatte.

Und Loberecht Bein hatte herzlich wenig Ähnlichkeit mit einem Engel. Er saß am Fuß des Bettes, eine kleine Pistole in jeder Hand, und schaute zur Tür. Als er Nathaniel das Gewicht verlagern hörte, warf er einen Blick herüber. Dann nickte er. »In dem Krug is' Wasser, wenn Ihr Durst habt.«

Nathaniel stöhnte und rieb sich den Bauch. »Keine Schusswunde.«

»Nö.«

»Mein Mund fühlt sich an, als hätt' ich verbranntes Leder und Bitterwurz gekaut.«

»Jo.«

Er drehte sich vorsichtig auf die rechte Seite und griff nach dem Wasserkrug, nippte daran und erwartete, dass sein Magen sich verkrampfte, doch der ertrug das Wasser ohne sonderlichen Protest. Also füllte er den Mund und ließ es langsam durch die Kehle rinnen.

Er wälzte sich wieder auf den Rücken. »Morgen?«

»Nachmittag.«

»Krieg ich zu hören, was passiert ist?«

Loberecht nickte. »Hab Euch rausgehen sehen. Das kleine Wiesel von Astwerk ist hinterher. Bis ich draußen war, hatten sie Euch schon ein Stück beiseitegezerrt, und Rufus hat Euch vollgelabert. Er wollte Euch abknallen, aber ich hab vorher geschossen.«

»Habt Ihr ihn erledigt?«

»Hab ihn ins Sitzfleisch getroffen. Er ist weggerannt, während ich mich um seine Brüder gekümmert hab. Das Wiesel is' tot. Hab ihn ausgeweidet. Der andere wird 's wohl überleben, aber ohne rechten Arm.« Loberecht zuckte die Achseln. »Die Männer stellen ’nen Trupp zusammen, um sich Rufus zu holen.«

»Sagt Ihnen, sie sollen’s lassen.« Nathaniel musste eine Pause machen, um zu Atem zu kommen. »Den finde ich selbst.«

»Dachte mir schon, dass Ihr das sagen würdet. Drang hat ihnen erklärt, dass wir nichts unternehmen, bis Ihr es absegnet.« Loberecht grinste. »Der Prinz hat rausgefunden, womit sie Euch vergiftet haben. Hat Euch ’nen Tee aus zerstampfter Holzkohle und Bitterwurz gebraut. Das Zeug hat grausam gestunken. Ihr habt gekotzt, dann ha’n wir Euch sauber gemacht und ins Bett gelegt.«

»Danke.«

»Ich hab Euch gesagt, dass ich die Augen offen halte.«

»Das habt Ihr.« Nathaniel nickte langsam. »Habt Ihr gehört, was Rufus gesagt hat?«

»War nicht nötig. Ich hab genug gesehen, um es zu wissen. Was Ihr deswegen tun wollt, ist Eure Sache. Wenn Ihr Hilfe wollt, könnt Ihr auf mich zählen.«

Nathaniel nickte. Er hätte Zachariah Wildbau anklagen können, und die meisten Menschen würden ihm glauben. Aber vor Gericht würde Wildbau leugnen, dass er Rufus zu irgendetwas angestiftet hatte. Ein Teil der Geschworenen würde glauben, Zachariah hätte die Ehre seiner Frau gegen Nathaniels Nachstellungen verteidigt. Und selbst diejenigen, die die Wahrheit kannten, würden der Meinung sein, dass Nathaniel selbst schuld war.

»Schätze, das werd’ ich mir eine Weile überlegen.« Er grinste. »Welche Backe?«

»Die linke.«

»Ich hab ihn mal in die rechte geschossen.« Er lachte. »Mehr zur Mitte das nächste Mal, und viel höher.«

Siebenundsechzigstes Kapitel

17. September 1764
Port Maßvoll
Mäßigungsbucht, Mystria

Angespornt vom Verlangen, schnell nach Hause zurückzukehren, brachen die mystrianischen Truppen am Vierzehnten von Hutmacherburg auf und kamen über die Straße, die sie auf dem Hinweg durch die Wildnis geschlagen hatten, sehr schnell voran. Die Verwundeten – einschließlich Caleb Frost, und eskortiert von Prinzessin Gisella – fuhren zuerst auf Flusskähnen, dann per Schiff voraus nach Port Maßvoll. Sie erreichten die Stadt noch vor der Kavallerie, auch wenn Rivendell und sein Stab unterwegs zustiegen.

Owen blieb auf Befehl Rivendells beim Gefolge des Prinzen. Er erhielt sogar Hodge Dunsby offiziell zum Adjutanten, da der kleine Soldat ihm ohnehin nicht mehr von der Seite wich. Rivendell plante offensichtlich, Berichte aufzusetzen, die Owen in ein möglichst schlechtes Licht setzten, aber Owen hatte längst aufgehört, sich darüber noch Gedanken zu machen.

Er war in der Hoffnung nach Mystria gekommen, seine Pflicht zu erfüllen und sich möglicherweise genügend Ruhm und Ehre zu erwerben, um mit seiner Gattin ein Leben frei vom Druck seiner Familie führen zu können. Er hatte sein Ziel erreicht, und noch mehr, jedoch nicht auf die Weise, wie er es erhofft hatte. Das wurde ihm klar, während er an der Seite von Männern heimwärts marschierte, die sich teilweise trotz ihrer Verletzungen weigerten, als Verwundete die Heimreise per Schiff anzutreten. Es waren Männer, die gegen einen Feind zu den Waffen gegriffen hatten, obwohl dies nicht ihr Beruf war, und sie hatten auch keine entsprechende Ausbildung erhalten. Sie hatten auf einen Aufruf reagiert, weil die Situation, der sie sich gegenübersahen, alle gleichermaßen bedrohte. Für sie ging es nicht um Ruhm, Reichtümer oder Ansehen. Was nicht heißen sollte, dass mancher von ihnen nicht auch hoffte, sich selbst oder anderen etwas zu beweisen, aber diese persönlichen Motive waren hinter dem Allgemeinwohl zurückgetreten.

Was ihm besonders bewusst wurde, war die Sympathie, die er diesen Männern entgegenbrachte. Die Mystrianer hatten ihn und Dunsby nicht wegen seiner Verbindung zu Prinz Vladimir akzeptiert, sondern wegen seiner Leistung in der Schlacht. Er und Dunsby hatten sich in die Höhle des Löwen gewagt. Sie hatten du Malphias zur Kapitulation gezwungen. Und Owen hatte das ebenso gekleidet wie sie geschafft, nicht wie ein arroganter, selbstgefälliger norillischer Offizier!

Wenn es überhaupt eine Zukunft für mich gibt, so ist sie hier, in Mystria.

Die Erkenntnis machte ihm Angst. Katherine liebte ihn, doch er war sich ganz und gar nicht sicher, ob sie auch Mystria lieben konnte. Dieses Land verlangte den Menschen mehr ab, als sie zu geben in der Lage war. Falls er sie halten wollte, würde er nach Norisle zurückkehren müssen, in ein Leben, das er hasste. Es würde ihm das Herz zerreißen. *Hier bin ich zu Hause.*

Der Gedanke, dass er sich zwischen seinem Glück und dem seiner Gattin entscheiden musste, stimmte Owen traurig. Er hatte Angst, sie zu verlieren – und die gespenstische Vision, die er auf dem sich windenden Weg gesehen hatte, erschien ihm plötzlich sehr wahrscheinlich. In Hutmacherburg hatten Briefe von daheim auf die Soldaten gewartet, aber nicht auf ihn. *Weiß sie, was ich denke?*

Nathaniel holte ihn ein. Er wirkte immer noch ausgezehrt. »Macht ein ziemlich langes Gesicht da, Kapteyn.«

Owen zwang sich zu einem Lächeln. »Es ist niemals ein guter Moment, wenn ein Mann sich an einer Wegscheide in seinem Leben findet. Welche Wahl ich auch treffe, es wird schmerzen.«

»Das sin' die Entscheidungen, die einen Mann aus einem machen.«

»Einen weißhaarigen.« Der Norillier verzog das Gesicht. »Meine Gemahlin wird niemals in Mystria bleiben. Ich für mein Teil will es nicht verlassen. Inzwischen verstehe ich, was Ihr in diesem Land seht, Nathaniel. Dafür danke ich Euch.«

Der Waldläufer schnaubte. »Das hättet Ihr auch ohne meine Hilfe geschafft, Kapteyn. Seid ein heller Bursche.«

»Nicht hell genug, um diese Wahl zu treffen, fürchte ich.« Owen seufzte. »Was würdet Ihr tun?«

»Ich wär' jedenfalls nich' so ein Schwachkopf, ausgerechnet mich um Rat zu fragen, wenn's um Liebesdinge geht.« Er kniff die Augen zusammen. »Ihr liebt jemand, und Ihr liebt dieses Land. Ich liebe dieses Land und eines ander'n Mannes Gattin. Wüsst' nicht, dass ich mich zwischen beiden entscheiden könnte. Is' eine schwere Wahl.«

»Ihr seid mir keine sonderliche Hilfe.«

»Wenn ihr mir die Frage nicht übelnehmt, warum liebt Ihr Eure Gattin?«

Diese Frage überrumpelte Owen. »Sie ist meine Gemahlin.«

»Und ein Fisch mag das Wasser, weil er nass ist.«

»Warum liebe ich sie?« Owen lächelte. »Für ihr Lächeln. Für die Art, wie sie mir das Gefühl gibt, geliebt zu werden und Teil von etwas zu sein. Sie liebt mich, und ich muss lächeln, wenn ich an sie denke.«

»Is' alles in Ordnung so, schätz' ich. Und Ihr glaubt nich', dass ihr Mystria gefallen wird?«

»Sie könnte irgendwann einmal seine Schönheit erkennen.« Owen schüttelte den Kopf. »Doch das würde voraussetzen, dass sie sich hinaus ins weite Land begibt. Und das wird niemals geschehen.«

»Vielleicht nicht. Schätze aber, Ihr solltet Euch fragen, ob sie seine Schönheit überhaupt erkennen will. Nichts gegen Eure Gemahlin, aber wenn sie die nicht sehen kann oder will, ist das ein Kampf, den Ihr nicht gewinnen könnt. Die meisten von uns Auslöslingen sind hierhergekommen, weil wir nichts zu verlieren hatten.« Nathaniel zuckte die Achseln. »Wenn sie auf der andern Seite vom Meer 'n gutes Leben hat, wird's ihr hier nie gefallen.«

»Ihr erteilt recht einsichtigen Rat in Liebesdingen.«

»Red' nur über die menschliche Natur.« Nathaniel deutete auf die Männer, die vor ihnen marschierten. »Die sind alle losgezogen und haben hier Königin Margarets Krieg geführt. Sie finden alle, dafür haben sie ein Lob und eine Belohnung verdient. Die werden sie aber nicht kriegen, weil nämlich die Königin und Lhord Rivendell ihr Leben über'm Ozean führen. Was wir sehen, sehen die nicht. Wollen es auch nicht. Ihr habt es geseh'n, und jetzt müsst Ihr Euch entscheiden, wo Euer Leben liegt.«

Der Norillier nickte. Er wollte bleiben, und eine Scheidung kam nicht infrage. Bestenfalls konnte er Katherine heim nach Norisle schicken und sie dort besuchen, aber was für ein Leben wäre das für beide? Falls er blieb, würde er auf keinen Fall eine andere Frau heiraten. Diese Schande würde er Katherine niemals antun.

Ein tiefer Seufzer stieg aus seiner Brust. »Ich habe mich an

Katherine gebunden, lange bevor ich nach Mystria kam. Ich werde dieses herrliche Land nur sehr ungern verlassen.«

Nathaniel klopfte ihm auf die Schulter. »Wenigstens ist Eure Gattin fast so hübsch.«

»Ja, das ist sie.« Wieder seufzte er. Falls sein Oheim über den Titel und die damit verbundenen Ländereien die Wahrheit gesagt hatte, würde er sich ein Gut hier in Mäßigungsbucht suchen, so nahe am Gut des Prinzen wie möglich. Er würde es als Wildpark anlegen und alle drei Jahre oder so für mehrere Monate besuchen. Katherine würde ihn sicher nicht begleiten wollen und in Norisle bleiben. *Aber ich kann unsere Kinder hierher bringen, damit sie Mystria lieben lernen.*

Der Gedanke hellte seine Miene auf. Er war hierhergekommen, um Ruhm zu ernten, und hatte in Mystria eine neue Liebe entdeckt. Der schieren wilden Schönheit und Fruchtbarkeit dieses Landes hatte Norisle nichts Vergleichbares entgegenzusetzen. Die Menschen hatten ein positives Wesen. Die Hälfte der Soldaten ging barfuß und trug Kleidung, die trotz Dutzender Flicken an Knien und Ellbogen durchgescheuert war. Aber das war den Menschen hier nicht wichtig. Auf die eine oder andere Weise waren sie alle überzeugt, dass bessere Zeiten und eine leuchtende Zukunft sie erwarteten. Und sie marschierten darauf zu, mit kindlicher, weitäugiger Neugier und Staunen.

Und selbst wenn er sich aus Mystria verabschieden musste, behagte ihm der Gedanke, dass seine Kinder und sein Erbe hier überdauern würden. Die enge, verknöcherte Alte Welt würde ihn ersticken.

Owen atmete tief ein und füllte seine Lunge mit frischer Luft. Er bemühte sich, jede Einzelheit tief in sein Gedächtnis einzuprägen, damit er sich auch als Greis noch würde daran erinnern können, wie sich wahre Freiheit anfühlte.

Am Sechzehnten kehrten die Truppen zu dem Lagerplatz zurück, den sie am ersten Tag benutzt hatten. Sie bauten ihre Zelte wieder auf und verbrachten eine letzte Nacht gemeinsam. Am nächsten Morgen würden sie Port Maßvoll wieder erreichen und sich danach nie mehr als Einheit zusammenfinden, also nutzten sie diese letzte Gelegenheit dazu, gemeinsam zu singen und zu erzählen und sich gegenseitig regelmäßigen Briefverkehr und Besuche zu versprechen.

Viele der Männer wünschten Owen alles Gute. Jeder ging davon aus, dass er nach der Rückkehr nach Norisle für einen Parlamentssitz kandidieren würde. Sie sahen ihren Vertreter dort in ihm. »… alldieweil Ihr Mystria kennt, Kapteyn, Sire.« Sie boten ihm an, dass er bei ihnen wohnen konnte, sollte er jemals zu einem Besuch zurückkehren, und versprachen, ihn ihrerseits aufzusuchen, falls sie jemals in die alte Heimat kamen.

Und sie sagten das alles ehrlich und ein klein wenig verschmitzt.

Der Prinz brachte Magwamp zurück in seinen Wurmstand, und das Tier schien das zu begrüßen. Danach mischte Vladimir sich unter die Soldaten und dankte ihnen für ihre Dienste. Auf der Heimreise hatte er mehrere Abstecher gemacht, um nach Tieren und Pflanzen auf Owens Liste zu suchen. Viele der Männer hatten das bemerkt und versprachen ihm eine feine Jagdexpedition, sollte er sie jemals besuchen.

Am nächsten Morgen brachen sie früh nach Port Maßvoll auf. Aus den umliegenden Bauernhöfen kamen die Menschen sie begrüßen. Auf allen Gesichtern stand ein breites Lachen. Und dann, als sie nur noch eine halbe Meile von der Stadtgrenze entfernt waren, formierten die Truppen sich zu derselben Kolonne, in der sie in die Schlacht gezogen waren. Stolz und ernst, im Gleichschritt und mit hocherhobenem Haupt, boten sie einen Anblick, wie man es von den Kriegern erwartete, die am Amboss-See über die Tharyngen triumphiert hatten.

An den Seiten des Paradewegs drängten sich die Menschen. Die Soldaten bewegten sich durch eine dicht gepackte, jubelnde Menge. Jemand hatte eine grüne Fahne genäht, in deren Mitte eine schwarz-rote Lindwurmklaue prangte. Die Krallen wiesen nach unten und formten ein M für Mystria. Die Menschen schwenkten Kopien der Fahne und hängten sie aus den Fenstern. Owens Oheim hätte sie mit Sicherheit als Indiz bevorstehender Rebellion gesehen, und er nahm sich vor, sie in seinen Berichten mit keinem Wort zu erwähnen.

Die Kolonne bahnte sich einen Weg auf die Festwiese der Stadt, wo sich alle Einheiten sammelten. Der Hohe Bürgermeister trat auf und hieß den Prinzen willkommen. Doktorus Frost und andere örtliche Würdenträger stiegen zu ihm auf die Bühne. Frost trug eine grüne Armbinde als Zeichen, dass er einen Verwandten unter den Expeditionstruppen hatte.

Der Hohe Bürgermeister bat Prinz Vladimir, zu den Menschen zu sprechen, eine Bitte, der er mit der für ihn üblichen Zurückhaltung nachkam.

Er lächelte. »Ich danke Euch, Hoher Bürgermeister, und Einwohner von Port Maßvoll. Ihr ehrt uns heute auf eine Weise, wie wir es uns niemals hätten vorstellen können. Es ist wundervoll, wieder daheim zu sein. Ich werde Euch keine lange Ansprache aufzwingen, denn ich weiß, wir alle wünschen uns, unsere Familien wiederzusehen. Daher lasst mich nur dieses eine sagen: Ihr alle sollt wissen, dass Eure Freunde und Verwandten die mutigsten Männer sind, die dieser Kontinent kennt. Wenn sie Euch Geschichten erzählen, die unerhört erscheinen, lasst Euch sagen, sie könnten das Geschehen um ein Hundertfaches übertreiben und kämen der Wahrheit dessen, was sie ertragen haben, nicht einmal nahe. Und noch etwas sollt Ihr wissen: So froh wir sind, wieder daheim und zurück bei unseren Lieben zu sein, so sehr trauern wir um unsere gefallenen Kameraden und so sehr ehren wir ihr Opfer, dass es jedem einzelnen von uns ermöglicht hat, heute hier zu sein. Ich schaue hinaus über dieses Meer aus Gesichtern, und ich sehe zweitausend Brüder, von deren Existenz ich niemals etwas ahnte, und zweitausend Brüder, die ich niemals vergessen werde.«

Jubel brandete auf, Hüte flogen durch die Luft, und Tränen liefen. Der Prinz verabschiedete die Männer mit einem militärischen Gruß, und die geordneten Formationen zerfielen in ein chaotisches Gedränge.

Owen, der Dr. Frost nach links hatte abgehen sehen, machte sich auf den Weg zur Bühne. Als er näher kam, öffnete sich die Menge, und keine zwanzig Fuß entfernt stand Bethany bei ihrer Familie.

Das Herz hüpfte ihm im Leib.

Dann hörte er Katherine. »Versuche zumindest den Eindruck zu erwecken, mein Gemahl, du seiest auf der Suche nach mir.«

Owen wirbelte herum. »Katherine!« Er strahlte und öffnete die Arme. »Ich war auf der Suche nach dir. Ich nahm an, dich bei den Frosts zu finden.«

Mattigkeit zuckte über ihre verhärmten, ausgemergelten Züge. Dann wurde ihre Miene weicher, und sie zwang sich zu einem tapferen Lächeln. »Verzeih mir, Owen. Die Zeit ohne dich war äußerst zehrend.« Sie breitete die Arme aus und öffnete den Mantel, dann strich sie mit einer Hand über ihren geschwollenen Leib. »Siehst du, warum ich dich vermisst habe?«

Owens Mund klappte auf. »Ein Kind? Unser Kind?«

»Unser Kind, natürlich. Du bist mein Gemahl.«

»Katherine, davon habe ich auf dem Marsch geträumt.« Er klatschte in die Hände und lachte. »Das ist wunderbar. Wir können hier ein neues Leben für unser Kind errichten.«

»Ein neues Leben hier?« Sie schüttelte den Kopf, und ihre Augen wurden schmal. »Habe ich das richtig vernommen?«

Owen stockte. »Nur ein Versprecher, mein Liebling. Selbstverständlich werden wir nach Hause zurückkehren. Nur werden wir nach der Schenkung auch hier Land besitzen.«

Sie streckte die Hand aus und streichelte seine Wange. »Natürlich. Die Ländereien hier werden unser Leben in Norisle vollkommen machen.«

Owen zog sie an sich und drückte sie. »Es wird vollkommen sein. Ich werde möglicherweise den Wunsch verspüren, die Ländereien von Zeit zu Zeit, du verstehst, zu besuchen …«

Er spürte, wie sie sich in seinen Armen leicht versteifte. »Ich verstehe, Gemahl. Ich ziehe es entschieden vor, dass du zu einem Besuch hierherkommst, statt in den Krieg zu ziehen.« Sie löste sich aus der Umarmung und lächelte. »Ich werde in unserem Heim bleiben und für die Kinder sorgen, während du auf Abenteuer ziehst und weiteren Ruhm und Reichtum sammelst.«

Owen küsste sie auf die Stirn. »Könnte nichts dich bewegen, hier zu leben?«

»Hierbleiben? Du beliebst zu scherzen.« Sie schaute zu ihm hoch, und ihre braunen Augen musterten ihn eingehend. »Keine Macht unter dem Firmament könnte mich bewegen, einen Moment länger hier zu verbleiben als unabdingbar notwendig.«

»Ich hoffe, Madame Radband, dass dies nicht wörtlich zu verstehen ist.« Prinz Vladimir schenkte ihr ein dünnes Lächeln. Seine Züge waren aschfahl. »Ich möchte euren Gatten um einen persönlichen Gefallen ersuchen, der Eure Abreise etwas verzögern könnte.«

Katherine drehte sich überrascht um und knickste. »Hoheit, bitte, ich hatte keinesfalls die Absicht …«

Owens Augen wurden schmal. »Was ist vorgefallen?«

Der Prinz seufzte schwer und schien zu schrumpfen. Seine Schultern hingen herab. »Bäcker hat mir eine Nachricht vom Landgut geschickt. Es geht um Magwamp.« Er schaute traurig hoch. »Er liegt im Sterben.«

Achtundsechzigstes Kapitel

17. September 1764
Des Prinzen Zuflucht
Mäßigungsbucht, Mystria

Owen, du darfst mich jetzt nicht im Stich lassen.«

Er schaute seine Frau an. »Das werde ich keineswegs.«

»Du bist soeben aus dem Krieg heimgekehrt.« Katherines Augen füllten sich mit Tränen. »Ich brauche dich.«

Prinz Vladimir hob die Hände. »Vergebt mir meine unangemessene Bitte.«

Owen schüttelte den Kopf. »Nein, Hoheit, das ist Euer Ersuchen keineswegs. Ich stehe Euch gegenüber in der Pflicht, und ich empfinde den Wunsch, Magwamp beizustehen.« Er drehte sich zu seiner Gattin um. »Und ich lasse dich dafür nicht im Stich. Mit der freundlichen Erlaubnis des Prinzen werde ich

Meister Dunsby eine Kutsche holen und dich zum Gut seiner Hoheit bringen lassen. Dort kannst du etwas Ruhe finden, und wir werden Zeit füreinander haben.«

Vladimir war sichtlich erleichtert. »Aber ja, selbstredend. Madame Radband, es wäre mir ein Vergnügen, würdet Ihr Eure Bekanntschaft mit der Prinzessin Gisella auffrischen, und eine ganz besondere Freude, dürfte ich Euch als meinen Gast willkommen heißen. Ich wäre geehrt.«

Katherine schniefte. »Wirklich?«

»Ihr habt mein Wort.«

Owen küsste sie. »Ich möchte dich bei mir wissen, Katherine. Wir waren zu lange getrennt, und nun, da wir eine Familie sind, möchte ich nicht mehr von deiner Seite weichen. Wäre dies nicht ein Notfall …«

Sie wischte sich die Tränen ab. »Gch. Ich bin so töricht. Bitte denk nicht so von mir. Ich werde so schnell wie möglich wieder an deiner Seite sein, geliebter Gemahl.«

Owen winkte Dunsby und erklärte ihm, was nötig war. Der Soldat nahm den Befehl mit einem Lächeln entgegen und geleitete Katherine davon, um sich um alles zu kümmern. Owen folgte dem Prinzen zum Stall der Garnison, wo Nathaniel Wald schon drei Pferde gesattelt hatte. Die drei Männer saßen auf und galoppierten zum Landgut.

Keiner der drei redete während des Ritts, und das gab Owen Zeit zum Nachdenken. Auf dem Marsch war er bereit gewesen, nach Norisle zurückzukehren, aber das Gespräch mit Katherine hatte einigen Druck abgebaut, der sich in ihm aufgestaut hatte. Er wollte Mystria nicht verlassen. In Norisle wartete nichts auf ihn. Aber hier, im Land seines Vaters, hatte er eine Zukunft.

Er erinnerte sich, wie Meister Wattling ihn als Mystrianer angeklagt hatte. Damals hatte er es als schwere Beleidigung empfunden, doch inzwischen erschien es ihm als großes Lob. Auch wenn kein echter Mystrianer ihn so sah, würden sie ihn irgendwann als einen der Ihren akzeptieren. Ganz im Gegenteil zu Norisle, wo man ihn niemals annehmen würde, ganz gleich, wie sehr er sich um die Krone verdient machte.

Was ich Katherine sagte, kam von Herzen. Owen lächelte, als sie durch die unberührte Landschaft jagten. *Kann man leben, wenn das Herz auf der anderen Seite eines Ozeans schlägt?*

Mit schweißnassen, schäumenden Pferden ritten sie über den Hof geradewegs zum Wurmstand. Owen sprang aus dem Sattel und schaute zu Bäcker hinüber, der lustlos an der Tür des Gebäudes saß. Er schaute auf, als Owen näher trat. Er hatte dunkle Ringe unter den roten Augen, und sein Gesicht war bleich.

Owen sank auf ein Knie. »Was ist geschehen, Meister Bäcker?«

Der Wurmwart zuckte die Achseln. »Ich weiß es nicht. Es ging ihm gut gestern Abend, alles war in Ordnung. Er hat gefressen. Er ist geschwommen, er ist zurückgekommen. Alles ganz normal, und dann …« Bäcker öffnete den Wurmstand. »Er stirbt.«

Owen ging voraus. Der Gestank ließ ihn wanken. Es stank nicht nur nach Lindwurm – ein widerwärtiger, moschusartiger Geruch, der sich in den Stirnhöhlen festsetzte und die Augen tränen ließ –, es schlug ihm auch eine gewaltige Hitze entgegen. Die Hitze ging von dem Lindwurm aus, und sie war so intensiv, dass jeder Schritt tiefer in den Stall wie ein Schritt geradewegs ins Feuer war.

Der Lindwurm, oder zumindest das, was Owen angesichts einer fehlenden Alternative dafür hielt, lag in einem dicken, zwanzig Fuß langen Kokon aus schwarz-roter Seide mit Spuren von Gold gehüllt, der die Farben der Kreatur in seinem Innern widerspiegelte. Die Seide allein war ein Vermögen wert, doch sie hatte einen hohen Preis. Der Kokon würde den Lindwurm umbringen, auch wenn leichte Bewegungen im Innern zeigten, dass Magwamp derzeit noch lebte. Owen betrachtete das als gutes Zeichen.

Er lehnte sich an das Geländer. »Ich habe nie eine Häutung wie diese gesehen. Die Schuppen liegen außerhalb des Kokons, als sei er unter der Haut des Lindwurms gewachsen und habe sie abgestoßen.«

Der Prinz nickte. »Normalerweise wachsen die Fasern des Kokons über die Schuppen?«

»So ist es. Man schneidet den Lindwurm aus dem Kokon und hilft ihm dann, sich zu häuten.« Owen deutete ans andere Ende des Wurmstands. »Meister Bäcker, was ist das dort hinten?«

»Sein Schwanz, Sire. Er hat ihn sich abgebissen.« Der Schwanz, so lang wie der Kokon, war bereits in Verwesung übergegangen und trug seinen Teil zu dem bestialischen Gestank bei. »Ich wollte ihn rauszerren, aber es ist so heiß hier, dass ich ihn nicht erreiche.«

Owen fühlte einen Kloß im Hals. Er packte den Mann bei den Schultern und schluckte mühsam. »Ich weiß nicht, Hoheit. Ich habe noch niemals farbige Wurmseide gesehen. Ich habe niemals zuvor abgeworfene Schuppen gesehen, noch einen abgenagten Schwanz. Ich habe niemals von einem Lindwurm gehört, der Fieber hatte. Tatsächlich atmet er. Würden wir eingreifen …«

Vladimir schaute hinunter auf den Lindwurm, dann nickte er. »Ja, ja, natürlich. Fieber bedeutet Leben. Ebenso die Atmung. Teil eines natürlichen Vorgangs. Es muss eine natürliche Ursache haben. Ich sollte mir Notizen machen.«

»Eine gute Idee.« Owen deutete auf den Lindwurmschwanz. »Ich will sehen, ob wir ihn ins Freie ziehen können.«

»Seile und ein Flaschenzug dürften eine Hilfe sein.«

»Ich bin sicher, ich finde sie, Hoheit.«

Vladimir lächelte ihm verlegen zu. »Ich bedaure zutiefst, das Wiedersehen mit Eurer Gemahlin gestört zu haben, Kapteyn. Aber ich bin auch sehr glücklich, dass Ihr jetzt hier seid.«

»Ich bin es ebenfalls.«

»Und meine Glückwünsche zu Eurem Kind.«

Owen strahlte. »Ich danke Euch. In jüngster Zeit kam ich sehr viel mit dem Tod in Berührung. Es wird gut sein, Leben in die Welt zu setzen. Und da ich meinem Kind wünsche, mit einem Lindwurm schwimmen zu können, lasst uns sicherstellen, dass auch Magwamp überlebt.«

Das Lächeln des Prinzen wurde breiter. »Eure Kinder werden auf ihm reiten, Kapteyn, darauf mein Versprechen.«

Zu dritt gelang es Owen, Nathaniel und Bäcker, ein Seil um den abgebissenen Schwanz zu legen und ihn aus dem Wurmstand zu zerren. Owens Vermutung, dass er die Ursache für den Gestank gewesen war, erwies sich als richtig. Nathaniel wollte ihn verbrennen. Bäcker schlug vor, ihn zu vergraben. Der Prinz bestand darauf, ihn zu sezieren, und machte sich wenig später dann auch mit dem Häutungshaken an die Arbeit, wobei er zum Schutz vor dem Gestank ein in Eukalyptusöl getränktes und über Mund und Nase gewickeltes Tuch benutzte.

Das Sezieren des Lindwurmschwanzes behagte Owen gar nicht, aber zumindest beschäftigte es Prinz Vladimir. Er schnitt jeweils einen Teil des Schwanzes ab, fertigte Zeichnungen davon an und wog Fleisch und Knochen, bevor er sie voneinander trennte. Er stellte fest, dass Fische das Lindwurmfleisch als

Köder verschmähten und Vögel nur widerwillig daran pickten. Spuren nach zu urteilen, die sie morgens entdeckten, hatten jedoch weder ein Vielfraß noch ein Bär Bedenken, das Fleisch zu fressen, und am zweiten Tag wartete bereits eine Familie Waschbären im Wald auf das Ende der Sezierarbeiten.

Vladimir machte eine Reihe interessanter Entdeckungen. In einem der Knochen fand er eine alte, völlig von Knochen überwucherte Pfeilspitze. »Ich habe Magwamps Vorgeschichte studiert, und 1160, bei der Schlacht von Verindan, drang ein Pfeil in seinen Schwanz. Es gelang nicht, ihn herauszuziehen, und so brach man nur den Schaft ab.«

Nathaniel und Bäcker zogen die Lindwurmhaut ab und gerbten sie. Dass Vladimir an Hand der sezierten Sektionen des Schwanzes sein Wissen erweitern konnte, dämpfte seine Besorgnis, und das machte das Warten erträglicher.

Prinzessin Gisella tat ihr Möglichstes, alle bei Laune zu halten, besonders Katherine. Owens Gattin hatte sich nach der harten Kutschfahrt aus Port Maßvoll für zwei Tage ins Bett legen müssen. Gisella kümmerte sich wie eine Zofe um ihr Wohlergehen. Owen entschuldigte sich bei ihrer Hoheit nach Kräften, aber Gisella lächelte nur und versprach ihm, sich um Katherine ebenso gut zu kümmern wie Owen um Magwamp.

Am dritten Tag löste der Prinz ihn ab. »Ich glaube zu wissen, Kapteyn, warum diese Häutung gar so anders als üblich verläuft.«

»Wirklich, Hoheit?«

»Magwamp spann diesen Kokon überaus schnell – in weniger als fünf Stunden. Das erfordert eine gewaltige Energie. Magwamps Verhalten unterscheidet sich in vielerlei Hinsicht von dem anderer Lindwürmer in Norisle oder Auropa. Er verzehrt verschiedene Tiere und Pflanzen, die auf der anderen Seite des

Wassers unbekannt sind. Ich bin sicher, das hat zu seiner Gesundheit und den leuchtenden Farben seiner Haut beigetragen. Doch tut er all das schon seit fünfzig Jahren, ohne eine solche Häutung zu vollziehen. Ich suchte also nach etwas anderem, einem Weg, auf dem er an derartige Energie hätte gelangen können.«

Die Miene des Prinzen wurde ernst. »Alles läuft darauf hinaus, dass er Pasmortes verschlungen hat.«

Owen kniff die Augen zusammen. »Ihr wollt andeuten, er habe die magische Energie aus ihren Körpern gesaugt?«

»Es ist nur eine Theorie, doch als du Malphias die Magie aufhob, hat Magwamp geschwärzte Leichen erbrochen und keinerlei Interesse mehr an Pasmortes gezeigt. Er hat diese Energie gespeichert, und dann, als er zurück hier in seinem Wurmstand und in Sicherheit war, begann er sich zu häuten.«

Die nächsten anderthalb Wochen verliefen ohne größere Veränderung. Owen, der Prinz und Bäcker lösten sich in drei Schichten im Wurmstand ab. Einer der drei war in jedem Moment bei Magwamp. Dunsby und von Metternin halfen aus, wenn es nötig war. Nathaniel ging auf die Jagd und angelte. Außerdem kümmerte er sich weiter um die Bearbeitung des Wurmleders und der Knochen, sichtlich zufrieden über die Distanz zu dem Kokon, die mit diesen Aufgaben verbunden war.

Am fünfundzwanzigsten September erschienen unerwartete Besucher auf dem Fluss. Msitazi, immer noch in Owens Uniformrock, Kamiskwa und Nathaniels Ältester, William, zogen das Kanu an Land. Die Shedashie wurden erfreut begrüßt, und bei der darauf folgenden gegenseitigen Vorstellung erwies Msitazi Owen die große Ehre, ein Kaufangebot für Katherine zu machen – eine Ehre, die diese allerdings weder verstand, noch behagte sie ihr. Nach Abschluss der Förmlichkeiten holte William ein Paket aus dem Kanu. Er öffnete es und präsentierte stolz eine der Lindwurmschuppen, die mit einem kleinen Vermögen an mit Bärenfett zu einer dicken Paste vermischtem Salz gefüllt war.

Der Prinz nahm das Geschenk entgegen. »Gestattet mir die Frage, worum es sich handelt.«

Msitazi gluckste. »Es ist für Magwamp. Ein Geschenk zur Feier seiner Geburt.«

»Ich fürchte, Großer Häuptling Msitazi, ich verstehe nicht.«

Der alte Mann schickte William los, eine der Schuppen vom Schwanz des Lindwurms zu holen. Der Häuptling hockte sich hin und legte die Schuppe umgekehrt auf den Boden. An der Innenseite, die ähnlich wie Perlmutt glänzte, leuchtete ein welliger Regenbogen. Der Altashie richtete die Stelle, an der die Schuppe mit dem Körper verbunden gewesen war, nach Norden aus.

Dann deutete er auf einen dunklen Punkt beim südlichen Rand der Schuppe. »Diese Stelle markiert seine Geburt.« Sein Finger glitt hinüber zur westlichen Seite der Schuppe und tippte auf eine kleine, hornähnliche Erhebung. »Diese Stelle ist sein Geburtsknoten. Wenn die Sonne versinkt und ihr Schatten diesen Punkt berührt, ist der Tag seiner Geburt gekommen.«

»Euer Gedanke fasziniert mich, Sire, doch Magwamp schlüpfte im April vor vielen Hundert Jahren.«

Der Altashie lachte. »Ihr werdet von Eurer Mutter geboren, und ein zweites Mal, wenn Ihr zum Mann werdet. Hat ein Mann großes Glück, wird er ein drittes Mal in Weisheit geboren. Warum soll, was für Menschen gilt, nicht auch auf Magwamp zutreffen?«

Vladimir strich sich übers Kinn. »Wann?«

»Bald. Sehr bald schon.«

»Dann sollten wir uns darauf vorbereiten.« Der Prinz schaute zu Owen. »Ich habe allerdings nicht die geringste Vorstellung, wie man sich auf die Geburt eines Lindwurms angemessen vorbereitet.«

Nach dem Abendessen fand Owen Katherine auf dem Balkon über dem Rasen. Unter ihnen hatten die Altashie eine Kuppelhütte errichtet und saßen vor dem Eingang um ein kleines Lagerfeuer. Nathaniel saß bei ihnen, und alle vier lachten.

Er legte die Arme um sie und küsste ihren Nacken. »Du solltest nach unten kommen, Katherine. Sie erzählen höchst interessante Geschichten.«

»Ich möchte nicht. Doch du kannst gehen.«

»Nicht ohne dich.«

»Ich weiß, dass du zu ihnen gehen willst, Owen. Ich weiß, du wärest lieber dort unten bei ihnen.«

Er richtete sich auf und drehte sie um. Tränenspuren glänzten im Mondlicht auf ihrer Haut. »Ich möchte in deiner Gesellschaft sein, Katherine. Ich mag diese Männer. Sie retteten mein Leben.«

»Sie überließen dich du Malphias.«

»Sie handelten, wie ich es ihnen befahl, und sie kamen zurück, um mich zu befreien. Wären sie nicht gewesen, die Flucht wäre mir nicht gelungen.« Er legte einen Finger unter ihr Kinn und hob ihren Kopf an. »Was hast du?«

»Du hast dich verändert, Owen. Manchmal frage ich mich, ob ich dich noch kenne. Ich frage mich, ob du mich noch liebst und mit mir nach Hause zurückkehren willst.«

Er küsste sie auf die Stirn. »Ich liebe dich, und wo immer wir zusammen sind, ist unser Zuhause. Sei es in Norisle oder hier.«

»Hier?«

»Wäre das so entsetzlich?«

Bevor sie antworten konnte, drang ein fauchendes Kreischen aus dem Wurmstand. Bäcker stürzte aus dem Tor. »Es beginnt. Kommt schnell!«

Ohne einen weiteren Gedanken schwang sich Owen über das Balkongeländer und rannte zum Wurmstand. Auch die anderen kamen, selbst Nathaniel. Msitazi ging stolz in die Dunkelheit, sein Geschenk in den Händen.

Die Temperatur im Innern des Schuppens war drastisch gesunken. Hätten sich die Bewegungen im Innern des Kokons nicht verstärkt, Owen wäre beunruhigt gewesen. Doch auch wenn die Seide Magwamp noch verbarg, war er unübersehbar lebendig.

Ein weiteres Kreischen zerriss die Nacht, und es lag genug Ähnlichkeit mit Magwamps Kampfgebrüll darin, um alle, die es hörten, lächeln zu lassen.

Owen nahm einen Häutungshaken von der Wand. »Soll ich ihn herausschneiden?«

Der Prinz überlegte kurz, dann warf er einen Blick auf Msitazi. »Nein. Falls Magwamp in Weisheit übertritt, wird er sich selbst befreien.«

Msitazi ging ein Stück den Laufsteg entlang und setzte sich, das Geschenk auf dem Schoß. Er wiegte sich vor und zurück und begann mit einem breiten Lachen auf dem Gesicht leise zu singen. Es war offensichtlich, dass er sich keinerlei Sorgen um die Gesundheit des Lindwurms machte, und das beruhigte alle, bis auf Bäcker, der sowohl Magwamp als auch den Altashie misstrauisch beäugte.

Nathaniel nickte. »Schätze, ich wüsste zu gerne, woher Msitazi so viel über Lindwürmer weiß.«

Kamiskwa tippte sich ans linke Auge. »Ich nehme es einfach hin, dass er es weiß.«

Das Rumoren im Innern des Kokons wurde lauter und anhaltender. Die durch die Seide erkennbaren Bewegungen wurden überlegter. Bisher hatte man Magwamp für ein träumendes Kleinkind halten können, doch nun hatten die Bewegungen ein Ziel, eine Richtung. Die geschmeidige Ziellosigkeit des Schlafs war verschwunden.

Und dann, gerade als Prinzessin Gisella den Wurmstand betrat, geschah es.

Magwamps peitschender Schwanz zerriss die Seide. Er war schlank und sehnig, aber kräftig, und endete in einer Pfeilspitze. Er rollte aus und wand sich wie eine Schlange, die kurz davor war, zuzuschlagen. Dann zuckte sie hinab auf die Hüfte des Lindwurms und öffnete einen weiteren breiten Riss.

Magwamps Kopf schob sich am Ende eines langen, schlanken Halses durch die Öffnung. Er war immer noch keilförmig, aber kleiner als zuvor. Kleine Hörner setzten an der Nasenspitze an und zogen sich bis hinauf zwischen die Augen, bevor sie sich in drei Ausläufer teilten, die der Schädelform folgten. Die großen goldenen Augen hatten sich nach vorn verschoben und blickten über die Schnauze. Das verlieh ihm ein pferdeähnlicheres Aussehen, auch wenn noch niemand ein Pferd mit Schuppen und Hörnern gesehen hatte. Zwei spitze Ohren mit winzigen goldenen Haarbüscheln zuckten und drehten sich vor und zurück.

Krallen bohrten sich vorn und hinten durch den Kokon, zerrten an der Seide und rissen die Löcher weiter auf. Sie legten ihn ganz frei. Seine Haut glänzte, Muskeln spielten unter ihr, und insgesamt hatte sein Körper eine neue, schlangenartige Schlankheit.

»Sieht aus, als bräuchtet Ihr ein neues Geschirr, Hoheit.« Nathaniel kratzte sich am Nacken. »Er is' gehörig geschrumpft.«

»Entweder das, oder wir warten, dass er in das alte Geschirr hineinwächst, Meister Wald.«

Der Lindwurm biss in den Kokon und zerrte ihn weg, aber bevor er sich ganz von der rot-schwarzen Hülle befreit hatte, blähte er die Nüstern. Er streckte den Kopf zu Msitazi aus. Der Altashie hob die Schuppe. Eine gespaltene Zunge zuckte hervor und zog sie ihm aus den Händen und zurück ins Maul der Echse. Magwamp hob den Kopf zur Decke, und das Geschenk glitt seinen Hals hinab.

Der Prinz lachte. »Großartig.«

Magwamp drehte sich um und schaute sie an. Dann stand er auf. Die letzten Reste des Kokons fielen ab.

»O je«, stellte der Prinz fest. »Er hat Flügel.«

Owen nickte lächelnd. »Hoheit, Ihr seid im Besitz eines Drachen.«

»Es hat durchaus den Eindruck, Kapteyn Radband, dass Ihr Recht habt.« Vladimir schmunzelte, dann legte Gisella die Arme um ihn und gab ihm einem Kuss.

Owen schaute sich um, wollte sehen, wie Katherine auf Magwamps Wiedergeburt reagierte, aber sie war nicht hereingekommen. Er wollte zum Tor des Wurmstands, doch dann zögerte er. Er brauchte nicht hinauszuschauen. Der sich windende Weg hatte ihm ihr Gesicht bereits gezeigt, den Hass, mit dem sie dort draußen auf dem Rasen stand und herüber zum Wurmstand starrte.

Er schaute zurück zu Magwamp, und einen kurzen Moment begegneten sich ihre Blicke. Owen verstand.

Genau wie der Drache, so war auch er wirklich wieder daheim.

Danksagung

Dieser Roman wäre nicht möglich gewesen ohne zahlreiche Helfer: Kat Klaybourne – für Einsichten und standhafte Unterstützung; Jason Williams und Jeremy Lassen von Night Shade Books, die das Risiko eingegangen sind; meine Agenten Howard Morhaim und Danny Baror, die mir die Zeit verschafft haben, es zu schreiben; Janna Silverstein für die Übersetzung ins Englische und Reinhold Mai für die Übersetzung ins Deutsche.